DREW KARPYSHYN

Die Brut des Feuers

Buch

Vor langer Zeit vertrauten die Götter einem großen Krieger drei Talismane an, um diesen gegen die Mächte des Chaos zu wappnen und die Welt der Sterblichen zu beschützen. Aber Daemron wandte sich gegen das Gute und forderte seine Schöpfer heraus. Als Strafe wurden ihm die Talismane entrissen und er selbst hinter ein magisches Siegel gesperrt. Um dieses zu brechen, pflanzt Daemron nun einen Samen in vier Kinder: die Brut des Feuers. Scythe, Vaaler, Keegan und Cassandra wachsen in verschiedenen Winkeln des zerstörten Landes auf – ein jedes Kind trägt einen Teil der zerstörerischen Macht Daemrons in sich. Wenn sie zusammentreffen, kann das Siegel niedergerissen und Daemron befreit werden. Doch werden Scythe, Vaaler, Keegan und Cassandra sich ihrem dunklen Schicksal fügen oder ihren eigenen Platz in der Welt der Sterblichen fordern?

Autor

Drew Karpyshyn ist der New-York-Times-Bestsellerautor des Star-Wars-Universums und fraglos auch der erfolgreichste. Vor allem durch seine Darth-Bane-Romane schuf er sich eine große Fangemeinde. Er arbeitet zudem als Videospiel-Entwickler. Nachdem er den Großteil seines Lebens in Kanada verbracht hat, hatte er irgendwann genug von den langen kalten Wintern dort und zog nach Süden. Drew Karpyshyn lebt heute mit seiner Frau in Texas.

Bei Blanvalet sind von Drew Karpyshyn bereits erschienen:

Star Wars™ Darth Bane 1. Schöpfer der Dunkelheit (24453)
Star Wars™ Darth Bane 2. Die Regel der Zwei (26596)
Star Wars™ Darth Bane 3. Dynastie des Bösen (37559)
Die Brut des Feuers (26976)

Drew Karpyshyn

Die Brut des Feuers

Roman

Aus dem Amerikanischen
von Wolfgang Thon

blanvalet

Die amerikanische Originalausgabe erschien 2013 unter dem Titel »Children of Fire« bei Del Rey / Random House, Inc., New York.

MIX
Papier aus verantwortungsvollen Quellen
FSC® C014496

Verlagsgruppe Random House FSC® N001967
Das für dieses Buch verwendete FSC®-zertifizierte Papier
Holmen Book Cream liefert Holmen Paper, Hallstavik, Schweden.

1. Auflage
Deutsche Erstveröffentlichung August 2014 bei Blanvalet,
einem Unternehmen der Verlagsgruppe Random House GmbH, München

Umschlaggestaltung: © Inkcraft
Redaktion: Rainer Michael Rahn
BL · Herstellung: sam
Satz: Vornehm Mediengestaltung GmbH, München
Druck und Einband: GGP Media GmbH, Pößneck
Printed in Germany
ISBN: 978-3-442-26976-1
www.blanvalet.de

Für Jennifer,
meine Liebe und mein Leben

Prolog

Alle Dinge sind aus dem Feuer geboren. Die Flammen des Chaos sind der Quell allen Lebens und der Schöpfung. Sie sind die Ursache für jede Art von Tod und Vernichtung. Die Gesamtheit der Welt der Sterblichen wurde aus dem Inferno der Brennenden See geschmiedet, und das Chaos wurde von der Macht der Alten Götter geformt und gebunden, um eine Insel der Ruhe zu schaffen, die in einem Ozean von Flammen trieb.

Zuerst kamen die Pflanzen und Bäume. Danach die Fische des Ozeans, dann die Vögel der Luft und die Tiere des Landes. Schließlich erschufen die Alten Götter die Frau und den Mann, und diese vermehrten sich, um die neu geformte Welt zu bevölkern.

Aber das Chaos rebelliert gegen das Gefüge und die Ordnung, und selbst die Magie eines Gottes kann es nicht für immer in Fesseln legen. Nichts währt ewig.

– Salidarr, Gründer und erster Pontiff des Ordens

Nichts dauert ewig.

Daemron der *Schlächter* wusste das besser als jeder andere. Von den Göttern aus den Reihen der Sterblichen erhoben und von der unendlichen Macht des Chaos selbst in einen Gott verwandelt, wurde er schließlich wieder verstoßen. Viel zu lange war er in diesem Niederreich von Rauch und Schatten gefangen, nur wegen seiner unverzeihlichen Sünde, es gewagt zu haben, die göttliche Autorität infrage zu stellen. Aber jetzt sind die Alten Götter verschwunden, und nur er ist zurückgeblieben.

Und auch jetzt ist er allein, eine einsame Gestalt auf einer verlassenen, aschefarbenen Ebene. Trockene, rissige Erde unter einem grauen, gleichförmigen Himmel. Er steht vor einem Springbrunnen aus weißem Marmor – ein einfaches, etwas über einen Meter hohes Podest, darauf eine große, tiefe Schale. Er fährt mit seiner Klaue über den Rand der Schüssel und zeichnet die letzten geheimen Symbole des Rituals mit dem Blut nach, das von seinem Nagel tropft. Seinem Blut, dem Blut eines Unsterblichen. Dieses Opfer wird ihn zum Krüppel machen, er wird schwach und verletzlich sein, während die Magie von seiner Macht zehrt. Aber es wird seinem Bann Kraft verleihen.

Sein Blut ist nicht das einzige, das den Brunnen rot färbt. Ein Dutzend seiner Gefolgsleute, Auserwählte von den Nachfahren jener, die mit ihm ins Exil getrieben wurden, sind für diesen Bann gestorben. Ursprünglich hatte er gehofft, sie würden ohne Protest zu ihm kommen, ihr Leben freiwillig opfern, damit andere die Chance bekämen, dieser Einöde zu entkommen und in die Welt ihrer Vorväter zurückzukehren.

Früher einmal hätten seine Anhänger zweifellos ihr Leben für ihn gegeben. Doch im Laufe der Jahrhunderte ist ihr Glaube schwächer geworden. Die Saat der Unzufriedenheit und Rebellion hat bei ihnen Wurzeln geschlagen, und niemand war bereit, das Opfer freiwillig zu erbringen. Aber in dieser öden Unterwelt gilt sein Wille nach wie vor ohne Einschränkung, und jene, die für das Ritual auserwählt wurden, konnten sich seinem Ruf nicht widersetzen. Ihr Lebensblut füllt jetzt die Schüssel des Brunnens, und ihre zerschmetterten Knochen säumen das Podest.

Der Brunnen erzittert unter seiner Berührung. Die rote Flüssigkeit kräuselt sich unter der Macht des Chaos. Genug Macht, um ihn zu retten. Oder ihn zu vernichten.

Das Leben seiner Anhänger steht auf dem Spiel, genau wie das seine. Sollte die Magie ihn verzehren, werden sich die Bewohner dieses Reiches gegenseitig in Stücke reißen, um seinen verwaisten Thron zu erobern. Aber es sind nur Sterbliche, was also sollte das Leben ihnen schon bedeuten? Wie viel mehr riskiert ein Unsterblicher? Er allein vermag die Konsequenzen dessen zu begreifen, was er im Begriff ist zu tun. Ein kalkuliertes Spiel, eines, das er spielen muss. Eine Alternative gibt es nicht.

Denn er ist schon zu lange gezwungen gewesen, einfach dazusitzen und zuzusehen, tatenlos, vergeblich darauf wartend, dass das *Vermächtnis*, die Barriere, welche die Welt der Sterblichen von seiner und der seiner Anhänger trennt, zerfällt. Tag um Tag, Jahr um Jahr, Jahrhundert um Jahrhundert hat er zugesehen, wie seine Macht langsam schwächer wurde, hat darauf gewartet, dass dieser letzte Zauberspruch der Alten Götter endlich versagt. Doch die Magie eines Gottes stirbt nur langsam. Das *Vermächtnis* ist immer noch stark, und jetzt beginnt er selbst zu welken und zu sterben. Das Risiko dessen, was er da tut, ist sehr groß, aber er kann nicht länger warten.

Er umfasst mit seinen schuppigen Händen die beiden Seiten der Schale und legt den Kopf in den Nacken, blickt in den leeren Himmel hinauf und schließt die Augen. Mit leiser Stimme beginnt er die Anrufung, rezitiert die mystischen Worte, welche die Macht des Chaos beschwören sollen, um sie durch seinen Körper in den Brunnen zu leiten.

Er hält die sich sammelnde Magie so lange in sich, wie er es vermag, so lange, bis die Macht in einem heißen Schwall aus ihm herausbricht. Das Blut in der Brunnenschale siedet und kocht. Dicke Blasen platzen mit einem widerlichen Ton und sondern Wolken aus rotem Dampf ab. Die Haut seiner Handflächen wird von dem glühenden Stein des Schalenrandes versengt. Er beißt die spitzen Zähne zusammen und erträgt den glühenden Schmerz in stummer Qual, während die Farbe der Flüssigkeit durch die Hitze verbrennt und sich das Blut in kristallklares Wasser verwandelt.

Erst dann lässt er los, taumelt zurück und ringt nach Luft, während das Wasser rasch abkühlt. Die Spitzen seiner großen ledernen Schwingen zucken vor Erwartung, während er beobachtet, wie die blubbernde Oberfläche des Wassers sich beruhigt und zu einem makellosen Spiegelbecken wird. Das Ritual hat begonnen.

Er greift mit einer verbrannten, von Blasen überzogenen Hand nach dem faustgroßen schwarzen Stein, der an seinem Hals hängt. Er hat ihn viele Jahre an dieser dünnen goldenen Kette getragen, die er durch das winzige Loch in seiner Mitte gezogen hat. In all den Jahrhunderten hat er ihn immer bei sich gehabt, hat Geduld und Stärke daraus gezogen, während er auf diesen Tag wartete, den Tag, der heute endlich gekommen ist.

Mit einem scharfen Ruck reißt er den Stein von seinem Hals, ohne darauf zu achten, dass sich die goldene Kette in die Haut seines Nackens gräbt, bis sie bricht und ihm vor die Füße fällt.

Der Stein fühlt sich kalt an, erwärmt sich aber rasch in seiner Faust. Auf die glatte dunkle Oberfläche sind mit Blut Symbole gezeichnet. Mit seinem Blut. Runen in der alten Sprache. Sie repräsentieren die vier Aspekte von allem, was er einst gewesen ist: Hexer, Krieger, Prophet und König. Der Stein enthält seine göttliche Essenz, ist sein Samen. Der Geist seines ungeborenen Kindes ist darin gefangen, eines Kindes, dem es bestimmt ist, das *Vermächtnis* niederzureißen.

Er tritt vor und wirft einen Blick in die Schale. Er sieht die Welt der Sterblichen. Die Vision eines Reiches, das immer noch auf eine quälende Art und Weise außerhalb seiner Reichweite liegt. Er ignoriert den Schmerz seiner verletzten Handflächen, packt den dunklen Stein fest mit beiden Händen und hebt ihn hoch über den Kopf, als er eine weitere Anrufung anstimmt.

Ein zweites Mal sammelt sich die Magie in ihm, strömt die Hitze durch seine Adern. Und wieder beginnt das Wasser in der Schale zu blubbern und zu kochen. Die Vision der Welt der Sterblichen verschwindet und wird von dem lodernden Flammenmeer des Chaos ersetzt.

Der Stein pulsiert vor Hitze in einem stetigen Rhythmus, im Einklang mit seinen Herzschlägen. Seine Stimme wird lauter, und seine Worte lenken die Macht des Bannes, der diesen Stein über diese See aus Flammen tragen wird, auf dass er die Gestade der sterblichen Welt berühre. Dort wird er Wurzeln schlagen, und irgendwo wird ein Kind geboren werden. Sein Kind. Ein Kind geboren aus dem Feuer des Chaos.

Sein Körper beginnt vor Anstrengung zu zittern, und seine Anrufung gerät ins Stocken. Im selben Augenblick bricht das Chaos aus. Der Stein explodiert in seinen Händen, zerbirst in vier Teile und reißt dabei die bereits verletzte Haut seiner Klauenfinger auf. Er zuckt zurück und schreit in den leeren Himmel hinauf, als ihm die Stücke aus den Händen fallen und in der Schale verschwinden, ohne dass sich die Wasseroberfläche auch nur im Geringsten kräuselt.

Doch als sie die Flüssigkeit berühren, erhebt sich eine fauchende Säule blauer Flammen aus der Schale. Er wirft sich zur Seite, bringt sich in Sicherheit, als diese Säule aus Feuer das Podest und die Knochen davor umhüllt, sie vollkommen verzehrt, bevor sie eine Sekunde später mit einem Donnerschlag verschwindet.

Er liegt zusammengekauert am Boden, keuchend, die Schwingen über den Kopf gefaltet, während er in einer instinktiven Reaktion versucht, sich vor der mörderischen Hitze dieser Flammen zu schützen. Langsam teilen sich die Schwingen, und er späht unter ihnen hervor. Er betrachtet die verbrannte Erde, den kleinen Haufen schwarzer Asche. Ein demütiger Gott. Das Chaos kann man nicht bändigen, nicht beherrschen.

Aber er spürt, dass nicht alles verloren ist. Der Stein wurde gespalten, seine Essenz ist zerbrochen. Aber die vier Teile wurden von dem Feuer des Bannes verzehrt. Die Wirkung wird gedämpft und schwach sein, da sie sich über die unendliche Weite des ChaosMeeres erstrecken muss. Aber dennoch werden diese Kieselsteine Wellen erzeugen, die an die Gestade der Welt der Sterblichen schlagen werden.

Nicht ein Kind, sondern vier, und jedes berührt von der Macht seiner Magie, jedes gezeichnet, um in den Flammen von Streit und Leiden geboren zu werden. Sterbliche, denen die brennende Essenz eines verbannten und vergessenen Gottes eingeimpft ist, deren vier Leben unausweichlich verbunden und miteinander verschränkt sind. Selbst er kann ihr endgültiges Schicksal nicht vorhersehen. Erlösung und Zerstörung sind perfekt ausbalanciert. Das Ergebnis ist unsicher, und seine Visionen sind undeutlich.

Aber als er seine Schwingen entfaltet und sich aufrichtet, ist er sich einer Sache gewiss: Das Chaos wurde von ihm auf die Welt der Sterblichen losgelassen.

1

Ein unsichtbarer Zweig schlängelte sich durch die Dunkelheit der Nacht und schnappte mit trockenen, hölzernen Fingern nach Nyras Knöchel. Sie stolperte nach vorn, weil ihr dicker Bauch sie ungelenk und behäbig machte. Der schwere Schal, den sie sich um die Schultern geschlungen hatte, fiel zu Boden, als sie die Hände ausstreckte, um ihren Sturz abzufangen.

Als sie auf der hart gefrorenen Erde landete, zuckte ein kurzer Schmerz durch ihr linkes Handgelenk. Scharf, aber nicht bedrohlich. Sie richtete sich mühsam auf die Knie auf, wobei sie mit den Händen ihren Bauch umklammert hielt. Unwillkürlich versuchte sie, das ungeborene Kind in ihrem Leib zu trösten. Sie flüsterte tröstende Worte, während sie ihren gewölbten Bauch durch die dicke Wolle ihres Winterkleides streichelte. Dann betete sie zu den Alten und Neuen Göttern darum zu fühlen, wie das Baby wegen des unerwarteten Sturzes protestierend zutrat oder sich zumindest bewegte.

Nichts. Sie kniete weiter auf der kalten Erde und weigerte sich, die ausbleibende Reaktion ihres Kindes zu akzeptieren. Die Nachtkälte drang vom Boden durch ihre Knie in ihre müden Schenkel. Der eisige Winterwind brannte auf ihren Wangen und Schultern. Aber sie wollte nicht weinen. Noch nicht. Nicht, solange sie noch Hoffnung für ihr Ungeborenes hatte.

Langsam drehte sie sich um und griff nach dem Schal,

um ihn sich gegen die Kälte der Nacht wieder umzulegen. In den Südlanden gab es nur selten Schnee, aber ihr Dorf war nur wenige Tagesritte von den Steppen des Eisigen Ostens entfernt. Den beißenden Frost des hiesigen Winters fühlte man weit unten in den Südlanden nie so deutlich wie hier.

Sie nahm den Schal und warf ihn sich über die Schultern. Ein kurzer Stich durchzuckte ihr linkes Handgelenk. Bei dem unerwarteten Schmerz biss sie die Zähne zusammen. So gut es in der Dunkelheit ging, untersuchte sie die Verletzung.

Das Handgelenk ist verstaucht, entschied sie schließlich. Nur verstaucht.

Mühsam richtete sie sich wieder auf und griff wieder mit der Hand an ihren Bauch. Das Kind blieb weiterhin still. Sie ignorierte ihre verkrampften Muskeln in Waden und Schenkeln, den ständigen Schmerz in ihrem Rücken, die Knoten in ihrem Hals und ihren Schultern und setzte ihren Weg fort.

Aber jetzt ging sie vorsichtiger. Der Halbmond verbarg sich hinter dem Gewirr aus schwarzen, kahlen Zweigen über ihrem Kopf, und der Wald warf irritierende Schatten auf den überwucherten Pfad, dem sie folgte. Aber sie wusste, dass dies nicht der einzige Grund für ihr Straucheln war.

Tagsüber hätte man diesem Pfad, der von den Leuten aus den Dörfern ringsum breit ausgetreten war, spielend leicht folgen können. All die Frauen und Männer, die hierherkamen, um ihre Bitten vorzutragen, hielten den Weg frei von Gestrüpp und Pflanzen. Im Sonnenlicht hätte sogar ein Reiter auf einem trittsicheren Pferd diesen Pfad nutzen können.

Aber die Hexe mochte keine nächtlichen Besucher, und ihre Zauberkünste machten den Weg erheblich schwieriger, als er eigentlich sein sollte. Unter dem Mantel der Dunkelheit veränderte das Chaos das Gelände. Der Boden wurde rau und uneben, und die Wurzeln und Zweige der Bäume schienen sich auszustrecken, um die Frau am Fortkommen zu hindern.

Nyra hatte ihr Pony vor mehr als einer Meile an einen Baum gebunden, weil sie wusste, dass sie den Rest des Weges zu Fuß zurücklegen musste. Sie ging zügig weiter, denn die Zeit wurde knapp. Sie hatte keine Wahl, als im Schutze der Nacht hierherzukommen, während ihr Ehemann schlief. In den zwanzig Jahren nach dem Ende der Säuberung waren die meisten Gesetze gegen die Ausübung von Magie aufgehoben worden. Aber Gerrit betrachtete noch immer alle, die über die *Gabe* verfügten, mit Argwohn.

Sie konnte es ihm nicht verübeln. Er war älter als sie, alt genug, dass er sich noch an die Säuberungen erinnern konnte. Als Kind hatte er die öffentlichen Hinrichtungen durch den Orden beobachtet. Seine frühsten Erinnerungen waren die an Hexen und Häretiker, die laut schreiend auf den Scheiterhaufen verbrannten. Die Zeiten hatten sich geändert. Die ChaosMagie wurde toleriert, obwohl sich der Orden immer noch offiziell gegen ihre Gefahren aussprach. Und wie die meisten Einwohner in den Südlanden hatte Gerrit nicht das geringste Interesse daran, etwas zu tun, das dem Orden missfiel. Er hätte zweifellos versucht, ihr diesen Besuch auszureden.

»Das Baby war gesund«, hätte er eingewendet. »Wir haben gefühlt, wie es in dir gestrampelt und sich bewegt hat und kaum erwarten konnte, geboren zu werden. Diesmal war es anders als bei den vorigen Malen.«

Das stimmte, jedenfalls zunächst. Aber kurz nach dem achten Monat ihrer Schwangerschaft war das Baby ruhig geworden. Wie die anderen davor. Gerrit wusste nichts davon. Sie hatte es ihm nicht gesagt, und so die Götter wollten, musste sie das auch niemals tun.

Nyra stolperte weiter und stürzte oft zu Boden. Ihre Knie waren wund und wurden steif, ihre Hände rot und rau, weil sie sich bei jedem Sturz auf den eisigen, unebenen Boden verletzten. Einmal stieß sie sich das Kinn an einem hervorstehenden Ast, ihre Lippen platzten auf, und sie biss sich auf die Zunge. Der Geschmack des Blutes erschreckte sie. Denn er erinnerte sie an das Blut bei der Geburt. In ihrem Fall an viel zu viel Blut. Aber sie spuckte nicht aus. Und sie weinte auch nicht. Sie ließ keine Tränen zu, jedenfalls noch nicht. Nicht, solange noch Hoffnung bestand. Unbewusst fuhr sie sanft mit der Hand über ihren Bauch.

Nach einer weiteren Meile sah sie das Flackern eines kleinen Feuers unmittelbar hinter dem Kamm einer kleinen Anhöhe. Plötzlich schien der Pfad ebener zu werden. Die tückischen Wurzeln schienen in der glatten Erde zu verschwinden, und die Zweige, die nach ihr gegriffen hatten, zogen sich ein Stück zurück. Der eisige Wind um sie herum wurde von der verführerischen Wärme des Feuers gelindert, die der Wind flüsternd zu ihr trug. Nyra kroch die kleine, aber steile Anhöhe hinauf und nahm dabei die Hände ebenso zu Hilfe wie die Füße, um ihren unförmigen, schweren Körper über den Kamm zu wuchten.

Auf der anderen Seite führte ein sanfter Hang zu einer kleinen Lichtung hinab. Dort befand sich am Rand eine winzige Kate, kaum mehr als eine Hütte aus Holz und Glas. In der Mitte der Lichtung brannte ein Lagerfeuer, in sicherer Entfernung von den Bäumen und dem trockenem Schilf der winzigen Behausung. Die Flammen flackerten blau und violett, dann plötzlich rot und orange. Grüne und gelbe Funken knackten und knallten in diesem widernatürlichen Feuer.

Eine alte Frau kniete daneben und schürte die Kohlen mit einem dünnen, gebogenen Stock. Sie trug einfache dunkle Gewänder in dicken Schichten übereinander, um die Winterkälte fernzuhalten, die das Feuer nicht einzudämmen vermochte. Sie hatte graue Haare, und ihre Haut war talgig. Neben ihr lag ein Haufen von kleinen Tierknochen. Nyra zögerte unsicher, bis die Hexe aufblickte.

»Bist du den ganzen Weg gekommen, nur um jetzt zu zaudern?«, fragte Gretchen, die Hexe. Ihre Stimme war nicht mehr als ein trockenes, raues Flüstern.

Nyra näherte sich langsam den seltsamen Flammen, bis sie endlich am Feuer stand, der uralten Hausherrin gegenüber.

»Setz dich«, forderte die alte Frau sie auf.

Mühsam ließ Nyra ihren unförmigen Körper zu Boden sinken. Sie bewegte die Beine, um es sich auf der harten Erde einigermaßen bequem zu machen, aber es war verschwendete Mühe.

»Sprich«, befahl Gretchen. Das offenkundige körperliche Unbehagen der Schwangeren schien die Hexe nicht zu bemerken. Stattdessen stocherte sie mit dem Stock in den Flammen herum.

»Ich … Ich bin wegen meines Kindes gekommen«, begann Nyra.

»Wegen eines anderen oder wegen dieses Kindes?« Die alte Frau deutete mit dem Stock auf Nyras geschwollenen Bauch.

»Wegen dieses. Es gibt kein anderes. Mein Ehemann und ich haben es zweimal versucht, aber beide Babys wurden tot geboren.«

Gretchen schnaubte. »Tot geboren. Ich kann die Toten nicht zum Leben erwecken.«

Seit ihrer letzten Schwangerschaft war mehr als ein Jahr

verstrichen, trotzdem taten Nyra die Worte der Hexe weh. Dennoch weigerte sie sich zu weinen. Nicht um dieses Kind. Noch nicht.

»Dieses Baby ist nicht tot. Es hat noch in der Nacht des letzten Vollmondes getreten, das habe ich gespürt. Bei den anderen Schwangerschaften war es anders. Da spürte ich nichts als das Gewicht des Kindes, als wäre ein kalter Stein in meinem Bauch.«

Gretchen legte ihren Stock zur Seite und hob einen kleinen Knochen von dem Haufen neben sich auf. Dann brach sie ihn mit ihren dünnen, knorrigen Fingern in zwei Teile und saugte das Mark heraus. Mit ihren verfaulten Zahnstümpfen kaute und lutschte sie an den beiden gesplitterten Enden, und bei dem schmatzenden Geräusch, das sie dabei erzeugte, verzog Nyra angewidert das Gesicht.

Endlich hob die Hexe ihren Stock hoch, stocherte damit in dem Feuer und spie in die Flammen. Funken stoben auf, und ein stinkender, fauliger Geruch waberte in einer Wolke aus gelbem Rauch empor.

»Das war vor vierzehn Tagen«, erklärte die Hexe, die die Wahrheit in den Flammen sah. »Das Kind in dir ist bereits tot. Dagegen kann ich nichts tun. Es wird geboren werden wie die anderen: leblos und kalt.«

Nyra hätte diese stinkende, verbitterte Frau am liebsten angeschrien, aber sie wusste, dass Hysterie sie nicht weiterbringen würde. Sie holte tief Luft, bevor sie antwortete. »Das Kind lebt noch in mir. Ich weiß es.«

»Woher?«, wollte Gretchen wissen. »Hast du gefühlt, wie es sich bewegt?«

Im Licht des verzauberten Feuers wäre eine Lüge sinnlos gewesen.

»Das Kind lebt. Ich weiß es einfach.«

Die Hexe nickte und legte den Stock beiseite, um einen

weiteren Knochen vom Haufen zu nehmen. Während sie ihn zerbrach und aussaugte, bemerkte Nyra, dass auch der Stock, den die Hexe benutzte, um die Glut zu schüren, ein langer, dünner Tierknochen war. Er war vom langen Gebrauch im Rauch und den Flammen des Hexenfeuers geschwärzt.

Erneut spie Gretchen in die Flammen. Wieder stoben Funken hoch, aber diesmal war der Rauch blau. Er roch schwach nach dem fruchtbaren Dung, den Nyras Ehemann auf den Feldern verteilte.

»Was hast du mir mitgebracht?«

Nyra griff in die tiefe Tasche auf der Vorderseite ihres Kleides und tastete nach dem kleinen Lederbeutel, den sie dort hineingesteckt hatte, bevor sie aufgebrochen war. Es war nicht einfach für sie, um ihren großen Bauch herumzugreifen und in der Tasche zu suchen, während sie auf dem Boden saß. Eine Sekunde lang konnte sie die Börse nicht finden und fürchtete, sie hätte sie bei einem ihrer zahlreichen Stürze unterwegs verloren. Dann jedoch ertastete sie die Zugschnur unter ihren Fingern. Sie holte den Beutel heraus und hielt ihn hoch, damit die Hexe ihn sehen konnte.

Gretchen griff gierig über das Feuer und packte die Gabe, ohne sich von der Hitze der Flammen beeindrucken zu lassen. Sie riss den Beutel aus Nyras Hand und kippte den Inhalt in ihre runzlige Handfläche.

Die kleine Sammlung von Münzen und Juwelen stellte einen beträchtlichen Wert dar. Nyras Ehemann war zwar nicht reich, aber er arbeitete hart und war erfolgreich. Und er kaufte für seine Frau sehr gerne schöne und interessante Schmuckstücke von den reisenden Händlern, die durch ihr kleines Dorf kamen. Bevor Nyra in dieser Nacht aufgebrochen war, hatte sie die wertvollsten Gegenstände aus ihrer Sammlung ausgewählt, zusammen mit einem kleinen Stapel von Goldmünzen, die sie im Lauf der Jahre gespart hatte.

»Das ist nicht genug«, erklärte Gretchen, nachdem sie die Münzen und den Schmuck geprüft hatte.

»Ich … Mehr habe ich nicht mitgebracht«, stammelte Nyra verblüfft.

Sie hatte erwartet, dass sie mit diesem großzügigen Angebot jede Forderung würde begleichen können. Was sie der Hexe anbot, entsprach dem Zweijahreslohn eines Knechtes auf ihrem Hof.

Die Hexe betrachtete sie, und ein gieriger Ausdruck schimmerte durch ihre vom grauen Star getrübten, milchigen Augen hindurch. »Dein Ring.«

Nyra wich zurück und faltete die Hände über ihrem Hochzeitsring, als könnte sie ihn vor dem gierigen Blick der Hexe verstecken. Sie hatte gehofft, dass Gerrit den Schmuck nicht vermissen würde, den sie mitgenommen hatte. Aber wenn sie ohne den Ring zurückkehrte, den er ihr bei ihrer Vereinigung gegeben hatte, würde ihm das ganz gewiss auffallen.

»Nein! Mein Ehemann wird fragen, was passiert ist. Er darf nicht herausfinden, dass ich hier gewesen bin.«

Gretchen zuckte mit den Schultern. »Der Ring oder nichts. Das ist der Preis für dein Kind.«

Nyra hasste sie, diese böse alte Frau, die das Leben ihres ungeborenen Babys in ihren hässlichen, knorrigen Händen hielt. Langsam und mit Mühe zog sie den Ring von ihrem geschwollenen Finger. In einer Aufwallung von Trotz schleuderte sie den Ring der Hexe entgegen, mit aller Kraft, die ihr schwacher Arm aufbrachte. Die Hand der alten Frau zuckte hoch, so schnell wie eine Schlange, und schnappte sich den Ring aus der Luft.

Nachdem die Hexe den Ring kurz untersucht hatte, stopfte sie ihn in eine verborgene Tasche ihrer Gewänder, zusammen mit dem restlichen Inhalt des Lederbeutels. Den Beutel selbst warf sie ins Feuer, wo er rasch von den widernatürlichen Flammen verzehrt wurde.

Gretchen hob einen weiteren kleinen Knochen hoch und reichte ihn der jungen Frau. Trotz der Angst, die Nyra empfand, nahm sie den Knochen entgegen. Sie drehte ihn in den Fingern und versuchte herauszufinden, von welchem Tier er wohl stammte. Der Knochen war dünn und leicht wie der eines Vogels. Aber er war zu groß, als dass er von irgendeinem Küken hätte stammen können.

»Ein junger Greif«, sagte die Hexe, als hätte sie ihre Gedanken gelesen. »Der Größe nach zu urteilen höchstens ein oder zwei Wochen alt. Noch nicht sehr mächtig, aber es reicht für das hier.«

Nyra blieb nichts anderes übrig, als die alte Frau beim Wort zu nehmen. Sie hatte noch nie einen Greif gesehen; niemand hatte das. Jedenfalls keiner ihrer Zeitgenossen. Greife waren bereits vor Jahrhunderten ausgestorben – falls sie überhaupt jemals existiert hatten. Es hätte Nyra nicht überrascht, wenn Gretchen sie belogen hätte, was den Ursprung des Knochens anging.

»Zerbrich ihn«, wies die Hexe sie an. »Sauge das Mark aus, aber schlucke es nicht herunter. Kaue es und knabbere an dem Knochen. Dann spucke alles ins Feuer.«

Der Knochen war spröde und brach leicht zwischen Nyras Fingern. Sie verzog das Gesicht, als das saure Mark auf ihren spröden Lippen und der Bisswunde in ihrer Zunge brannte. Aber sie tat wie geheißen, kaute und knabberte, bis die Hexe mit einem Nicken auf das Feuer deutete.

Nyra spuckte aus. Das Grau des Knochens vermischte sich mit dem dunklen Rot des Blutes, das immer noch aus den Wunden in ihrem Mund sickerte. Das Feuer flammte auf, hell orange und so heiß, dass sie das Gesicht von dem Blitz abwenden musste. Als sie den Kopf wieder zurückdrehte, sah sie nur ein kleines, weiß schimmerndes Kohlenstück, nicht größer als ein Daumennagel, das mitten in den nun blaugrünen Flammen lag.

»Nimm es!«, befahl Gretchen.

Nyra erinnerte sich daran, wie die Hexe vorhin direkt über das magische Feuer gegriffen hatte, scheinbar ohne die Hitze zu spüren. Also griff sie in die Flammen und packte die weiße Kohle, dann schrie sie vor Schmerz und Überraschung auf und riss hastig den Arm zurück, als die Hitze ihre Haut versengte. Aber sie hatte die Faust um ihre Beute geballt, die überhaupt nicht heiß zu sein schien.

Gretchen kicherte boshaft, als Nyra ihre verbrannte Hand betrachtete. Die Haut war von der Hitze gerötet und zeigte ein paar Brandblasen. Aber es war nichts Ernstes, nichts Dauerhaftes. Sie spürte, wie ihr die Tränen kamen. Tränen des Schmerzes und Tränen wegen der Grausamkeit der Hexe. Ebenso Tränen der Furcht und der Verzweiflung, die sie sich versagt hatte, seit ihr klar geworden war, dass das Kind in ihrem Leib sich nicht mehr rührte. Aber sie würde nicht weinen. Nicht vor dieser boshaften alten Frau. Nicht jetzt, wo es echte Hoffnung für ihr Baby gab. Nyra starrte die Hexe böse an, und das gemeine Gelächter verstummte.

»Schlucke die Kohle. Sie wird dir beim nächsten Mond ein gesundes Kind schenken«, erklärte die Hexe. »Aber du musst wissen, dass du dafür einen weiteren Preis zahlen musst«, fuhr sie leise fort.

Nyra schien die letzten Worte nicht gehört zu haben, zumindest gab sie das vor. Stattdessen legte sie die kleine Kohle in ihren Mund. Sie brannte mit der salzigen Wärme von Leben, als sie durch ihre Speiseröhre rutschte. Sie keuchte vor Überraschung und brach in Freudentränen aus, als sie spürte, wie das Baby plötzlich in ihrem Leib um sich trat.

Zwei Wochen später musste Nyra erneut die Qualen der Geburt ertragen. Sie war am ganzen Körper schweißgebadet. Ein kühles Tuch bedeckte ihre Stirn, aber der Raum war heiß. Die Helferin der Hebamme hatte das Feuer hoch aufgeschichtet, um die Kälte des Winters zu vertreiben, die ohnehin bereits nachließ. Klebriges warmes Blut bedeckte die Innenseiten ihrer Schenkel und sickerte zwischen ihren Beinen hervor. Es hatte die gleiche Farbe wie der Mond am Himmel in diesen letzten drei Nächten.

Der Blutmond, dachte Nyra und atmete hechelnd, als sie sich bemühte, die Kontraktionen zu kontrollieren. *Ein schlechtes Vorzeichen.*

Plötzlich spürte sie einen Schmerz tief in sich, und sie schrie laut auf.

»Nicht pressen!«, schrie die Hebamme, die zwischen ihren Beinen hockte.

Nyra hörte die Furcht in ihrer Stimme. Sie spürte ihre Hände dort unten; die Hebamme massierte sie und wischte das Blut weg. Nyra wollte Gerrit, wollte seine starken Finger fühlen, mit denen er die ihren hielt, wollte seine geflüsterten, beruhigenden Worte hören. Aber die Frauen hatten ihn irgendwann während der Geburt hinausgeschickt.

Eine der Helferinnen beeilte sich, das Laken auf ihrem Bett zu wechseln. Nyra sah das Entsetzen auf dem Gesicht des jungen Mädchens.

Es ist nicht immer so, wollte Nyra ihr sagen. *Es gibt nicht immer so viel Blut, so viel Schmerz. Es ist nicht immer so, nur bei mir.* Stattdessen jedoch schrie sie vor Schmerz auf, als sie erneut das Gefühl hatte, von innen zerfetzt zu werden.

»Jetzt!«, schrie die Hebamme. »Pressen, Nyra! Jetzt!«

Und das tat sie, obwohl sie spürte, wie sie in Stücke gerissen wurde. Die Welt löste sich auf, verschwand hinter einem Schleier blendender Qual, und plötzlich begriff sie die letzte Warnung, die ihr die Hexe im Wald gegeben hatte. Jetzt kannte sie den wahren Preis, den die Macht des Chaos von ihr forderte.

Sie hörte den klagenden Schrei ihres Sohnes, die gebrüllten, verzweifelten Befehle der Hebamme, die aufgeregten Helferinnen, die versuchten, die Mutter zu retten, und jetzt endlich weinte Nyra. Sie weinte über das, was sie gesehen, was sie letztendlich begriffen hatte. Sie weinte vor Freude und Leid und vor Entsetzen über den Preis, den sie für das Leben ihres Sohnes zahlen musste. Sie weinte, noch während ihre Welt dunkel wurde und ihr eigenes Leben zwischen ihren Beinen in einer immer stärker anwachsenden Flut von Blut aus ihr herauslief.

2

Das kleine Mädchen hustete einmal und spie einen Klumpen aus Schleim und Blut aus, der ihre Luftröhre verstopft hatte. Es würgte, keuchte, und dann begann es zu weinen. Seine Schreie zerrissen das lastende Schweigen in dem Raum im hinteren Teil des *Goldenen Reifs*, und Methodis sprach ein kurzes Dankgebet zu den Neuen Göttern, weil das Kind überlebt hatte, im Unterschied zu seiner jungen, unterernährten Mutter. Sie hatte es nicht geschafft.

Das kleine Mädchen war stark, stärker, als Methodis es angesichts der Umstände ihrer Geburt für möglich gehalten hätte. Würde er an solche Dinge glauben, hätte er es ein Wunder genannt, oder eine Tragödie, je nachdem.

Ihre Mutter ist tot, der Vater unbekannt, dachte der Heiler. *Sie ist erst wenige Sekunden alt und schon alleine auf der Welt.*

Er band die Nabelschnur ab und reichte das Neugeborene der verängstigten Küchenhilfe, die man gezwungen hatte, ihm als Assistentin zu dienen, hier in dem Hinterzimmer des Freudenhauses. Methodis kannte sie ebenso wenig wie die tote Mutter. Es musste eine von Lugers Neuerwerbungen sein.

»Wisch das Kind mit den weichen Tüchern sauber«, erklärte er bedächtig. »Und sei sehr vorsichtig. Dann wickle es in Decken.« Das verstörte Mädchen nickte und nahm das zappelnde, winzige Baby vorsichtig in die Arme. Dann blickte sie auf die Mutter, die in einem Bett lag, das normalerweise für lustvollere Zwecke gedacht war. Hastig wandte sie den Blick von der Leiche mit ihrem zerfetzten, blutigen Unterleib ab.

»Was ist mit Ilana?«, flüsterte das Mädchen bebend.

Methodis schoss der Gedanke durch den Kopf, dass das Mädchen die Mutter vielleicht gut gekannt hatte. Waren sie vielleicht sogar Freundinnen gewesen?

»Du kannst sie mir überlassen. Ich werde sie säubern und für eine ordentliche Beerdigung vorbereiten. Nachdem ich mit Luger geredet habe.«

Methodis machte sich nicht die Mühe, sich selbst zu reinigen, bevor er losging, um mit dem Besitzer dieses Bordells zu sprechen. Er wollte, dass Luger alles sah, das Blut auf seinem Wams, auf seinen Händen und Armen bis hin zu den Ellbogen. So weit hatte er in den Leib der sterbenden Mutter gegriffen, um das Kind herauszuholen. Beim Öffnen der Tür hinterließ er einen roten Handabdruck auf dem Griff.

Luger lehnte, lässig wartend, an der Wand im Gang vor dem Zimmer. Die Pupille seines gesunden Auges weitete sich kurz, ansonsten jedoch zeigte er keine Reaktion auf das gruselige Aussehen des Heilers. Wie immer erinnerten die hässliche Narbe und die leere Augenhöhle auf der linken Seite von Lugers Gesicht Methodis an diese Nacht vor nahezu zwei Jahren. Damals hatte er die Stichverletzung in ebendiesem Flur genäht. Und er hatte sich gehütet, Luger nach dem Schicksal des Gastes zu fragen, der ihm diese Wunde zugefügt hatte.

»Ich habe das Baby schreien hören, weiß also, dass es lebt.« Luger spie ein Stück Kaublatt auf die Bodendielen. »Hätte nicht gedacht, dass das Kleine überlebt. Nicht, wenn es unter dem *Blutmond* geboren wird.«

Die ganze letzte Woche hatte ein Vollmond von der Farbe

frischen Blutes den Himmel über Callastan beherrscht. Es war ein unglaublich seltenes Phänomen, das man seit den Tagen der Säuberung vor zwanzig Jahren nicht mehr gesehen hatte.

Ein altes Sprichwort kam Methodis unwillkürlich in den Sinn. *Kinder, die unter dem* Blutmond *geboren werden, sind vom Chaos gezeichnet.* Der Heiler wusste, dass viele Leute dieses kleine Mädchen für verflucht halten würden. *Als wenn es nicht schon so genug Probleme hätte.*

»Wie geht es Ilana?« Die Frage Lugers unterbrach die Gedanken des Heilers. »Wie hält sie sich?«

Hätte Methodis mit der verängstigten Küchenmagd im Hinterzimmer gesprochen, hätte er seine Worte vorsichtig gewählt, um den Schlag abzumildern. Aber mit dem widerlichen Inhaber dieses Freudenhauses machte er keine Umstände. »Sie ist tot.«

»Tot? Erst lässt dieses dumme Weibsstück sich schwängern, und dann lässt du sie sterben? Weißt du, wie viel sie gekostet hat?«

Luger lehnte nicht mehr länger an der Wand, sondern stand gerade aufgerichtet da. Mit seinen ein Meter fünfundneunzig überragte er den zierlichen Heiler beträchtlich.

»Unter diesen Bedingungen habe ich getan, was ich konnte.« Methodis musste sich zusammenreißen, um ruhig und gelassen zu antworten. Er kannte die Konsequenzen, die es nach sich zog, wenn man Lugers Zorn erregte. Aber er musste an die blauen Flecken und Striemen auf dem Körper der toten Mutter denken, und das machte es ihm schwer, seinen Zorn zu beherrschen. »Ich bin nicht dafür ausgebildet, Kinder im Hinterzimmer eines callastanischen Bordells zur Welt zu bringen.«

»Wofür zum Teufel habe ich dich bezahlt, wenn du

nicht einmal imstande warst, sie zu retten? Ich sollte dir das, was sie mich gekostet hat, vom Honorar abziehen!« Luger spie erneut auf den Boden und trat einen Schritt vor. Sein dunkler Schatten fiel über den Heiler. »Bei Gottes Blut, ich sollte dir diesen Besuch sogar in Rechnung stellen! Sie war eines meiner besten Mädchen, bevor sie mit diesem verdammten Kind schwanger wurde!«

»Dann hättest du mich früher holen sollen!«, gab Methodis zurück. Seine Stimme wurde lauter, als sein eigener Zorn zunahm. »Du hast zu lange gewartet. Sie ist verblutet. Dass du ein paar Münzen sparen wolltest, hat sie das Leben gekostet!«

Der Heiler trat trotzig einen Schritt vor und verringerte den Abstand zwischen sich und dem Bordellbesitzer auf wenige Zentimeter.

»Vielleicht«, presste Methodis zwischen den Zähnen hervor, »wäre es besser gewesen, du hättest die schwangere Frau nicht geschlagen, Mistkerl!«

Luger bewegte sich so schnell, dass der kleinere Heiler nicht einmal reagieren konnte. Er riss Methodis vom Boden hoch und presste ihn an die Wand, so fest, dass ihm die Luft wegblieb. Dann schob er sein Gesicht so dicht an das des Heilers, dass der seinen stinkenden Atem riechen und in sein gesundes Auge sehen konnte.

»Niemand redet in meinem Haus so mit mir, kleiner Mann.«

Er hielt den Heiler noch ein paar Sekunden an die Wand gepresst, um seinen Worten Nachdruck zu verleihen, dann ließ er ihn los und trat einen Schritt zurück. Methodis sank auf ein Knie und rang nach Luft. Es dauerte ein paar Sekunden, bis er wieder aufrecht stehen konnte.

»Du sagtest, das Baby wird leben?« Luger sprach so gelassen weiter, als plauderten die beiden Männer auf dem

Markt. Luger war sehr jähzornig, vergaß andererseits auch genauso schnell seinen Zorn, sagte man von ihm.

»Das Kind wird leben, obwohl das nicht mein Verdienst ist. Es ist ein kleines Mädchen. Es ist ein paar Wochen zu früh gekommen, so wie es aussieht. Aber es ist eine Kämpferin. Mach dir keine Sorgen, ich werde mich um das Kind kümmern.«

»Du?«, erkundigte Luger sich ungläubig. »Warum solltest du das Kind nehmen? Ich habe eine Amme, die es stillen kann, und ein Dutzend Mädchen, die sich darum kümmern können.«

Dieses Angebot überrumpelte Methodis. »Du … Du willst dieses Kind großziehen? Aber warum?«

»Weil es mir gehört, verdammt!«

Methodis war erstaunt. Der Besitzer eines Freudenhauses schlief nicht mit seinen Mädchen. Das machte man einfach nicht. Nicht nur aus geschäftlichen Gründen, sondern weil es als Zeichen von Schwäche galt. Luger hatte sich seinen rücksichtslosen Ruf redlich verdient und war allgemein für seine Gewissenlosigkeit bekannt. Allein die Vorstellung, dass er mit einem seiner Mädchen zusammen gewesen sein sollte, war nahezu grotesk.

»Bist du etwa der Vater?«, murmelte Methodis verwirrt. Er versuchte immer noch, Lugers Beweggründe zu begreifen.

Der Bordellbesitzer schnaubte verächtlich.

»Ich bin nicht der Vater, Blödmann! Ich lasse mich nicht von meinem Schwanz herumkommandieren. Wenn ich meinen eigenen Huren Kinder mache, kann wohl nichts Gutes dabei herauskommen! Aber ich habe die Mutter gekauft, also gehört das Kind mir. Es ist mein Eigentum.«

Jetzt war Methodis alles klar. Luger war dasselbe widerliche, ekelhafte Geschöpf wie immer. Im tiefsten Inneren war er einfach nur ein Geschäftsmann, der versuchte, seine Unkosten wieder hereinzuholen. Für ihn war dieses kleine Mädchen eine Investition in die Zukunft. Er hatte die Mutter, Ilana, eines seiner besten Mädchen genannt. Zweifellos vermutete er, dass ihre Tochter ihr an Schönheit gleichkommen würde. Und dann konnte sie schon bald in den Hinterzimmern des Bordells ebenso viel verdienen wie ihre Mutter. Sogar mehr, falls Luger tatsächlich so verkommen war, dass er sie verkaufte, bevor sie auch nur halbwegs zur Frau herangereift war.

Aber trotz aller Sünden und Laster, die man in der Hafenstadt Callastan für Geld bekommen konnte, war Sklaverei nach wie vor nicht legal. Methodis erinnerte sich an die ersten mühsamen, aber erfolgreichen Atemzüge des kleinen Wesens außerhalb des Mutterleibes und traf eine überstürzte Entscheidung.

»Die Leiche der Mutter muss weggeschafft und bestattet werden. Die Stadtbüttel werden Fragen stellen, was mit ihr passiert ist.«

Luger zuckte mit den Schultern. »Eine schwere Geburt unter einem verfluchten Mond«, sagte er als Erklärung. »Wenn sie mir das nicht abkaufen, dann stecke ich ihnen ein paar Münzen zu, damit sie ein Auge zudrücken. In diesem Viertel gibt es jede Menge tote Huren.«

»Sie werden auch nach dem Kind fragen«, setzte Methodis nach. »Was mit ihm passiert ist, wer sich darum kümmert. Und möglicherweise sind sie neugierig, warum ein Mann, der nicht der Vater ist, einen Besitzanspruch auf das Mädchen erhebt. Willst du ihnen wirklich sagen, dass du Ilana gekauft hast?«

Mit einer geschmeidigen Bewegung hielt Luger plötzlich ein Messer in der Hand. Er rieb sich mit der flachen Seite der Klinge über das Kinn, als würde er nachdenken.

»Willst du mir vielleicht drohen, Methodis? Hältst du dich wirklich für so unersetzlich für die Menschen in diesem Viertel, dass ich dich nicht auf der Stelle umbringen könnte?«

Der Heiler wog seine nächsten Worte sehr sorgfältig ab. »Es ist schwer, einen Heiler zu finden, der bereit ist, in einem Bezirk zu arbeiten, der so nah am Hafen liegt wie dieser hier. Bevor du mich tötest, solltest du lieber einen Ersatzmann für mich parat haben. Du bist nicht der Einzige, der meine Dienste regelmäßig benötigt. Die anderen Tavernenbesitzer im Bezirk könnten vielleicht sehr wütend auf dich werden.«

»Ihre Wut kann mit Silber besänftigt werden«, erwiderte Luger. In seinem Auge schimmerte ein gefährlicher Funke.

»Und all das für ein Mädchen?«, erwiderte Methodis. »Denk an die Zeit und die Kosten, die es verschlingen wird, es großzuziehen. Ist es das wirklich wert? Klingt nicht unbedingt nach einem guten Geschäft.«

Der Hauch eines Zweifels zuckte über Lugers Gesicht, obwohl er weiterhin mit dem Messer bedrohlich über sein unrasiertes Kinn schabte.

»Und wie wird das erst hier im Bezirk wirken?« Methodis spielte seine letzte Karte aus. »Du behauptest zwar, dass du nicht der Vater bist, aber trotzdem scheinst du merkwürdig besessen von diesem Kind zu sein. Wenn du es bei dir behältst, wird das Fragen aufwerfen. Und es wird Gerüchte geben, dass Luger seine Hände nicht von seinen Mädchen lassen kann.«

Luger knurrte und warf sein Messer so, dass es unmittelbar vor den Füßen des Heilers landete. »Ich schlafe nicht mit meinen eigenen Huren!«

Methodis blickte auf die Klinge, die fast drei Zentimeter tief in den Holzdielen steckte und immer noch vibrierte.

Dann sah er in Lugers wütend glühendes Auge. »Ich werde die Leiche der Mutter wegschaffen und beerdigen. Und wenn ich gehe, nehme ich das Kind mit.«

»Du kannst dieses kleine Miststück haben!«, zischte Luger, drehte sich um und stürmte wütend durch den Korridor davon.

Der Heiler atmete erleichtert auf, bevor er wieder in das Hinterzimmer zurückkehrte. Überrascht stellte er fest, dass das kleine Kind aufgehört hatte zu weinen. Die Küchenmagd wiegte das Baby sanft in den Armen und kehrte der Leiche im Bett wohlweislich den Rücken zu.

»Du schaffst sie von alldem hier weg?«, fragte das Mädchen, als er hereinkam. »Das Baby, meine ich? Bringst du es in Sicherheit?«

»Du kannst das Kind noch eine Weile halten«, erwiderte Methodis sanft. »Ich muss erst die Mutter säubern.«

»Sie kam von den Wester-Inseln«, flüsterte das Mädchen. »Ihr Name war Ilana. Sie hat mir gesagt, das bedeutete *glücklich*.«

Methodis nickte. Er hatte die nussbraune Hautfarbe und die mandelförmigen Augen der Mutter bemerkt, als er gekommen war, um bei der Geburt zu helfen.

Schweigend reinigte er die Tote und wickelte sie dann in ein Leichentuch, damit die Behörden sie wegschaffen konnten. Dann zog er seinen blutgetränkten Kittel aus und säuberte Hände und Arme im Becken.

Das Mädchen saß in einer Ecke und wiegte immer noch das Baby. Der Heiler legte ihm eine Hand auf die Schulter, und die junge Frau drehte sich zu ihm herum. Nach unmerklichem Zögern reichte sie ihm das Baby.

»Hast du … Hast du schon einen Namen für sie?«

»Sciithe«, antwortete der Arzt nach kurzer Überlegung. »Das bedeutet in der Alten Zunge *Courage*.«

Die Küchenmagd lächelte schwach, obwohl Tränen in ihren Augen schimmerten.

»Sie hatte Mut, so viel ist sicher. Leb wohl, du tapferes kleines Schätzchen.« Sie versuchte, den fremdartigen Namen richtig auszusprechen, aber es gelang ihr nicht ganz. »Leb wohl, Scythe.«

Methodis brachte es nicht über sich, sie zu verbessern.

3

Roland saß nervös auf einem stabilen Holzstuhl, den er bei seiner massigen Gestalt auch brauchte, vor Mistress Wyndhams Privatgemächern. Von Zeit zu Zeit veränderte er seine Position, indem er sich vorbeugte, seine schwieligen Hände in hilfloser Frustration verschränkte und zu Fäusten ballte.

Seit nahezu zehn Jahren arbeitete er jetzt für Conrad Wyndham. Anfangs war er wegen seines Schwertes eingestellt worden. Er war ein ehemaliger Soldat, der als zusätzliche Bewachung für die Händlerkarawanen auf den langen Reisen in fremde Länder dienen sollte. Mit der Zeit jedoch hatte der Kaufmann Roland weit größere Verantwortung übertragen. Zum Beispiel die Aufsicht über die Bediensteten des Herrenhauses und der Stallungen sowie die Sorge für die Sicherheit des Heimes und der Familie seines Herrn während dessen langer Geschäftsreisen.

Aber gegen das hier konnte Roland nichts unternehmen. Geburten waren Sache der Frauen, und nachdem er einen Diener losgeschickt hatte, der die Hebamme holen sollte, konnte er nicht viel mehr tun, als zu warten und sich Sorgen zu machen.

Die rote Scheibe, die in dieser Nacht am Himmel hing, verstärkte seine Furcht. Er war von Natur aus kein abergläubiger Mann, aber als er hier hilflos herumsaß, erinnerte er sich unwillkürlich an all die alten Weibergeschichten, die er im Laufe der Jahre gehört hatte. *Der* Blutmond *ist ein Vorbote dunkler Zeiten. Vertrocknetes Getreide. Zweiköpfige Kälber. Seuchen und Pestilenz. Tot geborene Kinder.*

Vor einer Stunde hatte er Mistress Wyndhams Schmerzensschreie aus ihrem Schlafgemach gehört. Bei jedem Schrei hatten sich seine Muskeln unwillkürlich zusammengezogen, und seine Hand hatte nach dem Kurzschwert an seiner Taille greifen wollen. Er hatte gedacht, dass es nichts Schlimmeres geben könnte, als diese Schreie zu ertragen, aber er hatte sich geirrt.

Die Hebamme musste Mistress Wyndham etwas gegen die Schmerzen gegeben haben, denn die Schreie waren bis auf ein leises Stöhnen abgeklungen, bis sie schließlich vollkommen aufhörten. In dem folgenden Schweigen war Roland fast verrückt geworden. Er hatte sich entsetzliche Bilder ausgemalt von dem, was dort passiert sein konnte. Etliche Male war er aufgestanden und zur Tür marschiert, fest entschlossen, in den Raum zu stürmen, damit er endlich wusste, was dort geschah. Jedes Mal hatte er innegehalten und war zu seinem Stuhl zurückgekehrt. Ihm war klar geworden, dass seine Einmischung die Arbeit der Hebamme nur erschweren würde.

Als die Tür sich schließlich öffnete und die Hebamme auftauchte, sprang Roland besorgt hoch. Die Hebamme war eine stämmige Frau mittleren Alters. Sie wirkte eher unscheinbar und machte stets einen sehr ernsthaften Eindruck. Im Dorf sagte man, dass sie während ihrer Laufbahn mehr als hundert Kinder zur Welt gebracht hätte. Roland sah, dass ihre Schürze blutbefleckt war, und der ernste Ausdruck auf ihrem Gesicht bestätigte seine schlimmsten Befürchtungen.

»Es tut mir leid«, sagte die Hebamme leise. »Das Mädchen war zu schwach. Es ist gestorben.«

Roland ließ sich schwer auf den Stuhl fallen, beugte sich

vor und nahm den Kopf zwischen die Hände. Sir Wyndham würde morgen Abend zurückkehren. Wie konnte Roland ihm sagen, dass seine Tochter tot war?

Er holte tief Luft, schüttelte den Kopf und riss sich zusammen, sodass er zumindest gerade sitzen konnte. »Und was ist mit Mistress Wyndham?« Seine Stimme klang belegt vor Trauer.

»Ich habe ihr etwas gegen die Schmerzen gegeben. Sie schläft jetzt, aber sie wird leben«, erwiderte die Hebamme brüsk, während sie ihre blutbefleckte Schürze abnahm und sie in einen dicken Lederbeutel stopfte, den sie bei ihrer Ankunft neben die Schlafzimmertür gestellt hatte. »Aber sie wird nie wieder gebären können. Die Krankheit, die ihr das Kind genommen hat, hat sie auch unfruchtbar gemacht.«

»Der *Blutmond*«, flüsterte Roland. Er hatte nicht einmal gemerkt, dass er laut sprach. Aber trotzdem hatte die Hebamme ihn gehört.

»Schiebt es nicht auf Flüche und Magie«, antwortete sie müde. »Sondern gebt dem Fieber die Schuld.«

Roland nickte, wütend über seine eigene Dummheit, und akzeptierte ihre Erklärung als die vernünftigere. Celia Wyndham war nicht die erste Frau aus dem Dorf, die in diesem Monat ihr Kind verlor. Nicht seit dem Ausbruch der Seuche, die sich bis in ihre Provinz ausgebreitet hatte. Trotzdem hatte diese Tragödie Roland unvorbereitet getroffen. Er hatte insgeheim gehofft, dass sie hier im Herrenhaus von der Krankheit verschont bleiben würden, so als würden Krankheit und Tod irgendwie Rücksicht nehmen auf Rang und Namen.

Er sah schweigend zu, wie die Hebamme den Beutel aufhob und wieder in das Schlafgemach ging. Sie bewegte sich mit der Routine langjähriger Erfahrung. Er sah durch die halb geöffnete Tür, wie sie die Salben, Tränke und Cremes einpackte, die sie mitgebracht hatte. Es bedeutete Unglück, wenn ein Mann Geburtsmedizin berührte, also machte Roland keine Anstalten, ihr zu helfen, während sie die Phiolen und Tiegel einsammelte. Sie wickelte jedes Gefäß einzeln in ein Tuch, bevor sie es in dem Beutel verstaute.

»Was hat Mistress Wyndham gesagt?«, rief Roland schließlich. Sein Pflichtgefühl veranlasste ihn, nicht mehr an den tragischen Tod der Tochter seines Lehnsherrn zu denken, sondern an das Wohlergehen von dessen Gemahlin. »Wie war ihre Reaktion, als … als du es ihr gesagt hast?«

»Sie weiß es noch nicht«, antwortete die Hebamme zerstreut. Sie konzentrierte sich darauf, nichts von ihrer Medizin zurückzulassen. »Der Schmerz war zu groß. Sie hat mich gebeten, ihr etwas zu verabreichen, damit sie während der Geburt schlafen kann. Sie wird nicht vor morgen früh aufwachen.«

»War es denn eine so schwere Geburt?« Roland runzelte die Stirn.

»Nicht schwerer als normal«, gab sie zurück, während sie aus dem Raum trat und ihren Beutel mit einem leisen Stöhnen auf dem Boden absetzte. In ihrem anderen Arm hatte sie ein kleines Bündel aus sauberen weißen Decken. »Einige Frauen sind stark und können den Schmerz ertragen. Andere dagegen …« Sie ließ den Satz unvollendet und zuckte mit den Schultern.

Celia Wyndham war jähzornig und ließ das oft an ihren Bediensteten aus, aber trotzdem würde niemand sie für eine starke Frau halten. Ihr ganzes Leben lang hatte man sie vor der harten Realität der Welt beschützt. Aber es bekümmerte Roland, dass sie nicht einmal für die Geburt ihres ersten Kindes hatte wach sein wollen.

Er erhob sich, als die Hebamme den Raum durchquerte und ihm das Bündel hinhielt. Es war das in weiche Decken eingewickelte Kind.

»Es könnte sein, dass sie ihr Kind sehen will, wenn sie aufwacht«, erklärte die Hebamme.

Roland bemerkte, als er das Bündel entgegennahm, dass das kleine Mädchen gesäubert worden war. Aber sein Gesicht war aschfahl. Ganz offensichtlich war es tot. Als er auf den Leichnam des Kindes starrte, fühlte er sich gezwungen, eine weitere Frage zu stellen. Eine, die zu stellen er kein Recht hatte.

»Ich habe gehört, dass die Geburt schwieriger ist, wenn die Mutter nicht helfen kann«, sagte er. Er wählte seine Worte sehr vorsichtig.

Die Hebamme nickte, drehte sich um und ging wieder zu ihrem Beutel, um den Inhalt ein letztes Mal zu überprüfen.

»Manchmal kann die Mutter pressen oder halten, bis ich bereit bin«, gab sie zu.

Nachdem sie sich davon überzeugt hatte, dass alles sicher verpackt war, verschloss sie den Beutel und schwang ihn sich über ihre fleischige Schulter.

»Manchmal macht das einen entscheidenden Unterschied.«

»Aber Mistress Wyndham wollte schlafen«, presste Roland zwischen den Zähnen hervor. »Eine Mutter sollte für ihr Kind kämpfen!«, setzte er dann hinzu.

Die Hebamme zuckte gleichgültig mit den Schultern. »Manchmal spielt es auch keine Rolle. Ich habe erlebt, wie die Krankheit seit dem letzten Mond vier Kinder das Leben gekostet hat. Zwei Mütter sind dabei ebenfalls gestorben. Wäre die Mistress wach geblieben, um die Geburt durchzustehen, wäre sie jetzt vielleicht ebenfalls tot. Und das hätte das Kind möglicherweise auch nicht retten können.«

Irgendwie störte das Roland noch mehr. »Also ist alles nur Zufall? Eine Laune der Götter?«

»Leben und Tod sind eng miteinander verwoben«, antwortete die Hebamme sachlich. Dann seufzte sie, müde von der langen, anstrengenden Nacht und überdrüssig der Fragen, auf die es keine echte Antwort gab.

»Die Krankheit nimmt die einen und verschont die anderen. Es gibt dafür keine logische Erklärung. Vor vier Nächten hat das Fieber den Gehilfen des Schmieds dahingerafft, einen kräftigen, gesunden Burschen.«

Roland kannte den Gehilfen des Schmieds und wusste, dass sie die Wahrheit sagte. Aber die Weisheit der Hebamme konnte ihn nicht trösten, während er das kalte, bleiche Kind an seine Brust drückte.

»Die Frau des Burschen ist ebenfalls schwanger«, murmelte er. Er erinnerte sich an die Tratschgeschichten, die er von einem der Zimmermädchen gehört hatte.

»Das ist der grausamste Scherz von allen«, erwiderte die Hebamme. Sie trat von einem Fuß auf den anderen, während sie das Gewicht des Beutels auf ihren Schultern verlagerte. Es war offensichtlich, dass sie endlich aufbrechen wollte, aber sie hatte nicht vor, Roland zu beleidigen, indem sie ohne einen angemessenen Abschied ging. »Vor zwei Nächten hat die Witwe eine Tochter geboren. Doch dann hat das Fieber sie ebenfalls dahingerafft.«

Roland schüttelte den Kopf. Er war wie betäubt angesichts der endlosen Liste von Leid und Elend. »Noch ein totes Kind.«

»Nicht das Kind«, widersprach die Hebamme. Eine Spur von Gereiztheit schlich sich in ihre Stimme. »Die Mutter. Die Mutter ist gestorben, das Kind hat überlebt.« Sie schnalzte mit der Zunge. »Das Schicksal kann sehr grausam sein. Nicht einmal einen Tag alt und schon eine Waise. Die meisten würden behaupten, dass das Kind verflucht ist«, setzte sie leise hinzu. »Es ist ein Wunder, dass ich überhaupt jemanden gefunden habe, der das Kind aufnehmen wollte.«

Roland stand vollkommen durchnässt vor der Tür der kleinen strohgedeckten Hütte. Die Hütte lag am äußersten Rand der Stadt, und der mitternächtliche Regen prasselte in einem dichten Schleier vom Himmel. Trotzdem zögerte Roland, bevor er an die Tür klopfte. Es war nicht die späte Stunde, die ihn innehalten ließ. Er vermutete, dass die Frau in der Hütte noch wach war. Sie war ein Geschöpf der Nacht.

Es war sein eigener Zweifel, der ihn zaudern ließ. Sein Plan war Wahnsinn, aber er konnte den Gedanken nicht ertragen, Sir Wyndham sagen zu müssen, dass sein Kind tot war. Er nahm alle Entschlossenheit zusammen, hob die Faust und klopfte hart an die Tür. Eine Minute später schwang sie auf. Die kleine dürre Gestalt von Bella tauchte in dem Rahmen auf. Sie war die Dorfhexe.

»Wer kommt hier mitten in der Nacht an meine Tür?«, flüsterte sie heiser. Sie hatte die eisblauen Augen zusammengekniffen, um den Besucher in der Dunkelheit und dem Regen erkennen zu können.

Roland kannte sie hauptsächlich aufgrund ihres Rufes. Bella verließ ihr Haus tagsüber nur selten, und da er im Herrenhaus lebte, hatte er bisher noch nie Grund oder auch nur Gelegenheit gehabt, sie um Hilfe zu ersuchen. Er hatte sie ein- oder zweimal auf der Straße gesehen, aber nie aus der Nähe. Es überraschte ihn, wie klein sie ohne ihren Kapuzenmantel und ihren Gehstock wirkte; sie war kaum größer als einen Meter fünfzig.

Etliche Leute aus der Stadt nannten sie die Weiße Hexe, und es war nicht schwer nachzuvollziehen, warum. Sie hatte langes silbergraues Haar, und ihre Haut war so bleich, dass sie aussah, als wäre sie aus Alabaster. Ihre schlichten Gesichtszüge zeigten nur wenige Falten, und diese Linien schienen ihr eher einen Anflug von Weisheit zu verleihen, als von ihrem Alter zu künden. Sie wirkte wie Anfang fünfzig, aber wenn die Geschichten stimmten, musste sie mindestens zwei Jahrzehnte älter sein.

Sie trug ein Neugeborenes in den Armen, ein Mädchen mit rosiger Haut, das sie mit einem sehnigen Arm fest an ihren weißen Busen drückte. Das Baby war nackt, und Bella trug nur eine durchscheinende Tunika, die oben geöffnet war und ihre Brüste entblößte. Das kleine Mädchen im Arm der Hexe saugte hungrig an ihrer Brust.

Roland wollte sich nicht einmal vorstellen, welche bösartigen Künste dazu führten, dass aus der Brust der Hexe Milch floss. Er unterdrückte einen Schauder, als er das Geräusch des nuckelnden Babys hörte, und hob seinen Blick, um Bella anzusehen. »Ich arbeite für Sir Wyndham«, sagte er ruhig.

Bella spitzte die Lippen, und ihre kalten Augen verengten sich zu Schlitzen. »Mistress Wyndham, meinst du wohl.« Sie gab sich keine Mühe, ihre Verachtung für Conrads übermäßig fromme Gemahlin zu verbergen. »Es ist zu spät. Ihr Kind ist tot, und ich kann nichts tun, um es zurückzubringen.«

Sie versuchte, ihm die Tür vor der Nase zuzuschlagen, aber Roland war schneller. Er stellte den Fuß dazwischen, stieß die Tür auf und trat in das Haus.

»Woher weißt du das?«, wollte er wissen. »Die Hebamme hat das Kind erst vor einer Stunde zur Welt gebracht!«

Roland war ein sehr großer Mann mit einer breiten

Brust und mächtigen Schultern. Er überragte Bella um einiges. Aber die winzige silberhaarige Frau sah unerschrocken zu ihm hoch, bevor sie sich abwendete und gleichgültig die Tür freigab.

Sie ging zu einer kleinen Wiege in der Ecke, während sie über die Schulter zu ihm zurückblickte. »Ich sehe Dinge«, flüsterte sie bedrohlich. »Ich weiß Dinge. Ich habe Macht.«

»Dann weißt du auch, warum ich hier bin.« Roland ignorierte die Drohung in ihrer Stimme.

Er folgte ihr ins Haus und schloss die Tür hinter sich. Das Haus bestand nur aus einem Raum, der von einer einsamen Kerze erhellt wurde, die auf einem Mauervorsprung in der Nähe der Wiege stand. Dadurch wirkte die kleine Hütte heimelig, wenn auch der größte Teil des Raumes im Schatten lag. Er konnte kaum die Regale an den Wänden sehen, auf denen dicht gedrängt zahlreiche Gläser standen. In einer Ecke stand ein kleiner Tisch, auf dem ein Durcheinander von Flaschen und Phiolen zu sehen war. Darin schwammen irgendwelche Dinge in einer durchsichtigen Flüssigkeit. Wegen des dämmrigen Lichtes war er nicht in der Lage, Einzelheiten zu erkennen, um sie zu identifizieren, was er auch nicht wirklich wollte.

»Ich weiß nicht, warum du hier bist«, gab Bella zu. Sie sprach leise, während sie das Baby in die Krippe legte und es in eine schmutzige Decke wickelte.

Sie band ihre Tunika zu, bevor sie sich zu Roland herumdrehte, sehr zu seiner Erleichterung.

»Die Dinge, die ich sehe, sind nicht immer klar«, erklärte sie. »Nur der Tod ist immer sehr einfach zu verstehen.«

»Du wusstest, dass Mistress Wyndhams Kind sterben würde?«

Bella nickte ein Mal.

»Warum hast du es keinem erzählt?«

»Hätte sie denn auf mich gehört?«, gab sie zurück.

»Es scheint dich nicht sonderlich zu bestürzen, dass ein Neugeborenes gestorben ist«, bemerkte Roland. Er war zwar wütend, aber er sprach leise, um das Kind nicht zu stören.

»Damit hatte ich nichts zu tun!«, fuhr sie ihn an. Auch sie sprach leise. »Diese Provinz wird von einer Seuche heimgesucht, die die Kinder sterben lässt!«

Ihre Reaktion war verständlich. Bella wurde in der Stadt respektiert, aber auch gefürchtet, selbst von jenen, denen sie mit ihren geheimnisvollen Kräften half. Celia Wyndham war eine bekannte Unterstützerin des Ordens und machte aus ihrer Abneigung gegen Bella und ihresgleichen keinen Hehl. Es war nicht gänzlich auszuschließen, dass sie versuchen würde, den Tod ihres Kindes der Hexe anzulasten. Falls Mistress Wyndham herausfand, dass ihr Kind gestorben war.

»Ich weiß, wie du an dieses Kind gekommen bist«, sagte Roland. Er nickte in Richtung Wiege und kam zur Sache.

»Na und?« Bella klang, als müsste sie sich verteidigen. »Ich habe angeboten, das Kind großzuziehen und es mein Handwerk zu lehren.«

»Warum?«, erkundigte sich Roland. »Das Kind ist verflucht. Es wurde unter dem *Blutmond* geboren.«

Bella schnaubte verächtlich. »Verflucht? Dieses Wort benutzen die Furchtsamen und Unwissenden! Das Kind ist gesegnet. Es ist *stark*!«

»Es hat die *Gabe*?«, spekulierte Roland. Jetzt ergab das alles einen Sinn.

Die Hexe weigerte sich, seine Frage zu beantworten. »Wer sonst hätte das Kind aufgenommen?«, sagte sie stattdessen. »Wäre es besser gewesen, es als Waise sterben zu lassen?«

»Der Orden hätte es aufgenommen.«

Bella grinste ihn an und zeigte ihm schimmernde, viel zu perfekte Zähne. Aber es war ein freudloses Lächeln, ein Ausdruck, der ihn verspotten sollte.

»Du weißt, was der Orden Kindern antut, die die *Gabe* haben?«, fragte sie ihn, um ihn zu ködern. »Sie nehmen ihnen die Augen!«

In gewisser Weise stimmte das. Die blinden Mönche des Ordens waren in den Südlanden ein verbreiteter Anblick. Und dennoch war es eine Lüge. Denn diese Mönche waren mit einer magischen *Sicht* gesegnet, durch welche sie die Welt um sich herum einwandfrei wahrnehmen konnten. Jeder wusste, dass sie nicht wirklich blind waren.

»Und was wirst du diesem Kind nehmen?« Rolands Stimme wurde etwas lauter.

Er wusste nur wenig über das Wirken des Chaos und der Magie, aber er fürchtete, dass dieses Kind möglicherweise bei einem der dunklen Rituale benutzt werden könnte. Vielleicht sogar, um dieser alterslosen Frau zu helfen, die Jahre noch ein wenig länger in Schach zu halten.

»Ich will diesem Kind nichts Böses«, erwiderte Bella, als würde sie seine Gedanken wittern. »Es hat Macht, Potenzial. Aber dieses Potenzial wird sich niemals entwickeln können, wenn es dem Orden ausgeliefert wird.«

»Ich will das Mädchen nicht dem Orden übergeben«, versicherte ihr Roland.

»Dieses Kind gehört mir«, beharrte Bella ein letztes Mal. »Niemand wollte es. Ich habe es aufgenommen. Ich werde es nicht einfach Miss Hochnäsig übergeben!« Sie machte eine lange Pause. »Zumindest nicht ohne eine gewisse … Entschädigung.«

Als Roland in das Herrenhaus zurückkehrte, hatte es aufgehört zu regnen, und das erste Morgengrauen dämmerte bereits am Horizont. Es tauchte den immer noch sichtbaren roten Mond in ein unheimliches Orange. Mistress Wyndham schlief noch, als er in ihr Zimmer trat. Die Amme, die dort auf ihn wartete, war eine stämmige, einfache junge Frau von einem der umliegenden Höfe. Sie hatte erst vor einer Woche ihr eigenes Kind zur Welt gebracht.

Sie sagte kein einziges Wort, sondern nahm einfach nur das kleine Mädchen, das Roland ihr reichte. Sie hob das Baby an die Brust, und Roland stieß einen Seufzer der Erleichterung aus, als das Kind anfing zu saugen.

Es war vollbracht. Nur vier Menschen kannten die Wahrheit: die Amme, die Hebamme, Bella und Roland. Und er hatte alles getan, was er vermochte, um das Schweigen der Frauen zu gewährleisten.

Er hatte dafür gesorgt, dass das junge Mädchen, welches das Baby jetzt säugte, begriff, dass sie und ihr eigenes Neugeborenes immer gut versorgt waren, solange sie ihre Position im Herrenhaus behielt. Sie war eine kluge, praktisch veranlagte junge Frau. Roland war zuversichtlich, dass sie diese Zukunft nicht aufs Spiel setzen würde, indem sie ihr Geheimnis verriet.

Und es war noch unwahrscheinlicher, dass die Hebamme redete. Er hatte sie bezahlt, um den Leichnam von Mistress Wyndhams toter Tochter zu beseitigen, und dann hatte er ihr noch einmal Geld für ihr Schweigen gegeben. Außerdem hatte eine Frau, die davon lebte, Kinder zur Welt zu bringen, keinen Grund, den Leuten auf die Nase zu binden, dass sie schon wieder ein totes Kind entbunden hatte.

Bella war die Einzige, bei der sich nicht ganz sicher sein konnte. Er hatte ihr eine sehr großzügige Summe für das

Kind geboten und von ihr verlangt, niemals über das zu reden, was geschehen war. Er hatte ihr weiterhin versprochen, Mistress Wyndhams Zorn von der Hexe und ihrer Tätigkeit fernzuhalten. Er hatte noch nie gehört, dass die Weiße Hexe eine Abmachung mit einem ihrer Klienten gebrochen hätte, aber dennoch brachte er es nicht fertig, jemandem zu vertrauen, der die Dunklen Künste praktizierte. Deshalb hatte er, um die Abmachung zu besiegeln, Bella gewarnt, dass er alles in seiner Macht Stehende tun würde, um den Zorn des Ordens auf sie zu lenken, wenn sie sein Vertrauen jemals enttäuschen würde.

Das war zwar eine ziemlich leere Drohung, aber die Hexe hatte sein Angebot akzeptiert. Das Geld musste er selbst aufbringen, denn nur so konnte er verhindern, dass Sir Wyndham unangenehme Fragen stellte. Roland war kein reicher Mann, und Bellas Preis war sehr hoch gewesen. Aber als er in die strahlend grünen Augen des Babys blickte, die so voller Leben waren, als es an der Brust saugte, wusste er, dass er die richtige Entscheidung getroffen hatte.

4

Ein Windstoß fegte über die Zinnen, zerrte am Umhang der Königin und bauschte ihn über ihren Schultern. Hier in der nördlichen Hauptstadt Ferlhame war der Wind niemals besonders stark, weil die Stadt auf allen Seiten von den endlosen, dichten und uralten Wäldern geschützt wurde. Aber der Abendwind, der über die hohen Mauern der Burg fuhr, trug die Feuchtigkeit eines nur zögernd weichenden östlichen Winters mit sich, und die Kälte drang ihr bis in die Knochen.

Rianna Avareen, in Abwesenheit ihres Gemahls regierende Herrscherin über das Volk der Danaan, hüllte sich fester in ihren Umhang. Instinktiv schützte sie ihren Bauch und das ungeborene Kind darin. Sie spürte, wie das Baby in ihr trat, als wollte es gegen diesen plötzlichen Windstoß aus kalter Luft protestieren.

Bald, dachte sie. *Sehr bald.*

Würde ihr Gemahl nach Hause kommen, um bei der Geburt ihres Erstgeborenen dabei zu sein? Würde der König überhaupt wieder nach Hause zurückkehren?

»Meine Königin, Ihr werdet Euch erkälten.«

Sie musste sich nicht umdrehen, um zu wissen, wer da gesprochen hatte. Sie kannte Drakes Stimme genauso gut wie ihre eigene. Sie hatten ihre Kindheit gemeinsam verbracht und kannten sich mittlerweile seit fast zwanzig Jahren. Sie, eine Prophetin und Prinzessin, verlobt mit Llewlyn Avareen, dem Erstgeborenen des Adelshauses von Avareen und Erbe des Throns von Danaan. Drake, der Sohn eines hochdekorierten Generals, der in der Armee ihres Vaters gedient hatte und dazu ausersehen war, eines Tages die persönliche Leibwache der Königin anzuführen.

Eine Erkältung ist meine kleinste Sorge, dachte sie. Unwillkürlich glitt ihr Blick wieder zu dem blutroten Mond hinauf, der am Himmel über ihnen hing. *Der* Blutmond*, ein Omen des Chaos.*

»Unsere Kundschafter haben noch keine Nachricht gebracht, Drake?« Sie ließ ihren Blick sinken und schaute erneut über die Mauern der Burg hinweg.

»Keine, meine Königin. Und auch von den Falken gibt es nichts Neues.«

Drake trat vor und stellte sich neben sie, um ihr Gesellschaft zu leisten und, wie ihr ebenfalls auffiel, um sie so gut wie möglich vor dem Wind zu schützen. Sie fragte sich, ob er das absichtlich machte oder ob es einfach ein Instinkt war, da er sein ganzes Leben ihrem Schutz gewidmet hatte und stets auf sie aufpasste.

Drake war groß und schlank, hatte jedoch breite Schultern. Wie die Königin trug er einen Umhang gegen die Kälte. Er war von einem dunklen, satten Grün, der Farbe des Hauses Avareen. Das Kleidungsstück betonte seine Hautfarbe; wie bei allen Danaan zeigte der grünlich braune Teint seine Abstammung als Bewohner des Waldes, verriet, dass das Blut des Waldvolks in seinen Adern floss. Sein dunkles, schulterlanges Haar flatterte bei jedem Windstoß wild und ungezähmt um seine Schultern.

Riannas Kammerzofen sprachen oft darüber, wie gut Drake aussah. Aber die Königin kannte ihn schon so lange, dass sie ihn nur als Freund wahrnahm. Und sie war froh darüber, in dieser schwärzesten aller Nächte einen Freund bei sich zu haben. Allein seine Gegenwart spendete ihr ein gewisses Maß an Trost.

»Wir sollten uns keine Sorgen machen«, versicherte er ihr nach einem kurzen Schweigen. »Es ist zu früh, jetzt schon eine Nachricht vom König und seinen Männern zu erwarten.«

Sie nickte stumm. Natürlich hatte er recht. Der König und seine Gefährten waren vor einer Woche aufgebrochen. Sie hatten einen sehr großen Vorsprung vor den Botenfalken, die man ihnen vor drei Nächten hinterhergeschickt hatte, eine Reaktion auf den Traum der Königin.

Der König befindet sich in Begleitung von nahezu zwanzig Berittenen, von denen die eine Hälfte mit langen dünnen Schwertern bewaffnet ist und die anderen mit kurzen, aber sehr weit reichenden Bögen. Neben ihm reiten Hofzauberer, ein Mann und eine Frau. Es ist eine kleine Armee, die nur einen einzigen Feind jagt.

Die Pferde scheuen und bäumen sich auf, werden aber mit leisen und doch entschiedenen Worten wieder unter Kontrolle gebracht. Der König gibt seinen Zauberern ein Zeichen, und sie machen sich daran, den Wald nach der Bestie abzusuchen. Ihre Mienen erstarren, als sie ihre Macht bündeln und ihren Verstand schweifen lassen. Doch plötzlich verzerren sich ihre Gesichter zu Masken entsetzlichen Schmerzes. Die Frau sackt in ihrem Sattel zusammen, und der Mann fällt mit einem Schrei von seinem Pferd.

Die Kreatur bricht mit fürchterlichem Gebrüll aus dem Unterholz. Ein grausiges Geschöpf, das kaum geeignet scheint, in der natürlichen Welt zu leben. Der gewaltige Kopf, der einer Raubkatze ähnelt, spuckt ätzendes Gift, das das Fleisch von Reitern und Pferden gleichermaßen verbrennt. Die Tiere geraten in Panik, und etliche Reiter werden abgeworfen. In diesem Durcheinander feuern die Bogenschützen eine Salve von Pfeilen auf die Kreatur ab, die jedoch wirkungslos von der dicken, schuppigen Haut des Monsters abprallen.

Dann hat die Bestie sie erreicht, schlägt mit ihren fledermausartigen Schwingen auf sie ein, zerfetzt Ross und Reiter mit Löwenkrallen und schleudert sie mit den spitzen Dornen ihrer beiden Schwänze zu Boden. Mit dieser Orgie von Blut und Schreien endet die Vision der Königin.

»Wie hat Andar diese Kreatur noch einmal genannt?« Sie bemühte sich, die Erinnerung an ihren Traum zu unterdrücken, indem sie sich an die Worte des Hohen Zauberers erinnerte.

»Manticor, meine Königin.«

»Ist er sich dessen sicher?«

»Man kann sich in diesem Punkt nicht völlig sicher sein«, gab Drake zu. »Aber er hat die Berichte mit Beschreibungen aus den uralten Texten verglichen.«

Es herrschte längeres Schweigen, und erneut spürte die Königin, wie der kalte Wind versuchte, in ihren Bauch einzudringen. Wieder reagierte ihr ungeborener Sohn mit einem Tritt. Der König hatte gewusst, dass ihr Kind ein Sohn werden würde, bevor er losgeritten war, um das Monster zu vernichten, das den Wald seines Volkes durchstreifte und sein Volk tötete. Auch die Königin hatte es gewusst. Die *Sicht* war stark in ihnen beiden. Sie hatten beschlossen, ihren Sohn Vaaler zu nennen.

»Andar sagte mir, das Manticor wäre eines der schwächeren Geschöpfe der ChaosBrut«, sagte Drake schließlich in der Hoffnung, sie zu beruhigen.

»Woher will er das wissen?«, wunderte Rianna sich laut.

»Ich … Zweifellos steht darüber etwas in den uralten Texten …«, stammelte Drake.

Die Königin drehte sich langsam zu ihm herum und lächelte schwach. »Drake, ich weiß, dass du mich mit deinen Worten trösten willst. Aber ich bin keine Närrin. Trotz all seiner Weisheit weiß Andar genauso wenig über diese Bestie wie du und ich.«

Drake senkte den Kopf und bestätigte so die Wahrheit ihrer Worte.

»Wir leben wahrlich in dunklen Zeiten«, flüsterte Rianna und vermied es bewusst, zu dem unheilvollen Mond über ihnen hinaufzublicken.

»Auch in der Vergangenheit haben wir schon dunkle Zeiten erlebt«, erwiderte Drake. »Und wir haben sie überstanden.«

Sie wusste, dass er auf die Säuberung anspielte. Vor zwanzig Jahren – damals war Rianna noch ein Kind gewesen – hatte der Orden, wie sich die selbst ernannten Wächter der Südlande bezeichneten, den Wirkern des Chaos den Krieg erklärt. Nazir, der blutrünstige Pontiff des Ordens, hatte die Anwendung von Magie zu einem Verbrechen erklärt, das mit dem Tod bestraft wurde. Und wie so oft in der Geschichte der Südlande beugten sich die Sieben Hauptstädte demütig dem Willen des Ordens.

Man beraubte die Hofmagier ihrer Positionen als Führer und Ratgeber und ersetzte sie durch Seher, die von dem Monasterium mit den schwarzen Mauern ausgesandt worden waren. All jene, die immer noch wagten, etwas zu praktizieren, das plötzlich zu einer verbotenen Kunst geworden war, alle Hexer, Hexen und reisenden Bannwirker, wurden ergriffen und des Verbrechens der Hexerei angeklagt. Und jeder, der auch nur verdächtig war, das Chaos in seinem Blut zu haben, floh oder wurde ohne

Gerichtsverfahren eingekerkert. Jeder Bürger, der dumm genug war, gegen die Gräueltaten der Säuberung zu protestieren, wurde als Häretiker gebrandmarkt und erlitt ein ähnliches Schicksal.

Innerhalb eines Jahres war die sogenannte Säuberung der Südlande nahezu vollständig abgeschlossen. All jene, die Magie praktizierten, hatten entweder dieser Kunst abgeschworen oder waren untergetaucht. Hunderte waren von den Legionen fanatischer, dem Pontiff treu ergebener Mönche exekutiert worden. Nazirs loyale Anhänger wurden an jedem Königshof an strategischen Positionen untergebracht, und der Orden stieg zur größten Macht hinter jedem Thron der Sieben Hauptstädte auf.

Das Königreich Danaan hatte sich auf den Krieg vorbereitet, in der Gewissheit, dass Nazir jetzt seine Mönchsarmee gegen die Heiden des Nordforsts führen würde. Die Macht des Chaos strömte ungehindert im Blut der Monarchie Danaans. Zweifellos musste der Orden die gesamte Nation als Provokation ansehen, die vernichtet werden musste. Aber die Gräueltaten der Säuberung erreichten den Nordforst nie. Sie kamen nicht einmal über die Südlande hinaus.

Und in den FreiStädten des Nordens sprachen sich die Menschen offen gegen den Orden aus. Jene, die an den Grenzen des Nordforsts lebten, beugten sich niemanden, nicht einmal dem Pontiff. Ein Jahr lang belagerten die Armeen des Ordens diese befestigten Städte, aber ohne Erfolg. Nazir musste einsehen, dass sie fest entschlossen waren, ihre Unabhängigkeit zu verteidigen und sich seinem Willen nicht zu beugen. Schließlich hatte er zwei Möglichkeiten. Entweder musste er die ganzen Südlande in den Krieg gegen die Vereinigten Armeen aller FreiStädte führen, oder aber er musste diesen Heiligen Krieg beenden.

Der Einfluss des Ordens in den Sieben Hauptstädten war so groß wie seit dreihundert Jahren nicht mehr. Die Hexer und Magier der Königshöfe waren vertrieben und gezwungen, ein Leben als Ausgestoßene zu fristen. Ihre frühere politische Macht war dahin. Der Orden hatte durch einen fortgesetzten Krieg nur wenig zu gewinnen, aber viel zu verlieren, und am Ende entschied sich der Pontiff für den Weg der Beschwichtigung.

Um die FreiStädte zu versöhnen, wurden die grausamen Gesetze gemildert, die die Wirker des Chaos betrafen. Zwei Jahre nach dem Beginn der Säuberung war alles vorbei, aber an den Höfen der Sieben Hauptstädte behielten die Seher des Ordens ihre neu erworbenen Machtpositionen. Allein dies untermauerte den Argwohn des Königreichs Danaan.

In den letzten zwei Jahrzehnten hatte sich ein zerbrechlicher Friede in den Südlanden ausgebreitet. Magie wurde toleriert, wenn auch zähneknirschend. Kräuterhexen und reisende Magier konnten ihre Kunst wieder offen praktizieren, obwohl das gemeine Volk sie oft scheute und fürchtete. Und jeder ChaosWirker lebte nach wie vor unter der Androhung von Strafe, der stets präsenten Furcht, wegen Häresie exekutiert zu werden, falls er die Grenze überschritt und sich in die Belange des Ordens einmischte.

Rianna wusste all dies, obwohl sie keines der südlichen Länder jemals besucht hatte. Sie war überhaupt noch niemandem begegnet, der nicht zu ihrem Volk gehörte. Außenstehenden war es bei Todesstrafe verboten, den Nordforst zu betreten. Die FreiStädte dagegen hießen nur zu gerne den stetigen Strom von Händlern, Diplomaten und Forschern aus dem Königreich Danaan willkommen. Unter diesen Abenteurern befanden sich zahlreiche Spione und Agenten des Danaan-Thrones, die einen ständigen Fluss von Informationen über ihre Nachbarn im Süden lieferten.

»Der Wind hier oben ist kalt, meine Königin«, murmelte Drake und unterbrach sanft ihre Gedanken. »Ihr solltet Euch in die Burg zurückziehen.«

Rianna nahm seinen Arm und ließ sich von ihm über den Wehrgang zum nächsten Turm führen. Drake hatte recht, sie hatten die Säuberungen überlebt. Aber es waren nicht die Armeen der Südlande, die Rianna in diesen Nächten Angst einflößten. Die wahre Bedrohung lag weit im Norden, am Rand der Welt. Ein Monster, das seit Jahrhunderten nicht mehr gesehen worden war, war wieder aufgetaucht. Es war aus seinem uralten Schlummer erwacht, um die Welt der Sterblichen erneut in Angst und Schrecken zu versetzen.

»Ich hätte ihn niemals gehen lassen dürfen«, sagte sie, als sie den Fuß der Turmtreppe erreichten.

»Ihr hättet ihn nicht aufhalten können.« Drake öffnete die Tür, die in den Hof zwischen den Mauern der Burg und dem gewaltigen Hundert-Zimmer-Burgfried führte, der der königlichen Familie als Residenz diente.

»Die Anzeichen, die Visionen unserer Propheten, meine eigenen Träume … Es war einfach zu gefährlich. Ich hätte ihn bitten sollen zu bleiben.«

»Das hätte nichts geholfen. Er wäre trotzdem gegangen, ganz gleich, was Ihr gesagt hättet.«

Als sie über den Hof schritt, musste sie zugeben, dass Drake recht hatte. Ihr Gemahl besaß die *Sicht,* genau wie sie. Seine Visionen hatten ihm eine schreckliche Zukunft gezeigt; eine, in der das *Vermächtnis* zerfallen war und die Armeen der ChaosBrut auf die Welt losgelassen worden waren.

Als die Kundschafter die ersten Berichte über das Manticor brachten, wusste der König, was er zu tun hatte. Falls Llewlyn sein Volk sicher durch den kommenden Krieg führen wollte, musste er den Feind kennen, mit dem sie es zu tun hatten. Historische Berichte genügten nicht; der König musste das Manticor mit eigenen Augen sehen.

Rianna hatte all dies verstanden und akzeptiert. Aber das war vor dem Traum gewesen, in dem sie den Tod ihres Gemahls gesehen hatte. Zu der Zeit jedoch waren er und sein Tross bereits seit vier Tagen unterwegs.

Ohne ein weiteres Wort ging sie zu der Tür, die zu den königlichen Gemächern führte. Rianna war so in Gedanken über ihren Gemahl und sein Schicksal versunken, dass sie kaum die Soldaten bemerkte, die am Eingang Wache hielten. Aber Erfahrung und Gewohnheit veranlassten sie, unwillkürlich eine dankende Handbewegung zu machen, als die Männer in stummen Respekt ihre Köpfe senkten, während sie vorüberging.

In dem Gebäude blieb sie kurz stehen, unsicher, wohin sie sich jetzt wenden sollte, nachdem sie Schutz vor dem Wind gefunden hatte. In Wahrheit war sie zufrieden, einfach in der Eingangshalle zu stehen und die Wärme des lodernden Kaminfeuers in dem großen Fried zu genießen. Drake nahm sie sanft am Arm und führte sie durch die Gänge und Räume zu der Treppe, die hinauf zu ihren Privatgemächern führte.

»Ihr müsst Eure Kräfte für die Geburt Eures Thronfolgers schonen. Ihr solltet schlafen, meine Königin.«

In diesem Punkt konnte sie Drake nicht widersprechen. Sie hatte in den letzten Nächten viel zu viel Zeit auf den Wehrgängen der Burg verbracht, aus Sorge um ihren Gemahl. Und die Schwangerschaft machte ihr diese

Anstrengung nicht gerade leichter. Aber so erschöpft sie auch sein mochte, sie wusste, dass der Schlaf nicht so leicht kommen würde.

»Wie soll ich schlafen? Ich ertrage es einfach nicht, jede Nacht vom Tod meines Gemahls zu träumen.«

»Eure Träume zeigen nur eine mögliche Zukunft. Eine von vielen. Es ist eine Vision dessen, was sein kann, nicht dessen, was sein wird. Vielleicht werden die Falken den König noch rechtzeitig erreichen.«

Die Königin lächelte, amüsiert von Drakes Bemühungen, ausgerechnet ihr das Wirken der *Sicht* zu erklären. »Du klingst wie Andar«, erwiderte sie sanft.

»Ich verstehe vielleicht nicht viel von Magie oder dem Chaos, meine Königin, aber der Hohe Zauberer weiß viel über diese Angelegenheiten. Ich teile euch nur die Weisheiten mit, die er geruhte, mir kundzutun.«

»Und wie soll seine Weisheit mir helfen zu schlafen? Selbst wenn ich weiß, dass dieser Traum möglicherweise nicht wahr wird, hindert mich das nicht, seinen Schrecken jedes Mal zu erleben, sobald ich die Augen geschlossen habe.«

Drake zog eine kleine Phiole aus seinem Gürtel und reichte sie ihr auf seiner ausgestreckten Handfläche.

»Andar hat mich gebeten, Euch das zu geben, falls ich es für notwendig hielte. Er sagte, es würde Euch vor den Träumen bewahren. Zumindest für eine Nacht.«

Rianna nahm die zierliche Phiole und leerte sie mit einem Zug. Sofort schien die Welt um sie herum sich zu neigen, und Drake fing sie auf, als sie zu taumeln begann. Er hielt sie mit seinen starken Armen fest.

»Andar hätte mich warnen sollen, dass das Mittel so schnell wirkt«, knurrte er, als er sie fast ins Bett tragen musste.

Als sich Rianna in die Kissen sinken ließ, hörte die Welt

auf, sich um sie zu drehen. »Es geht mir gut, Drake. Verlass mich jetzt. Ich bin sicher, dass Andars Tonikum mir hilft, bis morgen früh zu schlafen.«

Nach einem kurzen Blick, mit dem er sich davon überzeugte, dass alles in Ordnung war, und einer Verneigung verschwand Drake und schloss die Tür hinter sich.

Die Königin lag allein in ihrem Bett und schloss die Augen. Der Schlaf kam sanft zu ihr, und der schwere Schleier von Andars Tonikum legte sich über ihre *Sicht* und tauchte sie in eine vollkommene Schwärze.

Der Schmerz der Wehen weckte sie etliche Stunden später. Die selige Bewusstlosigkeit fand angesichts der Qualen der bevorstehenden Kindsgeburt ein jähes Ende. Sie schrie auf, und im nächsten Moment stürzte Drake in das Zimmer. Durch den Nebel ihrer Schmerzen hindurch realisierte sie, dass er sich vor ihrer Tür postiert haben musste, offenbar fest entschlossen, die ganze Nacht Wache zu halten, falls das nötig sein sollte.

»Ruf den Arzt!«, befahl er einem der Wachposten, während er sich neben das Bett kniete, ihre Hand packte und die Handfläche seiner anderen Hand auf ihre Stirn legte.

»Sie verbrennt! Öffnet die Fenster!«

Rianna presste ihre Augen zu und stöhnte, als eine weitere Wehe ihren Körper schüttelte. Sie umklammerte verzweifelt Drakes Hand, bis die Kontraktion vorüberging. Als sie die Augen öffnete, sah sie, dass die Vorhänge zurückgezogen und die Fensterläden weit aufgestoßen worden waren. Der *Blutmond* hing tief an dem grauen Himmel des kommenden Morgens.

Unwillkürlich beschwor ihr inneres Auge das letzte grauenvolle Bild, das sie in all ihren Träumen verfolgt hatte: der zerschmetterte Leichnam des Königs zu Füßen des Manticors, unter demselben roten Mond. Die Vision wurde jedoch von der nächsten Wehe hinweggespült. Der Schmerz war so stark, dass er alle anderen Empfindungen an den Rand ihrer Wahrnehmung drückte.

Doch noch während Rianna darum kämpfte, ihren Sohn auf die Welt zu bringen, wusste sie, dass sie ihren Gemahl nie wiedersehen würde.

5

Nazir der Rechtschaffene, dreiundvierzigster Pontiff des Ordens der Krone, rührte sich nicht, als der Besucher seine Kammer betrat. Er kniete weiter auf seiner Gebetsmatte, einem verschlissenen Stück Stoff, das zu dünn war, um die Kälte abzuhalten, die aus dem Steinboden in den Körper des Pontiffs drang. Er hatte die Hände auf seine Schenkel gelegt, die übliche Position bei einer Meditation. Abgesehen von der Matte gab es keine weiteren Möbel oder gar Zierrat in dem Raum. Wie es zu einem Mann mit wahrhaft religiöser Überzeugung passt, war die Kammer des Pontiffs eine kleine, schmucklose Zelle innerhalb des Monasteriums, in der er schlief, aß und betete.

Er brauchte nicht einmal den Kopf mit seinen blinden Augen zu heben, um die Frau zu erkennen, die seine Meditation störte; wie allen Mitgliedern des Ordens ermöglichte die magische *Sicht* auch Nazir eine einwandfreie Wahrnehmung der physischen Welt um ihn herum.

»Die Gefangene hat geredet?«, fragte er ruhig.

»Ich bringe sie immer zum Reden«, erwiderte Yasmin.

Nazir nickte. Die Worte der Frau waren nichts weiter als eine sachliche Feststellung.

Yasmin war eine große Frau, größer sogar als die meisten Männer in dem Monasterium. Und sie hatte nichts mehr mit dem kleinen Mädchen gemein, das ihren Eltern vor nahezu zwanzig Jahren, in den frühen Tagen der Säuberung, weggenommen worden war.

»Die Häretikerin hat ihre Sünden gestanden«, fuhr sie fort.

Sie sprach mit kalter Gleichgültigkeit, die einen starken Kontrast zu der brennenden Leidenschaft ihrer heiligen Hingabe bildete. Alle, die dem Willen der Wahren Götter dienten, glühten in ihrem Glauben, aber Yasmins Frömmigkeit grenzte schon an Fanatismus. Sie hatte sich ein Jahr nach ihrer Ankunft im Monasterium dem Initiationsritual unterworfen und um ihrer Überzeugungen willen nur zu bereitwillig ihre natürliche Sehkraft aufgegeben. Ein paar Jahre später, im Alter von zwölf Jahren, war sie den Inquisitoren beigetreten. Sie war der jüngste Mensch, dem jemals diese Ehre gewährt worden war.

Der Pontiff konnte sich daran erinnern, dass sie bereits damals glühend in ihrem Eifer gewesen war. Es war üblich, dass die Inquisitoren sich die Köpfe rasierten. Yasmin jedoch hatte sich nicht damit zufriedengegeben, einfach nur ihre langen dunklen Locken abzurasieren. Kaum war ihre Kopfhaut kahl gewesen, hatte sie sie mit kochendem Wasser verbrüht, sodass ihr Haar nie wieder nachwachsen würde.

Diese Entstellung verlieh ihr im Verein mit ihrer Größe und ihrem hageren, kantigen Gesicht ein Furcht einflößendes Äußeres, das sie nur umso geeigneter erscheinen ließ, in der von ihr erwählten Rolle dem Willen der Wahren Götter zu dienen. Sie war rasch innerhalb des Ordens aufgestiegen. Jetzt, mit nicht einmal dreißig Jahren, war sie bereits die rechte Hand des Großinquisitors und seine unbestrittene Nachfolgerin, wenn der alte Mann verschieden war.

Eines Tages, dachte Nazir, *könnte sie vielleicht sogar Pontiff werden.*

»Sie hat während ihrer Beichte den Namen ihres Anführers verraten«, fuhr Yasmin fort, die keine Ahnung hatte, was er gerade dachte.

Ihre Worte lösten ein Gefühl von Triumph in dem alten Mann aus, aber als er antwortete, klang seine Stimme ruhig und gelassen. »Und wen hat sie als falschen Propheten genannt?«

»Ezra«, verkündete die Inquisitorin. Bei diesem Namen hob der Kniende unwillkürlich den Kopf.

Nazirs Miene verfinsterte sich. Ezra war einer der ältesten und angesehensten Angehörigen des Ordens und zudem einer der engsten und vertrautesten Ratgeber des Pontiffs.

»Ist es möglich, dass die Häretikerin lügt?«, fragte er.

»Die Götter haben mir die Macht verliehen, Lügen zu durchschauen«, erwiderte Yasmin. Sie machte sich nicht einmal die Mühe, den hochmütigen Stolz in ihrer Stimme zu verbergen.

Ihre Arroganz passte nicht zu jemandem, der geschworen hatte, nur als Instrument des göttlichen Willens zu dienen, aber der Pontiff wusste, dass sie die Wahrheit sagte.

»Ezras Hingabe für unsere Sache war schon immer verdächtig«, fuhr Yasmin fort. »War er nicht derjenige, der Euch gedrängt hat, unseren Kreuzzug aufzugeben, mit dem wir das Chaos aus den Südlanden vertreiben wollten?«

Ezras Stimme hatte zu den lautesten gehört, die zu einem Kurs der Beschwichtigung geraten hatten. Aber in seinen Worten hatte Weisheit gelegen. Der Orden hätte riskiert, alles zu verlieren, wenn er einen Krieg mit den FreiStädten begonnen hätte. Der Pontiff wusste um die Notwendigkeit, dass gemäßigte Menschen wie Ezra den wilden Eifer von Fanatikern wie Yasmin bändigten. Etwas, das die Inquisitorin noch lernen musste.

»Zu zögern, die Südlande in den Krieg zu treiben, ist

eine Sache«, erwiderte Nazir in der Hoffnung, die junge Frau zu belehren. »Blasphemie zu verbreiten und sich mit Hexern zusammenzutun ist eine ganz andere.«

Yasmin antwortete nicht. Trotz ihrer Leidenschaft wusste sie, wann es besser war zu schweigen. Sie sprach ohnehin nicht viel, und schon gar nicht, wenn es unverkennbar sinnlos war, Worte zu verschwenden. Nazir war sich sehr wohl bewusst, dass sie Handeln einer Diskussion vorzog.

Der Pontiff seufzte müde und richtete sich auf. »Ruf Ezra«, befahl er. »Wir werden ihn gemeinsam befragen.«

»Ezra ist geflüchtet«, erwiderte Yasmin. »Ich habe seine Abwesenheit entdeckt, als ich zu ihm ging, um ihn mit diesen Anschuldigungen zu konfrontieren.«

Nazir hatte Mühe, sich seine Missbilligung nicht anmerken zu lassen. Nach den uralten Riten des Ordens war Yasmin berechtigt, aufgrund von Informationen zu reagieren, die sie bei ihren Befragungen gewann, aber es war üblich, zuerst den Pontiff zu informieren.

Allerdings war das nicht der richtige Moment, um sie wegen einer solch geringfügigen Überschreitung ihrer Befugnisse zur Rechenschaft zu ziehen. Ezras Flucht hatte seine Schuld ebenso gut bestätigt wie ein Geständnis, das man ihm auf der Streckbank oder durch glühende Eisen abgetrotzt hätte.

»Niemand kann sich erinnern, ihn seit der Ankunft der Häretikerin gesehen zu haben«, setzte Yasmin hinzu.

Sie hatte zwei Tage gebraucht, um ein Geständnis aus ihrer Gefangenen herauszuholen. Angesichts dieses Vorsprungs würde er sogar schon sehr bald außerhalb der Reichweite des Pontiffs sein.

Es gab nur eine Möglichkeit, ihn aufzuhalten.

»Überlass das mir.« Nazir entließ seine Untergebene mit einem kurzen Nicken.

Ezra ging leicht gebeugt. Er war bereits über achtzig und hatte sehr viele Meilen hinter sich gebracht. Trotzdem ging er immer noch stetig und kam für einen Mann seines Alters überraschend zügig voran. Er hielt sich nach Norden und ließ sein Ziel niemals aus den Augen. Allerdings hinderte das seine mystische Wahrnehmung nicht daran, auf Anzeichen eines Verfolgers aus dem Süden zu achten.

Die glühende Sonne brannte auf seinen kahlen Schädel. Es war eine gnadenlose Hitze, welche die entlegensten Gebiete der Südlichen Wüste in eine unfruchtbare Einöde bar jeden Lebens verwandelt hatte.

Im Norden wurde die Monotonie der Dünen ab und zu von einer Oase unterbrochen. Dort drängten sich dornige Büsche und kleine verkrüppelte Kakteen durch den kristallinen Sand und kämpften ums Überleben. Weiter im Norden ernährten sich Insekten von dem Fleisch und der Feuchtigkeit dieser verkümmerten Pflanzen. Kleine Echsen tauchten nachts aus dem Sand auf und ernährten sich wiederum von diesen Insekten. Tagsüber gruben sie sich in die ausgetrocknete Erde, um der glühenden Hitze zu entkommen. Die nördlichen Gebiete wimmelten von Leben.

Hier im Süden jedoch konnte keine Kreatur überdauern. Also ging der alte Mann vollkommen alleine. Seine Fußspuren reichten weit zurück und legten Zeugnis ab über die Wegstrecke, die er zurückgelegt hatte. Sein Ziel war noch zwei volle Tagesmärsche entfernt. Und immer noch brannte die Sonne gnadenlos vom Himmel.

Doch der alte Mönch bemerkte es kaum, denn er war ein Mitglied des Ordens. Vor sechs Jahrhunderten hatten seine Brüder ihr heiliges Monasterium in der Südlichen Wüste errichtet, als Symbol ihrer Gleichgültigkeit dem politischen Ehrgeiz und den weltlichen Ereignissen der Südlande und ihrer Völker gegenüber. Sie dienten höheren

Zwecken. Aber dieser Ort war auch ausgewählt worden, um ein Zeichen für die Stärke des Ordens zu setzen. Dieselbe Macht, die ihnen die Fähigkeit gab, die Zukunft zu prophezeien und ohne Augen sehen zu können, erlaubte ihnen auch, dort zu überleben, wo keiner anderen Kreatur das gelang.

Das Monasterium repräsentierte den Triumph der geistigen Disziplin über die physischen Realitäten der Welt, und die Mönche des Ordens waren die Manifestationen dieses Triumphs. So wie alle, die dem Willen der Wahren Götter dienten, war auch Ezra in der Lage, die Macht in sich zu kanalisieren, um seinen Körper vor den tödlichen Wirkungen der glühenden Sonne zu schützen. Er konnte Wochen ohne Nahrung oder Wasser auskommen und hatte auf seiner langen Reise nur sehr kurze Pausen benötigt.

Trotzdem wäre er mit einem Reittier schneller gewesen. Aber ein solches Tier brauchte Nahrung. Hätte er Vorräte für diese Reise gesammelt, hätte das Aufmerksamkeit auf ihn gelenkt und möglicherweise sogar Verdacht erregt. Es war zwar nicht ungewöhnlich, dass die Pilger das Monasterium im Dienste der Wahren Götter verließen, aber Ezra selbst war aus den schwarzen Mauern seit vielen Jahren nicht mehr herausgekommen. Seine Vorbereitungen wären zweifellos bemerkt worden. Also war er still und heimlich in die Unendlichkeit der Dünen verschwunden und hatte gehofft, in der Wüste unterzutauchen, bevor der Pontiff bemerkte, dass er verschwunden war.

Es war unausweichlich, dass die junge Frau, die Yasmin gefangen hatte, ihn verraten würde. Zwar war ihr Glaube an Ezras Sache stark und rein, aber kein noch so mächtiger Glaube konnte mehr als ein paar Tage der Folter der Inquisitoren widerstehen. Weshalb sie, wie alle von Ezras

Anhängern – bis auf ein paar auserwählte wenige – nur seinen Namen kannte und keinen anderen. Sie konnte mit ihrem Finger auf ihn zeigen, aber auf keinen anderen ihrer Mitverschwörer.

Er hatte Mitleid mit ihr. Nach ihrem Geständnis würde sie bei lebendigem Leib auf dem Scheiterhaufen verbrannt werden. Nazir war nicht gerade dafür bekannt, dass er Gnade walten ließ. Aber es gab nichts, was der ehrenwerte Mönch jetzt noch für sie tun konnte. Sie war seinem Einfluss entzogen. Die Bewegung jedoch, der sie diente, musste weiterexistieren. Die Sache, der sich Ezra und seine Gefolgsleute verschrieben hatten, war von weit größerer Bedeutung als das Leben jedes einzelnen ihrer Anhänger.

Also schritt der alte Mönch voran und ließ das Monasterium und den Orden immer weiter hinter sich zurück.

Nazir stieg hastig und mit nackten Füßen die schmale Treppe am hinteren Ende der Großen Bibliothek hinab, wobei die Falten seiner weiten Kutte leise raschelten. Er suchte die tiefsten Eingeweide des Monasteriums auf, und das mit einer Hast, die nicht der Verzweiflung entsprang, sondern der Gewissheit eines Ziels. Er blieb erst stehen, als er die schwere Eisentür am Fuß der Treppe erreichte.

Was er vorhatte, barg ein großes Risiko, aber Ezras Flucht ließ ihm keine andere Wahl. Allein wegen des Verbrechens der Häresie hatte der alte Mönch sein Leben verwirkt. Und ebenso all jene, die ihm in seiner Blasphemie gefolgt waren. Und es gab nur eine Möglichkeit, wie der Pontiff herausfinden konnte, wer noch mit ihm zusammenarbeitete.

Der Türsturz am Fuß der Treppe war mit Schutzzeichen versehen und die Tür selbst mit mächtigen Symbolen bestückt, die den Eintritt verwehrten. Nazir achtete kaum auf diese magischen Zeichen. Die Symbole sollten andere fernhalten. Ihre Magie richtete sich nicht gegen ihn. Aus seiner Kutte zog er einen großen eisernen Schlüssel, steckte ihn ins Schloss und öffnete.

Das Portal schwang langsam auf, und seine Angeln ächzten unter dem gewaltigen Gewicht des Türblatts. Der kleine Raum dahinter war vollkommen dunkel, aber der Mangel an Licht spielte für seine blinden und doch alles sehenden Augen keine Rolle. Die Kammer war leer bis auf ein kleines Podest an der gegenüberliegenden Wand. Darauf lag eine einfache eiserne Krone. Eine dicke Staubschicht bedeckte den Boden. Niemand außer dem Pontiff hatte Zutritt zu dieser verschlossenen Kammer, und Nazir war viele Jahre nicht mehr hier gewesen. Nicht mehr seit den Tagen der Säuberung.

Aber jetzt durchliefen sie eine Krise. Im letzten Monat hatten die Propheten hier in der Isolation des Monasteriums, durch fünfzig Wegstunden harter, gnadenloser Wüste von ihren Brüdern an den Höfen der Südlande getrennt, eine gemeinsame, schreckliche Vision geteilt. Eine dunkle, gefährliche Macht war auf die Welt der Sterblichen losgelassen: ein Kind, geboren unter dem *Blutmond,* ein Kind, gezeugt in den Feuern des Chaos, dessen Identität durch Rauch und Flammen verborgen wurde. Einige sahen dieses Kind als einen Jungen, andere hielten sein Geschlecht für weiblich. Etliche behaupteten, es hätte das Aussehen und die Haut eines Insulaners, andere behaupteten, es wäre ein Spross der Danaan aus den Nördlichen Wäldern. Wieder andere meinten, dieses Kind entstamme einem Geschlecht der Südlande.

Eine solche Unsicherheit war zu erwarten. Die Visionen der Propheten waren selbst Manifestationen des Chaos. Die Einzelheiten sollten Verwirrung unter den Gläubigen verbreiten. Aber die wahre Bedeutung dieser Weissagung war unwiderlegbar. Sie sagte eine Schwächung des *Vermächtnisses* voraus; es war eine Warnung, dass der *Zerstörer* wieder in die Welt der Sterblichen zurückkehren würde, wiedergeboren in menschlicher Gestalt. Eine Prophezeiung, die von der Manifestation des *Blutmondes* am Anfang dieses Monats bestätigt wurde.

Nazir hatte seine klügsten und vertrauenswürdigsten Berater versammelt, um über diese Visionen zu diskutieren und ihr weiteres Vorgehen festzulegen. Sie hatten bis spät in die Nacht darüber debattiert, was getan werden musste, wie sie dieses Kind finden und aufhalten und wie sie am besten das *Vermächtnis* bewahren und beschützen könnten. Und während ihrer Diskussionen hatte der Pontiff zu keiner Zeit vermutet, dass ein Verräter zu seiner Rechten sitzen könnte.

Die Säuberung hatte den ketzerischen Glauben an den Brennenden Erlöser nicht ganz ausmerzen können. Der Pontiff war sich sehr wohl der Tatsache bewusst, dass etliche im Norden, vor allem unter den jungen und dickköpfigen Mönchen, glaubten, das *Vermächtnis* würde eines Tages versagen. In die Irre geleitet von falschen Prophezeiungen, stellten sie sich vor, dass die Errettung der Welt der Sterblichen in den Händen eines Kindes läge, das in den Künsten der ChaosMagie unterwiesen wurde, statt in der Duldung des alten Zaubers der Wahren Götter.

Ihr Glaube widersprach den grundlegendsten Dogmen der Lehren des Ordens und war eine Scheußlichkeit für jene, die dem Willen der Wahren Götter folgten. Das Chaos kann niemals beherrscht werden; man kann es nur eindämmen.

Nazir hatte angenommen, dass all jene im Zentrum dieser Bewegung in den Flammen der Säuberung umgekommen waren. Aber falls Ezra einer der Häretiker war, und falls er sogar ihr Anführer war, musste er, Nazir, sich fragen, wie viele andere in seinem Orden noch von diesen ketzerischen Lehren verdorben worden waren.

Aber dieser Frage wollte der Pontiff sich im Moment nicht widmen. Stattdessen trat er durch die mit Runen bedeckte Tür und verriegelte sie hinter sich, schloss sich selbst in dem Raum ein. Kleine Staubwolken stiegen vom Boden auf, als er den Raum durchquerte und sich ehrfürchtig vor das Podest kniete. Er begann eine Reihe von rhythmischen Atemübungen, um seinen Verstand zu reinigen. Er musste sich von der Dringlichkeit seiner Mission lösen, vom Ärger des Verrats befreien, damit seine Gedanken Frieden fanden. Denn solange sein Wille nicht rein und konzentriert war, wagte er nicht, die Krone zu benutzen.

Dieses heilige Artefakt war dem Orden von den Wahren Göttern anvertraut worden. Es war eine Waffe, die ihnen in ihrem niemals endenden Kampf um den Erhalt des *Vermächtnisses* helfen sollte. Aber es war auch eine Waffe von großer und schrecklicher Macht. Sollte die Willenskraft des Pontiffs nachlassen, sollten die sorgfältig konstruierten Abwehrmechanismen, welche die Macht der Krone in Schach hielten, versagen, würde sich diese Waffe gegen sie alle kehren, und das Chaos würde ausbrechen, um die Welt der Sterblichen zu verheeren.

Nazir kniete mehrere Minuten vor dem Podest, ebenso stumm wie die schwarzen Mauern des Monasteriums. Er sammelte all seine Kräfte und seinen Mut für die kommende Prüfung. Als er schließlich bereit war, erhob er sich und wappnete sich. Er bewegte sich wie in Trance, als er die Hand ausstreckte, ein Sterblicher, der das Göttliche berührte. Langsam und behutsam hob er die Krone von ihrem Gestell und setzte sie sich auf den Kopf.

Sein Kopf schien in einer Sturzflut aus Bildern und Geräuschen zu explodieren. Nacht und Tag, Dunkelheit und Licht, Hitze, Kälte, Furcht, Wut und Freude … Die Gedanken, Empfindungen und Gefühle jeder lebenden Kreatur in der Welt der Sterblichen stürzten auf ihn ein, überwältigten ihn, drohten ihn zu verzehren. Sein eigenes Bewusstsein wurde vollkommen verschluckt, ertrank in dem Ozean der Omnipräsenz.

Nazir brach zusammen, und seine Hände umklammerten unwillkürlich die Krone und seinen Schädel, um sie an ihrem Platz zu halten, während sein Körper sich schüttelte und zitterte, sich in Krämpfen auf dem Boden wand, ausgelöst durch die Ehrfurcht gebietende Macht, die ihn durchströmte. Aber sein körperlicher Zustand lag außerhalb seiner Kontrolle. In seinem Verstand versuchte der Pontiff, so etwas wie eine Ordnung aufrechtzuerhalten. Seine Identität löste sich aus dem kollektiven Bewusstsein aller Sterblichen, durchbrach die Oberfläche dieses kochenden Ozeans aus Gedanken und Empfindungen. Dann begann er, der Krone Stück für Stück seinen Willen aufzuzwingen. Er blockierte ein kreischendes, fremdes Bewusstsein in seinem Verstand nach dem anderen, errichtete eine Mauer, Stein um Stein, um sich vor der Kakophonie von Millionen von Geistern zu schützen.

Dabei bediente er sich der Macht der Krone, der Macht des Chaos, aber das tat er langsam und bewusst. Er benutzte Techniken, die er in Jahrzehntelangem Studium erlernt hatte, lenkte und konzentrierte die Macht des Artefakts, bis ein einziges Bild immer klarer wurde. Das Bild eines alten Mannes, der einsam eine Wüste durchwanderte.

Über den Abgrund aus Raum und Zeit, weit jenseits der Gestade der Welt der Sterblichen, empfing ein Feind, der schon lang ins Exil verdammt war, den Ruf der Alten Magie: das reine Chaos, das loderte wie ein Leuchtfeuer. Daemron lächelte, obwohl er sich immer noch von dem Bann erholen musste, den er durch den blutbedeckten Springbrunnen gewirkt hatte. Er erinnerte sich an den in Stücke zerbrochenen Stein, den er in das kochende Wasser geschleudert hatte. Die Wellen seines Bannes hatten die Gestade der Welt der Sterblichen erreicht.

Jahrhundertelang hatte das *Vermächtnis* ihn in Schach gehalten. Durch diese Barriere hatte er die Artefakte nur als ein Echo wahrgenommen. Ihre Macht war dunkel und schwach gewesen. Doch sein Bann hatte das *Vermächtnis* durchlöchert, und durch diese immer noch offene Wunde spürte er ihre Existenz jetzt so klar und deutlich, wie man das Schmettern der Schlachthörner im Morgengrauen vor einem Kampf hört.

Er schickte seinen eigenen Geist aus, versuchte Kontakt herzustellen. Über den Ozean aus Feuer verfolgte er den unwiderstehlichen Ruf bis zu seiner Quelle.

Ezra spürte sie sofort, die Präsenz in seinem Verstand. Er fühlte, wie sie forschte, drängte, versuchte, die Geheimnisse zu lüften, die er so sorgfältig verborgen hatte. Der Pontiff hatte ihn gefunden. Nazir versuchte, ihm alles zu nehmen, was er wusste, was er plante, versuchte herauszubekommen, wer seine Verbündeten waren. Es war ein gnadenloser Angriff gegen die Festung seines Verstandes.

Er konnte nicht viel mehr tun, als weiterzugehen und zu versuchen, sich weit genug von dem Monasterium zu entfernen, bevor Nazir in der Lage war, die mentalen Mauern einzureißen, die Ezra errichtet hatte. Aber gleichzeitig wusste er, dass es zu spät war. Die Invasion hatte bereits begonnen, und es mangelte ihm an Kraft, sie zurückzuschlagen.

Dann jedoch spürte er noch etwas anderes, etwas gänzlich Unerwartetes: die pulsierende Wut des ungezähmten Chaos. Obwohl er vom *Vermächtnis* gedämpft wurde, war der Ozean aus Feuer immer noch sehr Furcht einflößend in seiner wütenden Macht. Er spürte, wie er tief unter der Erde rumpelte, fühlte, wie er über dem Himmelszelt selbst brannte. Er spürte, dass er ihn verfolgte, ebenso sicher, wie er sich Nazirs Präsenz in seinem Verstand bewusst war.

Dicke schwarze Wolken tauchten über ihm auf, obwohl dort einen Augenblick zuvor nur klarer blauer Himmel gewesen war. Ein unheilvolles Donnern rollte über die Dünen. Dieses Ereignis war so ungewöhnlich, dass es einen Augenblick lang die Aufmerksamkeit des Mönchs von seinem verzweifelten inneren Kampf ablenkte. In der Südlichen Wüste zogen keine Stürme auf. Niemals.

Im nächsten Moment spürte er eine weitere Präsenz. Dieses fremde Bewusstsein war so bösartig und verrucht, dass Ezras Verstand allein vor der Berührung zurückzuckte. Der alte Mönch stieß einen Schrei aus, voller Schmerz und Entsetzen, und stürzte mit dem Gesicht vornüber in den Sand. Er kreischte, während sein Verstand von zwei Wesenheiten gleichzeitig vergewaltigt wurde. Sein Körper rollte sich zusammen, als die ersten Regentropfen vom Himmel klatschten.

Nazir spürte die fremde Präsenz ebenfalls und erkannte sie augenblicklich. Es war der unsterbliche Feind der Wahren Götter. Er spürte, wie die Macht des Chaos das *Vermächtnis* zerstörte, wie ein dunkler Strom, der in die Welt der Sterblichen einbrach. Er kündigte das Kommen desjenigen an, den man den *Schlächter* nannte.

Der Pontiff unterbrach seinen mentalen Angriff auf den alten Mönch, und sein Bewusstsein floh wieder in seinen eigenen Körper zurück, der zusammengekrümmt auf dem Kellerboden des Monasteriums lag. Er riss sich die Krone vom Kopf, schleuderte sie durch den Raum und löschte damit seinen Bann aus.

Daemron kreischte voller Qual, als die Verbindung mit der Welt der Sterblichen gekappt wurde. Er versuchte mit allen Mitteln, die Verbindung wiederherzustellen. Aber sie war endgültig abgebrochen. Heulend vor Enttäuschung und wütend mit seinen Flügeln um sich schlagend, war er dennoch gezwungen zurückzuweichen, bevor seine eigene Identität in den ewigen Flammen des ChaosMeeres ertrank.

Einen kurzen Moment lang hatte er die Welt der Sterblichen berührt, aber jetzt war sie wieder verschwunden. Geschwächt von dem Ritual des Springbrunnens war er unvorbereitet überrascht worden. Aber trotzdem wusste er, wie nah er daran gewesen war, sich aus seinem Gefängnis zu befreien.

Die Alten Götter waren tot, und seine Kinder waren in der Welt der Sterblichen geboren worden. Das Chaos war freigelassen worden; das *Vermächtnis* war, wenn auch nur kurz, durchbrochen worden. Es war nur eine Frage der Zeit, wann das erneut geschehen würde. Wenn sich das nächste Mal eine solche Gelegenheit bot, würde er bereit sein.

Nazir und der andere waren verschwunden und hatten Ezra allein zurückgelassen. Er lag immer noch dort, wo er zu Boden gestürzt war, während die dunklen Wolken dieses unnatürlichen Stroms über ihm kochten und tobten. Die Bresche im *Vermächtnis* war wieder geschlossen worden, aber die Feuer des Chaos waren kurz durch die

Lücke gelodert und hatten ihre zerstörerische Wirkung im Reich der Sterblichen entfaltet.

Ströme eisigen Regens peitschten in sein Gesicht, tränkten seine Kleidung und verwandelten den ausgetrockneten Wüstenboden in Schlamm. Irgendwie gelang es Ezra, den Willen aufzubringen, sich aufzurappeln. Aber der Boden war ein tödlicher Sumpf geworden, und der Mönch sank bis zu den Knien ein, als er versuchte aufzustehen.

Ein peitschender Wind umtoste ihn, und winzige Sandkörner rissen an seiner nackten Haut. Blitze zuckten über den Himmel und erhellten die Schwärze; er spürte den Donner bis in seine Backenzähne. Und dann vernahm Ezra über dem wütenden Geheul des Sturms ein fernes Brausen.

Eine Sturzflut, hervorgerufen durch diese magische Sintflut, fegte durch die Dünen. Eine gewaltige Mauer aus Wasser rauschte heran, um ihn zu zerschmettern. Instinktiv errichtete der alte Mönch einen Schild um seinen Körper, der das chaosgetriebene Wasser ablenkte und es kurzfristig in Schach hielt.

Eingehüllt in diese Schale aus schützender Magie, umtost von Wind und Wellen, hegte Ezra einen Moment lang die Hoffnung, dass er möglicherweise diesen tödlichen Sturm der Magie überleben könnte. Dann jedoch zuckte ein gewaltiger blauer Blitzstrahl vom Himmel herab, zerfetzte die Schutzhülle und umhüllte den alten Mann. In einem einzigen, strahlenden Aufflammen wurde sein Körper zu einem Haufen Asche verbrannt und von den tosenden Wassern davongespült.

Der Pontiff kroch über den Kellerboden in die entlegenste Ecke des Raumes. Sein Körper war von dieser Tortur vollkommen ausgelaugt. Die Krone lag in der Ecke, dort, wohin er sie geschleudert hatte. Sie war unbeschädigt. Er streckte die Hand aus und umklammerte müde das Artefakt. Dann erst erkannte er den wahren Preis, den ihn dieser Zauber gekostet hatte. Seine Knöchel waren knorrig und geschwollen, die Finger gekrümmt. Seine Haut war voller Falten und von dunkelbraunen Flecken bedeckt.

Immer noch auf Händen und Knien hob er eine Hand und betastete sein Gesicht, während er mit der anderen die Krone noch fester umklammerte. Seine Wangen waren eingefallen und ledrig, so als wäre er während dieses Zaubers um zwanzig Jahre gealtert; das war der Preis der Magie.

Mit einem tiefen Seufzer und unter ungeheurer Kraftanstrengung richtete er sich auf und ließ dabei die Krone nicht aus der Hand. *Der Körper ist nur eine Hülle,* sagte er sich, während er bedachtsam und schlurfend zum Podest zurückging. Er legte die Krone dort ab und wusste, dass dieses Artefakt nie wieder benutzt werden durfte. Nicht, solange das *Vermächtnis* so schwach war und der *Schlächter* auf der anderen Seite lauerte.

Seine Mission war gescheitert. Er hatte nicht die Zeit gehabt, die Mauern innerhalb von Ezras Verstand zu überwinden, bevor er gezwungen war, den Bann zu brechen. Aber noch war nicht alles verloren. Ezra war tot; Nazir hatte die Macht des Sturms gefühlt, der sich gebildet hatte, als der *Schlächter* versuchte, sich mit Gewalt einen Weg in die Welt der Sterblichen zu bahnen. Er wusste, dass es dem alten Mönch an Kraft mangelte, sich gegen eine solche Macht zu behaupten. Und ohne ihren Anführer waren die Gefolgsleute des Häretikers ohne Ordnung und Leitung. Leichte Beute für Yasmin und die anderen Inquisitoren. Mit etwas Glück waren die Anhänger des Brennenden Erlösers am Ende des Jahres endgültig ausgerottet.

Der Pontiff unterdrückte ein unwillkürliches Schaudern, weil er wusste, dass seine Bemühungen, die Identität von Ezras Gefolgsleuten aufzudecken, beinahe ihrem uralten Feind die Tür zur Rückkehr geöffnet hätten. Das *Vermächtnis* war weit schwächer und zerbrechlicher, als er befürchtet hatte. Aber er hatte noch etwas anderes gespürt, bevor er den Bann gekappt hatte. Und zwar etwas, das ihm Hoffnung verlieh. In diesem fremden Verstand, der gegen den seinen geprallt war, hatte er Verzweiflung gefühlt.

Der *Schlächter*, ihr angeblich unsterblicher Feind, lag im Sterben. Sie brauchten nur noch das *Vermächtnis* zu beschützen und zu warten, dann war der Sieg der ihre.

Der Pontiff entriegelte die Tür und verließ das Innere Heiligtum. Draußen schloss er die Stahltür hinter sich ab, und seine Hände zitterten.

Plötzlich ballte er seine alte, arthritische Faust um den Schlüssel. *Der Körper ist nur eine Hülle,* wiederholte er. *Wahre Stärke kommt aus dem Geist und dem Verstand.*

Er konzentrierte alle Macht und Energie seines Willens in seiner geballten Faust und zerdrückte den eisernen Schlüssel zu einem Klumpen nutzlosen Metalls. Auf diese Weise versiegelte er die Krone für alle Zeiten hinter der eisernen Tür und ihren unüberwindlichen Schutzrunen.

6

Fast ein ganzer Tag war verstrichen, seitdem Jerrod das letzte Anzeichen von Zivilisation zu Gesicht bekommen hatte. Obwohl er zu Fuß reiste, kam er überraschend schnell voran. Mit langen gleichmäßigen Schritten näherte er sich seinem endgültigen Ziel. Wäre ihm jemand auf seiner Reise begegnet, was tatsächlich nicht der Fall war, hätte er zweifellos auf den ersten Blick wenig Auffälliges an ihm bemerkt. Jerrod war ein junger Mann Anfang zwanzig, von durchschnittlicher Größe und kräftig gebaut. Sein kurzes dunkles Haar und die blasse Haut waren unter den Männern der Südlande weit verbreitet. Seine Kleidung war schlicht. Ein hellbrauner Umhang, eine dunkelbraune Hose, ein sandfarbenes Wams und wadenhohe Lederstiefel. Nur seine Augen verrieten, dass er mehr war als ein einfacher Dorfbewohner auf Wanderschaft. Aus zwei milchig weißen Augäpfeln starrte er vollkommen blicklos in die Welt.

Als Pilger des Ordens war er weit größere Anstrengungen gewöhnt als gewöhnliche Reisende, aber dieses Mal hatte er sich auf seinem Weg bis an die Grenzen seiner Kräfte gefordert, angetrieben durch die Nachricht von Ezras Tod. Nachdem er dieses kräftezehrende Tempo vier Tage lang durchgehalten hatte, war er jetzt vollkommen erschöpft, sowohl körperlich als auch geistig. Aber seine Reise näherte sich ihrem Ende. Die Sonne hatte ihren Zenit am Himmel erreicht, und jetzt wurde er endlich mit einem ersten Blick auf das Anwesen des Hexers belohnt. In seinem Fall musste man wohl eher von einer ersten Wahrnehmung sprechen, denn es waren keine Blicke, mit denen seine veränderten Sinne die Welt aufnahmen.

Das Anwesen war ein ausgedehntes Gebäude aus weißem Stein. Die Spitze des Turms in der Mitte des Gebäudes überragte den öden, felsigen Hügel, von denen es in dieser Gegend sehr viele gab. Es befanden sich keine weiteren Gebäude in der Nähe. Die nächste Siedlung lag einen vollen Tagesritt in Richtung Norden entfernt. Wie die meisten ChaosWirker lebte auch Rexol, der Besitzer dieses Anwesens, isoliert. Aber im Gegensatz zu anderen seiner Art hatte er sein Exil selbst gewählt. Es stellte eine bewusste Anstrengung dar, sich von den Adelshäusern zu distanzieren, die ihm vor zwanzig Jahren während der Säuberung die kalte Schulter gezeigt hatten.

Aber jetzt begriff Jerrod, dass es noch einen anderen Grund dafür gab, weshalb der Wirker hier lebte. Hier, tief im Süden, war die äußerste Grenze. Es war das entlegenste Gebiet der Königreiche, die sich vor über vierhundert Jahren unter dem Zepter der Sieben Hauptstädte vereinigt hatten. Diese großen Städte selbst lagen weit im Norden und Westen, in den fruchtbaren Feldern der Mittlande oder an den Küsten der Endlosen See. Andere Siedlungen waren an den Ufern der zahlreichen Flüsse entstanden, welche die Lande durchzogen. Sie mäanderten von den Bergen im Osten durch das Land, um schließlich im Westen in den Ozean zu münden. Aber keiner dieser Flüsse verlief so weit südlich.

Hier wurde das Land immer noch vom unbewohnbaren Reich der Wüste dominiert. Wasser war äußerst selten, die Erde extrem steinig und denkbar schlecht für Landwirtschaft geeignet. Die wenigen Bäume, die es geschafft hatten, in dieser harten Erde zu wurzeln, waren klein und verkrüppelt. Da es nur wenige Tagesritte weiter im Norden ausreichend gutes Ackerland gab, war niemand so dumm, auch nur zu versuchen, hier zu leben. Niemand außer dem einen, der von dem arroganten Wahnsinn des Chaos besessen war.

Indem der Hexer sich entschlossen hatte, hier am Rand der Südwüste zu leben, setzte er ein Zeichen. Er demonstrierte die Macht des Ordens und lehnte gleichzeitig die Autorität des Pontiffs ab. Rexols Anwesen beherrschte den Horizont. Es erhob sich über die unfruchtbaren Hügel auf die gleiche Art und Weise, wie das große Monasterium sich hundert Wegstunden weiter im Süden über die Wüstenlandschaft erhob. Aber die blendend weißen Mauern des Turms, der aus der Mitte des Hauses aufragte, stand in scharfem Kontrast zu den schwarzen Mauern der uralten Festung des Ordens.

Jerrod kam immer näher. Er konnte bereits den hohen schmiedeeisernen Zaun sehen, der das Grundstück umgab. Er war nach dem Vorbild der wohlhabenden Adelssitze weit im Norden errichtet worden.

Dem bloßen Auge nach hatte es den Anschein, als wäre Rexols Anwesen von einem wunderschönen, sich selbst erhaltenden Garten umringt – ein Blumenparadies, das jeden Lord aus den Sieben Hauptstädten mit Stolz erfüllt hätte. Der dreistöckige Marmorturm lag in einem grünen Garten, der sich zwanzig Meter bis zum Rand des Zaunes erstreckte. Üppiges Gras bedeckte den Boden wie ein lebender Teppich. Sieben Meter hohe Eichen umringten den Besitz. Ihre gewaltigen Zweige mit ihrem dichten Blattwerk erstreckten sich über den Zaun und warfen kühlende Schatten auf die braune, unfruchtbare Erde jenseits des Zaunes.

Ein Dutzend kleiner Teiche war über die Gartenlandschaft verstreut. Die drei größten waren deshalb bemerkenswert, weil in ihrer Mitte Springbrunnen mit kristallklarem Wasser sprudelten. Von diesen Teichen aus spann sich ein Netz von kleinen, murmelnden Bewässerungskanälen zwischen den zahllosen Hainen mit Obstbäumen und den üppigen Gemüsegärten hindurch, die über das Gelände verteilt waren.

Aber Jerrod war ein Angehöriger des Ordens, und seine besondere Wahrnehmung erlaubte ihm, die Oase als das zu sehen, was sie in Wirklichkeit war. Die Illusion von Fruchtbarkeit mitten in dieser lieblosen Ebene wurde von der unheimlichen Stille des Gartens zerstört. Es war eine lähmende Stille, die nur von dem leisen Murmeln der Bäche durchbrochen wurde. Es fehlte das Summen von Insekten, das Zwitschern von Vögeln sowie jedes andere Anzeichen von Leben. Trotz seiner Schönheit war der Garten unnatürlich. Er war ein Kunstwerk der Magie, eine Perversion der Natur und der Wahren Schöpfung.

Der Mönch schüttelte den Kopf. Dies waren die Gedanken des Pontiffs und seiner Anhänger. Sie fürchteten Magie in all ihren Formen, fürchteten die Zerstörung, die sie herbeiführen konnte. Der Orden bemächtigte sich der Individuen, die von der *Gabe* oder der *Sicht* berührt waren, und lehrte sie, ihre Macht zu verinnerlichen. Er lehrte sie, die Welt der Sterblichen vor der möglicherweise verheerenden Wirkung des ungezähmten Chaos zu beschützen.

Im Gegensatz dazu versuchten jene, die die uralten Künste praktizierten, ihre natürlichen Fähigkeiten durch Rituale und Artefakte zu verstärken. Ihre Zaubersprüche schwächten das *Vermächtnis* und öffneten ein Portal zum ChaosMeer. Hexer und Hexen dienten als Kanäle, welche die Flammen der Magie durch ihre eigenen Körper kanalisierten, um die Feuer der Zerstörung auf die Welt der

Sterblichen loszulassen, ohne auf die Konsequenzen zu achten. Jedenfalls behauptete das der Orden.

Jerrods Mentor Ezra jedoch hatte eine andere Sicht auf diese Dinge. Die Rituale der Hexer und Hexen waren den Meditationen und Lehren des Ordens in gewisser Weise sehr ähnlich. Sie bildeten gleichsam zwei Seiten derselben Münze. Das Chaos musste man nicht fürchten, und Magie war keine unheilige Missbildung, die man ausmerzen musste. Beides waren Werkzeuge, Waffen, die sie gegen ihren uralten Feind einsetzen konnten, falls das *Vermächtnis* irgendwann zusammenbrechen sollte. Und dass es zusammenbrach, war unausweichlich.

Natürlich war dieser Glauben Häresie. Es war ein Verrat an allem, wofür der Orden stand, ebenso wie Jerrods Anwesenheit in diesem Anwesen. Allein sein Besuch hier war ein Akt des Hochverrats gegen den Pontiff. Würde er entdeckt, würde er für seine Sünden auf dem Scheiterhaufen brennen. Aber er hatte dieses Risiko auf sich genommen, als er sich entschloss, Ezra zu folgen, so wie er Ezras Befehl akzeptiert hatte, einen so mächtigen Magus wie Rexol für ihre Sache zu rekrutieren.

Sie brauchten den Hexer und sein uraltes Wissen um Hexerei und Magie. Aber auch wenn Jerrod diese Tatsache begriff, konnte er die Indoktrination des Ordens nicht so leicht abschütteln. Der Mönch empfand immer noch ein instinktives Unwohlsein, als er die Hand ausstreckte und gegen die eisernen Tore drückte.

Er erwartete, dass die Flügel unter seiner Berührung aufschwingen würden, wie sie es bei seinen früheren Besuchen stets getan hatten. Zu seiner Überraschung jedoch blieben sie geschlossen, obwohl er im Turm ein leises Klingeln zu hören glaubte. Ein paar Minuten später trat ein junger und ziemlich dicker Mann aus dem Gebäude, den er nicht kannte. Schweißflecken zeichneten sich auf seiner Seidenrobe ab. Trotz seiner massigen Gestalt zeigte er die lässige und überhebliche Haltung des hohen Adels.

»Ein Mönch?«, rief der junge Mann, als er Jerrods Kleidung und der unverkennbaren milchig weißen Augen ansichtig wurde, mit seinem dünnen Stimmchen. »Was hast du hier zu suchen?«

»Das geht nur Rexol etwas an.«

Die rosigen Wangen des Mannes wurden plötzlich bleich, aber er antwortete nicht. Er stand nur auf der anderen Seite des Tores, während seine Lippen vor Aufregung zuckten, vielleicht auch vor Furcht.

»Ich muss mit deinem Herrn sprechen«, sagte Jerrod schließlich. »Öffne das Tor.«

»Der Pontiff besitzt hier keine Autorität!«, platzte der junge Mann heraus. Seine Stimme stieg zu einem schrillen Falsett an. »Das hier ist nicht das Monasterium! Du hast keine Macht über mich! Geh dahin zurück, wo du …!«

»Khamin!«

Das schrille Geplapper des jungen Mannes wurde gnädigerweise von der Ankunft seines Meisters unterbrochen. Der Kopf des Schülers fuhr herum, offenbar erschüttert von dem unbestreitbar gebieterischen Ton in der Stimme des Hexers, dem er diente. Jerrod musste natürlich seinen Kopf nicht wenden, um mit seinen blinden Augen die Erscheinung des Sprechers wahrzunehmen.

Selbst in seiner einfachen roten Robe war der Hexer eine beeindruckende Erscheinung, als er in dem Torbogen des Turmes auftauchte. Er war schlank, um etliches größer als Jerrod und der in Seide gewandete Schüler. Seine Haut war von einem tiefen Schwarz, wie es unter den Nomadenstämmen, die an den südlichsten Gestaden der Wester-See lebten, weit verbreitet war.

Er hatte die Kapuze seiner Robe zurückgeschlagen. Sein langes schwarzes Haar war zu einem kunstvollen Zopf geflochten, der über seine linke Schulter bis auf seine Brust reichte. Sein kurzer, unregelmäßig gewachsener Bart umrahmte sein Kinn, und Jerrod konnte seltsame rote Flecken erkennen, die die Haut auf seinen Wangen und seiner Stirn bedeckten, wie die verblassenden Tätowierungen eines gerade gewirkten Zauberspruchs.

Rexol sah aus, als wäre er in den Vierzigern, aber der Mönch wusste, dass der Hexer weit älter war, als er aussah. Nach Ezras Schätzungen musste er mindestens sechzig Jahre zählen. Wie immer beunruhigte Jerrod das junge Gesicht, weil es ihn daran erinnerte, dass der Magus bereit war, sich der Macht des Chaos zu bedienen, um die natürliche Ordnung zu stören. Aber gleichzeitig bestätigte das Ezras Entscheidung, Rexol auf seine Seite zu ziehen.

Jerrod hatte die Gerüchte gehört, wie der Pontiff in einer einzigen Nacht um zwei Jahrzehnte gealtert war. Der schreckliche Preis dafür, dass er die Macht des geheimen Artefakts des Ordens benutzt hatte, um Ezra zu töten. Im Gegensatz dazu hatte Rexol gelernt, die Macht der Magie zu bändigen, um sich jung zu halten. Er war ein Magus, der die Kunst des Chaos studiert hatte.

»Auf dem Schreibtisch in meinem Arbeitszimmer liegt ein Manuskript«, wandte sich der Hexer an seinen zitternden Schüler. »Geh und fertige eine Abschrift an, damit ich es studieren kann, ohne das Original zu beschädigen. Ich kümmere mich um diesen Besucher.«

Der korpulente junge Mann blickte einmal kurz zwischen den beiden Männern hin und her, während der Hexer rasch vom Turm zu dem Mönch ging, der ruhig vor dem Tor stand. Rexols Verhalten schien ihm jedoch zu helfen, seine Fassung wiederzuerlangen.

Er nickte einmal kurz. »Selbstverständlich, Meister«, murmelte er, bevor er davoneilte, offenbar froh, einen Vorwand zu haben, sich entfernen zu dürfen.

»Das ist Khamin Ankha, mein jüngster Schüler«, erklärte Rexol, nachdem der Mann im Turm verschwunden war. »Er ist nicht sonderlich begabt, aber seine Familie besitzt äußerst großen Einfluss unter den FreiStädten des Nordens. Sie gewährten mir während der Säuberung Zuflucht.«

»Kann man ihm trauen?«

Rexol lachte barsch. Es war ein unangenehmes Lachen. »Khamin ist zu dumm, um herauszufinden, warum du hier bist, und zu feige, etwas zu unternehmen, falls er es doch tut.«

»Falls jemand herausfindet, dass wir uns unterhalten …«, begann Jerrod.

Der Hexer unterbrach ihn. »Niemand wird etwas davon mitbekommen. Vergiss Khamin. Ich werde diesen dummen Narren den größten Teil des Tages damit beschäftigen, diesen Text abzuschreiben. Ich bedaure, dass du ihn überhaupt treffen musstest.«

Jerrod beschloss, das Thema fallen zu lassen. Nachdem Ezra tot war, war die Bürde der Führerschaft auf ihn übergegangen. Er hatte dringendere Angelegenheiten mit dem Hexer zu besprechen und schon dafür kaum Zeit genug.

»Ich bringe beunruhigende Neuigkeiten. Es geht dabei um etwas, das wir nicht hier auf deiner Schwelle besprechen sollten.«

»Dann reden wir eben drinnen«, erwiderte Rexol unbekümmert. Er winkte einmal mit der Hand, und die durch Magie versiegelten eisernen Tore schwangen sacht nach innen auf.

Der Mönch runzelte die Stirn und schüttelte den Kopf,

bevor er hindurchtrat. »Das Chaos ist kein Spielzeug, mit dem man herumalbern sollte.«

»Ich bezweifle stark, dass der Kataklysmus dadurch verursacht worden ist, dass alle Hexer der Welt gleichzeitig ihre Tore geöffnet haben«, erwiderte Rexol spöttisch grinsend.

Die geschärften Spitzen seiner strahlend weißen Zähne hoben sich sehr deutlich gegen seinen roten Gaumen und die schwarze Haut ab und verliehen seinem Lächeln etwas Wildes, fast Animalisches.

Jerrod setzte zu einer scharfen Erwiderung an, aber er verkniff sich seine Worte. Wenn er sich mit Rexol stritt, würde er nichts erreichen. Stattdessen nickte er nur und folgte seinem Gastgeber ins Innere des Gebäudes. Damit ließen sie die bedrückende Ruhe des magischen Gartens hinter sich.

Der Hexer führte ihn in ein kleines Speisezimmer im rückwärtigen Teil des Anwesens. Wie schon bei seinen früheren Besuchen entspannte Jerrod sich, sobald sie in dem Haus waren. Der Zweck eines jeden Raumes, durch den sie schritten, war leicht an der spärlichen, aber zweckmäßigen Möblierung abzulesen. Ein Arbeitszimmer, ein Forschungslaboratorium, eine Bibliothek, ein Meditationsraum.

Dekorationen oder ähnliche Frivolitäten existierten nicht. Dies hier war das Haus eines Mannes, der sich auf ein Ziel konzentrierte, eines Mannes, der weder materiellen Gütern noch weltlichen Belangen Aufmerksamkeit schenkte, es sei denn, sie wären dem Erwerb des hehren Wissens förderlich. Er war ein Mann, der sich einer Sache ganz und gar verschrieben hatte, aber Jerrod war klug genug zu begreifen, dass diese Sache nicht notwendigerweise mit der seinen identisch war.

Als sie ihr Ziel erreicht hatten, setzte sich Rexol an einen kleinen Tisch und bedeutete seinem Gast, ebenfalls Platz zu nehmen.

»Sag mir, warum du hier bist«, forderte er ihn auf, ohne sich mit einer förmlichen Einleitung oder dem Austausch von Höflichkeiten aufzuhalten.

Jerrod spürte die Feindseligkeit in seiner Stimme. Obwohl Ezra sich bemüht hatte, Rexol auf seine Seite zu ziehen, misstraute der Magus immer noch jedem, der die leeren milchig weißen Augen des Ordens besaß. Das war verständlich angesichts der Jahre, die er als Flüchtling während der Säuberung verbracht hatte.

»Ezra ist tot«, sagte Jerrod und kam direkt zum Kern der Angelegenheit. »Es ist vor einer Woche passiert.«

»Er war alt«, erwiderte Rexol, dem kein echtes Bedauern anzumerken war.

»Es war nicht das Alter. Eine Frau aus unseren Reihen wurde von den Inquisitoren gefangen genommen. Sie hat Ezra als den Anführer unserer Sache verraten.«

»Und? Kommen sie als Nächstes zu mir?« Die Frage klang scharf und anklagend.

»Selbstverständlich nicht!«, erwiderte Jerrod impulsiv. »Nur Ezra und ich wissen von deiner Verwicklung in unsere Sache, und Ezra ist aus dem Monasterium geflüchtet, bevor sie ihn verhören konnten. Er ist in der Wüste gestorben. Der Pontiff verdächtigt keinen von uns.«

Der Hexer zupfte mit seinen spitzen Zähnen an der Unterlippe und wog die Konsequenzen ab. »Warum also bist du hier?«

»Ich dachte, du hättest verdient, es zu erfahren. Ezra hat viel von dir gehalten. Ich glaube, er hat dich als einen Freund betrachtet.«

Rexol grinste und lachte dann abfällig. »Man findet

schnell Freunde, wenn man etwas hat, das andere brauchen.« Er klang sarkastisch und verbittert. »Ezra war nur daran interessiert, wie ich euch bei eurer großen und noblen Sache helfen könnte. Er hat in mir nur ein Mittel zum Zweck gesehen.«

»Warum hast du dann zugestimmt, uns zu helfen?« Jerrod schlug mit der Faust auf den Tisch. Er wusste, dass seine Trauer über den Verlust seines Mentors sich jetzt in seinem Ärger über Rexol ein Ventil schuf, aber es kümmerte ihn nicht.

Der Hexer zuckte mit den Schultern, und sein Ton wurde plötzlich freundlicher. »Wohl aus demselben Grund. Ich will etwas von euch. Verbündete beim Orden zu haben könnte eines Tages für mich von großem Wert sein.«

Es könnte sogar dein Leben retten, hätte Jerrod gerne gesagt. Aber er wusste, dass er bei diesem Hexer mit Drohungen nicht weiterkam.

»Außerdem«, fuhr Rexol fort, »hat Ezra mich auch nie wirklich gebeten, irgendetwas für ihn zu tun.«

»Dieser Tag wird sehr bald kommen«, warnte Jerrod ihn. »Der Brennende Erlöser ist bereits in der Welt der Sterblichen geboren worden. Die Propheten haben ihn gesehen.«

»Tatsächlich?« Rexol schien sich über die Mitteilung des Mönchs zu amüsieren. »Ist unser Erlöser denn ein Junge oder ein Mädchen?«

»Ich weiß es nicht«, räumte Jerrod ein. »Die Details der Visionen sind widersprüchlich. Die Identität des Erlösers bleibt ein Mysterium.«

Rexol lachte einmal scharf auf. »Was nützen Prophezeiungen und Visionen, wenn man nichts mit ihnen anfangen kann?«

»Ezra hat sein Leben für diese Sache gegeben«, rief ihm Jerrod ins Gedächtnis.

»Das bedeutet keineswegs, dass er nicht dennoch ein Narr gewesen sein könnte«, erwiderte Rexol ruhiger. »Welche anderen Anzeichen hast du noch dafür, dass dieser sogenannte Erretter tatsächlich kommt?«

»Der *Blutmond* kündigt eine Zeit von bedeutenden Ereignissen an«, erklärte der Mönch ernst.

»Die Säuberung wurde von einem *Blutmond* angekündigt«, murmelte Rexol grimmig. »Vielleicht sind deine Brüder ja dabei, ein weiteres Massaker in den Südlanden anzurichten.«

Jerrod entschloss sich, den Kommentar des Hexers zu ignorieren. »Das Auftauchen unseres Erlösers ist unausweichlich«, behauptete er. »Jedes Jahr werden mehr Kinder mit der Macht des Chaos im Blut geboren. Reisende Magier sind in allen Sieben Hauptstädten mittlerweile ein alltäglicher Anblick geworden. Außerhalb der Städte kann sich jeder Bewohner an eine einheimische Hexe oder einen Druiden wenden, wenn er der Magie bedarf. Nur zwei Jahrzehnte nach der Säuberung haben alle, bis zum niedersten Edelmann, einen Hofmagus zur Verfügung.«

»Hofmagier, reisende Magier, Kräuterhexen, all diese Leute sind gar nichts!«, spie Rexol hervor. Aus ihm sprach die hochmütige Arroganz eines wahren Hexers. »Die Macht, über die sie verfügen, ist nur schwach. Die meisten sind kaum mehr als Scharlatane, die zu Tricks greifen, um die Unwissenden zu täuschen und sie um ihr Geld zu bringen.«

Er stand auf und wandte sich mit einem Seufzer von Jerrod ab, als wäre er überdrüssig, ihn anzublicken.

»Ich habe viele solcher sogenannter ChaosWirker als Schüler aufgenommen, nur um dann entdecken zu müssen, dass ihre Macht nur ein Abklatsch der wahren Gabe war. Khamin Ankha ist nicht der erste Schüler, der mich enttäuscht, sondern nur der neueste.«

»Die meisten, die mit der Wahren Macht geboren werden, werden vom Orden identifiziert, schon lange bevor sie dir auffallen«, erinnerte Jerrod ihn. Er erhob sich ebenfalls und ging zu dem Hexer, um ihm tröstend die Hand auf die Schulter zu legen. Rexol drehte sich zu ihm herum und schüttelte die Hand ab.

»Nazir zögert, offen gegen deinesgleichen vorzugehen«, fuhr Jerrod fort. »Die Schrecken der Säuberung sind immer noch ganz lebendig in der Erinnerung der Menschen, und er hat Angst davor, dass sich das gemeine Volk in Sympathie für Leute wie dich zusammenschließt. Aber er versucht immer noch, die Südlande vom Chaos zu reinigen. Meine Mönchskameraden führen einen ständigen Krieg gegen die Magie. Die Pilger suchen immer noch Kinder, die Anzeichen der *Sicht* oder der *Gabe* zeigen. Man bringt sie in das Monasterium und nimmt sie in den Orden auf, damit man ihnen beibringen kann, diese Macht zu kontrollieren.«

»Aufnehmen? Nennt der Orden das so, wenn man Kinder ihren Eltern aus den Armen reißt?«

»Der Pontiff glaubt, dass die Macht der Magie gezähmt werden kann, wenn man die Kinder von vornherein darin unterweist«, fuhr Jerrod ruhig fort, ohne sich von der offenen Feindseligkeit des Hexers provozieren zu lassen. »Er glaubt, das *Vermächtnis* kann aufrechterhalten werden, wenn der Orden alle Kinder, die mit der *Gabe* geboren werden, findet und erzieht. Aber seine Leute sind nicht die Einzigen, die nach Kindern suchen, die vom Chaos gezeichnet wurden.

Ezra war bereit, sich der Wahrheit zu stellen, die der Pontiff nach wie vor nicht anerkennen will: Das *Vermächt-*

nis wird nicht auf immer bestehen. Und wenn es zusammengebrochen ist, werden wir einen Paladin brauchen, der uns gegen die einfallenden Horden jenseits der Brennenden See verteidigt. Wir werden einen Retter brauchen, einen Erlöser, der die Stärke besitzt, die Waffe unserer Feinde gegen sie selbst zu richten; ein Kind der Macht, das in den Künsten der Magie und Hexerei ausgebildet ist.«

Jerrod wählte seine Worte sehr sorgfältig. Der Magus war ihr Verbündeter, aber es gab Geheimnisse, die der Mönch nicht mit ihm teilen wollte. Er verschwieg die Existenz der Artefakte, welche die Wahren Götter zurückgelassen hatten, und auch die Macht, die sie besaßen. Er erzählte dem Hexer nur so viel, wie nötig war; schließlich nahm er sich die warnenden Worte zu Herzen, die ihm sein Mentor vor so vielen Jahren mit auf den Weg gegeben hatte.

Rexol dient keiner anderen Sache als seiner eigenen. Er gehorcht keiner Autorität als seiner eigenen. Und er arbeitet aus Gründen mit uns zusammen, die ausschließlich seine eigenen sind. Er giert nach der Macht der Alten Magie, und er würde uns alle verraten, wenn er sie dadurch bekäme.

»Ich besitze die Kunst der *Sicht*«, fuhr Jerrod fort und hoffte, auf diese Weise Rexols schwindende Zuversicht in ihre Sache zu stärken. »Ich teile die Visionen der Propheten. Das Kind, das wir suchen, ist irgendwo dort draußen. Und die Zeit des Brennenden Erlösers kommt näher. Ich habe es in meinen Träumen gesehen.«

»Ich habe nicht viel Vertrauen in deine Träume«, murmelte der Hexer. Als er weitersprach, wurde seine Stimme wieder lauter. »Aber ich habe es satt, ständig mit ansehen zu müssen, wie die Südlande unter dem Joch des Ordens leiden. Ezra mag von uns gegangen sein, aber ich werde unsere Abmachung einhalten: Ich werde deinen Erlöser ausbilden, falls du jemals einen findest.«

Jerrod hörte natürlich den Spott in seiner Stimme, aber er weigerte sich, klein beizugeben. »Ich werde finden, was ich suche«, schwor er. »Ich werde weder rasten noch ruhen, bis wir unseren Paladin haben. Dieses Kind des Schicksals ist irgendwo da draußen und wartet auf uns.«

»Das Kind ist nicht die einzige Person, die wartet«, sagte der Hexer.

»Du musst geduldig sein, Rexol. Es wird Zeit brauchen. Der, den wir suchen, wird sich vielleicht etliche Jahre nicht zeigen. Aber wenn du trotzdem zu unserer Sache stehst, werde ich dir einen würdigen Schüler bringen. Ich werde ein Kind finden, das von dem wahren Chaos gezeichnet wurde; ein Kind mit der Macht, uns alle zu retten.«

»Mach das, dann werde ich frohgemut dieses wundersame Kind ausbilden«, erwiderte Rexol und zeigte bei einem erneuten Grinsen seine spitzen Zähne.

Mit diesem Lächeln mochte Rexol möglicherweise beabsichtigt haben, Jerrods religiöse Überzeugung zu verspotten, aber der Mönch witterte die Gier hinter dem Hohn des Hexers. Rexol sehnte sich verzweifelt nach einem würdigen Schüler, ebenso verzweifelt, wie Jerrod darauf aus war, den Brennenden Erlöser zu finden.

Gemeinsame Verzweiflung war zwar ein armseliges Fundament, um darauf eine Allianz zu bauen. Aber Jerrod fand Trost in einer unbestreitbaren Wahrheit: Der Hexer würde ihn niemals an den Orden verraten.

7

Es war bereits dunkel, als Gerrit endlich sein Heim erreichte. In der Erntezeit kam das häufig genug vor. Er schwitzte, war müde und schmutzig von der Arbeit auf den Feldern mit seinen Leuten. Aber er würde niemals untätig herumsitzen, während andere sich abmühten, selbst wenn er sie bezahlte. Es war gut um ihn bestellt, und so mancher behauptete sogar, er wäre wohlhabend. Dennoch fühlte er sich verpflichtet, bei der Ernte seines Getreides mitzuarbeiten.

Es gab nur eins, das er in den langen Stunden auf den Feldern bedauerte, nämlich die Tatsache, dass Keegan, der Sohn, den Nyra ihm vor ihrem Tod geschenkt hatte und der die wichtigste Person in Gerrits Welt geworden war, bereits fest in seiner Wiege schlafen würde, wenn er nach Hause zurückkehrte.

Gerrit öffnete die Tür behutsam, um das schlafende Kind nicht zu wecken, und ging in die kleine Küche. Alia, das Dienstmädchen, das er angestellt hatte, damit es sich um Keegan kümmerte, hatte ihm einen kleinen Imbiss aus Brot und Käse zurechtgemacht. Die junge Frau selbst saß am Tisch und starrte auf den Teller mit Essen vor sich.

»Ich hoffe, du hast nicht seit dem Abendessen auf mich gewartet«, scherzte Gerrit, als er seine Jacke auszog und sich ihr gegenüber an den Tisch setzte. »Dein Vater wird nicht sonderlich gut auf mich zu sprechen sein, wenn er herausfindet, dass du hungerst, bis ich nach Hause komme.«

Alia schreckte aus ihren Gedanken hoch und blickte ihn an. »Es tut mir leid, Meister Gerrit«, sagte sie rasch. »Ich habe dich überhaupt nicht kommen hören.«

»Du hast mich nicht hereinkommen hören«, verbesserte er sie freundlich. »Ich wollte das Baby nicht wecken«, setzte er hinzu und biss heißhungrig in ein Stück Brot.

Es war nicht ungewöhnlich, dass Alia mit ihm zu Abend aß. Aber an den Abenden, an denen er spät nach Hause kam, hatte sie meist schon gegessen. So konnte sie sofort nach Hause gehen, sobald er von den Feldern zurückgekehrt war.

»Ich hatte eigentlich erwartet, du würdest gehen, sobald ich durch die Tür trete«, bemerkte er zwischen zwei Bissen.

»Da ist etwas, das ich dir sagen muss.«

Es war nicht schwer, die Besorgnis in ihrem Tonfall zu hören. Gerrit fiel auf, dass sie die Speisen auf ihrem Teller nicht einmal angerührt hatte. Er fragte sich, wie lange sie wohl schon hier gesessen und auf ihn gewartet hatte. Und plötzlich wusste er, dass irgendetwas ganz und gar nicht stimmte.

»Hat Keegan wieder seine Albträume?«

Alia nickte. »Heute hatte er einen neuen. Er ist schreiend und weinend aufgewacht. Und ich hab gehört, wie er ›Mama‹ gerufen hat.«

Gerrit runzelte die Stirn. Er hatte Keegan gegenüber Nyra noch nie erwähnt. Es war noch zu früh. Der Junge war jetzt zwei Jahre alt und fing gerade erst an zu sprechen. Er konnte unmöglich begreifen, was mit seiner Mutter passiert war.

»Mama? Bist du sicher? Manchmal sind Kinder schwer zu verstehen, vor allem, wenn sie aufgeregt sind.«

»Ich bin mir ziemlich sicher, Meister Gerrit. Er sagte ›Mama‹. Als hätte sein Albtraum etwas mit Nyra zu tun.«

»Unmöglich.« Er schüttelte den Kopf. »Sie ist bei Keegans Geburt gestorben. Er hat sie nie kennengelernt. Wahrscheinlich hat er diese Worte auf dich gemünzt, Alia. Du kümmerst dich um ihn, und wahrscheinlich glaubt er, dass du seine Mutter bist.«

Alia riss vor Entsetzen weit die Augen auf. »Oh, Meister Gerrit! Ich würde nie etwas tun, das ihn vermuten lässt, ich wäre seine Mutter! Niemals!«

Er hob die Hand, um sie zu beruhigen. »Das ist völlig in Ordnung, Alia. Ich weiß, dass du niemals etwas tun würdest, um Nyras Andenken zu entehren. Ich wollte damit nur sagen, dass Keegan dich wahrscheinlich für seine Mutter hält. Er ist ein kluger Junge und weiß, dass ich ›Papa‹ bin. Vielleicht ist er irgendwie auf die Idee gekommen, dass du die Mama sein könntest.«

Die junge Frau senkte den Blick, als könnte sie ihm nicht in die Augen sehen.

»Er hat nicht mich gemeint«, beharrte sie, obwohl ihre Stimme leise und weich klang. »Er hat nur ununterbrochen geweint. Es hat eine Stunde gedauert, bis er wieder eingeschlafen ist.« Sie machte eine kleine Pause. »Ein Baby sollte keine Albträume haben.«

»Vielleicht regt es ihn auf, dass ich so lange arbeiten muss«, versuchte Gerrit zu erklären. »Wahrscheinlich vermisst er mich einfach nur. Ich werde mir mehr Mühe geben, so früh nach Hause zu kommen, dass er mich sieht, bevor er ins Bett geht. Ich bin mir sicher, dass das alles ist.«

Seine Antwort schien Alias Besorgnis jedoch nicht lindern zu können. »Es gibt da noch etwas, Meister Gerrit.

Du hattest heute Besuch. Eine Frau. Eine alte Frau. Sie sagte, sie müsste mit dir über Keegan reden.«

Unwillkürlich lief Gerrit ein Schauer über den Rücken. »Eine alte Frau hat nach meinem Sohn gefragt?«

»Sie hat seinen Namen nicht genannt, sondern nannte ihn immer nur ›den Jungen‹. Ich mochte sie nicht, Meister Gerrit. Irgendetwas an ihr stimmte nicht. Sie wirkte irgendwie widerlich, hat mir Angst eingeflößt. Ich sagte ihr, sie solle gehen, aber sie wollte einfach nicht verschwinden. Sie sagte, sie würde Nyra kennen, also habe ich … Ich habe ihr gesagt, sie solle später zurückkommen. Ich wollte einfach, dass sie ging. Ich wusste nicht, was ich sonst hätte tun sollen. Es tut mir leid, Meister Gerrit.«

Er zögerte einen Moment, bevor er mit den Schultern zuckte und versuchte, um des jungen Mädchens willen gleichgültig zu wirken. »Es gibt keinen Grund, dich zu entschuldigen«, versicherte er ihr. »Wenn es wichtig ist, wird sie wahrscheinlich später am Abend wieder auftauchen. Mach dir keine Sorgen, Alia. Ich werde schon herausfinden, was diese Frau will.«

»Ich bin nur geblieben, um dir von ihr zu erzählen«, sagte die junge Frau wie zu ihrer Verteidigung, als müsste sie sich für ein Verbrechen rechtfertigen, dessen Gerrit sie gar nicht beschuldigt hatte. »Damit du vorbereitet bist, falls sie zurückkommt.«

»Das hast du richtig gemacht.«

Zufrieden mit seiner Antwort schob Alia den Stuhl vom Tisch.

»Du gehst schon?«, erkundigte sich Gerrit überrascht. »Du hast dein Essen nicht einmal angerührt.«

»Ich … ich bin nicht hungrig, Meister Gerrit.«

Er sah, wie nervös sie war, und begriff, dass sie unbedingt wegwollte, bevor diese seltsame Besucherin zurückkam.

Er fand ihr Verhalten zwar etwas seltsam, aber sie war schließlich fast noch ein Kind, und er wollte sie nicht tadeln, weil sie sich so leicht einschüchtern ließ.

»Das ist gut, Alia. Geh du nach Hause. Und grüße deinen Vater von mir. Wir sehen uns morgen früh.«

»Das mache ich, Meister Gerrit. Und vielen Dank. Auf Wiedersehen.«

Dann war sie verschwunden. Gerrit verzehrte langsam sein Essen und versuchte sich vorzustellen, wie die Frau aussehen musste, die einen solchen Eindruck bei Alia hinterlassen hatte. Und wie eine solche Frau seine eigene Ehefrau kennen konnte.

Es war bereits nach Mitternacht, und das Feuer im Kamin war bis auf die Glut heruntergebrannt, als das erwartete Klopfen an der Tür ertönte. Einen Herzschlag lang spielte Gerrit mit dem Gedanken, es einfach zu ignorieren. Die Tür war verschlossen. Wer auch immer draußen war, musste einfach ein andermal wiederkommen. Dann lachte er leise über seine Dummheit und stand auf, um seinen späten Besucher zu begrüßen. Sein Körper warf unheimliche Schatten, als er durch das Wohnzimmer zur Tür ging.

»Kommt herein …« Er öffnete die Tür, aber seine Worte blieben ihm im Halse stecken, als er die Gestalt sah, die ihn da besuchte.

Eine alte, gebeugte Frau stand vor seiner Tür. Ihr strähniges graues Haar kam unter der Kapuze ihres schwarzen Umhangs hervor und bedeckte teilweise ihr eingefallenes, runzliges Gesicht. Obwohl er Gretchen noch nie persönlich gesehen hatte, erkannte er die einheimische Hexe vor seiner Tür.

Sie versuchte nicht, ihn dazu zu bringen, sie hereinzubitten, als wüsste sie, dass sie nicht willkommen war.

»Ich bin wegen des Jungen hier«, erklärte die Hexe.

»Du meinst Keegan.« Mehr brachte Gerrit als Antwort nicht heraus.

»Er ist etwas Besonderes, dieser Junge.«

»Natürlich ist er etwas Besonderes. Er ist mein Sohn.«

Sie fletschte die Lippen und zeigte ihm ihre verfaulten Zähne.

»Sprich nicht zu mir wie zu einer Närrin! Dein Junge ist anders als andere Kinder. Er ist gezeichnet.«

Gerrit widerstand dem Impuls, dem alten Weib die Tür vor der Nase zuzuschlagen. »Gezeichnet?«, erkundigte er sich stattdessen. »Was hat das zu bedeuten?«

Die Hexe ignorierte seine Frage und fragte stattdessen ihrerseits: »Dieser Junge, hat er Albträume?«

Irgendwie wusste er, dass es keinen Zweck hatte zu lügen. »Ja.«

»Albträume wegen seiner Mutter?«

Gerrit verstand nicht viel von Hexerei, aber er war ein kluger Mann, den man nicht so einfach zum Narren halten konnte. Plötzlich schien sein Gespräch mit Alia einen ganz anderen Sinn zu ergeben.

»Du hast mit Keegans Kindermädchen darüber geredet, hab ich recht? Du bist diejenige, die ihr diesen Unsinn über seine Mutter in den Kopf gesetzt hat!«

»Dein Sohn sieht Dinge im Traum. Er sieht seine Mutter sterben. Er ist noch nicht alt genug, um zu begreifen, was da geschieht. Aber er sieht es in seinen Träumen, und er weiß es.«

»Diese Art von Gerede hat vielleicht genügt, um ein kleines Mädchen zu verängstigen, aber bei mir funktionieren deine Spielchen nicht.«

Die Hexe lachte, und bei diesem Geräusch lief Gerrit eine Gänsehaut über den Rücken.

»Das ist kein Spiel. Deine Frau kannte meine Macht. Sie glaubte daran. Sie kam zu mir, als der Junge noch in ihrem Bauch war, und bat mich um meine Hilfe. Wusstest du das?«

»Du lügst!«

»Tatsächlich? Sie hat mir etwas gegeben. Als Bezahlung für geleistete Dienste.«

Gretchen griff in ihr weites Gewand und zog einen Ring hervor. Sie hielt ihn hoch, sodass er ihn sehen konnte. Gerrit brauchte einen Moment, bis er begriff, dass dieser Ring das genaue Gegenstück zu dem Ring an seinem Finger war.

»Nyras Vermählungsring! Aber sie sagte … Sie hat mir gesagt, sie hätte ihn verloren.«

»Sie hat ihn bei mir eingetauscht. Und zwar gegen das Leben ihres Kindes.«

»Was … was sagst du da?«

»Das Kind in ihr war bereits tot. Nur meine Magie konnte ihm das Leben zurückgeben. Deshalb ist deine Frau zu mir gekommen. Sie hat um meine Hilfe gebettelt. Ich habe sie gewarnt, dass sie außer dem Ring noch einen anderen Preis würde zahlen müssen. Einen Preis, den zu zahlen sie offenbar bereit war.«

Entsetzen machte sich auf Gerrits Gesicht breit, als er allmählich verstand. »Du! Es war deine Schuld, dass sie gestorben ist! Du hast meine Frau getötet!«

Er ballte die Hände zu Fäusten und hob sie, aber er brachte es nicht über sich, eine Frau zu schlagen. Nicht einmal ein so verachtenswertes Weib wie diese Hexe.

Gretchen zuckte angesichts seiner ohnmächtigen Wut nicht einmal mit der Wimper.

»Deine Frau hat eine Entscheidung getroffen: ihr Leben gegen das des Jungen. Es gab keine andere Möglichkeit.«

Er ließ die Fäuste sinken und öffnete sie langsam. Dann

streckte er seine rechte Hand aus, mit der Handfläche nach oben.

»Gib mir ihren Ring zurück.«

Er sprach mit aller Autorität, die er aufbringen konnte, aber er bezweifelte, dass er damit irgendeine Wirkung erzielen würde. Er war sicher, dass sie den Ring nicht zurückgeben würde. Doch sie legte ihn auf seine wartende Handfläche. Die Haut ihrer Finger war trocken und rau, und er zuckte bei der Berührung instinktiv zurück. Dabei hätte er fast den Ring fallen lassen.

»Ja«, flüsterte Gretchen. »Nimm den Ring zurück. Er gehört rechtmäßig dir, und ich habe keine Verwendung mehr für ihn.«

»Du hast eine Abmachung mit meiner Frau getroffen«, beharrte Gerrit. Er wollte dieser widerlichen Frau nichts schulden. »Ich werde dir das Doppelte von dem, was dieser Ring wert ist, in Gold geben. Komm morgen zurück, dann sorge ich dafür, dass du bezahlt wirst.«

»Ich will dein Gold nicht. Aber es gibt da etwas anderes.«

»Was dann? Heraus damit, Hexe! Oder ich werde meine Fäuste erneut heben, und diesmal werde ich sie nicht sinken lassen!«

Obwohl Gerrit ein großer Mann war, neigte er normalerweise nicht zu Drohungen und Gewaltanwendung. Aber diese Frau flößte ihm Unbehagen ein. Je länger er mit ihr sprach, desto erregter wurde er. Er wollte dieses Gespräch so schnell wie möglich beenden.

»Ich will den Jungen. Gib mir deinen Sohn.«

»Du bist wohl verrückt, Weib!«

Gerrit versuchte, ihr die Tür vor der Nase zuzuschlagen, aber die alte Hexe streckte einen ihrer krummen Finger aus und hielt sie mühelos offen. Dann berührte sie mit demselben Finger Gerrit leicht am Arm. Eine Grabeskälte überzog den Körper des Mannes, und er schien auf der Stelle festzufrieren. Betäubt und hilflos stand er vor diesem Monster, das gekommen war, um seinen Sohn zu holen.

»Der Junge hat Visionen in seinen Träumen; Visionen von vergangenen Dingen und von Dingen, die noch kommen werden. Er ist gezeichnet. Ich kann ihn riechen und ihn schmecken. Das Chaos brennt in seinen Adern.«

Die Hexe schnippte mit den Fingern, und der Bann war gebrochen. Gerrit taumelte zurück, als seine Gliedmaßen ihm plötzlich wieder gehorchten. Aber seine Beine und Arme waren noch taub, und er brach vor dem Kamin auf der anderen Seite des Raumes zusammen.

»Aber der Junge muss mir freiwillig übergeben werden«, fuhr die Hexe fort. »Geschieht das nicht, ist seine Macht für mich nicht von Nutzen.«

Gerrit stand langsam auf und lehnte sich Halt suchend gegen den Kaminsims. Seine Beine funktionierten zwar, aber sie waren noch zittrig. Er wollte weglaufen, wollte sich umdrehen und vor dieser schrecklichen Kreatur flüchten, die in sein Heim und in jede Faser seines Wesens eingedrungen zu sein schien. Stattdessen jedoch wehrte er sich, um Keegans willen.

»Ich werde dir meinen Sohn niemals ausliefern.« Seine Stimme klang trotzig, obwohl er Furcht empfand.

»Im Augenblick sieht der Junge die Dinge nur«, stieß sie rau hervor. »Aber je älter er wird, desto mehr wird seine Macht wachsen. Eines Tages wird er herausfinden, dass er auch Dinge *bewerkstelligen* kann. Schreckliche, entsetzliche Dinge. Er muss lernen, seine Macht zu beherrschen. Wenn er das nicht tut, dann könnte sie ihn zerstören.«

Gerrit nahm seinen ganzen Mut zusammen und schleuderte der Gestalt, die immer noch gebückt auf der Schwelle seiner Tür stand, seine giftige, hasserfüllte Antwort entgegen.

»Damit du ihm beibringen kannst, ein Hexer zu werden wie du? Um unschuldige Dorfbewohner mit Zaubersprüchen und Flüchen zu verängstigen und von ihrer Furcht und Schwäche zu leben? Ich werde eher sterben, bevor ich das zulasse!«

»Meine Macht ist schwach«, flüsterte das alte Weib. »Ich verdanke sie Artefakten und Ritualen. Ich kenne die Zaubersprüche, um Magie aus einem Drachenzahn zu ziehen und sie nach meinem Gutdünken zu formen. Aber die Macht liegt dennoch im Artefakt. Bei dem Jungen ist es anders. Seine Macht kommt aus seinem Inneren. Das Chaos ist ein Teil von ihm, und schon bald wird er es auf die Welt loslassen. Es ist unausweichlich.«

Gerrits Gliedmaßen kribbelten immer noch von der Nachwirkung des Zauberspruchs, aber er spürte, wie das Gefühl wieder in sie zurückströmte, als das Feuer ihn wärmte. Er schnappte sich einen Schürhaken von dem Gestell neben dem Kamin und fachte die ersterbende Glut an, wobei er die Hexe im Auge behielt.

»Du bist hier nicht willkommen«, sagte er, während er in der Glut herumstocherte. Er ließ die Spitze des Schürhakens noch heißer werden. »Ich will, dass du jetzt gehst.«

»Ich bin nicht die Einzige, die die Macht deines Sohnes erkennen kann«, warnte ihn Gretchen. »Andere werden ebenfalls das Chaos in ihm bemerken. Und etliche, wie die Pilger des Ordens, werden nicht so freundlich sein wie ich. Sie werden ihn dir einfach wegnehmen.«

Gerrit drehte sich vom Feuer zu der Frau herum und

schwang den Schürhaken wie eine Waffe. Er streckte die weiß glühende Spitze vor sich aus. Befriedigt registrierte er, wie die Hexe erschreckt einen Schritt zurücktrat.

»Deine Ehefrau hat eine Entscheidung getroffen, bevor der Junge geboren wurde«, zischte sie. »Eine schwierige Entscheidung. Jetzt ist es an dir, eine andere zu treffen.

Gib mir den Jungen und überlasse es mir, ihn zu erziehen und zu unterweisen. Dann werde ich ihn bald zu dir zurückbringen. Wenn du mir das verweigerst, wirst du deinen Sohn für immer verlieren, weil der Orden kommen und ihn ins Monasterium schaffen wird.«

Gerrit antwortete nicht, sondern trat einen kleinen Schritt vor, wobei er die glühend heiße Spitze des Schürhakens immer noch auf die Hexe gerichtet hielt. Daraufhin drehte sich Gretchen um und flüchtete aus der offenen Tür. Ihre schrumpelige Gestalt bewegte sich schneller, als er es für möglich gehalten hätte.

»Ich kehre morgen Nacht zurück, um deine Entscheidung zu erfahren«, rief sie über die Schulter, bevor sie von den Schatten der Nacht verschluckt wurde.

Gerrits Herz hämmerte wie verrückt, als er rasch die Tür schloss und verriegelte. Dann hängte er den Schürhaken wieder an das Gestell neben dem Kamin. Seine Hände zitterten, und seine Gedanken überschlugen sich. Er wusste, dass vieles von dem, was die Hexe gesagt hatte, der Wahrheit entsprach. Er hegte keine Zweifel, dass etwas an Keegan anders war. Warum sonst wäre die Hexe seinetwegen hierhergekommen? Und wenn sie seine Macht gespürt hatte, dann konnten andere das auch.

Aber er würde seinen Sohn niemals aufgeben. Und er würde ihn weder der Hexe noch dem Orden übergeben. Niemandem.

Als Alia am nächsten Morgen früh vor Gerrits Haus stand, fand sie es verlassen vor. Gerrit hatte seinen Sohn und alle Wertsachen, die er in der Eile hatte zusammenraffen können, eingepackt und war mitten in der Nacht verschwunden.

8

»Das nennst du sauber?«, stellte Mistress Wyndham das Dienstmädchen zur Rede und hielt die Stoffserviette hoch, die einen fingernagelgroßen Flecken in einer Ecke aufwies. »Willst du mich vor Lord und Lady Hollander blamieren? Sollen sie mich für eine so Niedergeborene halten, dass ich ein Festmahl mit schmutzigem Leinen gebe?«

»Nein, Mistress«, erwiderte die junge Frau. Sie legte die Messer zur Seite, mit denen sie gerade den Tisch gedeckt hatte, und beeilte sich, ihrer Herrin die schmutzige Serviette aus der Hand zu nehmen.

»Bring das in die Wäsche und hol mir eine saubere. Ich habe mir zu viel Mühe bei den Vorbereitungen zu diesem Mahl gegeben, um es mir von einer schmutzigen Serviette ruinieren zu lassen!«

Das Mädchen verschwand, aber Celia Wyndham achtete schon nicht mehr darauf. Sie war damit beschäftigt, jedes der vierzehn Bestecksets auf irgendwelche Makel hin zu untersuchen. Eigentlich hätte der Verwalter des Anwesens die letzten Vorbereitungen für das bevorstehende Mahl überwachen sollen. Celia Wyndham teilte die hohe Meinung ihres Ehemannes bezüglich Roland jedoch nicht. Die Maßstäbe des ehemaligen Soldaten waren völlig unzureichend, wenn es um Angelegenheiten von Kultur und Raffinesse ging.

Sie schnalzte missbilligend mit der Zunge, als sie einen winzigen verkrusteten Speiserest auf der Zinke einer Gabel fand. Sie legte sie zur Seite, damit sie nicht vergaß, dem Mädchen zu sagen, es solle eine neue bringen. Gleichzeitig nahm sie sich vor, der Dienstmagd einen strengen Verweis für ihre ungenügenden Bemühungen zu erteilen. Sie musste nur vorsichtig sein, dass Roland es nicht herausfand. Der Verwalter neigte dazu, übermäßig beschützend zu reagieren, wenn es um Angestellte ging, die seiner Obhut unterstanden.

Er ist viel zu nachsichtig mit ihnen. Ist es da ein Wunder, dass ich schmutzige Servietten und verdreckte Gabeln auf meinem Tisch habe?

Glücklicherweise schien alles andere in Ordnung zu sein. Sie wünschte sich, Conrad, ihr Gemahl, wäre hier bei ihr, aber er hatte ihr versichert, seine Pflichten auf dem Anwesen würden ihn mindestens bis zum späten Nachmittag in Anspruch nehmen. Dagegen konnte sie nur wenig einwenden. Schließlich war es ihre Idee gewesen, dass sich Conrad vor zwei Jahren beim Provinzkonzil um die Position des Gutsherren beworben hatte.

Zunächst hatte Conrad gezögert. Er war ein erfolgreicher Geschäftsmann, und seine Unternehmungen verliehen ihm großes wirtschaftliches und politisches Gewicht im Dorf. Und das trotz seines fehlenden gesellschaftlichen Ranges. Für ihn war die Position des Gutsherrn eher eine Degradierung; er sah darin nur die Rolle eines besseren Gastwirts, dessen einzige Aufgabe darin bestand, angemessene Quartiere für irgendwelche Adeligen zur Verfügung zu stellen, die durch dieses Gebiet reisten.

Aber Celia wusste es besser. Die Position des Gutsherrn war so ziemlich die einzige Möglichkeit für einen Mann wie ihren Gatten, auch nur in die Nähe eines Adelstitels zu kommen – außer durch Heldentaten im Krieg. Aber es gab keinen Krieg, und außerdem war ihr Gemahl kein Soldat.

Ein Adeliger würde einen Gutsherrn als nahezu gleichwertigen Menschen behandeln, zumindest innerhalb des Hauses. Und es war auch nicht unüblich, dass die Tochter eines Gutsherrn in den echten Adel einheiratete.

Wenn sie darüber sprachen, machte sich ihr Gemahl allerdings über sie lustig.

»Deine Bemühungen, gesellschaftlich aufzusteigen, finde ich wirklich sehr amüsant, Celia«, hatte er gesagt, als sie ihm das erste Mal vorgeschlagen hatte, sich um die Position des Gutsherrn zu bewerben. »Aber ich bin für diese Barone und Fürsten nichts weiter als ein Kaufmann. Ich zahle meine Steuern, und das macht sie glücklich. Sie werden sich ganz sicher nicht dazu herablassen, mit mir zu sprechen, es sei denn, sie bräuchten Gold, um eine Armee auszuheben.«

Aber auch hier wusste Celia es besser. In den Südlanden wurden Vermögen ebenso schnell zusammengerafft, wie sie zerrannen, und wenn jene an der Spitze stürzten, stiegen die unter ihnen auf. Seit sich die Südlande vor vierhundert Jahren in dem Unionsvertrag zusammengeschlossen hatten, waren nacheinander mehr als ein Dutzend verschiedener Städte als eine der Sieben Hauptstädte anerkannt worden. Wenn Städte so rasch ihren Rang wechseln konnten, konnten das ganz sicher auch Familien.

»Du verkaufst dich unter Wert, Conrad«, hatte sie geantwortet. »Der Adel respektiert das Talent von Menschen, die großen Wohlstand anhäufen können, so wie es dir gelungen ist. Und außerdem, was ist mit unserer Tochter?«, hatte sie hinzugefügt. »Möchtest du Cassandra etwa nicht die Möglichkeit bieten, in den Adel einzuheiraten?«

Das letzte Argument hatte ihn schließlich überzeugt, was Celia natürlich gewusst hatte.

Conrad liebte Cassandra, und zwar viel zu sehr, wie

Celia manchmal bemäkelte. Wenn die Zeit kam, einen Ehemann für sie zu erwählen, würde er sich möglicherweise sogar weigern, seine Tochter mit einem uralten Baron zu vermählen, der unbedingt einen Erben brauchte. Oder sie einem Viscount und Schürzenjäger zur Frau zu geben, der sich den Anstrich von Ehrbarkeit geben wollte, indem er ganz legal eine Gemahlin nahm.

Celia liebte ihre Tochter ebenfalls, aber sie wusste, dass sie in einem solchen Fall keine Sekunde zögern würde. Ihre eigene Familie war in der gesellschaftlichen Hierarchie der Südlande durch ebensolche Eheschließungen sehr rasch aufgestiegen, und jetzt hatte sie den vorletzten Schritt getan, indem sie ihren Ehemann zum Gutsherrn machte.

Außerdem konnte auch eine Zweckheirat durchaus zu Liebe führen, wie es zwischen ihr und Conrad ja der Fall gewesen war. Allerdings war Cassandra erst vier Jahre alt. Sie konnte später noch genug darüber nachdenken. An diesem Abend hatte sie mit anderen Dingen alle Hände voll zu tun.

Celia ging erneut um den Tisch herum und suchte nach irgendetwas, das den Erfolg dieses Dinners gefährden könnte. Als sie gehört hatte, dass Lord Hollander zu Besuch kam, hatte ihr Herz einen Sprung gemacht. Als sie dann noch erfuhr, dass sich in seinem Tross sowohl Lady Hollander als auch zehn weitere Gäste von Adel befinden würden, hatte sie vor Freude fast geweint. Das war die Gelegenheit, um die sie die Götter angefleht hatte, sowohl die Alten als auch die Neuen. Alles musste perfekt sein.

»Das Wildbret ist exquisit«, verkündete Lord Hollander. Die anderen Gäste stimmten ihm schleunigst zu.

Celia errötete über das Kompliment. »Danke Euch, Mylord.«

»Es ist schade, dass Euer Ehemann nicht hier sein kann, um es ebenfalls zu genießen«, setzte Lady Hollander hinzu. Celia war sich nicht sicher, ob in der Stimme der Adeligen Sympathie oder Boshaftigkeit mitgeschwungen hatte.

Bevor sie jedoch mit einer passenden Erwiderung aufwarten konnte, ergriff Lord Hollander das Wort zu ihrer Verteidigung.

»Conrad ist ein sehr beschäftigter Mann, wie wir alle wissen. Die Einkünfte des Gutes haben sich seit seiner Ernennung zum Gutsherrn nahezu verdoppelt.« Der edle Lord hob sein Glas. »Auf Conrad, in Wertschätzung für den Wohlstand, den er diesem Gut gebracht hat.«

Die anderen folgten seinem Beispiel, erhoben ihre Gläser und tranken auf Celias Gemahl. Die Gastgeberin strahlte vor Stolz, obwohl sie insgeheim Conrad verfluchte, weil er so spät kam. Er wusste doch, wie wichtig dieser Abend war! Die Tradition sah zwar vor, dass der Verwalter des Gutes einsprang, wenn der Gutsherr verhindert war, aber Celia würde verdammt sein, wenn sie einen Grobian wie Roland an einen Tisch mit Lord und Lady Hollander setzen würde.

Aber sie hatte den Stuhl trotzdem nicht unbesetzt lassen können. Wegen Conrads Abwesenheit hätten sonst dreizehn Personen am Tisch gesessen, eine Unglückszahl. Celia hatte die Katastrophe abgewendet, indem sie Cassandra erlaubt hatte, mit ihnen zu speisen. Das Mädchen saß am Tisch und stocherte, offenbar wenig beeindruckt, in ihrem Essen herum. Aber zum Glück hatte sie sich unter den aufmerksamen Blicken des Kindermädchens, das unauffällig im Schatten saß, wohlerzogen benommen.

Celia nahm sich vor, der jungen Frau anschließend ein Lob auszusprechen, weil sie ihre Tochter in der kurzen Zeit so gut für dieses Abendessen vorbereitet hatte. Von einem einfachen Bauernmädchen hatte sie weit weniger erwartet.

Und vielleicht war Cassandras Anwesenheit auch gar nicht so schlecht. Lady Hollander war dafür bekannt, dass sie Kinder liebte, und Celias Tochter sah heute Abend einfach hinreißend aus. Die ebenmäßige, cremefarbene Haut und das lockige blonde Haar des Mädchens waren in den mittleren Provinzen zwar nichts Ungewöhnliches, aber auch nicht sehr verbreitet. Allerdings waren weder Celia noch ihr Ehemann blond. Das ungewöhnliche Aussehen des Mädchens, zusammen mit dem grünen Kleid, das Celia für ihre Tochter ausgewählt hatte und das perfekt zu Cassandras großartigen grünen Augen passte, verwandelte das kleine Mädchen in ein hinreißendes Püppchen.

»Cassandra, Schätzchen, du hast ja gar nichts gegessen.« Lady Hollanders Worte kamen ziemlich überraschend, als hätten Celias Gedanken plötzlich die Aufmerksamkeit auf ihre Tochter gelenkt.

Sie spannte sich unwillkürlich an in Erwartung der Antwort des jungen Mädchens.

»Es tut mir leid, Lady Hollander«, murmelte sie. Celia spürte, wie die Anspannung von ihr abfiel. »Ich bin wirklich nicht hungrig.«

»Cassandra hat nicht gut geschlafen«, erklärte Celia entschuldigend. »Das stimmt doch, Nanny, oder?«

Das Kindermädchen trat einen halben Schritt aus dem Schatten hervor. »Ja, Mistress. Die junge Mistress Cassandra leidet unter Albträumen.«

Celia runzelte leicht die Stirn. Sie hatte nicht über diese Träume reden wollen, nicht ausgerechnet heute Abend. Dummerweise hatte sie dieses Thema selbst ins Gespräch gebracht, aber das Kindermädchen hätte es besser wissen müssen und Cassandras lebhafte Albträume nicht erwähnen dürfen.

Lady Hollander jedoch schien plötzlich von mütterlichem Mitgefühl erfüllt zu sein. »Du armes Kind«, gurrte sie. »Wovon träumst du denn? Von Monstern?«

Das Kindermädchen übernahm es wieder zu antworten, und Celia musste sich auf die Lippen beißen, um das dumme Ding nicht zum Schweigen zu bringen. Dadurch wäre jedoch zweifellos eine unangemessene Situation entstanden.

»Ja, Mylady. Sie träumt oft von Riesen, die durch die Lande gehen und ganze Dörfer fressen. Und manchmal spricht sie auch von großen, geflügelten Bestien, die Feuer vom Himmel spucken.«

Lord Hollander lachte überrascht. »Drachen, mein hübsches Kind? Ich träume oft selbst von ihnen, wenn ich zu viel Wein beim Abendessen getrunken habe und im Schlaf von Sodbrennen geplagt werde.«

Höfliches Gelächter kam am Tisch auf, aber es wurde von Cassandras plötzlichem Aufschrei unterbrochen.

»Nein! Keine Monster. Nicht mehr. Jetzt ist es der Pferdetraum!«

Plötzlich brach Cassandra in Tränen aus.

Celia erstarrte, peinlich berührt von dem, was da gerade geschah. Das Kindermädchen zögerte, weil es nicht wusste, ob es sich einmischen und versuchen sollte, das schluchzende Kind zu beruhigen. Lady Hollander kam ihr jedoch zuvor. Sie schob ihren Stuhl zurück und ging um den Tisch herum, um Cassandra tröstend in die Arme zu nehmen.

»Na, na, na, Kind, beruhige dich. Träume können dich nicht verletzen. Es sind nur Träume wie Bilder in einem Buch.«

Cassandras Schluchzen hörte auf, sehr zu Celias Erleichterung. Sie war Lady Hollander dankbar, weil sie dem Weinen ihrer Tochter ein Ende gemacht hatte, und gleichzeitig war sie eifersüchtig, weil die Adelige sich einfach die Rolle der Mutter hier am Tisch angemaßt hatte.

»Meine Träume sind anders«, erwiderte Cassandra leise und trotzig. »Sie sind nicht wie Bilder in Büchern.«

»Erzähl mir von deinen Träumen«, drängte Lady Hollander das Kind. »Manchmal ist es gut, wenn man darüber redet. Dann sind sie nicht mehr ganz so schlimm.«

»Es geht um Gerald, den Schmied. Er hat ein Pferd. Einen Grauen. Er macht etwas mit seinem Fuß.«

»Beschlägt er ihn vielleicht?«, warf Lord Hollander hilfreich vom anderen Ende des Tisches ein.

Cassandra zuckte mit den Schultern, weil sie das Wort nicht kannte. Celia hatte ihrer Tochter niemals erlaubt, in die Stallungen zu gehen oder auch nur zum Schmied. Woher sie überhaupt den Namen des Schmieds kannte, konnte sie sich nicht erklären.

»Dann wird das Pferd böse. Es springt und tritt aus. Es tritt Gerald gegen den Kopf.« Cassandra beschrieb mit dem Finger einen kleinen Kreis auf ihrer Stirn. »Hier. Diese Stelle ist ganz zerquetscht. Dann liegt Gerald auf dem Boden. Und es ist Blut an seinem Kopf. Ganz viel Blut.«

Eine Sekunde lang sprach niemand, aber dann brach Lady Hollander das verlegene Schweigen mit einem unbeschwerten Lachen. »Das ist ein sehr unheimlicher Traum für ein kleines Mädchen«, gab sie zu. »Aber das Pferd kann dir nichts tun. Es ist nicht real.«

»Es ist wirklich!«, widersprach Cassandra mit der absoluten Überzeugung, die nur kleine Kinder aufbringen können. »Es ist grau, und es hat Gerald verletzt!«

»Nanny«, sagte Celia leise, »es wird spät. Vielleicht sollte Cassandra jetzt zu Bett gehen.«

»Selbstverständlich, Mistress«, erwiderte das Kindermädchen.

Lady Hollander kehrte zu ihrem Stuhl zurück. Das Kindermädchen nahm Cassandra in die Arme und ging mit ihr zur Tür des Speisesaales. Dort wäre sie fast von Conrad umgerannt worden, der in den Raum gestürmt kam und dabei immer noch an den Knöpfen der Kleidung herumfummelte, die Celia ihm zurechtgelegt hatte. Das Kindermädchen stolperte, bewahrte jedoch das Gleichgewicht und warf Conrad einen überraschten und gleichzeitig gereizten Blick zu.

»Entschuldige, Nanny. Und ich muss mich auch bei Euch entschuldigen, Lord Hollander«, setzte er hinzu, als er bemerkte, dass die Anwesenden ihn alle ansahen. »Ich bin gestern in die Stadt gefahren, um ein paar Pferde für die Zucht zu kaufen. Ich hatte eigentlich vorgehabt, rechtzeitig hier einzutreffen, um Euch auf unserem Gut willkommen zu heißen, Lord Hollander.«

Der Lord winkte mit der Hand, um zu zeigen, dass er sich nicht beleidigt fühlte. »Eure Gemahlin hat Euch in Eurer Abwesenheit ausgezeichnet vertreten, Conrad. Ich hoffe, in der Stadt ist alles gut verlaufen?«

»Nein, Mylord«, erwiderte Conrad, dem es endlich gelungen war, den letzten Knopf seines Kragens zu schließen. Er war in der Tür stehen geblieben, weil er nicht wusste, ob es unhöflich war, sich hinzusetzen, während er sich mit einem Adligen unterhielt.

»Wir hatten Probleme mit einem nervösen Grauen. Ich hatte unseren Schmied mitgenommen, damit er sich die Tiere ansieht. Es tut mir leid, sagen zu müssen, dass ihm dieser Graue mit einem seiner Hufe den Schädel eingeschlagen hat. Ich musste die Formalitäten für Geralds Beerdigung erledigen. Das ist der Grund, weshalb ich zu spät komme.«

Tiefstes Schweigen herrschte im Speisesaal, während die Blicke aller Anwesenden von Conrad zu Cassandra glitten, die immer noch in den Armen des Kindermädchens lag, das direkt neben der Tür stand.

»Die *Sicht*«, flüsterte Lady Hollander.

Bei ihren Worten setzte das Kindermädchen Cassandra rasch auf dem Boden ab und trat einen Schritt zurück.

»Der Orden muss davon erfahren«, erklärte Lord Hollander.

Conrad sah seine Gäste verwirrt an. »Was geht hier vor?«, wollte er wissen. »Wovon redet ihr?« Schließlich fiel sein Blick auf seine Frau. »Celia, was ist hier los?«

Aber Celia konnte ihm nicht antworten, sondern starrte nur voller Entsetzen Cassandra an. Der einzige Gedanke, den sie fassen konnte, war: *Nicht ihre Augen! Sie dürfen ihr auf keinen Fall ihre wunderschönen Augen nehmen!*

Beim Klang des Horns wachte Roland sofort auf. Ein einzelnes, kurzes Signal, das plötzlich abbrach. Das war nicht gut. Er packte sein Schwert und stürmte aus dem Zelt, ohne sich die Zeit zu nehmen, die Rüstung anzulegen. Rasch lief er zum Rand ihres improvisierten Lagers. Die ganze Zeit hatte er gehofft, ein anderes Signal zu hören, zwei Hornsignale, die bedeuteten, dass die Chancen einigermaßen gleich standen. Drei Hornsignale bedeuteten, dass sie ihrem Feind überlegen waren, und vier, dass es sich um einen falschen Alarm gehandelt hatte. Aber es gab keine weiteren Signale, sondern nur dieses eine. Und das hieß, die Wachen waren entdeckt und sehr wahrscheinlich getötet worden.

Die Söldner von den Springenden Löwen, die Roland angeheuert hatte, um Conrad Wyndhams einzige Tochter auf ihrer Flucht zu beschützen, stellten sich bereits in Schlachtformation auf. Es waren zwölf Soldaten, die mit schweren Breitschwertern bewaffnet waren. Diejenigen, die Nachtwache hatten, trugen ihre Kettenpanzer. Der Rest war, wie Roland, noch im Unterzeug. Aber sie waren alle da, bis auf die beiden Wachen am Rand des Lagers und die beiden Soldaten, die vor Cassandras Zelt postiert waren.

Roland runzelte die Stirn. Ein Dutzend Soldaten und er selbst – das machte dreizehn Männer, eine Unglückszahl. Aber natürlich hatte er Dalia und die fünf Bogenschützen unter ihrem Befehl noch nicht mitgezählt. Diese Bogenschützen erhöhten die Zahl ihrer kleinen Truppe um sechs, was bedeutete, dass sich neunzehn Krieger auf der Lichtung bereit machten, um sich dem Feind zu stellen. Und dann war da ja noch Bella.

Normalerweise arbeiteten die Springenden Löwen allein. Es waren Elitesoldaten, die man als Söldner anheuern konnte. Sie waren darauf spezialisiert, Händlerkarawanen oder wichtige Personen auf Strecken zu beschützen, die Überfälle von Strauchdieben erwarten ließen. Entführungen und Lösegeldforderungen kamen in den Südlanden zwar selten vor, aber gelegentlich verschwand ein Adeliger oder ein wohlhabender Kaufmann – oder auch ein Familienmitglied –, bevor er sein Ziel erreicht hatte.

Roland wusste, dass diese Männer eine ausgesprochen wirksame Abschreckung gegen eine solche Bedrohung darstellten.

Aber bei dieser Aufgabe ging es um etwas anderes. Roland hatte Conrads Anweisungen befolgt und die Söldner unter der Bedingung angeheuert, dass sie diskret waren.

Eine berittene Patrouille würde nur die Aufmerksamkeit auf ihre Kutsche lenken und außerdem ihre wahren Feinde schwerlich abschrecken. Heimlichkeit und Verschwiegenheit waren ihre Verbündeten, wenn sie Cassandra aus den Südlanden schmuggeln wollten, bevor der Orden sie fand.

Die Soldaten argwöhnten natürlich, dass etwas Seltsames vorging. Roland hatte ihnen gesagt, sie würden das Mädchen von den Südlanden zu den Inseln im Westen bringen, wo Piraten und andere Halunken lebten. An der Küste sollte ein Schiff warten, ein Handelsschiff, dessen Kapitän Conrad kannte. Die Söldner mussten das Mädchen dort abliefern, dann war ihre Aufgabe beendet. Das Schiff würde davonsegeln, zusammen mit dem Mädchen und Roland.

Zweifellos waren die Männer neugierig, warum ein wohlhabender Vater seine einzige Tochter auf die Wester-Inseln schicken wollte. Wenn das Mädchen Talent hatte und ihm das Glück hold war, würde es vielleicht eines der berüchtigten Wellenweiber werden. Das war eine Bande von wilden weiblichen Briganten, welche die Endlose See durchkreuzten. Aber die meisten Mädchen, die diese Gewässer befuhren, endeten als Diebinnen, Prostituierte oder Lustsklavinnen für wohlhabende Piratenlords. Allerdings würde Roland eher sein Leben opfern, bevor er zuließ, dass Cassandra ein solches Schicksal ereilte.

Am Ende jedoch zerstreute das Gold, das Conrad ihnen anbot, und der Bonus, den sie bekommen sollten, falls seine Tochter es unverletzt bis zum Schiff schaffte, ihre sämtlichen Bedenken. Sie hatten sogar ohne Murren eingewilligt, mit Dalia zusammenzuarbeiten, und das trotz der Tatsache, dass sie mit ihrer Schar aus gedungenen Bogenschützen die Springenden Löwen in letzter Zeit bei etlichen Aufträgen ausgestochen hatte.

Und doch hätten die Söldner beinahe einen Rückzieher gemacht, als sie erfuhren, dass Bella sie begleiten würde. Roland konnte die Gestalt der Weißen Hexe in ihrem dicken Umhang am Rand des Lagerfeuers sehen. Sie bereitete irgendeinen uralten Trank vor, der ihnen hoffentlich bei dem bevorstehenden Angriff helfen würde.

Es war nicht sonderlich angenehm gewesen, in Begleitung der silberhaarigen Frau zu reisen. Jede Nacht hatte sie einen üblen Sud zusammengemischt, der das ganze Lager mit seinem Gestank verpestete. Wenn sie etwas sagte, waren ihre Worte kryptisch und geheimnisvoll, und wenn sie einen ansah, hatte man das Gefühl, als würde sie tief in einen hineinblicken, einen abschätzen und zu keinem sonderlich schmeichelhaften Urteil kommen. Roland konnte gut verstehen, warum die Söldner sich zunächst geweigert hatten, sie mitzunehmen, aber Conrad hatte darauf bestanden, dass die Hexe sie begleitete. Am Ende war die Liebe der Söldner zum Gold stärker gewesen als ihr Widerwille gegen diese Frau.

Cassandra hatte geweint, als sie vom Gutshaus aufgebrochen waren. Und sie hatte auch in der ersten Nacht geweint, als sie ihr Lager aufgeschlagen hatten. Seitdem weinte sie jede Nacht, bis sie einschlief. Das war jetzt eine ganze Woche her, und Roland konnte immer noch ihr hohes Schluchzen in der Dunkelheit hören, das aus ihrem kleinen Zelt drang, wann immer sie anhielten.

Er hatte sein Bestes getan, um sie zu trösten, aber was konnte man einer Vierjährigen schon sagen, die aus dem Haus ihres Vaters vertrieben worden war. Doch Roland wusste, dass ihr mehr zusetzte als nur dieses Leid. Denn sie hatte die seltsamen Albträume, die sie überhaupt erst ins Exil getrieben hatten, immer noch. Manchmal wachte Cassandra schreiend auf, aber sie wollte mit niemandem über ihre Träume reden. Stattdessen weinte sie sich wieder in den Schlaf.

Bella hatte ein starkes Interesse an dem Mädchen gezeigt, als sie von den Albträumen erfuhr. Sie hatte Roland um Erlaubnis gebeten, mit ihr unter vier Augen sprechen zu dürfen. Aber Roland hatte zwei Söldner als ständige Wachen für Cassandra abgestellt, und sie hatten den strikten Befehl, die Hexe von ihr fernzuhalten. Was dem Mädchen nur recht zu sein schien.

Abgesehen von Cassandras Albträumen war ihre Reise ereignislos verlaufen, bis sie in dieser Nacht vom schrillen Klang des Horns geweckt worden waren. Roland packte den Griff seines Schwertes fester. Die Wachen waren tot, dessen war er sich jetzt sicher. Sie hätten ein Signal gegeben, wenn sie noch am Leben wären. Und wer auch immer sie getötet hatte, konnte nicht weit weg sein.

Wenigstens mussten sie sich keine Sorgen darüber machen, dass man sie von hinten angriff. Die Rückseite des Lagers lag direkt an den reißenden Wassern des Flusses Marn. Hier konnte niemand die Stromschnellen überqueren, und die nächste Furt war mehr als eine Tagesreise entfernt. Die Lichtung, auf der sie lagerten, war so groß, dass sie keinen Hinterhalt auf den Bäumen befürchten mussten. Also brauchten sie nur zu warten, bis sich der Feind zeigte. Und als er es schließlich tat, wurden Rolands schlimmste Befürchtungen wahr.

Ein halbes Dutzend Gestalten in weiten Kutten trat in den Schein der Feuer. Sie glitten lautlos aus den Schatten, als würden sie sich aus der Dunkelheit der Nacht herausschälen. Sie hatten sich in zwei Reihen aufgestellt. Eine Frau und zwei Männer standen vorn, drei weitere Männer in lockerer Formation hinter ihnen. Jeder von ihnen war nur mit einem einfachen Holzstab bewaffnet. Sie hatten die Kapuzen zurückgeschlagen, um ihre kahlen Köpfe und die milchig weißen, leeren Augen zu zeigen. Jetzt war auch klar, wie sie die Wachposten entdeckt hatten. Ihre getarnten Verstecke waren nutzlos gegen die *Sicht* der Inquisitoren.

»Der Orden hat keinen Zwist mit euch«, erklärte die Frau an der Spitze. Sie hatte eine kräftige, gelassene Stimme und schien die Pfeile nicht zu beachten, mit denen Dalia und ihre kleine Gruppe von Bogenschützen auf sie zielten. »Wir sind nur wegen des Mädchens gekommen.«

Es war eine große Frau, größer als jeder der Männer, die sie begleiteten. Und sie hatte sich den Kopf nicht einfach nur rasiert; ihre ganze Kopfhaut war vernarbt und entstellt. Roland konnte dunkle Flecken auf ihrer Kutte und Blut auf ihrer Wange erkennen. Blut, das ganz offenbar nicht das ihre war.

»Wir haben den Befehl, dieses Mädchen zu den Wester-Inseln zu bringen«, erwiderte Roland rasch. Er hoffte damit, den Mut seiner gedungenen Schwerter zu stärken, die Sir Wyndhams Tochter beschützten. »Und wir haben vor, genau das zu tun.«

»Sie gehört dem Orden«, erklärte die Frau. »Sie besitzt die *Sicht.* Es ist Häresie, unserer Aufforderung nicht Folge zu leisten, und die wird mit dem Tode bestraft.«

Roland zögerte, bevor er antwortete. Er hatte sein ganzes Leben in den Südlanden verbracht. Er hatte die politische Macht des Ordens erlebt. Selbst die mächtigsten Lords beugten sich seinem Willen. Wer war er, sich ihm zu widersetzen? Welches Gewicht hatte sein Schwur, Cassandra mit seinem Leben zu beschützen, gegen den Willen der Götter?

Während er voller Selbstzweifel schwieg, übernahm Dalia das Antworten.

»Wie willst du uns dem Pontiff melden, wenn dir mein Pfeil im Hals steckt?«

Gleichzeitig feuerten alle sechs Bogenschützen auf die drei Gestalten in der ersten Reihe. Aus dieser kurzen Entfernung würde man kaum das Knallen ihrer Bögen hören oder das Zischen ihrer Pfeile, bevor sie ihre Ziele erreicht hatten.

Die Inquisitoren reagierten mit übermenschlicher Geschwindigkeit. Sie schienen sich zu bewegen, noch bevor die Pfeile überhaupt abgefeuert worden waren. Sie ließen ihre Stäbe durch die Luft wirbeln und lenkten die Pfeile ab, sodass sie harmlos davonzischten. Alle, bis auf die Frau an der Spitze. Sie fing Dalias Pfeil mit der freien Hand auf, die sie fast lässig hob, um den Pfeil nur wenige Zentimeter vor ihrer Kehle aus der Luft zu pflücken. Die Mönche in der zweiten Reihe traten vor, bis sie neben ihren Kameraden standen.

Roland hob eine geballte Faust, und die erste Welle der Soldaten stürmte zum Angriff. Es waren acht hervorragend ausgebildete, gepanzerte Männer mit Schwertern, die sich auf die sechs Mitglieder des Ordens stürzten, die nur Kutten trugen und mit Holzstäben bewaffnet waren. Das Gemetzel war innerhalb von Sekunden vorbei.

Drei Springende Löwen gingen zu Boden, bevor sie auch nur ihre Schwerter schwingen konnten. Sie wurden von den blitzschnellen Schlägen der Holzstäbe gefällt, die auf die weichen Stellen an ihren Schläfen trafen. Einem anderen brachen sie das Bein, als einer der Mönche den Mann unmittelbar unter seinem Knie traf. Einem fünften zerschmetterten sie in einem Wirbel aus Schlägen die Rippen. Die Schläge waren mit solcher Wucht geführt, dass sie sogar seinen Kettenpanzer durchdrangen.

Die restlichen drei Soldaten konnten nur ein paar ungezielte Schläge abgeben, die entweder pariert wurden oder denen die Kuttenträger mit Leichtigkeit auswichen. Dann gingen auch die drei zu Boden, als einer eine Faust gegen die Kehle bekam, ein anderer ein Knie in die Lenden und der dritte einen Ellbogen ins Gesicht.

Roland hatte den Gerüchten, die er über die kriegerischen Fähigkeiten des Ordens gehört hatte, keinen Glauben geschenkt. Er hatte gedacht, man hätte sie ausgestreut, um den Gehorsam der Massen zu gewährleisten. Mit Hohn hatte er auf Behauptungen reagiert, dass die Inquisitoren in den Verstand ihrer Widersacher blicken könnten, um Angriffe vorauszusehen, noch bevor sie erfolgten. Aber die brutale Effizienz dieses Massakers, dessen er gerade Zeuge geworden war, konnte er nicht leugnen. Zum ersten Mal in seinem Soldatenleben empfand Roland den Drang, vor einer Schlacht davonzulaufen. Nur seine Loyalität zu Cassandra und das Wissen, dass es keine echte Hoffnung auf Flucht gab, befähigte ihn standzuhalten.

Die zweite Pfeilsalve, die Dalia und ihre nun ziemlich verzweifelten Bogenschützen in den Tumult feuerten, war ebenso wirkungslos wie die erste. Die Inquisitoren duckten sich einfach und wichen den Pfeilen aus oder schlugen die tödlichen Projektile ruhig zur Seite.

»Schmeckt mein Chaos, ihr blinden Bastarde!«, kreischte Bella. Sie sprang von ihrem Platz am Feuer auf und schleuderte einen Gegenstand, der wie ein kleines silbernes Ei aussah, auf den Feind, der ihr am nächsten stand.

Die Hexe spie einen Schwall von widerlich klingenden, aber scheinbar sinnlosen Worten hervor, eine uralte, geheime Sprache, in der sie ihren Bann formte. Das Ei landete unmittelbar vor seinem Ziel auf dem Boden und explodierte in einem blendend weißen Feuerball. Es umhüllte alle sechs in Kutten gehüllte Angreifer. Roland und der Rest seiner Truppe stolperten rückwärts. Die Druckwelle der Explosion brachte sie aus dem Gleichgewicht, und die Hitze ließ sie zurückweichen.

Zum ersten Mal seit ihrem Aufbruch war Roland froh, dass Conrad darauf bestanden hatte, Bella mitzunehmen.

In den Flammen schrie einer der männlichen Inquisitoren auf. Sein Körper war inmitten des Rauchs und der Flammen kaum zu sehen, als er zu Boden stürzte und sich dort wand. Eine der Gestalten neben ihm fiel ebenfalls zu Boden, aber eine Sekunde später traten die Frau und ihre drei restlichen Gefährten ruhig aus der Feuerwand hervor. Vollkommen unverletzt. Ihre Kleidung war noch nicht einmal angesengt.

»Uriah und Saergul waren schwach«, erklärte die große Frau kühl und warf einen kurzen Blick auf die regungslosen Leichen in den flackernden Flammen hinter sich. »Aber der göttliche Wille, dem wir dienen, ist stärker als deine armselige Magie.«

Ihre Hand, die sie an der Seite hatte herabhängen lassen, zuckte einmal kurz. Es war eine schnelle Bewegung aus dem Handgelenk, so unauffällig, dass man hätte glauben können, man hätte sie sich eingebildet. Plötzlich jedoch steckte ein langer, scharfer Wurfpfeil in Bellas Hals.

Die Hexe griff mit den Händen nach dem Metall, das ihr in der Luftröhre saß, und würgte, während sie mit den Fingern hilflos an dem eisernen Schaft zerrte. Ein dünnes Rinnsal aus Blut sickerte aus der Wunde. Schließlich gelang es der Hexe, die Finger um den Pfeil zu legen und ihn herauszureißen. Das Blut spritzte wie ein roter Geysir aus ihrem Hals und befleckte ihre weiße Robe. Ein erstaunter, schockierter Ausdruck huschte über ihr Gesicht, dann brach sie auf dem Boden zusammen.

Roland riss den Blick von dieser grausigen Szene los und

stellte fest, dass Dalia und ihre Bogenschützen ebenfalls tot waren. Sie waren in den wenigen Sekunden abgeschlachtet worden, die er fasziniert den vergeblichen Überlebenskampf der Hexe verfolgt hatte. Er bemerkte, dass die beiden Wachen von Cassandras Zelt, angelockt von der Explosion, ebenfalls zu ihnen gestoßen waren. Damit stand es jetzt sieben gegen vier, dank des Zaubers der Hexe. Aber Roland hatte genug von ihrem Feind gesehen, um zu wissen, dass keiner von ihnen diesen Kampf überleben würde.

Grimmige Entschlossenheit zeichnete sich auf ihren Gesichtern ab, als sie sich bereit machten, dem Tod ins Auge zu sehen, während die Inquisitoren langsam näher kamen.

Cassandra hörte eine Explosion und das Knistern von Feuer, gefolgt von Schreien. Die beiden Männer, die bei ihr in ihrem Zelt saßen, packten ihre Schwerter und liefen hinaus, um zu sehen, was passiert war. Um das zu erfahren, hätten sie sie einfach nur zu fragen brauchen. Cassandra hatte das alles bereits in ihren Albträumen gesehen. Sie wusste, dass die Männer nicht zurückkehren würden.

Einen Moment später öffnete sich die Zeltklappe, und ein anderer Mann trat ein. Er war von Kopf bis Fuß vollkommen nass. Sie erkannte ihn nicht. Er war keiner der Soldaten, aber auch keiner der Fremden aus ihren Albträumen. Die waren alle kahlköpfig. Dieser Mann jedoch hatte kurzes dunkles Haar. Dann bemerkte sie, dass auch er keine Augen hatte.

»Du bist wie die andern«, flüsterte sie. Sie hatte ein bisschen Angst und war gleichzeitig auch ein bisschen aufgeregt.

»Nein, Cassandra«, sagte er leise, bückte sich und hob sie in seine Arme. »Ich bin ganz und gar nicht wie sie.«

Er kannte ihren Namen. Niemand rief sie mehr bei ihrem Namen. Sie alle nannten sie nur »das Mädchen«.

»Mein Name ist Jerrod. Ich werde dich irgendwohin bringen, wo der Orden dich niemals finden wird.«

Seine nasse, kalte Kleidung berührte ihre Haut, als er sie in die Arme nahm. Aber sie fühlte sich in seiner Umarmung sicher und geborgen.

»Kannst du Huckepack reiten, Cassandra?«

Das kleine Mädchen nickte. Huckepack reiten, das hatte ihr Vater immer mit ihr gespielt.

Der Mann hob sie auf seinen Rücken. Sie schlang ihre Arme fest um seinen Hals, und er griff nach hinten und legte ihre Beine in seine Armbeuge.

»Tapferes Mädchen«, sagte er, als sie aus dem Zelt schlüpften. Die Kampfgeräusche verklangen allmählich hinter ihnen, als der Mann mit ihr zum Fluss lief.

»Wohin bringst du mich?«, flüsterte sie ihrem Retter ins Ohr.

»Zu einem Mann, bei dem du in Sicherheit bist.«

»Hat er auch keine Augen so wie du?«

»Nein, er ist nicht wie ich. Er ist ein Zauberer. Sein Name ist Rexol.«

Cassandra lächelte. Das war ein bisschen wie die Geschichten, die ihre Nanny ihr immer erzählt hatte, in denen es um Feen und Trolle ging und um Prinzessinnen, die mitten in der Nacht entführt wurden.

»Halt dich gut fest«, ermahnte der Mann sie, als sie das Ufer des reißenden Flusses erreichten. »Wir werden jetzt schwimmen.«

9

»Streck deinen Arm aus, Cassandra«, befahl Rexol.

Das Mädchen zögerte und sah kurz von dem kleinen Tintenfass zu der glühenden Metallspitze der Feder, die er in seiner Hand hielt. Dann hob sie den Blick und sah den Hexer mit ihren smaragdgrünen Augen an.

»Was hast du vor?«

Der Magus rieb sich mit der anderen Hand über die dunkle Wange und zeigte ihr die Tätowierungen auf seinem eigenen Gesicht.

»Ich werde dir etwas auf deinen Arm zeichnen, so etwas wie das hier.«

Wäre Cassandra älter gewesen, hätte er ihr erklärt, welchem Zweck diese Symbole dienten und wie sie halfen, das Chaos zu kanalisieren. Aber Cassandra war erst acht Jahre alt. Obwohl sie sich jetzt seit fast vier Jahren unter seiner Obhut befand, war sie immer noch sein Mündel, nicht seine Schülerin. Sie war noch zu jung, um die komplizierten Zusammenhänge der Magie zu begreifen. Das Chaos war sehr stark in ihr präsent, aber nur latent und ungeformt. Ihre Macht manifestierte sich nur unbewusst, durch ihre seltsamen und manchmal prophetischen Träume. Sie war noch nicht so weit, dass man mit ihrer Ausbildung in den uralten Künsten beginnen konnte.

Er hatte vorgehabt, sie die wahre Magie zu lehren, sobald sie etwas reifer geworden war. Dann sollte sie all die Worte lernen, welche das Chaos heraufbeschwören, und die

Rituale, mit denen sie es formen und beherrschen konnte, sobald seine Macht in der Welt der Sterblichen freigesetzt war. Hätte er mehr Zeit gehabt, hätte er das Mädchen zu einer der größten Zauberinnen seit dem Kataklysmus ausbilden können.

Jetzt jedoch sah es aus, als würde man ihm diese Zeit nicht gewähren. Der Pontiff hatte ihm eine offizielle Vorladung geschickt, sowohl für ihn selbst als auch für sein Mündel, sich im Monasterium einzufinden. Rexol konnte sich nur einen Grund für einen solchen Ruf vorstellen. Der Pontiff wusste, wer Cassandra war und wie sie vor vier Jahren dem Griff der Inquisitoren entzogen worden war.

Er hatte versucht, ihre Identität geheim zu halten, und sie von Kopf bis Fuß nach Art der westlichen Nomaden gekleidet, wenn er mit ihr in die Stadt ging, um Vorräte einzukaufen. Nur wenige Dorfbewohner wagten es, ihn nach seiner so geheimnisvoll gekleideten Begleiterin zu fragen. Diejenigen, die es taten, speiste er damit ab, dass es sich um eine Verwandte von einem der Stämme aus Rexols alter Heimat handelte.

Aber so vorsichtig er auch sein mochte, Cassandra war ein kleines Mädchen. Sie war nicht in der Lage zu begreifen, wie wichtig es war, diese List aufrechtzuerhalten. Immer wieder ließ sie den Schal sinken, um den kühlen Wind auf ihrem Gesicht zu spüren, oder hob den Schleier, um irgendeinen Gegenstand, der sie interessierte, besser betrachten zu können. Und jeder, der ihre Haut oder ihre unglaublich grünen Augen sah, wusste sofort, dass sie auf keinen Fall Rexols Verwandte sein konnte.

Natürlich hätte er es kommen sehen müssen. Es war unausweichlich, dass Gerüchte von diesem hellhäutigen Mädchen mit den grünen Augen sich verbreiteten. Und es war ebenso klar, dass diese Gerüchte irgendwann den

Leuten zu Ohren kommen würden, die dem Orden dienten. Dessen Angehörigen würde es nicht schwerfallen, aus diesen Gerüchten die Wahrheit herauszufiltern.

Am Ende jedoch war er aus reiner Verzweiflung dieses Risiko eingegangen. Denn im Unterschied zu allen Schülern und Lehrlingen, die zuvor zu ihm gekommen waren, hatte sie echtes Potenzial. Potenzial, das möglicherweise niemals ganz zum Tragen kommen würde. Der Pontiff hatte sie beide zum Sitz des Ordens bestellt, und Rexol wusste, dass es sehr wahrscheinlich war, dass keiner von ihnen das Monasterium wieder verlassen würde.

Doch sich zu weigern, dem Ruf zu gehorchen, war an sich schon ein Vergehen, das mit dem Tod bestraft wurde. Wenn er wegzulaufen versuchte, würde er ein Flüchtling sein, der von den Assassinen des Ordens gejagt wurde. Es war besser zu kapitulieren, jedenfalls nach außen hin. Wenn er aus freien Stücken zum Monasterium ging, hatten sie wenigstens keinerlei rechtliche Handhabe, ihn festzuhalten.

Und an den Königshöfen der Südlande machte sich ein wachsender Widerwille gegen die Macht des Ordens breit. Rexol setzte darauf, dass Nazir nicht riskieren würde, Erinnerungen an die Säuberungen heraufzubeschwören, indem er einen Hexer mit seinem Ruf ohne Grund einkerkerte. Nicht, wenn das bedeutete, seine Verbündeten unter den Adelshäusern zu verärgern. Es war ein sehr gefährliches politisches Spiel, aber der Magus war bereit, sich darauf einzulassen.

Und selbst wenn der Pontiff ihn wegen Häresie verhaften würde, hatte er noch seine geheimen Verbündeten innerhalb des Ordens. Er glaubte, dass Jerrod und seine Gefolgsleute einen Weg finden würden, ihm zur Flucht zu verhelfen. Sie brauchten ihn. Und zudem hatte er noch eine letzte Karte, die er ausspielen konnte. Cassandras jüngsten Traum.

Selbstverständlich würde er nicht unvorbereitet dorthin gehen. Schließlich war er kein hilfloses Lamm, das sich zur Schlachtbank führen ließ. Die Mönche des Ordens besaßen große Macht, aber er ebenfalls.

Er tauchte die glühende Spitze der Feder mit der Linken in das Tintenfass und nahm dann das Handgelenk des jungen Mädchens in die rechte Hand. Sein Griff war fest, aber nicht hart. Sie widersetzte sich nicht, als er ihren nackten Arm näher heranzog, ihre kleine Handfläche zur Decke gerichtet.

»Wird es weh tun?« In ihrer Stimme lag nur ein Hauch von Furcht.

»Nur ein paar Sekunden.«

Er hatte sie noch nie angelogen. Wenigstens vertraute sie ihm, was auch immer sie ihm gegenüber sonst empfinden mochte. Rexol wusste, dass er ein Mann war, den zu lieben einem Kind nicht leichtfallen würde.

Sie rang einmal nach Luft, als das glühende Metall ihre Haut berührte, dann biss sie sich auf die Lippen, um gegen den Schmerz anzukämpfen, als der Hexer ein uraltes Symbol der Bindung in ihre Haut brannte. Das Zeichen zischte und qualmte, bevor es langsam unter die Haut zu dringen schien und keinerlei Spur hinterließ, die verraten hätte, dass es überhaupt existierte.

Rexol schob sich durch die kleine Gruppe von Bittstellern, die vor den Toren des Monasteriums kampierten. Er umklammerte Cassandras winzige Hand mit seinen langen Fingern noch fester, als er sie durch die unaufhörlich betende Menge zerrte.

Die Mauern des Monasteriums ragten hoch auf, mehr

als zehn Meter über den Sand der Wüste. Sie bestanden aus einem ansonsten unbekannten Stein, der absolut glatt war und keinerlei sichtbare Unvollkommenheiten aufwies. Der schwarze Fels glänzte wie polierter Marmor, und wenn man ihn lange genug ansah, konnte man dunkle Schatten sehen, die sich unter der Oberfläche bewegten. Die Legende wollte wissen, dass in diesen Steinen die Seelen der Mönche hausten, die innerhalb des Monasteriums gestorben waren. Sie verliehen ihren Brüdern und Schwestern innerhalb der Mauern Macht und Stärke.

Der einzige Eingang war das gewaltige Portal auf der östlichen Seite. Es bestand aus zwei gewaltigen Platten des gleichen schwarzen Steins wie der Rest der Festung. Hätte es nicht den kaum sichtbaren Saum gegeben, dort, wo die Angeln befestigt waren, an denen die Portale hingen, und den schmalen Spalt zwischen den beiden Flügeln, dann wäre dieser Abschnitt der Mauer ebenso glatt gewesen wie der Rest und nicht von diesem zu unterscheiden. Wurde einem die Erlaubnis erteilt einzutreten, dann öffneten sich die Tore, und der Stein teilte sich lautlos. Dann schloss er sich wieder und bewahrte die Mysterien im Innern dieses Bauwerks.

Im ersten Jahrhundert nach dem Kataklysmus war die Zahl der Bittsteller vor den Toren in die Tausende gegangen. Heute waren es weniger als fünfzig fanatische Gläubige. Die Alten Götter antworteten selten auf Gebete, und viele einfache Menschen hatten sich mit ihren Bitten an die Neuen Götter gewandt. Nicht, dass sie mehr Gebete beantworteten als die Alten, aber wenigstens waren sie neu.

Trotzdem besaß der Orden immer noch sehr viel Einfluss in den Südlanden. Obwohl viele Südländer vom Pfad des wahren Glaubens abgewichen waren, folgten die einfachen Menschen im Allgemeinen den Wünschen und Forderungen jener, die dem Pontiff dienten. Etliche gehorchten aus Furcht, einige aus Respekt und andere einfach nur wegen des politischen Einflusses des Ordens.

An den meisten Adelshöfen wurden Propheten befragt, und die Adligen ließen sich von deren Visionen Anleitung und Rat geben. Zudem spendete der Orden den Lehnsherrn häufig größere Summen aus den vollen Schatzkammern des Monasteriums. Dafür ließ der Adel den Pilgern freie Hand, den Glauben der sogenannten Wahren Götter aus dem uneinnehmbaren Stützpunkt des Ordens in jede der Sieben Hauptstädte und jede andere Stadt, Ortschaft oder Siedlung zu tragen.

Und das uralte Gesetz, das erlaubte, jene, welche die *Sicht* oder die *Gabe* besaßen, auch gegen den Wunsch der Eltern oder Vormunde in den Orden aufzunehmen, war nie aufgehoben worden. Obwohl nur selten ein Kind von vornehmer Geburt seiner Familie entrissen wurde.

Hätten Cassandras Eltern zum echten Adel gehört und wären sie nicht Angehörige der Kaufmannskaste gewesen, wäre sie niemals unter Rexols Obhut gekommen. Manche würden ihr Schicksal den Launen des Glücks und des Zufalls zuschreiben, aber Rexol wusste es besser. Das Chaos drehte die Räder der Bestimmung auf eine Art und Weise, die nicht einmal die Propheten vorhersehen konnten.

Was den Bittstellern vor den Mauern des Monasteriums an Zahl mangelte, machten sie durch religiösen Eifer mehr als wett. Die Gläubigen stießen und rempelten einander ohne Rücksicht, verbeugten sich und warfen sich zu Boden, während ihre Stimmen in einer schauerlichen Kakophonie von Anrufungen und Gebeten miteinander zu wetteifern schienen.

Je weiter Rexol und Cassandra sich den Toren näherten, desto unerträglicher wurde die Gruppe dieser Menschen. Eifrige Gläubige drängten sich nach vorn, darauf bedacht, sich dem glatten schwarzen Stein des Monasteriums so weit wie möglich zu nähern. Allerdings wagten sie es nicht, die heiligen und doch so abweisenden Mauern zu berühren.

Rexol und sein Mündel drängten sich ohne große Probleme durch die Gruppe, weil die Leute sich beeilten, eine Gasse zu bilden. Ein ChaosMagus im vollen Ornat eines Hexers bot einen wahrhaft Furcht erregenden Anblick.

Die dunkle Haut von Rexols Gesicht und sein nackter Oberkörper waren mit glühenden Symbolen bemalt, die sowohl symbolisch als auch tatsächlich das Chaos entfesseln konnten. Sein langes schwarzes Haar hatte er zu Dutzenden wilder, ungleichmäßiger Zöpfe geflochten, in die er die Federn eines jungen Rock-Vogels eingeflochten hatte.

Sein Körper war mit allen möglichen magischen Artefakten behängt; glatte weiße Ringe, die aus den Knochen von lange ausgestorbenen Bestien gefertigt waren, durchbohrten seine Lippen, seine Nasenflügel, die Ohren, die Zunge und sogar die Brustwarzen. In Harz gegossene Tränen von Giganten schimmerten in den Ringen an seinen Fingern, und er trug eine Kette aus den Zähnen eines Riesen. An seinem linken Arm rasselte ein Dutzend Armbänder, die aus den Schuppen eines Drachen gefertigt waren. Sie bedeckten seine tätowierte Haut vom Handgelenk bis zum Ellbogen. Und mit seiner rechten Hand umklammerte er einen mannshohen Ebenholzstab, auf dem der gehörnte Schädel einer Gorgone saß.

In Erwartung dieses Treffens hatte Rexol eine große Menge Saft der Hexwurz getrunken. Sein ganzer Körper zitterte vor kaum beherrschbarer Energie, schimmerte in der Aura einer schrecklichen latenten Macht. Die Gläubigen am Tor wichen vor ihm zurück, eingeschüchtert von dem harten Ausdruck des Chaos, das aus seinen wilden gelben Augen blickte. Der Hexer war kampfbereit hierhergekommen.

Er erreichte das Tor, das junge Mädchen, das seit vier Jahren seine Schülerin war, immer noch im Schlepptau. Er klopfte mit dem Stab hart gegen die makellose steinerne Oberfläche, und bei jedem Schlag sprühte der Gorgonenschädel winzige Funken.

»Ich wurde vom Pontiff hierherbestellt«, knurrte er den glatten Stein vor sich an.

Eine feierliche, tiefe Glocke ertönte aus dem Monasterium, und die Bittsteller wichen gehorsam zurück. Die gewaltigen Tore öffneten sich ein wenig und ließen gerade genug Platz, dass ein Mann hindurchtreten konnte. Rexol wusste, diese Portale konnten sich durchaus so weit öffnen, dass eine ganze Karawane hindurchfahren konnte.

Er begriff, dass man ihn damit demütigen wollte, und trat wütend durch den Spalt, wobei er Cassandra hinter sich herzog. Die Tore schlossen sich lautlos hinter ihm. Trotz der Euphorie, die die Hexwurz bewirkte, durchzuckte ihn ein furchtsamer Stich, als er seine Umgebung musterte.

Unmittelbar hinter den gewaltigen Toren des Monasteriums erstreckte sich ein großer Innenhof. Dahinter befanden sich die Gebäude, die als Wohnquartiere und Büros des Ordens fungierten. Etwa einen Meter unterhalb der Spitze der Steinmauer hatte man einen Wehrgang um den gesamten inneren Rand errichtet, auf dem die Mönche patrouillieren konnten, für den undenkbaren Fall einer Belagerung.

Durch den Hof schlenderten etliche Mönche, die ihren unterschiedlichen religiösen und weltlichen Pflichten nachgingen und seine Gegenwart nicht zu bemerken schienen. Ihre einfache Kleidung war funktionell und unauffällig und unterschied sich bei den einzelnen Mönchen lediglich durch ihre Farbe. Jenseits dieser Mauern hätte Rexol sie nicht einmal als Angehörige des Ordens erkannt. Jedenfalls nicht, solange er zu weit von ihnen entfernt gewesen wäre, um ihre milchig weißen, leblosen Augen zu sehen.

Aus einem Gebäude auf der gegenüberliegenden Seite des Hofes kam ein Mönch, der gekleidet war wie die anderen, aber eine eher nichtssagende Amtskette um seinen Hals trug. Einen Schritt hinter ihm gingen sechs weitere Mönche. Es waren Inquisitoren, Wachen, die den Führer des Ordens bei einem Treffen mit einem ihrer eingeschworenen Feinde beschützen sollten.

Rexol hatte den Pontiff zuvor noch nie gesehen. Einen Moment lang wirkte er wie vor den Kopf gestoßen, als er die körperliche Gebrechlichkeit seines Rivalen sah. Nazir wirkte wie ein sehr, sehr alter Mann. Er ging langsam, gemessenen Schrittes und vornübergebeugt und stützte sich schwer auf einen einfachen Gehstock. Sein Gesicht war runzlig und wettergegerbt, und seine faltige Kopfhaut war von Altersflecken übersät, die auch die wenigen Strähnen seines weißen Haares nicht verdecken konnten. Wie bei allen Mönchen waren auch seine Augen blinde Becken aus einem einförmigen, milchigen Weiß. Doch trotz der unübersehbaren Spuren des Alters umgab ihn eine Aura der Autorität.

»Ich bin hier«, erklärte der Magus, als der Pontiff den Hof überquert hatte und vor ihm stehen blieb. »Ich bin deinem Ruf gefolgt.«

Mehr Worte waren nicht nötig; Rexols Aufmachung sprach für sich selbst. Er war gekommen, gerüstet zum Kampf. Er hatte so viele Artefakte und magische Ornamente der Macht an sich, dass er das Chaos, das in ihm tobte, kaum noch beherrschen konnte. Wenn das hier sein letztes Gefecht werden würde, dann sollte sein Feind begreifen, dass der Sieg einen grauenvollen Preis fordern würde.

Der alte Mann antwortete nicht sofort, und Rexol wusste, dass er seinen nicht gerade subtilen Hinweis verstanden hatte.

Nazir studierte das Spektakel, das sich ihm bot, und schätzte seinen Feind ein. Er war zwar kein Zauberer, begriff jedoch den Zweck der Furcht einflößenden Symbole, die der halbnackte Mann sich auf die schwarze Haut tätowiert hatte. Er spürte die Schrecken erregende Potenz des Chaos in den Ringen und Halsketten, mit denen sich der Hexer geschmückt hatte. Die *Sicht* erlaubte ihm, den schimmernden Nimbus der knisternden Macht zu erkennen, die seinen Feind umhüllte.

Typisch für seinesgleichen, hatte der Hexer sich bis zur absoluten Grenze seiner Möglichkeiten gerüstet, ohne die möglichen Konsequenzen zu bedenken. Seine Augen bewiesen unverkennbar, dass sein Verstand von der berauschenden Wirkung der Hexwurz beeinflusst war, was seine Urteilsfähigkeit noch weiter verminderte.

Dem Pontiff wurde klar, dass er um ihrer beider willen die möglichen Konsequenzen bedenken musste. Ein einziger Fehler in der mentalen Kontrolle des Hexers konnte die vernichtende Wucht des Chaos freisetzen, die in den Artefakten und Symbolen gebunden war. Das würde einen Sturm erzeugen, der sie alle hinwegfegen würde.

»Wie ich sehe, hast du das Kind mitgebracht«, erklärte der Pontiff und wandte sich dem jungen Mädchen zu.

Cassandra wich ein Stück zurück und versteckte sich

hinter Rexols Bein. Nazir war diese Reaktion der Kinder vertraut, die hierhergebracht wurden. Schon bald würde sie ihre Angst vor diesen milchig weißen, blicklosen Augen verlieren.

»Cassandra ist mein Mündel. Ich habe sie als meine Schülerin angenommen.« Der Hexer gab sich keine Mühe, die Drohung in seinem Ton zu verbergen.

»Sie gehört in den Orden«, erwiderte der Pontiff. Seine Stimme war gelassen, aber entschieden. »Ihre Eltern hätten sie zu uns bringen sollen, als sich ihre Gabe das erste Mal manifestierte.«

»Das haben sie aber nicht getan. Sie haben sie zu mir gebracht. Sie untersteht meiner Verantwortung, nicht deiner.«

»Ihre Eltern haben sie nicht zu dir gebracht. Sie wurde entführt, als unsere Emissäre kamen, um sie ins Monasterium zu begleiten.«

Er machte eine Pause, als erwartete er, dass der Hexer seine Unschuld beteuern würde. Rexol jedoch schwieg.

Der Pontiff sprach weiter, mit derselben leidenschaftslosen Stimme, mit der er die ersten Anschuldigungen erhoben hatte. »Indem du sie vor uns versteckt hast, hast du gegen die Doktrin des Ordens verstoßen. Ich könnte dich wegen Häresie anklagen.«

»Der Preis dafür wäre sehr hoch«, erwiderte der Hexer unbeeindruckt und bestätigte die Befürchtungen des Pontiffs. Der Rausch der Hexwurz hatte ihn kühn und rücksichtslos gemacht. »Die Sieben Hauptstädte werden dir nur auf dem Weg der Mäßigung folgen. Kehrst du zu dem Fanatismus der Säuberung zurück, werden sie sich von dir abwenden!«

»Die Politik der Sieben Hauptstädte kümmert uns nicht«, behauptete der Pontiff. »Der Orden dient einem höheren Zweck, und wir sind in dieser Sache vereint.«

»Vereint?«, fragte Rexol höhnisch. »Wir wissen beide, dass die Häresie des Brennenden Erlösers nicht mit Ezra gestorben ist! Wie viele deiner eigenen Gefolgsleute haben sich gegen dich gestellt? Wie viele Ketzer halten sich in diesem Augenblick allein innerhalb dieser Mauern auf?«

Darauf wusste Nazir keine Antwort. Es waren Fragen, die ihn tagsüber verfolgten und die des Nachts die Dämonen des Selbstzweifels auf ihn hetzten. Er hatte vermutet, dass Rexol mit den Häretikern unter einer Decke steckte. Und er war sich ziemlich sicher, dass einer von ihnen dem Magus das Mädchen in die Hände gespielt hatte. Nicht zuletzt deshalb war der Pontiff jetzt fest entschlossen, es ihm wegzunehmen, ganz gleich, was es ihn kostete.

»Die Loyalität meiner Inquisitoren steht nicht infrage«, erwiderte der alte Mann zuversichtlich und deutete mit einer leichten Neigung seines Kopfes auf die sechs Mönche an seiner Seite. »Glaube nicht, dass du innerhalb dieser Mauern Verbündete hättest«, fuhr er fort. »Die Häretiker werden sich ganz gewiss nicht verraten, nur um dir zu Hilfe zu eilen.«

Der Magus verzog die Lippen zu einem hämischen Grinsen, als wüsste er etwas, das dem Pontiff entgangen war.

»Bist du dir da so sicher?«, höhnte Rexol. »Cassandra besitzt die Gabe der Prophezeiung. Ihre Träume haben eine Vision enthüllt, was geschehen wird, wenn du es wagst, mich anzugreifen.«

»Unsere Propheten träumen ebenfalls«, erwiderte der Pontiff ruhig. »Ich habe gesehen, was geschehen wird, wenn innerhalb der Mauern des Monasteriums Blut vergossen wird. Ich weiß, dass es meinen eigenen Tod bedeuten wird.

Aber wenn ich stürze, wird sich ein Nachfolger erheben, um mich zu ersetzen.« Nazir sprach mit unerschütterlicher Zuversicht. »Und du wirst trotzdem für deine Verbrechen auf dem Scheiterhaufen brennen. Ich bin bereit, meinen Preis zu zahlen, falls es notwendig ist. Bist du es auch?«

Zweifel zuckte kurz über das Gesicht des Hexers, was Nazirs Entschlossenheit noch weiter steigerte.

»Die Anhänger von Ezra haben nicht die Willenskraft, sich gegen uns zu erheben. Sie sind Feiglinge; sie verbergen sich, sind von Furcht getrieben. Wir sind die Jäger, und sie sind es kaum wert, unsere Beute zu sein!« Er hob die Stimme, schrie fast, als er weitersprach. »Wir werden sie finden, einen nach dem anderen, und auch jene, die ihnen dienen. Und wir werden sie im Namen der Wahren Götter vernichten!«

»Deine Götter sind tot!«, stieß der Hexer hervor.

Nazir zeigte keine Reaktion auf diese Worte und ließ sich nicht anmerken, was er fühlte oder zu tun beabsichtigte. Die Inquisitoren hinter ihm jedoch erstarrten bei der Blasphemie, die der Hexer aussprach.

Der Magus spürte ihren Ärger und stieß seinen Stab zum Himmel. Die Aura, die ihn umringte, zischte und funkelte, und die Luft knisterte von der brutalen Gewalt kaum kontrollierter Macht.

Das Chaos toste durch Rexols Körper, und eine Hitzewelle schoss durch seine Adern. Sie stieg wie Rauch von den Artefakten auf und schien seine tätowierte Gestalt zu umhüllen. Er sog den süßen Nebel durch seine Nase ein, bis er ihn fast bis zum Platzen erfüllte. Seine Ohren summten, seine nackte Haut prickelte, und er spürte, wie seine Haare sich aufrichteten, als die Energie durch ihn strömte.

Er konnte die Magie mit einem einzigen Wort oder

einer Geste auf den Pontiff richten; damit würde er ihn aus der Welt blasen und all jene hinwegfegen, die es wagten, ihm in dieser Ekstase ungezügelter Macht entgegenzutreten. Aber im letzten Augenblick beherrschte er sich.

Eine kleine Gruppe von Mönchen hatte sich auf dem Hof versammelt und war zu dem Pontiff und seinen Inquisitoren getreten. Etliche andere hatten sich lautlos hinter Rexol aufgebaut und umringten ihn und Cassandra. Sie standen regungslos da, die Arme an den Seiten. Ihre blinden Augen waren vollkommen starr auf den Magus und seine Schülerin gerichtet.

Es kostete Rexol ungeheure Mühe, das wachsende Chaos in sich unter Kontrolle zu halten, während er rasch seine Chancen abwog. Rein körperlich gesehen war er keinem von ihnen auch nur annähernd gewachsen. Selbst der gebrechliche alte Pontiff war sehr wahrscheinlich ein Meister der Kampfkunst. Falls seine Magie sie nicht vernichten konnte, sie alle, würde er nicht überleben, das wusste Rexol.

Der Orden sammelte jene um sich, in denen die Gabe der *Sicht* stark ausgeprägt war, und förderte ihr Talent. Aber er bildete sie auch aus, anderen Manifestationen des Chaos zu widerstehen. Einzeln war keiner von ihnen Rexols Magie gewachsen. Aber im Kollektiv vermochten sie möglicherweise seiner Zauberei durch ihre Willenskraft zu widerstehen.

Und es gab noch einen Punkt zu bedenken. Die beeindruckenden schwarzen Mauern des Monasteriums ringsum. Angeblich verzehrte dieser dunkle Stein das Chaos, band es und gab den Mönchen die Kraft, den geheimen Künsten innerhalb der Festung zu widerstehen.

Trotz seiner beeindruckenden Rüstung bezweifelte Rexol, dass er es lebend aus dieser schwarzen Steinfestung schaffen würde, falls er angriff. Und falls der Pontiff bereit war, sein Leben für diese große Sache zu opfern: Der Hexer war es nicht.

Er senkte seinen Stab und entließ das Chaos in einem langen, leisen Seufzer aus sanftem Wind. Der Windstoß ließ das dünne Haar auf dem Schädel des Pontiffs flattern, ansonsten jedoch gab es kein Zeichen, wie kurz Rexol davor gewesen war, einen ungeheuer zerstörerischen Zauberspruch innerhalb der Mauern des Monasteriums zu wirken.

»Du wirst die Mauern dieses Monasteriums nicht mit Cassandra verlassen«, erklärte Nazir. Seine Stimme war so hart und kalt wie geschmiedeter Stahl.

Der Kampf war verloren; Rexol war klug genug, das zu erkennen. Und er änderte seine Strategie, konzentrierte sich jetzt auf den Rückzug und … aufs Überleben.

»Wenn ich dir Cassandra gebe, kann ich dann gehen?«

Der Pontiff schüttelte den Kopf. »Deinen Verzicht auf das Mädchen zu verkünden genügt nicht. Du wirst dieses Kloster nicht verlassen, solange du ein Agent jener bist, die den Lehren von Ezra folgen. Du bist mit jenen im Bunde, die Häresie predigen. Du musst dich entweder für deine Verbrechen vor Gericht verantworten … oder sühnen.«

Es war klar, was der Pontiff verlangte. Er wollte von Rexol, dass er seine Verbündeten innerhalb des Ordens verriet. Er wollte einen Namen.

Der Hexer zögerte, aber nur einen kurzen Moment. Er hatte sich auf die Seite von Ezras Anhängern gestellt, weil es ihn nichts gekostet hatte. Dafür hatten sie ihm Cassandra gegeben, aber sie würde ihm weggenommen werden. Also gab es nichts, was ihn jetzt noch an sie band. Er glaubte genauso wenig an ihre Suche nach dem Brennenden Erlöser, wie er an den Kreuzzug des Ordens glaubte, alle Manifestationen des Chaos auszulöschen und das *Vermächtnis* der Alten Götter zu bewahren. Rexol hatte nicht die Absicht, ein Märtyrer für eine Sache zu werden, an die er nicht glaubte.

»Jerrod«, sagte er tonlos. Es hatte keinen Zweck zu lügen. Der Pontiff würde es merken. »Er ist derjenige, den du willst. Jerrod.«

Der Pontiff nickte kurz. »Du kannst gehen«, sagte er. »Aber sei gewarnt. Die Südlande sind das Reich des Ordens. Solltest du dir noch einmal einen Schüler aus dem Volk derer erwählen, die den Sieben Hauptstädten Treue geschworen haben, wirst du brennen.«

Einer der Inquisitoren trat vor und nahm Cassandras freie Hand. Rexol ließ ihre andere los und warf einen letzten Blick in ihre grünen Augen, in denen Tränen der Furcht und Verwirrung schimmerten. Es gab nichts, was er zu ihr hätte sagen können, nichts, was er hätte tun können. Also drehte er sich einfach um und ging denselben Weg zurück, den er gekommen war.

Die gewaltigen Portale des Monasteriums öffneten sich erneut, gerade weit genug, um eine einzelne Person hindurchzulassen. Rexol trat durch das Tor und ging langsam die Treppe hinab. Die Menge der Betenden teilte sich vor ihm, wie sie es schon bei seiner Ankunft getan hatte. Am Fuß der Treppe lief er durch die leere Ebene, bis er die beiden Pferde erreichte, mit denen sie fünf Tage lang von seinem Anwesen über die Südwüste bis zu den Toren des Monasteriums geritten waren. Er band die Leine von Cassandras Pferd am Zaumzeug seines eigenen Rosses fest, schwang sich in den Sattel und ritt nach Hause. Ohne ein einziges Mal zurückzublicken.

Dabei dachte er kurz an den Mann, den er verraten hatte, und fragte sich, wie lange es wohl dauern würde, bis die Inquisitoren ihn ergriffen und vor Gericht stellten. Jerrod war klug und vorsichtig; zweifellos hatte er Pläne für diesen Tag geschmiedet. Und höchstwahrscheinlich hatte er Agenten innerhalb des Monasteriums, die ihn warnen würden, dass die Inquisitoren nach ihm suchten. Rexol war zuversichtlich, dass sein früherer Bundesgenosse genug Zeit haben würde, um in die Sicherheit der FreiStädte zu flüchten. Aber er war sich nicht sicher, ob Jerrod auch diese Wahl treffen würde.

Schließlich richteten sich seine Gedanken auf Cassandra. Sie trug immer noch das Zeichen seines letzten Zaubers auf ihrem Arm, eine mächtige Anrufung, die sie an ihn band, durch das Symbol, das er in ihre Haut tätowiert hatte. Es war für niemanden sichtbar außer für ihn. Aber die Magie bedeutete jetzt nichts mehr, nachdem das Mädchen von den Inquisitoren ergriffen worden war. Es war für immer für ihn verloren, ein weiteres Kind, das der Orden für sich beanspruchte.

Er musste also jemand anders finden, der würdig war, bei ihm zu lernen. Von Jerrod oder seinen Gefolgsleuten konnte er keine Hilfe mehr erwarten, nicht, nachdem er sie verraten hatte. Und der Pontiff hatte ihm verboten, einen anderen Schüler unter den Kindern der Südlande zu suchen. Aber es gab noch andere Orte, wo er nach jemandem suchen konnte, der Macht hatte: die FreiStädte, der Eisige Osten, ja selbst in den Wäldern von Danaan konnte er sich umsehen.

Er vermutete, dass es einige wenige gab, die ein ähnliches Potenzial wie das Mädchen aufwiesen, das er gerade geopfert hatte, um sich zu retten. Jerrod hatte Cassandra für ihn gefunden. Neben ihrer Macht war alles, was er zuvor gesehen hatte, verblasst. Angesichts dessen war Rexol bereit zuzugeben, dass der sogenannte Brennende

Erlöser, den Jerrod in seinen Träumen gesehen hatte, vielleicht tatsächlich existierte.

Es gab noch andere Kinder da draußen, die vom Chaos gezeichnet worden waren, so wie Cassandra es war. Sie würden eine Weile ein scheinbar normales Leben führen, aber die Macht floss durch ihre Adern. Geboren unter dem Schatten des Todes würde ihr Leben von Aufruhr und Gefahr gekennzeichnet sein. Ihr brachliegendes Potenzial würde die Welt um sie herum beeinflussen, Ereignisse formen und sie ihrem Schicksal zuführen, bis sich ihre wahre Natur endlich enthüllte.

Der Orden würde seine gnadenlose Jagd fortsetzen, diese Kinder zu identifizieren und sie ins Monasterium zu holen. Aber Rexol wusste, dass ihre Versuche, die Funken des Chaos auszutreten, am Ende vergeblich sein würden. Wenn er geduldig war, würde er schließlich einen dieser außergewöhnlichen Schüler finden, bevor seine Feinde diesen unter ihre Fittiche nehmen konnten. Er würde durch die brennende Macht zu ihm geführt werden, die durch seine Adern strömte, wie ein Ruf unter Gleichen. Es war unausweichlich.

Aber auch wenn er über den Sieg in einer fernen Zukunft nachdachte, half ihm das nicht, die Niederlage seiner unmittelbaren Vergangenheit zu vergessen. Als er in die Dünen ritt, konnte er das Bild von Cassandra nicht abschütteln, die hinter ihm hersah, als er sie verließ, die strahlend grünen Augen weit aufgerissen vor Angst und Trauer über den Verrat.

10

»Lass mich in Ruhe!«

Scythe kannte die blubbernde Stimme, die aus der Gasse ertönte. Eiger war zehn Jahre alt, zwei Jahre älter als Scythe, aber er klang immer noch wie ein Baby, wenn er Angst hatte.

Sie konnte zwar die Beleidigung nicht verstehen, mit der Eigers Bitte beantwortet wurde, aber sie erkannte Petirs spöttisches Gelächter. Und wo Petir war, waren Bander und Corbin nicht weit. Methodis mochte es nicht, wenn sie in Prügeleien verwickelt wurde. Er sagte ihr immer, es wäre besser wegzugehen. Aber drei gegen einen – das war nicht fair, selbst wenn dieser eine ein ganzes Jahr älter war als seine Peiniger.

Methodis hatte ihr eingeschärft, sich auf dem Rückweg zu beeilen. Er brauchte dringend etliche Sachen von der Liste, die Scythe in ihren schmutzigen Fingern zerknüllt hatte, für einen Patienten, der am Nachmittag zurückkommen wollte. Und sie mochte Eiger nicht einmal. Nicht wirklich jedenfalls. Er war zu fett, um zu klettern oder Verstecken oder Fangen zu spielen. Er war zu behäbig, um Wurfstein zu spielen, und er weinte, wenn er hinfiel oder sich die Zehen stieß oder die Knie aufschlug.

Trotzdem waren es drei gegen einen. Und Scythe hasste Petir.

»Bitte, zwingt mich nicht dazu!«, rief Eiger jammernd aus der Gasse direkt vor ihr.

»Du isst sie besser, Fettsack!«, fuhr Petir ihn an. »Deine Insulaner-Freundin ist diesmal nicht da, um dich zu retten!«

Scythe stürzte in die Allee wie der Sturm der Vergeltung. Die Liste mit den Zutaten war mit einem Mal vergessen und flatterte hinter ihr auf die schmutzige Straße.

»Ich bin nicht seine Freundin!«, schrie sie, als sie um die Ecke fegte.

Eiger lag rücklings flach im Staub der leeren Gasse. Petir saß rittlings auf dem dicken Bauch des Jungen und drückte ihn zu Boden. Dutzende von langen Maden, die er aus einem der Köderläden am Hafen gestohlen hatte, krochen in einem kleinen Haufen auf dem Boden neben ihnen blind übereinander. Petir hielt einen der zappelnden Würmer zwischen Daumen und Zeigefinger und ließ ihn über Eigers pummeligem, tränenüberströmtem Gesicht zappeln.

Bander und Corbin standen im gebührendem Abstand daneben und sahen zu, wie ihr Anführer sein neustes Opfer quälte. Jedenfalls taten sie das, bis sie Scythe heranstürmen sahen. Mit einem erschreckten Schrei wirbelten die beiden Jungen herum und rannten davon. Sie hatten schon vor langer Zeit gelernt, sich besser nicht mit der zierlichen, aber wilden Waise anzulegen, die von dem ansässigen Heiler erzogen wurde.

Petir wollte ebenfalls aufspringen. Vielleicht wollte er mit seinen Freunden flüchten oder aber erneut mit Scythe kämpfen. Aber seine Absichten wurden im Keim erstickt, als Scythe ihm mit beiden Füßen gegen die Brust sprang. Der Aufprall schleuderte ihn von Eiger herunter und auf die harte Erde der Gasse, wo er mit dem Gesicht aufschlug.

Bevor er sich aufrichten konnte, sprang Scythe erneut auf ihren am Boden liegenden Widersacher und rammte ihm die Knie zwischen die Schulterblätter. Das schmerzhafte Stöhnen, als Petir die Luft aus der Lunge wich, wurde von Scythe erstickt, die ihre Landung mit einem weiteren Schrei kommentierte. »Ich bin nicht seine Freundin!«

Sie bückte sich und schlang ihren sehnigen Arm unter das Kinn des älteren Jungen und nahm ihn in den Schwitzkasten. Mit der anderen Hand griff sie um seinen Kopf herum, hakte ihren Zeigefinger in ein Nasenloch und bog seinen Kopf zurück.

Eiger lag immer noch auf dem Rücken, rang nach Luft und schluchzte erstickt, obwohl sein Weinen jetzt von Petirs Schmerzensschreien übertönt wurde. Er bockte und schlug unter ihr um sich, aber Scythe hatte nicht vor, ihn so einfach laufen zu lassen.

Bei ihren letzten Kämpfen hatten beide sich gegenseitig dicke Lippen, blaue Augen und blutige Nasen zugefügt. Sie hatte ihn so fest gebissen, bis er geblutet hatte. Einmal hatte sie ihm sogar den Knöchel gebrochen, als sie einen seiner Finger gepackt hatte. Ein anderes Mal hatte sie ihm eine zehn Zentimeter lange Platzwunde auf der Stirn zugefügt, als sie ihm aus über vier Metern Entfernung einen Stein an den Kopf geworfen hatte. Diesmal jedoch würde sie Petir eine echte Lektion erteilen.

Ohne ihren Würgegriff zu lösen oder ihren Finger aus dem Nasenloch zu nehmen, sah sie sich auf der Straße um. Die Maden wanden sich immer noch ein Stück neben ihr im Staub. Umso besser. Dann musste Petir sie eben aus dem Dreck fressen.

Aber bevor Scythe ihr Opfer in eine Lage manövrieren konnte, dass es sein erzwungenes Festmahl beginnen konnte, legten sich zwei große graue Hände um ihre Taille und rissen sie von dem Jungen herunter. Sie kreischte und versuchte die Person zu treten, die sie festhielt, aber der Mann war viel zu stark und zu vorsichtig, als dass sie einen vernünftigen Schlag hätte landen können. Sie konnte sich nicht befreien.

Eiger und Petir lagen immer noch am Boden und starrten entsetzt zu der Person hoch, die sie gepackt hatte.

»Verschwindet, ihr kleinen Mistkerle!«, stieß der Fremde rau hervor.

Sein Atem roch wie das Zeug, das Methodis benutzte, um eine Fleischwunde zu reinigen. Und er hatte noch einen anderen Geruch an sich. Nicht den Fischgestank eines Hafenarbeiters, sondern den säuerlichen Gestank eines Mannes, der in den überfüllten Straßen der Altstadt lebt.

Die beiden Jungen rannten durch die Gasse davon. Scythe versuchte, ihnen zu folgen, aber gegen den Mann, der sie gepackt hielt, hatte sie keine Chance.

»Du bist wirklich eine kleine Teufelin«, erklärte der Mann und stellte sie auf den Boden. »Na los. Lauf weg, wenn du Angst hast.«

Nachdem er Scythe losgelassen hatte, entfernte sich diese rasch einige Schritte von ihrem Angreifer und drehte sich dann zu ihm herum. Die Kleidung des Mannes war schmutzig und fleckig, aber er trug nicht die Lumpen der Bettler, die um die Kirchen der Neuen Götter herumschlichen. Er war viel größer als Methodis. Und auch massiger. Er hatte langes, strähniges Haar und einen dunklen, ungepflegten Bart. Eine hässliche Narbe, die in einer leeren Augenhöhle endete, verunstaltete die linke Seite seines Gesichtes.

»Ich habe keine Angst vor dir!«, behauptete Scythe, obwohl das nicht ganz stimmte.

Der Mann lachte. Es war ein unangenehmes Lachen. »Du hast das hier fallen lassen, Mädchen.« Er hob ein zerknülltes Stück Papier hoch.

»Das gehört mir!« Scythe erinnerte sich plötzlich, warum sie überhaupt an diesem Morgen unterwegs war.

Der Mann lächelte sie an, während er Methodis' Einkaufsliste überflog. »Du arbeitest für den Doktor.« Das war keine Frage, sondern eine Feststellung. »Mein Name ist Luger, Mädchen. Und wie heißt du?«

Scythe war sich plötzlich sehr sicher, dass dieser Mann ihren Namen bereits kannte.

»Gib mir meine Liste wieder«, verlangte sie. Ihre Stimme zitterte unmerklich.

Er hielt ihr das Papier hin, zog es aber wieder zurück, als sie danach griff. »Du bist diejenige, die man Scythe nennt, stimmt das? Weißt du denn, was eine Scythe ist, Mädchen?«

»Es ist ein Wort aus der alten Sprache«, erwiderte sie instinktiv. Die Frage nach ihrem Namen war ihr mittlerweile so vertraut, dass sie antworten konnte, während sie gleichzeitig überlegte, wie sie ihre Liste von diesem stinkenden Mann zurückbekommen konnte. »Es bedeutet Courage.«

»Das hat dir Methodis erzählt, hab ich recht?«, fragte der Mann höhnisch. »Draußen auf den Feldern ist eine Scythe aber etwas, womit man das Getreide schneidet. Man nennt es auch Sichel oder Sense. Eine Sense schneidet das Getreide wirklich gut, weißt du. So wie du den Bauch deiner Mama aufgeschnitten hast, als du geboren wurdest.«

Scythe sagte nichts, sondern schüttelte nur verwirrt den Kopf. Sie wusste nichts über ihre Mutter. Methodis sprach nie über sie. Aber sie konnte kaum glauben, dass dieser stinkende, hässliche Mann ihre Mutter gekannt haben sollte.

»Was denn, Mädchen?«, flüsterte Luger. »Hat Methodis dir das nie erzählt? Er hat dir nie gesagt, dass du bei deiner

Geburt deine Mama zerfetzt hast? Du hast ihren Bauch aufgerissen, das hast du. Du hast sie umgebracht.«

»Du bist ein Lügner!«, schrie Scythe, der die Tränen in die Augen traten. »Gib mir meine Liste zurück!«

Luger lachte wieder. »Du willst die Liste, Mädchen? Dann komm und hol sie dir.«

Sie sprang vor, um sie sich zu schnappen, obwohl sie wusste, dass er sie einfach wieder wegziehen würde. Aber das kümmerte sie nicht. Dieser Zettel war gar nicht ihr eigentliches Ziel. Methodis wusste nicht viel über das Kämpfen. Er sagte immer, es wäre besser, Möglichkeiten zu finden, sich aus Kämpfen herauszuhalten, statt zu lernen, wie man sie gewinnen konnte. Aber er wusste viel über den menschlichen Körper. Darüber, wo seine Schwächen lagen. Und er hatte ihr beigebracht, was sie zu tun hatte, falls ein Mann sie jemals angreifen sollte.

Als Luger die Liste hoch über seinen Kopf hielt, sodass sie nicht herankam, machte Scythe einen weiteren Sprung, landete in der Hocke und hämmerte ihre Faust auf diese Stelle zwischen Lugers langen Beinen, genauso, wie Methodis es ihr beigebracht hatte.

Der Einäugige taumelte zurück und krümmte sich, wobei er mit einem lauten Stöhnen die Hände auf seine Lenden presste. Die Liste fiel ihm aus den Fingern, und Scythe schnappte sie sich aus der Luft, noch bevor sie auf dem Boden landen konnte. Dann flüchtete sie durch die Gasse. Eine Sekunde später hörte sie die Stimme des Mannes, der ihr Beleidigungen hinterherschrie. Aber seine Worte konnten sie nicht verletzen, und sie verklangen auch rasch im Lärm der Stadt, als Scythe aus der Gasse auf eine der belebten Straßen vor Callastans Marktplatz stürmte.

Sie warf einen Blick zurück, ob Luger ihr folgte. Nachdem sie sich vergewissert hatte, dass von da keine Gefahr drohte, orientierte sie sich. Zu ihrer Überraschung war sie nur einen halben Block von dem ersten Geschäft entfernt, das sie aufsuchen musste, um die Gegenstände auf Methodis' Liste zu besorgen.

»Was hat dich so lange aufgehalten, Scythe?«, erkundigte sich Methodis, als er seiner adoptierten Tochter den kleinen Beutel mit Medizin abnahm.

Selbst der gebildete Heiler war der Gewohnheit verfallen, sie bei ihrem vertrauten Namen zu rufen und nicht bei dem, mit dem er selbst sie getauft hatte.

»Marigus hatte keinen Goldhauch mehr. Ich bin in Wilmers Geschäft gegangen, aber er hatte auch keinen. Deshalb musste ich dir stattdessen Sonnensternenblüten bringen.«

Sie sprach mit einem ruhigen Selbstvetrauen, das eigentlich nicht ihrem Alter entsprach. Sein junges Mündel war erst acht Jahre alt, und doch konnte es bereits so gut lesen, dass es eine Ingredienzienliste entziffern konnte.

Und sie ist klug genug, um zu wissen, welchen Ersatz sie holen muss, wenn die erste Medizin nicht verfügbar ist. Ein Anflug väterlichen Stolzes durchzuckte ihn.

Ihre Erklärung klang vollkommen vernünftig, und sie hatte sie ohne jeden Anflug von Schuldbewusstsein oder Zögern abgegeben. Aber Methodis war ein Heiler. Ein Mann, der es gewohnt war, selbst die kleinsten körperlichen Details zu beobachten, die ihm bei einer Diagnose helfen konnten. Der frische Staub und die Flecken auf Scythes Kleidung sowie die schwachen Blutergüsse unmittelbar über den Handgelenken waren ihm nicht entgangen. Außerdem kannte er Scythes Charakter ebenso gut wie jeder hingebungsvolle Vater den einer Tochter von eigenem Fleisch und Blut.

»Hast du dich wieder geprügelt, Scythe?« Er war nicht wirklich ärgerlich. »Hat Petir dir diese Male auf den Armen zugefügt?«

Das junge Mädchen zögerte und runzelte kurz die Stirn vor Verwirrung. Methodis spürte, dass sie ihre Lage einschätzte und ihre Chancen kalkulierte, wie sie einer Bestrafung entgehen konnte, während sie gleichzeitig versuchte, eine überzeugende Lügengeschichte zu erfinden, die diese verräterischen Stellen erklärte. Wie immer fand er ihre hartnäckige Weigerung, eine Niederlage einzugestehen, amüsant.

Schließlich ließ Scythe ihre Schultern sinken und seufzte resigniert. »Ich habe mit Petir gekämpft«, sagte sie zerknirscht. »Es tut mir leid, dass ich dich belogen habe.«

»Wie ich feststelle, tut es dir sehr leid, dass du gelogen hast, aber nicht, dass du dich mit ihm geprügelt hast«, bemerkte der Heiler, während er die Hand ausstreckte und ihr kurzes, seidiges schwarzes Haar zerzauste. Sie sprang rasch zurück und warf ihm einen schmollenden Blick zu, während sie ihre Locken wieder glatt strich.

»Zerzaus mir nicht das Haar! Es fühlt sich eklig an, wenn du das machst. Und außerdem hat Petir es herausgefordert. Er hat Eiger geärgert.«

»Das hätte ich mir denken können«, erwiderte Methodis. »Trotzdem wirst du heute Abend eine Seite aus meinen medizinischen Texten abschreiben.« Er hob streng einen Finger, um Scythes Protest zu unterbinden. »Als Strafe dafür, dass du gelogen hast«, setzte er hinzu. »Nicht, weil du Eiger geholfen hast.«

Scythe verdrehte gereizt die Augen, protestierte aber nicht weiter. In Wahrheit war diese Bestrafung auch nicht sonderlich hart. Sie würde höchstens eine Stunde dafür brauchen, und oft genug war es so, dass sie es sogar genoss, die Texte abzuschreiben. Methodis nahm sich vor, ihr eine Passage zum Abschreiben zu geben, in der es um die Schleichende Fäule ging, eine geheimnisvolle und besonders grausame Erkrankung. Scythe schien makabere Themen am meisten zu genießen.

Er wandte ihr den Rücken zu, packte die Einkäufe aus und legte sie sorgfältig in die entsprechenden Regale. Eine ordentliche Organisation war für jede respektable medizinische Praxis unabdingbar. Er erwartete, dass Scythe sofort wieder hinaus auf die Straße lief, wie sie es normalerweise tat. Dann würde sie sich Eiger oder einen der anderen Straßenjungen greifen und versuchen, sie dazu zu bringen, irgendwelchen Unsinn anzustellen. So lange, bis es Zeit zum Essen war. Als sie jedoch plötzlich zu sprechen begann, schrak er so sehr zusammen, dass er fast die pulverisierte Schwarzwurzel in die Senfsalbe hätte fallen lassen, die er am Morgen zubereitet hatte.

»Methodis, wie ist meine Mutter gestorben?«

Er hielt inne, bevor er sich zu ihr herumdrehte. Er hatte gewusst, dass diese Frage irgendwann kommen musste, aber selbst nach acht Jahren hatte er immer noch keine Ahnung, wie er sie beantworten sollte.

»Sie wurde verletzt, bevor du geboren wurdest, Scythe. Jemand hatte sie sehr schlimm zugerichtet.«

Er sah an ihrem Gesichtsausdruck, dass seine Antwort sie nicht befriedigte, aber er wusste nicht, was er hätte sagen sollen, um das bedeutungsschwangere Schweigen zu füllen, das zwischen ihnen lastete.

»War es meinetwegen?«, platzte sie plötzlich heraus. »Ist meine Mama gestorben, weil ich geboren wurde?«

»Nein, Scythe«, erwiderte er. »Es war nicht deine Schuld. Du hast deine Mutter nicht getötet. Es war der Mann, der sie verletzt hat. Wer hat dir diesen Unsinn erzählt?«

»Ein Mann auf der Straße hat gesagt, meine Mama wäre gestorben, weil ich sie aufgerissen hätte.«

»Ein Mann? Was für einen Mann? Wo war das?« Der Wunsch, das Mädchen zu beschützen, flammte in Methodis auf und ließ seine Worte schärfer klingen, als er eigentlich beabsichtigt hatte.

»Ich … Ich kann mich nicht an seinen Namen erinnern. Es war in einer dieser Gassen. Er roch komisch. Er hatte nur ein Auge. Und eine Narbe, etwa so.« Sie fuhr mit ihrem Finger über ihr Gesicht.

»Luger«, murmelte Methodis, der jetzt plötzlich alles begriff. Er hätte wissen müssen, dass ein Kind in Petirs Alter nicht stark genug war, um solche Male auf Scythes Armen zu hinterlassen. »Der Mann mit dem einen Auge heißt Luger.«

Scythe nickte. »Stimmt das, Methodis? Was er gesagt hat, meine ich? Habe ich … Habe ich meine Mutter …« Es verschlug ihr die Stimme.

Der Heiler setzte die Zutaten auf den Boden und kniete sich vor Scythe hin, die Arme ausgestreckt. Sie trat vor, und er drückte sie fest an sich. Er spürte, wie ihre kleine Brust sich hob und senkte, als sie versuchte, ihr Schluchzen zu unterdrücken.

»Es stimmt nicht, meine kleine Heldin. Lass dir niemals, hörst du, nie von irgendjemandem einreden, es wäre deine Schuld gewesen.«

Er hielt sie fest, als ihr die Tränen kamen. Aber sie weinte nicht lange, das tat Scythe nie. Sie schniefte ein paarmal und wischte ihren Rotz an der Schulter seines Wamses ab.

Methodis öffnete die Arme und legte dem kleinen Mädchen die Hände fest, aber sanft auf die Schultern, damit er ihr in die Augen blicken konnte. »Hör mir zu, Scythe. Luger ist ein sehr böser Mann. Er erzählt schlimme Lügen, weil er Menschen wehtun will. Wenn du ihn wiedersiehst, dann lauf weg, so schnell du kannst. Verstanden?«

»Verstanden«, murmelte sie. Ihre Stimme klang immer noch belegt von Tränen.

Er sah an ihrer Miene, dass diese Warnung ausreichte. Also stand er auf und zerzauste ihr ein zweites Mal das Haar, was ihr ein kleines Lachen entlockte, während sie seine Hand spielerisch wegschlug.

»Darf ich heute bei dir drinbleiben, Methodis? Ich geh auch nach hinten, wenn ein Patient kommt. Ich werde ganz leise sein und keinen Ärger machen.«

»Selbstverständlich«, erwiderte der Heiler und lächelte herzlich. »Du kannst so lange bei mir bleiben, wie du willst.«

»Bist du dir wirklich sicher, Methodis?«, fragte Kapitän Trascar, nachdem er sich das Angebot des Heilers angehört hatte. »Hast du es dir auch wirklich gut überlegt?«

Das hatte Methodis. Er hatte es Dutzende Male durchdacht. In den drei Tagen, seit Scythe ihr Zusammentreffen mit Luger erwähnt hatte, hatte er kaum an etwas anderes denken können.

Luger war es schlecht ergangen. Im letzten Winter hatte er einen seiner Kunden dabei erwischt, wie er beim Würfelspiel in den Spielzimmern seiner Herberge betrog. Er hatte ihn in flagranti ertappt. Alle hatten es gesehen. Der Mann war als Betrüger entlarvt worden, und das in einem Teil der Stadt, wo Betrüger für gewöhnlich am nächsten Morgen tot aufgefunden wurden. Aber Luger, der noch nie ein sonderlich geduldiger Mann gewesen war, hatte dem Kunden ein Messer in den Hals gerammt, und zwar vor allen anderen Spielern. Zu der Zeit hatte das niemanden gekümmert.

Und die Sache wäre damit auch erledigt gewesen, hätte sich nicht herausgestellt, dass dieser Mann ein Angehöriger der Stadtpatrouille von Callastan war. Methodis hatte das alles aus einer sehr verlässlichen Quelle, aber die Geschichte wurde noch plausibler angesichts dessen, was danach passiert war.

Niemand beschuldigte Luger jemals offiziell eines Mordes. Das ließen die Offiziere, welche für die Stadtpatrouille verantwortlich waren, nicht zu. Was würde das für einen Eindruck machen, wenn sich herumspräche, dass einer der Ihren am Hafen herumschlich, wenn er Dienst hatte, und in einer der verrufensten Herbergen des ganzen Bezirks am Glücksspiel teilnahm. Und dann auch noch dabei betrog? Nein, sie würden nicht zulassen, dass diese Geschichte durch einen Prozess öffentlich und aktenkundig gemacht wurde.

Stattdessen vernichteten sie Lugers Welt mit einer ganz anderen Art von Gerechtigkeit. Sie führten eine Razzia in seiner Herberge durch, beschlagnahmten den illegal gebrauten Alkohol in seinem Keller und konfiszierten die verbotenen Wurzeln und Blätter, die die Leute rauchten oder kauten, um sich zu berauschen. Sie verhafteten die Mädchen in seinen Hinterzimmern und, was noch viel schlimmer war, sie stellten auch seine Kunden unter Arrest.

Eine Woche später machten sie eine neue Razzia. Und dann wieder. Und dann noch einmal. Luger versuchte, sie zu bestechen. Eine Bestechung der Patrouillen war ein notwendiger Kostenpunkt in dem Geschäft, das er für sich ausgesucht hatte. Aber ganz gleich, wie viel er ihnen bezahlte, die Razzien hörten nicht auf.

Luger selbst verhafteten sie nie. Das mussten sie auch nicht. Nach zwei Monaten war er bankrott und hatte riesige Schulden bei den anderen Bordell- und Tavernenbesitzern im Bezirk angehäuft. Schulden, die er nicht zurückzahlen konnte. Die Patrouillen mussten Luger nicht hinrichten, weil er ihren Kameraden ermordet hatte. Die Männer, denen Luger Geld schuldete, würden das für sie schon bald erledigen.

Und auf der Straße munkelte man, dass dieser Zeitpunkt bereits sehr nahe war. Genau das machte Methodis die größte Angst. Luger wusste, dass er erledigt war, er war verzweifelt, betrunken und suchte alte Rechnungen zu begleichen, bevor er mit aufgeschlitztem Bauch und aufgedunsen im Hafenbecken trieb.

»Ich habe es genau durchdacht«, antwortete Methodis jetzt auf die Frage des Kapitäns, die immer noch in der Luft hing. »Dein Schiff wird morgen früh Segel setzen. Scythe und ich gehen mit an Bord. Die meisten Kapitäne würden begeistert einwilligen, wenn sie die Chance bekämen, einen Heiler an Bord zu haben.«

Trascar schüttelte den Kopf. »Ich will nicht lügen. Die Mannschaft würde mich aufknüpfen, wenn sie erführe, dass ich dir diese Reise auszureden versuche. Wir haben keinen Heiler mehr gehabt, seit Obler im letzten Sommer an der Fleckenseuche gestorben ist.

Aber ich bin auch dein Freund, Methodis. Und ich will nicht, dass du etwas tust, das du eines Tages bedauern wirst. Wenn es nur um Luger geht, warum verlässt du nicht einfach eine Weile die Stadt? Noch ein paar Wochen, dann ist er kein Problem mehr, jedenfalls habe ich das gehört.«

Methodis hatte diese Möglichkeit bereits in Betracht gezogen, wie viele andere Möglichkeiten auch. Immerhin war er ein bedachter und analytisch denkender Mensch.

»Luger ist ein rachsüchtiger Welpe, der von einer kranken Hündin geworfen wurde!«, stieß er ungewöhnlich hasserfüllt hervor. »Er ist gemein und erbärmlich genug, um jemandem seine letzten Münzen zu geben, damit der eine Rechnung für ihn begleicht, nachdem er tot ist. Ich will dieses Risiko nicht eingehen.«

Aber der Kapitän lenkte noch nicht ein. »Das ist kein Leben für ein Mädchen! Wochen, sogar Monate auf See, nur unterbrochen von einem oder zwei Tagen in irgendeiner stinkenden Hafenstadt, in der es von ungewaschenen Insulanern nur so wimmelt.«

»Scythe ist selbst eine Insulanerin«, merkte Methodis an. »Und die Hafenstädte sind nicht so schlimm, wie du behauptest. Ich bin in jungen Jahren selbst oft genug zur See gefahren, Trascar. Oder hast du etwa unsere gemeinsamen Reisen vergessen?«

»Ich habe sie nicht vergessen. Aber damals waren wir beide junge Männer, die auf Abenteuer aus waren. Dieses Leben hast du aus einem ganz bestimmten Grund aufgegeben. Du wolltest dein Handwerk studieren und erlernen.

Außerdem hat sich mittlerweile viel geändert, Methodis. In jeder Saison gibt es ein Dutzend Stürme von einer Wucht, die du noch nie erlebt hast. Das Meer scheint bei jeder Überfahrt rauer und wilder zu werden, als würde irgendeine gewaltige Macht die Wasser aufwühlen, um uns zu schaden. Schiffbruch ist mittlerweile keine Seltenheit mehr.

Und was ist mit meiner Mannschaft?«, fuhr Trascar fort. »Lange Seereisen können einem Mann übel zusetzen. Und sein Drang kann ihn dazu bringen, sich … Freiheiten einer Frau gegenüber zu erlauben. Freiheiten, die er sich an Land niemals herausnehmen würde.«

»Ich halte dich für einen zu guten Seemann, als dass ich mir über Stürme und Schiffbruch den Kopf zerbrechen müsste«, gab Methodis zurück. »Und du hast einen viel zu aufrechten Charakter, als dass du eine Mannschaft anheuern würdest, die Scythe solche Dinge antun würde.«

»Was ist mit Piraten?« Trascars Stimme war anzumerken, dass er fast schon verzweifelt nach Argumenten suchte. »Du weißt ja, was sie mit einem jungen Mädchen machen, wenn sie es in die Finger bekommen.«

»Jedenfalls nichts Schlimmeres als das, was Luger mit ihr machen würde. Oder das, was die anderen Bordellbesitzer machen, wenn sie um sie herumschleichen, sobald sie das richtige Alter erreicht hat. Du kannst vom Leben auf dem Meer sagen, was du willst, es kann auf keinen Fall schlimmer sein als dieser Sündenpfuhl hier in den Elendsvierteln von Callastan.

Ich habe das Ganze wirklich gut durchdacht, Kapitän. Wenn mir irgendetwas zustößt, wird Scythe nur ein weiteres junges Mädchen allein auf der Straße sein. Sie ist Frischfleisch für die Wölfe. Und selbst wenn mir nichts zustößt, kann ein glattzüngiger Mädchenhändler sie mit Versprechungen von schnellem Wohlstand in irgendein verstecktes Hinterzimmer locken, und ich würde sie nie wiederfinden. Oder aber sie fällt in die Hände der Spieler und Trunkenbolde und Perversen, die in diesem stinkenden Loch aus allen Gassen herauskriechen.«

Trascar legte den Kopf auf die Seite und versuchte, noch ein Argument zu finden, um Methodis zu widersprechen. Als der Seemann jedoch stumm blieb, wusste der Heiler, dass er gewonnen hatte.

»Du kannst vom Leben auf dem Meer sagen, was du willst«, fuhr Methodis fort, um die Diskussion zu beenden, »hier an Land gibt es weit schlimmere Dinge.«

Der Kapitän grinste über das ganze Gesicht. »Deshalb bin ich nur sehr selten im Hafen. Also gut, alter Freund, abgemacht. Ehrlich gesagt, bin ich froh, dich an Bord zu haben. Die Männer haben mich schon bestürmt, jemanden anzuheuern, der den Unterschied zwischen Hitzepusteln und Lepra kennt.

Ich gebe dir das größte Quartier, das ich entbehren kann. Aber unsere Kabinen sind für einen Mann deines Berufs nicht ausgelegt. Versuch also nicht, deinen ganzen Laden mitzunehmen. Sondern beschränke dich auf die Medizin, von der du glaubst, dass wir sie am dringendsten brauchen könnten, bevor wir Staeros und die anderen Inseln erreicht haben. Wir brechen im Morgengrauen auf. Ich kann es mir nicht leisten, die Tiden zu verpassen, wenn du also zu spät kommst, ist unsere Abmachung hinfällig.«

Sie kamen nicht zu spät. Die *Schimmernder Delphin* setzte Segel und stach wie vorgesehen beim Einsetzen der Ebbe in See. Unter Deck packte einer der respektierten und fähigsten Heiler der Stadt seine Habseligkeiten in die Regale der Kabine, die vorher dem Bootsmann gehört hatte. Auf dem Deck über ihm stand seine Reisegefährtin, ein junges Mädchen mit dunklem Haar, nussbrauner Haut und glühenden, mandelförmigen Augen neben dem Kapitän. Scythe lachte und quietschte jedes Mal vor Begeisterung, wenn die vom Wind getriebene Gischt über den Bug der *Delphin* hinwegzischte und auf der Haut ihres Gesichtes prickelte.

II

»Kee?«, rief Gerrit, als er hörte, wie die Tür der Kate sich öffnete. »Keegan, was machst du denn zu Hause? Ich dachte, du würdest mit den anderen spielen?«

Er bekam keine Antwort und erhob sich vom Tisch, wo er gerade gegessen hatte. Er ging in die Diele. Dort stand Keegan. Ein zierlicher, dunkelhaariger Junge von acht Jahren, der eine Ernsthaftigkeit ausstrahlte, die ihn trotz seiner geringen Körpergröße älter erscheinen ließ. Eines seiner Augen war dunkelviolett und zugeschwollen.

Gerrit seufzte und ging zu seinem Sohn, um sich die Verletzung anzusehen. Sie waren erst seit einem Jahr in dieser Stadt, und doch war ihm dieser Anblick schon viel zu vertraut. Seit ihrer Ankunft hatten die anderen Kinder auf Keegan herumgehackt. Teilweise, weil er neu war, teilweise, weil er klein war, vor allem jedoch, weil er auf eine Art und Weise anders war, die die anderen Kinder zwar spüren, aber nicht verstehen konnten. Andere Kinder und sogar etliche Erwachsene empfanden bereits Keegans bloße Präsenz als beunruhigend. Er war zu ruhig, zu ernst. Und viel zu klug und einsichtig für sein Alter. Kinder sollten lachen und spielen, Keegan jedoch neigte dazu, einfach dazusitzen und alles mit seinen dunklen Augen, die nur selten blinzelten, und seinem eindringlichen Blick zu beobachten. Selbst Gerrit beschlich manchmal Unbehagen, wenn er ihn so sah.

»Was ist passiert?« Er untersuchte vorsichtig das Auge.

Der Schaden war nicht schlimm. Die Schwellung würde in zwei oder drei Tagen wieder abgeklungen sein.

»Fenthar hat mich geschlagen«, war die einfache Antwort.

»Das hätte ich mir denken können.«

Fenthar war der Sohn von Alferon, dem ansässigen Schmied. Er war zwar fast genauso alt wie Keegan, aber nahezu doppelt so groß. Es war nicht das erste Mal, dass dieser Raufbold sich mit Keegan geprügelt hatte, obwohl Gerrit davon ausging, dass diesen Schlägereien meist eine Provokation vorausging.

»Und hat er dich einfach grundlos geschlagen, Keegan? Oder hast du etwas gesagt, das ihn geärgert hat?«

Keegan sprach nicht viel, aber wenn, dann konnte es wehtun. Die meisten Kinder in seinem Alter benutzten ihre Fäuste, um anderen Schmerzen zuzufügen. Sein Sohn jedoch verstand es, seine Worte als Waffe einzusetzen. Vielleicht lag es daran, dass er so klein war im Vergleich zu den anderen Jungen. Eine scharfe Zunge war seine einzige Verteidigung, wenn die andern ihn ärgerten. Aber es war eine Verteidigung, die oft zu blauen Augen und blutigen Nasen führte.

»Wir sind um die Wette gelaufen. Ich habe verloren, und Fenthar hat mich verspottet, weil ich nicht so schnell laufen konnte wie die anderen. Er hat mich beleidigt und wollte nicht aufhören. Deshalb habe ich ihm die Sache mit seiner Mutter erzählt.«

Es war allgemein bekannt, dass Fenthars Mutter vor etlichen Wochen weggegangen war, um ihrer Schwester in einem nahe gelegenen Dorf mit ihrem neuen Baby zu helfen. Aber Gerrit konnte nicht verstehen, wie diese Information seinem Sohn einen Schlag von einem anderen Jungen hatte einbringen können.

»Das verstehe ich nicht, Kee. Was hast du denn über seine Mutter gesagt?«

»Alle glauben, dass sie nur für eine Weile weggegangen ist, aber sie wird nicht zurückkommen. Nie mehr. Das habe ich ihm gesagt.«

»Keegan! So etwas zu sagen ist schrecklich! Kein Wunder, dass er dich geschlagen hat. Warum hast du das getan?«

Der Junge zuckte mit den Schultern. »Weil es stimmt. Sie ist tot.«

Es überlief Gerrit kalt. Nicht, was sein Sohn sagte, war der Grund dafür, sondern, wie er es sagte. Das war nicht der bösartige Wunsch eines verletzten Kindes, er sagte es, als wäre es einfach eine Tatsache. Gerrit wusste nicht, was er mit dieser Bemerkung anfangen sollte, also tat er, als hätte er sie nicht gehört.

»Du musst dich bei Fenthar entschuldigen, Kee. Wir gehen sofort zu ihm.«

»Aber ich habe nichts gemacht! Fenthar hat mich geschlagen! Das ist nicht fair!«

Der Junge verschränkte die Arme über der Brust und schob seine Unterlippe schmollend vor. Gerrit fand diesen Ausbruch eher tröstlich. Das war wenigstens eine Reaktion, wie er sie von einem Achtjährigen erwartete.

Keegan murrte die ganze Zeit, als Gerrit ihn durch die Stadt zerrte, damit er sich bei dem Jungen entschuldigte, der ihn geschlagen hatte. Er ließ die Hand seines Sohnes erst los, als er an die Tür des Hufschmieds klopfte.

»Gerrit?«, sagte Alferon, als er die Tür öffnete und sah, wer dort stand.

Der Schmied war ein Gigant von einem Mann. Sein Nacken und seine Schultern waren mit Muskeln bepackt, die selbst unter seinem groben, schweren Arbeitshemd hervortraten. Er stand in dem Ruf, ein Raufbold zu sein, und etliche blaue Augen gingen auf sein Konto. Allerdings normalerweise erst, nachdem er getrunken hatte. Jetzt jedoch wirkte er nüchtern, obwohl er müde und erschöpft aussah.

»Was willst du?« Die Frage kam kurz und knapp. Der Mann wollte keine Gesellschaft.

»Es gibt Ärger zwischen unseren Jungs, Alferon«, sagte Gerrit, der sofort zum Punkt kam. »Sie haben sich wieder geprügelt.«

»Das hätte ich mir denken können«, grunzte der Schmied, dessen Stimme jetzt lauter wurde. »Was ist passiert? Hat dein Junge Fenthar seinen Stock auf den Kopf gehauen?«

»Wovon redest du?« Gerrit war verwirrt. »Keegan ist halb so groß wie Fenthar! Sieh dir das Auge meines Jungen an, Alferon. Das war dein Sohn. Und es ist nicht das erste Mal, dass er Keegan verprügelt hat!«

Der Schmied schnaubte verächtlich. »Nun, dein Junge muss genauso gut ausgeteilt haben, wie er eingesteckt hat. Denn Fenthar ist nach Hause gekommen und direkt in sein Zimmer gerannt, heulend und schreiend, als wäre er ein kleines Baby. Er hat immer noch nicht damit aufgehört!«

Dein Sohn ist in Tränen aufgelöst nach Hause gekommen, und du hast dir nicht einmal die Mühe gemacht herauszufinden, was los ist? Gerrit hätte ihn am liebsten angeschrien. *Was für ein Vater bist du eigentlich?*

Stattdessen holte er tief Luft und versuchte ruhig zu bleiben. Sie waren hier, um sich zu entschuldigen. Das durfte er nicht vergessen.

»Ja, also … Es tut mir leid. Keegan hat etwas zu ihm gesagt. Etwas Schreckliches. Etwas, das er nicht hätte sagen dürfen. Und jetzt sind wir hier, um uns zu entschuldigen.«

»Er hat etwas zu ihm gesagt? Das ist alles?« Der Schmied

kniff ein Auge zusammen und sah sie zweifelnd an. »Was bei allen Feuern des Chaos hat dein kleines Mistbalg denn gesagt?«

»Das ist nicht …«

Keegan unterbrach ihn. »Ich habe ihm gesagt, dass seine Mutter nicht mehr zurückkommen wird, weil sie tot ist.«

»Mein Sohn war aufgeregt«, warf Gerrit rasch als Erklärung ein. »Dein Junge hat ihn verspottet. Selbstverständlich gibt es dafür keinerlei Entschuldigung. Und es tut mir leid, weil …«

Er verstummte, als er den Ausdruck auf Alferons Gesicht sah. Es war weder Wut noch Zorn noch Schock. Es war Furcht. Reine, abgrundtiefe Furcht. Er stand wie betäubt da, mit leerem Blick und leicht geöffnetem Mund. Plötzlich wusste Gerrit Bescheid.

»Es stimmt, hab ich recht?«, flüsterte er.

Alferon schüttelte den Kopf und vertrieb damit die seltsame Betäubung, die ihn überkommen hatte. »Nein! Das ist lächerlich. Sie ist bei ihrer Schwester, das ist alles. Sie hilft ihr mit ihrem Baby.«

»Nein«, widersprach Keegan ruhig. »Sie ist tot. Sie ist krank geworden, und du hast sie zu ihrer Schwester geschickt, damit Fenthar nicht auch krank würde. Aber ihre Krankheit hat sich verschlimmert, nachdem du zurückgekommen bist, und auf ihrem Gesicht haben sich überall Flecken gebildet. Sie ist letzte Nacht im Bett ihrer Schwester gestorben. Und jetzt bist du auch krank.«

Der große Mann trat einen Schritt zurück und hob abwehrend die Hände, als wollte er die Besucher an seiner Tür verscheuchen, hätte aber Angst, sie zu berühren.

»Was für ein Monster hast du da großgezogen, Mann?«, flüsterte er entsetzt.

Seine zitternden Hände waren mit einem schwachen Ausschlag überzogen, die Fingerspitzen waren verfärbt.

»Die Pocken«, murmelte Gerrit, der plötzlich begriff. »Deine Frau hat die Pocken bekommen, deshalb hast du sie weggeschickt!«

Eine Sekunde lang schien es, als wollte der Schmied widersprechen. Dann jedoch bemerkte der Hüne die Male auf seinen eigenen Händen und ließ die Schultern sinken.

»Sie hätten uns alle isoliert«, sagte er flehentlich. »Sie hätten uns alle in diesem Haus eingesperrt, bis die Pocken wieder abgeklungen wären. Sie hätten uns im Stich gelassen, uns beobachtet und abgewartet, ob wir alle sterben.«

»Du könntest die Krankheit in der ganzen Stadt verbreiten!«, fuhr Gerrit ihn an. Alferons Egoismus entsetzte ihn.

»Nein!«, protestierte der Schmied. »Wir haben es rechtzeitig bemerkt. Deshalb haben wir Penelope weggeschickt. Ihre Schwester hatte schon einmal die Pocken und hat sie überlebt. Man kann sie nur einmal bekommen, deshalb kann sie sich jetzt nicht mehr anstecken. Penelope wird einfach nur dort bleiben, bis es ihr besser geht. Ihre Schwester wird sich um sie kümmern. Bis sie wieder …«

Er verstummte und sah Keegan an, als er sich an die Bemerkung des Jungen erinnerte, seine Frau wäre bereits tot. Als er sich wieder zu Gerrit umdrehte, hatte der Schmied Tränen in den Augen. Seine Worte sprudelten ihm förmlich, halb erstickt von Schluchzern, über die Lippen. »Wir konnten es niemandem sagen. Sie hätten uns alle in diesem Haus eingesperrt. Mein Sohn und ich hätten die Pocken ganz sicher bekommen! Das war die einzige Möglichkeit!«

»Bei allen Göttern, Mann, sieh dich an! Du hast sie trotzdem bekommen!«

»Nein! Das kommt von der Esse, das ist alles. Die Hitze

macht meine Haut rau und wund. Und … und das Eisen scheuert an meinen Fingern, deshalb haben sie diese seltsame Farbe. Das ist alles!«

Gerrit legte seinem Sohn beschützend die Hand um die Schultern und zog ihn einen Schritt zurück. »Es tut mir leid, Alferon. Ich muss die Sache den Behörden melden. Wenn die Seuche nicht eingegrenzt wird, kann sie uns alle töten.«

Die Miene des Schmiedes schlug plötzlich um, von Verzweiflung zu Wut. Er ballte die flehentlich ausgestreckten Hände zu Fäusten und trat einen Schritt vor. Gerrit war sicher, dass er sich auf sie stürzen würde, aber der Hüne blieb wie angewurzelt stehen, als Keegan das Wort ergriff.

»Fenthar wird auch krank werden, genau wie du. Und wie seine Mutter. Aber ihr beide werdet nicht sterben.«

Alferon starrte den kleinen Jungen auf seiner Schwelle an und drehte den Kopf dann langsam wieder zu Gerrit.

»Hexerei, das ist es. Dein Junge hat es getan!«

»Sei kein Narr!«, fuhr Gerrit ihn an. »Die Tage der Säuberung sind vorbei. Und der Orden sieht fälschliche Anschuldigungen von Hexerei nicht mehr sonderlich gerne.«

Ein boshafter Ausdruck flog über das Gesicht des Schmiedes.

»Nein, das tun sie nicht. Damit hast du recht. Und vielleicht kann ich auch nicht beweisen, dass dein Junge das hier verursacht hat. Aber er wusste davon, das auf jeden Fall. Niemand sonst wusste es. Und dafür könnte sich der Orden durchaus interessieren, oder meinst du nicht?«

Als Gerrit nicht sofort antwortete, redete der Schmied weiter. Seine Stimme klang jetzt tief und gefährlich, wie das Knurren eines in die Enge getriebenen Tieres.

»Denk scharf nach. Wenn du irgendjemandem erzählst,

dass meine Frau krank gewesen ist, dann sorge ich dafür, dass die ganze Stadt diese Sache von deinem Sohn erfährt. Vielleicht bringst du sie dazu, mich und Fenthar einen Monat lang einzuschließen, aber wenn sie das tun, wird dir der Orden deinen Jungen wegnehmen.«

»Wer ist jetzt das Monster, Alferon?« In Gerrits Stimme schwangen Verachtung und Ekel mit.

»Ein Mann muss seine Familie beschützen, um jeden Preis.«

Der Schmied trat zurück und sah zwischen dem Vater und dem Sohn hin und her, konnte aber keinem von ihnen in die Augen blicken. Dann schloss er die Tür.

Seine Worte klangen Gerrit in den Ohren. Er hatte für seinen Sohn alles aufgegeben, wofür er sein Leben lang gearbeitet hatte. Seit diesem nächtlichen Besuch der Hexe vor sechs Jahren war er mehrmals umgezogen und hatte hastig alles zusammengepackt, sobald ihm auch nur Gerüchte zu Ohren kamen, dass ein Pilger oder Inquisitor in der Nähe wäre. Ein halbes Dutzend Mal war er wie ein Dieb in der Nacht davongeschlichen, war gezwungen gewesen, sich ein neues Leben an einem neuen Ort aufzubauen, voller Angst, dass ein zufällig vorbeikommendes Mitglied des Ordens etwas in Keegan erkennen könnte, so wie die alte Hexe das getan hatte.

Er zweifelte nicht daran, dass der Schmied seine Drohung gegen Keegan wahr machen würde, wenn er seine Krankheit meldete. Dann würde der Orden wenig später eintreffen, um diesem Gerücht nachzugehen. Aber diesmal war es anders. Gerrit begriff jetzt, dass er die ganze Zeit mit einer Lüge gelebt hatte, genauso wie Alferon. Im tiefsten Innern hatte er sich immer geweigert zu glauben, was die Hexe ihm über seinen Sohn erzählt hatte. Jetzt konnte er die Wahrheit nicht länger ignorieren: Keegan besaß die

Gabe der *Sicht*. Und nach den uralten Gesetzen gehörte er dem Orden.

Hand in Hand gingen Vater und Sohn zurück durch die Stadt. Aber sie gingen nicht nach Hause. Stattdessen ging Gerrit ins Rathaus und sagte dem Bürgermeister, was er gesehen hatte. Er erwähnte Keegans Traum nicht, sondern nur die unerwartete Abreise und die lange Abwesenheit von Alferons Ehefrau. Dann berichtete er von dem Ausschlag und den Verfärbungen, die er auf den Händen des Schmiedes gesehen hatte. Dabei beließ er es.

Als sie nach Hause zurückkehrten, wusste er, dass der Bürgermeister jemanden dorthin schicken würde, der die Sache untersuchte. Ein möglicher Ausbruch der Pocken war zu gefährlich, als dass man ihn einfach ignorieren durfte. Am nächsten Morgen würde Alferons Haus unter Quarantäne gestellt werden, und der Schmied und der Sohn würden dort unter Arrest stehen, bis die Pocken abgeklungen waren.

Außerdem würde das Dorfkonzil rasch die Seuchengesetze in Kraft setzen. Alle Bewohner der Stadt würden aufgefordert, sich jeden Tag einer Untersuchung zu unterziehen, und das einen Monat lang, bis sicher feststand, dass niemand sich diese möglicherweise tödliche Seuche zugezogen hatte. Wachen würden auf beiden Straßen aufgestellt werden, um mögliche Besucher zu warnen und um mögliche Krankheitsträger daran zu hindern, die Stadt zu verlassen. Dann würde ein Ruf an die Heiler ergehen, die Krankheit zu behandeln, und ein anderer an die Soldaten, die helfen sollten, die Isolierung der Stadt durchzusetzen. Bis morgen Mittag würde niemandem mehr erlaubt werden, die Stadt zu verlassen, auch nicht in den nächsten Wochen. Bis dahin jedoch würden Gerrit und Keegan schon längst verschwunden sein, abgetaucht in der Nacht, wie sie es schon so viele Male getan hatten.

Keegan hatte die Gabe der *Sicht.* Durch seine Adern floss das Chaos. Aber er war trotzdem sein Sohn, und Gerrit würde nicht zulassen, dass jemand ihm Keegan wegnahm, nicht einmal der Orden.

12

Vaaler lag auf dem Rücken und starrte an die Decke. Trotz der späten Stunde hatte er die Augen weit geöffnet.

Er streckte die Hand aus und rieb sanft über den Mondstein auf dem Nachttisch neben seinem Bett. Der Edelstein begann zu glühen, und sein weiches blaues Licht warf seltsame und beunruhigende Schatten an die Wände. Vaaler wusste, dass die Schatten nur von seinen Schlafzimmermöbeln herrührten, aber manchmal sahen sie fast wie Monster aus. Sie schienen ihn zu beobachten und nur darauf zu warten, dass er wieder einschlief, damit sie sich erneut auf ihn stürzen konnten.

Er spielte mit dem Gedanken, die Diener zu rufen. Sie befanden sich auf der anderen Seite der Tür und warteten nur auf seine Befehle. Schließlich war er ein Prinz. Und zwar ein Kronprinz. Er war der direkte Nachfahre von Tremin Avareen, dem ersten Danaan-König. Obwohl er erst neun Jahre alt war, wusste Vaaler bereits, was das bedeutete. Irgendwann einmal würde er König der Nördlichen Waldungen werden.

Der junge zukünftige Monarch setzte sich in seinem Bett auf, rief jedoch nicht die Diener. Die Schatten machten ihm nicht wirklich Angst. Jedenfalls nicht sehr. Es waren die Träume, die ihm Furcht einflößten. Nicht seine Träume. Sondern die seiner Mutter. Eigentlich sollte er gar nichts davon wissen, aber er wusste es doch.

Vaaler durfte niemandem sagen, dass er von diesen

Träumen wusste. Denn wenn er das tat, würden sie ihn fragen, woher er das wusste. Dann musste er ihnen zeigen, dass der Gobelin an seiner Wand eine Geheimtür verbarg, hinter der ein dunkler Geheimgang lag. Aber er wollte diesen Gang niemandem zeigen. Die Gänge waren sein eigener geheimer Ort.

Er ging nur nachts hinein, wenn die Bediensteten glaubten, er läge in seinem Bett und schliefe. Sein Nachtlicht leuchtete ihm den Weg, sein Mondstein. Er hatte den Geheimgang vor ein paar Monaten durch Zufall entdeckt, und seitdem hatte er viele Stunden damit zugebracht, diese Gänge zu erforschen.

Manchmal führten ihn diese geheimen Gänge innerhalb der Wände an der Konzilskammer vorbei, und er hörte, wie seine Mutter und ihre Berater über ihre Träume sprachen. Es waren zumeist unheimliche Träume, in denen es um Feuer und Monster ging. Dann tanzten in der Nacht dunkle Visionen und Bilder durch den Kopf des verängstigten Kindes.

Aber er durfte es niemandem verraten. Er musste so tun, als wüsste er nichts über die Albträume seiner Mutter, sonst würden sie seinen geheimen Ort finden. Und er musste so tun, als wüsste er nichts über die *Sicht.*

Er hatte einmal gehört, wie einer ihrer Berater dieses Wort gesagt hatte, die *»Sicht«*. Die Königin besaß die *Sicht.* Vaaler verstand nicht genau, was das bedeutete, außer dass seine Mutter Dinge in ihren Träumen sehen konnte. Dinge, die sie manchmal schreiend in der Nacht aufwachen ließen.

Aber heute Abend hatten nicht die Ängste seiner Mutter den jungen Prinzen geweckt. Heute Nacht wollte Vaaler, das einzige Kind von Königin Rianna Avareen, der Kronprinz der Nördlichen Waldungen und des Nordforsts, der zukünftige Führer einer ganzen Nation nichts weiter als einen Schluck Wasser.

Vaaler, ein für sein Alter etwas zierlich geratener neunjähriger Danaan-Junge, setzte sich in seinem Bett auf. Er hatte die olivgrüne Haut aller Angehörigen seines Volkes und zudem die prägnanten Gesichtszüge der königlichen Blutlinie seines Vaters geerbt. Sein Vater Llewlyn war gestorben, noch bevor Vaaler überhaupt geboren worden war. Trotz seiner Herkunft und seiner Bestimmung war er ein in jeglicher Hinsicht normales Kind, bis auf die Tatsache, dass es ihm vorherbestimmt war, eines Tages ein Königreich zu regieren.

Vaaler warf die Decken zurück, schwang seine Füße über den Rand des Bettes und zögerte plötzlich, sie auf den Boden zu setzen. Er glaubte nicht an Monster, jedenfalls nicht mehr. Nicht wirklich. Er war viel zu alt, um sich vorzustellen, dass unter dem Bett ein Oger oder ein Drache lauerte. Jedenfalls tagsüber nicht. Des Nachts war er sich dessen nicht mehr ganz so sicher.

Er fasste sich ein Herz, sprang auf den Boden und rannte durch das Zimmer, riss die Tür auf und ließ das Licht der im Gang hängenden Fackeln in sein Schlafgemach fallen. Sie löschten den sanften Schein des Mondsteins aus. Die Bediensteten vor der Tür wurden von seinem plötzlichen Auftauchen überrumpelt. Sie hatten auf dem Boden gesessen und sich mit dem Rücken an die Wand gelehnt.

Vaaler kicherte, als sie hastig aufsprangen, ihre Kleidung glatt strichen und sich dann vor dem Thronfolger verbeugten. Der Junge winkte mit der Hand, wie man es ihm beigebracht hatte. Es war die königliche Erwiderung auf derartige Gebärden der Unterwürfigkeit.

»Benötigt Eure Hoheit etwas?«, erkundigte sich einer der Diener.

»Wasser, bitte«, antwortete Vaaler.

Seine Mutter hatte ihn gelehrt, immer höflich zu sein, vor allem zu seinen persönlichen Bediensteten, die ihn beschützen sollten. *Sie werden dir aus Pflichtgefühl für das Haus Avareen dienen,* hatte sie ihm einmal erklärt. *Aber viel besser ist, wenn sie dir voller Stolz dienen können.* Seine Mutter war die Königin, also musste Vaaler tun, was sie sagte.

»Soll ich Euch ein Glas Wasser aus der Küche holen, Hoheit?«

»Ich möchte es selbst holen. Bitte.«

»Wie Ihr wünscht, Hoheit.«

Die beiden Bediensteten folgten dem jungen Prinzen, als er auf nackten Füßen durch die Gänge des gewaltigen Burgfrieds ging. Vaaler bemerkte sie kaum. Da ihm schon sein ganzes Leben lang, auch wenn das bislang erst neun Jahre gedauert hatte, Bedienstete überallhin folgten, hatte er sich an ihre Gegenwart gewöhnt.

»Der Traum ist derselbe, es ist immer derselbe. Feuer, Flammen, der *Weltenzerstörer*. Es ist immer derselbe Traum.«

Vaaler blieb stehen, als er die Stimme seiner Mutter erkannte. Durch die verwinkelten Gänge der Burg schienen Geräusche manchmal weit näher oder viel weiter entfernt zu sein, als es tatsächlich der Fall war. Aber Vaaler konnte erraten, in welchem Raum sich seine Mutter aufhielt.

»Vielleicht hat der Traum eine symbolische Bedeutung, meine Königin.«

Der Junge wusste, dass diesmal der Hohe Zauberer Andar sprach. Das bestätigte, was er vermutet hatte. Seine Mutter befand sich in der Konzilskammer. Vaaler bog in einen Verbindungsgang ab. Er hatte plötzlich das dringende Bedürfnis, das Gesicht seiner Mutter zu sehen. Seine Bediensteten folgten ihm wortlos.

»Falls diese Vision symbolisch ist, sollten wir die uralten Texte wegen möglicher Interpretationen zu Rate ziehen.«

Diese Stimme gehörte Drake. Vaaler mochte Drake. Drake konnte hervorragend reiten, kämpfen und ringen. Er kannte fantastische Geschichten über Tremin und Exter und all die anderen uralten Könige. Er wusste von dem Götterkrieg, dem Kataklysmus und der ChaosBrut zu erzählen. Manchmal sprach er auch über die Zeit, die er jenseits der Grenzen der Nördlichen Waldungen zugebracht hatte. Er hatte die Menschen in den Südlanden erforscht und zahlreiche Abenteuer erlebt. Und manchmal gab Drake Vaaler sogar seinen Bogen und erlaubte ihm, damit zu schießen. Allerdings musste der Prinz ihm versprechen, seiner Mutter nichts davon zu erzählen.

Vaaler hörte, dass die Leute Drake als den Gefährten seiner Mutter bezeichneten, aber er wusste nicht genau, was das bedeutete. Er hatte Drake einmal gefragt, als der ihm gerade beibrachte, wie man die Fiederung eines Pfeils anfertigte. Der Mann hatte errötend irgendetwas gestammelt und sich dann hastig entschuldigt und war davongegangen. Da Vaaler sich in Drakes Gegenwart wohl fühlte, hatte er ihn lieber nicht mehr gefragt.

An der Tür zur Konzilskammer hielten zwei bewaffnete Soldaten Wache. Sie traten zur Seite, als sich der Kronprinz näherte. Beide Männer verbeugten sich kurz in seine Richtung. Nahezu unwillkürlich hob Vaaler seine Hand, um mit königlicher Geste den Gruß zu erwidern.

»Der Traum ist nicht symbolisch. Er ist in sich zu schlüssig, um einfach nur …«

Seine Mutter unterbrach sich beim Anblick ihres Sohnes. Unwillkürlich öffnete sie ihre Hand und ließ den einfachen goldenen Ring los, der an einer Kette um ihren Hals hing. Sie hatte Vaaler einmal gesagt, dass dieser Ring das Symbol des Hauses Avareen wäre. Sie müsste ihn tragen, weil sie die Königin war, und eines Tages, wenn er König war, würde er ihn tragen müssen.

Vaaler freute sich nicht sonderlich auf diese Zeit. Er hatte den Eindruck, dass dieser Ring recht unbequem zu tragen war. Seine Mutter zupfte immer daran herum, packte ihn oder spielte mit ihren langen schlanken Fingern damit. Manchmal versteckte sie ihn auch, wenn sie ihn in ihre Faust nahm und an ihre Brust presste.

Die Königin ging in die Hocke und breitete die Arme aus, um ihn zu umarmen. Vaaler trottete gehorsam zu ihr und ließ die mütterliche Geste über sich ergehen. Ihre dünnen, aber überraschend starken Arme umfassten seinen Körper und pressten ihn an ihre Brust. Er spürte den metallischen Ring an ihrem Hals, der sich durch sein dünnes Nachthemd drückte und kalt auf seiner Brust lag. Seine Mutter hielt ihn eine Sekunde fest, dann schob sie ihn weit genug zurück, um ihm einen Kuss auf die Stirn drücken zu können.

»Was ist los, Vaaler, mein Liebling?«

»Ich konnte nicht schlafen, Mami.« Vaaler hatte die Worte ausgesprochen, bevor er seinen Fehler überhaupt bemerkte. Er war schließlich kein kleiner Junge mehr und musste jetzt die angemessenen Anredeformen benutzen. »Ich meine, ich konnte nicht schlafen, meine Königin.«

Weder seine Mutter noch das halbe Dutzend Männer und Frauen in dem Raum schien jedoch über seine Verletzung der königlichen Etikette sonderlich bekümmert zu sein.

»Hatte der junge Prinz vielleicht einen Albtraum?« Drake stellte diese Frage.

»Nein, Drake. Ich war einfach nur durstig. Es ist heiß in meinem Zimmer.«

»Die Hitze des Sommers erschwert uns allen den Schlaf«, stimmte Andar zu. Obwohl er freundlich sprach, spürte Vaaler etwas Merkwürdiges in seinem Tonfall. Fast so, als wäre der Zauberer enttäuscht, dass Vaaler nicht von einem Albtraum geweckt worden war.

»Warum hast du dir denn nicht von einem deiner Bediensteten etwas zu trinken bringen lassen?«, erkundigte sich seine Mutter, die eine Haarlocke aus seinem Gesicht strich, die irgendwie immer über seine Stirn fiel.

Vaaler zuckte mit den Schultern. »Das kann ich doch selbst tun.«

Der Prinz spürte, dass hier in diesem Raum wichtige Dinge besprochen wurden. Angelegenheiten, die ihn nichts angingen. Aber aus irgendeinem Grund zögerte er wegzugehen.

Die Königin küsste ihn erneut auf die Stirn und richtete sich dann auf.

»Dann beeil dich und hol dir etwas zu trinken, mein Lieber. Und dann geh zurück ins Bett. Du brauchst deinen Schlaf, und die Königin muss weiterhin die Ratschläge ihrer Berater einholen.«

Normalerweise wäre er ohne weitere Fragen gegangen. Seine Mutter war die Königin, und alle mussten tun, was sie sagte. Aber Vaaler wollte nicht gehen, noch nicht. In seinem Zimmer war es heiß und stickig, und die Schatten warteten dort auf ihn.

Außerdem hatte er jetzt hier die Chance, endlich die Frage zu stellen, die er bisher nie hatte stellen können. Sie hatten über Träume gesprochen, als er hereingekommen war. Jetzt konnte er danach fragen, und niemand würde sich darüber wundern, woher er davon wusste. Niemand würde von den geheimen Gängen in den Mauern der Burg erfahren.

»Von was für Träumen habt ihr geredet, Mami? Ich meine, meine Königin?«

Die Königin tauschte einen besorgten Blick mit ihren Beratern, dann drehte sie sich zu ihrem Sohn herum. »Darum brauchst du dir keine Sorgen zu machen. Mami hat viele Träume.«

»Warum habe ich denn keine Träume?«

Die Frage hing eine Zeit lang unbeantwortet in der Luft. Drake trat unbehaglich von einem Fuß auf den anderen, Andar starrte auf den Boden. Eine weibliche Ratgeberin hustete leise in ihre Faust.

»Das hier ist nicht der richtige Zeitpunkt für diese Diskussion, Vaaler.«

Die Stimme der Königin klang fest und nachdrücklich, aber nicht wütend. Sie wurde nie böse. Nicht mit ihm. Aber Vaaler hatte gelernt, dass es keinen Sinn hatte, mit ihr zu streiten, wenn sie mit diesem besonderen Tonfall sprach. Ihrer Königinnen-Stimme, wie er es nannte.

»Ja, Mutter.« Er drehte sich um und wollte gehen.

»Vaaler, denk an deine Manieren.« Die Stimme seiner Mutter war wieder weich und herzlich.

»Bitte entschuldigt die Störung«, erklärte der junge Prinz pflichtbewusst.

»Es war nicht der Rede wert, Hoheit«, antwortete Drake.

Die anderen murmelten ähnlich wohlwollende Erwiderungen, während Vaaler den Raum verließ, um sich ein Glas Wasser zu holen. Sobald er die Konzilskammer verlassen hatte, schlossen die Wachen auf einen Befehl der Königin hin die Türen.

Nachdem der Kronprinz verschwunden war, machte sich Schweigen in der Konzilskammer breit. Die Königin schien in Gedanken versunken zu sein, und keiner der anderen Anwesenden war geneigt, ihre Konzentration zu stören.

»Als der Prinz hereingekommen ist, hatte ich gehofft …«, begann Andar schließlich, aber als die Königin ihn anblickte, verstummte er.

Wie immer war es Drake, der den Mut hatte zu sagen, was gesagt werden musste.

»Er hätte mittlerweile längst einen Traum haben sollen, meine Königin. Eine Vision. Irgendetwas. Bei Euch selbst hat sich die *Sicht* manifestiert, als Ihr vier Jahre alt wart.«

Die Königin seufzte und blickte zu Boden. »Llewlyn hatte ebenfalls die *Sicht*. Er konnte die Visionen auf eine Art und Weise begreifen, wie man es seit den Tagen des Kataklysmus nicht mehr erlebt hatte. Wenn Vaalers Vater noch lebte, dann wäre vielleicht …«

»Meine Königin«, versicherte ihr Andar. »Euer Ehemann war ein großer Seher und Prophet, aber Ihr seid ihm in jeder Hinsicht ebenbürtig. Wenn jemand … Ich meine, Ihr könnt auf keinen Fall Euch die Schuld …«

Die Königin hob wieder den Blick, als der Hohe Zauberer erneut verstummte. »Sprecht freiheraus«, sagte sie zu ihren Ratgebern. »Was hier gesagt wird, wird die vier Wände der Konzilskammer nicht verlassen, aber ich befehle euch allen, freiheraus zu sprechen.«

Andar holte tief Luft. »Euer Sohn«, fuhr er dann fort, »wird eines Tages auf dem Thron sitzen, meine Königin. Er ist der einzige Erbe der Krone. Aber wird er auch in der Lage sein, unser Volk zu führen?«

»Mein Sohn ist ein kluger und fähiger Junge, mit einem guten und edlen Geist!« Trotz ihrer Versicherung schwang in der Stimme der Königin der Ärger einer Mutter mit, die ihr Kind verteidigte.

»Das Chaos fließt nur schwach in seinen Adern. Daran

trägt niemand die Schuld. So etwas kommt einfach manchmal vor. Es hat in der Vergangenheit Monarchen gegeben, bei denen die *Sicht* ebenfalls sehr schwach ausgeprägt war«, sagte Andar behutsam, um den Schlag zu mildern.

Die Königin antwortete nicht. Seine Worte waren freundlich gemeint, aber ihre wahre Bedeutung lag unmittelbar unter der Oberfläche. Andere Monarchen mochten nur eine schwache Ausprägung der *Sicht* gehabt haben, aber bei ihrem Sohn war diese Ausprägung nicht *schwach*. Er war sozusagen vollkommen *blind*, was die *Sicht* anging. So etwas war in der seit dreißig Generationen ununterbrochenen, direkt von Tremin abstammenden Blutlinie des Hauses Avareen noch nie vorgekommen.

Ihr Ehemann war ein außerordentlich fähiger Prophet gewesen, und nur ihre eigenen bemerkenswerten Talente hatten ihn übertroffen. Sie waren die bedeutendsten Seher unter allen Adeligen der Häuser Danaans. Das Chaos brannte stark und rein sowohl in dem Mann als auch in der Frau, und ihre Vereinigung hätte einen Erben hervorbringen sollen, durch dessen Blut ebenfalls das Chaos strömte.

Aber irgendwie hatte die Mischung ihrer so fruchtbaren Blutlinien ein Kind ohne die Gabe der *Sicht* hervorgebracht. Ein wunderschönes, intelligentes, freundliches und gutes Kind, gewiss, bis auf diesen einen, unverzeihlichen Makel. In seiner ganzen Geschichte hatte das Volk von Danaan noch nie gegen den rechtmäßigen Thronfolger rebelliert oder sich geweigert, ihn zu akzeptieren. Aber die Danaan waren auch noch nie damit konfrontiert gewesen, sich jemandem wie ihrem Sohn zu beugen.

Es war Drake, der wie immer zu ihrer Verteidigung eilte. Er war für sie da gewesen, als man ihr die Nachricht überbrachte, dass ihr Gemahl im Kampf mit dem Manticor gefallen war. Drake hatte die Armee angeführt, die diese Kreatur vernichtete, welche die Königin zur Witwe gemacht hatte. Er war da gewesen, um sie zu trösten, sie zu stützen und sogar zu lieben, nachdem ihre Trauerzeit zu Ende gegangen war. Und er war da gewesen, um ihr zu helfen, Vaaler zu erziehen. Er hatte ihm all die Dinge beigebracht, die nur ein Vater seinen Sohn lehren konnte.

»Wir alle wissen, dass Vaaler die *Sicht* nicht besitzt. Aber seine Blutlinie ist rein, und die Macht des Chaos ist in dieser Familie tief verwurzelt. Vielleicht besitzt er ja die *Gabe*.«

Die Berater reagierten auf Drakes kühne Behauptung mit überraschtem und sogar ungläubigem Murmeln.

»Wir wüssten längst, wenn er die *Gabe* besäße«, widersprach Andar. »So etwas kann man nicht verbergen. Andere Zauberer können die Macht spüren, wenn sie in einem Kind lebendig ist.

Ich war kaum drei Jahre alt, als meine eigenen Talente erkannt wurden«, fuhr der Hohe Zauberer fort. »Genauso erging es auch allen anderen Magi, die am Hofe dienten. Ihre *Gabe* wurde entdeckt, lange bevor sie das Alter unseres Prinzen erreicht hatten.«

»Vielleicht wissen wir nur nicht, wonach wir suchen müssen«, widersprach Drake. »Das Chaos ist stark in unserem Volk, und all jene, welche die *Gabe* besitzen, bedienen sich der Magie ganz natürlich und schon sehr früh. Aber auf meinen Reisen durch die Südlande bin ich vielen menschlichen Magiern begegnet, die erst gelernt hatten, das Chaos zu formen, als sie schon zehn Jahre und älter waren. Vielleicht ist Vaalers *Gabe* versteckt, verborgen, wie die Macht der Menschen.«

»Selbst wenn das zuträfe«, antwortete Andar, »wüssten wir nicht, wie wir seine Talente freisetzen können. Die

Rituale, die wir benutzen, unterscheiden sich sehr stark von den seltsamen Künsten, welche die Menschen anwenden, um ihre Macht freizusetzen und zu beherrschen.«

»Die Menschen studieren das Chaos und die Magie auf eine Art und Weise, die uns fremd ist«, pflichtete Drake ihm bei. »Die *Gabe* fällt ihnen nicht natürlich zu. Aber durch Jahre voller Geduld und Übung können sie eine Macht entfesseln, die der jedes Zauberers von Danaan in nichts nachsteht.«

Drake zögerte einen Moment, als hätte er Angst auszusprechen, was er jetzt vorschlagen wollte. »Auf meinen Reisen unter den Menschen bin ich vielen Individuen begegnet, die sehr viel Wissen über Chaos und Magie besaßen. Wenn wir Prinz Vaaler einem von ihnen als Schüler übergeben würden …«

»Nein!« In der Stimme der Königin schwang Zorn über diesen Verrat mit. »Ich werde meinen Sohn nicht zu diesen Wilden schicken! Und ich werde ihn auf keinen Fall dem Orden übergeben, damit sie ihm die Augen aus dem Kopf reißen!«

»Bitte, meine Königin«, erwiderte Drake flehentlich. »Hört mich erst an. Ich würde niemals zulassen, dass Euer Sohn in die Hände dieser Schlächter des Monasteriums fällt. Sie suchen die *Gabe* zu zerstören, nicht sie zu fördern. Aber es gibt andere unter den Menschen, die das Chaos wirken. Hexen, Alchimisten und Magi. In der Nähe fast jeder Siedlung leben ein Mann oder eine Frau, die seltsame Rituale anwenden, um Banne zu wirken. Sie lassen es regnen oder heilen die Kranken. Und einige haben sogar die Macht, das Schicksal jener auf immer zu verändern, die sie aufsuchen. All das tun sie für Gold.

Der Orden hat versucht, während der Säuberung diese Menschen auszulöschen, aber trotz seiner Bemühungen beschäftigt fast jedes Adelshaus in den FreiStädten einen Hexer oder Hofmagus Und häufig nehmen diese Magi einen Schüler an, um deren umgeformte Talente auszubilden und sie die Kunst zu lehren, das Chaos zu formen.«

»Willst du vorschlagen, dass wir meinen Sohn als Schüler einem der Häuser in den FreiStädten anbieten sollen?«

»Ich würde der Königin ganz entschieden von einem solchen Handeln abraten.« Andars Worte klangen nachdrücklich, aber trotz der plötzlichen Unterbrechung behielt er die förmliche, höfliche Rede bei, die man vom Hohen Zauberer erwartete. »Die Häuser der FreiStädte befinden sich in einem ständigen Zustand der Unruhe. Ihr Wohlstand und ihr Schicksal stehen und fallen mit den Launen der Politik und des Zufalls. Und sie sind sich nicht zu schade, eine Situation zu ihrem eigenen Vorteil auszunutzen. Wenn wir den Erben des Throns von Danaan in die Hände eines dieser Adelshäuser geben, würden wir ihnen gleichzeitig die Möglichkeit bieten, den jungen Prinzen als ein Druckmittel zu benutzen, um uns zu einer Allianz zu zwingen und sie politisch zu unterstützen.«

Die Königin reagierte entsetzt auf Andars Worte. »Willst du behaupten, dass die Menschen meinen Sohn als Geisel gegen unser Königreich benutzen würden?«

»Ich habe die Geschichte der FreiStädte sehr sorgfältig studiert, meine Königin«, rief Andar ihr ins Gedächtnis. »Vaaler wäre kaum mehr als ein politisches Unterpfand für das Haus, das ihn beherbergt. Ich muss wohl kaum erwähnen, dass rivalisierende Häuser nur zu gerne versuchen würden, ein derart wertvolles Unterpfand für ihre eigenen Zwecke in die Hände zu bekommen, oder aber zumindest zu versuchen, Euren Sohn von der politischen Bühne zu entfernen. Das Leben des Kronprinzen wäre bei einer solchen Ausgangslage ständig in Gefahr, und zwar sowohl durch Feinde als auch durch angebliche Verbündete.«

»Ich schlage keineswegs vor, den Prinzen in die FreiStädte zu schicken«, gab Drake zurück. »Meine Agenten in den Südlanden haben mir Nachrichten von einem ganz besonderen Mann überbracht, der die Antwort auf unsere Probleme sein könnte. Es ist ein ChaosMagus von ungeheurer Macht, der sein Handwerk viele Jahrzehnte lang studiert und ausgeübt hat.«

»Das klingt so, als hättet Ihr das hier bereits eine Weile vorbereitet«, warf Andar ein.

»Verzeiht mir, meine Königin.« Drake wendete sich direkt an Rianna und ignorierte den Hohen Zauberer. »Ich hatte gehofft, dieser Tag würde niemals kommen, aber ich hielt es für das Beste, vorbereitet zu sein. Um Vaalers willen.«

Die Königin bedeutete ihm mit einem Nicken fortzufahren. Drake hatte eindeutig seine Grenzen überschritten, aber er hatte es aus Zuneigung getan. Sie hatte nicht vor, ihn dafür zu tadeln, dass er ihrem Sohn helfen wollte.

»Was weißt du noch über diesen Menschen?«, fragte sie.

»Sein Name ist Rexol. Etliche wichtige Familien in den FreiStädten beschäftigen Magi, die bei ihm gelernt haben. Er selbst jedoch hat keinerlei politische Verbindungen. Und angeblich sucht er nach einem neuen Schüler. Vor allem jedoch ist allgemein bekannt, dass er kein Freund des Ordens ist.«

»Wie können wir diesem Mann vertrauen?«, wollte Andar wissen.

»Er besitzt allgemein den Ruf, neutral zu sein«, versicherte ihm Drake. »Er lebt allein auf seinem Grundstück in der Nähe der Grenze zur Südwüste, so als wollte er sich von den irdischen Sorgen der verschiedenen politischen

Gruppierungen fernhalten. Meinen Agenten zufolge erforscht er das, was die Menschen die Alte Magie nennen. Er ist vollkommen besessen von uralten Dokumenten aus der Zeit vor dem Kataklysmus. Solche Dokumente sind in den menschlichen Königreichen nur selten zu finden.

Wir könnten Rexol historische Texte aus unseren Bibliotheken anbieten, wenn er zustimmt, Vaaler als seinen Schüler anzunehmen. Für jedes Jahr, das Vaaler unter ihm studiert, werden wir Rexol einen weiteren Stapel mit Folianten zugänglich machen. Sollte dem Prinzen etwas geschehen, wird er keine der Schriften mehr bekommen, die wir bewahren.«

»Du würdest die Sicherheit meines Sohnes auf ein Versprechen für Bücher gründen?« Die Königin konnte es nicht glauben. Sie war schockiert, wie beiläufig Drake mit dem Wohl und Wehe von ihrem eigenen Fleisch und Blut umging.

»Ihr vergesst, meine Königin, dass die Menschen ein sehr junges Volk sind. Sie haben keine Geschichte, besitzen keine uralten Wissenschaften. Von unserem Umgang mit den FreiStädten wissen wir, dass sie nach diesem Wissen verlangen. Ja, sie gieren förmlich danach. Für einen Mann wie Rexol sind unsere uralten geheimen Texte mehr wert als jedes sonstige materielle Gut.«

Die Königin dachte sorgfältig über Drakes Worte nach. Er war kein Mann, der leichtfertig über so etwas redete, ohne handfeste Beweise für seine Behauptungen zu haben. Sie hatte gelernt, seinem Urteil zu vertrauen. Und sie wusste, wie viel ihm an Vaaler lag. Trotzdem hatte die Königin Bedenken.

»Was sagt ihr anderen?«, fragte sie in die Runde.

»Es gefällt mir gar nicht, den einzigen Thronerben wegzuschicken, ihn an einen Ort jenseits der sicheren Grenzen unseres Königreiches zu bringen. Aber dieser Hexer könnte unsere einzige Hoffnung sein herauszufinden, ob Euer Sohn die *Gabe* besitzt«, räumte Andar ein. Die anderen murmelten zustimmend.

Die Königin schloss die Augen und hoffte auf eine Vision, die ihr bei der Entscheidung helfen könnte. Sie betete um ein Zeichen, das ihr sagte, ob ihr Sohn in den Händen eines ihr unbekannten Menschen sicher sein würde. In den Händen eines Mannes, dessen einzige Loyalität ihm selbst und seinem lebenslangen Streben nach Beherrschung des Chaos galt. Sie sah jedoch nur die Flammen, die sie in ihren Träumen verfolgt hatten, eine Warnung vor der Vernichtung ihres Königreiches. Würde das noch zu ihren Lebzeiten geschehen? Oder vielleicht zu denen ihres Sohnes? Würde Vaaler in der Lage sein, ohne die *Sicht* und die *Gabe* dem Auftauchen des *Weltenzerstörers* zu widerstehen?

Es war ein schreckliches Risiko, aber sie musste es eingehen. Vaaler würde das Königreich eines Tages regieren. Und trotz ihrer Bedenken, ihn in dieses fremde Land zu schicken, besaß sie auch die Verantwortung dem Volk von Danaan gegenüber, zumindest zu versuchen herauszufinden, ob ihr Sohn die *Gabe* besaß.

»Dann sei es so«, sagte sie. Sie merkte nicht einmal, dass sie den Ring, der an der Kette um ihren Hals hing, mit der rechten Hand gepackt hatte und ihre Faust um ihn schloss. »Schickt einen Boten zu diesem Rexol, mit unserem Angebot und unseren Bedingungen.«

13

Jenseits der schwarzen Mauern des Monasteriums ist der Himmel von schweren Wolken und Schleiern aus strömendem Regen verdunkelt. Sie kann sie in der Dunkelheit nicht sehen, aber sie kann sie spüren. Die Monster stehen vor den Toren.

Die Glocken, die das Morgengrauen ankündigten, hallten durch das Monasterium. Sie weckten Cassandra und unterbrachen die mittlerweile schrecklich vertraute Vision, kurz bevor sie ihren grausamen Höhepunkt erreichte.

Der Traum hatte sie die ganzen letzten Tage verfolgt. Sie kannte die Regeln des Monasteriums und wusste, dass man den Pontiff informieren musste, wenn man mehrere Male denselben Traum hatte. Cassandra jedoch hatte nicht die Absicht, irgendjemandem etwas von ihrer Vision zu erzählen. Ihre Träume verängstigten Menschen. Aus diesem Grund hatten ihre Eltern sie Rexol übergeben, und er hatte sie dem Orden ausgeliefert. Wegen ihrer Träume.

Das Morgengeläut endete; Cassandra erhob sich von ihrer Schlafmatte und zog ihr Nachtgewand aus. Dann legte sie ihre Unterwäsche an und zum Schluss ihre warme graue Kutte. Es war eine Kutte, wie die Mönche sie trugen.

Als Rexol sie bei dem Pontiff zurückließ, hatte sie zunächst Angst vor den Mönchen gehabt. Sie sprachen nur selten und ähnelten mit ihren seltsamen, milchig weißen Augen mehr Geistern oder Gespenstern als echten Frauen und Männern. Aber sie behandelten sie freundlich, und nach einigen Wochen war ihre Furcht der Neugier gewichen. Sie wollte mehr über den Orden wissen. Der Pontiff und die anderen waren nur zu begierig gewesen, ihre Fragen zu beantworten.

Jetzt, vier Jahre später, betrachtete sie das Monasterium als ihre Heimat. Sie hatte nicht mehr viele Erinnerungen an das Leben mit ihren Eltern oder mit Rexol. Sie erinnerte sich undeutlich an die freundlichen Augen ihres Vaters und das verkniffene Gesicht ihrer Mutter, aber das war auch schon alles, was ihr geblieben war. Selbst ihre Jahre mit Rexol begannen zu verblassen, obwohl sie sich an genug erinnerte, um zu wissen, dass sie lieber im Monasterium lebte.

Einerseits weil hier auch andere Kinder waren. Einige waren jünger, andere älter, und es gab mehr Jungen als Mädchen. Obwohl Cassandra nicht häufig mit ihnen sprach – wie sie waren die anderen Kinder auf ihre jeweiligen Studien konzentriert –, war es einfach schön, sie um sich zu wissen. Aber das war nicht alles. Das Leben beim Orden bedeutete, dass sie dem Willen der Wahren Götter diente.

Das junge Mädchen öffnete die Tür ihrer winzigen Zelle und ging dann rasch durch den spärlich erleuchteten Gang, weil sie unbedingt frühstücken wollte, bevor sie mit ihren täglichen Lektionen begann.

Bevor sie in das Monasterium gekommen war, hatte sie nie von den Wahren Göttern gehört. Jetzt jedoch, dank ihres Unterrichts, wusste sie alles darüber. Wie sie aus den Feuern des ChaosMeeres geboren wurden. Wie sie die Welt und alle Tiere und Menschen geschaffen hatten. Und wie sie ihre Macht genutzt hatten, um das *Vermächtnis* zu schaffen, das die Welt vor dem *Schlächter* schützte.

Cassandra liebte ihre Unterrichtsstunden. Sie mochte die Geschichten über die Wahren Götter. Es gefiel ihr, dass der Orden versuchte, das *Vermächtnis* zu bewahren und die Welt zu beschützen. Sie wollte den Mönchen dabei helfen; vielleicht würde sie sogar eines Tages in den Orden eintreten.

Das war auch der Grund, weshalb sie ihre Vision niemandem gegenüber erwähnte. Wenn sie irgendjemandem erzählte, was sie gesehen hatte, würde man sie wegschicken. Wie Rexol es getan hatte. Und ihre Eltern.

»Das Mädchen verbirgt etwas«, erklärte Yasmin.

Der Pontiff legte mit einem müden Seufzen seinen Löffel zur Seite. Er brauchte nicht zu fragen, auf wen Yasmin anspielte. Es gab nur ein einziges Mündel des Ordens, das die Inquisitorin so scharf beobachtete. Sie war argwöhnisch Cassandra gegenüber gewesen, seit das Mädchen hier eingetroffen war, so als wäre das Kind irgendwie von Rexols bösartiger Magie verseucht.

»Und das konnte nicht bis nach dem Frühstück warten?« Der Pontiff sprach leise, damit die anderen Mönche an den Tischen im Refektorium sie nicht hören konnten. »Du konntest nicht einmal abwarten, bis ich meinen Haferbrei aufgegessen habe?«

Yasmin zuckte gleichgültig mit den Schultern. Die große, hagere Frau aß nur selten mit den anderen. Sie schlief nur ein paar Stunden pro Nacht, und wenn die Morgenglocken ihre übrigen Brüder und Schwestern in das Refektorium riefen, hatte sie ihre einzige Mahlzeit des Tages bereits beendet.

»Es ist meine Pflicht zu melden, was ich sehe«, erklärte sie. »Wann du entscheidest zu handeln, obliegt dir.«

»Handeln aufgrund welcher Tatsache genau?«

»Das Mädchen verbirgt etwas«, wiederholte sie. »Es trägt ein Geheimnis mit sich herum.«

Der Pontiff machte sich nicht die Mühe, Yasmin zu fragen, woher sie das wusste. Inquisitoren waren dazu ausgebildet, Täuschung und Verrat zu wittern. Es war unabdingbar für ihre Funktion. Und Yasmin war sehr, sehr gut in dem, was sie tat.

»Ich werde mit ihr sprechen, und zwar auf der Stelle«, sagte er und stand auf. »Bist du jetzt zufrieden?«

»Ich werde dich begleiten«, schlug Yasmin vor.

»Nein«, widersprach der Pontiff. »Das wirst du nicht.«

Wenn er mit Cassandra reden wollte, war es ganz gewiss nicht hilfreich, wenn Yasmin drohend neben ihnen stand. Selbst erfahrene Mitglieder des Ordens ließen sich von der verbrannten Kopfhaut und der einschüchternden Ausstrahlung der Inquisitorin beeindrucken.

»Das Mädchen ist gefährlich«, warnte ihn Yasmin. »Wir alle spüren seine Macht. Und wir alle kennen den Hexer, der es unterwiesen hat.«

»Cassandra ist nicht unser Feind.« Die Stimme des Pontiffs war gelassen, klang aber so hart wie Stahl. »Sie ist jetzt eine von uns. Gewiss, sie hat Macht, aber wir brauchen sie nicht zu fürchten. Wir müssen sie stattdessen lehren, diese Macht zu beherrschen.«

Yasmin, die begriff, dass die Angelegenheit damit entschieden war, verbeugte sich und zog sich ohne einen weiteren Einwand in eine Ecke des Raumes zurück.

Der Pontiff nahm seine Schale und seinen Löffel und ging durch den Speisesaal zu der Stelle, wo Cassandra alleine an einem der kleineren Tische saß. Ihm war aufgefallen, dass sie häufig alleine aß, aber das war nicht ungewöhnlich. Viele Mönche und sogar einige der anderen Kinder bevorzugten ebenfalls die Einsamkeit.

»Cassandra«, fragte er leise. »Darf ich mich zu dir an den Tisch setzen?«

Das blonde Mädchen blickte zu ihm hoch. Sie hatte ihre grünen Augen weit geöffnet und hielt mit dem Löffel auf halbem Weg zwischen ihrem Napf und ihrem Mund inne. Dann nickte sie kaum wahrnehmbar. Nazir stellte seine Schale auf den Tisch und setzte sich ihr gegenüber hin.

Statt etwas zu sagen, aß er schweigend seinen Haferbrei auf. Nach kurzer Zeit schien sich das Mädchen zu entspannen und folgte seinem Beispiel. Er würde erst sprechen, wenn sie beide zu Ende gegessen hatten.

Der Pontiff ahnte, was Cassandra möglicherweise verbarg. Angesichts ihrer Talente und ihrer Geschichte gab es nur eine einzige logische Schlussfolgerung. Aber er musste sehr behutsam vorgehen, wenn er sie wirklich dazu bewegen wollte, in den Orden einzutreten.

»Cassandra, bist du hier glücklich?«

Ihr Kopf ruckte hoch, und sie zog unwillkürlich die Schultern zusammen. Man benötigte keine Ausbildung als Inquisitor, um zu erkennen, dass diese Frage ihr sichtlich Unbehagen bereitete.

»Ja, Pontiff«, sagte sie leise. »Es gefällt mir hier. Sehr sogar.«

»Das ist gut, Cassandra. Denn ich möchte, dass du hierbleibst. Wir alle wollen dich hier haben.«

»Ihr alle?« Der Blick des Mädchens zuckte kurz zu Yasmin, die in der Ecke stand und sie beobachtete.

»Yasmin kann ein bisschen Furcht einflößend sein«, gab der Pontiff zu. »Aber sie dient dem Willen der Wahren Götter.«

»Ich will auch ihrem Willen dienen«, sagte Cassandra eindringlich. »Wirklich!«

»Das weiß ich«, versicherte ihr der Pontiff. »Du hast hart gearbeitet und studiert. Du hast die Geschichte der

Wahren Götter gelernt. Aber wenn du wirklich den Wahren Göttern dienen willst, ist das nicht genug.«

»Ja, Pontiff.« Sie senkte den Blick und blickte in ihren leeren Napf.

»Du weißt, dass viele Mönche hier im Monasterium Seher sind, stimmt's?«

»Ja, Pontiff.«

»Die Seher müssen ordentlich ausgebildet werden, bevor sie ihre Aufgabe erfüllen können. Sie müssen lernen, ihre Talente in die richtigen Bahnen zu lenken.

Ohne diese Ausbildung sind ihre Träume nichts weiter als das Echo des Chaos. Ohne dieses Training haben sie nur grausame Albträume, die ihnen Tod und Leid zeigen.«

Er machte eine Pause und wartete darauf, dass das Mädchen etwas sagte. Sie rutschte unbehaglich auf ihrem Sitz hin und her, starrte aber nur schweigend in ihren Napf.

»Cassandra, möchtest du eine Seherin werden?«

Das Mädchen schüttelte den Kopf. »Ich habe keine Träume«, murmelte es.

Der Pontiff legte seine runzlige Hand auf das Handgelenk des jungen Mädchens. Es war eine sanfte und gleichzeitig beruhigende Berührung.

»Es ist gut, Cassandra. Was auch immer du gesehen hast, du kannst es mir sagen.«

Das Mädchen schüttelte den Kopf, und er sah, dass es darum kämpfte, die Tränen zurückzuhalten.

»Hab keine Angst, Cassandra. Es war nur eine Vision. Sie kann dir nichts anhaben.«

»Wenn ich es dir sage«, flüsterte sie, »wirst du mich wegschicken.«

»Nein«, versprach ihr der Pontiff. »Du bist eine von uns. Der Orden wird dich nie im Stich lassen. Wir werden dich niemals wegschicken.«

»Meine Eltern haben das getan. Und Rexol auch.«

»Wir sind nicht wie Rexol«, erwiderte der Pontiff leise. »Und deine Eltern wollten dich auch nicht wegschicken.«

»Das wollten sie nicht?«

Ihre Verwirrung war verständlich. Immerhin war sie damals erst drei Jahre alt gewesen.

»Kannst du dich daran erinnern, wie du zu Rexol gekommen bist?«

Cassandra schüttelte unsicher den Kopf.

»Du warst sehr jung«, meinte der Pontiff und tätschelte ihr Handgelenk. »Zu jung, um dich zu erinnern, denke ich. Rexol hat dich deinen Eltern weggenommen. Sie wollten, dass du bei uns lebst. Sie wollten, dass du in den Orden eintrittst. Und er hat dich ihnen geraubt. Er hat dich uns geraubt.«

»Und ihr habt mich … zurück…geraubt?« Cassandras Stimme klang zögernd.

»Der Wille der Wahren Götter hat dich zu uns zurückgeführt«, erklärte der Pontiff. »Und du gehörst hierher, Cassandra. Zu uns. Zum Orden.«

Der Pontiff ließ das Handgelenk des Mädchens los und lehnte sich zurück. Cassandra nickte, holte tief Luft und wischte sich die Augen. Sie schien jetzt entspannter zu sein, fast gelassen.

»Vertraust du mir, Cassandra?«, erkundigte sich Nazir.

»Ja, Pontiff.«

Ihre Antwort war kurz und einfach, aber er spürte die Ernsthaftigkeit hinter ihren Worten.

»Dann musst du mir von deinem Traum erzählen.«

Sie zögerte nur einen Moment, bevor sie sprach.

»Wir sind im Monasterium, du, ich, wir alle. Es ist Nacht. Es regnet. Es stürmt so sehr, dass die Wolken sogar den Mond verdecken. Monster lauern vor dem Tor.«

»Monster? Was für eine Art von Monstern?«

»Ich weiß es nicht.« Cassandra schüttelte den Kopf. »Es sind nur Schatten in der Nacht. Und dann sind die Monster im Kloster. Sie brechen die Tore auf. Sie erklimmen die Mauern. Und dann töten sie uns alle. Jeden Einzelnen. Sie reißen uns in Stücke und stapeln unsere Leichen im Hof auf.«

Obwohl ihre Stimme nicht zitterte, war Cassandra bei der Erinnerung an ihren Albtraum noch blasser geworden, als es ohnehin schon der Fall war. Der Pontiff wusste, dass sie nach Beruhigung suchte, nach irgendetwas, das ihrem aufgewühlten Geist Frieden spendete.

»Weißt du, was Symbolismus bedeutet, Cassandra?«

»Nein, Pontiff.«

»Das bedeutet, dass ein Traum manchmal etwas zeigt, aber etwas ganz anderes meint. Die Monster sind vielleicht nicht real. Sondern sie stehen möglicherweise für eine andere Bedrohung, zum Beispiel einen Feind des Ordens.«

»Wie zum Beispiel Rexol?«

»Wie ihn oder andere seinesgleichen.«

»Was ist mit den Leichen? Dem Töten?«

»Deine Visionen werden von den Feuern des Chaos erzeugt, Cassandra. Solange du nicht lernst, sie zu beherrschen, werden sie immer in Gewalt und Tod enden. Aber das bedeutet nicht, dass sie wahr werden müssen.« Nach einer kleinen Pause fuhr Nazir fort: »Willst du lernen, deine Visionen zu kontrollieren? Willst du lernen, deine Macht als Seherin im Dienste der Wahren Götter einzusetzen?«

»Ja, Pontiff. Das möchte ich. Wirklich.«

»Die Ausbildung ist schwierig. Sie wird viele Jahre dauern. Du musst sicher sein, dass du bereit bist.«

»Ich bin bereit, Pontiff.« Die aufrichtige Überzeugung

in ihrer Stimme war nicht zu überhören. »Ich will den Wahren Göttern dienen!«

»Wir alle sind nur Instrumente ihres Willens«, meinte der Pontiff und lächelte sie herzlich an. »Ich werde die anderen Seher verständigen. Wir werden sofort mit deiner Ausbildung beginnen.«

Mit seiner magischen *Sicht* brauchte er sich nicht umzudrehen, um zu spüren, wie Yasmin wütend aus dem Refektorium stürmte.

14

Und die Geschenke der Götter wurden Daemron übergeben, die Artefakte, getränkt mit der Macht der Unsterblichen, auf dass ihr Paladin gegen die ChaosBrut kämpfen und sie besiegen möge. Und mit diesen Artefakten wurde der Schlächter, *der größte König der Sterblichen, selbst ein Gott.*

Rexol las diese Passage aus dem schmalen Buch ein zweites Mal, diesmal langsam und sorgfältig, zunächst Wort für Wort, dann Buchstabe für Buchstabe. Er sprach fließend Danaan, aber dieser Text war in einer uralten Sprache verfasst, die fünfhundert Jahre vor jedem Dialekt gesprochen worden war, den man zurzeit in den Nördlichen Waldungen kannte. Das Vokabular und die Syntax waren sonderbar und fremdartig. Selbst das Alphabet war anders und wies Buchstaben und Symbole auf, die schon seit langer Zeit nicht mehr verwendet wurden. Er wollte sichergehen, dass er keinen Fehler gemacht hatte.

Und die Geschenke der Götter wurden Daemron übergeben, die Artefakte, getränkt mit der Macht der Unsterblichen, auf dass ihr Paladin gegen die ChaosBrut kämpfen und sie besiegen möge. Und mit diesen Artefakten wurde der Schlächter, *der größte König der Sterblichen, selbst ein Gott.*

Rexol rieb sich die Augen und blinzelte mehrmals, weil er alles nur noch verschwommen wahrnehmen konnte. Ein schmerzhafter Stich zuckte durch seinen Schädel und ließ ihn zusammenfahren. Das Glühen der Hexwurz in seinem Körper wurde schwächer, sodass es ihm immer schwerer fiel, den Schleier zwischen der Welt der Sterblichen und dem Reich des Chaos zu durchdringen.

Solche Verstehenszauber waren nie einfach. Das Chaos freizusetzen, damit es totale Vernichtung erzeugte, war etwas Elementares. Aber die Macht des Chaos subtil zu manipulieren, um einen uralten Text zu übersetzen, war unendlich komplexer. Sehr viele Sicherungszauber waren vonnöten, um eine Nachwirkung des Banns zu vermeiden und so die unvorhersehbaren Konsequenzen zu begrenzen, die das Chaos unausweichlich auf die Welt der Sterblichen ausüben würde. Diese Zauber aufrechtzuerhalten erforderte sehr große Disziplin und Geduld.

Die Anstrengung forderte ihren Tribut, aber Rexol hatte nicht vor aufzuhören. Er ignorierte einen weiteren stechenden Schmerz hinter seinen Augen, schüttelte den Kopf und zwang sich dazu, sich wieder auf den Text zu konzentrieren. Sofort wurde sein Blick wieder klarer.

Er las die Passage ein drittes Mal und nahm sich mit besonderer Sorgfalt die letzte Zeile vor, während er gleichzeitig versuchte, seine wachsende Erregung im Zaum zu halten. *Und mit diesen Artefakten wurde der* Schlächter, *der größte König der Sterblichen, selbst ein Gott.*

Die letzten sechs Jahre war Rexol mit der Erziehung und der Ausbildung des Thronerben von Danaan betraut worden. Im Austausch für seine Dienste hatte die Königsfamilie ihn mit einem nicht abreißenden Strom von Büchern und Manuskripten versorgt, die aus der Zeit vor dem Kataklysmus stammten. Zwar hatte sie versprochen, ihm Zugang zu diesem uralten Wissen zu verschaffen, im Austausch gegen Rexols Schwur, den Kronprinzen auszubilden. Dennoch war im Laufe der Jahre offenkundig geworden, dass dieses Waldvolk ihm nicht traute.

Die Werke, die man ihm schickte, waren in einem Dutzend Sprachen verfasst, von denen keine einzige außerhalb des Königreiches Danaan gesprochen wurde. Manche waren so alt, dass selbst zeitgenössische Gelehrte der Danaan Schwierigkeiten gehabt haben würden, sie präzise zu übersetzen. Und sie hatten sich einfach nicht vorstellen können, dass ein Mensch in der Lage sein würde, den wahren Inhalt der Bücher zu begreifen, die sie ihm schickten.

Aber die Zauberer der Danaan hatten nur ein sehr lückenhaftes Wissen über Magie. Das Chaos war für sie etwas Natürliches; es strömte durch ihre Adern und schlängelte sich durch die Wälder ihres Königreiches. Folglich fiel es ihnen leichter, es zu beschwören; sie verließen sich mehr auf ihre natürlichen Fähigkeiten und weniger auf komplizierte Zaubersprüche, Anrufungen oder Rituale, auf welche die Magi und Hexer der Südlande zurückgreifen mussten, um das Chaos anzurufen.

Rexol jedoch hatte Jahrzehnte mit dem Studium verbracht, das Chaos zu beherrschen und zu manipulieren. Die Manuskripte waren mithilfe der Macht der Alten Magie konserviert worden. Ohne diese Vorsichtsmaßnahme wären die meisten Werke schon vor Jahrhunderten zu Staub zerfallen. Rexol wusste, wie er die spärlichen Reste der Macht der Alten Magie anzapfen konnte. Er wusste, wie er sie nach seinem Gutdünken zu formen und zu drehen vermochte.

Es hatte ihn fast fünf Jahre des Studiums und der Forschung gekostet, aber schließlich war er in der Lage, die Manuskripte zu lesen, welche die Danaan ihm geschickt hatten. Er fand rasch heraus, dass er betrogen worden war. Er hatte erwartet, die Werke von Historikern und Philosophen zu erhalten, Berichte über das Leben und die Taten der Großen Hexer aus den Legenden, die die Macht des Chaos ungehemmt hatten anzapfen können, bevor das

Vermächtnis die Welt der Sterblichen von der Quelle aller Magie abgeschnitten hatte.

Stattdessen jedoch hatte er Ergebnisse von Volkszählungen, königliche Proklamationen, Inventurlisten von Lagerhäusern, Tagebücher und Journale von unbedeutenden Bürokraten erhalten, die für die königliche Familie gearbeitet hatten. Vollkommen belanglose Werke, die sich auf die Einzelheiten des Alltagslebens bezogen statt auf die epischen Ereignisse, welche die Geschichte geformt hatten.

Rexol war außer sich vor Wut gewesen über diesen Verrat und hatte kurz mit dem Gedanken gespielt, das gegenseitige Arrangement zu beenden. Aber er verfügte über keine andere Quelle, auf die er bei seiner Suche nach dem Schlüssel zu den Geheimnissen der Vergangenheit hätte zurückgreifen können. In den Südlanden waren alle noch existierenden Dokumente aus der Zeit vor dem Kataklysmus vom Orden in den Tiefen des Monasteriums weggeschlossen worden. So banal diese mageren Brocken auch sein mochten, die ihm die Danaan hinwarfen, sie waren alles, was er jemals in die Finger bekommen würde.

In der Hoffnung, irgendetwas Wertvolles in den Tausenden von scheinbar wertlosen Texten aufzuspüren, hatte Rexol mächtige Anrufungen ersonnen, die ihn befähigten, diese uralten Schriften zu lesen und zu begreifen. Und während er einen Band nach dem anderen las, gelang es ihm, Stückchen für Stückchen ebendie Informationen zusammenzutragen, nach denen er gierte. Winzige Fäden eines gewaltigen Wandteppichs.

Das Exemplar, in dem er gerade las, war das Journal eines Verwalters, der unter einem der zahlreichen Danaan-Könige namens Lassander gedient hatte. Da der erste Lassander fast dreihundert Jahre vor dem vierten und letzten Monarchen dieses Namens geherrscht hatte, erschwerte das erheblich die genaue zeitliche Bestimmung der Abfassung dieses Manuskriptes. Aber für Rexols Zwecke waren genaue Daten auch nicht unbedingt vonnöten.

Und die Geschenke der Götter wurden Daemron übergeben, die Artefakte, getränkt mit der Macht der Unsterblichen, auf dass ihr Paladin gegen die Chaosbrut kämpfen und sie besiegen möge. Und mit diesen Artefakten wurde der Schlächter, *der größte König der Sterblichen, selbst ein Gott.*

Er hatte wahrlich nicht einmal zu hoffen gewagt, ein solches Exzerpt in dem Journal eines untergeordneten Höflings vorzufinden. Es lag zwischen der Gästeliste für ein festliches Mahl und der peinlich genauen Auflistung der neuen Garderobe, einschließlich der Preise, die der Autor kürzlich erworben hatte.

War es vielleicht eine hingekritzelte Abschrift eines in dieser Ära bekannten Textes? Ein Eintrag, den der Verwalter an diesem Tag gemacht hatte, um … um was zu tun? Sich zu inspirieren? Sich Zuversicht für das bevorstehende Ereignis einzuimpfen, indem er sich daran erinnerte, dass alles möglich war, sogar, dass ein Sterblicher zum Gott wurde?

Rexol dachte erneut über die Worte nach. Er hatte schon zuvor in den Danaan-Texten Hinweise auf Daemron gefunden. Den Legenden zufolge war er ein großer Paladin gewesen, der das Volk der Danaan vor dem Kataklysmus beherrscht hatte. Ein Hexer, Krieger, Prophet und König. Im Laufe der Zeit, so die Legenden, hatte er sich den Titel *Schlächter* wegen seiner vielen Siege über die monströsen Kreaturen verdient, die sich aus dem Feuermeer erhoben und jene bedroht hatten, über die er herrschte.

Auch der Orden kannte Legenden über einen sterblichen Helden namens *Schlächter.* Demnach war er ein arroganter Hexer gewesen, der es gewagt hatte, die Alten

Götter herauszufordern. Er hatte seine Anhänger um sich geschart und einen Krieg gegen die Unsterblichen angezettelt. Das Chaos, das in diesem Krieg freigesetzt worden war, hatte den Kataklysmus verursacht und die Welt beinahe in zwei Teile gespalten. Am Ende jedoch wurde der *Schlächter* bezwungen, und die Alten Götter erschufen das *Vermächtnis,* um die Welt der Sterblichen vor der zerstörerischen Macht zu schützen, die in diesem Ozean des Feuers gebunden war. Jedenfalls behauptete das der Orden.

Eine solch ungesicherte Annahme war zwar recht riskant, aber es schien alles darauf hinzudeuten, dass der Danaan-*Schlächter* und der *Schlächter* der menschlichen Legende ein und dieselbe Person waren. Die Konsequenzen einer gemeinsamen Legende luden jedoch zu höchst interessanten Fragen ein, Fragen, welche die Herkunft der beiden Rassen betrafen. Waren die Danaan und die Menschen einmal ein Volk gewesen?

Aber Spekulationen über Herkunft und Anthropologie waren nicht Rexols vordringlichstes Ziel. Er war vielmehr an den Anspielungen auf die Artefakte interessiert, diese Geschenke, welche die Unsterblichen ihrem Paladin gemacht hatten. Rexol hatte in anderen Texten der Danaan kurze Erwähnungen dieser Artefakte gefunden. Aber keine einzige hatte eine Beziehung zu dem *Schlächter* oder den Alten Göttern gehabt. Er hatte bis jetzt angenommen, es wären Gegenstände von großer religiöser Bedeutung, die selbst jedoch keine echte Macht besaßen. War es möglich, dass er sich geirrt hatte?

Und mit diesen Artefakten wurde der Schlächter, *der größte König der Sterblichen, selbst ein Gott.*

Rexol glaubte nicht an Götter, jedenfalls nicht an Götter, wie der Orden sie beschrieb. Aber in den Zeitaltern vor dem Kataklysmus, bevor das *Vermächtnis* geschaffen worden war, hatten die Magi sich ungehindert aus dem Feuermeer, der ›Quelle des reinen Chaos‹, bedienen können. Diese Macht hatte die alten Hexer fast wie Götter erscheinen lassen. Waren diese Artefakte vielleicht Gegenstände, die mittels der Alten Magie hergestellt worden waren? War es möglich, dass diese Artefakte den Kataklysmus überstanden hatten? Stellten sie eine Verbindung dar zu der Großen Magie der Vergangenheit?

Seine Überlegungen wurden von einem Klopfen an der Tür unterbrochen. Vaaler steckte seinen Kopf herein.

»Verzeiht mir die Störung, Meister, aber es wird spät. Soll ich schon mit dem Abendessen beginnen?«

»Bereite dir selbst ruhig etwas zu«, erwiderte der Hexer. »Ich werde wohl noch eine Weile hier oben bleiben.«

Der Prinz nickte und verschwand ohne ein weiteres Wort. Er schloss die Tür hinter sich.

In den Jahren, in denen Vaaler unter seiner Obhut lebte, hatte Rexol vieles über sein junges Mündel gelernt. Der Junge war intelligent und hatte eine schnelle Auffassungsgabe, sein Verstand war äußerst rege und begierig nach Wissen, er war wie besessen davon, seine Studien erfolgreich zu absolvieren, und er wollte unbedingt die Hoffnungen erfüllen, die sein Volk und seine Königin in ihn setzten. Aber obwohl er unter dem *Blutmond* geboren worden war, hatte er so wenig Chaos in sich wie ein Wilder aus dem Eisigen Osten.

Der junge Thronfolger war eine wandelnde Lektion dafür, welche Gefahren es mit sich brachte zu versuchen, das Chaos zu beherrschen. Das Volk der Danaan hatte einen großen Propheten hervorbringen wollen, der über ihr Königreich herrschen und sie führen sollte, indem sich zwei der mächtigsten Seher innerhalb ihres Reiches vereinten. Aber das Chaos ließ sich weder von Vererbung noch von Blutlinien kontrollieren. Der Nachkomme dieser beiden Seher war, im Gegensatz zu seinen Eltern, vollkommen blind für Visionen.

Voller Verzweiflung hatten die Danaan den Thronfolger zu Rexol geschickt, in der Hoffnung, dass der Junge wenigstens die *Gabe* besäße, wenn schon nicht die *Sicht*. Aber schon nach wenigen Monaten wusste Rexol, dass Vaaler niemals ein Hexer werden würde. Es würde nicht einmal ein Zauberer, ein Zauberkünstler oder ein reisender Magus aus ihm werden, es sei denn, er wollte einer dieser Scharlatane sein, die mit Taschenspielertricks und Illusionen ihre Unfähigkeit wettzumachen versuchten, die wahre Essenz des Chaos zu berühren. Allerdings hatte Rexol dies den Danaan gegenüber niemals zugegeben, aus Furcht, sie würden den jungen Prinzen zurückholen, und der Strom aus uralten Texten würde versiegen, so trivial sie auch sein mochten. Aber selbst der kleinste Tropfen von Wissen, den er aus diesen Manuskripten quetschen konnte, war die Kosten und die Mühen wert, Vaaler bei sich zu behalten.

Rexol erhob sich von seinem Stuhl und ließ das Dokument, das er gerade studiert hatte, offen auf dem Tisch liegen. Er musste eine Pause machen. Niemand konnte das Chaos lange kanalisieren, ohne ein Risiko einzugehen, und er arbeitete bereits seit etlichen Stunden mit dem Manuskript.

Er streckte die Hände zur Decke, drehte sich um und baute sich vor dem deckenhohen Spiegel an der Wand neben ihm auf. Die Symbole, die er sich auf die Arme und den nackten Oberkörper gemalt hatte, begannen bereits zu verblassen. Heute Morgen noch hatte die Tinte Rexols hagere Gestalt fast wie eine zweite Haut vollständig bedeckt. Die komplizierten rot-weißen Symbole hatten jeden Zentimeter seiner nackten Haut überzogen. Jetzt jedoch konnte man das Schwarz seiner natürlichen Hautfarbe eindeutig unter der verblassten Tinte erkennen.

Die Kreise um seine Augen und auf seinen Wangen, Symbole, die ihm *Sicht* und Verständnis gewähren und seinen Verstand vor der schrecklichen Macht beschützen sollten, die er zu beherrschen versuchte, waren vollständig verschwunden. Die gierigen Flammen der Magie hatten sie verzehrt, mit denen das Chaos versuchte, sich aus den Fesseln zu befreien, die Rexol ihm aufgezwungen hatte.

Seine Sicherheitszauber waren verschwunden, und er war müde bis auf die Knochen. Es war eine sowohl geistige als auch körperliche Erschöpfung. Der komplizierte Verstehenszauber hatte viel von seiner Kraft aufgezehrt. Es wurde Zeit aufzuhören.

Aber es gab noch so viele Passagen allein in diesem Journal zu lesen, und dann warteten noch Hunderte anderer Manuskripte auf ihn, mit deren Entzifferung er noch nicht einmal begonnen hatte. Sehr wahrscheinlich würden die meisten von ihnen nichts als nutzloses Zeug enthalten, aber es konnten auch weitere wertvolle Goldkörner darin vergraben sein, weitere Anspielungen auf die Artefakte.

Er hatte erst Erwähnungen dieser Artefakte gefunden, als er angefangen hatte, die uralten Danaan-Texte zu studieren. Aber das reichte nicht, um sie als Legenden abzutun. Wenn diese Artefakte tatsächlich Relikte waren, in denen die Macht der Alten Magie schlummerte, dann hatte der Orden zweifellos dafür gesorgt, dass sämtliches Wissen über ihre Existenz in den Südlanden ausgemerzt worden war.

Und selbst wenn sie real gewesen waren, das räumte Rexol wenn auch zögernd ein, bestand durchaus die Möglichkeit, dass sie während des Kataklysmus vernichtet worden waren. Falls der *Schlächter,* dieser große Hexer, tatsächlich die Alten Götter herausgefordert hatte, die, wie Rexol vermutete, ihrerseits nichts anderes als extrem mächtige Hexer gewesen waren, dann konnte das Chaos, das bei diesem epischen Kampf freigesetzt worden war, ohne Weiteres diese Artefakte vernichtet haben. Genauso wie Rexols Verstehenszauber die Tätowierungen auf seiner Haut aufgezehrt hatte.

Aber es war ebenso gut möglich, dass die Artefakte stark genug waren, um den Kataklysmus zu überstehen. Vielleicht waren sie nicht völlig zerstört worden, sondern nur verloren gegangen oder versteckt worden. Ihre Macht würde jetzt von dem *Vermächtnis* gedämpft werden. Wahrscheinlich waren sie sogar weggeschlossen worden, sodass niemand sie sehen und auf die Idee kommen könnte, sie besäßen irgendwelche besonderen Eigenschaften. Diese Artefakte konnten überall sein und einfach nur darauf warten, dass jemand mit der seltenen Kombination aus Talent, Willen und Wissen sie fand und zum Leben erweckte.

Es war eine zeitaufwändige und anstrengende Angelegenheit, sich des Chaos zu bedienen, um diese Seiten zu entziffern. Es würde ihn Jahre kosten, vielleicht sogar Jahrzehnte, all diese Manuskripte ohne fremde Hilfe durchzuarbeiten. Er brauchte noch einen Schüler. Und zwar einen, der nicht blind für das Chaos war, wie Vaaler, sondern einen, den man das Wirken der Magie lehren konnte. Einen oder eine, die lernen konnten, selbst Zauber zu wirken. Eine Person, derer Rexol sich bedienen konnte, um seine eigene Macht zu ergänzen.

Jemand wie Cassandra.

Er schüttelte den Kopf und vertrieb die unerwünschte Erinnerung an die smaragdgrünen Augen des Mädchens, mit denen sie ihn anstarrte, als er sie dem Orden ausgeliefert hatte. Cassandra war für ihn verloren, aber es gab noch andere wie sie: Kinder, die vom Chaos gezeichnet und unter einem *Blutmond* geboren worden waren. Ganz gewiss hatten eins oder zwei es geschafft, sich vor dem Orden zu verstecken … und vor ihm. Aber sie konnten nicht immer in ihrem Versteck bleiben.

Die Macht des Chaos war zyklisch. Trotz aller Mühen des Ordens konnte das Chaos niemals lange in Schach gehalten werden. Rexol spürte, wie sein Einfluss in der Welt der Sterblichen sich langsam wieder ausdehnte und Ereignisse beeinflusste, die den Lauf der Geschichte verändern würden. Vielleicht hatte er diese Passage deshalb erst jetzt entdeckt: Die schlummernde Macht der Artefakte rief ihn, drängte ihn, sie zu finden.

Auf die gleiche Art und Weise würde er einen zweiten Schüler finden. Irgendwann würde sich die wahre Natur jener, die vom Chaos gezeichnet worden waren, zeigen, gewalttätig und tragisch. Manche nannten es Schicksal oder Bestimmung. Der Orden brandmarkte es als Fluch. Er dagegen wusste, was es wirklich war: eine Möglichkeit.

Und während er darauf wartete, dass sich ein würdiger Schüler zeigte, würde er seine Studien fortsetzen. Er würde alles über die Artefakte in Erfahrung bringen, was er nur konnte. Wenn die Zeit dann gekommen war, musste er bereit und willens sein, ihre Macht für sich zu beanspruchen.

Rexol blickte auf das Buch, in dem er fast den ganzen Tag gelesen hatte. Es war schon spät. Die Wirkung der Hexwurz in seinem Körper ließ nach, und wenn er jetzt noch mehr trank, war das vielleicht schon eine Überdosis, die ihm Krämpfe bereiten und ihn unter Schock setzen würde. Möglicherweise drohte ihm gar der Tod.

Es war besser, mit der Arbeit am nächsten Tag weiterzumachen. Er würde seine Suche nach weiteren Hinweisen über die Artefakte fortsetzen, wenn er wieder zu Kräften gekommen war. Welche Geheimnisse auch immer er entdecken würde, sie würden nicht über Nacht verschwinden. In seinem erschöpften Zustand weiterzumachen war närrisch. Leichtsinnig. Gefährlich.

Etliche Minuten lang stand der Hexer einfach nur da und starrte den Folianten an, versuchte sich zu zwingen, sich davon abzuwenden und das Studium auf morgen zu verschieben. Als er jedoch schließlich den Blick von dem Band losriss, nahm er die kleine Flasche mit Tinte und machte sich daran, die verblassten Symbole auf seinem Gesicht zu erneuern.

15

»Pass auf, Scythe!«, tadelte Methodis das Mädchen und blickte von dem Folianten hoch, der auf dem Tisch vor ihm lag. »Du musst die Wurzel zu feinem Pulver zermahlen, nicht zu diesem klumpigen Brei, den du da produzierst.«

Scythe wurde durch den Klang seiner Stimme aus ihrer Versenkung gerissen und sah sich rasch in der kleinen Kabine um, die als Krankenstation der *Delphin* diente. Sie saß mit gekreuzten Beinen auf dem Boden, einen Mörser und einen Stößel im Schoß. An der Wand hinter ihr stand die schwere hölzerne Kommode, die Kapitän Trascar Methodis überlassen hatte, damit er all die Vorräte für sein Gewerbe dort verstauen konnte.

»Entschuldigung, ich habe gerade an etwas anderes gedacht.«

»Du meinst wohl, an jemand anderen, hab ich recht?«, neckte sie der alte Mann. »Du hast von diesem neuen Mann geträumt, den Trascar an Bord geholt hat, stimmt's? Rickard heißt er, ist das nicht so?«

»Das habe ich nicht!« Scythes Antwort kam ein bisschen zu schnell, und der Heiler wusste, dass er ins Schwarze getroffen hatte.

Methodis lächelte ein wenig, als er die Liste mit medizinischem Nachschub durchsah, die er vor sich liegen hatte. Er machte einen Haken hinter allen Zutaten, die er benutzt hatte, seit er seine Aufzeichnungen letzte Woche auf den neusten Stand gebracht hatte. Aus den Augenwinkeln bemerkte er, dass Scythe mit dem Stößel den Mörser mit frischer Energie bearbeitete, um ihre Verlegenheit zu verbergen.

Sie ist jetzt fünfzehn, rief sich der Heiler in Erinnerung, während er die Seite umblätterte. *Es ist ganz natürlich, dass sie allmählich einige der jungen Männer auf dem Schiff zur Kenntnis nimmt.*

Und mehr als nur einige dieser Männer nahmen sie ebenfalls zur Kenntnis. Glücklicherweise nahm Trascar niemand in seine Mannschaft auf, ohne sich nicht von dessen tadellosem Charakter überzeugt zu haben. Scythe hätte es weit schlechter treffen können als mit jemandem wie Rickard.

Methodis schrieb das Datum auf die nächste Seite und notierte dann einen kurzen Eintrag: *Der allgemeine Gesundheitszustand der Mannschaft scheint hervorragend zu sein. Gestern zwei Fälle von Ruhr. Behandlung mit Weinessig, gemischt mit Schlammpulver. Beide Patienten zeigen deutliche Anzeichen von Besserung.*

Er schloss das Buch und drehte sich dann auf dem Stuhl zu der jungen Frau herum, die immer noch auf dem Boden saß. »Wenn du möchtest, kann ich Rickard einladen, heute Abend mit uns in der Kapitänskabine zu Abend zu essen.«

Scythe zuckte mit den Schultern, ohne aufzublicken. »Wenn du willst. Was geht mich das an?«

Methodis kannte sie gut genug, um zu wissen, dass ihre scheinbare Gleichgültigkeit nur gespielt war. Er wollte gerade noch etwas sagen, nur um herauszufinden, ob er seinem jungen Mündel eine Reaktion entlocken könnte, als ein heftiges Klopfen an der Tür ertönte.

Bevor er auch nur *Herein!* sagen konnte, flog die Tür auf, und Dugal, der Bootsmann, streckte den Kopf herein. Methodis sah sofort an seiner Miene, dass irgendetwas nicht stimmte. Ganz und gar nicht stimmte.

»Ein Schiff nähert sich uns. Wir versuchen, ihm zu entkommen, aber es ist verdammt schnell.«

»Welche Flagge zeigt es?«, erkundigte sich Methodis, obwohl er die Antwort bereits kannte.

»Keine.«

Nur Piraten segelten ohne die Flagge ihres Heimathafens.

»Falls wir Glück haben und der Wind uns günstig gesonnen ist, können wir vielleicht verhindern, dass sie uns einholen«, fuhr Dugal fort. »Aber der Kapitän will, dass ihr in eurer Kabine bleibt, falls sie versuchen, uns zu entern.« Er warf einen vielsagenden Blick in Scythes Richtung. »Beide.«

»Sperrt mich bloß nicht hier ein!«, protestierte Scythe und sprang auf. Den Mörser mit dem Pulver und den Stößel ließ sie achtlos auf dem Boden liegen. »Ich weiß genauso gut wie jeder andere Mann auf diesem Schiff, wie man mit dem Schwert umgeht!«

Der Bootsmann schwieg, sah stattdessen Methodis an. Der seufzte nur. Seit sie sieben Jahre alt war, hatte sich Scythe im Fechten und Kämpfen geübt, mit jedem, der sich die Zeit für sie nahm. Sie hatte sehr flinke Hände und hervorragende Instinkte, und ihre Technik war in Tausenden Übungsstunden verfeinert worden. Aber das war nicht gerade der richtige Moment, um ihre Geschicklichkeit im Umgang mit dem Schwert dem ersten echten Test zu unterziehen.

Der Heiler nickte kurz, Dugal verließ die Kabine und schloss die Tür hinter sich. Scythe schnaubte überrascht, dann drehte sie sich um und nahm das Rapier, das sie zum Üben benutzte, vom Haken an der Wand.

»Nein, Scythe. Wir müssen hierbleiben.«

Bei dem Tonfall in seiner Stimme hielt sie inne. Aber dann drehte sie sich wütend zu ihm herum, weil sie so leicht nicht aufgeben wollte.

»Ich kann ihnen helfen! Das weißt du genau.«

Methodis stand langsam auf und ging zu ihr. Dann legte er Scythe die Hände auf die Schultern. Er sah ihr in die Augen und gab sich keine Mühe, die Furcht in seiner Stimme zu verbergen.

»Du weißt, was passiert, wenn du erwischt wirst. Diese Piraten … Sie sind nicht wie die Männer von Trascars Mannschaft. Für eine Frau ist es da draußen zu gefährlich.«

Das Mädchen riss die Augen auf, als es allmählich begriff, wovon er redete. Denn trotz allem, was Scythe während ihrer Zeit auf dem Meer gelernt hatte, und ungeachtet dessen, was Methodis und die anderen ihr beigebracht hatten, war sie in vielen Dingen noch unschuldig. Sie war in mancherlei Hinsicht eben noch ein Kind.

Aber Scythe ließ sich nicht so schnell einschüchtern. »Für die andern wird es auch nicht viel besser«, erklärte sie. Ihre Überraschung wich jetzt einem Ausdruck grimmiger Entschlossenheit. »Piraten machen keine Gefangenen, und ich würde lieber im Kampf mit dem Rest der Mannschaft sterben, als zuzulassen …« Sie verstummte, unfähig, die Worte auszusprechen.

Methodis schüttelte den Kopf. »Wir machen, was der Kapitän sagt. Wir bleiben hier in der Kabine. Bitte, Scythe. Tu es um meinetwillen.«

Einen Moment lang schien sie protestieren zu wollen, doch dann nickte sie einfach nur. Methodis drehte sich erleichtert um. Er machte einen Schritt auf den Schreibtisch zu, dann fühlte er sich plötzlich zu schwach, um auch nur stehen zu können. Er musste sich an die gewaltige Kommode lehnen, als der Ernst ihrer Lage ihn einen Augenblick lang überwältigte.

Scythe trat zu ihm. Sie nahm seine Hand in ihre. »Vielleicht holen sie uns ja gar nicht ein«, flüsterte sie. Aber in ihrer Stimme schwang wenig Hoffnung mit.

Methodis wusste, dass sie klug genug war, ihre wahre Lage zu begreifen. Piratenschiffe waren leicht. Sie führten weder viel Fracht noch viel Proviant mit sich. Die *Schimmernder Delphin* dagegen war schwer mit Handelsgütern beladen, die sie in Callastan verkaufen wollten.

Methodis drückte ihre zierliche Hand, antwortete jedoch nicht. Er versuchte, nicht daran zu denken, was die Piraten dem jungen Mädchen antun würden, das er die letzten fünfzehn Jahre großgezogen hatte, falls sie es fanden. Gleichzeitig überlegte er verzweifelt, wie er sie retten konnte.

»Öffne die verdammte Tür!«, blaffte die Stimme von der anderen Seite der Tür des Krankenreviers. »Du machst alles nur noch schlimmer!«

Kurze Zeit später vibrierte die ganze Kabine, als ein schwerer Körper sich gegen die verschlossene Tür warf. Methodis hörte, wie das Holz des Stuhles, mit dem er die Tür verrammelt hatte, splitterte. Noch ein Versuch, dann waren sie durch.

Der Heiler stand allein mitten in dem Raum und blickte zur Tür. Er packte den Griff von Scythes Rapier mit beiden Händen und hielt es ausgestreckt vor sich. Scythe mochte eine Expertin im Umgang mit der Klinge sein, aber Methodis hatte sich nie die Mühe gemacht, die Kunst des Tötens zu erlernen.

»Noch einmal!«, schrie die Stimme vor der Tür, und diesmal gaben die hölzernen Beine des Stuhles nach. Die

Tür flog auf, und ein großer halbnackter Pirat taumelte in den Raum. Statt jedoch vorzuspringen, wich der Heiler einen Schritt zurück und gab so dem Mann Gelegenheit, sich aufzurichten und seine eigene Waffe zu ziehen. Einen brutal aussehenden Krummsäbel.

Bevor sein Feind jedoch zuschlagen konnte, trat eine andere Gestalt durch die Trümmer der Kabinentür. Wie der erste Pirat trug auch sie kein Hemd, sondern nur eine dünne ärmellose Weste aus gegerbtem Leder, die die Narben und Tätowierungen der bronzenen Haut des Oberkörpers bedeckte. Der Bart des Piraten war mit goldenen und silbernen Bändern zu einem halben Dutzend Zöpfe geflochten, ebenso sein langes schwarzes Haar.

Er trat vor, und die goldenen Kreolen in seinen Ohren klingelten leise, während er prüfend den Raum musterte. Als sein Blick auf den dürren Mann fiel, der trotzig in der Mitte des Zimmers stand und die dünne Klinge des Rapiers ausgestreckt vor sich hielt, hob er seinen Säbel und grinste.

Methodis griff ungeschickt an, und der Pirat schlug dem Heiler mit Leichtigkeit die Waffe aus den unsicheren Händen. Dann hämmerte er ihm die Faust gegen das Kinn, und Methodis taumelte zurück. Er prallte gegen die Kommode an der gegenüberliegenden Wand, verlor das Gleichgewicht und stürzte ungeschickt zu Boden, wo er ausgestreckt liegen blieb.

Etliche andere Piraten standen vor der Tür und lachten bei diesem Spektakel, aber der Mann, der ihn geschlagen hatte, lachte nicht.

»Was bist du denn für einer?«, fuhr er ihn an. Er sprach mit starkem Akzent. »Für den Kajütsteward des Kapitäns bist du zu alt, und zu hässlich, um sein Liebchen zu sein. Du weißt nicht einmal, wie man ein Schwert hält. Also, warum bist du auf diesem Schiff?«

Methodis blickte vom Boden aus seinem Bezwinger in die Augen. Sein Blick war ruhig. »Ich bin ein Heiler. Ich helfe Kapitän Trascar und seinen Leuten, wenn sie verletzt oder krank sind.«

Der Pirat hielt die blutbeschmierte Klinge seines Säbels hoch. »Jetzt kannst du ihnen nicht mehr helfen.«

»Sollen wir ihn erledigen?«, fragte der erste Pirat, der die Tür zerbrochen hatte.

»Nein«, antwortete der andere nachdenklich, ohne die Augen von dem alten Mann auf dem Boden zu nehmen. »Noch nicht. Sag mir, Heiler, taugst du etwas?«

»Allerdings«, antwortete Methodis mit einem Anflug von kaltem Trotz.

Der Pirat nickte. »Shoji, bring ihn auf unser Schiff. Wir können einen guten Heiler gebrauchen. Ihr anderen durchsucht den Raum. Schlagt alles in Stücke, wenn es sein muss, aber ich will alles von Wert haben, was ihr findet. Und dann versenken wir das Schiff.«

»Wartet!«, stieß Methodis hervor. »Mein Schrank. Darin sind alle meine Werkzeuge und die Medizin. Pulver und Tränke, die ich brauche, wenn ich Euch helfen soll.«

»Mach ihn auf. Ich will es sehen.«

Methodis schüttelte den Kopf. Sie durften die wertvolle Fracht in dem Schrank auf keinen Fall sehen, jedenfalls nicht, wenn er wollte, dass Scythe überlebte.

»Viele der Zutaten, die ich benutze, reagieren sehr empfindlich auf Licht und Luft. Das Innere der Kiste ist versiegelt, um sie zu schützen, aber die Medikamente verlieren ihre Wirkung, wenn die Kiste unnötigerweise geöffnet wird.«

Der Piratenkapitän schwieg eine Weile, während sein angeborenes Misstrauen gegenüber Menschen und seine Einschätzung des möglichen Wertes des Heilers samt dem mysteriösen Inhalt des großen Schranks miteinander rangen. Sein erster Impuls bestand darin, die Warnung zu ignorieren und den Schrank mit Gewalt aufzubrechen. Aber er war nicht ohne Grund Anführer dieser Piraten. Im Gegensatz zum Rest seiner Mannschaft konnte er seine Impulse kontrollieren, wenn es ihm nötig erschien.

»Ihr beiden, schnappt euch den Schrank und begleitet Shoji. Schafft ihn und den Heiler in den Frachtraum.«

Einer der Piraten, wahrscheinlich war es dieser Shoji, ergriff Methodis und riss ihn vom Boden hoch. Zwei andere packten die schwere Kommode an den beiden Griffen. Sie stöhnten unter dem Gewicht, als sie sie hochhoben, aber mit vereinten Kräften konnten die beiden Piraten sie tragen.

»Kettet ihn unten an«, befahl der Piratenkapitän, als sie hinausgingen. »Dann kommt zurück und helft den anderen. Ich will, dass dieses Schiff innerhalb einer Stunde ausgeplündert ist und brennt.«

Allein in dem dunklen Frachtraum des Piratenschiffes machte Methodis sich an dem Riegel der Kommode zu schaffen. Er wusste nicht genau, wie lange Scythe es in dem luftdichten Behältnis noch aushalten konnte, und wollte sie unbedingt herausholen. Aber der Riegel hatte einen sehr komplizierten Schließmechanismus, und das einzige Licht im Frachtraum spendeten die Sonnenstrahlen, die durch Ritzen in den Deckplanken drangen. Nach einer Zeit, die ihm wie Stunden vorkam, in Wirklichkeit aber nur wenige Minuten dauerte, klickte das Schloss endlich, und der Deckel flog auf.

Scythe wäre fast herausgesprungen und rang nach Luft.

»Atme langsam und tief«, befahl er ihr. Er sprach eindringlich, aber leise. »Versuche, Geräusche zu vermeiden, die Aufmerksamkeit erregen könnten.«

Scythe nickte und bemühte sich, so gut sie konnte, seinen Anweisungen zu folgen. Sie atmete langsam und gleichmäßig, statt panisch nach Luft zu schnappen. Ihr hämmernder Herzschlag beruhigte sich, als ihre Lunge endlich wieder frische Luft atmen konnte.

»Wir haben nicht viel Zeit«, flüsterte Methodis ihr gepresst zu. »Sie werden bald wieder zurückkommen. Du musst dir ein besseres Versteck suchen.«

Ihre Augen stellten sich allmählich auf das verwirrende Spiel der Sonnenstrahlen ein, die die Dunkelheit des Frachtraums durchdrangen. Sie bekam einen ersten Eindruck von ihrer neuen Umgebung. Kisten und Fässer standen überall ungeordnet herum, scheinbar ohne jede Planung. Man hatte die wertvollsten Frachtstücke von etlichen Schiffen so schnell wie möglich in diesen Raum geworfen, ohne über Organisation und Ordnung nachzudenken. Ihr war klar, dass sich sehr bald die Fracht der *Delphin* zu diesen Beutestücken dazugesellen würde.

»Das Schiff muss sehr bald einen Hafen anlaufen; ich vermute, dass sie so gut wie keinen Proviant mehr haben. Ihr Fleisch ist schon verfault.«

Da Scythe jetzt nicht mehr nach Luft rang, bemerkte sie den Gestank im Frachtraum. Methodis hatte recht; es stank nach Fäulnis und Maden.

»Wenn sie klug sind, werden sie so viel Proviant von der *Delphin* mitnehmen, dass es für eine Woche reicht, und dann nach Callastan zurücksegeln. Dort werden sie den besten Preis für die gestohlenen Güter erzielen. Du musst dich verstecken, bis wir dort sind.«

Scythe nickte. Es war dunkel hier, und bei all den Kisten und Kästen sollte sie keine Probleme haben, sich zu verbergen.

»Sobald wir in den Hafen einlaufen, warten wir bis zum

Einbruch der Nacht. Die meisten Piraten werden an Land gehen. Dann wirst du dich vom Schiff schleichen.«

»Und du? Kommst du nicht mit?«

»Sobald wir uns dem Hafen nähern, werden sie mich die ganze Zeit bewachen, Scythe. Ich werde hier nicht wegkönnen. Aber dir wird es gelingen.«

Sie nickte wieder. »Verstehe. Aber mach dir keine Sorgen, ich werde jemanden finden, dem ich erzählen kann, was passiert ist. Ich werde die Behörden informieren, dass du hier gefangen gehalten wirst.«

Methodis schüttelte den Kopf. »Nein, Scythe. Das wird nichts nützen. Im Hafen hat nur die Hafenbehörde das Recht, ohne die Erlaubnis eines Kapitäns an Bord eines Schiffes zu gehen. Die Piraten wissen das und werden die Beamten bestechen, damit sie nicht an Bord kommen.«

»Dann suche ich eben jemand anders«, erklärte Scythe hartnäckig. »Es muss doch jemanden geben, der dich retten kann.«

»Nein, Scythe! Wenn sie glauben, es bestehe Gefahr, dass mich jemand findet, werden sie mich töten. Und dann werden sie irgendeine Geschichte erfinden. Sie könnten zum Beispiel behaupten, ich wäre ein Mitglied ihrer Mannschaft gewesen, das sie für eine Beerdigung zurück an Land bringen wollten. Lass mich einfach hier.«

»Das kann ich nicht! Ich … Ich …« Sie brach in Tränen aus, als ihr die Wahrheit von Methodis' Worten aufging.

»Du kannst das, Scythe. Für mich gibt es keine Aussicht auf Rettung. Also musst du wenigstens dich selbst retten. Versteck dich jetzt schleunigst, bevor sie zurückkommen. Und rühr dich nicht. Versuch nicht, mit mir zu reden oder etwa mich vor den Wachen zu retten. Bleib einfach in deinem Versteck, bis wir den Hafen erreicht haben, und dann verlässt du das Schiff.«

Sie antwortete nicht, sondern schaute nur zu Boden, während sie leise weinte. Methodis streckte die Hand aus und hob ihr Kinn behutsam an, sodass sie ihm in die Augen blicken konnte. »Bitte, Scythe«, bat Methodis sie. »Sie werden mir nichts tun. Ich bin zu wertvoll für sie. Aber du … Sie dürfen dich nicht finden! Und jetzt geh, beeil dich. Geh!«

Scythe kletterte aus der Kommode und umarmte Methodis fest. Der umschlang sie ebenfalls, und einige Sekunden lang hielten sie sich einfach schweigend in den Armen. »Versprich mir, dass du es so machst, Scythe«, flüsterte er ihr dann ins Ohr. »Versprich mir, dass du alles tust, was nötig ist, um dich zu retten.«

»Ich verspreche es«, flüsterte sie und unterdrückte ein Schluchzen.

Er hielt sie noch ein paar Sekunden fest und schob sie dann sanft von sich weg. Sie schniefte noch einmal und wischte sich eine Träne ab. Dann gab sie ihrem Lehrer einen kurzen Kuss auf die Wange und verschwand hinter den Kisten im Frachtraum.

Fünf Tage später erreichten sie den Hafen von Callastan. Scythe wusste, dass sie in der Stadt ihrer Kindheit angelegt hatten, weil sie früher am Tag zwei Piraten belauscht hatte, die darüber redeten.

Sie war recht geschickt darin geworden, sich zwischen den Kisten und Kästen im Frachtraum des Piratenschiffs zu verstecken. Zuerst hatte sie sich in die entlegensten Ecken verkrochen, voller Angst davor, entdeckt zu werden. Sie war nur nachts aufgetaucht und hatte von den Vorräten ein bisschen Essen gestohlen. Aber am dritten Tag war sie mutig genug gewesen, sich lautlos an die Piraten heranzuschleichen, um ihre Unterhaltungen zu belauschen.

Sie hatte sogar begonnen, Methodis nachzuspionieren, in der Hoffnung, eine Möglichkeit zu finden, ihm ebenfalls zur Flucht zu verhelfen. Oder zumindest eine Chance zu haben, noch einmal mit ihm zu sprechen. Bis jetzt jedoch hatte sie keines ihrer Ziele erreicht.

Er hatte die Verletzungen von mindestens zehn Männern behandelt, jedenfalls soweit sie mitgezählt hatte. Einige der Wunden stammten von dem Kampf mit Trascars Seeleuten, während andere das Ergebnis von betrunkenen Streitereien zwischen den Piraten selbst waren. Keiner der Männer jedoch war gestorben, und nach dem, was sie gehört hatte, war der Kapitän recht erfreut über seinen neuen Heiler.

Was Methodis noch wertvoller für ihn machte und entsprechend schwieriger für Scythe, einen Plan für seine Rettung zu ersinnen. Er durfte nur an Deck kommen, wenn er einen Patienten behandelte. Den Rest der Zeit hockte er in der Dunkelheit des Frachtraums, an Handgelenken und Knöcheln mit schweren eisernen Schellen gefesselt, die mit dicken Ketten am Rumpf des Schiffes befestigt waren. Und er wurde immer von mindestens einem Mann bewacht.

Trotzdem hatte Scythe nicht die Absicht, ihn zurückzulassen.

Es war Nacht, aber alle Piraten bis auf ein paar wenige hatten das Schiff verlassen, um an Land herumzuhuren, zu trinken oder zu spielen. Methodis wurde nur von einem einzigen Piraten bewacht, und der hatte bereits eine Flasche Rum zu zwei Dritteln geleert, um seine Enttäuschung darüber, dass er auf dem Schiff bleiben musste, in Alkohol zu ertränken. Wenn sie lange genug wartete, würde der Rum ihn vielleicht so müde machen, dass er einschlief. Aber je länger sie wartete, desto größer wurde die Wahrscheinlichkeit, dass jemand anders ihn ablöste. Sie musste jetzt handeln.

Der Mann lehnte halb stehend an ein paar Fässern und murrte über sein Schicksal. Scythe glitt lautlos hinter ihn und hielt den dünnen Dolch fest umklammert, den sie in einer der vielen Kisten im Frachtraum gefunden hatte.

Sie hatte noch nie zuvor einen Mann getötet, aber die Mannschaft der *Delphin* hatte ihr ein halbes Dutzend Möglichkeiten beigebracht, wie man das tat. Jetzt rammte sie dem Piraten die Klinge schräg nach oben in den Rücken und setzte dabei unter dem Rand des Schulterblattes an. Der scharfe Stahl glitt durch seine Rippen in seine Lunge, und als er versuchte zu schreien, kamen nur ein leises Seufzen und ein blutiger Sprühnebel aus seinem Mund.

Der Mann taumelte nach vorn und riss dabei die Klinge aus Scythes Hand. Dabei drehte er sich herum und versuchte verzweifelt, den Griff des Messers in seinem Rücken zu packen. Er trat einen Schritt vor und sank dann auf die Knie. Kinn und Brust waren von dem Blut durchtränkt, das aus seinem aufgerissenen Mund quoll. Er streckte seine Hände aus, aber Scythe wusste nicht, ob er sie mit dieser Geste packen oder um Hilfe anflehen wollte. Er gurgelte noch einmal keuchend und sank dann mit dem Gesicht nach vorn auf den Boden.

Scythe trat über seine Leiche und bückte sich nur kurz, um den Dolch herauszuziehen. Dann stürzte sie zu Methodis.

»Scythe, was hast du getan?«, flüsterte er entsetzt. »Er ist tot!«

»Ich hole dich hier heraus«, antwortete sie. Sie fand das schwere Schloss, das seine Ketten hielt, und versuchte, es mit der dünnen Klinge ihres Dolches zu öffnen. Die Spitze brach ab, aber das Schloss gab nicht nach.

»Du musst gehen«, flehte Methodis sie eindringlich an. »Verlass das Schiff, bevor sie dich finden!«

Sie ignorierte ihn und untersuchte stattdessen den Leichnam des Wächters. Sie rollte ihn auf den Rücken und grunzte vor Anstrengung, dann durchwühlte sie seine Kleidung und suchte in jeder Tasche. Ihre Hände waren klebrig von Blut, aber sie unterdrückte den Drang, sich zu übergeben. Sie musste den Schlüssel finden! Sie musste ihn finden!

»Scythe!«, zischte Methodis. Er sprach so laut, wie er es nur wagen konnte. »Der Wächter hat keinen Schlüssel! Der Kapitän hat ihn an seinem Gürtel. Es ist hoffnungslos.«

Scythe gab ihre verzweifelte Suche auf und lief wieder zurück zu den Ketten. Sie wickelte sich eine Kette zweimal um ihren Unterarm und zog mit aller Kraft, versuchte den Bolzen aus dem Holz zu zerren. Vergeblich.

Er rührte sich keinen Zentimeter.

»Es ist sinnlos, Scythe. Lass mich einfach hier.«

»Ich kann dich jetzt nicht mehr hierlassen«, grunzte sie und zog wieder an der Kette. »Wenn sie dich hier mit der Leiche des Wächters finden, werden sie dich bestimmt umbringen.«

»Ich werde ihnen erzählen, dass er betrunken war, und behaupten, er wäre wütend auf mich gewesen, weil er gezwungen war, mich zu bewachen. Dass er mir die Schuld daran gegeben hat. Ich werde ihnen sagen, dass er mich angegriffen hat und ich mich nur verteidigt habe.«

Schweiß trat ihr auf die Stirn, als sie an den Ketten zog, die Methodis hielten, aber der Bolzen rührte sich nicht.

»Du kannst mich nicht zum Narren halten, Methodis«, keuchte sie, als sie eine Pause machte, um Kraft zu sammeln. »Es wird sie nicht kümmern, ob du dich verteidigt hast. Sie werden dich trotzdem töten.«

»Nein, dafür bin ich zu wertvoll. Das weiß der Kapitän.

Er wird mich vielleicht auspeitschen, aber er wird nicht zulassen, dass sie mich umbringen. Geh schon, Scythe. Du kannst hier nichts mehr für mich tun.«

Scythe sah sich hastig um. Irgendwo musste doch etwas zu finden sein, das sie als Hebel benutzen konnte. Aber es gab nichts.

»Vielleicht kann ich etwas in einer dieser Kisten finden. Gib mir nur einfach eine …« Sie verstummte, als schwere Schritte die Treppe herunterpolterten.

»Yoskur?«, fragte jemand mit trunkener Stimme. »Deine Schicht ist vorbei, du glücklicher Mistkerl! Der Kapitän hat mich geschickt, um dich abzulösen.«

»Geh schon, Scythe. Das ist deine letzte Chance.«

Methodis' Stimme klang fest, fast gelassen. Aber als Scythe ihrem Mentor in die Augen blickte, bemerkte sie dort eine Furcht, die sie noch nie an ihm gesehen hatte. Er hatte Angst um sie.

»Yoskur? Bist du da unten? Hallo?«

Sie ließ die Kette fallen und rannte durch den Frachtraum zu einem der Bullaugen. Dann kletterte sie auf einen Stapel mit Kisten und stemmte ihre Schulter gegen das Bullauge, drückte es auf. Die Öffnung war nicht besonders groß, aber sie war schmal. Sie hörte ein Keuchen und einen wütenden Schrei, dann einen harten Schlag und ein schmerzhaftes Stöhnen von Methodis.

Sie zwängte sich mit den Schultern durch die schmale Öffnung. Das Mondlicht half ihr, ihre Umgebung zu erkennen. Im Vergleich mit dem dämmrigen Schatten im Frachtraum war es fast so hell wie am Tag. Sie sah die Reflexionen des fahlen Lichts auf dem Wasser, etwa sieben Meter unter ihr.

Mittlerweile waren noch mehr Piraten in den Frachtraum gekommen. Scythe hörte die schnellen Schritte und ihre wütenden Schreie, die sie nur anspornten. Sie quetschte ihren Körper ganz durch das Bullauge. Dann fiel sie wie ein Stein in das kalte Meerwasser.

Mit kräftigen Schwimmzügen entfernte sie sich von dem Piratenschiff, bis sie schließlich weit genug entfernt war. Sie lauschte auf Geräusche etwaiger Verfolger. War ihr jemand gefolgt und ebenfalls ins Wasser gesprungen? Sie konnte nichts hören.

Langsam schwamm sie an der Pier entlang, parallel zu der Kaimauer, erst an einer Mole vorbei und dann an der nächsten. Sie versuchte, so viel Abstand wie möglich zwischen sich und das Schiff zu bringen, von dem sie geflohen war. Nach zwanzig Minuten befanden sich die Kais hinter ihr, und sie schwamm durch offenes Wasser. Sie schwamm weiter, bis ihre Arme immer schwerer wurden und sie Mühe hatte, sich über Wasser zu halten. Schließlich nahm sie Kurs auf das Land.

Zehn Minuten später kroch sie am äußersten Rande der Stadt ans Ufer. Sie rappelte sich auf und stand zitternd in der kalten Nachtluft da; ein fünfzehnjähriges Mädchen, das zum ersten Mal in seinem Leben ganz auf sich gestellt war.

16

»Ich muss mit dir sprechen, Nazir.«

Der Pontiff kniete regungslos auf der Gebetsmatte in der Mitte des Raumes, ohne sich zu dem Sprecher umzuwenden, der unangemeldet hereingeplatzt war.

»Du willst gegen die Anwartschaft von Cassandra protestieren«, vermutete er.

»Ich fürchte um die Zukunft des Ordens, wenn sie in unsere Reihen aufgenommen wird«, gab Yasmin zu.

Ihre Reaktion kam nicht unerwartet. Es war jetzt zehn Jahre her, dass sie Cassandra vor Rexol hatten retten können, aber es gab sehr viele Angehörige des Ordens, die fanden, sie wäre für immer durch ihre kurze Lehre bei dem Hexer gebrandmarkt.

»Cassandra hat unsere Lehren und unseren Glauben aus ganzem Herzen angenommen«, erwiderte der Pontiff. »Haben wir nicht genau das erhofft, als sie damals unter unsere Obhut gekommen ist?«

»Sie hat unter einem ChaosWirker gedient«, setzte Yasmin nach. »Und zwar unter einem, der sich dem Orden in der Vergangenheit öffentlich widersetzt hat.«

Ihre Stimme klang ebenso ruhig wie die des Pontiffs, aber die verbrannte Haut ihres entstellten Schädels war dunkelrot angelaufen und verriet ihre wahre Gefühlslage.

»Das war nicht ihre freiwillige Entscheidung«, entgegnete Nazir. »Sie wurde entführt und gezwungen, diesem

Hexer zu dienen. Wir können sie nicht für Jerrods Verbrechen bestrafen.«

Beim Klang dieses Namens drehte Yasmin den Kopf zur Seite und spie auf den staubigen Boden in die Ecke des Raumes. Der Pontiff hob zwar missbilligend die Brauen, verzichtete aber auf eine Bemerkung. Ihm war klar, dass dieser Name für Yasmin ein Fluch war.

In dem Jahrzehnt, seit Jerrod als Verräter und Student von Ezras ketzerischen Lehren enttarnt worden war, hatten die Inquisitoren nahezu zwei Dutzend seiner Anhänger innerhalb der Reihen des Ordens entdeckt und exekutiert. Er selbst jedoch hatte sich bisher einer Gefangennahme entziehen können. Yasmin hatte ihn zwei Jahre lang durch die Südlande und die FreiStädte gehetzt, aber jedes Mal, wenn sie glaubte, ihn endlich in die Enge getrieben zu haben, war es ihm irgendwie gelungen, ihr zu entwischen.

Ihren Bemühungen wurde erst ein Ende gesetzt, als Beloq, der alternde Großinquisitor des Ordens, ihr befohlen hatte, in das Monasterium zurückzukehren. Sie sollte am Ende seiner Tage an seiner Seite dienen. In den nächsten drei Jahren ließ die Intensität der Jagd in dem Maße nach, wie Beloqs Gesundheit schwand. Nach seinem Tod hatte Yasmin den Mantel des Großinquisitors übergeworfen. Sie war erst die vierte Frau in der siebenhundertjährigen Geschichte des Ordens, der diese Ehre gewährt wurde, und der jüngste Großinquisitor überhaupt.

Unter ihrer Herrschaft war die Jagd nach Jerrod erneuert worden, und zwar mit weit größerer Inbrunst. Aber auch jetzt schlugen unter dem Strich nur etliche Jahre frustrierender, ergebnisloser Hatz zu Buche. In Yasmins eigenen Augen war ihr Versagen, Jerrod für seine Verbrechen zur Rechenschaft zu ziehen, der einzige Fleck auf ihrer ansonsten makellosen Weste. Und jetzt sollte Cassandra, deren Name für immer mit dem des Verräters verbunden war, die letzte Initiation bekommen und ein Mitglied des Ordens werden!

»Du hast sie selbst verhört«, erinnerte Nazir die Frau, die so fanatisch für die Lehre des Ordens eintrat und jetzt seine rechte Hand war. »Wenn du einen Mangel an Überzeugung in ihr wahrgenommen hast, irgendeine Unsicherheit, ein Wanken ihrer Loyalität dem Orden gegenüber oder in ihrem Glauben an die Wahren Götter, hast du jedes Recht, ihre Aufnahme abzulehnen.«

Yasmin schwieg lange, bevor sie antwortete. Der Pontiff wusste, dass die Inquisitorin, sosehr sie Cassandra auch für ihre früheren Verstrickungen verachten mochte, sie niemals fälschlicherweise beschuldigen würde.

»Sie ist eine wahre Gläubige«, räumte Yasmin ein. »Aber wir dürfen die Visionen der Seher nicht einfach außer Acht lassen!«, fuhr sie dann rasch fort. »Wir müssen stets wachsam bleiben!«

»Wir müssen stets wachsam bleiben«, wiederholte der Pontiff. »Aber die Träume der Seher sind oft schwierig zu interpretieren.«

Yasmins Ängste waren verständlich. Dass Jerrod überführt worden war, hatte seiner Sache einen schweren Schlag versetzt. Diejenigen seiner Anhänger, die nicht gefangen genommen wurden, waren geflüchtet oder hatten sich von der Häresie des Glaubens an den Brennenden Erlöser abgewandt. Dass es gelungen war, die Reihen des Ordens von ihnen zu säubern, hatte die unmittelbare Bedrohung für das *Vermächtnis* beseitigt, und die Visionen der Propheten des Monasteriums bestätigten, dass nun eine Ära der Ruhe und des Friedens beginnen würde, wie es sie noch nie zuvor gegeben hatte. Die flammenden Gestalten, die sogenannte *Brut des Feuers,* die Kinder des Chaos, die sie in ihren Träumen und Visionen verfolgt hatten, waren verblasst und hatten viele im Orden glauben lassen, das *Vermächtnis* wäre jetzt sicher und gut geschützt.

Der Pontiff jedoch ließ sich nicht so einfach täuschen. Ihm war klar, dass das Chaos zwar eingedämmt, aber niemals vollkommen unterdrückt werden konnte. In dem vergangenen Jahrzehnt des Friedens hatten die Flammen des Feuers unaufhörlich an dem *Vermächtnis* geleckt, hatten es geschwächt, es angenagt. Und als die Macht des Chaos wieder anschwoll, waren die Träume der Seher erneut von Rauch und Flammen verhüllt worden.

»Die Rückkehr der Visionen warnt uns davor, dass eine Zeit großer Gefahren heraufzieht«, erklärte der Pontiff. »Es ist daher notwendig, Cassandra in unsere Reihen aufzunehmen. Ich habe sie scharf beobachtet, seit sie zu uns gekommen ist. Ich kenne ihr Herz und ihren Verstand, ich erkenne ihre Hingabe. Und ich sehe ihre Stärke. Sie mag unter Rexol eine Bedrohung für das *Vermächtnis* gewesen sein, aber sobald sie erst in den Orden aufgenommen ist, wird sie einer seiner wachsamsten Verteidiger sein.«

»Falls diese Vision keine Warnung vor Cassandra ist«, lenkte Yasmin ein, »ist sie vielleicht eine Warnung vor ihrem alten Meister. Rexol betreibt immer noch die Magie des Chaos. Lass mich ihn zu einem Verhör ins Monasterium holen.«

Der Pontiff hatte darüber bereits vor mehreren Monden nachgedacht und die Idee verworfen.

»Rexol hat den Kronprinzen der Danaan als Schüler angenommen«, erinnerte Nazir sie. »Wenn wir ohne eine klare und gerechte Anklage gegen ihn vorgehen, würden die Danaan das als einen Angriff gegen ihr Volk betrachten.«

»Wäre das so schlimm?«, gab Yasmin zurück. »Ihr Blut ist vom Chaos verseucht. Vielleicht wäre jetzt der richtige

Moment, die Einwohner der Südlande zusammenzurufen und dieses Waldvolk vom Antlitz der Erde zu fegen.«

»Die Südlande sind nicht bereit für einen solchen Kreuzzug«, warnte der Pontiff sie. »Und die FreiStädte führen einen schwunghaften Handel mit den Danaan. Sie würden sich auf ihre Seite stellen, nicht auf unsere. Ein Krieg bringt Leid und Tod, und genau das sind die Samenkörner des Chaos«, beschwichtigte er die übereifrige junge Frau. »Wenn wir Rexol jetzt ergreifen, könnte das der Funke sein, der die Welt in Brand setzt. In dem Versuch, den Zusammenbruch des *Vermächtnisses* zu verhindern, könnten wir stattdessen möglicherweise sogar seinen Fall herbeiführen.«

»Das hatte ich nicht bedacht«, gab Yasmin zu, nachdem sie ein paar Augenblicke lang geschwiegen hatte.

»Das Chaos kann uns auf vielerlei Art und Weise umgarnen«, erinnerte Nazir sie. »Wir dürfen auf seine Tricks und Schliche nicht hereinfallen. Wir dürfen nicht überstürzt und dumm handeln, sondern müssen geduldig und vorsichtig sein. Die Stärke des Chaos schwankt, steigt an und schwillt ab. Diese Visionen warnen uns davor, dass seine Macht in der Welt der Sterblichen wieder ansteigt. Wir müssen wachsam bleiben. Wir müssen mit unserer Suche nach jenen, die vom Chaos berührt wurden, fortfahren und sie zu uns holen, so wie es uns bei Cassandra gelungen ist. Und das müssen wir tun, ohne die Südlande in einen Krieg zu stürzen, der uns alle vernichten könnte.«

»Ich verstehe, Pontiff.« Yasmin senkte den Kopf zum Zeichen, dass sie die Weisheit des Pontiffs akzeptierte.

»Dann geh und sage Cassandra, sie möge sich fertig machen«, befahl Nazir und kam auf ihr eigentliches Anliegen zu sprechen. »Es wird Zeit, dass sie eine von uns wird.«

Cassandra zitterte, aber nicht wegen der Kälte. Nach all den Jahren im Monasterium hatte sie sich an die Kühle der Wüstennacht gewöhnt.

»Hast du Angst, Kind?«, erkundigte sich der Pontiff.

Sie schüttelte den Kopf. »Ich habe keine Angst.«

Das entsprach nicht ganz der Wahrheit. Das Monasterium war ihr Heim, das einzige Heim, an das sie sich wirklich richtig erinnern konnte. Die gläubigen Diener des Ordens hatten ihr gezeigt, wie sie lebten, hatten in ihr das Verständnis der Wahren Götter geweckt und ihren Glauben daran entzündet. Während sie unter ihnen aufwuchs, hatten sie sie an ihrer Weisheit teilhaben lassen. Sie waren jetzt ihre Familie. Und sie waren die einzige Familie, die von Bedeutung war. Cassandra hatte seit vielen Jahren auf diesen Moment gewartet. Sie wollte unbedingt diesen letzten Schritt tun und wirklich eine von ihnen werden. Als dieser Tag in greifbare Nähe rückte, hatte sie eine wachsende Erregung und Vorfreude verspürt. Jetzt jedoch, als der Moment gekommen war, fühlte sie sich unwillkürlich von der Bedeutung dieses Augenblicks überwältigt.

Ein Dutzend Mönche des Ordens hatte sich in einem Kreis auf dem Hof versammelt, um an ihrer Initiation teilzunehmen. Sie trugen schwere Umhänge, die ihre Gestalten verbargen, und ihre Gesichter lagen im Schatten der Kapuzen, die sie sich über den Kopf gezogen hatten, um ihre Identität zu verbergen. Hier ging es nicht um Individuen, sondern um den Orden an sich.

Die Mönche sprachen nicht, sondern standen nur in feierlichem Schweigen da, während Cassandra in die Mitte des Kreises getreten war. Dort wartete der Pontiff auf sie. Sie hoffte, dass er diese Frage allen Kandidaten stellte und nicht etwa ihre Furcht gespürt hatte. Sie wagte nicht, sie offen zuzugeben. Sie wollte nicht, dass irgendetwas dieser Zeremonie im Wege stand.

Der Pontiff legte ihr beruhigend eine Hand auf die schmale Schulter. »Bereite dich vor. Wir fangen jetzt an.«

Die Mönche um sie herum begannen leise zu singen, und sie blickte in den Nachthimmel hinauf, betrachtete zum vielleicht letzten Mal die Sterne. Aber der Verlust ihres Augenlichts war ein kleiner Preis für das, was sie dafür bekommen würde.

»Schließ deine Augen, Cassandra. Verlass dich nicht mehr darauf, dass sie dich führen. Suche nach der Macht in dir. Lass dich jetzt von der *Wahren Sicht* leiten.«

Sie tat wie geheißen und schloss die Augen. Zuerst herrschte nur Dunkelheit. Cassandra begann zu atmen, kanalisierte ihre Energie, konzentrierte ihre Macht so, wie die Mönche es sie gelehrt hatten, und stützte sich auf all das, was sie in den letzten sechs Jahren gelernt hatte.

Als sie damals hier angekommen war, ein kleines Mädchen, hatte sich ihre Macht nur in ihren Träumen manifestiert. Sie war schreiend mitten in der Nacht aufgewacht, weil die schrecklichen Visionen sie zu überwältigen drohten. Aber durch die Anleitung der Propheten hatte sie langsam gelernt, ihre Visionen zu kontrollieren. Die Albträume waren seltener geworden und hatten schließlich ganz aufgehört – mit einer Ausnahme.

Es gab immer noch Nächte, in denen sie das Gesicht von Rexol sah, dem Magus, der sie als kleines Mädchen entführt hatte. Manchmal wachte sie auf, und das Gesicht des Mannes, der ihr Meister gewesen war, bis der Orden sie gerettet hatte, stand wie von Feuer umringt vor ihrem inneren Auge. Ihr linker Arm kribbelte dann und fühlte sich schrecklich heiß an. Selbst nach all den Jahren verfolgte Rexol sie in ihren Träumen, eine dunkle, düstere Gestalt, an die sie sich kaum mehr erinnern konnte.

Abgesehen von diesen Episoden jedoch war sie der Macht in ihrem Innern nicht mehr ausgeliefert. Sie hatte gelernt, sie zu steuern, sie zu ihrem Vorteil zu nutzen. Und jetzt, hier auf dem Innenhof des Monasteriums, benutzte sie ihre Macht, um die Welt ringsum wahrzunehmen. Während sie die Augen geschlossen hielt, nahm die Welt langsam Gestalt an. Aber sie sah nicht die Schatten und das Zwielicht, das sich ihr gezeigt hätte, wären ihre Augen offen gewesen, sondern sie nahm ihre Umgebung ganz und vollkommen wahr, auf eine Art und Weise, die die physische Welt transzendierte.

Der Pontiff spürte, was sie da vollbrachte, nahm seine Hand von ihrer Schulter und legte seine Handflächen fest und dennoch sanft auf die Lider ihrer immer noch geschlossenen Augen.

»Cassandra, ist dir bewusst, was zu tun du im Begriff bist?« Er sprach mit tiefer Stimme, als er die erste Zeile des Initiationsrituals zitierte.

Sie antwortete mit der traditionellen Erwiderung. »Ich muss mein Augenlicht opfern, auf dass ich wahrlich sehe.«

»Und tust du das aus deinem eigenen, freien Willen?«

»Es ist mir eine Ehre und ein Privileg, dies tun zu dürfen.« Sie sprach langsam und bedächtig. Sie war dabei, einen heiligen Eid zu leisten, und sie war fest entschlossen, ihn fehlerlos zu rezitieren. »Ich glaube an die Wahren Götter. Ich weihe mein Leben dem Dienst an ihnen und dem Dienst am Orden, der gegründet wurde, um ihr *Vermächtnis* zu beschützen. Ich schwöre, dieses *Vermächtnis* gegen jeden zu verteidigen, der es zerstören will, sei es Mann, Frau oder Kind.«

»Kein Leben darf für das übergeordnete Ziel verschont

werden. Jeder im Orden muss bereit sein, freiwillig sein oder ihr Leben zu opfern, um zu schützen, woran wir glauben. Begreifst du das, Cassandra?«

»Das begreife ich, Pontiff.«

»Dann wirf die Beschränkungen der Welt der Sterblichen ab und schaue mit der *Sicht* der Wahren Götter!«

Der Pontiff drückte mit den Handflächen auf ihre Augen und stieß ihren Kopf zurück. Sie fiel auf die Knie und schrie auf, als sich ihre Sehkraft in einer schmerzhaften, blendenden Flamme blauen Feuers auflöste. Sie kreischte, als die intensive Hitze die Hornhaut ihrer Augen versengte. Sie weinte und schlug mit den Händen auf ihr Gesicht, als das weiche Gewebe ihrer Augen schmolz und wie heiße Tränen über ihre Wangen lief. Das Feuer drang tief in ihren Schädel ein, als die Macht des Pontiffs die letzten Reste ihrer menschlichen Sehkraft wegbrannte. Sie konnte nichts anderes tun, als sich schreiend unter dieser unerträglichen Qual zu winden.

Dann, völlig unvermittelt, war der Schmerz verschwunden. Der Schleier aus blauem Licht, der ihr den Blick geraubt hatte, sank vor ihren Augen und enthüllte die Welt um sie herum. Sie erblühte in einer reinen, wundervollen Intensität, wie sie sie noch nie zuvor erlebt hatte.

»Es ist vollbracht, mein Kind.«

Cassandra öffnete bei den Worten des Pontiffs ihre Augen. Wo eben noch zwei smaragdgrüne Iriden geschillert hatten, saßen jetzt zwei milchig weiße, leblose Augäpfel in den Höhlen.

17

Keegans Schrei riss Gerrit aus dem Schlaf. Er stieg hastig aus dem Bett, warf den Morgenmantel über und trat in den Flur. Das Mondlicht erleuchtete den Gang gerade genug, dass er seinen Weg ohne Hilfe einer Laterne finden konnte. Er klopfte an die Schlafzimmertür seines Sohnes. »Kee, geht es dir gut?«

Keegan hatte immer Albträume, schon seit er ein kleiner Junge gewesen war. Zwei- oder dreimal im Monat wurde er von einem so entsetzlichen Traum geweckt, dass er zitternd und weinend dasaß und Angst hatte, wieder einzuschlafen. Natürlich gab es viele Erklärungen dafür. Die Angst, ohne Mutter aufzuwachsen, die Unruhe, alle paar Jahre umziehen zu müssen, Keegans Schwierigkeiten, sich mit Gleichaltrigen anzufreunden. All das waren plausible Erklärungen, aber Gerrit wusste insgeheim, dass keine von ihnen wirklich der Wahrheit entsprach.

Doch die Dinge schienen sich gebessert zu haben, seit sie sich vor über fünf Jahren hier in Tollhurst niedergelassen hatten. Seitdem waren diese schrecklichen Träume seltener geworden. Sein Sohn war jetzt fünfzehn Jahre alt, ein Jüngling, und sein letzter Albtraum lag schon mehr als ein Jahr zurück. Gerrit hatte sich sogar der Hoffnung hingegeben, diese schlimmen Träume wären völlig verschwunden.

»Keegan?« Aber er bekam keine Antwort. Er öffnete behutsam die Tür und betrat das Zimmer seines Sohnes. Der junge Mann saß auf dem Rand seines Bettes, nur mit einer

Hose bekleidet. Sein nackter Oberkörper war blass, mager und schweißüberströmt, trotz der kalten Nacht.

Er sah seinen Vater mit seinen dunklen Augen an. Der Blick dieser Augen schien Gerrit zu packen und festzuhalten. »Wir müssen weg von hier«, flüsterte er erstickt.

Gerrit durchquerte langsam das Zimmer und setzte sich neben Keegan auf das Bett. Dann legte er seinen starken Arm tröstend um die nackten Schultern seines Sohnes. »Wieder ein Traum, Kee?«

Die einzige Antwort war ein kurzes Nicken.

»Erzähl mir davon. Vielleicht hilft das.«

Eine Weile herrschte Schweigen in der Kammer, während Keegan starr auf den Boden blickte. Gerrit schwieg. Er wusste, dass es besser war, den Jungen nicht zu drängen. Er würde reden, wenn er bereit war. Schließlich sprach Keegan.

»Sie werden das Dorf zerstören. Vollkommen. Sie werden es bis auf die Grundmauern niederbrennen.«

»Wer? Wer wird das Dorf zerstören?«

»Plünderer. Alle werden sterben. Niemand wird ihnen entkommen.«

Gerrit zögerte, weil er nicht wusste, was er sagen sollte. Er wusste, dass die Träume seines Sohnes etwas Besonderes waren, wusste, dass sie mehr waren als nur Träume. Aber er hatte keine Ahnung, was er von dem halten sollte, was Keegan ihm gerade erzählt hatte.

Der junge Mann sah seinen Vater an. Seine Wangen waren verkrustet von Tränen der Verzweiflung. »Wir müssen weg von hier, Vater. Wenn wir nicht fliehen, werden sie uns ebenfalls töten.«

Es wäre nicht das erste Mal, dass sie mitten in der Nacht aus einer Stadt geflohen wären, obwohl Gerrit jedes Mal zu den Göttern gebetet hatte, es möge das letzte Mal sein.

Aber diesmal würden sie nicht flüchten, um ihr Geheimnis zu bewahren oder wütenden und verängstigten Nachbarn zu entkommen; oder um zu verhindern, dass der Orden sie fand. Das hier war etwas anderes.

»Wir können nicht so einfach weggehen, Keegan. Wir müssen die anderen warnen.«

»Sie werden mir nicht glauben«, antwortete Keegan. »Niemand glaubt mir. Nie.«

»Vielleicht tun sie es diesmal doch. Vielleicht ist es diesmal etwas anderes.«

»Das wird es nicht, nein.«

»Diese Leute sind unsere Freunde, Keegan. Wir müssen ihnen sagen, was passieren wird, damit wir versuchen können, es zu verhindern.«

»Wir können es nicht verhindern. Niemand kann das. Meine Träume werden immer wahr.«

Als sein Sohn diese Worte mit dieser schlichten Endgültigkeit aussprach, überlief es Gerrit kalt. Es war die Feststellung einer unumstößlichen Tatsache, die keinerlei Raum für irgendeine Hoffnung ließ.

»Hör mir zu, mein Sohn.« Er sprach in drängendem Tonfall. »Ich gebe zu, dass ich diese … diese Macht, die du besitzt, nicht begreife. Ich bin ein einfacher Mann, und solche Dinge übersteigen meinen Verstand. Aber ich glaube, dass diese Träume mehr sind als nur Visionen der Zukunft. Es muss ein Sinn dahinterstecken, es muss einen Grund dafür geben, dass du diese Dinge siehst.«

»Was für ein Grund soll das sein? Welchen Sinn könnten die Träume haben?«

Gerrit hätte ihm gerne eine Antwort gegeben. Sein größter Wunsch war, etwas sagen zu können, das das Leiden seines Sohnes linderte, ihm Hoffnung einflößte. Aber die Wahrheit war, dass er nicht wusste, was er sagen sollte.

»Das kann ich nicht beantworten, Keegan. Ich weiß nur, dass du irgendetwas Schreckliches gesehen hast. Ich weiß nicht, warum du es gesehen hast, und ich weiß auch nicht, ob wir etwas tun können, um es zu verhindern. Aber ich weiß, dass wir es versuchen müssen.«

Er drückte seinen Sohn beruhigend an sich und spürte sein Zittern unter dem kalten Schweiß auf seiner Haut.

»Leg dich hin und deck dich zu«, sagte Gerrit und stand auf. »Ich werde morgen den Stadtrat einberufen, und wir werden ihnen sagen, was du gesehen hast.«

»Wir werden also nicht weggehen?«, fragte Keegan, als er sich wieder ins Bett legte. Gerrit war sich nicht ganz sicher, aber er glaubte, Erleichterung in der Stimme seines Sohnes zu hören.

»Nein, wir gehen nicht weg. Es gibt Zeiten im Leben eines Mannes, in denen er Stellung beziehen muss.«

»Seit der Säuberung sind keine Plünderer mehr so weit in die Südlande vorgedrungen! Schon lange vorher nicht mehr. Mindestens seit fünfzig Jahren nicht mehr. Das ist einfach lächerlich!«

Gerrit Wareman, der Inhaber des Kaufladens und kürzlich gewählter Bürgermeister von Tollhurst, reagierte gelassen auf diesen Ausbruch. »Vielleicht, Willan, aber wie du selbst zugibst, hat es in der Vergangenheit Plünderer gegeben.«

Während Gerrit sprach, ließ er den Blick über die zehn Männer und Frauen gleiten, aus denen der Stadtrat bestand. Sie waren in die Taverne gekommen, die als Rathaus diente, wenn es nötig war, um ihn anzuhören. Sie saßen an den Tischen ringsum und beobachteten ihn neugierig. Sie sahen fast aus wie hungrige Gäste. Es war nicht unüblich, dass eine Sitzung des Stadtrates mit einer guten

Mahlzeit, kräftigen Getränken und lautstarken Gesängen endete. Aber dieses Treffen war anders. Heute würde es keine Lieder geben.

»Adrax hat als junger Mann gegen die Plünderer gekämpft, Willan«, erklärte Gerrit. »Vielleicht kann er dir die Gefahr, die sie darstellen, begreiflich machen.«

Ein gebeugter, grauhaariger alter Mann stand langsam auf. Adrax war fast achtzig Jahre alt und das älteste Ratsmitglied, ja, der älteste Mann in der Stadt. Er sprach nur selten auf diesen Sitzungen, und seine Stimme klang an diesem Abend dünn und nervös.

»Gerrit sagt die Wahrheit. Wenn die Plünderer nach Tollhurst kommen, werden unserer Häuser niedergebrannt und unser Vieh abgeschlachtet werden. Alles Wertvolle wird geraubt werden, die Männer werden getötet und die Frauen für Zwecke benutzt, die zu widerlich sind, als dass ich davon reden möchte. Plünderer sind keine Menschen, es sind unmenschliche Monster. Sie empfinden keine Reue und haben kein Gewissen. Wenn tatsächlich Plünderer kommen, müssen wir uns auf einen Krieg vorbereiten.«

Willan Coburd war der Besitzer der Taverne *Zum Lächelnden Drachen* und war lange Bürgermeister von Tollhurst gewesen, bis Gerrit im letzten Frühjahr gegen ihn angetreten war und die Wahl gewonnen hatte. Jetzt wiederholte er seinen Protest.

»Ich bezweifle ja nicht die Grausamkeit von Plünderern, ich bezweifle nur, dass sie überhaupt existieren! Eine ganze Generation ist vergangen, seit sie das letzte Mal in dieser Provinz gesehen worden sind. Plünderer sind eine Bedrohung für jene, die in den Grenzlanden leben, nicht für uns. Wenn die Barbaren des Eisigen Ostens in die Südlande eingefallen wären, würden wir das wissen!«

»Plünderer müssen nicht notwendigerweise Barbaren

aus dem Osten sein.« Gerrit bemühte sich, seine Gereiztheit zu verbergen. Seit er Bürgermeister geworden war, hatte Willan Coburd schon aus Prinzip jeder seiner Ideen widersprochen. »Es sind Gesetzlose, Männer ohne Gewissen und ohne Ehre, die sich zusammenschließen, um die Schwachen auszubeuten. Die Südlande brüten solch menschliches Vieh ebenso leicht aus wie der Eisige Osten.«

»Spar dir deine Schauergeschichten für die Kinder auf«, höhnte Willan. »Die Patrouillen suchen diese Provinz regelmäßig nach Briganten und Strauchdieben ab. Sie sorgen dafür, dass die Straßen sicher sind. Jeder weiß, dass die Plünderer es nicht mehr wagen, sich näher als drei Tagesritte an eine der Sieben Hauptstädte heranzuwagen. Und du willst, dass wir das alles außer Acht lassen? Du verlangst von uns zu glauben, dass die Plünderer nach über fünfzig Jahren wieder zurückkehren, Gerrit? Und wir sollen das glauben, weil ein *Junge* einen schlimmen Traum gehabt hat?«

»Ich habe dir ja gesagt, dass sie uns nicht glauben werden«, murmelte Keegan von seinem Stuhl in der Ecke aus.

Normalerweise durften nur Mitglieder des Stadtrates an solchen Sitzungen teilnehmen. Angesichts der Umstände jedoch hatte Gerrit darauf bestanden, dass auch sein Sohn dabei war. Natürlich gegen Willans nachdrücklichen Widerstand.

»Niemand glaubt es, nie«, fuhr er fort. »Erst, wenn es zu spät ist.«

Gerrit hob die Hand, um seinen Sohn zum Schweigen zu bringen. Er würde dafür sorgen, dass sie verstanden. Er musste es versuchen, ganz gleich, was es ihn auch kosten mochte.

»Mein Sohn …« Er blickte unsicher zu Boden. »Mein Sohn weiß Dinge. Dinge, die er eigentlich nicht wissen sollte … Oder wissen kann. Manchmal hat er Träume. Träume, die wahr werden. Bisher haben mein Sohn und ich das geheim gehalten.«

Der Bürgermeister von Tollhurst hob den Kopf und sah die anderen Ratsmitglieder an. Seine Nachbarn und Freunde betrachteten ihn eindringlich und versuchten, die Glaubwürdigkeit seiner Worte abzuschätzen.

»Dunkirk«, fuhr Gerrit an den Schmied der Ortschaft gewendet fort. »Keegan hat mir gesagt, dass deine Tochter einen Spielmann heiraten würde. Schon vor zwei Jahren. Eine Woche später ist Pellin in unsere Stadt gekommen, ein freundlicher Fremder mit einer Laute auf dem Rücken. Und jetzt, in weniger als vierzehn Tagen, wirst du seine Vereinigung mit deiner Tochter feiern.« Gerrit sprach leise, aber durch die Stille im Raum drangen seine Worte in jedermanns Ohr.

»Und du, Lassinda«, wandte er sich an die matronenhafte Frau, die Hebamme der Stadt. »Letztes Jahr sagte er mir, dass Juliana Zwillinge gebären würde. Er wusste, dass sie Zwillinge bekommen würde, noch bevor irgendjemand überhaupt wusste, dass sie ein Kind unter dem Herzen trug. Dich eingeschlossen.«

Dann richtete Gerrit seine Aufmerksamkeit auf Willan. »Und er hat mir auch von Lord Selkirks Besuch berichtet. Habe ich dir nicht vorgeschlagen, die teuersten Weine zu besorgen? Ich sagte dir, dass wir immer für alle Fälle vorbereitet sein sollten. Kannst du dich daran erinnern, Willan? Was wäre wohl passiert, wenn solch vornehme Edelleute in deiner Taverne aufgetaucht wären und nichts vorgefunden hätten, womit sie ihren Durst hätten stillen wollen? Glaubst du vielleicht, ich hätte diesen Vorschlag aus purem Zufall gemacht?«

Gerrit wusste nicht mehr, was er noch sagen sollte, und

machte eine kleine Pause. »Wenn mein Sohn mir sagt«, schloss er dann, »dass in zwei Nächten unsere Ortschaft von Plünderern überfallen werden wird, weiß ich, dass es der Wahrheit entspricht.«

Eine Weile herrschte Schweigen im Rat, bis Elimee, die älteste der weiblichen Ratsmitglieder, das Wort ergriff. »Keegan besitzt die *Sicht.* Er ist ein Seher!«

»Ich habe ihn immer angehalten, es zu verbergen«, gab Gerrit leise zu. »Denn ich hatte Angst. Angst davor, ihn zu verlieren. Angst, dass der Orden kommt und ihn mir wegnehmen würde. Meine Frau ist tot, und Keegan ist das Einzige, was mir von ihr geblieben ist. Ich könnte es nicht ertragen, ihn ebenfalls zu verlieren.«

Willans Stimme durchdrang das verlegene Schweigen. »Woher sollen wir wissen, dass du die Wahrheit sagst, Gerrit?«

Keegan blickte von seinem Stuhl hoch. Seine dunklen Augen brannten mit dem Feuer eines fünfzehnjährigen Jugendlichen, den man herausforderte. »Nennst du meinen Vater einen Lügner, Willan?«

Willan ignorierte Keegan und wandte sich stattdessen an den Rat. »Unser Bürgermeister ist ein feiner, aufrechter Mann und ein wichtiger Teil unserer Gemeinschaft. Das Gleiche kann man jedoch nicht von seinem Sohn sagen.«

»Gib acht, was du über meinen Jungen sagst!«, warnte Gerrit ihn drohend.

»Vergib mir, Bürgermeister«, entschuldigte sich Willan unaufrichtig. »Ich bin sicher, dass Keegan tief im Innersten ein guter Junge ist, aber es ist eine Tatsache, dass er nicht hierherpasst. Er ist zu ruhig, zu zurückgezogen. Die anderen Kinder wollen nichts mit ihm zu tun haben.«

»Willan!«, rief Elimee. »Wie kannst du so etwas sagen? Der Junge ist doch hier bei uns!«

»Ich sage nur, was wir alle wissen. Ich verüble es einem Vater nicht, dass er seinen Sohn für etwas Besonderes hält, dass er glaubt, er hätte eine Gabe. Aber für uns andere sollte es offensichtlich sein, dass dieser sogenannte Traum nichts weiter ist als die Sehnsucht eines frustrierten Jungen nach Aufmerksamkeit.«

»Jetzt gehst du zu weit, Willan!«, fuhr Gerrit ihn an. »Du hast keine Ahnung, was hier auf dem Spiel steht.«

»Nein? Dann lass den Jungen doch für sich selbst sprechen, Bürgermeister. Soll er uns seinen schrecklichen Traum mit eigenen Worten schildern.«

»Ich habe Feuer und Blut gesehen, als unsere Siedlung brannte und unsere Männer niedergemetzelt wurden«, antwortete Keegan. Er sprach langsam und ohne jegliche Gefühlsregung, als er die lebhaften Einzelheiten seines Traumes wiedergab. »Ich habe die Schreie der Frauen gehört, als man sie vergewaltigte, während die Leichen ihrer Ehemänner und Väter neben ihnen lagen. Ich habe sogar deinen Tod gesehen, Willan. Ein Plünderer hat dich mit seinem Krummsäbel auf der Straße niedergeschlagen, wie einen Hund, und die Klinge grub sich in deinen Rücken, als du voller Entsetzen weggelaufen bist. Du hast sogar deine Frau und deine Tochter zurückgelassen.«

»Verdammt sollst du sein, Junge!«, schrie Willan und sprang mit geballten Fäusten auf. »Niemand wagt es, mir zu drohen!«

»Das genügt!«, befahl Gerrit laut. »Keegan, hör auf. Willan, setz dich!« Der Tavernenwirt gehorchte nur zögernd. »Mein Sohn bedroht dich nicht, du Narr! Er versucht dich zu warnen. Er versucht, dein Leben zu retten!«

Willan hatte das Gesicht zu einer höhnischen Fratze verzogen. »Das sagst du«, gab er zurück. »Aber wir haben keinen Beweis für seine Gabe außer deiner Behauptung. Ich glaube kaum, dass dies genügt.«

Es war Elimee, die die Leute zur Vernunft brachte. »In den Jahren, seit Gerrit hier eingetroffen ist, habe ich nie gehört, dass er in irgendeiner Sache gelogen hätte. Er ist ein guter Mann, das wissen wir alle. Deshalb haben wir ihn auch zum Bürgermeister gewählt. Und den gleichen Charakter sehe ich in Keegan«, fuhr die alte Frau fort. »Wenn das, was sie beide sagen, stimmt, können wir es uns nicht erlauben, es einfach zu ignorieren. Falls sie sich aber irren, werden wir das spätestens in zwei Nächten wissen und können uns dann darum kümmern. Sollten sie recht haben, müssen wir noch heute Nacht mit den Vorbereitungen beginnen.«

Zustimmendes Murmeln antwortete auf die Worte der alten Frau.

»Also gut«, lenkte Willan ein und setzte sich wieder. »Wir treffen Vorbereitungen. Aber wenn dein Sohn sich geirrt haben sollte …«

»Ich hoffe sehr, dass er sich geirrt hat«, antwortete Gerrit ernst.

»Das habe ich nicht.« Keegans Stimme klang ruhig und kalt.

18

Das dumpfe Getrappel der Pferdehufe drang in Herrods Ohren. Sein Herz raste, und sein Blut kochte bei dem Geräusch. Das Dorf lag unmittelbar vor ihnen. Er konnte im Mondlicht die Umrisse der Gebäude erkennen. Er hob die Hand, und sein Krummsäbel schimmerte im Mondlicht. Die etwa zwanzig Mann hinter ihm entzündeten ihre Fackeln und hoben sie als Antwort hoch. Seine Gefolgsleute, brutale und verderbte Männer wie er selbst, bereiteten sich darauf vor, die ahnungslosen Bürger im Schlaf auszuräuchern.

Sie stürmten in das stille Dorf. Ihre Rösser galoppierten durch die Gassen zwischen den Häusern und Gebäuden, während sie ihre brennenden Fackeln auf die trockenen Strohdächer warfen. Rauch stieg auf, und die Flammen breiteten sich aus. Schon bald würden die Hütten lichterloh brennen, und die Dorfbewohner würden kreischend aus ihren lodernden Häusern stürmen. Seine Männer würden die verwirrten, von Panik erfüllten Menschen auf den Straßen niedermetzeln. Nur die jungen Frauen würde man lebend ergreifen. Nach dem Gemetzel würden sie die verbrannten Ruinen plündern. Es würde hier genauso laufen wie in dem halben Dutzend Dörfer, das sie im letzten Monat überfallen hatten. Sie würden sich nehmen, was sie tragen konnten, den Rest vernichten und dann in der Nacht davongaloppieren. Die Patrouillen der Sieben Hauptstädte würden erst Tage später über diese grauenvolle Szenerie stolpern.

Herrod riss sein Pferd herum, und sein langer Umhang bauschte sich hinter ihm auf wie eine nachtschwarze Wolke. Dann galoppierte er auf den Dorfanger in der Mitte der Ortschaft. Der Blutdurst war ihm zu Kopf gestiegen, aber dennoch spürte er, dass irgendetwas nicht stimmte. Er hörte die Schreie und Rufe seiner eigenen Männer, aber wo blieb das hilflose Kreischen der Dorfbewohner?

Er zügelte sein Pferd und betrachtete den Schauplatz. Die Gebäude qualmten zwar, aber sie gingen nicht in lodernde Flammen auf. Als hätte man die Dächer und Wände mit Wasser getränkt. Und die ganze Stadt war leer; er sah nur seine eigenen Männer auf ihren Pferden, die durch die Straßen und Wege zwischen den Gebäuden galoppierten.

War die Stadt etwa aufgegeben worden? Hatte etwas die Bevölkerung vertrieben? Eine Seuche vielleicht? Oder die Hungersnot? Herrod nahm ein gebogenes Horn von seinem Gürtel und blies dreimal kurz hinein.

Innerhalb einer Minute hatten sich die Männer auf dem Dorfanger um ihn herum versammelt. Ihre Pferde waren nervös und stampften unruhig mit den Hufen auf den Boden. Herrod zählte rasch durch: sechzehn Reiter. Vier fehlten.

»Wer fehlt?«, verlangte er barsch zu wissen. Diese Geisterstadt, auf die sie hier gestoßen waren, bereitete ihm Unbehagen. »Wer fehlt, und wo bei allen Feuern des Chaos sind sie abgeblieben?«

Vom Rand des Dorfangers antwortete eine Stimme. »Sie sind tot, getötet von Bogenschützen. So wie es auch euch ergehen wird, wenn ihr nicht eure Waffen wegwerft und absteigt.«

Die Plünderer drehten sich zu dem Sprecher herum. Ein einzelner Mann stand am Rand des Platzes. Er war zu Fuß und unbewaffnet.

Gerrit hatte darauf bestanden, sich allein den Plünderern zu stellen. Der Rest der Dorfbewohner war entweder evakuiert oder aber auf strategisch wichtige Positionen in der ganzen Siedlung verteilt worden. Jemand hatte vorgeschlagen, die Plünderer ohne Warnung zu töten, ohne ihnen anzubieten, sich zu ergeben. Sie sollten einfach nur alle getötet werden. Aber der Bürgermeister hatte sich gegen diese Idee ausgesprochen. Er wollte diese Männer nach Möglichkeit lebend vor Gericht stellen.

Bis jetzt hatten die Plünderer nicht geantwortet. »Ihr seid umzingelt«, erklärte ihnen Gerrit. »Unsere Bogenschützen werden euch von euren Pferden schießen, wo ihr gerade steht, wenn ihr euch nicht sofort ergebt. Das ist meine letzte Warnung.«

Er bezweifelte zwar, dass sie sein Angebot akzeptieren würden, aber Gerrit wollte sie ohne weiteres Blutvergießen gefangen nehmen, wenn es möglich war. Widerstand vonseiten der Plünderer konnte möglicherweise dazu führen, dass Dorfbewohner verletzt wurden.

Die Plünderer antworteten nicht, obwohl er sehen konnte, dass der Anführer die umliegenden Gebäude aufmerksam musterte und versuchte, den Hinterhalt zu erkennen.

Herrod konnte die Bogenschützen nicht sehen, aber er bezweifelte nicht, dass sie da waren. Dennoch kam es für ihn nicht infrage, sich von einem Haufen gewöhnlicher Dorfbewohner einfach so gefangen nehmen zu lassen. Es war eine dunkle Nacht, und seine Rüstung war stark. Er sah, dass sie nicht daran gedacht hatten, die Straßen zu verbarrikadieren, die von dem Platz weg aus der Siedlung hinausführten.

Der Anführer traf seine Entscheidung. Ohne ein Wort

zu sagen, spornte er sein Pferd an. Im selben Moment erfüllte das Pfeifen von Pfeilen die Luft. Er hörte die Schreie seiner Männer, als sie hinter ihm aus den Sätteln gerissen wurden. Ein Pfeil prallte von seiner gepanzerten Schulter ab und fiel zu Boden, ohne Schaden anzurichten. Dann hörte er die Schlachtrufe der Dorfbewohner, als sie aus ihren Verstecken strömten und die vier Seiten des Dorfangers blockierten.

Einen Moment später bohrte sich ein Dutzend Brandpfeile in den Boden um die Pferde. Die Erde war mit Öl getränkt und explodierte in einer Flammenwand. Herrods Pferd bäumte sich auf, er wurde abgeworfen und mitten in das Feuer geschleudert.

Gerrit sah wortlos zu, wie die Plünderer von dem Inferno getötet wurden. Einige hatten Glück und konnten der Feuerfalle entkommen. Sie sprangen mit ihren Pferden durch die Flammenwand. Aber als sie herauskamen, wurden sie von den Männern des Dorfes bereits erwartet. Sie hatten drei Meter lange Spieße angefertigt, so wie Adrax es ihnen gezeigt hatte. Das Ende der Speere hatten sie in den Boden gebohrt und erwarteten so die in Panik geratenen Pferde. Die Tiere wurden von den Lanzen aufgespießt, die Reiter aus den Sätteln geschleudert. Sie waren kaum auf dem Boden gelandet, als sich auch schon die Dorfbewohner auf sie stürzten und sie mit Spitzhacken, Sensen, Schaufeln und Äxten bearbeiteten. Töten oder getötet werden; den Männern des Dorfes war klar, dass es nur darum ging. Sie kämpften für sich selbst, für ihr Heim, ihre Familien, und benutzten ihre Waffen mit grimmiger Entschlossenheit gegen diesen gnadenlosen Feind. Gerrit wandte seine Aufmerksamkeit wieder den Flammen zu. Bis jetzt hatte die Falle perfekt funktioniert. Nicht ein einzelner Reiter war ihr entkommen. Er hörte die Schreie, das laute Kreischen von Männern und Pferden, als sie von den Flammen verzehrt wurden. Es war eine perfekte Falle, die perfekt zugeschnappt war, aber das bereitete ihm kein Vergnügen.

Mitten in den lodernden Flammen erhob sich Herrod vom Boden. Um ihn herum starben seine Männer. Sie erstickten im Rauch, verbrannten im Feuer oder wurden von den improvisierten Waffen der Dorfbewohner zerhackt. Aber der Anführer der Plünderer war nicht so leicht zu töten.

Als der Stärkste in der Bande hatte er sich immer als Erster bei den erbeuteten Schätzen bedienen können. Nach einem ihrer Überfälle hatte er einen Umhang für sich beansprucht, der großartige Eigenschaften besaß. Er war aus dem Haar eines Giganten gewoben. Und dieser Umhang schützte ihn jetzt vor den Flammen. Das Feuer leckte zwar an dem Kleidungsstück, aber es brannte nicht. Allerdings wusste er, dass der Schutz nicht lückenlos war. Er spürte bereits, wie das Metall der Rüstung auf seiner Haut glühte, und fühlte, wie der heiße Rauch ihm seine Lunge versengte.

Herrod schlang den rettenden Umhang fest um seinen Körper und marschierte direkt durch die lodernden Flammen. Er tauchte angesengt, aber unverletzt auf und fand sich zwei erschreckten jungen Männern gegenüber, die lange Speere schwangen.

Die beiden Dorfbewohner zögerten, weil sie nicht wussten, wie sie angreifen sollten. Man hatte ihnen nur gezeigt, wie sie ein angreifendes Pferd aufhalten sollten, aber jetzt hatten sie es mit einem gepanzerten Widersacher zu tun, der zu Fuß unterwegs war. Herrod zögerte nicht. Nach zwei Schritten war er schon zu dicht bei ihnen, als dass sie ihre Speere noch wirkungsvoll hätten einsetzen können. Der erste Mann war tot, noch bevor er seinen nutzlosen Spieß überhaupt einsetzen konnte. Der Schlag mit Herrods Krummsäbel hatte ihm fast den Kopf vom Hals getrennt.

Der zweite ließ den Spieß fallen und griff ungeschickt nach der Axt in seinem Gürtel. Er war zu verblüfft, um auch nur zu schreien, als sein Gefährte tot neben ihm zu Boden fiel. Es gelang ihm, einen schlecht austarierten Schlag gegen seinen Widersacher zu führen, den Herrod jedoch mit Leichtigkeit parieren konnte. Dann schlug er dem Mann einmal quer über die Brust und einmal mit der Rückhand über den Bauch, und der Kampf war vorbei. Der Mann sackte neben seinem Freund zusammen. Sein warnender Schrei in Richtung seiner Gefährten wurde von dem blutigen Gurgeln in seiner Kehle erstickt.

Der Plünderer bewegte sich jetzt rasch und eilte in die Schatten des nächstgelegenen Gebäudes. Niemand hatte seine Flucht bemerkt. Sie waren zu sehr damit beschäftigt, seine Leute zu massakrieren. Er glitt in den Schatten und schlich am Rand des Gebäudes entlang, um das Ende der Ortschaft zu erreichen. Da er das Schlachtfeld unentdeckt hatte verlassen können, konnte er sich zu einem Bauernhof in der Umgebung schleichen, ein Pferd stehlen und in die Nacht davonreiten. Aber noch während er seine Flucht plante, schwor Herrod, dass er zurückkehren und sich rächen würde.

Gerrit hatte bemerkt, wie Herrod aus dem Feuer entkommen war, hatte voller Entsetzen zusehen müssen, wie der Plünderer die beiden jungen Männer niedergemetzelt hatte. Beide hatten Familien, und der eine hatte ein kleines Kind, das noch nicht einmal ein Jahr alt war. Gerrit hatte eine Warnung gerufen, aber seine Stimme war im Fauchen der Flammen und den Schreien der sterbenden Plünderer untergegangen. Er sah zu, wie der Mörder im Schatten verschwand, und wusste, was er zu tun hatte. Keiner der Plünderer durfte lebendig entkommen, nicht, wenn die Stadt wieder sicher sein sollte. Er bewegte sich schnell, aber lautlos, als er seinem Feind in die Dunkelheit der Felder jenseits der Stadt folgte. Er war nur mit der kleinen zeremoniellen Keule bewaffnet, die der Bürgermeister der Stadt immer an seinem Gürtel trug.

Keegan erwachte mit einem Schrei aus einem Albtraum; sein lauter Ruf weckte viele der anderen Schläfer in dem Lager, in das man sie gebracht hatte. Elimee war fast augenblicklich an seiner Seite und nahm ihn in ihre dürren Arme.

»Still, mein junger Seher«, flüsterte sie ihm ins Ohr.

Seit dieser Ratssitzung hatte nur Elimee mit ihm gesprochen. Alle anderen in dem Lager, alle Frauen und Männer, die ihn seit seiner Ankunft in der Ortschaft kannten, all die Mädchen und Jungen, mit denen er aufgewachsen war, alle kleineren Kinder, auf die er aufgepasst und mit denen er auf Festen und Feiern gespielt hatte, hielten Abstand zu ihm. Sie wichen ihm aus, wegen seines Traumes.

Nur Elimee, die weise alte Frau des Dorfs, behandelte ihn immer noch wie zuvor. Nur sie erwiderte seinen Blick, nur sie sah ihn ohne Furcht an.

Keegan befreite sich sanft aus ihren beschützenden Armen. »Irgendetwas stimmt nicht«, sagte er zu ihr. Er sprach leise, aber eindringlich.

»Hattest du wieder einen Traum?«, erkundigte sie sich.

Keegan nickte. »Aber dieser war nicht klar. Ich kann

mich nicht genau daran erinnern. Aber ich weiß, dass etwas nicht stimmt. Ich muss wieder zurück in die Ortschaft.«

Einen Moment glaubte er, sie würde ihm widersprechen, aber Elimee schwieg nur eine Weile, in Gedanken versunken. Dann strich sie ihm sanft über die Wange.

»Mein junger Prophet, du hast so viel für diese Leute getan, obwohl sie es nicht einmal begreifen. Du hast sehr viel riskiert, indem du dein Geheimnis enthüllt hast. Du hast den Leuten dieser Stadt mehr geopfert, als sie jemals begreifen werden.«

»Ich … ich habe nur getan, was ich tun musste. Vater sagte, es wäre das Richtige. Wir mussten euch warnen.«

Die alte Frau lächelte. »Du bist ein feiner junger Mann, Keegan. Du bist wirklich der Sohn deines Vaters. Aber deine Träume haben deine Macht ausgelaugt. Du bist müde. Ich sehe die Erschöpfung in deinen Augen. Ich weiß nicht viel über die *Sicht,* aber ich weiß, dass sie von der Macht des Chaos stammt, das in deinen Adern fließt. Jede Vision, jeder Traum zehrt an deiner Kraft. Du wirst Zeit brauchen und ausruhen müssen, bevor du wieder klar träumen kannst. Im Augenblick bist du müde. Dein Talent ist ausgezehrt. Ich weiß nicht, ob du deinen Träumen noch so trauen kannst, wie du es normalerweise tun würdest.«

»Irgendetwas stimmt nicht«, wiederholte Keegan. »Ich weiß es. Ich muss gehen.«

Elimee sah sich rasch in dem improvisierten Lager um. Die anderen schliefen oder ignorierten nachdrücklich ihr Gespräch mit Keegan.

»Ich glaube an deine Macht, Keegan. Ich glaube an dich. Und jetzt musst du an mich glauben.«

Sie zog ihn dicht an sich, und ihre knotigen Hände

umklammerten seine Schultern, als sie ihm in die Augen blickte.

»Du bist nicht der Einzige in dieser Stadt, der Träume hat, Keegan«, flüsterte sie. »Obwohl meine Gabe der *Sicht* schon von Anfang an sehr schwach war und durch Alter und Vernachlässigung noch schwächer geworden ist.« Die alte Frau lächelte freundlich. »Wie dein Vater haben auch meine Eltern befürchtet, dass der Orden kommen und mich ihnen wegnehmen würde.«

Keegan reagierte nicht auf diese Beichte. Er hatte schon lange vermutet, dass diese alte Frau das Chaos in ihren Adern hatte. Manchmal fühlte er, wie es aus ihr nach ihm rief, wie ein Ruf unter Gleichen. Sein Vater hatte ihm verboten, es jemals zu erwähnen. Jetzt bestätigte sie seinen Verdacht.

Die alte Frau ließ seine Schultern los und griff in ihre Bluse. Sie holte einen kleinen Anhänger heraus, der weiß glänzte. Er hatte die Form eines Auges.

»Das ist aus einem Einhorn geschnitzt, ein Geschenk meiner Tante. Sie war eine Hexe. Ich nehme an, dass das Chaos in meinen Adern von ihr stammt.«

Elimee nahm seine Hand in ihre und schlang seine Finger um das Amulett.

»Es wohnt Macht darin«, flüsterte sie. »Die ChaosBrut ist zwar verschwunden, aber ihre Magie ist geblieben. Zieh Stärke daraus, fühle, wie ihre Macht deinen Verstand und dein Herz erfüllt. Dann werden wir die Wahrheit deines Albtraums sehen.«

Keegan zögerte, weil er nicht genau wusste, wie er es anstellen sollte. Dann tastete er vorsichtig mit seinem Verstand danach. Ließ seinen Geist schweifen. Er griff nach diesem Artefakt, das aus dem Horn eines Tieres geschnitzt war, das schon seit Jahrhunderten ausgestorben war, und er griff nach der zerbrechlichen alten Frau vor sich.

Zuerst war nichts da. Dann fühlte er es. Einen schwachen Funken flackernder Macht. Instinktiv und ohne zu wissen, wie er es anstellte, begann Keegan, die Flammen anzufachen.

Die Glut, die er mit seinem geistigen Auge sah, flammte auf, loderte zu einem glühenden blauen Feuer empor. Keegan sog das Feuer in sich hinein, und seine hungernde Gabe verschlang förmlich die Macht des Artefaktes dieser alten Frau.

Der Traum explodierte in seinem Kopf; das Bild war zunächst noch schwach und undeutlich, aber schon zu erkennen. Es dauerte nur einen winzigen Moment, doch es hatte sich im selben Augenblick in Keegans Gedächtnis eingebrannt. Sein Vater, auf einem Feld, wie er einen Mann in einem schwarzen Umhang angreift. Sie stürzen zu Boden und ringen kurz miteinander. Der Mann kann sich befreien und zückt seinen Krummsäbel. Gerrit versucht, sich mit der albernen kleinen Keule an seinem Gürtel zu verteidigen, aber der Krummsäbel zuckt hinab und …

»Nein!«, schrie er und riss das Amulett von dem Band um Elimees Hals.

Das geschnitzte Auge entglitt seiner Faust und fiel zu Boden, als er aufsprang. Die alte Frau versteifte sich und umklammerte Keegans Finger. Dann sank sie zu Boden, und ihre welke Hand rutschte aus seinem Griff. Andere Dorfbewohner in der Nähe drehten sich zu ihnen um. Auf ihren Gesichtern zeichnete sich eine Mischung aus Verwirrung und Furcht ab, aber keiner wagte es, sich einzumischen.

Keegan zögerte, hin- und hergerissen zwischen der Vision seines Vaters und Elimee, die alt und schwach auf dem Boden zu seinen Füßen lag. Die Frau hob den Kopf.

»Geh, Keegan«, flüsterte sie. »Ich brauche keine Hilfe. Geh zu deinem Vater.«

Keegan rannte über die mondbeschienenen Felder, stolperte über die Furchen. Geleitet von der Erinnerung an seine Vision rannte er dorthin, wo, wie er wusste, sein Vater dem sicheren Tod entgegensah.

Er erreichte den Kamm eines Hügels in den Außenbezirken der Ortschaft und sah, wie sich sein Traum nicht einmal einhundert Meter von ihm entfernt manifestierte. Zwei dunkle Gestalten rangen auf dem Boden miteinander, und ihre kämpfenden Silhouetten hoben sich gegen das silberne Mondlicht ab.

Fasziniert von der Szene, die sich vor ihm abspielte, stolperte Keegan auf dem unebenen Boden und stürzte den Hügel hinunter.

Er überschlug sich auf dem steilen Hang, und der Sturz nahm ihm den Atem. Etliche Sekunden blieb er am Fuß des Hügels auf dem Rücken liegen und rang nach Luft, während er versuchte, Atem zu holen und einen klaren Kopf zu bekommen.

Als er unsicher auf die Füße kam, sah er, dass nur noch eine Gestalt stand. Die andere wand sich auf dem Boden zu seinen Füßen. Keegan stolperte auf die beiden zu, aber sein warnender Schrei war kaum hörbar, wie ein Windhauch aus seinem Mund.

Die stehende Gestalt hob ihren Arm. Die sichelförmige Klinge eines Krummsäbels zischte durch die Dunkelheit und traf die Gestalt am Boden. Einmal, zweimal und dann noch ein drittes Mal, während Keegan nur schluchzen und weinen konnte, als er sich stolpernd dem Schauplatz des Gemetzels näherte.

Herrod schlug noch ein viertes Mal zu, obwohl er genau wusste, dass sein Gegner bereits tot war. Aber er wollte den Leichnam aus reiner Bosheit verstümmeln. Dann hörte er neben dem widerlichen Schmatzen, mit dem sich Eisen in Fleisch grub, noch etwas anderes, ebenfalls Vertrautes: von Trauer ersticktes Schluchzen.

Er wandte sich von seiner blutigen Arbeit ab und sah eine andere Gestalt, die durch das dämmrige Mondlicht auf ihn zutaumelte. Er suchte die dunkle Silhouette rasch nach einer Waffe ab, aber diese Gestalt war eindeutig unbewaffnet. Und als sein nächster Gegner näher kam, erkannte Herrod, dass sie zu klein und hager war, um ein erwachsener Mann zu sein. Das hier war nur ein Jugendlicher.

Der Junge stürmte auf ihn zu, blind vor Erschöpfung, Trauer und Wut.

Herrod ließ ihn näher herankommen und hämmerte dann dem jungen Mann den Griff seines Krummsäbels ins Gesicht. Sein Widersacher brach auf dem Boden zusammen, kaum noch bei Bewusstsein. Herrod bückte sich, packte das Haar seines Gegners und zog ihn auf die Knie hoch. Das Gesicht des Jungen war blutüberströmt, und seine gebrochene Nase stand in einem seltsamen Winkel ab.

Herrod legte die Lippen an das Ohr des Jungen.

»Junge!«, zischte er, während er immer noch das Haar seines Opfers mit der Faust umklammerte. »Bevor du stirbst, sollst du wissen, dass ich mit mehr Männern zurückkehren und alle töten werde, die in diesem Dorf leben. Und jene, die flüchten, werde ich wie Hunde jagen. Sie werden in blutiger, kreischender Qual verrecken; ich werde sie etliche Tage lang foltern, bevor ich sie schließlich wie Schweine abschlachte. Die Frauen werden vergewaltigt werden, bis sie um ihren Tod betteln, und erst dann werden wir ihnen diese Gnade gewähren.‹

Was dann geschah, hätte Keegan später nicht erklären können, selbst wenn er sich daran hätte erinnern können. Ihm verschwamm immer noch alles vor Augen von dem Schlag, den Herrod ihm versetzt hatte. Sein Verstand schien unter einer dicken Schicht aus Schmerz, Entsetzen und Wut erstickt zu werden. Er packte das Handgelenk des Plünderers, und im nächsten Augenblick hüllte ein strahlendes blaues Licht sie beide ein.

Der Plünderer schrie vor Schmerz auf und ließ Keegans Haar los. Die Klinge seines Krummsäbels zersprang in tausend Stücke. Keegan packte die Rüstung des Briganten vorne an der Brust, und seine Finger zerrissen den Kettenpanzer wie Papier. Dann gruben sie sich wie Klauen in das Fleisch darunter. Der Junge stand auf und hob Herrod vom Boden empor. Dann schüttelte er den Plünderer brutal wie eine Puppe hin und her.

Das Geräusch von brechenden Knochen und zerfetztem Knorpel wurde von Herrods Heulen und Jammern übertönt. Ein brutales Knacken, als sein Genick brach, beendete das Geheul. Aber Keegan schüttelte die Leiche immer noch weiter, mit einer archaischen Wut, mit der elementaren Macht des Chaos, das den jungen Hexer und seinen toten Feind in lodernde blaue Flammen hüllte.

Die Dorfbewohner fanden sie am nächsten Morgen. Gerrits Leiche, die der Plünderer mit seinem Krummsäbel erbarmungslos zerhackt hatte, Keegan, der auf dem Leichnam seines Vaters zusammengebrochen war, zitterte, schluchzte und vor Schreck, Trauer und Erschöpfung beinah besinnungslos war. Und ein Stück von ihnen entfernt lag der Leichnam des Plünderers. Sein Gesicht war zu einer grauenvollen Maske verzerrt, und seine Gliedmaßen und

Knochen standen in grotesken, vollkommen unnatürlichen Winkeln, verrenkt und gebrochen von seinem Körper ab.

Die Plünderer waren besiegt. Kein Einziger von ihnen war der gut gestellten Falle entkommen. Fünf Dorfbewohner waren bei dem Kampf gestorben, einschließlich ihres geliebten Bürgermeisters, aber die mehr als hundert Männer, Frauen und Kinder wussten, dass sie ihr Leben dem jungen Mann verdankten, der jetzt im Haus von Elimee lag und sich langsam erholte.

In der Taverne *Zum Lächelnden Drachen* sprach Willan Coburd so leise, dass die anderen Angehörigen des Stadtrates sich anstrengen mussten, um ihn zu verstehen. »Was wollen wir wegen Keegan unternehmen?«

Elimee schnaubte laut. »Du redest, als wollte er uns etwas Böses, Willan. Er hat uns gerettet und hat dabei seinen Vater verloren. Er hat alles geopfert, damit die Bewohner dieser Ortschaft überleben konnten.«

Willan sah sich hastig um, als erwartete er, dass Keegan aus einer der Ecken der Taverne auftauchte.

Die alte Frau sprach weiter, und in ihrer Stimme schwangen Wut und Verachtung mit. »Hör auf mit deiner Geheimnistuerei, Willan! Er ist kaum in der Lage, den Kopf zu heben, ganz zu schweigen davon, sich hierherzuschleichen!«

»Er muss ja auch nicht hier sein, um uns zu sehen«, erwiderte der Mann, nervös zischend. »Er besitzt die *Sicht*! Er verfügt über die *Gabe*!«

Elimee lachte. »Ja, Willan, das stimmt. Er kann sogar deine Gedanken hören, falls du welche hast. Obwohl ich stark vermute, dass er im Augenblick zu erschöpft ist, um das Chaos anzurufen, das durch seine Adern strömt.«

So gemaßregelt sprach Willan in normaler Lautstärke weiter.

»Also gut, wahrscheinlich hast du recht. Aber wir müssen trotzdem entscheiden, was wir mit ihm anfangen sollen. Was mit diesem Plünderer auf dem Feld geschehen ist, war unnatürlich.« Willan senkte erneut die Stimme, als er fortfuhr. »Die Miene auf seinem Gesicht … Er ist eines schrecklichen Todes gestorben!«

»Ich wünschte, ich wäre dabei gewesen, um es sehen zu dürfen«, verkündete Adrax laut mit seiner zitternden Stimme. »Er hat nichts anderes verdient!«

Zustimmendes Murmeln brandete in der Versammlung auf. Willan nickte, hob dann jedoch Ruhe gebietend die Hand.

»Natürlich bin ich eurer Meinung. Aber was da draußen passiert ist, war Hexerei. Das Wirken des Chaos. Wir können dem Jungen beim Umgang mit seiner Macht nicht helfen, und ich bezweifle, dass er sie beherrschen kann. Die *Sicht* zu besitzen ist eine Sache, aber die *Gabe* in sich zu haben eine ganz andere. Er darf nicht hierbleiben.«

»Nein«, pflichtete ihm Elimee bei. »Das kann er nicht. Aber wohin soll er gehen? Wir können ihn nicht einfach wegschicken, als würden wir ihn verbannen.«

»Wir können ihn zum Orden schicken«, schlug Willan vor. »Dort könnte man ihn lehren, sein … sein Talent zu kontrollieren. Sie sind bestimmt sehr begierig darauf, jemand so offensichtlich Mächtigen in ihren Reihen zu haben.«

Elimee schüttelte den Kopf. »Nein. Sein Vater wollte dieses Leben nicht für ihn, und ich habe große Zweifel, ob Keegan es für sich haben möchte. Außerdem ist er bereits zu alt. Der Orden wird ihn nicht mehr aufnehmen.«

»Und selbst wenn sie es täten«, fügte Adrax mit seiner zittrigen Stimme hinzu, »wird der Junge niemals lernen, so zu sehen, wie die Pilger es tun. Sie werden ihm das Augenlicht nehmen und ihn blenden.«

»Wir könnten ihn dem Magus eines Lords übergeben«, erklärte Willan, der sofort umschwenkte, als er die Stimmung bemerkte. »Er besitzt die *Sicht,* er hat die *Gabe*. Er wäre eine Zierde für jeden Hof in den Südlanden. Vielleicht würde sich ja sogar der Magus des Königs für ihn interessieren.«

»Gewiss«, antwortete Elimee verächtlich. »Die Magi der Adeligen sind dafür bekannt, dass sie all jene mit offenen Armen empfangen, die sie von ihrer eigenen Position verdrängen könnten. Genauso gut könntest du ihm selbst ein Gift in sein Getränk mischen, Willan.«

»Du urteilst zu hart«, tadelte Willan sie. »Ich gebe zu, dass es viele Gerüchte über Schüler gibt, die unter höchst verdächtigen Umständen ums Leben gekommen sind. Aber wir wissen beide, dass die meisten dieser Gerüchte vom Orden in die Welt gesetzt wurden, um die Magi in Verruf zu bringen. Und Keegan braucht eine Anleitung, die nur der Magus eines Lords ihm geben kann. Sonst könnte seine Macht ihn vernichten und uns auch.«

Bevor Elimee ihm antworten konnte, ergriff Adrax erneut das Wort.

»Diese Diskussion ist sinnlos«, keuchte er. Dass er sich so eifrig an dieser Versammlung beteiligte, erschöpfte ihn. »Wir sind gewöhnliche Leute. Keiner von uns weiß auch nur, wie er mit dem Magus eines Lords überhaupt Kontakt aufnehmen sollte.«

Es herrschte lange Schweigen, weil die anderen Ratsmitglieder begriffen, dass Adrax die Wahrheit sagte. Schließlich brach Willan die Stille.

»Was sollen wir dann mit Keegan tun?«

Eine neue Stimme meldete sich aus dem hinteren Teil der Taverne. »Ich werde mich um ihn kümmern.«

Die Ratsmitglieder fuhren verblüfft und beunruhigt zu diesem seltsamen Eindringling herum. Die Türen waren verschlossen, die Fenster mit Läden verrammelt. Und doch war es dem Sprecher irgendwie gelungen, sich unbemerkt in die Ratssitzung zu schleichen.

Jetzt trat der Besucher aus dem Schatten ins Licht, und im selben Moment löste sich das Rätsel um sein plötzliches Auftauchen. Die schwarze Haut des Mannes war im Gesicht, auf der nackten Brust und den Armen von bunter Farbe und Tätowierungen bedeckt. Sein langes schwarzes Haar war zu zahllosen unterschiedlich langen Zöpfen geflochten. Er trug ein halbes Dutzend Ketten aus Tierzähnen und Knochen um den Hals. Ein Teil dieser Amulette war bearbeitet, die meisten jedoch waren im natürlichen Zustand belassen. Drei schimmernde Edelsteine baumelten, jeder an seiner eigenen goldenen Kette, an seinem linken Ohrläppchen, und sein Körper war mit allen möglichen eigenartigen, bizarren Ornamenten geschmückt. Auf dem langen schwarzen Stab, den er mit seiner rechten Hand umklammert hielt, saß der Schädel eines uralten, schon längst ausgestorbenen Tieres.

Der ChaosMagus durchquerte den Schankraum der Taverne langsam, aber selbstsicher. Er benutzte seinen Gehstock nicht, um sich darauf zu stützen, sondern betonte jeden Schritt mit einem leichten Stoß auf den Boden. Die Amulettarmbänder, die seinen linken Arm vom Ellbogen bis zum Handgelenk bedeckten, klingelten und rasselten leise bei jedem Schritt.

»Ich werde mich um ihn kümmern«, wiederholte der Eindringling. Seine Stimme klang tief und kräftig, trotz seines offensichtlichen Alters, das sein Körper verriet.

»Euer L… L… Lordschaft«, stammelte Willan. »Die Anwesenheit eines Magus in unserer bescheidenen Ortschaft ehrt uns.« Willan war vor Überraschung und Furcht fast betäubt und bediente sich unwillkürlich des unterwürfigen Verhaltensmusters, zu dem er immer dann griff, wenn er gesellschaftlich über ihm stehenden Menschen schmeicheln wollte. »Wie können wir einem so vornehmen Gast zu Diensten sein?«

»Keegan«, erwiderte der ChaosMagus. »Der junge Zauberer. Ich habe euer Gespräch belauscht, und was ihr sagt, ist wahr. Er muss lernen, seine Macht zu beherrschen. Ich werde ihn als meinen Schüler aufnehmen, damit er die Kunst der Magie studiert und erlernt. Er wird noch heute Nacht mit mir diese Ortschaft verlassen.«

»Wie hast du von ihm gehört?« Elimee trat vor. »Wie bist du so schnell hierhergekommen?«

Der ChaosMagus warf ihr einen vernichtenden Blick zu, aber sie ließ sich davon nicht einschüchtern.

»Ich suche schon lange nach einem Schüler«, erwiderte der Hexer schließlich langsam und sehr betont, als müsste er einem Kind etwas erklären. »Ich habe Suchzauber gewirkt; ich habe die Zeichen und Omen studiert. Sie haben mich hierhergeführt.«

»Aber sie konnten dich nicht so rechtzeitig herbringen, dass du seinen Vater hättest retten können?«, erkundigte sich Elimee.

»Ich kann die Vergangenheit nicht ändern«, gab der Magus mit einem gleichgültigen Schulterzucken zurück. »Aber ich kann ihm eine bessere Zukunft bieten als jeder Einzelne von euch hier.«

»Verzeiht, Euer Lordschaft«, sagte Willan und drängte Elimee zur Seite. »Ich glaube, ich spreche im Namen des Jungen, wenn ich sage, dass er sich geehrt fühlt, als Schüler bei dem großen Magus … dem sehr berühmten … dem bekannten Magus …?«

Der Hexer lächelte, als Willan verlegen stockte. Seine bemalten Zähne leuchteten in einem ekligen Regenbogen aus Farben.

»Rexol«, sagte er schließlich. »Mein Name ist Rexol.«

19

Keegans erschöpfter Körper wehrte sich gegen sein Bewusstsein, als er allmählich zu sich kam. Er war vollkommen durcheinander, und er merkte nur, dass er nicht aufwachen wollte. Noch nicht. Eigensinnig hielt er die Augen geschlossen, als ihm Bruchstücke von Bildern durch den Kopf zuckten und wieder verschwanden, Stücke und Fetzen eines halb erinnerten Traumes.

Aber es waren keine Träume. Es waren Visionen. Und sie sind alle wahr geworden.

Wenn er sich konzentrierte, konnte er sich das meiste von dem, was geschehen war, zusammenreimen, das wusste er. Aber er hatte nicht das Verlangen, sich diese Mühe zu machen. All das war bedeutungslos, alles, bis auf eins: Sein Vater war tot.

Diese Tatsache war ihm bewusst, aber er weigerte sich, sie zu akzeptieren. Also richtete er seinen Geist auf ein anderes Problem.

Wo bin ich?

Obwohl er die Augen noch geschlossen hatte, wusste er, dass er nicht in seinem Bett lag. Die Matratze war fester als die, die er gewohnt war. Und auch der Geruch, der in der Luft hing, war ein anderer als der in seinem eigenen Zimmer. Er war weder besser noch schlechter, einfach nur anders.

Es war heiß unter der Decke. Er trug ein Hemd und eine Hose, und beides fühlte sich vertraut auf seiner Haut an, behaglich und gut eingetragen. Aber sie stanken nach Schweiß, als hätte er sie mehrere Tage lang ununterbrochen angehabt.

Eine Zeit lang lag er vollkommen ruhig da, die Augen fest zusammengekniffen, und hoffte, dass die Dunkelheit ihn wieder umfangen würde. Aber da er jetzt wach war, wollte sein Körper nicht zulassen, dass er dessen grundlegendste Bedürfnisse ignorierte. Schließlich gab der Druck auf seiner Blase den Ausschlag, und er öffnete endlich die Augen.

Er lag in einer großen quadratischen Kammer. Durch das einzige Fenster hoch oben in der Wand am Fußende seines Bettes sah er, dass draußen Nacht herrschte. Auf dem Tisch in einer Ecke flackerte eine Kerze, die gerade genug Licht spendete, dass er die restlichen Einzelheiten des Raumes erkennen konnte. Die Wände bestanden aus grauem, unverputztem Stein. In der Kammer befanden sich zwei schmale Betten. In dem einen lag er, das andere stand auf der gegenüberliegenden Seite des Zimmers. In der Ecke ihm gegenüber stand ein großer Schrank, und das einzige andere Möbelstück war ein Holzstuhl neben dem Tisch mit der Kerze. Jemand hatte einen Teller mit Speisen und eine große Tasse daraufgestellt. Der einzige Ausgang war eine schwere Holztür, die fest verschlossen war.

Bin ich in einem Gefängnis? Hat man mich eingesperrt nach dem, was ich getan habe?

Der Raum sah eigentlich nicht wie ein Gefängnis aus, aber Keegan versuchte immer noch, aus seiner Umgebung schlau zu werden. Er schlug die Decke zurück, stand auf und fand zum Glück unter dem Bettgestell einen Nachttopf, den er auch benutzte.

Kaum hatte er sich erleichtert, begann sein Magen zu knurren. Keegan legte den Deckel wieder auf den Nachttopf und schob ihn mit dem Fuß unter das Bett. Dann schlurfte er langsam zu dem Tisch und setzte sich auf den Stuhl. Er aß ein paar Bissen von dem Brot und dem Käse auf dem Teller. Es war einfaches Brot, aber es war weder schimmelig noch hart, sondern sogar ziemlich frisch. Der Käse schmeckte scharf und würzig, und er griff nach der Tasse, um ihn mit etwas Flüssigkeit herunterzuspülen. Das Wasser war lauwarm, aber klar und sauber, und er trank die Tasse in einem Zug leer.

Nach einigen Bissen war sein erster Hunger gestillt, und er ging wieder zum Bett. Statt sich jedoch unter die Decke zu legen, setzte er sich einfach auf den Rand, faltete die Hände in seinem Schoß und starrte darauf.

Ein paar Minuten später wurde die Tür geöffnet, und er blickte hoch. Ein junger Mann, der etwa in seinem Alter war, kam herein.

»Du bist wach«, stellte der junge Mann fest, während er die Tür hinter sich schloss. Dann warf er einen Blick auf das halb verzehrte Mahl auf dem Tisch. »Und du isst. Das ist gut.«

Keegan antwortete nicht. Er hatte nicht die Absicht, überhaupt irgendetwas zu sagen. Seine Neugier fiel seiner Müdigkeit zum Opfer und der Trauer darüber, dass sein Vater tot war. Aber als der andere Junge näher kam, fiel ihm seine olivfarbene Hautfarbe auf.

»Du bist ein Wäldler!«, stieß er überrascht hervor.

Der junge Mann rümpfte angewidert die Nase. »Ich bin ein Danaan«, antwortete er. »Das Wort Wäldler finden wir … geschmacklos. Mein Name ist Vaaler.«

Er wartete einen Augenblick, als hoffte er, dass Keegan seinen Namen kannte oder sich vielleicht entschuldigte. Aber nichts davon passierte. Der Schock, einen Angehörigen dieses legendären Waldvolkes zu sehen, hatte ihn zwar aus seinem grimmigen Schweigen gerissen, aber er hatte nicht die Absicht, noch mehr zu sagen.

»Das mit deinem Vater tut mir leid«, erklärte Vaaler schließlich.

Wieder antwortete Keegan nicht. Der jugendliche Danaan zuckte mit den Schultern und ging zu dem anderen Bett.

»Ich lasse das Essen stehen, falls du heute Nacht Hunger bekommst«, sagte er, während er sich bis auf seine Unterwäsche auszog und unter die Decke schlüpfte. »Die Kerze wird von selbst erlöschen.«

Keegan zog sein schmutziges Hemd und seine Hose aus und kroch ebenfalls wieder ins Bett. Da sein Magen voll und seine Blase leer waren, wurde er rasch von Erschöpfung überwältigt und schlief ein.

Als er am nächsten Morgen erwachte, schien die Sonne durch das kleine Fenster. Der Tisch war abgeräumt, Vaaler war verschwunden. Keegan benutzte erneut den Nachttopf, und als er gerade eben fertig war, öffnete sich die Tür, und Vaaler trat ein. Er trug ein Tablett mit Frühstück, einen Teller mit Eiern und Schinken, ein Messer, eine Gabel und eine große Tasse, in der diesmal Saft und kein Wasser war. Er stellte das Tablett auf den Tisch und drehte sich herum, um zu gehen. An der Tür blieb er stehen und warf einen Blick über die Schulter.

»Wenn du den Nachttopf leeren musst oder ein anderes Bedürfnis hast, kann ich dir zeigen, wo die Waschräume sind.«

»Vielleicht, nachdem ich gegessen habe«, murmelte Keegan.

Der Danaan hob eine Braue, überrascht, dass sein Zimmergenosse gesprochen hatte. Statt das Zimmer zu verlassen, beobachtete er, wie Keegan zum Tisch ging.

»Ich habe meinen Vater auch verloren«, erklärte er, nachdem Keegan sich gesetzt hatte.

»Wann?«

»Vor langer Zeit. Noch vor meiner Geburt. Ich habe ihn nie kennengelernt.«

»Das ist nicht das Gleiche«, gab Keegan mit vollem Mund zurück.

»Nein, das ist es wohl nicht.«

Keegan aß gierig, weil er plötzlich Heißhunger verspürte. Er stopfte sich das Essen schnell in den Mund und spülte es mit großen Schlucken aus der Tasse herunter. Der Saft war von irgendeiner säuerlichen Frucht, stark und bitter, aber trotzdem schmackhaft. Als er mit seinem Frühstück fertig war, fühlte er sich endlich bereit, ein paar Fragen zu stellen.

»Wo sind wir hier?« Er wollte mit dem Naheliegenden beginnen. »In einem Gefängnis?«

»Nicht in der Art, wie du vielleicht glaubst«, antwortete Vaaler und schüttelte dann den Kopf. »Das hier ist Rexols Anwesen.«

»Rexol?«

»Ein großer Hexer. Ich bin sein Schüler. Genauso wie du jetzt ebenfalls.«

»Und wenn ich nicht sein Schüler sein will?«, erkundigte sich Keegan.

»Wäre es dir lieber, wenn der Orden dich fände?«

Keegan schüttelte den Kopf, während er versuchte, all diese Informationen zu verdauen. Trotz seiner Trauer über den Verlust seines Vaters empfand er einen Funken von Aufregung angesichts dessen, was man ihm gerade erzählt hatte.

»Wie ist das denn so?«, erkundigte sich Keegan. »Der Schüler eines Hexers zu sein, meine ich?«

Vaaler zuckte mit den Schultern. »Ich bereite die Mahlzeiten zu, kümmere mich um den Garten, mache das Haus sauber. Rexol ist sehr streng, aber nicht grausam.«

»Ist das alles? Lehrt er dich nicht, wie du Magie wirken kannst?«

»Die meiste Zeit sitzt er in seinem Studierzimmer und forscht. Ich sehe ihn manchmal tagelang nicht. Und selbst wenn ich ihn sehe, hat er nur selten Zeit, mir irgendetwas beizubringen. Für gewöhnlich gibt es immer etwas zu lesen. Das meiste von dem, was ich gelernt habe, weiß ich aus den Büchern in seiner Bibliothek.«

»Bist du sicher, dass er wirklich ein Hexer ist?«

»Magie ist nicht so interessant, wie du glaubst«, warnte ihn Vaaler. »Sie ist nicht so, wie die Geschichten und Legenden es uns erzählen. Echte Zauberer laufen nicht herum und lassen Feuer aus ihren Augen schießen oder beschwören Blitze vom Himmel. Das Chaos ist gefährlich. Man muss sehr vorsichtig sein, bevor man es beschwört. Es dauert Wochen, vielleicht sogar Monate, bis man einfach nur lernt, wie man einen Bann richtig wirkt. Zuerst musst du die Rituale und Anrufungen studieren, die das Chaos beschwören und beherrschen. Du musst die richtigen Worte sprechen und sehr präzise die Symbole auf deine Haut zeichnen, um dich selbst zu schützen. Die muss man immer und immer wieder üben, Hunderte von Malen, bis du sie dir vollkommen eingeprägt hast. Selbst der kleinste Fehler kann dazu führen, dass das Chaos ausbricht und dich vernichtet. Du darfst keine Fehler machen. Du musst makellos sein. Perfekt. Und selbst dann«, fuhr Vaaler fort, während seine Stimme leiser wurde, als würde er mehr zu sich selbst als zu Keegan sprechen, »passiert nichts.«

Seinen Worten folgte ein langes, verlegenes Schweigen.

Schließlich hielt Keegan es nicht mehr aus. »Wie viele andere Schüler sind noch hier?«, fragte er.

»Ich bin der einzige«, erwiderte Vaaler. »Ich studiere seit fast sieben Jahren unter Rexol, und bis jetzt gab es außer ihm und mir keine weitere Person auf diesem Anwesen.«

»Klingt einsam.«

»Ist es auch«, gab der junge Danaan zu. »Das ist es wahrlich.«

Rexol blickte in den kleinen Spiegel an der Wand seines Arbeitszimmers und betrachtete prüfend die Umrisse der Schutzsymbole auf seinem Gesicht. Die heiße Spitze der Metallfeder brannte sich in seine Haut, als er eine unauslöschliche Spur aus Tinte auf seine Wangen und um seine Augen herum zeichnete. Aber die frische Glut der Hexwurz, die durch seinen Körper strömte, machte ihn unempfindlich gegen den Schmerz.

Er konnte es kaum erwarten, die Ausbildung seines neuen Schülers zu beginnen. Er hatte seine Macht gespürt und konnte bereits das Chaos fühlen, das in seinem Innersten brannte. Aber er wusste auch um die Notwendigkeit, ihn jetzt nicht unter Druck zu setzen, denn das konnte dazu führen, dass er sich seiner Ausbildung widersetzte. Es war besser zu warten, bis er sich mit dem Tod seines Vaters einigermaßen abgefunden hatte.

In einem, vielleicht zwei Tagen würde er sein neues Mündel aufsuchen. Bis dahin würde er seine Studien der uralten Danaan-Texte fortsetzen und nach weiteren Informationen über die Artefakte suchen, die dem *Schlächter* die Macht der Götter verliehen hatten.

Keegan hatte er Vaalers Obhut überlassen. Die beiden waren etwa gleich alt, und der Danaan-Prinz war weit einfühlsamer und weniger einschüchternd als Rexol. Er würde Keegan helfen, sein neues Leben zu akzeptieren.

Am Anfang würde der Junge sich an die Reste seiner Vergangenheit klammern, das war Rexol klar. Immerhin stellten sie eine Verbindung zu seinem Vater dar. Doch mit der Zeit würden die Namen und Gesichter der Menschen aus seinem Dorf verblassen. Und letztlich würden sie von der alles verzehrenden Gier beiseitegefegt werden, die Keegan packen würde, wenn er erst einmal gelernt hatte, sein schlummerndes Talent anzuzapfen. Wenn er erst einmal in die Kunst von Hexerei und Magie eingetaucht war, würden solch gewöhnliche Leute keine Bedeutung mehr für ihn haben. Er würde sich kaum noch an sie erinnern, ebenso wie Rexol nicht einmal versuchte, sich an den Namen der Ortschaft zu erinnern, in der er den Jungen gefunden hatte.

Natürlich hatten die Dorfbewohner ihren unerwarteten Besucher schon längst vergessen. Damit der Orden Keegan nicht finden konnte, hatte Rexol eine machtvolle Anrufung gewirkt, um die Erinnerungen der Menschen zu verändern, nachdem er Keegan weggebracht hatte. Für diese einfachen Dorfbewohner war der ChaosMagus niemals dort gewesen. Und in ihrer Erinnerung war Keegan zusammen mit seinem Vater bei dem brutalen Angriff der Plünderer gestorben.

Rexol beendete seine Tätowierung und richtete seine Aufmerksamkeit dann auf das Manuskript, das offen auf seinem Schreibtisch lag. Es war eine Sammlung von Kindergeschichten, die man der Tochter eines Königs der Danaan geschenkt hatte, ein Buch voller Mythen und Fabeln. Aber Mythen stellten oft nur ein Echo der Geschichte dar; es lag Wahrheit darin, vorausgesetzt, man wusste, wonach man suchen musste.

Er hatte bereits etliche Erwähnungen dieser Artefakte auf den illustrierten Seiten dieses ledergebundenen Folianten gefunden. Und früher am Tag war er zum ersten Mal über eine genaue Beschreibung gestolpert, was das für Artefakte waren … und was sie bewirken konnten.

Die Götter vertrauten dem Schlächter *drei Artefakte an, die allesamt im Meer des Feuers geschmiedet worden waren. Die Krone verlieh ihm Weisheit; durch ihre Macht konnte er die Gesamtheit der Welt der Sterblichen überblicken, sogar in Herzen und Köpfe schauen, sodass er die ChaosBrut überwachen konnte. Das Schwert verlieh ihm Kraft; durch seine Macht konnte er jeden Feind besiegen, sodass er die Armeen der Sterblichen gegen die ChaosBrut führen konnte. Der Ring verlieh ihm Magie. Durch seine Macht konnte er die rohe Essenz des Chaos anzapfen, auf dass er die ChaosBrut aus der Welt der Sterblichen verbannen konnte.*

Rexol schwindelte fast beim Gedanken an die genannten Möglichkeiten. Eine Krone, die Allwissenheit verlieh. Ein Schwert, das unbesiegbar machte. Und, das war das interessanteste Artefakt, der Ring. Der komplizierteste Aspekt eines jeden Banns war die Beschwörung und Kanalisierung des Chaos. Ein Ring, mit dessen Hilfe man das Chaos direkt anzapfen konnte, verlieh einem Hexer nahezu unbegrenzte Macht … Vorausgesetzt natürlich, er wusste, wie er sie kontrollieren konnte.

Die Puzzleteile fügen sich allmählich zusammen, dachte Rexol, als er die leise Anrufung anstimmte, mit deren Hilfe er erneut die merkwürdigen Symbole auf den Seiten des Buches in Worte umformte, die er lesen konnte. Die Krone, das Schwert und der Ring … Geschenke der sogenannten Götter. Artefakte, in denen die Macht der Alten Magie gebunden war. Uralte Relikte, seit Jahrhunderten verschwunden, die nur darauf warteten, dass jemand sie fand, der stark genug war, sie für sich zu beanspruchen.

Rexol war die Funktionsweise des Chaos vertraut. Er wusste, es war mehr als nur ein Zufall, dass er ausgerechnet jetzt auf diese Passage des Textes gestoßen war, wo er diesen neuen Schüler gefunden hatte.

Das Räderwerk wurde in Gang gesetzt, dachte er, während die uralten Worte der Magie über seine Lippen sprudelten. *Das Chaos sammelt sich.*

20

Callastans Marktplatz und seine angrenzenden Straßen waren immer sehr belebt, aber im Hochsommer ließen Händler und Reisende die Bevölkerung der Hafenstadt auf beinahe das Doppelte anschwellen. Scythe störten diese Menschenmassen im Sommer nicht, obwohl wegen der hohen Luftfeuchtigkeit ihre recht eng anliegenden Gewänder förmlich auf der feuchten Haut klebten.

Sie war gewöhnt an den stechenden Gestank von säuerlichem Schweiß Tausender ungewaschener Leiber, der sich, vermischt mit den betäubenden, süßlichen Aromen von Hunderten unterschiedlichen Parfüms, in einer schweren, ekligen Woge durch die überfüllten Straßen der Stadt wälzte.

Allerdings bedeuteten mehr Menschen auch mehr Geldbörsen, und schon die Anzahl und Unterschiedlichkeit der Fremden, die sich auf dem Platz versammelten, sorgte dafür, dass man immer wieder etwas Interessantes aus dem Gürtel eines ahnungslosen Kunden oder vom Stand eines unaufmerksamen Händlers ergattern konnte. Für Scythe war der Sommer zweifelsfrei die beste Jahreszeit in Callastan.

Menschen aller Herkunft füllten den Platz. Viele von ihnen waren ebenso zierlich wie Scythe, hatten auch ihre nussbraune Haut und ihr pechschwarzes Haar. Das Blut der Inseln war unter den Callastanern stark vertreten. Schon aus diesem Grund würdigten nur sehr wenige Leute

Scythe eines zweiten Blickes, als sie über den Platz ging, was ihr die Arbeit erheblich erleichterte. Außerdem gab es so vieles, das weit interessanter anzusehen war als eine achtzehnjährige Frau, so attraktiv sie auch sein mochte.

Es wimmelte auf dem Platz von Seeleuten, die auf Landgang waren, Männer, die den Handel in jeder großen Hafenstadt belebten, weil sie unbedingt das Beste aus ihrem kurzen Landurlaub machen wollten. Sie trugen weite bunte Seidenhemden, die von flammend roten oder gelben Schals akzentuiert wurden, hatten grün oder violett gefärbtes Haar, gewaltige, funkelnde Goldringe in den Ohren und mit Juwelen besetzte Krummsäbel an den Seiten. Diese Seeleute wären in jeder Menschenansammlung aufgefallen, außer freilich in Callastan.

Hier war die Konkurrenz für aller Augen zu groß, als dass sich irgendjemand von einem bunten Aufzug hätte beeindrucken lassen. Jongleure mit nackten Oberkörpern tanzten zwischen den wimmelnden Besuchern umher, warfen funkelnde Klingen hoch über die Köpfe der wogenden Menge. Akrobaten, tätowiert mit einer wilden Mischung aus Stammeszeichen, religiösen oder auch einfach nur Schmucksymbolen, sprangen, hüpften und tobten zwischen den Kunden, Händlern und Seeleuten umher und stießen gelegentlich mit ihren wilden Darstellungen einen Frucht- oder Brotkarren um. Bänkelsänger schlugen oder bliesen ihre Instrumente, und jeder war eifrig bemüht, sich in dem Getöse der feilschenden und schreienden Menge bemerkbar zu machen. Natürlich schlugen alle Straßenkünstler einen großen Bogen um die finsteren Büttel mit ihren großen Keulen. Diese ehemaligen Soldaten im Dienste der Stadt streiften ständig zu zweit oder dritt über den Platz und suchten nur nach einem Vorwand, jemandem eins über den Schädel zu ziehen.

Hexen und Alchimisten boten ihre Zaubertränke und Elixiere auf den Straßen an. Sie überschrien noch den unaufhörlichen Lärm der Feilschenden. Viele ihrer Produkte waren in den ganzen Südlanden nur illegal zu erwerben, außer hier in Callastan. In weite Roben gehüllte Hexer beschworen Feuersäulen auf ihren Handflächen oder ließen funkelnde Kristallschauer aus dem Himmel regnen, um ihre Macht über das Chaos zu demonstrieren. Scythe hätte sicherlich ähnliche Vorstellungen geben können, vorausgesetzt, sie verfügte über die richtige Mischung aus Pulvern, über eine geschickte Hand und ein leichtgläubiges Publikum.

Sie selbst hatte nur mehr ein flüchtiges Interesse an den sogenannten Wundern des Platzes. Sie kannte die dunklere Seite von Callastan und wusste, wie diese Stadt Menschen verschlang und vernichtete. Der Anblick und der Lärm des Platzes bedeuteten einem nicht viel, wenn man hungerte oder in einer schmutzigen Seitengasse dahinvegetierte. Für viele, die hier hausten, war das Leben ein grimmiger, nie endender Kampf. Den nur die Starken überlebten.

Scythe war eine dieser Starken. Sie bewegte sich selbstbewusst durch die Menschenmenge und suchte nach Opfern unter den Händlern und Kunden, während sie gleichzeitig auf andere Diebe achtete, die ebenfalls versuchten, ihrem Gewerbe nachzugehen. Und ab und zu gab es tatsächlich auch etwas Außergewöhnliches zu entdecken.

Letztes Jahr hatte sie eine große Gruppe von Wäldlern in Callastan gesehen, mutige Forscher, die offenbar Abenteuer in den menschlichen Städten hier unten tief im Süden suchten. Ein junger Mann hatte sie besonders fasziniert. Er war sehr groß, elegant gekleidet, und in seinen violetten Augen und auf seinem sehr attraktiven Gesicht hatte eine unaussprechlich tiefe Trauer gelegen. Sie konnte sich noch immer an die glatte, haarlose Haut seines Oberkörpers erinnern, die sich so kühl unter ihren Fingern angefühlt und gezittert hatte, und daran, wie das ersterbende Feuer im Kamin in der Ecke seines Zimmers den grünen Schimmer seiner Haut betont hatte.

Ihr exotischer Liebhaber hatte versprochen, sie mit in sein Heim in den Nordforst zu nehmen, in eine wundersame Stadt, die hoch zwischen den gewaltigen Zweigen riesiger Bäume errichtet war. Aber Scythe fiel natürlich nicht auf solches Liebesgeflüster herein. Sie vermutete, dass sich selbst bei diesen Wäldlern Versprechungen, die im Nachglühen des Liebesaktes gegeben wurden, mit dem Anbrechen des nächsten Morgens in Luft auflösten. Sie war verschwunden, während er noch schlief, und hatte nur ihre Kleidung und die Erinnerung an ihre gemeinsame Leidenschaft mitgenommen. Und das trotz der faszinierenden Schätze, die überall in seinem Zimmer herumlagen. Und jetzt konnte sie sich nicht einmal mehr an seinen Namen erinnern. Hatte er ihn ihr überhaupt genannt?

Einige Zeit zuvor hatte sie eine kleine Abteilung von Söldnern erspäht, die kobaltblaue Kettenpanzer trugen. Das weinende Auge auf den Halsringen ihrer Rüstung verkündete Loyalität zu irgendeinem unbekannten Herrscher eines fernen Landes. Als die Männer mit ihrem blonden Haar und ihrem breiten Kinn vorbeimarschierten, hatte sie daran die Bewohner der nördlichen Provinzen erkannt. Aber ihre ernsten Mienen hatten sie fasziniert, und sie hatte ihren Tag begonnen, indem sie den Bewaffneten unauffällig gefolgt war, um herauszufinden, was sie wohl in Callastan zu erledigen hatten. Und dann hatte sie *ihn* erblickt, der alle anderen überragte wie ein wundervoller Titan.

In all der Zeit, die Scythe jetzt in Callastan lebte, hatte sie, soweit sie sich erinnerte, noch nie einen Barbaren aus dem Eisigen Osten hier gesehen. Sie hatte sofort beschlossen, dass er weit interessanter war als die ernsten Söldner in ihren blauen Rüstungen, und war ihm seitdem gefolgt.

Scythe glitt jetzt mit der natürlichen Anmut und Leichtigkeit durch die wogende Menschenmenge, die sie sich in all den Jahren antrainiert hatte. Sie drehte und wand ihre schlanke Gestalt, um sich mit einem Minimum an Körperkontakt durch dieses Meer von Körpern zu winden. Der Mann, dem sie folgte, stellte sich dabei weniger geschickt an.

Er bahnte sich mit bloßer Kraft einen Weg durch die Menschenmasse, stieß, schob und schleuderte die Leute förmlich zur Seite, während er drauflosmarschierte. Dass er mehr als einen Kopf größer war als selbst der größte Mann und bestimmt fast vierhundert Pfund wog, machte es ihm nicht leichter, in der Menschenmenge problemlos vorwärtszukommen. Aber es hielt die Leute, die er zur Seite stieß, davon ab, ihn so laut zu verwünschen, dass er es hätte hören können.

Entsprechend leicht fiel es Scythe, ihr Opfer durch die Menge zu verfolgen. Nicht nur durch seine ungeheure Größe und seinen Leibesumfang fiel er in der so unterschiedlichen Menge auf. Es war für jeden auf dem Platz vollkommen offensichtlich, dass dieser ungeheure Mann ein Barbar aus den Eisigen Ländern war, obwohl die meisten, wie Scythe, noch nie einen Ostländer gesehen hatten. Zunächst einmal kleidete er sich wie ein unkultivierter Klotz. Er trug keinerlei Schmuck und hatte auch keine Tätowierungen; sein grobes, schlichtes Äußeres war ohne jeglichen Zierrat. Bekleidet war er nur mit einem derben Lederwams, das seinen Oberkörper bedeckte, aber seine muskulösen Arme frei ließ, einem kurzen Lederkilt, der unmittelbar über seinen Knien endete, und derben Lederstiefeln.

Die Haare des Giganten waren ein ungezähmtes rotes Gestrüpp, das zwar auf Schulterlänge gestutzt war, aber auf seinem großen Kopf vollkommen ungebärdig wucherte. Sein Gesicht war hinter einem dichten, buschigen Bart derselben Farbe nahezu völlig verborgen. Die gnadenlose Sommersonne der Südlande hatte seine Haut zu einem leuchtenden Rot verbrannt. Sie warf Blasen und schälte sich in großen Fetzen von seinem Gesicht. Unter der äußeren, sonnenverbrannten Hautschicht kamen hässliche blassweiße Flecken zum Vorschein.

Dieser riesige Reisende war die Verkörperung jeder Art von Vorurteil, das die Südländer gegenüber den Östlichen Barbaren hegten. Groß, brutal, viehisch, wild, grob, ungehobelt und unkultiviert. Es fehlte wahrscheinlich nur noch eine Waffe, eine große Axt auf dem Rücken oder ein gewaltiges Breitschwert an seiner Seite. Soweit Scythe sehen konnte, war dieser besondere Barbar hier jedoch unbewaffnet.

Sie war ihm fast eine halbe Stunde gefolgt, seit sie ihn auf der gegenüberliegenden Seite des Platzes erspäht und mit einer Reihe von schnellen Handbewegungen als ihre Beute gekennzeichnet hatte. Es war ein geheimer Code, mit dem die Diebe in Callastan kommunizierten, ohne Aufmerksamkeit auf sich zu ziehen. Die anderen Taschendiebe und Ganoven, die in der Gegend arbeiteten, akzeptierten ihren Anspruch und hielten sich von ihrem Opfer fern. Scythe hatte sich ihren professionellen Respekt vor zwei Jahren verdient, als sie zwei Schläger getötet hatte, die versucht hatten, ihr das Auskommen als Taschendiebin streitig zu machen.

Die Männer hatten sie mit gezückten Dolchen gestellt und die Hälfte ihrer Tageseinnahmen gefordert. Scythe hatte ohne zu protestieren gezahlt. Am nächsten Tag jedoch hatte man die Leichen der beiden nackt auf der Straße gefunden. Man hatte ihnen die Kehlen aufgeschlitzt, die Augen ausgestochen, die Ohren abgetrennt und ihre Hoden abgeschnitten. Scythe hatte es der öffentlichen Spekulation überlassen, welche Verletzungen den Männern vor ihrem Tod zugefügt worden waren.

Diese Lektion hatte jedoch sofort Wirkung gezeigt, die immer noch anhielt. Denn selbst jetzt, zwei Jahre später, hatte Scythe keine Schwierigkeiten mit den anderen Unternehmern in Callastan, die ebenfalls auf der falschen Seite des Gesetzes ihren Lebensunterhalt verdienten.

Sie kam zu dem Schluss, dass der Barbar sich verirrt hatte. Er schlenderte ohne Ziel oder eine klare Richtung umher. Manchmal blieb er stehen und änderte unvermittelt seinen Kurs, ohne Rücksicht auf die Unglücklichen, die ihm im Weg standen. In seinem Kielwasser sammelten sich wütende Blicke und grobe, aber stets stumme Gesten, die immer an seinen Rücken gerichtet waren.

Scythe glaubte nicht, dass sie bei diesem Wilden viel Profit machen konnte. Sie hatte bis jetzt weder eine Geldbörse noch etwas Wertvolles an ihm entdeckt, aber es war möglich, dass er eine Börse in seinem Wams verwahrte oder sie unter den Lederkilt gestopft hatte. Sie vermutete jedoch, dass er nicht mehr als eine Handvoll Silberstücke bei sich hatte. Der Eisige Osten war nicht gerade für wohlhabende Kaufleute bekannt. Soweit Scythe wusste, hatten sie nicht einmal eine Währung in diesem fernen Land. Andererseits, was nützten einem auch Goldmünzen, wenn man eine Herde Elche durch die Tundra verfolgte?

Aber Scythe fand sein seltsames Äußeres und seine Größe faszinierend. Sie folgte ihm aus Neugier, nur um herauszufinden, wohin er ging. Sie konnte sich nicht vorstellen, dass er Geschäfte mit den Händlern der Stadt machte, und er sah auch nicht so aus, als wäre er ein Botschafter oder ein Gesandter, der mit einem Bürokraten oder Beamten reden wollte. Die einzige plausible Annahme war, dass er nach dem Hurenviertel suchte.

In Callastan war alles käuflich, auch menschliches Fleisch. Groß, klein, dunkel, hell, männlich, weiblich … Was man begehrte, fand man auch, gegen einen entsprechenden Obolus, versteht sich. Die meisten Prostituierten waren im Lustviertel versammelt, einfach aus dem Grund, weil es so für ihre Kunden bequemer war. Aber einige schlenderten auch immer auf der Suche nach Freiern über die belebten Straßen des Platzes.

Scythe empfand Mitleid mit dem unseligen Mädchen, das diesem gigantischen Hünen von Mann zu Diensten sein musste. Vor drei Jahren war sie allein und hilflos aus der Wester-See hier angekommen. Sie hatte kein Geld in der Tasche gehabt und kannte niemanden, an den sie sich um Hilfe hätte wenden können. Deshalb war sie eine leichte Beute gewesen. Es hatte nicht lange gedauert, bis sie in einem der berüchtigten Bordelle von Callastan gearbeitet hatte, einfach nur, um zu überleben. Obwohl sie damals erst fünfzehn Jahre alt gewesen war, war sie alt genug, um die Bedürfnisse der lasterhaften Männer und gelegentlich auch einer Frau zu erfüllen, die fleischliche Genüsse gegen Bezahlung suchten. Aus ihrer persönlichen Erfahrung heraus konnte sie sich den widerlichen Appetit dieses Klotzes vom eisigen Rand der Welt sehr gut ausmalen. Der Wilde würde nach Schweiß und Rindvieh stinken, und sie stellte sich vor, wie dieser geile Bulle die verängstigte Hure bestieg.

Oder aber er genoss die Art von sexueller Perversion, die Scythe schließlich zu dem Entschluss geführt hatte, lieber das Leben einer Diebin als einer Hure zu führen. Diese

Handlungen waren so widerlich und brutal gewesen, dass Scythe lieber im Stadtgefängnis gestorben oder auf den Straßen verhungert wäre, als sich noch einmal einer solchen Folter und Erniedrigung zu unterwerfen. Die Narben auf ihren Brüsten, ihren Hüften und ihrem Rücken brannten plötzlich unter ihrer Kleidung, wütende Spuren einer Peitsche mit einer Metallspitze, Spuren, die niemals heilen würden. Unwillkürlich glitt ihre Hand zu der rasiermesserdünnen, fast unsichtbaren Narbe, die an der linken Seite ihres Kiefers entlanglief. Eine Erinnerung an das, was sie einst gewesen war.

Scythe schüttelte den Kopf und schob diese Gedanken beiseite. Callastan hatte ihr viel genommen, vor allem ihre Jugend und ihre Unschuld. Aber dafür hatte die Stadt sie hart und rücksichtslos gemacht. Sie hatte Scythe gelehrt zu überleben. Und überleben bedeutete für sie, niemals zu viel über die Vergangenheit nachzudenken.

Erst nachdem der Gigant etliche Kurtisanen ignoriert hatte, die entweder kühn oder verzweifelt genug waren, sich ihm zu nähern und ihm ihre Dienste anzubieten, musste sich Scythe eingestehen, dass ihre ursprüngliche Annahme falsch gewesen war. Er setzte seinen unberechenbaren Weg fort und ließ weiterhin in seinem Kielwasser unbeabsichtigtes Chaos zurück, und zwar jedes Mal, wenn er die Richtung oder seine Geschwindigkeit änderte. Zudem schien er kein Auge für die Ereignisse um ihn herum zu haben. Scythe kannte den verwirrten Blick; sie hatte ihn auf den Gesichtern von zahlreichen Dorfbewohnern gesehen, die von dem Anblick, dem Lärm und den Menschenmassen in den Straßen der Metropole Callastan überwältigt waren.

Zwei Büttel mit Knüppeln gingen langsam durch die Menge auf den Hünen zu. Sie hielten ihn an und sagten etwas zu ihm. Dabei bedienten sie sich lässig ihrer Keulen, um auf die immer größer werdende Anzahl wütender Opfer zu zeigen, die der massige Mann hinter sich zurückließ. Jemand hatte sich wohl über die Unbeholfenheit beschwert, mit der sich der Fremde den Weg durch die Menge bahnte.

Natürlich konnte man nicht verhaftet werden, weil man Leute auf der Straße anstieß, ganz gleich, wie oft das geschah. Aber mit einer Handvoll Münzen in den richtigen Händen konnte man sich eine üble Tracht Prügel erkaufen. Scythe vermutete, dass jemand sich so sehr über den Barbaren geärgert hatte, dass es ihm nicht reichte, nur böse zu blicken und eine beleidigende Geste in Richtung des Hünen zu machen.

Der Wilde sprach jetzt mit den Bütteln und antwortete auf ihre Fragen. Ihm war nicht anzumerken, ob ihn die Soldaten und die wenig dezente Art und Weise, wie sie die Prügel in ihren Händen hielten, einschüchterte. Natürlich nicht, dachte Scythe, denn wenn ich so groß wäre wie er, hätte ich auch keine Angst vor ihnen. Sie hätte gerne gehört, was die Männer redeten, aber sie wagte es nicht, näher heranzugehen. Es sah aus, als würde es jeden Augenblick zu einem Kampf kommen, und es gefiel ihr nicht, einer Prügelei so nah zu sein. Denn es war unausweichlich, dass diese irgendwann auf die Menge übergreifen würde, und dann steckte sie mittendrin im Tumult. Allerdings erwartete sie, dass der Barbar den anderen einen guten Kampf liefern würde, der es wert war, sich die Sache anzusehen.

Scythe wich ein Stück zurück, sodass sie ohne Gefahr zusehen konnte. Zu ihrer Überraschung jedoch passierte nichts. Die Soldaten nickten beide gleichzeitig, als würden sie mit dem übereinstimmen, was der Hüne sagte.

Einer von ihnen deutete auf die gegenüberliegende Ecke des Platzes, aber diesmal nicht mit seinem Prügel, sondern mit seiner freien Hand. Jetzt nickte der Hüne, und seine Mähne wackelte bei dieser heftigen Bewegung seines Kopfes. Dann ließen ihn die Männer ziehen.

Seltsam. Die Büttel waren eindeutig zu ihm gegangen, um einen Streit vom Zaun zu brechen, davon war Scythe überzeugt. Irgendwie hatte der Barbar sie davon abgebracht. Oder aber sie hatten aus der Nähe festgestellt, wie groß er wirklich war, und hatten davon Abstand genommen, Händel anzufangen, die sie möglicherweise nicht siegreich beenden konnten. Jedenfalls war Scythe jetzt noch mehr fasziniert. Und auch ein bisschen enttäuscht. Sie musste sich diesem seltsamen Besucher nähern, wenn sie Genaueres über ihn in Erfahrung bringen wollte.

In dem Moment bemerkte Scythe einen jungen Mann, der sich verstohlen in Richtung des Barbaren durch die Menge schob. Sie gab ihm ein kurzes Handzeichen. *Halt dich zurück. Er gehört mir.* Der junge Mann, fast noch ein Knabe, ignorierte sie. Scythe gab ihm noch ein Zeichen. *Ich habe ihn markiert. Er ist mein Opfer.* Keine Reaktion. Entweder war der Junge zu stark auf sein mögliches Opfer konzentriert, um ihre unauffälligen Gesten in der Menschenmenge zu bemerken, oder er kannte die Sprache der Straße hier in Callastan nicht.

Sie jedenfalls hatte ihn noch nie gesehen. Er war keiner der Diebe, die regelmäßig auf dem Platz arbeiteten. Da sie jetzt dichter an ihm war, erkannte sie die breite Nase und die großen runden Augen der Leute von den Mosama-Inseln. Allerdings war er wie ein Südländer gekleidet, um in der Menge nicht aufzufallen. Seine Geschichte war wahrscheinlich auch nicht sonderlich originell. Ein junger Mann heuert auf einem Schiff an und stellt dann fest, dass das Leben auf See unerträglich sein kann. Statt sich weiter der Tyrannei seines Kapitäns auszusetzen, verlässt er heimlich in Callastan das Schiff, findet dann jedoch bald heraus, dass die Stadt für einen Fremden ohne Geld ein sehr harter und grausamer Ort ist. Hungrig, verzweifelt und verängstigt muss er sich auf Diebstahl verlegen, um zu überleben.

Neuankömmlingen war es durchaus erlaubt, ihrem Gewerbe nachzugehen, solange sie die Regeln befolgten und die Ansprüche der anderen Diebe respektierten. Im Interesse ihres Gewerbes hielt Scythe es für ihre Pflicht, dem jungen Mann eine Lektion bezüglich der Unterwelt-Etikette von Callastan zu erteilen, die er nicht so schnell vergessen sollte. Mit ruhiger Gelassenheit griff Scythe in den Schaft ihres Stiefels und zog den rasiermesserscharfen Dolch hervor. Dann versteckte sie die kleine Klinge in ihrer linken Handfläche.

Der Mann war eindeutig ein Amateur, das merkte sie, als sie sich ihm näherte. Vermutlich ein ehemaliger Schiffsjunge, der nichts über das Diebesgewerbe wusste. Allein schon die Tatsache, dass er sich den Barbaren als Ziel ausgesucht hatte, war ein Zeichen seiner Unerfahrenheit. Niemals die Armen zu bestehlen war eine Lektion, die die meisten Diebe sehr schnell lernten. Außerdem war seine Technik mehr als peinlich: Er war plump, ungeschickt und hatte keine Geduld. Nervös stand er jetzt hinter dem Barbaren, und sein schlechtes Gewissen war ebenso auffällig wie das rote Tuch, das er um den Hals trug. Es war ein Wunder, dass der Hüne ihn nicht schon längst bemerkt und gesehen hatte, wie er sich durch die Menge gedrängt hatte, um dichter an ihn heranzukommen.

Dann fiel Scythe auf, dass er nicht allein arbeitete. In der Menge hatten sich drei weitere Insulaner verteilt, die die gleichen roten Halstücher trugen wie der junge Taschendieb. Sie gaben sich unbeteiligt, aber Scythe sah an der Art, wie jeder der Männer den Griff seines Säbels umklammerte, dass sie an dem bevorstehenden Verbrechen ein ungewöhnliches Interesse hegten. Wahrscheinlich waren es Schiffskameraden, die zusammen mit dem Schiffsjungen von Bord gegangen waren. Sie waren vermutlich die Schläger, die er brauchte, um seine Beute zu verteidigen und sein Terrain abzustecken. Das war ein richtiger Verbrecherring, der allerdings noch sehr unerfahren zu sein schien.

Scythe drängte sich weiter geschickt durch die Menge und behielt dabei den übereifrigen jungen Dieb im Blick. Seine bewaffneten Gefährten veränderten die gesamte Situation ein wenig. Es war schwerer, eine Gruppe von vier Männern einzuschüchtern als einen einzelnen. Möglicherweise musste sie den Jungen sogar töten, damit sie begriffen, was sie ihnen sagen wollte.

Sie war noch ziemlich weit weg, als der junge Mann zugriff. Er schob blindlings die Hand unter die Lederschürze des Wilden, wohl in der Hoffnung, dort auf eine verborgene Geldbörse oder einen Beutel zu stoßen. Der Barbar fuhr herum. Er bewegte sich weit schneller, als Scythe dies bei einem Mann dieser Größe erwartet hätte. Der Taschendieb wurde vollkommen überrumpelt, als eine riesige Pranke seine nicht gerade unschuldig platzierte Hand packte. Dann schrie der Taschendieb vor Überraschung und vor Schmerz auf, als seine Finger in dem brutalen Griff des Barbaren zerquetscht wurden. Jetzt endlich brach der Tumult los, den Scythe schon längst erwartet hatte.

Die drei Insulaner mit den roten Halstüchern zückten ihre Krummsäbel und sprangen ihrem Partner zu Hilfe. Derjenige, der dem Hünen am nächsten stand, schlug zu und fügte dem Barbaren eine tiefe Wunde am Unterarm zu, der daraufhin die zerquetschte Finger des kreischenden Taschendiebes losließ. Der Insulaner sprang zurück, nachdem er zugeschlagen hatte, aber er schaffte es nicht, sich außerhalb der Reichweite seines Feindes in Sicherheit zu bringen.

Die Faust des Barbaren krachte gegen seinen Kopf, und er brach auf der Straße zusammen. Scythe verlor ihn aus den Augen, weil die Menge plötzlich in Panik geriet. Im nächsten Moment brach auf dem Platz die Hölle los. Die eine Hälfte der Menschen strömte auf sie zu, weil sie vor der plötzlichen Gewalt flüchtete. Die andere Hälfte strömte in die andere Richtung, weil die Leute den Kampf besser beobachten oder sogar dabei mitmischen wollten. Als sich Scythe zwischen den wogenden Leibern hindurchzwängte, bemerkte sie, dass sich etliche mit Knüppeln bewaffnete Büttel durch den Mob schoben, in Richtung des Kampfes. Sie konnten es kaum erwarten, mit einigen harten Schlägen auf jeden, der zufällig in die Reichweite ihrer Prügel kam, die Ordnung wiederherzustellen.

Scythe kämpfte sich bis an den Rand des engen Kreises vor, der sich um die Kämpfer gebildet hatte, und schätzte die Lage ein. In dem Ring aus schreienden, kreischenden Zuschauern lag der Insulaner immer noch auf der Straße. Das rote Blut, das ihm aus Ohren und Nase tropfte, hatte fast dieselbe Farbe wie das Tuch um seinen Hals. Scythe sah an der unnatürlichen Ausrichtung seines Kiefers, dass er gebrochen sein musste. Neben ihm kniete der gescheiterte Taschendieb und presste seine zerquetschte Hand gegen seinen Bauch. Er wiegte sich vor und zurück und gab ein winselndes Jammern von sich, das jedoch in den aufgeregten Schreien und Rufen der Menge um ihn herum unterging.

Die beiden anderen Ganoven attackierten den Barbaren etwas vorsichtiger als ihr bewusstloser Freund. Sie schlugen zu, sprangen vor und zurück und stießen halbherzig mit ihren Säbeln in Richtung des Barbaren, trafen aber nur Luft. Keiner der beiden war bereit, sich dem Wilden so weit zu nähern, dass sie seine gewaltigen Fäuste zu schmecken bekamen. Sehr zum Missfallen der blutrünstigen Zuschauer.

Dann sprang ein weiterer Ganove ohne Vorwarnung aus der Menge und klammerte sich an den breiten Rücken des Barbaren. Er hockte dort wie ein Kind, das huckepack getragen wird. Der Wilde schlug mit seinen langen Armen um sich, um seinen neuen Feind von seinem luftigen Sitzplatz zu entfernen. Im Gegensatz zu den anderen Ganoven trug dieser hier kein Halstuch. Scythe vermutete, dass er einfach nur jemand war, der seinen Gefährten von der Insel zu Hilfe kommen wollte. Unbemerkt ließ sie sich neben dem wimmernden Taschendieb auf die Knie sinken.

»Bitte«, flehte der junge Mann sie an, während Tränen des Schmerzes aus seinen Augen traten und er seine zerschmetterte Hand streichelte.

In einer fließenden Bewegung zog Scythe ihm die rasiermesserscharfe Klinge in ihrer linken Handfläche über seine rechte, dann seine linke Wange und hinterließ zwei dünne, aber tiefe Schnitte, die sofort bluteten. Sie hatte ihm die Augen gelassen; vielleicht wurde sie ja auch weich mit den Jahren.

Mit diesen Augen starrte der junge Mann sie entsetzt und schockiert an. Sie sagte kein Wort, sondern hämmerte ihm die Handkante gegen die Kehle. Wenn der Junge klug war, würde er die Lektion verstehen, die er gerade bekommen hatte. Wenn nicht, würde ihn sein nächster Verstoß gegen das ungeschriebene Gesetz der Taschendiebe von Callastan wahrscheinlich das Leben kosten.

Es würde etliche Minuten dauern, bis der keuchende Taschendieb wieder so weit zu Atem gekommen war, dass er überhaupt ans Aufstehen denken konnte. Scythe richtete ihre Aufmerksamkeit wieder auf den Kampf.

Die Arme und Beine des Barbaren waren glitschig von Blut, das aus einem Dutzend schlimm aussehender, aber nur oberflächlicher Schnitte sickerte. Die Insulaner hatten offenbar die Gelegenheit genutzt, ihn mit ihren Säbel zu bearbeiten, während der Wilde mit dem Kerl auf seinem Rücken beschäftigt war. Aber jetzt hatten sie sich in sichere Entfernung zurückgezogen, und auf ihren Gesichtern zeichnete sich eine Mischung aus Entsetzen und Erwartung ab auf das, was jetzt gleich passieren würde.

Denn irgendwie hatte der Hüne den Angreifer auf seinem Rücken zu packen bekommen. Der unglückliche Insulaner wand sich und kämpfte gegen den erbarmungslosen Griff, während seine Füße eine Elle über dem Boden zappelten. Die Menge schrie nach Blut, und Scythe vermutete, dass der Barbar ihrem Wunsch auch nachkommen würde. Sie erwartete fast, dass der Wilde dem Insulaner die Gliedmaßen einzeln ausreißen und in die Menge schleudern würde. Auf jeden Fall würde er aber dem Mann den Hals brechen.

Stattdessen jedoch hämmerte der Ostländer seinem Widersacher die Stirn ins Gesicht. Die Nase des Insulaners brach in einer heftigen Explosion von Blut, das die gleiche Farbe hatte wie die wilde Mähne und der buschige rote Bart des Barbaren. Der Mann von der Insel verkrampfte sich und wurde dann schlaff. Der Barbar ließ die regungslose Gestalt auf den Boden fallen und trat dann vorsichtig über seinen besiegten, aber noch quicklebendigen Widersacher. Dann stellte er sich den beiden jetzt etwas zögerlichen Insulanern, die immer noch mit gezückten Säbeln vor ihm standen.

Der Kreis aus brüllenden Zuschauern zerstreute sich schlagartig, als der erste Büttel eintraf. Er hämmerte mit seinem Prügel unterschiedslos auf alle ein, die herumstanden. Einen Moment später tauchte ein zweiter Soldat auf, der ihm dabei half. Etliche leichtsinnige Zuschauer gingen zu Boden, bevor auch einer der Ganoven mit einem scharfen Schlag auf den Hinterkopf niedergeschlagen wurde. Dem anderen stellte jemand ein Bein, als er versuchte, sich unter die flüchtende Menge zu mischen, und bevor er sich wieder aufrappeln konnte, war einer der Büttel über ihm. Ein heftiger Schlag auf den Ellbogen entwaffnete ihn, und er heulte vor Schmerz über den zertrümmerten Knochen, während er sich hilflos am Boden wand.

Zwei weitere Soldaten tauchten auf, und jetzt griffen die vier Männer den Barbaren gleichzeitig an. Sie versuchten ihn durch ihre bloße Überzahl zu überwältigen. Eine Sekunde lang schienen sie ihn auch tatsächlich unter sich begraben zu können, als sie ihn gemeinsam mit ihrem Gewicht zu Boden zerrten. Aber sie konnten ihn nicht festhalten. In diesem Gewühl verursachten die Fäuste und Tritte des Barbaren weit mehr Schaden als die Prügel der Büttel. Nach kurzer Zeit stand er wieder auf den Füßen, was zweien seiner Angreifer nicht gelang.

Von den beiden Soldaten, die noch standen, schaffte es einer, sich rechtzeitig in Sicherheit zu bringen. Der andere wurde von dem riesenhaften Ostländer gepackt und durch die Luft geschleudert. Er landete mit einem dumpfen Knall auf dem Boden und versuchte nicht einmal, sich wieder zu erheben.

Der Barbar schnappte sich die Keule von einem der

gefallenen Büttel und starrte über die regungslos daliegenden oder sich windenden Körper seiner Opfer auf den letzten Soldaten, der noch auf den Füßen stand. In seiner großen Hand wirkte die Waffe des Büttels fast wie ein Kinderspielzeug. Der kleinere Mann drehte sich klugerweise herum, um wegzulaufen, fand sich dann jedoch Auge in Auge mit Scythe wieder. Auch wenn sie ihm nur bis zum Kinn reichte.

Sie rammte ihm mit voller Wucht ihr Knie in die Lenden. Scythe hatte noch nie eine Gelegenheit verpasst, um sich an der Ordnungsmacht von Callastan für die vielen Prügel zu rächen, die sie ihren Freunden und den anderen Taschendieben im Laufe der Jahre verpasst hatte.

Dem Büttel traten fast die Augen aus den Höhlen, und sein Prügel landete klappernd auf dem Pflaster, als er mit beiden Händen seine zerquetschten Hoden umklammerte. Ganz langsam sank er auf die Knie. Scythe sah über seine Schulter hinweg, wie sich das blutverschmierte Gesicht des Barbaren zu einem breiten Grinsen verzog.

Diese Gebärde hatte etwas Ansteckendes, und unwillkürlich lächelte Scythe ihn fast schüchtern an. Dann holte sie mit dem Fuß aus und hämmerte ihre Hacke gegen die Schläfe des Büttels. Der Wilde lachte, als der Soldat zu Boden ging. Der Abdruck von Scythes Absatz zeichnete sich schwach in der weichen Haut seiner Schläfe ab. Dann hallte das tiefe, dröhnende Gelächter des Barbaren durch die plötzlich vollkommen verlassene Straße.

Der Mob, der sich versammelt hatte, um dem Kampf zuzuschauen, war beträchtlich zusammengeschmolzen. Die Leute verschwanden immer, wenn die Büttel auftauchten, denn wo einer war, gab es schon bald mehr, viel mehr. Während sie zusah, bemerkte Scythe, wie sich ein halbes Dutzend Soldaten am anderen Ende der Straße zusammenrottete und offenbar debattierte, ob sie sich sofort auf den Barbaren stürzen oder lieber auf Verstärkung warten sollten.

Scythe vermutete, dass sie sich Zeit lassen würden. Der Wilde konnte in Callastan nirgendwohin flüchten, wo sie ihn nicht hätten finden können. Keine Herberge, keine Schänke, kein Geschäft, keine Straße und keine Gasse gab es hier, in der ein über zwei Meter zehn großer Berg von einem Mann mit sich abschälender, sonnenverbrannter und fremdartiger Haut in einem braunen Lederkilt sich hätte verstecken können.

»Komm mit mir«, sagte sie. Sie wusste nicht einmal, ob der Ostländer sie überhaupt verstehen konnte.

»Wohin?« Sein Akzent war so stark, dass sie selbst dieses eine Wort kaum verstand.

Sie warf einen Blick zurück auf die Büttel. Mittlerweile waren sie zu acht. Acht Männer, die am Ende der Straße noch auf mehr Verstärkung warteten.

»Komm einfach mit mir!«, befahl sie ihm.

Er zuckte gutmütig mit den Schultern, ließ den überflüssigen Prügel auf den Boden fallen und folgte Scythe um die nächste Ecke in eine schmale Gasse. Sie blieb kurz stehen und dachte nach, ob bei seinem gewaltigen Leibesumfang eine Flucht überhaupt möglich war. Es würde zwar eng werden, aber es war möglich.

»Hier rein.« Sie deutete auf ein Kanalgitter im Straßenpflaster unter ihren Füßen.

Der Hüne bückte sich und zog das schwere eiserne Gitter mit fast schon alberner Leichtigkeit von dem dunklen Loch darunter. Als der Gestank aus dem Loch in seine Nase stieg, zuckte er zurück. Er sah sie skeptisch an, aber sie erwiderte seine unausgesprochene Frage mit einem kurzen Nicken. Es war nicht sehr wahrscheinlich, dass die

Büttel ihnen in die stinkenden Abwasserkanäle unterhalb der Stadt folgen würden. Sie wurden zwar gut bezahlt, aber so gut nun auch wieder nicht.

»Hinein«, wiederholte sie und sprach langsam wie mit einem kleinen Kind.

Der Wilde grinste sie erneut strahlend an, zog dann seinen dicken Bauch ein und ließ sich in die Kanalisation von Callastan hinab. Scythe schaute noch ein letztes Mal zurück, um zu sehen, ob jemand ihnen in die Gasse gefolgt war. Überzeugt, dass die Luft rein war, verschwand sie ebenfalls in dem Loch und folgte ihm.

21

»Tasre feim yinl maouk.«

Die Worte in der alten Sprache fühlten sich seltsam an auf Keegans Zunge, und jedes schien merkwürdig gewunden über seine Lippen zu kommen.

»Das klingt zu bemüht«, meinte Vaaler. »Du denkst zu viel darüber nach.«

Der Danaan-Prinz lag rücklings auf seinem Bett und starrte an die Decke, die Hände hinter dem Kopf verschränkt. Keegan saß an dem kleinen Tisch in ihrem gemeinsamen Zimmer, den Kopf über das Pergament gebeugt, auf dem die Worte des Zauberspruchs standen, den er sich für die morgige Aufgabe einzuprägen suchte.

Keegan nickte, holte tief Luft und fing noch einmal von vorne an.

»Tasre feim yinl maouk.«

»Versuche, die Worte fließen zu lassen«, unterbrach Vaaler ihn erneut. »Stell sie dir nicht als einzelne Worte vor. Dieser Zauberspruch hat eine natürliche Kadenz. Etwa so: *Tasre feim yinl maouk.*«

Als er sie aussprach, schienen die Worte in einem geschmeidigen Rhythmus miteinander zu verschmelzen.

Du hast leicht reden, dachte Keegan. *Du übst das schließlich auch schon seit Jahren.*

Er hütete sich allerdings, seine Gedanken laut auszusprechen. In dem Jahr, seit er bei Rexol lebte, hatte Vaaler getan, was er konnte, um Keegan zu helfen, sich an das Leben als Schüler eines Hexers zu gewöhnen. Keegan betrachtete den jungen Prinzen als Freund, vielleicht als seinen einzigen wahren Freund, und wollte ihn nicht vor den Kopf stoßen.

Denn trotz Vaalers langer Ausbildung bei Rexol hatte der Danaan noch nie das Chaos erfolgreich beschwören können. Er verstand die Theorien von Magie und Zauberei, er hatte die Anrufungen für mehrere Dutzend Zaubersprüche auswendig gelernt. Aber trotz aller Studien und aller Übung würde er niemals ein Zauberer werden. Es mangelte ihm an dem essenziellen Funken der Macht, der dafür brennen müsste.

Keegan hatte diesen Mangel an Vaaler gespürt, kurz nachdem er mit seinen eigenen Studien begonnen hatte. Als er Rexol danach fragte, hatte sein Meister es sorgfältig vermieden, ihm eine direkte Antwort zu geben. *Die Anrufungen und Amulette helfen uns bei der Konzentration. Es sind Werkzeuge, mit denen wir das Chaos kanalisieren und kontrollieren können. Sie ergänzen unsere Fähigkeiten, aber die Quelle unserer Macht kommt aus unserem Inneren.*

Keegan vermutete, dass Vaaler insgeheim wusste, wie vergeblich seine Ausbildung war. Was ihn jedoch nicht daran hatte hindern können, Keegan bei dessen Studien zu unterstützen.

»Die Hexwurz wird dir morgen helfen«, versicherte Vaaler ihm. »Sie erleichtert es einem loszulassen. Du hörst auf zu versuchen, die Dinge zu kontrollieren, und lässt sie einfach geschehen.«

Keegan wusste, dass Vaaler recht hatte. Unter Rexols Aufsicht hatte Keegan regelmäßig kleinere Portionen dieser Droge zu sich genommen; dies sollte ihn an ihre Wirkung über einen Zeitraum von mehreren Monaten gewöhnen. War man von dem euphorisch stimmenden Glühen der Hexwurz durchdrungen, war es fast unmöglich, nervös zu sein oder zu zaudern.

Hier und jetzt jedoch, in dieser Nacht vor seinem ersten Versuch, das Chaos zu beschwören, plagten ihn Zweifel.

»Was ist, wenn jetzt etwas schiefgeht?«, fragte er laut und drehte sich zu seinem Freund herum. »Wenn ich einen Fehler mache?«

»Es gibt ein altes Sprichwort der Danaan«, erwiderte Vaaler. »›Der Fehler eines Schülers fällt auf den Lehrer zurück.‹ Wenn du noch nicht bereit dafür bist, ist es Rexols Schuld, dass er dich überfordert hat.«

»Ich glaube nicht, dass er das ebenfalls so sieht.«

»Wahrscheinlich nicht«, räumte Vaaler ein und setzte sich auf die Kante seines Bettes. »Aber er wird dich nicht gleich wegschicken, wenn du die Worte deines ersten Zauberspruchs vergisst und nichts passiert.«

»Deshalb mache ich mir keine Sorgen«, erwiderte Keegan nach einem kurzen Zögern. »Aber was ist, wenn ich das Chaos beschwöre und die Kontrolle darüber verliere?«

Vaaler lachte. »Davor hast du Angst? Ganz ehrlich, das ist das Letzte, worüber ich mir den Kopf zerbrechen würde.«

Nur bin ich nicht wie du.

Vaaler wusste nichts von seiner *Gabe.* Keegan hatte ihm nichts über seine prophetischen Träume erzählt oder davon, wie er das Chaos freigesetzt hatte, um den Plünderer zu töten, der seinen Vater ermordet hatte. Vaaler lernte die Lektionen nur, weil er sich seiner Mutter und seinem Volk gegenüber beweisen wollte. Keegans Motivation jedoch war eine andere.

Er spürte die rohe Macht des Chaos durch seinen Körper strömen. Er hatte einen Menschen getötet. Und sich dabei fast selbst umgebracht. Er begriff die Magie auf eine Art und Weise, wie Vaaler sie niemals begreifen würde.

Das Vernichtungspotenzial dieser Macht flößte ihm Furcht ein, und gleichzeitig begeisterte es ihn. Wenn er nicht lernte, die Macht in ihm zu beherrschen, würde sie ihn umbringen, davon war er überzeugt. Aber wenn er in der Lage war, sie zu meistern, wenn er das Chaos seinem Willen zu unterwerfen vermochte, würde er nie mehr vor irgendjemandem oder irgendetwas Angst haben müssen.

»Ich wünschte, ich könnte morgen dabei sein«, sagte Vaaler. »Um dir moralische Unterstützung zu geben. Aber ich glaube, Rexol will nicht, dass du abgelenkt wirst.«

Oder er hat Angst, dass dir etwas zustoßen könnte, wenn etwas schiefgeht.

»Ich sollte noch etwas üben«, erwiderte Keegan und lenkte seine Aufmerksamkeit wieder auf die Worte auf dem Pergament.

»Bist du bereit?«, erkundigte sich Rexol.

Die Worte drangen wie aus weiter Ferne zu Keegan, so gedämpft, als befände er sich unter Wasser. Die kleine Dosis Hexwurz, die er in den letzten Monaten als Vorbereitung immer wieder genommen hatte, hatte ihn nicht auf die Wirkung der großen Menge vorbereiten können, die Rexol ihm für seine heutige Aufgabe verabreicht hatte.

Sie standen auf einer kleinen Lichtung im Garten hinter dem Anwesen, Keegan in einem kleinen Kreis aus weißen Steinen, die alle mit uralten Symbolen bemalt waren, Rexol außerhalb des Kreises, etwa vier Meter entfernt. Auf der anderen Seite der Lichtung befand sich ein steinernes Podest. Wie die Steine zu Keegans Füßen war auch dieses Podest mit den Runen mächtiger Schutzzauber bemalt. Und auf dem Podest lag ein kleiner Haufen Zweige.

»Bist du bereit?«, wiederholte Rexol. Er hämmerte das Ende seines Stabes mit dem Gorgonenschädel auf den

Boden zu seinen Füßen. Es knackte laut, was ihm die Aufmerksamkeit seines Schülers einbrachte.

Keegan sah zu seinem Lehrer und nickte.

»Erinnere dich an deine Unterrichtsstunden. In dem Amulett steckt Macht, aber es ist nur ein Kanal. Es wird deinen Zauberspruch fokussieren und ihn unterstützen, aber du bist es, der das Chaos beherrschen muss, das beschworen wurde. Achte auf deine eigene Macht … Das Amulett ist nichts ohne sie.«

Keegan umklammerte das Amulett mit seiner Faust. Es war ein kleiner scharfer Kristall, die in Harz gegossenen Tränen eines Giganten. Die spitzen Enden bohrten sich in seine Handfläche, und der Schmerz half ihm, sich zu konzentrieren.

»Rezitiere die Worte des Zaubers genauso, wie du sie gelernt hast. Die Anrufung wird das Chaos formen und binden. Ohne diese Worte wird die Magie gegen dich kämpfen; du wirst dich in dem Bemühen erschöpfen, sie zu beherrschen. Und was auch immer geschieht, verlass nicht den Runenkreis«, ermahnte Rexol ihn streng. »Die Symbole auf den Steinen zu deinen Füßen werden dich beschützen, wenn etwas schiefgehen sollte. Trittst du aus dem Kreis, werden die Flammen des Chaos dich verzehren.«

Diesmal nickte Keegan nicht, sondern schüttelte sich nur. Eine kalte Furcht schien sich wie eine Faust in seinem Magen zu ballen. Erinnerungen an die Nacht, in der sein Vater gestorben war, tauchten ungebeten in seinem Kopf auf. Bilder, die im Nebel der Hexwurz zu schweben schienen: Feuer, die Plünderer, der verstümmelte Leichnam seines Vaters, der Sturm voller Macht und Zerstörung …

»Konzentriere dich!«, fuhr Rexol ihn an. »Fokussiere dich! Unterdrücke alle anderen Gedanken. Lass deinen

Geist strömen und ihn die Brennende See berühren. Ziehe seine Macht an dich.«

Keegan tat wie geheißen, und das Chaos begann sich zu sammeln.

Rexol spürte, wie die Luft zu vibrieren begann, als sein Schüler die Quelle aller Magie anzapfte. Sein Stab summte in seiner Faust, und die Symbole, die in den Schaft geschnitzt waren, reagierten auf die Beschwörung des Chaos. Keegan war stark. Er war weit stärker als jeder seiner Schüler zuvor, abgesehen vielleicht von dem Mädchen Cassandra. Er hatte die Macht des Jünglings vom ersten Tag an gespürt, an dem er ihn hierhergeholt hatte. Damals war er noch wie betäubt von dem Entsetzen über den Tod seines Vaters gewesen, und ihm hatte immer noch geschwindelt bei dem Gedanken an das Chaos, das er freigesetzt hatte, um ihn zu rächen. Aber selbst in diesem aufgewühlten, von Trauer bedrückten Verstand hatte der Hexer das Potenzial gespürt und begriffen, dass er mit diesem Schüler sehr vorsichtig sein musste. Keegan war ein wahrer Magus, und seine Macht konnte eines Tages sogar der von Rexol selbst Konkurrenz machen … falls der Junge jemals wagte, sie noch einmal einzusetzen.

Er hatte den Tod seines Vaters mit ansehen müssen, er hatte die Furcht einflößende Wut des Chaos gespürt, die ungebunden durch ihn hindurchgeströmt war. Er wusste aus erster Hand, welchen Schrecken das Chaos verbreiten konnte. Rexol hatte von Anfang an gewusst, dass er Keegan sehr behutsam an die Magie heranführen musste. Selbst unter idealen Umständen war der Übergang von einem einfachen Sterblichen zu einem Magus nicht leicht.

Glücklicherweise machte Vaalers Anwesenheit diesen Übergang einfacher. Er hatte Keegan auf eine Art und

Weise geholfen, wie sein Meister das nie hätte tun können. Rexol musste distanziert bleiben, er musste eine Aura von Geheimnis, Autorität und sogar Furcht aufrechterhalten, um den jungen Hexer richtig anweisen zu können. Er konnte es sich nicht leisten, sein Mündel zu trösten. Vaaler jedoch war ein Altersgenosse und ein Gefährte: zwei Schüler, die zusammen in den ansonsten verlassenen Dienstbotenquartieren des Anwesens wohnten.

Die beiden jungen Männer hatten sehr viel gemeinsam. Keiner von ihnen hatte Geschwister, und sie beide hatten einen Elternteil, den sie niemals kennengelernt hatten. Beide hatten eine einsame, isolierte Kindheit erlebt. Keegan aufgrund der häufigen Umzüge seines Vaters, Vaaler aufgrund der Bürde seiner zukünftigen Thronbesteigung. Und beide befanden sich in Diensten eines kalten und distanzierten Meisters, der ihnen so gut wie keinen Kontakt zur Außenwelt erlaubte. Es war unausweichlich, dass sich eine Freundschaft zwischen ihnen entwickeln würde.

Das Chaos wurde rasch stärker. Sein Schüler wurde innerhalb des Runenkreises bereits von blauen Flammen umlodert, auch wenn die Symbole ihn vor Schaden bewahrten. Die fauchende Macht der Flammen hallte durch Rexols Kopf, aber dennoch hörte er, wie Keegan die uralten Worte des Zauberspruchs rezitierte, welche die wilde Macht der Magie bändigen würden.

Er sprach mit einer deutlichen Zuversicht, die Rexol bekannt vorkam; er hatte sie zuvor in Vaalers Anrufungen ebenfalls gehört. Das war auch wenig überraschend, angesichts dessen, dass der Danaan Keegan bei seinen Lektionen geholfen hatte. Obwohl durch Vaalers Adern kein einziger Tropfen Chaos strömte, war er ein exzellenter Student der Künste der Magie. Er begriff ohne Schwierigkeiten die komplexen Theorien, die hinter Magie und Zauberei standen. Er studierte nahezu besessen die komplizierten Rituale der Beschwörung und Kontrolle des Chaos und prägte sich perfekt Zaubersprüche ein, die er niemals mit Erfolg würde anwenden können.

Offenbar hatte er sein Wissen an Keegan weitergegeben. Rexol hatte das vermutet und es zugelassen, bis jetzt jedenfalls. Dann war das Wissen des Prinzen wenigstens nicht verschwendet. Denn während Vaaler weder die *Gabe* noch die *Sicht* besaß, war beides sehr stark in Keegan. Wie einst in Cassandra, vor langer Zeit. Das Mädchen hatte man ihm weggenommen; es war ihm vom Orden genommen worden, bevor er die Macht und das Potenzial des Kindes vollkommen hatte erforschen können. Diesmal jedoch hatte Rexol nicht vor, irgendetwas zwischen sich und seinen Schüler kommen zu lassen.

Aus diesem Grund musste er Vaaler schon bald wegschicken. Der Prinz war ein geborener Anführer; er war intelligent und charismatisch. Er würde ein ausgezeichneter König werden, sollten die Danaan ihn jemals als Herrscher akzeptieren. Aber er war kein Hexer.

In dem letzten Jahr waren seine beiden Schüler fast zu Brüdern geworden. Jeder würde alles geben, um dem anderen zu helfen. Aber die Loyalität eines Schülers sollte immer und ausschließlich seinem Meister gehören. Es wurde Zeit, Keegan das begreiflich zu machen.

Die Welt schien wie von einem Nebel umfangen zu sein, als würde er sie durch eine Wolke aus himmelblauem Rauch betrachten. Keegan zuckte zurück, als die blauen Flammen an seiner Haut leckten. Es war nur eine instinktive Reaktion, denn das Feuer verbrannte ihn nicht. Doch obwohl er zusammenzuckte, setzte er die mystische Anrufung fehlerfrei fort. Die seltsamen Worte strömten mühelos über seine Lippen.

Das Amulett brannte heiß in seiner Hand, aber er wagte nicht, es loszulassen. Er spürte, wie das Chaos um ihn herumwirbelte, wie es durch ihn hindurchströmte. Es sickerte in seine Poren hinein, bis sein Blut anfing zu kribbeln und schließlich zu kochen.

Trotzdem spürte er keinen Schmerz. Er kontrollierte das Chaos, bändigte es durch die Kraft seines Willens und die Macht seiner Worte. Langsam hob er den Kopf, ohne die Rezitation der uralten Litanei zu unterbrechen. Seine Blicke durchdrangen den blauen Nebel und konzentrierten sich auf das kleine Podest aus Stein auf der anderen Seite des Hofes. Er konnte die Zweige und Stöcke darauf erkennen. Sie vermischten sich mit den Runen, die auf die Oberfläche des Steins gemalt waren.

Keegan hob die Hand. Das Chaos loderte um seinen Arm, kletterte empor und schoss aus seiner erhobenen Handfläche. Es krümmte sich in einem Hitzestrahl über den Hof und entzündete das Reisig, gerade als er die letzten Worte seines Zauberspruchs aufsagte. Einen kurzen Augenblick lang sah er, wie das Holz Feuer fing, und genoss den berauschenden Moment des Erfolges. Dann explodierte seine Welt in Schmerzen.

Rexol lächelte, als das Chaos aus Keegans Hand über den Hof zu seinem Ziel zuckte, denn er wusste, wie das Ergebnis aussehen würde. Sein Lächeln erlosch jedoch, als die Flammen das von Runen bedeckte Podest umhüllten. Das trockene Reisig wurde zu Asche, der Stein brach durch die ungeheure Hitze auf, dann sackte er zusammen und wurde weich, als das Feuer den Stein schmolz.

Die Symbole der Schutzzauber warfen die Macht von

Keegans Zauberspruch zurück und schleuderten einen Feuerstrahl auf den jungen Hexer. Er umhüllte ihn mit glühend blauen Flammen. Der Jüngling schrie auf, stürzte zu Boden und fiel aus dem Runenkreis … was in keinem Fall hätte passieren dürfen.

Rexol stieß seinen Stab in den Himmel und schrie einen verzweifelten Gegenzauber. Das Feuer reagierte, sprang hoch, und zwei Feuersäulen stiegen empor, die eine von Keegans am Boden liegendem Körper, die andere von dem blubbernden Becken, das einst ein steinernes Podest gewesen war. Die fauchenden Flammen trafen sich über dem Gorgonenschädel und fegten dann in Rexol selbst hinein. Im selben Augenblick erlosch das Feuer um den regungslos daliegenden Körper seines Schülers.

Der Magus taumelte zurück, als das Chaos in ihn fuhr. Er fühlte, wie es in ihm toste, ihn zu zerreißen drohte. Noch nie hatte er solche Schmerzen empfunden oder eine solch ungeheure Macht! Nur dank seines jahrzehntelangen Trainings gelang es ihm, seinen Willen trotz dieser so seligen Qual zu fokussieren. Er spie raue Worte aus, um die Flammen zu ersticken, riss sie aus seinem Körper und zwang sie in seinen Stab. Die Augen des Gorgonenschädels glühten in dem unheiligen blauen Licht, der Stab selbst zitterte und vibrierte, und das Chaos, das darin gefangen war, drohte ihn in Stücke zu reißen und zu Staub zu zermahlen.

Rexol wirbelte den Stab über seinen Kopf und schrie einen Bann, um das Chaos auf die Welt loszulassen. Es strömte wie ein ungeheurer Wind aus dem Stab heraus, zischte hinauf und verschwand hoch über den Wolken. Einen Augenblick lang war alles ruhig, dann jedoch explodierte der Himmel in einem Gewittersturm. Blitze zuckten, und es begann wie aus Kübeln zu regnen. Innerhalb von Sekunden war Rexol nass bis auf die Knochen, aber er ignorierte den Wolkenbruch, eilte rasch zu Keegan und kniete sich neben die am Boden liegende Gestalt.

Der Jüngling war bewusstlos, aber nicht ernstlich verletzt. Rexol verfluchte sich selbst, als er seinen Schüler auf die Arme hob und ihn ins Haus zurücktrug. Er zeigte dabei weit mehr Kraft, als man ihm angesichts seines gebrechlichen Körpers zugetraut hätte. Obwohl er ein Jahr lang Keegan studiert hatte, subtil die Grenzen der Macht des Jünglings erkundet und getestet hatte, hatte er ihn doch unterschätzt. Das Chaos war von dem Podest reflektiert worden, wie er es beabsichtigt hatte, aber statt seinen Schüler mit einem kurzen, schmerzlichen Blitz zu erschrecken, war es zu einem Inferno geworden.

Keegan wäre heute fast gestorben; sie beide wären fast gestorben. Um ein Haar wäre Rexol selbst von dem pochenden Chaos verzehrt worden. Er war gezwungen gewesen, die ungebärdige Magie auf die Welt loszulassen, um zu überleben. Doch wer konnte schon sagen, welche Nachwirkungen dieser wilde Chaos-Sturm haben würde?

Nahezu ohne Anstrengung stieg er die Stufen zu den Dienstbotenquartieren hinauf. Ein Desaster war nur knapp abgewendet worden, aber noch war nicht alles verloren. Die Lektion war zwar weit härter gewesen, als er beabsichtigt hatte, aber es war eine Lektion geworden, die Keegan sehr wahrscheinlich niemals vergessen würde. Das Chaos hatte ihn fast vernichtet, und nur dank der Intervention seines Meisters war er noch am Leben.

Draußen tobte der Sturm.

22

Scythe musterte die kleinen ein- und zweistöckigen Gebäude der Ortschaft verächtlich, während der Sturm kalte Regentropfen auf sie herunterprasseln ließ. Ihr Pferd, von dem unaufhörlichen Regen ermüdet, trottete mit gesenktem Kopf langsam durch den Schlamm, der offenbar in dieser Siedlung als Hauptstraße durchging.

»Da«, durchdrang Norrs tiefe Stimme ihre Gedanken.

Sie blickte in die Richtung, in die er deutete, und sah das verblasste Tavernenschild: *Zum Singenden Drachen.* Sie nickte einfach nur. Sie hatten kurz nach Tagesanbruch gegessen, vor kaum zwei Stunden. Hätten sie gewusst, dass diese Stadt so nah war, wären sie letzte Nacht weitergeritten, statt ein Lager im Wald davor aufzuschlagen und sich bis auf die Knochen durchnässen zu lassen. Aber dieser Weiler war zu klein, um auf der Karte eingetragen zu sein, die sie in der letzten Stadt, durch die sie gekommen waren, gekauft hatten.

Scythe hatte immer noch ihr Frühstück im Bauch, aber als Norr die Herberge sah, war er schon wieder bereit, etwas zu essen. In dem Jahr, das sie jetzt zusammen waren, hatte Scythe begriffen, dass Norr immer aß, wenn sich ihm die Möglichkeit dazu bot. Der Barbar war mindestens dreimal so schwer wie sie, also war es nur natürlich, dass er auch weit mehr essen konnte. Und häufiger. Sie erwartete nicht, dass sich daran etwas ändern würde. Norrs Leibesumfang gehörte ebenso zu ihm wie sein langes rotes Haar, sein buschiger Bart und seine ständig sonnenverbrannte Haut. Ihr Liebhaber war ein Stammesmann des Eisigen Ostens. Ein Barbar, wild und frei und von unbändigem Appetit … in allen Belangen.

Das hatte sie bereits in ihrer ersten gemeinsamen Nacht festgestellt, nachdem sie ihn vor den Bütteln in Callastan gerettet hatte. Als sie sicher in Scythes geheimem Refugium unter den Straßen der Stadt angelangt waren, hatten sie miteinander geschlafen, wollüstig, wild und mit animalischer Geilheit. Aber Norr konnte auch sanft sein. Er war später mit einer scheuen Zärtlichkeit in sie eingedrungen, und sein Bart hatte sanft an ihrem Hals gekratzt, als er mit seinen spröden, aufgeplatzten Lippen ihre vernarbten Schultern geküsst hatte. Mit seinen schwieligen Händen hatte er die Narben liebkost, die Peitschen und Messer auf ihrem Rücken und ihren Schenkeln hinterlassen hatten. Tränen waren in seine großen blauen Augen getreten.

Norr hatte sie nie wegen ihrer Wunden gefragt, hatte nie wissen wollen, woher diese entsetzlichen Narben stammten, die ihren schönen Körper entstellten. Er hatte in dieser ersten Nacht nicht einmal nach ihrem Namen gefragt. Sie war es, die ihn den Barbaren genannt hatte, obwohl sie nicht einmal wusste, warum. Er war nicht der erste Fremde, mit dem sie geschlafen hatte, nicht der erste exotische Ausländer, der eine Liebesnacht mit ihr verbracht hatte. Aber er war der Erste, dem sie jemals ihren Namen verraten hatte. Sie hatte ihn wie ein Liebesbekenntnis in die Dunkelheit geflüstert, als er neben ihr schlief. »Scythe.«

»Norr«, hatte er zwischen zwei lauten Schnarchern gebrummt.

Vielleicht war sie deshalb noch mit ihm zusammen. Er akzeptierte sie als das, was sie jetzt war. Ihre Vergangenheit kümmerte ihn nicht. Er hatte sie nicht ein einziges Mal danach gefragt, als würde es keine Rolle für ihn spielen. Als wäre sie wiedergeboren, durch ihre erste gemeinsame Nacht von ihrer eigenen Geschichte befreit worden.

Andererseits war die Vergangenheit des Barbaren für Scythe ein ebensolches Mysterium. Er hatte ihr einmal gesagt, dass er nie mehr in sein Heimatland zurückkehren würde, hatte sich aber nicht weiter dazu erklärt. Sie war kurz versucht gewesen, ihn nach dem Grund zu fragen. Sie vermutete, dass es etwas damit zu tun hatte, dass er niemals eine Waffe trug. Am Ende jedoch war es nicht wichtig. Sie waren jetzt zusammen, und das Leben war gut so.

Es war gut, aber nicht leicht. Ihre Partnerschaft war nicht problemlos, obwohl Scythe niemals auch nur mit dem Gedanken gespielt hatte, ihren Liebhaber zu verlassen. Sie fühlte sich nahezu unwiderstehlich zu Norr hingezogen; zu seiner Größe, seinem exotischen Aussehen und seiner unbekannten Vergangenheit. Aber es war mehr als nur Neugier, die sie zu ihm hinzog. War sie mit Norr zusammen, musste sie nicht immer wachsam sein. Wenn sie zusammen waren, spürte sie, wie die Anspannung in ihren Schultern und die Schärfe ihres immer wachsamen Blickes dem träumerischen Ausdruck der Zufriedenheit unter halb geschlossenen Lidern wich.

Es war nicht so, dass Norr ihr das Gefühl gegeben hätte, sie wäre in Sicherheit. Scythe konnte selbst auf sich aufpassen. Das hatte sie getan, seit sie aus dem Bordell entkommen war, in dem sie nach ihrer Ankunft in Callastan hatte arbeiten müssen. Wenn überhaupt hatte Scythe das Gefühl, sie wäre diejenige, die Norr beschützte, wenn sie zusammen waren. Er schien so unschuldig zu sein, so naiv, was die oft so rücksichtslose Kultur der sogenannten zivilisierten Südlande und deren Bevölkerung betraf. Scythe war zäh, stark und hart und brauchte keinen Mann, um sich sicher zu fühlen. Aber Norr flößte ihr nicht das Gefühl von Sicherheit ein, sondern bei dem Barbaren fühlte sie sich … weich.

Scythe hatte einen ersten Eindruck von der Zukunft bekommen, die sie und Norr erwartete, wenn sie in Callastan blieben. Bei der Schlägerei auf der Straße war niemand gestorben, aber sie hatten die Büttel gedemütigt, und diese waren fest entschlossen, die Verantwortlichen zu ergreifen, um an ihnen ein brutales Exempel zu statuieren. Auf Norrs Ergreifung war eine sehr hohe Belohnung ausgesetzt worden, und seine Beschreibung hatte sich sehr rasch in der ganzen Stadt herumgesprochen. Selbst in der kosmopolitischen Kultur von Callastan war dieser Hüne von Mann unmöglich zu übersehen.

Und nicht einmal die dunkelsten Ecken von Callastans Unterweltslums konnten ihn vor Entdeckung bewahren. Scythe wusste, dass die Diebe und Halsabschneider, die sie zu ihren Freunden zählte, angesichts der Höhe der Belohnung keine Sekunde zögern würden, den Aufenthaltsort des Barbaren den Behörden zu verraten. Das unausgesprochene gegenseitige Vertrauen all jener, die in Callastan auf der anderen Seite des Gesetzes operierten, galt nicht unbegrenzt. Er war ein Fremder, ein Ausländer, ein Eindringling.

Also hatten sie gemeinsam die Stadt verlassen.

Ein Tipp von einer jungen Hure, die Scythe einmal vor drei betrunkenen Soldaten gerettet hatte, hatte dem Paar genug Zeit verschafft, ihre mageren Habseligkeiten zusammenzupacken, zwei Pferde zu stehlen und im Schutz der Nacht davonzureiten, bevor eine ganze Abteilung von Bütteln zu dem in der Kanalisation versteckten Zufluchtsort hinabstieg, in dem sie unter Callastans Marktplatz gelebt hatten.

Sie hatten es nicht bedauert, der Stadt den Rücken zu kehren, jedenfalls Scythe hatte das nicht getan. Und Norr hatte ebenfalls weiterziehen wollen. Er war hierhergekommen, weil er Arbeit als Wächter oder Söldner suchte, war aber von den Einwohnern und den Behörden zurückgewiesen worden. Sie waren gemeinsam davongeritten, hatten über ihre Aufregung gelacht, als sie im Schutz der Nacht entkommen waren, fest entschlossen, irgendwo in den Südlanden neu anzufangen.

Aber ihr neues Leben war dem alten sehr ähnlich gewesen. Scythe hatte Angst, dass die Behörden von Callastan über die Hofmagi der Sieben Hauptstädte an alle anderen größeren Städte Nachrichten versenden würden, sodass sie die Metropolen der Südlande gemieden hatten. In den kleineren Städten jedoch lauerten andere Gefahren.

Wohin auch immer Norr und sie sich wandten, erwarteten sie Argwohn und Misstrauen. Es war unmöglich, ihre Herkunft als Insulanerin oder sein Östliches Blut zu verbergen. Kaum verhüllte Vorurteile und offener Hass schlugen ihnen entgegen. In den kleineren Ortschaften wurde ihre Gegenwart höchstens für ein paar Wochen geduldet, bis die Kaufleute und Wirte sie einfach nicht mehr bedienten. In manchen Fällen hatte man sie mit Drohungen oder sogar mit bewaffneten Milizen vertrieben, die es nur zu eilig hatten, diese Barbaren möglichst schnell loszuwerden. Mehrmals war es dabei zu unerfreulichen Auseinandersetzungen gekommen, wenn auch mehr für die Dorfbewohner als für Norr oder Scythe. Denn obwohl der Barbar weder ein Schwert noch eine Axt besaß, war er selbst einem ganzen Dutzend Bauern und Ladenbesitzern überlegen, die keine Erfahrung im Umgang mit Waffen hatten und stattdessen Holzplanken, Mistgabeln, Dreschflegel und ähnliche Gegenstände schwangen.

Normalerweise hielt Scythe sich zurück und erlaubte Norr, seinen Spaß mit diesem Mob zu haben, der dumm genug war, sich mit ihm anzulegen. Der Kampf schien dem großen Mann immer etwas von dem Schmerz zu nehmen, den er darüber empfand, dass er wie ein kranker Bettler vertrieben wurde. Aber bei den wenigen Gelegenheiten, als die Übermacht selbst für Norr zu groß war, hatte Scythe intervenieren müssen. Sehr zum Entsetzen der Bürgermiliz.

Norr kämpfte mit bloßen Fäusten; für ihn war der Kampf kaum mehr als ein etwas raues Spiel. Scythe dagegen kämpfte mit Waffen. Ihre rasiermesserscharfen Dolche verletzten und verstümmelten, obwohl Norr sie gebeten hatte, niemanden zu töten, wenn es sich vermeiden ließ. Bis jetzt hatte sie seinen Wunsch erfüllen können, obwohl in vielen Ortschaften, durch die Scythe und Norr gekommen waren, die Leute für ihren Übermut mit einem Ohr oder einem Auge bezahlt hatten.

In den größeren Ortschaften war es etwas besser gewesen. In Städten, wo es viele Fremde gab und Reisende ein gewohnter Anblick waren, konnten sich Scythe und Norr unter dieses Publikum mischen. Jedenfalls so gut, wie jemand von Norrs Gestalt das tun konnte. Die Menschen in den größeren Städten neigten dazu, sich um ihre eigenen Angelegenheiten zu kümmern, und nur wenige Bewohner machten sich die Mühe, diesem seltsamen Paar auf ihren Straßen Ärger zu machen.

Manchmal konnten sie sogar etliche Wochen an einem solchen Ort bleiben. Norr suchte Arbeit als Tagelöhner, Soldat, Söldner, Leibwächter. Es war immer vergeblich. Kein ehrbarer Mann wollte ihn einstellen, weil sie alle überzeugt waren, dass er kaum mehr war als ein Stück Vieh. Ein Tier in Menschengestalt. Scythe dagegen kannte die Intelligenz hinter Norrs Furcht erregendem Äußeren. Er hatte in nur wenigen Monaten die Alltagssprache der Südlande gelernt, obwohl er immer noch einen sehr starken Akzent hatte. Und sie wusste auch, wie sehr es ihm zusetzte, dass er tagein, tagaus zurückgewiesen wurde, dass man ihm keine Chance gab, seinen Lebensunterhalt durch ehrliche Arbeit zu verdienen.

Zum Glück fand Scythe ausreichend Beschäftigung in der Stadt. Sie mischte sich unter die Leute der örtlichen Märkte und erleichterte geschickt ahnungslose Opfer um ihre Brieftaschen und Geldbeutel. Norr hatte einmal vorgeschlagen, dass er mit ihr zusammenarbeiten könnte, aber wie alle anderen hatte auch sie seinen Wunsch abgelehnt.

Allein seine Gegenwart würde Aufmerksamkeit erregen und die Leute misstrauisch machen. Dann waren sie wachsamer. Er hatte erklärt, dass er sie beschützen könnte, falls sie jemals erwischt würde, aber dafür war Scythe zu achtsam. Der einzige Schutz, den er ihr geben konnte, wäre der vor den gierigen Händen schmutziger alter Männer, die sie manchmal aus der anonymen Masse heraus betatschten. Und selbst mit denen wurde Scythe lieber alleine fertig; sie schlug ihnen für gewöhnlich mit ihrer Faust auf die Finger, und zwar so hart, dass sie ihnen auch mal die Knochen brach.

Außerdem hegte Scythe die starke Vermutung, dass ihr Beruf Norr nicht wirklich gefiel. Ein Barbar hatte nichts für Diebe übrig, da er bei sich zu Hause immer von Angehörigen seines eigenen Stammes umgeben war. Der Stamm war Familie, und seine Familie bestahl man nicht. Die Besitztümer anderer Stämme, so stellte Scythe sich das jedenfalls vor, wurden dagegen als Kriegsbeute betrachtet. Man verdiente sich den Anspruch darauf durch sein Schwert, nicht durch List und Tücke. Diebe hatten in einer solchen Kultur keinen Platz.

Also hielt Scythe sie mit ihrer Diebesbeute am Leben, während Norr vergeblich versuchte, eine rechtmäßige Beschäftigung zu finden. Sie wusste, dass er dieses Leben hasste, aber er beschwerte sich nie. Und er ließ seinen Ärger oder seine Enttäuschung niemals an ihr aus.

Irgendwann jedoch erregte Scythe die Aufmerksamkeit der ansässigen Diebe. Manchmal warnten sie sie. Entweder du machst bei uns mit, oder du verlässt die Stadt. Aber sie wusste, dass der Anteil, den die ansässigen Diebe von Neuankömmlingen forderten, schon allein ein Verbrechen war. Sie hatte ihr Lehrgeld bereits vor langer Zeit bezahlt, und obwohl das außerhalb der Grenzen von Callastan nichts galt, ließ ihr beruflicher Stolz nicht zu, dass sie sich wie ein unerfahrener Beutelschneider vier Fünftel ihres Einkommens abknöpfen ließ.

Manchmal jedoch war die Unterwelt der jeweiligen Stadt nicht so höflich, ihr eine Warnung zu erteilen. Der erste Anschlag auf ihr Leben wurde jedoch fast immer ungeschickt und schlampig durchgeführt. Meistens schickten sie einen Amateur, der sich einen Namen machen sollte, indem er den lästigen Neuankömmling beseitigte. Aber Scythe war eine Überlebenskünstlerin und hatte einen Instinkt für Fallen und Gefahr. Nur wegen ihres Versprechens, das sie Norr gegeben hatte, gelang es den Möchtegern-Meuchelmördern, lebend zu entkommen und ihr Versagen den Oberen zu melden.

Scythe war mutig, aber nicht dumm. Sie hütete sich, lange genug in einer Stadt zu bleiben, dass die Kriminellen einen zweiten, aber diesmal besser geplanten Mordanschlag auf sie oder Norr verüben konnten. Also mussten sie auch immer wieder die größeren Städte verlassen, so wie sie stets gezwungen waren, aus den kleineren Ortschaften fortzuziehen.

Seit jener Nacht, in der sie gemeinsam aus Callastan geflohen waren, war es immer so gewesen, aber Scythe hätte keine Minute ihrer Zeit mit Norr gegen etwas anderes eingetauscht. In dem Giganten hatte sie etwas gefunden, von dem sie nicht einmal gewusst hatte, dass es so etwas gab, und die Reisen und Gefahren machten alles nur noch interessanter. Und auch wenn es Norr möglicherweise nicht gefiel, beschwerte er sich wenigstens nicht.

Sie hatten fast die Herberge erreicht, als eine Frau den Kopf aus einer Tür steckte, um einen besseren Blick auf die Fremden werfen zu können, die durch den Sturm in die Stadt geritten kamen. Scythe, die wie immer ihre Umgebung im Auge hatte, drehte sich im Sattel herum und erwiderte den Blick der Bewohnerin herausfordernd.

Zu Scythes Überraschung zog sich die Frau jedoch nicht in die Sicherheit ihres Heims zurück, sondern erwiderte ihren Blick mit einem Lächeln.

»Einen feuchten guten Morgen für euch«, rief die Frau fröhlich. »Willkommen in Praeton.«

»Wir sind nur auf der Durchreise«, antwortete Scythe rasch. »Wir suchen Schutz vor dem Sturm. Weißt du, ob es ein freies Zimmer in der Herberge gibt?«

»Für Gäste ist immer ein Zimmer im *Singenden Drachen* frei«, erwiderte die Frau. »Dort gibt es gutes Essen, saubere Zimmer und ehrliche Preise.«

Als Scythe darauf verzichtete, etwas zu erwidern, mischte Norr sich ein. »Wir wissen deine Freundlichkeit sehr zu schätzen«, antwortete er mit seinem tiefen Bariton.

»Das ist nichts Besonderes. Wir haben ein Sprichwort in Praeton: Freundlichkeit ist umsonst und reichlich vorhanden, also verteile sie großzügig.«

Scythe konnte sich gerade noch zusammenreißen, um nicht die Augen zu verdrehen, aber Norr lachte herzlich.

»Ein schönes Sprichwort.«

»Eins, das wir uns zu Herzen nehmen«, versicherte die Frau ihm. »Ich hoffe, euch gefällt Praeton. Wir könnten einen kräftigen Burschen wie dich während der Erntezeit gut gebrauchen, falls ihr euch entscheidet, eine Weile zu bleiben.«

»Vielleicht tun wir das«, antwortete Norr zu Scythes Überraschung.

23

Ein mächtiger Donnerschlag weckte Cassandra. Sie lag regungslos auf der dünnen Schlafmatte ihres ansonsten vollkommen leeren Zimmers und blickte in völliger Dunkelheit mit ihrer magischen Sicht an die Decke, während der Regen auf das Monasterium herunterprasselte und Blitze den Himmel zerrissen.

Das war kein gewöhnlicher Sturm; sie spürte in seinem Kern das unheilvolle Echo des Chaos, das ihn hervorgerufen hatte. Dunkle Wolken waren über die Südlande hinweggezogen und hatten gewaltige Überschwemmungen hinterlassen. Wie viele andere Seher hatte auch sie beim Heraufziehen des Sturms seine katastrophalen Nachwirkungen in ihren Träumen wahrgenommen, hatte gesehen, wie ganze Ernten vernichtet und Häuser von Flüssen, die über ihre Ufer getreten waren, weggerissen wurden. Aufgequollene Viehkadaver verwesten auf den Feldern, nachdem sich die Fluten zurückgezogen hatten. Heute Nacht jedoch war ihr Schlaf nicht von Visionen der Flut gestört worden. Heute hatte sie von ihrem alten Meister und einer wundersamen Krone geträumt.

Es war nicht ungewöhnlich, dass sie von Rexol träumte. Das geschah so oft, dass sie diesen Träumen kaum noch Bedeutung beimaß. Die Krone jedoch war neu. An dieser Krone war irgendetwas Besonderes. Etwas daran war sehr bedeutsam. Sie war weder aus Gold geschmiedet noch aus irgendeinem anderen Edelmetall. Sie bestand aus Eisen.

Einfaches, schlichtes Eisen, aber dieses Eisen strahlte so hell, dass es sie regelrecht geblendet hatte.

Sie erhob sich von ihrer Matte und ging zur Tür ihres Zimmers. Trotz der völligen Dunkelheit ging sie zielstrebig und selbstsicher.

Träume zu interpretieren oblag nicht ihrer Verantwortung, nicht einmal, wenn es ihre eigenen waren. Sie musste dem Pontiff davon erzählen. Er besaß die Weisheit, die ihr helfen würde, diese Vision zu begreifen.

Ich muss ihm auch von Rexol erzählen, dachte sie, während sie langsam durch die Gänge der Schlafsäle ging. *Er war Teil dieser Vision. Seine Präsenz könnte von Bedeutung sein.*

Ihr Arm begann zu jucken, und sie kratzte sich zerstreut, ohne das unsichtbare Mal wahrzunehmen, welches der Hexer auf ihrem Arm hinterlassen hatte.

Die Tür zu Nazirs Kammer war geschlossen. Doch das war eine rein symbolische Geste. Hätte sie es gewollt, hätte Cassandra ohne Schwierigkeiten mit ihrer magischen *Sicht* hinter dieses hölzerne Portal blicken können. Doch das wäre eine grobe Verletzung der Privatsphäre des Pontiffs gewesen. Stattdessen hielt sie ihre Wahrnehmung an der Schwelle im Zaum und klopfte dann an die Tür.

»Komm herein, Cassandra«, antwortete die Stimme des Pontiffs von der anderen Seite.

Sie stieß die Tür auf und ließ ihren magischen Blick durch den Raum gleiten. Erst jetzt bemerkte sie, dass der Pontiff nicht alleine war. Yasmin war bei ihm. Der alte Anführer des Ordens saß mit gekreuzten Beinen auf dem Boden. Sein Gesichtsausdruck war eine Miene ewiger Gelassenheit. Die Großinquisitorin stand neben ihm und verzog verächtlich das Gesicht, als Cassandra hereinkam.

»Was willst du?«, erkundigte sie sich. Cassandra zögerte kurz und überlegte, ob sie der Frau antworten oder sich an den Mann wenden sollte, mit dem sie eigentlich sprechen wollte.

»Ich komme wegen der Interpretation eines Traumes«, erwiderte sie kühl. »Wie es mein Recht als Seherin ist.«

Sie hatte bereits vor langer Zeit gelernt, dass eine Bezugnahme auf die uralten Sitten und Traditionen des Ordens der beste Weg war, Yasmins Wut zu entkräften. Die große Frau nickte einmal knapp mit dem kahlen, vernarbten Kopf und trat einen Schritt zurück.

»Erzähl mir von deiner Vision, Cassandra«, ermutigte der Pontiff sie und winkte sie zu sich.

Sie trat weiter in den Raum und kratzte sich am Arm. Ihre frühere Entschlossenheit, dem Pontiff alles über ihren Traum zu erzählen, geriet ins Wanken. Yasmin betrachtete sie bereits als gezeichnet von ihrer Zeit als Rexols Mündel. Wenn sie seine Anwesenheit in ihrer Vision erwähnte, würde das nur das Misstrauen der Großinquisitorin verstärken.

Außerdem ist Rexol nicht von Bedeutung, dachte sie. *Die Krone war das Neue in dieser Vision. Die Krone ist das, was wichtig ist.*

»Ich sah eine Krone«, sagte sie. »Sie bestand aus Eisen, aber sie glühte durch die Macht des Chaos.«

»Das ist alles?«, fragte Yasmin höhnisch. »Eine glühende Krone?«

Der Pontiff hob die Hand und brachte sie zum Schweigen.

»Eine Krone kann viele Dinge repräsentieren«, sagte er. Er sprach langsam, so als würde er seine Worte mit großem Bedacht wählen. »Sie kann einen König symbolisieren oder einen General. Irgendeinen Anführer oder eine

Autorität, sogar … mich. Gab es irgendetwas anderes an dem Traum, was bedeutsam war?«, drängte er sie. »Gab es weitere Einzelheiten?«

Cassandra öffnete schon den Mund, um ihm trotz ihrer Bedenken wegen Yasmin von Rexol zu erzählen. Aber zu ihrer eigenen Überraschung schloss sie den Mund wieder und blieb stumm. Sie rieb sich den Arm und schüttelte den Kopf.

»Es tut mir leid, Pontiff. Ich habe nur die Krone gesehen.«

»Solange der Sturm über dem Monasterium tobt, liegen wir unter dem Schleier des Chaos«, sagte der Pontiff beruhigend. »Vieles ist verborgen oder dunkel. Ich werde mit den anderen Sehern sprechen«, fuhr er fort. »Wenn dein Traum von dem Sturm zersplittert wurde, haben die anderen möglicherweise Stücke gesehen, die helfen könnten, die Vision zu einem Ganzen zusammenzusetzen.«

»Der Sturm kann die Macht all jener, die schwach sind, beeinträchtigen oder gar pervertieren«, warf Yasmin ein. »Solange er andauert, müssen wir uns vor falschen Prophezeiungen hüten, die uns in die Irre führen könnten.«

»Meine Visionen sind rein«, erklärte Cassandra. Sie knirschte zwar vor Zorn mit den Zähnen, ihre Stimme jedoch klang ruhig.

Wieder hob der Pontiff seine Hand, um jede weitere Diskussion zu unterbinden.

»Der Sturm wird schon bald vorbei sein«, rief er ihnen ins Gedächtnis. »Sobald er sich gelegt hat, wird Cassandra vielleicht wieder von der Krone träumen. Dann kann sie ihre Vision klarer erkennen. Oder aber die Vision wird einfach verblassen, sobald sich der Sturm gelegt hat, und wir werden wissen, dass diese Krone nur ein bedeutungsloses Fragment gewesen ist, welches das Chaos erzeugt hat.

Aber wir gewinnen nichts dadurch, dass wir jetzt darüber streiten«, schloss er.

Cassandra nickte, um seine Weisheit zu akzeptieren, als ihr klar wurde, dass sie mit diesen Worten entlassen worden war. Sie drehte sich um, ging hinaus und schloss die Tür hinter sich.

Nachdem Cassandra den Raum verlassen hatte, spürte der Pontiff, wie der Blick aus Yasmins blinden Augen auf ihm ruhte. Sie war seine rechte Hand und kannte ihn besser als jeder andere. Zudem war sie in der Kunst ausgebildet, Lügen und Halbwahrheiten zu entdecken. Sie spürte, dass er etwas zurückgehalten hatte.

»Du glaubst, dass ihr Traum von Bedeutung ist«, erklärte die Großinquisitorin.

Ich glaube, dass das Chaos des Sturms ihre Macht vergrößert hat, dachte der Pontiff. *Ich glaube, sie nimmt das Artefakt wahr, das tief unter dem Monasterium eingeschlossen liegt.*

»Cassandra ist eine unserer stärksten und verlässlichsten Seherinnen«, sagte er laut. »Ich wäre ein Narr, wenn ich ihre Visionen von vornherein als belanglos abtun würde.«

Yasmin wusste nichts von der Krone. Dieses Wissen, die Macht des Artefakts, sein Potenzial und wie man es sicher nutzen konnte – all dies war ausschließlich dem Pontiff vorbehalten. Wenn Nazirs Regime endete und die Wahren Götter ihn heimholten, würde sein Nachfolger bei der Durchsicht seiner persönlichen Notizen davon erfahren, so wie er davon erfahren hatte, als er die Archive seines Vorgängers geöffnet hatte, nachdem er zum Pontiff aufgestiegen war.

Ich habe angenommen, dass du dieser Nachfolger sein

würdest, Yasmin, dachte er. Seine Aufmerksamkeit richtete sich auf die große Frau mit dem kahlen und vernarbten Schädel. *Aber vielleicht ist diese Vision ein Zeichen dafür, dass es Cassandra sein wird, die irgendwann meinen Platz einnimmt.*

Cassandra war noch jung, aber das war Yasmin ebenfalls. Sie beide besaßen die Stärke, eines Tages den Orden zu leiten, obwohl Nazir wusste, dass sie beide es auf sehr unterschiedliche Art und Weise tun würden. Da das *Vermächtnis* schwächer wurde, hatte er geglaubt, Yasmins glühender Fanatismus wäre vonnöten, um den Orden zu einem Sieg in dem Krieg gegen die Anhänger des *Schlächters* zu führen. Aber vielleicht würde Cassandras ruhige Entschlossenheit ihrer Sache weit besser dienen. Vielleicht konnte sogar das *Vermächtnis* bewahrt und ein Krieg vermieden werden.

»Dieser Sturm hat die Seher geblendet«, bemerkte Yasmin und unterbrach seinen Gedankengang. »Sie sehen nur noch Fluten und Vernichtung. Warum also hat Cassandra immer noch andere Visionen?«

»Glaubst du, dass Cassandra lügt?«, wollte der Pontiff wissen. »Glaubst du, dass sie den Unterschied zwischen einer wahren Vision und einem einfachen Traum nicht mehr erkennt?«

Das waren schwere Vorwürfe gegen einen Seher, und Yasmin beeilte sich, die Konsequenzen von sich zu weisen.

»Ich erhebe keine formale Anklage«, erklärte sie. »Wie immer beuge ich mich deiner Weisheit, Pontiff. Ich bitte dich nur darum, die Quelle dieses Sturms zu berücksichtigen, wenn du über ihre Vision nachdenkst.«

Der Pontiff seufzte.

»Wir haben keinen Beweis, dass Rexol dafür verantwortlich ist.«

»Aber falls er es ist, wäre es durchaus logisch, dass seine ehemalige Schülerin die einzige Seherin ist, die trotz des Sturms Visionen haben kann.«

»Du überschätzt den Einfluss des Hexers auf Cassandra«, erklärte er. »Sie ist mittlerweile länger bei uns, als sie bei ihm war. Ihre einzige Verbindung zu ihm beruht auf deinem Argwohn und deinen Anschuldigungen.«

Aber es ist möglich, dass sie eine Verbindung zu der Krone hat. Ruft sie sie? Hat sie die Krone deshalb in ihrer Vision gesehen? Wird sie in der Lage sein, sie zu beherrschen und ihre Macht auf eine Art und Weise zu nutzen, wie ich es niemals gewagt habe?

»Als Großinquisitorin ist es meine Pflicht, Fragen zu stellen«, erinnerte Yasmin ihn.

»Aber das letzte Urteil obliegt mir«, gab er zurück. »Cassandras Loyalität steht nicht in Zweifel. Du solltest deine Aufmerksamkeit auf einen echten Verräter konzentrieren.«

»Jerrod.« Ihre Stimme troff vor Galle und Gift, als sie diesen Namen aussprach.

»Deshalb habe ich dich gerufen«, erinnerte der Pontiff sie. »Uns liegen Berichte von Pilgern im Norden vor. Jemand verbreitet die Häresie des Brennenden Erlösers in den FreiStädten.«

»Also ist er endlich aus seinem Loch gekrochen«, sagte Yasmin und fletschte die Zähne zu einem bösartigen Lächeln.

»Nicht er, sondern neue Schüler, die er für seine Sache rekrutieren konnte. Ihre Zahl wächst.«

»Ich werde Inquisitoren in den Norden entsenden«, erklärte Yasmin. »Wir werden diese Ketzer jagen und vernichten. Wir werden jeden einzelnen seiner Anhänger ausfindig machen und sie alle befragen, bis einer von ihnen uns zu ihm führt. Natürlich mit deiner Erlaubnis, Pontiff«, setzte sie hastig hinzu.

»Was Jerrod angeht«, versicherte der alte Mann ihr, »sind wir uns vollkommen einig.«

»Diesmal«, schwor Yasmin, »wird der Verräter nicht entkommen.«

24

Keegan sah zu, wie Vaaler seine Habseligkeiten packte. Ihn erfüllte eine Mischung aus widersprüchlichen Gefühlen: Trauer, Bedauern, Schuldgefühle und ... Erleichterung. Eine Abteilung von Wachsoldaten der Danaan wartete im Hof, um Vaaler nach Hause zu eskortieren. Obwohl Keegan traurig war, dass sein Freund wegging, wusste er, dass dessen Abreise der Anspannung ein Ende bereiten würde, die zwischen ihnen immer mehr zugenommen hatte.

Vor sechs Wochen hatte Keegan die Macht des Chaos auf die Welt der Sterblichen losgelassen. Obwohl er die Kontrolle über den Zauberspruch verloren hatte und fast von den schrecklichen blauen Flammen verzehrt worden war, wusste er, dass dies der großartigste Augenblick seines Lebens gewesen war.

Er hatte die Berührung des Chaos schon vorher gefühlt. In seinen Träumen und in der primitiven Freisetzung der Wut, mit der er diesen Mann getötet hatte, den Mörder seines Vaters. Aber in diesem Moment war das Chaos ungerufen und ungebeten gekommen. Er war kaum mehr als ein Kanal für seine Macht gewesen.

Die Aufgabe, die Rexol ihm gestellt hatte, war jedoch eine vollkommen andere gewesen. Durch die Anrufung des Bannes hatte er die Macht beschworen und sie seinem Willen unterworfen. Bevor dieser Zauber ihn überwältigte, hatte er das unendliche Potenzial gespürt, das er da zu fassen hatte. In diesem Augenblick hatte er zum ersten

Mal erkannt, wer und was er tatsächlich war. Er war ein Hexer; ein Magus, der eines Tages das Feuer der Schöpfung beherrschen würde.

Er hatte versucht, dieses Gefühl Vaaler zu erklären: die Hitze des Feuers, das ihn nicht verbrannte; die Wucht des Chaos, das ihn durchströmte; sogar den Schrecken und den sengenden Schmerz, als er die Kontrolle verloren hatte und das Chaos ihn mit einer Art wahnsinniger Ekstase erfüllte. Es war schwer, sich eine schrecklichere Art zu sterben vorzustellen, aber es war unmöglich, nicht zu versuchen, das, was er getan hatte, erneut zu tun.

»Das klingt nach einer Art von Wahnsinn«, hatte Vaaler erwidert. In dem Moment begriff Keegan, dass sein Freund ihn niemals verstehen würde. Worte konnten die Euphorie nicht beschreiben, die er spürte. Und von diesem Moment an hatte sich eine Distanz zwischen ihnen aufgetan. Subtil und doch unbestreitbar.

Rexol hatte ihn davor gewarnt, dass genau dies geschehen würde.

»Du besitzt die *Gabe,* Keegan. Das unterscheidet dich von anderen Menschen. Sie werden dich niemals wirklich kennen, und sie können niemals die Macht verstehen, über die du gebietest. Du bist vom Chaos gezeichnet. Du bist auserwählt. Dein Schicksal liegt jenseits der Grenze dessen, was die übrigen Sterblichen begreifen können, und schon bald werden sie dich deshalb zurückstoßen. Selbst Vaaler«, hatte er hinzugefügt, »obwohl er eines Tages ein Königreich regieren wird, steht unter dir. Ein wahrer ChaosMagus hat keine Freunde und keine Gleichgestellten, bis auf andere Magi.«

Vaaler war nicht verbittert oder eifersüchtig. Jedenfalls zeigte er das nicht offen. Als er von Keegans Erfolg hörte, hatte er sich wirklich für seinen Freund gefreut.

Aber gleichzeitig war es unmöglich, seine Enttäuschung über sein eigenes Scheitern nicht zu spüren. Der Prinz war als Junge hierhergekommen, von seiner Mutter und seinem Volk hierhergeschickt, in der Hoffnung, er möge als Zauberer zurückkehren. Er hatte Jahre seines Lebens dieser Sache gewidmet und keinerlei Fortschritte gemacht. Keegans Erfolg zerstörte für ihn die Illusion, dass er selbst jemals auch so etwas bewerkstelligen könnte.

Als Keegan seinen Freund jetzt ansah, empfand er nichts als Mitleid mit ihm.

»Es wird langweilig sein, wenn du erst weg bist«, sagte er in dem verzweifelten Versuch, das düstere Schweigen zu brechen, das im Raum hing.

»Ich bin sicher, dass Rexol dich beschäftigen wird«, erwiderte Vaaler achselzuckend, während er weiter einpackte. »Du wirst so hart arbeiten, dass du nicht einmal merkst, dass ich nicht mehr da bin.«

In seinen Worten steckte eine gewisse Wahrheit. Denn seit dem besagten Tag hatte Rexol Keegans Studien und Pflichten verzehnfacht. Abgesehen davon, dass er sich etliche neue Zaubersprüche einprägen musste, studierte er jetzt auch übersetzte Versionen der Danaan-Manuskripte, die der Preis für Vaalers Ausbildung gewesen waren. Schon bald würde er lernen, Magie zu benutzen, um die Worte selbst zu dechiffrieren. Fürs Erste jedoch wollte sein Meister nur, dass er mit den Legenden und Geschichten des Danaan-Volkes vertraut wurde.

Rexol hatte ihm ebenfalls befohlen, ein Traumjournal zu führen. Jeden Morgen musste er jedes Detail seines Traumes aus der Nacht zuvor aufschreiben, an das er sich erinnern konnte. Ursprünglich hatte Keegan diesem Ansinnen widersprochen, weil er es für sinnlos hielt. Meistens waren seine Träume genau wie die von allen anderen

Leuten auch, eine Mischung aus Bizarrem und Unbedeutendem. Und wenn seine Träume ihm einen kurzen Blick auf die Zukunft gewährten, was nicht mehr passiert war, seit er den Tod seines Vaters vorhergesehen hatte, waren die Bilder so lebhaft, dass er sie ohnehin nicht vergessen konnte.

»Die Visionen, an die du dich erinnerst, sind einfach nur die stärksten Manifestationen des Chaos«, hatte Rexol ihm erklärt. »Aber es könnten auch prophetische Hinweise in den Träumen versteckt sein, an die du dich nicht erinnerst. Im Laufe deiner Ausbildung«, hatte Rexol hinzugesetzt, »wird dein Verstand sich immer mehr auf die *Gabe* fokussieren. Dein Bewusstsein wird immer geschickter werden, das Chaos zu beschwören und zu beherrschen. Als Ergebnis davon wird deine *Sicht* schwächer werden, und es wird schwieriger für dich sein zu erkennen, wann das Chaos durch dein Unbewusstes zu dir spricht.«

Keegan hatte die neuen Bedingungen seiner Ausbildung nur zu gerne akzeptiert. Er wusste, dass diese zusätzliche Arbeit, so umfassend sie auch erscheinen mochte, ihm helfen würde, sein Potenzial zu steigern und ein wahrer ChaosMagus zu werden. Aber es gab eine Bedingung, die er akzeptieren musste: Rexol hatte ihm verboten, noch länger mit Vaaler zusammen zu studieren.

»Er ist kein Hexer. Sein Verständnis des Chaos wird immer auf das Oberflächliche beschränkt sein. Auf die Worte der Anrufungen statt auf die wahre Quelle der Macht eines Banns. Wenn du weiter mit ihm arbeitest, wird das deine Fortschritte nur behindern.« Keegan durfte nicht einmal seine neue Ausbildung mit seinem Freund diskutieren, und dieses Geheimnis hatte die Distanz zwischen ihnen noch vergrößert. Und jetzt schickte Rexol Vaaler weg.

»Das ist nicht richtig«, knurrte Keegan. »Du solltest nicht weggehen müssen. Nicht so. Nicht meinetwegen.«

»Es ist nicht deine Schuld«, versicherte Vaaler ihm, während er seine letzten Habseligkeiten in seinen Rucksack stopfte. »Die Lage ist schon schwierig genug, auch ohne dass du überflüssige Gewissensbisse mit dir herumschleppst. Außerdem«, fuhr Vaaler fort und setzte sich auf den einzigen Stuhl in ihrer Kammer, um sich eine kleine Pause zu gönnen, »gibt es für mich hier nichts mehr zu holen. Rexol ist fertig mit mir.«

Keegan schüttelte den Kopf. »Es erscheint mir einfach nicht gerecht. Selbst wenn du das nicht kannst – du weißt schon, was –, kann er dir andere Sachen beibringen.«

»Er hat mir vieles beigebracht«, erwiderte Vaaler. »Ich kenne die Geschichte und Politik der Südlande. Ich habe jetzt ein weit besseres Verständnis von ihrer Kultur und habe eine Vorstellung davon, wie Menschen und Danaan miteinander auskommen können.

Und ich habe sogar vieles über Magie gelernt. Ich mag vielleicht niemals ein Hexer werden, aber ich begreife Theorie und Praxis der magischen Kunst. Und ich kann diese Lehren an die Zauberer am Hof meiner Mutter weitergeben.«

Vorausgesetzt, sie hören auf dich, dachte Keegan, sagte das aber nicht laut.

»Es ist das Beste so«, beharrte Vaaler. »Ich bin schon zu lange von zu Hause weg gewesen. Es wird Zeit, dass ich zu meinem eigenen Volk zurückkehre.«

»Vielleicht kann ich dich ja mal besuchen, wenn du König geworden bist«, scherzte Keegan. »Dann lässt du mich auf deinem Thron sitzen und zeigst mir alle Geheimnisse des Waldes der Danaan.«

»Na klar«, erwiderte Vaaler mit einem Grinsen. »Aber

dann muss ich dich umbringen. Das ist eine der Pflichten des Danaan-Königs.«

Keegan schnappte nach dem Köder. »Du kannst es ja versuchen. Aber ein König ist einem Hexer nicht gewachsen.« Er bedauerte die Worte, kaum dass er sie ausgesprochen hatte.

Vaaler sagte nichts, aber die melancholische Düsternis breitete sich wieder in dem Raum aus. Keegan verwünschte sich für seine Dummheit.

»Es tut mir leid, Vaaler. Ich habe das nicht so gemeint.«

Der Danaan-Prinz nickte stumm, als er die Entschuldigung akzeptierte. Er schien etwas sagen zu wollen, hielt jedoch inne. Keegan wartete und ließ ihn seine Gedanken sammeln.

»Lass nicht zu, dass Rexol dich in jemanden wie ihn verwandelt«, flüsterte der Prinz schließlich. »Er ist arrogant. Und egoistisch. Er benutzt Menschen und Leute. Er kümmert sich um nichts und niemanden, es sei denn, er glaubt, das würde ihm irgendwie weiterhelfen.«

»Er hat mich aufgenommen, als niemand mich wollte«, erwiderte Keegan. Er hatte das Gefühl, seinen Meister verteidigen zu müssen.

»Er hat dich wegen deiner *Gabe* und deiner Träume aufgenommen. Er glaubt, du bist der Schlüssel, mit dem er die Mysterien der Alten Magie entziffern kann. So wie er zugestimmt hat, mich zu unterrichten, aber nur wegen des uralten Wissens, das er in den Büchern zu finden hoffte, die mein Volk ihm gegeben hat. Er ist von der Macht besessen und würde alles tun, um sie zu bekommen.«

»Du hast leicht reden«, gab Keegan zurück. »Denn du wirst eines Tages ein König sein. Die meisten von uns genießen diesen Luxus nicht. Wir werden nicht mit der Macht geboren, wir müssen sie uns nehmen!«

»Jetzt klingst du fast wie er.«

Die Missbilligung in Vaalers Tonfall schockierte Keegan und ließ ihn verstummen. Erneut machte sich verlegenes Schweigen breit.

»Es gibt eine Sache, die Rexol mich nicht gelehrt hat«, sagte Vaaler schließlich. »Es ist eine Lektion, die meine Mutter mir gründlich eingepaukt hat, als ich kaum reden konnte. Macht hat einen Preis. Sie ist eine Bürde. Und sie verlangt Opfer.

Trotz all seiner Intelligenz und seiner Weisheit begreift dein Meister das nicht. Er hat es nie begriffen und wird es auch nie begreifen. Wenn ich den Thron besteige, werde ich die Macht über Leben und Tod all meiner Untertanen haben. Wenn du lernst, das Chaos in dir zu entfesseln, wirst du dieselbe Macht über alle haben. Aber ein König ist seinem Volk verantwortlich. Wem gegenüber muss ein Hexer Rechenschaft ablegen?«

Darauf fiel Keegan keine schlagfertige Antwort ein.

»Großes ist dir bestimmt«, fuhr Vaaler fort. »Ich besitze vielleicht nicht die *Sicht,* aber selbst ich kann das sehen. Aber du musst vorsichtig sein. Rexols Ehrgeiz wird sein Untergang sein; lass nicht zu, dass es auch deiner wird.«

»Was willst du damit sagen? Dass ich weggehen soll? Dass ich alleine weitermachen soll? Dass ich mit deiner Eskorte mitreiten soll, bis wir die FreiStädte erreichen?«

Der Prinz schüttelte den Kopf. »Nein, dein Platz ist hier, einstweilen jedenfalls. Du musst lernen, deine *Gabe* zu beherrschen. Bleib bei Rexol. Lass dich von ihm in der Kunst der Magie unterweisen. Aber werde nicht wie er.«

Vaaler stand auf und warf sich den Rucksack über die Schulter. Dann ging er durch das Zimmer und streckte die Hand aus. Keegan packte sie und drückte sie fest.

»Du bist ein guter Mensch, Keegan. Vergiss das nicht … Bruder.«

»Das werde ich nicht, Bruder«, antwortete Keegan.

Mit diesen Worten trennten sie sich, wohl wissend, dass ihre Pfade in so unterschiedliche Richtungen führten, dass sie sich wahrscheinlich nie wieder kreuzen würden.

25

»Meister, ich habe etwas gefunden! Eine Passage in einem der alten Manuskripte.«

Keegan klang atemlos, obwohl es schwer zu sagen war, ob der Grund dafür seine Entdeckung war oder weil er die lange Treppe von der Bibliothek ins Labor hinabgelaufen war, um seine Neuigkeit zu verkünden.

Rexol blickte von den verschiedenen, seltsam geformten Steinen auf, die er gerade untersuchte. Er hatte gehofft, die versteinerten Überreste eines Greifs oder eines ähnlichen Exemplars der ChaosBrut in dieser Sammlung zu finden, aber bis jetzt war er nur auf ganz gewöhnliche Felsbrocken gestoßen, die von den Elementen Wind und Regen und der Zeit geformt worden waren.

»Und was stand in der Passage?«, fragte er seinen Schüler.

Der junge Mann schüttelte den Kopf und fuhr sich mit der Hand über seine verschwitzte Stirn. Dabei verschmierte er die bereits verblassten Symbole auf seiner Haut.

»Ich … Ich konnte sie nicht entziffern. Nicht ganz, jedenfalls. Aber eins der Artefakte wurde erwähnt.«

Rexol antwortete nicht sofort. Stattdessen betrachtete er seinen Schüler sorgfältig. Die dunklen Augen des jungen Mannes waren glasig und lagen tief in den Höhlen, seine Miene zeigte Erschöpfung und Müdigkeit.

Es war fast ein Jahr her, seit Rexol Vaaler weggeschickt hatte. Seitdem hatte Keegan nach und nach die Zaubersprüche gelernt, die ihn befähigten, die vergessenen Sprachen lesen zu können, in denen diese uralten Texte der Danaan verfasst waren. Und obwohl er hart arbeitete und studierte, kämpfte er immer noch mit diesem komplizierten Ritual.

Er hat keine so schnelle Auffassungsgabe wie Vaaler, rief Rexol sich in Erinnerung. Der Danaan-Prinz hatte ein hervorragendes Gedächtnis und dazu eine rasche Auffassungsgabe. Er wäre ein exzellenter Magus gewesen, wenn das Chaos ihn nur berührt hätte.

»Du bist sicher, dass in diesem Text die Artefakte erwähnt werden?«

»Die Krone«, erwiderte Keegan. »Da steht irgendetwas davon, dass sie weggenommen oder geraubt wurde. Ich dachte, Ihr wolltet es selbst sehen.«

Was Keegan an Finesse mangelte, machte er mit seinem reinen Potenzial mehr als wett. Selbst mit seiner unfertigen Technik war er gut genug, um wichtige Worte oder Sätze in diesen Texten ausfindig zu machen. Er markierte sie, sodass Rexol sie genauer analysieren konnte. Und er hatte die nahezu unheimliche Fähigkeit, in diesen Tausenden von Danaan-Manuskripten Hinweise auf die Artefakte zu finden. Sogar aus den staubigen Seiten dieser jahrhundertealten Bücher zog ihn die Alte Magie an.

»Ich werde den Text heute Abend lesen«, versicherte Rexol ihm.

»Soll ich bis dahin die anderen Texte durcharbeiten?«

Es war unmöglich, den Eifer in Keegans Stimme zu überhören. Wie für Rexol und alle anderen Hexer auch war es für ihn schwierig aufzuhören, wenn er erst einmal angefangen hatte, das Chaos anzuzapfen. Aber es war ebenso offensichtlich, dass er sich den physischen Grenzen dessen näherte, was er bewältigen konnte.

Keegan war ein sehr wertvolles Werkzeug, aber eins, das man behutsam einsetzen musste. Seine Macht überstieg bei Weitem seine Fähigkeit, sie zu formen und zu beherrschen. Die Menge an Hexwurz, die er in den letzten Wochen zu sich genommen hatte, war seiner Urteilsfähigkeit nicht zuträglich. Sie brachte ihn dazu, leichtsinnig und übermäßig zuversichtlich seine Fähigkeiten zu beurteilen. Rexol musste aufpassen, dass er ihn nicht zu schnell vorantrieb und zu schwer belastete.

»Genug studiert für heute«, erklärte der Hexer. »Ruh dich aus, und dann geh in die Stadt und kaufe Lebensmittel. Ich erwarte dich in drei Tagen zurück.«

Endown war eine Stadt von etlichen Tausend Einwohnern, lag etwa einen Tagesritt im Nordwesten von Rexols Turm und war die nächstgelegene Siedlung von erwähnenswerter Größe. Keegan hatte sie im vergangenen Jahr regelmäßig alle zwei Monate besucht, um Lebensmittel für das Anwesen zu kaufen. Allerdings vermutete er, dass Rexol diese Ausflüge als Vorwand benutzte, um ihn zu zwingen, eine Pause bei seiner Ausbildung einzulegen.

Es gefiel ihm nicht, seine Studien aufzuschieben, aber trotzdem hatte er gelernt, diese kurzen Pausen während seiner anstrengenden Lehre zu genießen. Wenn er in der Stadt war, hatte er keinerlei Pflichten, er musste nicht studieren, brauchte keine Hausarbeit zu erledigen und musste weder kochen noch das Haus reinigen.

Und anders als in dem leeren Anwesen des Hexers gab es hier andere Menschen, mit denen er reden konnte. Menschen wie Kayla zum Beispiel.

»Hier, bitte«, sagte die hübsche junge Kellnerin, als sie den Krug vor Keegan absetzte.

»Danke.« Seine Stimme klang dumpf und war ebenso

ermattet wie sein Verstand. Er versuchte, die Erschöpfung des langen Rittes und die letzten Nachwirkungen der Hexwurz abzuschütteln.

Fast eine ganze Woche lang hatte er jeden Morgen eine große Dosis der Droge zu sich genommen, um seine Übersetzungszauber zu verstärken. Es würde mindestens noch ein oder zwei Tage dauern, bevor die Hexwurz vollkommen aus seinem Körper ausgeschieden war.

Statt sich wieder um die anderen Gäste in der Schänke zu kümmern, zögerte Kayla. Als er bemerkte, dass sie ihn ansah, löste Keegan seinen Blick von ihrer tief ausgeschnittenen Bluse und sah ihr in die Augen.

»Du siehst müde aus«, erklärte sie.

»Ich habe zu viel gearbeitet«, erwiderte er und blickte zu Boden.

Er hoffte, sie würde ihn fragen, was er arbeitete. Natürlich konnte er ihr seine wirkliche Berufung nicht verraten; er musste seine Zusammenarbeit mit Rexol geheim halten, damit der Orden nichts davon erfuhr. Aber er hatte sich eine vernünftige Geschichte zurechtgelegt, falls ihn jemand fragen sollte, wenn er in die Stadt kam.

Hätte Kayla ihn gefragt, hätte er ihr gesagt, dass er aus Parssia kam, einer Stadt, die drei Tagesritte entfernt lag. Sie war nahe genug, dass man hier von ihr gehört hatte, und doch weit genug entfernt, dass nur sehr wenige Einwohner von Endown Genaueres über die Stadt wussten. Er würde ihr erklären, dass er der Schüler eines Schreibers wäre, eine Beschäftigung, die seinen zierlichen Körper und seine blasse Haut erklärte. Es gab nicht viele Schreiber, von daher verdienten sie gutes Geld und trafen manchmal auch mit dem Adel zusammen. Das wiederum würde seine einfache, aber gut geschneiderte Reisekleidung und die höfische Art erklären, in der er sein dunkles, schulterlanges Haar trug.

Er würde Kayla erklären, dass seine Besuche in Endown dazu dienten, sich mit einem wohlhabenden Klienten aus der Gegend zu treffen, dessen Namen er nicht nennen durfte. Da Lebensmittel in Endown günstiger waren als in der Stadt, hätte sein Meister ihm aufgetragen, Proviant zu kaufen, bevor sie nach Hause fuhren.

Es war eine gute Geschichte, einfach und mit einem Anflug von Geheimnis. Bedauerlicherweise fragte Kayla ihn aber nicht.

»Ich komme in ein paar Minuten zurück und sehe nach dir, Keegan«, versprach sie, lächelte ihm herzlich zu und widmete sich dann den anderen Gästen.

Keegan glaubte etwas mehr als nur einfache Freundlichkeit in ihrem Lächeln zu entdecken. Er spürte, dass da etwas zwischen ihnen war, eine Verbindung, die er schon sehr lange nicht mehr empfunden hatte; nicht mehr, seit Vaaler abgereist war. Und sie konnte sich sogar noch von seinem letzten Aufenthalt hier an seinen Namen erinnern; offenbar hatte er auch auf sie Eindruck gemacht.

Es dauerte fast zwanzig Minuten, bis sie zu ihm zurückkehrte; die Schänke war an diesem Abend ungewöhnlich gut besucht. Statt ihm jedoch noch einen Krug Bier zu bringen, stellte sie einen Becher mit einer süßlich duftenden Flüssigkeit vor ihn, die grüner Tee zu sein schien.

»Wenn du müde bist, wird dich das ein bisschen aufmuntern«, erklärte sie.

Keegan trank zögernd einen Schluck und verzog dann das Gesicht. Das Getränk schmeckte unerwartet bitter.

Kayla lachte. »Trink es in kleinen Schlucken«, riet sie ihm. »Vertrau mir. Außerdem werde ich dich heute nicht so früh ins Bett gehen lassen«, setzte sie hinzu. »Denn dann würdest du die Vorführung verpassen.«

»Welche Vorführung?«

»Wir haben einen Hexer in der Stadt!«, stieß sie aufgeregt hervor. Ihre Augen leuchteten.

Keegans Herz setzte einmal aus, bevor er begriff, dass sie nicht über ihn sprach.

»Einen Hexer?«

»Er ist gestern angekommen.« Sie sprach schnell. »Ich habe gestern Abend nicht gearbeitet, aber alle sagen, er hätte seine Magie direkt hier in der Schänke gewirkt!«

»Ah, du meinst einen Zauberkünstler«, meinte Keegan, der plötzlich verstand. »Keinen Hexer.«

Keegan mochte keine Zauberkünstler. Diese Hausierer und Scharlatane bedienten sich meistens Taschenspielertricks und billiger Effekte, um die Wirkung des Chaos nachzuahmen. Einige benutzten ihre Kunst nur, um zu unterhalten, aber die weniger Skrupulösen waren sich nicht zu schade, sich selbst als professionelle Magi darzustellen, um Bewunderung und Privilegien zu fordern, die sie nicht verdienten. Er hatte die schreckliche Macht des wahren Chaos erlebt, und wann immer er diese billigen Taschenspielertricks sah, die man als Magie ausgab, hatte er ein schales Gefühl im Mund.

»Was ist denn da der Unterschied?«, fragte sie. Sie war wirklich verwirrt.

»Es ist … Ach, schon gut.« Er unterbrach sich mitten im Satz. Wenn er den Unterschied zwischen einem Zauberkünstler und einem echten Hexer erklärte, würde das genau die Art von Aufmerksamkeit auf ihn lenken, die Rexol nicht billigen würde.

»Er sitzt da drüben«, sagte Kayla und deutete mit einer Neigung ihres Kopfes auf die Mitte des Raumes. Sie flüsterte aufgeregt. »Ich hoffe, dass er heute Abend noch einmal eine Vorstellung für uns gibt!«

»Ich wäre erschüttert, wenn er es nicht täte«, murmelte Keegan. »Welcher Hexer könnte schon der Versuchung widerstehen, seine Furcht einflößende Macht zu demonstrieren, wenn er dafür ein paar Getränke umsonst bekommt?«

Die junge Kellnerin warf ihm einen merkwürdigen Blick zu, bevor sie sich umwandte und wieder zwischen den Gästen verschwand. Keegan sah ihr hinterher, wie sie mit wiegenden Hüften in dem Schankraum umherging, während er gleichzeitig versuchte, einen Blick auf den sogenannten Hexer zu erhaschen. Eine kleine Gruppe von Gästen hatte sich um den großen Tisch in der Mitte des Raumes geschart, aber sie standen zu eng zusammen, als dass Keegan den Zauberkünstler hätte sehen können, der sie so faszinierte.

»Kayla, komm her und sieh dir das an«, rief einer der Männer am Tisch und winkte sie aufgeregt zu sich.

Die Kellnerin lief rasch zu ihm, weil sie sehen wollte, was dort vorging. Zuerst stand sie steif da und hielt sich von dem Rest der Gäste fern. Ihr Körper war angespannt vor nervöser Erwartung. Als sich jedoch das verborgene Wunder vor ihr entfaltete, beugte sie sich allmählich weiter vor, um genauer hinzusehen.

Ein paar Augenblicke später gab es einen Knall und dann einen ein Lichtblitz. Alle fuhren erschreckt zurück. Kayla kreischte überrascht auf und lachte dann entzückt. Eine kleine Wolke von rotem Rauch erhob sich von der Mitte des Tisches. Als sie sich verzogen hatte, konnte Keegan endlich einen Blick auf den korpulenten Scharlatan werfen, der diesen Effekt erzeugt hatte.

Auf den ersten Blick sah er tatsächlich wie jemand aus, der die *Gabe* besaß. Sein Haar war im Stil der Magi geflochten, obwohl es viel ordentlicher wirkte als bei den meisten Hexern. Er hatte sich ein paar einfache, aber korrekte Schutzsymbole ins Gesicht gemalt, obwohl die Farbe bereits ziemlich verblasst war, so als hätte er sie bereits vor vielen Tagen aufgetragen. Sein schwerer Umhang und seine dicke Kutte waren ausgezeichnet geschneidert und sehr gut gefärbt. Sie glichen so gar nicht den groben, aber praktischen Kleidern, die Keegan oder sein Meister für gewöhnlich trugen. Allerdings musste das nichts bedeuten. Rexol kleidete sich gerne auf eine Weise, die das wilde, ungezähmte Äußere eines ChaosMagus betonte, wegen der Wirkung, die das auf die meisten zivilisierten Menschen hatte. Aber die Magi der Lords trugen häufig kultivierte und elegantere Kleidung, um an den vornehmen Höfen, an denen sie dienten, nicht aufzufallen. Um das Bild zu vervollständigen, hatte sich der Mann mehrere Ketten mit Tierzähnen und -knochen um den Hals gehängt.

Aber selbst aus dieser Entfernung nahm Keegan wahr, dass diese Ketten nichts weiter waren als ganz gewöhnliche Zähne und Knochen, die von irgendeinem ganz gewöhnlichen Lebewesen stammten. Relikte der ChaosBrut vibrierten vor Macht. Sie waren von einer unsichtbaren, aber unverkennbaren Aura umgeben. Von dem Summen und Brummen angestauter Energie, die nur darauf wartete, losgelassen zu werden. Die Ketten, die dieser Mann um den Hals trug, waren tot und leblos, ein einfacher Schwindel, ein Requisit, um seine gutgläubigen Zuschauer zu narren.

Diese Zuschauer applaudierten gerade mehrere Sekunden lang, bevor die meisten von ihnen davonschlenderten und sich immer noch über die Vorstellung amüsierten. Vier neugierigere Zuschauer setzten sich an den Tisch zu dem Mann, der diesen Hokuspokus vorgeführt hatte. Sie hofften vermutlich, dass ein ständiger Strom von Bier dem Mann irgendwelche dunklen und wundersamen Geheimnisse entlocken könnte.

»Hast du die Vorstellung gesehen?«, erkundigte sich Kayla, als sie wieder an Keegans Tisch vorbeikam.

Der junge Mann schüttelte den Kopf. »Es war zu voll.«

Er fühlte sich wacher als zuvor, aufmerksamer. Was auch für ein Getränk es gewesen war, das sie ihm gebracht hatte, es hatte seine Wirkung getan.

»Vielleicht wirkt er später noch ein bisschen mehr Magie«, meinte Kayla. »Es wird bestimmt niemanden stören, wenn du dich ebenfalls an den Tisch setzt und zusiehst.«

»Ich verzichte«, entgegnete Keegan mürrisch.

»Komm schon«, setzte sie nach. »Immerhin kommt nicht jeden Tag ein Hexer nach Endown.«

»Das ist kein Hexer!«, fuhr Keegan sie an. »Bunter Rauch und Blitzpulver taugen nur dazu, die unwissenden Massen zu amüsieren!«

Kayla trat überrascht einen Schritt zurück, die Augen weit aufgerissen.

»Nun«, sagte sie kühl, nachdem sie sich wieder gefasst hatte, »mir gefällt Magie zufällig, vielen Dank!«

Keegan suchte nach einer schnellen Entschuldigung, nach irgendetwas, um die plötzliche Kälte zwischen ihnen zu vertreiben. Aber noch bevor er etwas sagen konnte, hatte das Serviermädchen ihm den Rücken zugekehrt und marschierte davon, um die anderen Gäste in der Schänke zu bedienen.

In der nächsten Stunde sah Keegan zu, wie der Zauberkünstler in der Mitte der Taverne Hof hielt. Seine Tricks waren einfach. Münzen verschwanden und tauchten wieder auf, Bierkrüge hoben sich oder tanzten auf Befehl des Zauberkünstlers über den Tisch. Diese Illusionen wurden von Blitzpulver und buntem Rauch unterstrichen, um ihnen den Anstrich von wahrer Macht zu verleihen.

Jedes Mal, wenn Kayla dem Mann ein Getränk brachte, amüsierte er sie mit einem Kunststück. Entweder sprang eine kleinen Blume aus seiner Hand, oder eine glitzernde Staubwolke rieselte auf den Tisch herab. Jedes Mal kicherte Kayla entzückt und blieb stehen, um mit dem Mann zu reden. Sie lächelte und lachte über alles, was er sagte.

Gelegentlich kam sie auch zu Keegan und stellte ihm einen Krug Bier auf den Tisch. Er versuchte mit ihr zu plaudern, aber sie ließ ihn abblitzen, offenbar immer noch beleidigt über seine Bemerkung von vorhin. Jedes Mal, wenn sie vorbeikam, leerte Keegan seinen Krug und ließ sich einen neuen bringen. Er wusste, dass dies die einzige Möglichkeit war zu verhindern, dass sie ihn vollkommen ignorierte. Es dauerte nicht lange, bis der Alkohol gemeinsam mit den Resten der Hexwurz in seinem Körper ihn in ein angenehm warmes Gefühl hüllte.

Du bist betrunken, dachte er. *Du solltest besser schlafen gehen, bevor du irgendetwas Dummes tust.*

Er winkte Kayla zu sich, um seine Rechnung zu bezahlen.

»Dieser Mann ist nicht nur irgendein Zauberkünstler, weißt du!«, zischte sie ihn an, als sie bei ihm war. »Er hat eine Stellung als Magus bei einem Lord in einer der Frei-Städte an der Grenze zum Nordforst.«

Betrunken wie er war, konnte Keegan diese lächerliche Behauptung nur mit einem Schnauben und einem abfälligen Lachen abtun.

Sie ignorierte ihn. »Sein Name ist Khamin Ankha. Er sagt, er hätte unter dem mächtigsten Hexer der ganzen Südlande studiert, einem Mann namens Rexol!«

Keegan kannte den Namen des Zauberkünstlers nicht, aber er hatte genug von diesem Scharlatan gesehen, um zu wissen, dass dieser aufgeblasene Dummkopf niemals unter seinem Meister studiert haben konnte. Wahrscheinlich hatte er irgendwo Rexols Namen aufgeschnappt und benutzte ihn jetzt, um sich wichtigzumachen. Rexols Ruf war unter den Herrschern der Südlande bekannt. Wahrscheinlich hatte er irgendeinen niederen Adeligen dazu gebracht, ihm einen Posten zu geben, indem er mit Rexols Namen herumgeprahlt hatte.

»Ich habe heute Abend noch keine wahre Magie von diesem Scharlatan gesehen«, erklärte er mit einer Tollkühnheit, die den vielen Krügen Bier geschuldet war, die er zu sich genommen hatte. »Khamin Ankha ist nichts weiter als ein Betrüger. Das kannst du ihm gerne von mir ausrichten.«

Kayla warf ihm einen gereizten Blick zu und schob dann entschlossen ihr Kinn vor. Sie wirbelte herum und marschierte direkt zu dem dicken Zauberkünstler. Er begrüßte sie mit einem Lächeln, aber seine Miene veränderte sich, als sie ihm etwas zuflüsterte, das Keegan nicht hören konnte.

Als sie fertig war, spähte der Zauberkünstler in seine Ecke, aber Keegan wusste, dass er nur die Silhouette einer Gestalt sehen würde, die allein im Schatten saß. Schließlich schob der Mann seinen Stuhl von dem Tisch zurück und stand auf. Keegan erwartete fast, dass sein Rivale zu ihm kommen und ihn zur Rede stellen würde, stattdessen jedoch kletterte der Mann auf den Tisch, was die anderen Gäste mit Amüsement und Erstaunen zur Kenntnis nahmen.

»Verehrte Damen und Herren!«, rief der Mann. »Wie es scheint, wurde eine Herausforderung ausgesprochen. Offenbar gibt es jemanden in dieser Schänke, der meine Macht anzweifelt. Es gibt jemanden hier, der mich für einen Scharlatan hält.«

Hoch oben auf dem Tisch wurde er von dem Licht aus der Esse der Taverne beleuchtet, und alle in der Schänke blickten auf den Mann, einschließlich Keegan. Er mochte ein Scharlatan sein, aber er verstand es, Leute zu manipulieren.

»Kommt dichter heran, Freunde«, fuhr der Mann fort. »Ich gebe euch eine Demonstration des wahren Chaos, wie ihr sie noch nie gesehen habt.«

Die Gäste bildeten nach dieser Einladung rasch einen Kreis um den Zauberkünstler, begierig darauf, seine nächste Vorstellung sehen zu können. Selbst Keegan stand auf und trat näher, hielt sich aber am Rand der Menge. Er hatte den Mann die ganze Nacht genau beobachtet, ihn gründlich studiert und analysiert. Er hatte nicht den leisesten Hauch von Chaos an dem Mann wahrgenommen und wusste, dass er ein Betrüger war. Und jetzt würde er ihn bloßstellen.

Wahrscheinlich vermutete der Zauberkünstler, dass Keegan nur ein eifersüchtiger Einheimischer war, dem es nicht gefiel, dass Kayla dem Neuankömmling so viel Aufmerksamkeit schenkte. Vielleicht plante er, mit dieser Vorspiegelung einer Demonstration des Chaos seinen Rivalen einzuschüchtern und gleichzeitig zum Schweigen zu bringen, um auf diese Weise einen vergnüglichen Abend mit der hübschen Kellnerin zu gewinnen. Falls er das wirklich vorhatte, würde er eine herbe Überraschung erleben.

»Seht genau hin«, befahl der Mann und zog einen kleinen Beutel aus einer Tasche seiner Kutte. Er öffnete das Lederband und zog ein Stück Tuch heraus. Er wusste, dass seine Zuschauer jede seiner Bewegungen fasziniert beobachten würden, also wickelte er das Tuch langsam auf und förderte eine kleine Glasphiole zutage. Er hielt sie hoch, damit alle sie sehen konnten.

»Hexwurz«, verkündete er. Seine Stimme klang plötzlich feierlich und ernst. »Die Essenz der Macht eines Magus«, setzte er hinzu. Sein Tonfall deutete darauf hin, dass in dieser Phiole gefährliche Geheimnisse enthalten waren. Dann zog er vorsichtig den Stöpsel heraus.

Vielleicht besteht er doch nicht nur aus Rauch und Blitz, dachte Keegan. *Möglicherweise ist er doch, wenn auch ganz leicht, mit einem Hauch der* Gabe *gesegnet.*

Der Mann setzte die Phiole an die Lippen und drei Tropfen auf seine Zunge träufelte. Dann verschloss er sie wieder sorgfältig und verstaute sie in dem Beutel, den er zurück in seine Kutte schob.

»Bis jetzt habe ich euch nur mit kleineren Beschwörungen und einfachen Zaubersprüchen unterhalten«, behauptete der Zauberkünstler. »Aber jetzt muss ich um vollkommene Ruhe bitten, denn ich werde dunkle und machtvolle Kräfte beschwören!«

Die Gäste murmelten unbehaglich. Keegan wusste, dass der Zauberkünstler auf Zeit spielte, damit die Wirkung der Hexwurz sich in seinem Körper ausbreiten konnte. Der Mann hob seine Hand, um das Flüstern zu unterbinden, und verzog sein Gesicht zu einer Maske der Konzentration. Leise begann er eine langsame, rhythmische Anrufung. Keegan erkannte die Worte sofort. Sie stammten von einer der ersten Anrufungen, die Rexol ihn gelehrt hatte. Es handelte sich um einen Zauber, der nicht zerstören, sondern in die Irre führen sollte.

Keegan spürte, wie die Macht des Chaos sich sammelte. Aber obwohl der Zauberkünstler nach dem Meer aus Feuer griff, kamen nur winzige Tropfen hindurch. Der junge Hexer hob eine Hand zum Mund, um ein Kichern über dieses armselige Schauspiel zu unterdrücken. Ihm war klar, dass die anderen Zuschauer vollkommen fasziniert von dem waren, was sich da vor ihnen abspielte.

Er warf einen Blick auf Kayla, aber die Augen des jungen Mädchens waren auf den Zauberkünstler gerichtet, der auf dem Tisch stand. Kaylas Miene zeigte ehrfürchtiges Staunen, und ihre Wangen waren vor Aufregung gerötet.

Aus einem Impuls heraus fokussierte Keegan seinen Willen. Ohne ein Amulett, von dem er Kraft hätte ziehen können, und ohne auch nur einen einfachen Zauber würde es zwar schwierig werden, aber er versuchte ja auch nicht, das Chaos tatsächlich heraufzubeschwören. Er sprach in einem kaum hörbaren Flüsterton und wiederholte die Litanei des Zauberkünstlers, während er gleichzeitig seinen Geist ausdehnte. Die beiden ähnlichen Zauber verbanden sich und erlaubten Keegan, gleichzeitig von der Macht des anderen Mannes zu zehren, wie auch seinen Zauber zu verstärken.

Eine Wolke aus violettem Nebel erhob sich auf dem Tisch neben dem Mann. Sie nahm die vagen Umrisse eines großen Wolfs an. Langsam begann die Gestalt der Kreatur sich zu verfestigen. Aus dem Nebel bildeten sich Fleisch und Fell und Zähne, obwohl der Pelz des Tieres in einem violetten Ton schimmerte, wie er es in der Natur nicht tat. Die Augen des Geschöpfes waren schwarze Becken ohne Pupillen.

Während der Beschwörung stießen die Zuschauer Laute des Staunens aus. Keegan wiederholte weiterhin die Anrufung des Zauberkünstlers und bot seine ganze Konzentration auf, als er vorsichtig begann, das Chaos in eine andere Richtung zu lenken.

Als der Zauberkünstler mit seiner Anrufung fertig war, hatte der Wolf seine Transformation vom körperlosen Nebel in eine erkennbare Kreatur ebenfalls beendet und schien jetzt lebendig zu werden. Er kauerte auf dem Tisch, und seine Nackenhaare sträubten sich, als er ein tiefes Grollen ausstieß, das über die faszinierte Menge hinwegzurollen schien.

Die Gäste, die am nächsten standen, wichen unwillkürlich zurück, aber der Zauberkünstler lachte.

»Keine Angst«, versicherte er den Leuten. »Diese Bestie ist nicht in der Lage, euch Schaden zuzufügen. Obwohl sie genauso real aussieht wie ihr oder ich, ist sie nicht gefährlicher als Nebel … Sie ist eine Schattenkreatur ohne echte Substanz.«

Er streckte die Hand aus, um seine Behauptung zu beweisen. Doch zu seinem Entsetzen und zu seiner Überraschung fuhr die Hand nicht einfach durch den Wolf hindurch, wie er es erwartet hatte, sondern traf stattdessen auf das dichte Fell dieser violetten Bestie.

Der Wolf wich vor dieser Berührung zurück und richtete dann seinen finsteren Blick auf den Zauberkünstler. Seine blauen Lefzen zogen sich zurück, als er seine langen schwarzen Zähne fletschte. Der Zauberkünstler taumelte seinerseits einen Schritt zurück, die Augen vor Entsetzen weit aufgerissen.

»Verschwinde!«, befahl er und beschrieb mit seiner Hand einen weiten Bogen, um die Bestie aufzulösen.

Eine Sekunde lang schien die Gestalt des Wolfs zu wabern, als wollte sie sich wieder in violetten Rauch auflösen. Aber das Chaos, das Keegan dem Bann hinzugefügt hatte, hatte ein Phantasma erschaffen, das zu stark war, um von der unbedeutenden Macht des anderen Mannes vertrieben zu werden.

»Nein … Das ist nicht möglich«, keuchte der Zauberkünstler und fiel vor der knurrenden Bestie auf die Knie.

Der Wolf stieß ein heiseres Bellen aus und schnappte nach dem Mann. Jemand in der Menge kreischte. Der

Zauberkünstler wich hastig zurück, um den harmlosen Kiefern der Illusion auszuweichen, die er jetzt für real hielt. Dabei fiel er vom Tisch und landete mit einem Krachen zwischen den flüchtenden Gästen.

Der Wolf hockte immer noch auf dem Tisch, hob den Kopf und heulte. Die Gäste stürmten zu den Ausgängen, wobei sie Tische und Stühle umwarfen und in ihrer panischen Hast übereinanderstürzten. Keegan bemerkte, dass Kayla sich nicht gerührt hatte. Sie stand da wie betäubt, nur ein paar Schritte von dem am Boden liegenden Zauberkünstler und der knurrenden Illusion entfernt.

Keegan bahnte sich den Weg durch die flüchtende Menge. Ein glühender Ball aus kaltem blauem Feuer waberte um seine erhobene Faust.

»Ich verbanne dich zurück in das Reich der Schatten, du widerliche Kreatur!«, schrie er. Damit erregte er die Aufmerksamkeit der flüchtenden Zuschauer. Selbst ein echter ChaosMagus musste es verstehen, Zuschauer in seinen Bann zu ziehen.

Er schleuderte die blaue Kugel auf die Bestie und traf sie mitten auf die Brust. Es gab eine blendend türkisfarbene Explosion und einen Donnerschlag, der das laute Heulen des Wolfs noch übertönte. Das Tier zerplatzte in einem Schauer violetter Funken, die harmlos auf die Menge herunterregneten. Ihre kühle Berührung linderte die Ängste der Gäste und vertrieb ihre Panik.

Keegan starrte finster auf den Zauberkünstler herab, der immer noch auf dem Boden lag. Das Gesicht des kauernden Mannes verriet eine Mischung aus Verwirrung, Demütigung und langsam abklingendem Entsetzen.

»Halte dich lieber an deine Zaubertricks«, sagte Keegan, so laut, dass es in der ganzen Schänke zu hören war. »Das Wirken des Chaos solltest du besser denen überlassen, welche auch die Macht besitzen, es zu beherrschen. Wärst du wirklich Rexols Schüler gewesen, wüsstest du das.«

Ohne ein weiteres Wort zu sagen, drehte sich Keegan herum und verließ die Schänke, wobei er mit hochmütiger Verachtung über den am Boden liegenden Zauberkünstler hinwegtrat. Die Gäste bildeten hastig eine Gasse für ihn. Keiner war scharf darauf, von ihm berührt zu werden.

Keegan hatte kaum ein Dutzend Schritte gemacht, als er hörte, wie die Tür der Schänke hinter ihm aufflog. Er drehte sich nicht um, sondern blieb einfach nur stehen. Sein Herz hämmerte, als er stocksteif wie ein Stein dastand und seine glühende Stirn von der Nachtluft kühlen ließ.

»Du bist ein Hexer«, keuchte Kayla hinter ihm. »Ein wahrer ChaosMagus! Bitte, Euer Lordschaft … wartet auf mich!«

Khamin Ankha ritt mitten in der Nacht davon, verließ Endown heimlich wie ein Dieb. Er war etliche Wochen von Torian, der nördlichsten der FreiStädte, hierhergereist, um Rexol zu zeigen, was für ein bedeutender Mann er geworden war. Jetzt jedoch hatte er sich entschlossen, seinen alten Lehrer überhaupt nicht zu besuchen. Er wollte nur den Schauplatz seiner Demütigung hinter sich lassen.

Er würde der erste LordMagus von Torian werden! Er war ein Mann mit Macht und Einfluss. Er war ein Mann, der Respekt verdiente. Und er war ein Narr gewesen zu glauben, dass diese Südländer so etwas begreifen würden. Aber er stand über ihnen. Sie alle waren es nicht einmal wert, von ihm verachtet zu werden. Und doch hatten sie gewagt, über ihn zu lachen, als er dort auf dem Boden der Schänke gelegen hatte, zitternd vor Furcht.

Er ritt weiter durch die Dunkelheit, angetrieben von seiner brennenden Scham. Das einzige Geräusch war das ständige Klappern der Pferdehufe. In seinem Herzen jedoch verwünschte Khamin Ankha den jungen Mann, der ihm das angetan hatte. Das Gesicht seines Quälgeistes war für immer in sein Gedächtnis eingebrannt. Und er schwor, dafür eines Tages Rache zu nehmen.

26

Nach dem Sturz des Schlächters *war die Krone den Verteidigern des Wahren Glaubens übergeben worden, auf dass sie ihre Weisheit nutzten, um das Volk in der Abwesenheit der Götter selbst zu führen.*

Es hatte Rexol Stunden gekostet, diese beiden kurzen Zeilen zu übersetzen, die Keegan für ihn markiert hatte. Der Text war in einem Dialekt geschrieben, auf den er bisher noch nicht gestoßen war, und im Gegensatz zu den meisten anderen Manuskripten, welche die Danaan ihm geschickt hatten, war der Inhalt dieses ledergebundenen Folianten mit mächtigen Schutzzaubern belegt, die auf die Seiten selbst geschrieben worden waren. Diese Schutzzauber warfen einen Schleier über die Worte und erschwerten es Rexol, selbst mithilfe seines Übersetzungszaubers ihre Bedeutung zu entschlüsseln.

Es war unmöglich herauszufinden, wer diese Schutzzauber gewirkt hatte und warum. Sie konnten eine Schutzmaßnahme des ursprünglichen Autors sein oder aber etwas, das die Zauberer der Danaan mit dem Manuskript gemacht hatten, bevor sie es Rexol schickten. Aber die Existenz dieser Schutzzauber zwang ihn dazu, Keegan neu zu beurteilen.

Rexol hatte angenommen, die Unfähigkeit seines Schülers, diese kurze Passage zu übersetzen, wäre ein Zeichen seiner noch nicht voll ausgebildeten Technik, aber dass Keegan überhaupt in der Lage gewesen war, irgendwelche

Informationen aus diesem mit Schutzzaubern versehenen Dokument zu ziehen, war ein Zeugnis für seine wachsende Stärke. Er hatte seinen Schüler wieder mal unterschätzt, so wie er es bei seiner ersten Aufgabe vor fast einem Jahr getan hatte. Das war ein gefährlicher Fehler. Denn so mächtig, wie Keegan bereits war, konnte selbst der einfachste seiner Zaubersprüche seltsame und unerwartete Konsequenzen in der Welt der Sterblichen hervorrufen, wenn die Nachwirkungen des Chaos nicht ordnungsgemäß eingegrenzt wurden.

Rexol schwor sich, in Zukunft noch vorsichtiger mit seinem jungen Schüler umzugehen, und konzentrierte sich dann wieder auf die kurze Passage, die er hatte übersetzen können.

Nach dem Sturz des Schlächters *war die Krone den Verteidigern des Wahren Glaubens übergeben worden, auf dass sie ihre Weisheit nutzten, um das Volk in der Abwesenheit der Götter selbst zu führen.*

Mit den Verteidigern des Wahren Glaubens war mit ziemlicher Sicherheit der Orden gemeint. Sieben Jahrhunderte lang hatten der Pontiff und seine Anhänger die Geschichte und die Politik der Südlande beeinflusst; der Erfolg ihrer Machenschaften war leichter zu verstehen, wenn man wusste, dass sie die Hilfe eines Artefaktes besaßen, das es ihnen angeblich erlaubte, durch Zeit und Raum blicken zu können.

Aber nach dem, was Rexol über die Krone gelesen hatte, erlaubte sie ihrem Träger auch, in die Herzen und Köpfe sowohl von Freunden als auch Feinden zu blicken. Falls der Orden sie tatsächlich besaß, warum hatten sie dann Ezras Ungehorsam nicht schon früher entdeckt? Und wie hatte Jerrod den Inquisitoren so viele Jahre entkommen können? Und warum hatte der Orden Rexol noch nicht zu sich befohlen, um ihn zu verurteilen, weil er Keegan als Schüler aufgenommen hatte?

Entweder ist die Krone nicht so mächtig wie die Legenden behaupten, dachte Rexol. *Oder aber sie haben vergessen, wie sie ihre geballte Macht freisetzen können, nachdem sie jahrhundertelang versucht haben, der Verbreitung des Chaos Einhalt zu gebieten.*

Es gab noch eine dritte Möglichkeit. Vielleicht besaß der Orden die Krone gar nicht. Aber Rexol war nicht geneigt, diese Möglichkeit in Betracht zu ziehen. Zu glauben, dass sich die Krone irgendwo innerhalb der unbezwingbaren Mauern des Monasteriums befand, war weit angenehmer, als zu glauben, dass er trotz so vieler Jahre der Suche immer noch keine Ahnung hatte, wo er eins der Artefakte finden konnte.

Doch der einzige Weg, sich Gewissheit zu verschaffen, bestand darin, in das Innere des Monasteriums zu gelangen, damit er die Präsenz der Krone fühlen konnte. Vor einem Jahrzehnt war er schon einmal auf der anderen Seite dieser schwarzen Steinmauern gewesen, aber er hatte sich zu sehr auf seine Konfrontation mit dem Pontiff konzentriert, um auf den Ruf der Alten Magie zu achten. Jetzt jedoch wusste er, wonach er suchte.

Aber in das Monasterium zu kommen war ein Problem. Der Orden betrachtete ihn mit zu viel Argwohn, um ihm eine Audienz zu gewähren. Und selbst wenn er sie irgendwie überzeugen könnte, ihn hereinzulassen, war es nahezu unmöglich, die Krone zu erbeuten und sich damit wieder davonzumachen.

Aber Magie vermochte das Unmögliche möglich zu machen. Da Rexol jetzt wusste, wo er eins der Artefakte finden konnte, war er fest entschlossen, es in seine Finger zu bekommen … Koste es, was es wolle.

Keegan erwachte schreiend, warf die Decken zurück und kämpfte sich aus der weichen Matratze heraus, in der er zu versinken drohte. Die Visionen des Albtraums erfüllten immer noch seinen Kopf und vermischten sich mit der fremdartigen Umgebung zu lebhaften, grausamen Szenen voller Blut und Tod.

Das Entsetzen verblasste jedoch rasch, als er seine Umgebung bewusster wahrnahm. Trotzdem hämmerte sein Herz noch, und er atmete stoßweise und keuchend. Das Licht des Vollmonds drang durch das offene Fenster. Es genügte, dass er die Möblierung des Raumes erkennen konnte, den er für seinen Aufenthalt in Endown gemietet hatte.

Erst jetzt bemerkte er die dunkle Gestalt von Kayla, die sich nackt in einer Ecke zusammenkauerte. Als sie sah, dass er wieder einigermaßen zur Ruhe gekommen war, stand sie auf und näherte sich vorsichtig dem Bett.

»Keegan«, flüsterte sie. »Kannst du mich hören? Ich bin es, Kayla.«

»Ich bin … Es geht mir gut«, antwortete Keegan, obwohl er ihr kaum Aufmerksamkeit schenkte.

Konzentriere dich. Erinnere dich an die Einzelheiten, bevor der Traum verblasst.

»Was ist passiert?« Kayla legte ihre weiche Hand auf seine nackte Schulter. »Eben hast du noch geschlafen, dann hast du plötzlich angefangen zu schreien.«

Der Orden. Inquisitoren. Sie haben mich gefoltert, um Informationen von mir zu bekommen.

»Ich habe versucht, dich zu wecken, aber du hast unaufhörlich geschrien. Dann hast du um dich geschlagen. Ich … Ich dachte, du würdest mich angreifen.«

Nein. Sie foltern nicht mich. Sondern jemand anderen. Eine Frau.

»Bitte, Keegan … Ich habe Angst. Stimmt etwas nicht? Kannst du es mir sagen?«

Plötzlich schien sich alles zusammenzufügen, als ihm die schreckliche Wahrheit dämmerte. Er war ein Idiot gewesen, ein Narr. Die Gerüchte über seine Vorstellung in der Schänke würden sich sehr schnell verbreiten; es würde nicht lange dauern, bis der Orden von diesem gefährlichen Schauspiel der ChaosMagie erfuhr.

Sie würden jemand schicken, um die Sache zu untersuchen und die Identität dieses wild gewordenen Hexers festzustellen. Sie würden von Keegan hören und entdecken, dass Rexol dem Pontiff getrotzt hatte, indem er erneut einen Schüler angenommen hatte. Er musste seinen Meister warnen. Ihre einzige Hoffnung bestand darin zu flüchten, bevor die Inquisitoren sie holten.

Aber Rexol und er waren nicht die Einzigen, die in Gefahr schwebten. Zu viele Menschen hatten gesehen, wie Kayla die Taverne mit Keegan verlassen hatte. Der Orden würde sie ebenfalls befragen.

Kayla war mutig und loyal. In der Nacht, die sie miteinander verbracht hatten, war es nicht nur um Sex gegangen; ihr lag etwas an ihm. Sie würde versuchen, ihn zu beschützen. Die Inquisitoren würden ihre Gefühle für Keegan spüren und wissen, dass sie sie belog. Dann würden sie sie foltern, um die Wahrheit aus ihr herauszubekommen. Sie würden sie auspeitschen, ihre weiche, blasse Haut zerfetzen, ihr hübsches Gesicht verstümmeln und ihr zartes Geschlecht verbrennen. Wenn es vorbei war, würden sie sie exekutieren, weil sie sich mit einem abtrünnigen Hexer eingelassen hatte. Er hatte es in seinen Träumen gesehen.

Aber deine Träume müssen nicht immer wahr werden. Du hast Tollhurst vor den Plünderern gerettet. Du kannst auch Kayla retten.

Sie rieb mit ihrer Hand sanft über seine Schulter.

»Keegan? Bitte sprich mit mir, Keegan. Ich will dir helfen.«

Er schlug ihre Hand weg und stieß sie von sich. Sie taumelte zurück.

»Fass mich nicht an!«

Er sah im Mondlicht, das durch das Fenster schien, wie ihre Augen sich vor Schreck und Verwirrung weiteten.

»Ich … ich verstehe dich nicht.«

»Halt dein Maul, du dreckige Hure!«

Sie hob die Hand und griff zögernd nach ihm. Seine unerwartete Bosheit verursachte ihr Schwindel.

»Aber … Ich bin nicht … Warum?«

»Ich kenne deine Sorte!«, spie Keegan hervor. »Glaubst du vielleicht, ich hätte nicht mit Dutzenden von Frauen geschlafen, die versucht hätten, meine Gunst zu gewinnen, indem sie ihre Beine breitgemacht haben?«

»Nein.« Sie schüttelte den Kopf, während sie immer noch versuchte, diese unerklärliche Veränderung in Keegans Haltung zu begreifen. »So ist es nicht. Ich … ich dachte, du wärst nett. Freundlich.«

Er lachte, barsch und grausam.

»Du glaubst, du wärest etwas Besonderes? Dann bist du noch dümmer, als ich gedacht habe.«

Er lachte wieder. Es war ein hässliches, verächtliches Lachen.

»Ich bin fertig mit dir, Hure. Such deine Kleidung zusammen und verschwinde.«

Im selben Moment veränderte sich Kaylas Gesichtsausdruck.

Ihrer Augen verengten sich zu Schlitzen, und sie biss die Zähne zusammen. Dann fletschte sie die Lippen und schob ihr Kinn vor.

»Du Dreckskerl!«, fauchte sie. »Du Sohn einer vom Chaos befruchteten Nutte!«

Keegan sprang auf und stürzte sich auf sie. Er erwischte sie am Ellbogen, bevor sie reagieren konnte. Dann zog er sie zur Tür, schleifte sie mit, sodass sie es kaum schaffte, auf den Beinen zu bleiben.

»Lass mich los!«, kreischte sie und schlug mit ihrer freien Hand nach seinem Gesicht.

Keegan ignorierte ihre Schläge, riss die Tür auf und stieß sie, nackt wie sie war, hinaus in den Flur. Sie stolperte und fiel auf Hände und Knie. Dann drehte sie sich um und kroch rückwärts von ihm weg, bis sie mit dem Rücken gegen die Wand stieß.

Als sie dort auf dem kalten Steinboden saß, nackt, wütend, verängstigt und gedemütigt, raffte Keegan ihre Kleidung vom Boden hoch und schleuderte sie in ihre Richtung. Dann schlug er die Tür hinter sich zu und verriegelte sie.

Keegan wusste, dass er Rexol so schnell wie möglich warnen musste. Er zog hastig seine Kleidung an. Gerade als er fertig war, hämmerte Kayla mit den Fäusten von außen an die Tür.

»Ich hasse dich, du Mistkerl!«, schrie sie von der anderen Seite. »Du wirst dafür bezahlen! Ich hoffe, dass der Orden dich bei lebendigem Leib verbrennt!«

Gut, dachte Keegan, während er hastig seine Habseligkeiten packte. *Wenn die Inquisitoren auftauchen, dann sag ihnen alles über mich, was du weißt. Verfluche meinen Namen und lass sie merken, wie sehr du nach Rache verlangst. Wenn du Glück hast, beschließen sie vielleicht, dich am Leben zu lassen.*

27

Der Pontiff spürte, dass die junge blonde Frau geduldig vor der Tür seiner Kammer wartete, aber er rief Cassandra nicht sofort herein. Stattdessen blieb er auf seiner Meditationsmatte am Boden sitzen, die Beine übereinandergekreuzt und die Füße unter sich gezogen. Er holte tief Luft und hielt lange den Atem an, bis er ihn wieder ausstieß und der herausströmenden Luft erlaubte, seinen Verstand von Kummer zu reinigen.

Dies hätte eine Zeit des Jubels und des Triumphes sein sollen. Denn erst vor einer Stunde hatte er Nachricht von Yasmin erhalten, dass Jerrod gefangen genommen worden war. Man hatte ihn in Saldavia ergriffen, einer der Frei-Städte. Und im Moment brachte die Großinquisitorin ihn ins Monasterium zurück, wo er für seine Ketzereien vor Gericht gestellt werden würde. Und wo er die Identitäten seiner Mitverschwörer enthüllen würde.

Es bestand kein Zweifel daran, dass Yasmin die Namen bekäme; Jerrod war stark, stark genug, um ihr viele Tage zu widerstehen, vielleicht sogar Wochen, doch am Ende würde er reden. Sie brachte jeden zum Reden. Der Pontiff hoffte nur, dass die Zahl derer, die Jerrods Sache Treue geschworen hatten, nur eine Handvoll umfasste, wenn die Wahrheit schließlich herauskam. Allerdings fürchtete er, dass sich die Verderbtheit weit tiefer in den Orden hineingefressen hatte.

Und doch war es nicht das, was ihm Kopfzerbrechen

bereitete. Nicht deshalb zögerte er. Er hatte Cassandra gerufen, weil er sie in einer Vision gesehen hatte. Eine Vision, die selbst er noch nicht ganz verstand. Eine Vision, die ihn auf unheimliche Weise an jene erinnerte, die Cassandra ihm vor vielen Jahren nur zögernd verraten hatte: die Monster vor den Toren, das Monasterium in Trümmern und die zerschmetterten, im Hof verstreuten Leichen der Gläubigen.

»Komm herein«, sagte der Pontiff schließlich.

Er holte erneut tief Luft und versuchte, Harmonie in sich selbst zu finden, als er aufstand und sich zu Cassandra umdrehte.

»Weißt du, warum ich dich zu mir gerufen habe?«, fragte er sie.

»Die Berichte von Endown«, spekulierte sie. »Der abtrünnige Hexer, der das Chaos auf die Stadt losgelassen hat. Er ist Rexols Schüler, hab ich recht?«

»Die Inquisitoren, die ich dorthin geschickt habe, glauben es jedenfalls«, bestätigte der Pontiff. »Aber warum sollte ich dich deshalb hierherbestellen?«

»Du wirst Rexol vorladen und ihn wegen Häresie vor Gericht stellen«, fuhr sie fort. »Er war eine Weile mein Meister. Es wäre nur natürlich, wenn du dir Sorgen wegen meiner Loyalität machst.«

Sie glaubt, ich will sie prüfen, begriff Nazir.

Das war angesichts der kürzlichen Gefangennahme von Jerrod nicht überraschend. Die Gerüchte und Spekulationen darüber, wer ein Verräter sein könnte, verbreiteten sich wie Lauffeuer in den Reihen des Ordens.

»Ich war blind für Jerrods Täuschung«, gab er zu. »Aber dich habe ich im Laufe der Jahre sehr genau beobachtet. Ich weiß, dass dein Glaube stark ist. Und ich weiß auch, dass deine Loyalität aufrichtig ist.«

Cassandra nahm sein Lob mit gesenktem Kopf entgegen. »Warum also«, fragte sie dann, »hast du mich gerufen?«

Einen Augenblick lang spielte er mit dem Gedanken, ihr zu sagen, was er gesehen hatte. Wie schon Cassandra in ihrer Vision vor langer Zeit, hatte auch er die Vernichtung des Monasteriums gesehen und den Tod der Ordensmitglieder. Aber in seiner Vision hatte es etwas Neues gegeben: einen einzelnen Überlebenden. In seinen Träumen hatte er gesehen, wie Cassandra mit dem kostbarsten Schatz des Ordens allein durch eine gefrorene Wüste wanderte.

Statt zu antworten, stellte er ihr eine Frage. »Hast du noch häufiger von der eisernen Krone geträumt, von der du mir einmal erzählt hast?«

Die junge Frau schüttelte den Kopf. »Nicht mehr seit dem Sturm vor fast einem Jahr.«

Der Pontiff runzelte die Stirn. Seine Vision hatte ihm einen Blick auf eine mögliche Zukunft gewährt, aber ob es eine Warnung war, die ihm sagte, wovor er sich hüten musste, oder ein Rat, was zu tun war, das wusste er nicht. Er hatte gehofft, dass Cassandra eine eigene Vision gehabt hätte, eine Reflektion ihres eigenen Schicksals, die ihn möglicherweise auf den richtigen Weg hätte leiten können. So wie es jetzt aussah, musste er blind weitergehen.

»Hat die eiserne Krone irgendetwas mit meinem alten Meister zu tun?«, wollte Cassandra wissen.

»Ich habe gehofft, das könntest du mir sagen«, erwiderte der Pontiff mit einem bedauernden Lächeln. »Gibt es noch weitere Einzelheiten deines Traumes? Irgendetwas, was du bislang nicht erzählst hast?«

Die junge Frau schloss die Augen und versuchte, sich an ihre Vision zu erinnern, während sie sich beiläufig den Arm kratzte.

»Ich habe dir alles erzählt, was ich wusste«, sagte sie, als sie die Augen wieder öffnete. Der Pontiff spürte, dass sie die Wahrheit sagte.

»Jerrod ist derjenige, der mich für Rexol aufgespürt hat«, merkte Cassandra an. Sie sprach damit einen Punkt an, den der Pontiff bereits durchdacht hatte. »Es ist sehr merkwürdig, dass er ausgerechnet in dem Moment gefangen genommen wird, in dem Rexols Aufbegehren gegen dein Dekret zutage getreten ist.«

»Die Kräfte des Chaos sammeln sich«, erklärte der alte Mann. »Die Fäden werden verknüpft. Das ist eine gefährliche Zeit; das *Vermächtnis* ist geschwächt. Jetzt müssen wir besonders wachsam sein.«

»Glaubst du, dass Rexol deinem Ruf Folge leistet?«, fragte sie.

»Das glaube ich.«

»Warum versucht er nicht wegzulaufen?«

»Sein Verstand ist von Hexwurz und Chaos umnebelt«, erinnerte der Pontiff sie. »Das macht ihn überheblich. Wahrscheinlich glaubt er, dass er erneut um seinen Weg in die Freiheit feilschen kann.«

»Indem er dir seinen Schüler ausliefert«, murmelte sie. »So wie er es mit mir gemacht hat.«

»Die Wahren Götter haben dich zu uns geführt, Cassandra«, versicherte ihr der Pontiff. »Nicht Rexol. Er war nur ein Instrument ihres Willens.«

»Selbstverständlich, Pontiff«, erwiderte sie. »Und ich bin dankbar für das, was geschehen ist.«

Obwohl der Pontiff wusste, dass sie ehrlich war, war es auch offensichtlich, dass es diese junge Frau betrübte, über ihre Vergangenheit zu sprechen. Es war überflüssig, ihr Unbehagen zu bereiten; sie hatte ihm alles gesagt, was sie wusste.

»Falls du wieder von der Krone träumst, musst du es mir sofort berichten«, sagte der Pontiff und deutete mit einem Nicken zur Tür. Damit signalisierte er das Ende ihres Gespräches.

Die junge Frau neigte den Kopf zum Zeichen ihres Respekts, ging hinaus und schloss die Tür hinter sich.

Als der Pontiff wieder alleine war, glitten seine Gedanken zu dem Artefakt, das immer noch tief im Bauch des Monasteriums eingeschlossen war. Die Krone hatte die Macht, ihm zu helfen; sie würde ihm erlauben, in den Verstand von Jerrod und Rexol hineinzublicken; sie würde ihm die Weisheit verleihen, die er benötigte, um dem richtigen Weg zu folgen. Aber trotzdem durfte er die Krone nicht benutzen.

Als der Pontiff das letzte Mal gewagt hatte, die Macht des Artefaktes zu beschwören, hatte er ihren unsterblichen Feind auf der anderen Seite des *Vermächtnisses* gespürt. Daemron beobachtete die Sterblichen und wartete nur auf seine Chance zurückzukehren. Es hatte Nazir seine ganze Kraft gekostet, den *Schlächter* in Schach zu halten. Er war nicht stark genug, um das Risiko einzugehen, sich der Krone erneut zu bedienen.

Aber was ist mit Cassandra? Vielleicht habe ich sie in meiner Vision deshalb mit der Krone gesehen. Vielleicht ist es ihr bestimmt, der nächste Pontiff zu werden!

Er konnte sie lehren, sich selbst vor der vernichtenden Macht der Krone zu schützen. Er konnte ihr zeigen, wie man das Chaos beherrschte. Wenn sie lernte, es zu beherrschen, würde das Artefakt ihre *Sicht* schärfen, würde ihre Visionen reinigen und sie auf den richtigen Weg führen.

Wenn sie die Krone jedoch nicht kontrollieren kann, wird deren Macht sie überwältigen, und der Schlächter wird zurückkehren.

War das die Bedeutung des Bildes in der Vision, in der das Monasterium in Trümmern lag? Symbolisierte es den Zusammenbruch des *Vermächtnisses* und das Scheitern des Ordens?

Der alte Mann schüttelte den Kopf, erschöpft von den möglichen, aber sich widersprechenden Konsequenzen dessen, was er gesehen hatte. Er konnte es versuchen, sosehr er auch wollte, doch er hatte keine wirkliche Möglichkeit herauszufinden, ob es der Schlüssel zu ihrer Rettung war, wenn er Cassandra die Krone übergab, oder ob es ihren Untergang bedeutete.

28

Von seinem Ausguck im dichten Blattwerk hoch über dem Lager der Menschen aus studierte Vaaler die Eindringlinge. Er beobachtete sie bereits seit etlichen Minuten und versuchte herauszufinden, ob noch irgendwelche Angehörigen der Gruppe fehlten; ob sie vielleicht Wild jagten oder in den Büschen Wasser ließen. Nein, beschloss er schließlich. Sie alle waren im Lager anwesend. Zu dieser Begegnung würden keine Nachzügler stoßen.

Acht Pferde und sechs Menschen. Zwei von ihnen schienen Gelehrte zu sein, wahrscheinlich Kartographen. Ein Mann und eine Frau. Die vier anderen waren große, grobschlächtige Männer und vermutlich dafür zuständig, sich um die Pferde zu kümmern, das jeweilige Lager aufzubauen, Ausrüstung und Vorräte zu transportieren und alle sonstigen körperlichen Arbeiten zu erledigen. Zudem sollten sie wohl Schutz vor den Gefahren des Waldes bieten. Vaaler wusste, dass sie zumindest im letzten Punkt versagen würden.

Das Lager war mindestens einen Tagesritt von der nächsten Handelsroute entfernt, und es war offenkundig, dass diese Menschen bereits eine Weile hier waren. Dies waren keine verirrten Reisenden; ihre Anwesenheit hier war eine direkte Verletzung des Vertrages mit den Frei-Städten. Die Menschen wussten, dass der Nordforst für sie verboten war, aber sie waren trotzdem gekommen. Einige wurden von den sagenhaften Schätzen der Danaan angezogen, die den Legenden zufolge in diesem dichten Wald versteckt sein sollten. Andere suchten den Ruhm und das Vermögen, das sie sich zu erwerben hofften, wenn sie die berühmten Städte der Danaan fanden. Und andere kamen einfach nur deshalb, weil es verboten war.

Vaaler schüttelte verwirrt den Kopf, während er versuchte, diese fremdartige Mentalität zu begreifen. Trotz der großen Risiken kamen jeden Monat mehr und mehr Forscher und Abenteurer. Sie alle suchten die legendäre, in den Bäumen verborgene Metropole. Sie waren Narren, ausnahmslos. Die Städte der Danaan waren durch weit mehr als Blätter und Zweige verborgen. Uralte Magie aus der Zeit vor dem Kataklysmus verhüllte die Hauptstadt Danaans, Reste aus einer Zeit, als sein Volk noch stark genug gewesen war, das Chaos zu einem Schild gegen fremde Blicke zu weben.

Vielleicht, dachte Vaaler, löst sich die Magie ja jetzt wieder auf. Während seiner Studienzeit unter Rexol hatte er keinerlei Fähigkeit erlernt, das Chaos zu formen, aber er hatte ebenso viel wie jeder andere Zauberer der Danaan über die Theorien der Magie gelernt. Sie konnte nur im Widerspruch zu allem anderen existieren, zur Natur, zum Leben, ja sogar zu sich selbst. Wenn ein Zauberspruch, der eine Stadt verbergen sollte, gewirkt worden war, würden die Nachwirkungen, die Gegenreaktion auf die Freisetzung dieser ChaosMagie, erst recht neugierige Forscher anziehen wie Flammen die Motten. Das war die Ironie an der Magie.

Vielleicht hatte das letzte Jahrhundert deshalb einen so dramatischen Anstieg von menschlichen Eindringlingen auf die ihnen verbotenen Danaan-Ländereien gesehen. Oder aber es lag einfach an dem unbändigen Trieb der Menschen zu erforschen, sich auszudehnen und zu erobern. Es war ein natürlicher Instinkt ihrer Rasse, der im Volk der Danaan bereits vor langer Zeit erloschen war, falls er überhaupt jemals existiert hatte.

Vaaler seufzte. Das Geräusch war so leise, dass keiner der Menschen im Lager unter ihnen es gehört haben konnte. Aber die Bogenschützen unter seinem Kommando hatten es gehört, selbst jene, die durch die Baumwipfel zur anderen Seite des Lagers geklettert waren, um diesen Eindringlingen jede Chance zur Flucht zu nehmen.

Vaaler hasste es, dass es immer so enden musste. Diese gewollte Isolation erstickte das Königreich der Danaan allmählich. Ganz gleich wie sehr sie sich auch bemühten, die Welt zurück an den Waldrand zu drängen, sie weigerte sich einfach, außerhalb ihrer Grenzen zu bleiben. Aber er wusste, dass er hier und jetzt keine Entscheidung zu treffen hatte. Die Pflicht der Patrouillen war klar, und die Strafe, falls man von den deutlich markierten Pfaden abwich, war sowohl den Menschen wie auch den Danaan bekannt. Das konnte nicht einmal der Kronprinz ändern.

Allerdings hätte Vaaler auch niemals eine solche Änderung vorgeschlagen. Die Geschichte der Patrouillen reichte bis zu den ersten Tagen des Königreichs Danaan zurück; bei ihnen zu dienen war eine hoch angesehene und vornehme Tradition. In den menschlichen Ländern wurde allgemein angenommen, die Macht der Danaan würde sich auf die vielen Zauberer stützen, die an ihrem königlichen Hofe dienten. Aber Vaaler wusste, dass die wahre Stärke seines Volkes von den kleinen Gruppen Elitesoldaten herrührte, welche den Wald bewachten und beschützten.

Er war nicht der erste Kronprinz, der in der Patrouille diente, obwohl das im Königshaus keine übliche Praxis war. Ein erfolgreicher Abschluss der harten Ausbildung wurde als eine Ehre angesehen, eine Ehre, die auch einem König gut zu Gesicht stand. Vielleicht war er deshalb so darauf erpicht gewesen, in die Patrouille einzutreten, nachdem er von seiner Lehrzeit bei diesem Magus zurückgekehrt war.

Zuerst hatte sich die Königin dieser Idee widersetzt. Sie hatte eingewendet, er wäre zu alt; denn die meisten begannen die Ausbildung im zarten Alter von zehn oder zwölf Jahren. Es blieb unausgesprochen, dass Vaaler diese Jahre damit verschwendet hatte zu versuchen, ein Zauberer zu werden. Er war als Junge weggegangen und als Mann zurückgekehrt, als ein Mann, dem es sowohl an der *Sicht* als auch an der *Gabe* mangelte.

Vaaler vermutete, dass dies der eigentliche Grund für den Widerspruch seiner Mutter gewesen war. Ihre Furcht, dass er schon wieder versagte, dass er das gesamte Königreich erneut enttäuschen könnte. Glücklicherweise hatte sich Drake für ihn eingesetzt. Bevor er Hauptmann der Leibgarde der Königin wurde, hatte er drei Dienstzeiten bei der Patrouille verbracht und hatte Vaaler angeboten, ihn bei seiner Ausbildung zu unterstützen.

Das war vor etwas mehr als einem Jahr gewesen, und seitdem hatte der Prinz bemerkenswerte Fortschritte gemacht. Obwohl ihn das grausame Schicksal der magischen *Sicht* seines Vaters beraubt hatte, schien er die berühmten kriegerischen Fähigkeiten des Königs geerbt zu haben. Unter Drakes Anleitung hatte Vaaler sehr bald die Kunst des Bogenschießens, des Fechtens und auch des Reitens erlernt; seine Fähigkeiten waren mindestens genauso gut wie die jeder Frau oder jedes Mannes, die bei der Patrouille dienten. Und ihm gefiel der Gedanke, dass Drake selbst, der beste Schwertkämpfer des Königreiches, ihn als einen würdigen Gegner ansah, wann immer sie übten.

Nach sechs Monaten Ausbildung und weiteren drei Monaten Probedienst unter einem der anderen Hauptleute der Patrouille hatte man ihn zum Anführer einer eigenen Patrouille ernannt. Eine Position, die dem Thronerben besser anstand. Aber auch wenn man ihm wegen seines königlichen Blutes ein eigenes Kommando übergeben hatte, war es nicht seine Abstammung, die ihm die Loyalität seiner Leute eingebracht hatte. Die hatte er sich erst verdient, nachdem er sich im Feld bewiesen hatte. Vaaler wusste, dass sie jetzt keinerlei Bedenken mehr hatten, seinen Befehlen zu folgen.

Als Anführer der Patrouille war es sowohl sein Recht als auch seine Pflicht, den ersten Schuss abzugeben. Vaaler sorgte stets dafür, dass er sein Ziel nicht verfehlte. Sein Pfeil bohrte sich mit einem feuchten, dumpfen Klatschen in die Brust des männlichen Forschers. Der Mann drehte sich um seine eigene Achse und hielt dabei den Schaft umklammert, der aus seiner Brust herausragte. Ein zweiter Pfeil eines anderen Mitglieds der Patrouille durchbohrte den Hals des Mannes und erstickte seinen Schrei. Noch bevor sein Leichnam auch nur den Boden berührte, hatten sich zwei weitere Pfeile in den Rücken der Frau gebohrt, die neben ihm stand.

Das Massaker hatte begonnen. Die Luft war erfüllt vom Summen der Sehnen und dem Schwirren der Pfeile, als die Geschosse aus dem dichten Blattwerk über den Köpfen der wehrlosen Menschen und ihrer Pferde herabzischten. Die Patrouille wählte ihre Ziele willkürlich, aber mit tödlicher Effizienz. Ein paar kurze Schreie des Trotzes, des Entsetzens und des Schmerzes waren der einzige Widerstand, den ihre Feinde dem Angriff entgegenzusetzen hatten.

Dann war es vorbei. Vierzehn von Pfeilen gespickte Leichen lagen auf dem Waldboden, sechs Menschen und acht Pferde. Die acht Bogenschützen der Patrouille hatten sechzig Pfeile in knapp zwölf Sekunden abgefeuert, und nur eine Handvoll hatte ihr Ziel verfehlt.

Die Patrouille entfernte sich durch die Baumwipfel und machte dabei nicht mehr Lärm als eine Brise, die die Blätter rascheln lässt. Sie verschwanden ebenso unsichtbar, wie sie sich zu diesem tödlichen Hinterhalt versammelt hatten. Vaaler würde später am Treffpunkt zu ihnen stoßen, wo sie ihre eigenen Pferde zurückgelassen hatten.

Jetzt jedoch kletterte er geschickt durch die Zweige und Äste zum Waldboden hinab, der fünfzehn Meter unter ihm lag, um den Schauplatz des Massakers in Augenschein zu nehmen. Und nach Überlebenden zu suchen. Eines der Pferde strampelte mit den Füßen, als er näher kam. Wundersamerweise atmete es noch, trotz der sieben Schäfte, die in seinem blutüberströmten Körper steckten. Rosafarbener Schaum sprühte aus seinem Maul, als es versuchte, vor Furcht und Schmerz zu wiehern. Aber nur ein schwaches, blubberndes Gurgeln drang aus seinem Hals. Vaaler zückte sein Rapier und durchtrennte dem Pferd mit einer schnellen, eleganten Bewegung die Gurgel und beendete damit sein Leiden. Die anderen waren alle tot, Menschen wie Pferde.

Dann machte er sich daran, Material für seinen Bericht an die Königin zu sammeln.

»Du bist sicher, dass das nicht nur ein paar verirrte Händler waren?«, erkundigte sich Andar, nachdem Vaaler seinen Bericht beendet hatte.

Als Antwort warf er dem Berater der Königin den schweren Sack mit der Ausrüstung der Kartographen vor die Füße.

»Und die Leichen?«, erkundigte sich Drake.

»Ich habe sie dort gelassen, wie es der Vertrag vorschreibt. Keine Beerdigung.«

»Gut«, antwortete Drake. »Vielleicht dienen ihre Leichen anderen Möchtegern-Forschern, die zufällig über sie stolpern, als Warnung.«

Vaaler wusste, dass das nicht sonderlich wahrscheinlich war.

»Das ist das dritte Mal seit dem Erntemond, dass unsere Patrouillen auf eine Forschergruppe gestoßen sind, meine Königin. Es ist die sechste derartige Gruppe seit letztem Jahr. Wir können so nicht weitermachen.«

»Und was sollen wir deiner Meinung nach tun, Vaaler?« Die Stimme der Königin klang traurig und müde.

Vaaler registrierte die erschöpften Mienen der anderen Anwesenden – Andar, Drake und die restlichen Mitglieder des Inneren Rates der Königin – und begriff, dass sie offenbar bereits etliche Stunden lang beraten hatten, bevor er eingetroffen war und diese Audienzen bei seiner Mutter verlangt hatte. Das konnte nur eins bedeuten: Sie hatten ihre jüngsten Visionen diskutiert. Ihm wurde klar, dass er bei etwas störte, das er niemals verstehen konnte, und er zögerte.

»Wenn du etwas zu sagen hast, dann sag es«, befahl seine Mutter.

»Die Menschen wachsen und gedeihen, meine Königin. Ihre Reiche expandieren immer mehr.« Vaaler sprach langsam und betonte jedes Wort, versuchte, seinen Argumenten Gewicht und Autorität zu verleihen, damit man ihm wenigstens diesmal zuhörte. »Der Wald wird die Menschen nicht auf ewig von unseren Städten fernhalten.«

»Die Menschen kennen die Strafe, die sie erwartet, wenn sie unser Reich betreten«, antwortete Andar. »Wenn die Verträge, die wir mit den FreiStädten geschlossen haben, sie nicht abhalten können, von den Handelsrouten abzuweichen, dann wird es die gnadenlose Justiz unserer Patrouillen ganz gewiss tun.«

»Die Patrouillen beschützen unser Reich, so gut sie können«, warf Drake warnend ein. »Und sie setzen die Bedingungen des Vertrags ohne Erbarmen um. Aber die Handelsrouten sind sehr lang, und die Patrouillen können nicht überall gleichzeitig sein.«

»Diese Kartographen sind längst nicht die ersten«, erinnerte Vaaler das Konzil. »Karten vom Wald rund um die Handelsrouten kann man in den FreiStädten und in den Sieben Hauptstädten der Südlande käuflich erwerben, wenn man weiß, wen man fragen muss. Es gibt Menschen, die die Grenzen unseres Königreiches nicht nur erforscht, sondern diese Erforschung auch überlebt haben, sodass sie davon berichten konnten.«

»Sind diese Karten genau?«, fragte die Königin ihren Sohn.

»Das sind sie. Sie sind genauso präzise wie unsere eigenen Karten, obwohl sie ganz offensichtlich von Menschen angefertigt wurden.«

»Dafür könnte es auch eine andere Erklärung geben«, warf Andar ein. »Es ist möglich, dass die entsprechenden Informationen den Menschen von einem von uns verkauft wurden.«

Vaaler war nicht überrascht. Der Zauberer der Königin war immer der Erste, der ihm widersprach.

»Ich will diese Möglichkeit nicht von der Hand weisen«, versicherte ihm die Königin, obwohl allen in der Konzilskammer klar war, dass diese Theorie sehr weit hergeholt war.

Das Volk von Danaan liebte sein Land und war seinem Monarchen gegenüber sehr loyal. Die erbärmlichen Fehden, Streitereien und Verrätereien des menschlichen Adels waren in der Politik von Danaan unbekannt. Die Nachfahren von Tremin Avareen herrschten seit dem Kataklysmus in ununterbrochener Linie über das Volk von Danaan, und eine solche Stabilität konnte man nur durch den Willen und die Zustimmung des Volkes erreichen.

»Wenn die Menschen die Bedingungen des Vertrages nicht respektieren, müssen wir die Handelsrouten schließen«, erklärte Andar. »Wir werden sämtlichen Handel mit den FreiStädten unterbinden, die Handelsrouten durch unseren Wald sperren und es zu einem Schwerverbrechen erklären, wenn ein Mensch den Nordforst betritt, ganz gleich aus welchem Grund. Außerdem werden wir sicherheitshalber unseren eigenen Leuten verbieten, die Südlande zu besuchen.«

Dieser im Volk der Danaan tief verwurzelte Hang zum Isolationismus rief immer die gleiche Reaktion in Vaaler hervor, wenn er sich bei den angeblich so klugen Leuten des Inneren Rates zeigte. Er biss sich auf die Lippen, um nicht zu schreien.

»Denkt an Eure Träume, meine Königin«, sagte Drake und unterstützte Andars Vorschlag. »Vielleicht ist Eure Vision dieser wilden Vernichtung eine Warnung vor dem, was aus unserem Volk wird, wenn wir weiterhin mit den grausamen und labilen Königreichen der Menschen Kontakt pflegen.«

Vaaler liebte Drake, den Mann, der Vaterstelle an ihm vertreten hatte. Aber manchmal war er ein genauso großer Narr wie die anderen.

»Was, glaubt ihr, werden die Menschen tun, wenn wir alle Handelsbeziehungen mit ihnen abbrechen?«, fragte Vaaler wütend, ohne jedoch irgendjemanden direkt anzusprechen. »Wenn wir plötzlich unsere ohnehin spärlichen diplomatischen Beziehungen kappen und den Menschen jetzt gänzlich verbieten, den Wald zu betreten, werden sie glauben, dass wir eine Invasion planen! Die FreiStädte würden sich an die Sieben Hauptstädte um Hilfe wenden, und an unserer Grenze würde sich eine gewaltige Armee sammeln.«

»Aber wenn wir nicht in die Menschenländer einmarschieren, werden sie ihren Fehler begreifen und ihre Truppen wieder wegschicken«, wandte Andar ein.

»Du kennst die Menschen nicht so wie ich«, warnte ihn Vaaler. »Wenn sie erst einmal eine Armee ausgehoben haben, werden sie sie auch einsetzen.«

»Wenn sie in unser Land einmarschieren, werden wir sie zurückschlagen«, meinte Drake zuversichtlich. »Das haben wir schon einmal getan. In der gesamten Geschichte unseres Volkes hat noch keine Armee einen Sieg gegen die Danaan davongetragen. Wir sind eine uralte und unbezwungene Rasse.«

»Wir sind eine sterbende Rasse!«, stieß Vaaler hervor. »Die menschlichen Stämme, die vor fünf Jahrhunderten in unser Land eingefallen sind, waren die primitiven Kundschafter von armseligen Kriegsfürsten. Ich habe den Glanz der Südlande erlebt. Ich habe gesehen, wie ihre Bevölkerung die Erde bedeckt wie die Fliegen einen aufgequollenen Leichnam. Das stehende Heer der FreiStädte bildet nur einen Bruchteil der Streitkräfte, die die Sieben Hauptstädte innerhalb eines einzigen Monates zusammentrommeln können! Die menschlichen Königreiche wachsen, gedeihen und breiten sich aus, während wir in unserer Isolation vor uns hin gären und verfaulen. Noch halten die Wälder die Menschen auf. Aber nicht mehr lange. Noch eine Generation, vielleicht zwei … Dann werden sie uns verschlingen!«

»Für jemanden, der die *Sicht* nicht besitzt, maßt du dir aber eine recht deutliche Vision von unserer Zukunft an«, erwiderte Andar, der sich nicht die Mühe machte, die Verachtung in seiner Stimme zu verbergen.

Schweigen legte sich über die Versammlung. Vaaler war einen Moment lang verletzt, weil offen ausgesprochen worden war, was man normalerweise wie ein schreckliches, unaussprechliches Geheimnis behandelte. Andar selbst war von seinen eigenen kühnen Worten peinlich berührt. Er schien sich bei dem Prinzen entschuldigen zu wollen, schloss dann jedoch den Mund, als ihm klar wurde, dass eine Entschuldigung noch größere Aufmerksamkeit auf Vaalers Makel gelenkt hätte. Drake hustete, starrte aber nur auf seine Füße.

Vaaler blickte zu seiner Mutter, um ihre Reaktion einzuschätzen. Aber die Königin erwiderte seinen Blick nicht. Mit ihrer rechten Hand hielt sie den einfachen Goldreif umfasst, den sie immer an einer Kette um den Hals trug. Er war das Symbol der Macht und des Rechts des königlichen Hauses zu herrschen. Vaaler war aufgefallen, dass sie immer nach dem Ring griff, wenn sie sich unsicher fühlte oder unentschlossen war, so als könnte sie Trost und Stärke aus diesem unbelebten Objekt ziehen. Sie trug es, seit ihr Ehemann gestorben war; Vaaler konnte sich nicht daran erinnern, sie jemals ohne diesen Ring gesehen zu haben. Wenn er sich nachts als kleiner Junge in die Privatgemächer seiner Mutter geschlichen hatte, um Trost bei ihr zu suchen, hing der Ring an der Kette um ihren Hals, selbst wenn sie schlief.

»Ich mag vielleicht nicht über die Gabe der *Sicht* verfügen«, antwortete Vaaler schließlich und riss seinen Blick von dem schlichten goldenen Reif los. »Aber deshalb bin ich nicht blind. In den Jahren unter Rexol habe ich die Geschichte und die Politik der Menschen studiert. Und ich habe über ein Dutzend Reisen in die FreiStädte unternommen. Ich habe die Menschen beobachtet, ich weiß, wie sie denken. Und ich kenne sie besser als jeder andere in dieser Kammer. Wenn wir überleben wollen, müssen wir Verbündete der menschlichen Königreiche werden. Das bisschen Handel, das wir mit den FreiStädten treiben, ist nicht genug. Wir müssen unseren Handel mit den Südlanden verstärken. Wir müssen formelle diplomatische Beziehungen knüpfen und ständige Botschaften innerhalb der Höfe der Sieben Hauptstädte unterhalten. Und wir müssen unsere Grenzen den Menschen öffnen. Der Wald wird sie nicht für immer fernhalten können. Eines Tages werden sie kommen, und wir können dann nur hoffen, dass sie als Freunde kommen und nicht als Feinde.«

Vaaler sah, dass seine Worte nur wenig Wirkung auf die Königin oder ihren Zirkel ausübten. Das taten seine Worte nie. Er war der Kronprinz, der Thronerbe, aber ihm fehlte die *Sicht*. Träume und Visionen waren alles, was die Ratgeber der Danaan interessierte, uralte Magie, die sie nicht einmal erklären konnten, die aber ihre Handlungen bestimmte. Dennoch wusste Vaaler, dass er in diesem Punkt recht hatte. Er musste einfach versuchen, sie zu überzeugen.

»Deine Vision, meine Königin«, sagte er, an seine Mutter gerichtet, als er eine plötzliche Inspiration hatte.

»Was ist damit, mein Sohn?«

Beim Sprechen ließ sie den Ring los, als wäre ihr plötzlich klar geworden, dass sie ihn umklammerte, und als schämte sie sich, dass sie dabei ertappt worden war.

»Du hast die Vernichtung unseres Volkes in deinen Träumen gesehen. Vielleicht hast du ja die Ankunft der Menschen vorhergesehen. Vielleicht sind deine Visionen eine Warnung, dass wir unseren Isolationismus aufgeben und unsere Beziehungen mit den FreiStädten und den Südlanden stärken müssen, wenn wir die unausweichlichen Konsequenzen unserer bisherigen Haltung vermeiden wollen.«

»Nein, Vaaler«, widersprach die Königin müde. »Ich träumte von der vollkommenen Vernichtung unserer Hauptstadt durch ein Flammenmeer des brennenden Chaos. Ich träumte von der Ankunft des *Weltenzerstörers*, nicht von der Ankunft einer feindlichen Armee. Ich habe einen zweiten Kataklysmus vorhergesehen, keinen politischen Umsturz.«

»Aber vielleicht …«

»Nein!«, schnitt sie ihm scharf das Wort ab. Wann immer Vaaler sie wegen ihrer Träume befragte, wurde sie wütend auf ihn. Als wäre es seine Schuld, dass er ohne Chaos in seinem Blut geboren worden war. »Du besitzt die *Sicht* nicht, Vaaler! Also kannst du das hier unmöglich begreifen.«

»Selbstverständlich, meine Königin.« Vaalers Entschuldigung klang förmlich und kalt.

»Deine Einlassungen während des Rates sind immer willkommen«, fuhr die Königin in sanfterem Tonfall fort. »Aber du musst dich damit zufriedengeben, dass wir entscheiden, welche Folgerungen wir daraus ziehen.« Sie seufzte erneut müde auf. »Du kannst gehen.«

Es blieb ihm nichts übrig, als sich respektvoll zu verbeugen und die Kammer zu verlassen.

Seine Bediensteten warteten bereits auf ihn, als er in den Gang trat. Sie waren immer bei ihm, wenn er sich im Burgfried aufhielt. Er hasste ihre Anwesenheit. Auch wenn sie seinen Befehlen stets ohne Frage gehorchten, vermutete Vaaler, dass sie nur wegen der Königin loyal zu ihm standen. Sie war die Anführerin ihres Volkes; sie war die Nachfahrin einer ununterbrochenen Linie von Propheten, welche die Rasse der Danaan seit dem Kataklysmus angeführt hatten. Sie schuldeten der Königin ihr Leben, ihr Heim und das Wohlergehen ihrer Familien, weil sie das

Königreich stark, sicher und wohlhabend gemacht hatte. Dem Thronfolger ohne die Gabe der *Sicht* jedoch schuldeten sie gar nichts.

Wenigstens begleiteten sie ihn nicht auch noch auf den Patrouillen oder auf seinen Reisen, wenn er sich einer der Händlerkarawanen in die FreiStädte anschloss. Er hatte argumentiert, dass die Anwesenheit von Bediensteten seine Autorität während der Patrouillen untergraben würde. Und in den Menschenländern würden sie die Aufmerksamkeit auf ihn lenken und ihn erst recht als lohnende Beute markieren. Es war weit sicherer, in der Verkleidung eines einfachen Händlers zu reisen, hatte er behauptet. Die Königin hatte ihrem Sohn dieses Zugeständnis gemacht, wenn auch zögernd. Sein Widerwille gegen die stets präsenten Schatten seiner Bediensteten war einer der Gründe, warum die Ausflüge des Prinzen in die Königreiche der Menschen immer häufiger wurden.

Diese Freiheit, nicht ständig den aufmerksamen Augen seiner Domestiken ausgesetzt zu sein, war auch das Beste an seiner Lehrzeit unter Rexol gewesen. Er konnte sich gut vorstellen, wie schlimm die Dinge jetzt für ihn aussehen würden, hätte seine Mutter darauf bestanden, ihm einen Bediensteten zu Rexol mitzugeben. Wie viel weniger würden sie von ihm halten, wenn sie gesehen hätten, dass es ihm nicht nur an der *Sicht* mangelte, sondern er auch keinen Funken der *Gabe* besaß. Wenn sie erlebt hätten, dass er nicht nur gescheitert war, sondern wie *kläglich* er versagt hatte.

Aber trotz seiner Unfähigkeit, das Chaos in irgendeiner Form zu meistern, wusste Vaaler, wie wichtig diese Jahre gewesen waren. Die Geschichte der Menschen, die Kultur der Südlande, die Politik der Sieben Hauptstädte … Rexol hatte dafür gesorgt, dass Vaaler so viel wie möglich über diese fremden, exotischen Lebewesen lernte, die jenseits der Grenzen des Waldes lebten. Der Magus hatte Vaalers Intelligenz erkannt, seinen Wissensdurst und die Fähigkeit, die Muster der Vergangenheit zu studieren und aus ihnen zu lernen. Und durch seine Studien hatte der Prinz begriffen, dass es nicht nötig war, die *Sicht* zu besitzen, um ein Visionär zu sein.

Keiner der Könige in den Südlanden besaß die Gabe der *Sicht*, und doch beschäftigten sie alle Propheten des Ordens an ihren Höfen. Aber die Träume und Visionen der Seher waren nur ein Faktor, den die Herrscher in Betracht zogen, wenn sie Entscheidungen trafen. Die Prophezeiungen mussten gegen Vernunft und Fakten abgewogen werden sowie gegen die Meinungen ihrer Ratgeber. Die stärksten Herrscher unter den Menschen waren jene, die weise und intelligent genug waren, alle Beweise zu analysieren, um zu logischen Schlussfolgerungen zu gelangen.

Hier jedoch am Königshof von Danaan war alles rückwärts gerichtet. Hier war es der Monarch, der die Visionen präsentierte, und es waren die Ratgeber, welche die Gegenargumente aus Fakten und Vernunft lieferten. Jedenfalls war das in den alten Zeiten so gewesen. Vaaler hatte viele Beschreibungen der Zustände an den uralten Danaan-Höfen in den Texten gefunden, und Rexol hatte ihn häufig gebeten, ihm bei der Übersetzung zu helfen. Aber irgendwann hatte das Volk von Danaan seine Traditionen verloren. Es war dazu übergegangen, sich ausschließlich auf die Prophezeiungen zu verlassen, und statt Argumente anzubieten, die ein Gegengewicht zu den Visionen der mit der *Sicht* gesegneten Herrscher bildeten, bestand die Rolle der Ratgeber jetzt darin, Interpretationen zu liefern. Sie versuchten die Bedeutung hinter den oftmals kryptischen oder symbolischen Bildern aus den Träumen des Monarchen zu finden.

Bis jetzt hatte das funktioniert. Das Königreich Danaan hatte fast fünfhundert Jahre ununterbrochenen Frieden erlebt. Aber die Zeiten hatten sich geändert. Vaaler wusste, dass er der perfekte Herrscher wäre, wenn er den Thron besteigen sollte. Er würde seine Entscheidungen auf rationale Analysen stützen, und die Zukunft seines Volkes würde von Logik und Verstand gesteuert werden. Nicht von geheimnisvollen Albträumen über brennendes Chaos und die Rückkehr eines schon lange toten Feindes aus den Legenden.

Nur, würde das Volk von Danaan ihn jemals als König akzeptieren? Er warf einen Blick über die Schulter auf seine Bediensteten. »Ich gehe auf Patrouille«, sagte er zu ihnen.

»Wir folgen Euch zu den Stallungen, mein Prinz.«

Er nickte. Er konnte es kaum erwarten, sie loszuwerden, aber er gab sich mit dem Wissen zufrieden, dass sie ihm nicht mehr folgen würden, sobald er auf sein Pferd gestiegen war. Auf Patrouille war die Bürde ihrer Gesellschaft von ihm genommen. Draußen, auf Patrouille, begegnete man ihm respektvoll.

Und, und das war das Wichtigste, wenn er auf Patrouille war, kümmerte es niemanden, dass er blind für die *Sicht* war.

29

»Geh und sattle die Pferde!«, befahl Rexol seinem Schüler. »Ich will in einer Stunde aufbrechen.«

Keegan zögerte, und der Hexer wusste, was er fragen wollte. *Warum gehorchen wir dem Ruf des Pontiffs? Warum sind wir nicht geflüchtet, als ich dir gesagt habe, was in Endown geschehen ist?*

Aber der junge Mann kannte seinen Meister gut genug, um zu wissen: Wenn Rexol gewollt hätte, dass er sein Tun begriff, hätte er es ihm bereits erklärt. Stattdessen schluckte der junge Mann seine Frage herunter, ging zu den Stallungen und kümmerte sich um die Pferde.

Selbst als sein Schüler gegangen war, hellte sich Rexols grimmige Miene nicht auf. Es war wichtig, dass Keegan glaubte, sein Meister wäre wütend, weil er dem Ruf Folge leisten musste. Sollte der junge Mann die Wahrheit vermuten, würde der Pontiff das wahrscheinlich wahrnehmen, und Rexols Plan wäre zum Scheitern verurteilt. Wenn er jedoch diese List aufrechterhalten konnte, würde die Krone, dieses Artefakt, in dem die Macht der Alten Magie steckte, schon bald ihm gehören.

Das Artefakt rief ihn. Wie sonst wären die Ereignisse der letzten Wochen zu erklären gewesen? Nachdem er jahrelang nach den Artefakten gesucht hatte, mittels derer sich der *Schlächter* zu einem Gott erhoben hatte, war er plötzlich über Informationen gestolpert, die nahelegten, dass die Krone in den Besitz des Ordens gelangt und jetzt im Monasterium versteckt war. Und gerade als Rexol sich den Kopf darüber zerbrach, wie er diese unüberwindlichen Mauern bezwingen konnte, um in das Kloster hineinzukommen, hatte Keegans Handeln ihnen eine Vorladung des Pontiffs beschert.

Das alles war logisch, jedenfalls für jemanden, der die Funktionsweise des Chaos begriff. Und Rexol verstand das Chaos besser als jeder andere lebende Mensch in der Welt der Sterblichen. Ein Artefakt war ein Objekt, das mittels der Macht der Alten Magie hergestellt worden war; und diese Macht war niemals wirklich beherrschbar. Die Mönche versuchten zwar, es zu verstecken und unter Kontrolle zu halten, aber schon durch seine Natur würde es versuchen, sich von diesen Fesseln zu befreien. Die Macht der Krone nahm eine Verbindung zu der Macht des Chaos in Rexol auf, wie ein Ruf unter Gleichen. Die Nachwirkungen seiner vom Chaos verstärkten Suche nach den uralten Artefakten hatten zu dieser plötzlichen und glücklichen Wendung der Ereignisse geführt.

»Meister«, sagte Keegan und unterbrach Rexols Gedanken, »die Pferde sind bereit.«

Der Magus nickte und bedeutete dem jungen Mann vorauszugehen.

Als er seinem Schüler in den Hof zu ihren wartenden Pferden folgte, war sich der Hexer immer noch nicht gewiss, wie genau der Weg aussah, der vor ihm lag. Aber er war davon überzeugt, dass er das Ziel kannte, zu dem dieser Weg führte. Als er das letzte Mal das Monasterium betreten hatte, hatte er sich für einen Krieg gerüstet. Er hatte diese Begegnung zwar überlebt, dabei aber Cassandra verloren. Diesmal würde er in der Maske eines Mannes dorthin gehen, der bereit war, sich dem Willen des Pontiffs zu unterwerfen … Aber er würde das Monasterium mit dem Schlüssel verlassen, der ihn zu einem Gott machte.

Wie die meisten Südländer hatte Keegan schon viele Beschreibungen des Monasteriums gehört. In seinem Kopf hatte er das Bild einer gewaltigen Zitadelle beschworen, die wie eine Bastion in der unfruchtbaren Wüste thronte, ein beeindruckendes, einschüchterndes Bauwerk, unangreifbar, unbesiegbar, ewig. Aber diese Berichte aus zweiter Hand wurden der Festung des Ordens nicht gerecht, ganz gleich, wie ausgeschmückt oder detailliert sie auch sein mochten.

Das Monasterium war weit mehr als nur ein Bauwerk; es pulsierte vor Macht, war wie eine lebendige Kreatur. Keegan hatte es bereits gespürt, als sie noch etliche Meilen entfernt waren und die Festung nur ein schwarzer Punkt am Horizont gewesen war. Dann schien sie aus den Dünen auf sie zuzurollen, ein Beben im Boden und ein Knistern in der Luft, das immer stärker wurde, je mehr sie sich ihrem Ziel näherten.

Als sich Keegan und Rexol jetzt ihren Weg durch die kleine fanatische Gruppe von Gläubigen vor dem Eingang des Monasteriums bahnten, begriff der junge Mann, warum sein Meister darauf bestanden hatte, dass sie während ihrer Reise auf keinen Fall eine Dosis Hexwurz zu sich nahmen. Selbst ohne diese Droge öffnete sich sein Verstand für die ungeheure Macht dieses Ortes. Er spürte die übernatürliche Hitze, die der schwarze Marmor der Mauern des Monasteriums abstrahlte. Sie summte in seinem Schädel und vernebelt seine Gedanken. Hätte er unter dem Einfluss von Hexwurz gestanden, hätte er das vielleicht nicht ertragen.

Auch so musste er sich anstrengen, mit seinem Verstand

die Größe dessen zu begreifen, was er fühlte. Aber diese Macht war nicht wie das wilde Feuer und die Flammen, die ihn zu verschlingen drohten, wenn er das Chaos beschwor. Es war etwas Ähnliches, aber nicht dasselbe. Dies hier war das gemäßigte Glühen des Chaos, das eingesperrt und gefesselt war, dessen Feuer vollkommen und gänzlich in diesen dunklen Steinmauern gebunden war.

Die Bittsteller bildeten mürrisch eine Gasse, als sich Rexol und sein Schüler den schweren steinernen Portalen des Bauwerks näherten. Obwohl beide den Furcht erregenden Anblick von ChaosMagi boten – mit bemalten Gesichtern, das Haar zu wilden, unregelmäßigen Zöpfen geflochten, die Körper über und über mit Edelsteinen und Amuletten aus den Zähnen und Knochen mystischer Tiere geschmückt –, ließen sich die Bittsteller davon nicht einschüchtern. Keegan fragte sich, ob sie irgendwie spürten, dass die Macht dieser Eindringlinge ohne die Wirkung der Hexwurz in ihren Adern begrenzt war; oder ob ihr Mut einfach durch die Nähe des Monasteriums gestärkt wurde.

Dennoch erreichten sie das Portal ohne Zwischenfall. Es wurde durch einen kaum sichtbaren Spalt in der ansonsten makellosen Oberfläche des glatten schwarzen Steins angezeigt. Rexol klopfte einmal mit seinem Stab mit dem Gorgonenschädel dagegen.

»Ich bin deinem Ruf gefolgt!« Seine Stimme klang laut und trotzig.

Ein Glockenschlag antwortete aus dem Monasterium, und die Portale schwangen nach innen auf. Keegan blinzelte überrascht. Er hatte das Knirschen von Zahnrädern und das Ächzen einer Maschinerie erwartet, die solch gewaltige Steinplatten bewegen müsste, aber diese glitten völlig lautlos zurück. Rexol trat rasch durch die Öffnung, und Keegan beeilte sich, ihm zu folgen. Ihm blieb keine Zeit, über das zu staunen, was er gerade gesehen hatte.

Der Pontiff wartete bereits unmittelbar hinter dem Eingang in einem großen Hof auf sie, zusammen mit einem halben Dutzend anderer Mönche. Die Gesichter der Männer zeigten keine Regung, aber Keegan sah trotz ihrer weiten Kutten, dass sie angespannt waren und bereit zuzuschlagen. Obwohl er die Portale nicht hören konnte, spürte er, wie sie sich hinter ihnen schlossen und sie einsperrten.

»Rexol«, sagte der Pontiff als Begrüßung. Er sprach mit der feierlichen Stimme einer öffentlichen Proklamation. »Du wurdest hierherbeordert, weil du dich dem Dekret des Ordens widersetzt hast. Nach Recht und Gesetz gehören alle Kinder in den Südlanden, die vom Chaos gezeichnet wurden, dem Orden. Indem du einen Jungen aus den Südlanden als Schüler angenommen hast, hast du diesen Befehl und damit die Autorität ignoriert, die uns von den Wahren Göttern verliehen wurde. Deshalb wirst du des Verbrechens der Ketzerei angeklagt. Falls man dich schuldig spricht, wirst du bei lebendigem Leibe auf dem Scheiterhaufen verbrannt, wie es die uralten Gesetze verlangen.«

Der Pontiff verstummte und wartete darauf, dass Rexol antwortete. Zu Keegans Überraschung blieb sein Meister jedoch stumm.

»Ich wusste nicht, ob du kommen würdest«, fuhr der Pontiff schließlich fort. »Ich habe mich gefragt, ob du versuchen würdest zu fliehen, um dein Leben zu retten.«

»Mein Leben ist nur verwirkt, wenn ich schuldig gesprochen werde«, erinnerte Rexol ihn. »Oder ist dieser Prozess nur eine Farce?«

»Man wird dir Gelegenheit geben, auf die Anschuldigungen zu antworten«, versprach der Pontiff. »Aber erst, nachdem die Inquisitoren mit dir fertig sind. Schafft sie in die Verliese«, sagte er und nickte einmal kurz.

Die Mönche traten vor und packten Keegan rau an den Schultern. Instinktiv beschwor er das Chaos, das in den Amuletten ruhte, die er trug, aber ohne das Glühen der Hexwurz würde es schwierig sein, sich ihrer Macht zu bedienen. Ein kurzes Kopfschütteln seines Meisters jedoch hielt Keegan davon ab.

Jetzt ist nicht der richtige Moment, um in Panik zu geraten. Beginne keinen Krieg, den wir nicht gewinnen können.

Wie der Pontiff befohlen hatte, wurden Rexol und Keegan in die Verliese gebracht. In einem winzigen Vorraum nahm man ihnen ihren Schmuck ab. Die Halsketten und Ringe wurden von den Mönchen ohne viel Federlesens abgezogen, die Perlen und Federn in ihren Haaren grob ausgekämmt. Sie erlaubten Keegan, die Amulette aus den Löchern in seinen Ohren und anderen Stellen seiner Haut selbst herauszunehmen, allerdings beobachteten sie ihn dabei sehr wachsam.

An den Tätowierungen konnten sie nichts ändern, aber Keegan vermutete, dass die Mönche nur wenig Grund zur Sorge hatten. Hier, tief unten im Monasterium, waren sie von allen Seiten von dem undurchdringlichen schwarzen Stein umringt. Der junge Mann spürte, wie er ihn von allen Seiten zu erdrücken schien, seine *Gabe* erstickte und jeden noch so kleinen Versuch, das Chaos zu wirken, so gut wie unmöglich machte.

Nachdem sie ihre Amulette abgelegt hatten, wurden die Gefangenen durch einen dunklen Gang geführt. Keegan stolperte mehrmals. Er fragte sich, wieso die Wachen mit solch schlafwandlerischer Sicherheit gehen konnten, bis er sich an ihre blicklosen Augen erinnerte. Die Mönche brauchten keine Fackeln oder Laternen. Sie führten sie etwa fünfzig Schritte durch die Dunkelheit, bis sie ihnen befahlen, stehen zu bleiben.

Keegan hörte das Klirren von Schlüsseln und dann das quietschende Geräusch, mit dem eine schwere Tür auf rostigen Angeln aufschwang. Ein fester Stoß in den Rücken ließ ihn nach vorne taumeln, und er fiel auf Hände und Knie. Einen Moment später hörte er, wie Rexol knurrte, als er ebenfalls in die Zelle geschubst wurde. Allerdings gelang es dem Magus irgendwie zu vermeiden, dass er über seinen am Boden liegenden Schüler stolperte.

Keegan nahm sich ein paar Augenblicke Zeit, um sich zu vergewissern, dass er unverletzt war, dann stand er vorsichtig auf und versuchte sich zu orientieren. Er war von undurchdringlicher Schwärze umgeben; es gab nicht den geringsten Lichtschein in der Zelle. Er konnte nicht einmal sagen, ob außer Rexol und ihm noch jemand hier war.

Eine körperlose Stimme aus der Nähe beantwortete diese Frage. »Das also ist dein neuer Schüler. Ich würde wirklich gerne wissen, Rexol, ob er genauso viel Potenzial zeigt wie Cassandra.«

»Wie haben die Inquisitoren dich finden können, Jerrod?« Keegan erkannte die Stimme seines Meisters, hatte jedoch keine Ahnung, wer der andere Sprecher, dieser Jerrod, sein mochte. »Bist du leichtsinnig geworden? Oder wurdest du am Ende von einem deiner eigenen Anhänger verraten?«

»So, wie du mich verraten hast?«, erkundigte sich ihr mysteriöser Zellengenosse.

Rexol schnaubte verächtlich. »Es Verrat zu nennen wäre übertrieben. Wir hatten ein Zweckbündnis geschlossen, nichts weiter. Das war dir genauso klar wie mir.«

»Hierherzukommen war ein Fehler«, erwiderte Jerrod, der plötzlich das Thema zu wechseln schien. »Der Pontiff wird dich wegen Ketzerei anklagen. Er wird dich auf dem Scheiterhaufen verbrennen.«

»Da wäre ich mir nicht so sicher«, konterte der Magus. »Der Prozess hat noch nicht einmal begonnen.«

»Ich bin ein Prophet des Ordens, Rexol. Hör mir zu und erfahre dein Schicksal: Du wirst hier qualvoll in den Flammen sterben. Ich habe deine Asche in meinen Träumen gesehen.«

Es war unmöglich, in dieser Zelle das Fließen der Zeit zu spüren. Waren sie Minuten oder schon Stunden hier? Keegan wusste es nicht. Er hatte einmal versucht, Rexol Fragen zu stellen, ein Dutzend Fragen. Wer war der Mann, der mit ihnen hier eingesperrt war? Woher kannten sich die beiden? Wie lange würden sie in dieser Zelle sein? Gab es eine Fluchtmöglichkeit? Aber Rexol hatte ihn bereits nach dem ersten Wort zum Schweigen gebracht. Seitdem hatten die drei Gefangenen stumm dagesessen und einfach nur die Zeit verstreichen lassen; vorausgesetzt, dass es keine weiteren Personen gab, die stumm mit ihnen in der Dunkelheit dasaßen.

Keegan versuchte es sich auf dem kalten Steinboden einigermaßen bequem zu machen, aber das war so gut wie unmöglich. Er kroch langsam weiter, tastete sich behutsam vorwärts, bis er die Wand fand. Dann versuchte er, sich mit dem Rücken dagegenzulehnen. Das war zwar besser, aber nicht viel. Er saß immer noch dort, die Knie an die Brust gezogen, als die Tür sich öffnete und die blendende Helligkeit einer Laterne ihn zwang, die Augen zuzukneifen.

»Ich will mit ihnen alleine sprechen«, sagte eine weibliche Stimme. Wieder hörten sie, wie die Tür sich schloss.

Keegan wurde neugierig und wagte es, die Augen einen Spalt zu öffnen, damit sie sich langsam an die Helligkeit gewöhnten, die jetzt die Zelle erfüllte. Sein Meister lehnte an der gegenüberliegenden Wand.

Ein anderer Mann, zweifellos Jerrod, saß mit verschränkten Beinen mitten in der Zelle. Er musste etwa vierzig Jahre alt sein. Er war von durchschnittlicher Gestalt, hatte hellbraunes Haar und einen kurzen Kinnbart. Er hatte nichts Auffälliges an sich, wären da nicht diese toten milchig weißen Becken an der Stelle gewesen, wo einst seine Augen gesessen hatten.

Aber Keegan achtete nur flüchtig auf Rexol oder Jerrod. Nach einem kurzen Blick auf seine beiden Mitgefangenen richtete er seine ganze Aufmerksamkeit auf die junge Frau, die vor ihnen stand und die Laterne gelassen in ihrer linken Hand hielt.

Sie schien etwa so alt zu sein wie Keegan. Sie war klein, höchstens einen Meter sechzig, und zierlich, aber sie zeigte die gleiche selbstbewusste Haltung wie alle, die dem Orden dienten. Aber anders als die rasierten Schädel der Inquisitoren hatte sie hellblondes Haar, das ihr bis auf die Schultern fiel. Ihre vornehmen Gesichtszüge waren unbestreitbar attraktiv, obwohl ihre Augen wie erwartet Becken voll langweiligem, leblosem, milchigem Weiß waren.

»Erkennst du mich, Rexol?«

»Selbstverständlich, Cassandra. Die Jahre mögen dein Äußeres verändert haben, aber ich würde dich immer erkennen. Zwischen uns gibt es ein Band, und das wird es immer geben.«

Die Frau schien sich bei seinen Worten zu schütteln. »Ich bin eine Dienerin des Ordens. Du bist ein Diener des Chaos. Welches Band auch immer zwischen uns bestanden haben mag, es ist schon längst zerrissen.«

»Wenn das stimmt, warum bist du dann hier?«, wollte Rexol wissen.

Daraufhin herrschte lange Schweigen, und die Miene der Frau verriet Verwirrung, die schließlich in Ärger umschlug.

»Ich bin nicht deinetwegen hier. Sondern seinetwegen.«

Zu Keegans Überraschung streckte die Frau ihre zierliche Hand aus und deutete mit dem Finger direkt auf ihn.

»Du hast immer noch die Chance, dich zu retten«, sagte sie. »Rexol und Jerrod werden für ihre Verbrechen verurteilt werden. Und als Rexols Schüler wirst du sein Schicksal teilen … Es sei denn, du schwörst ab und sagst gegen ihn aus.«

Rexol lachte und kam Keegans Antwort zuvor.

»Jetzt verstehe ich. Du siehst ein Spiegelbild deiner selbst in Keegan, einen armen, hilflosen Waisen, der von dem bösen Hexer auf den falschen Weg gelockt wurde.«

»Lass ihn gefälligst für sich selbst sprechen!«, fuhr Cassandra ihn an.

Rexol zuckte mit den Schultern und drehte sich zu Keegan herum, während er aufmerksam auf dessen Antwort wartete.

Die Entscheidung fiel Keegan leicht. Rexol hatte ihn gelehrt, wie er die Macht des Chaos beherrschen konnte; der Orden hatte ihm nichts zu bieten, das auch annähernd gleichwertig war. Und er kannte seinen Meister gut genug, um zu begreifen, dass Rexol sich nicht einfach seinen Feinden ausliefern würde. Er hatte einen Plan.

»Ich werde meinen Meister nicht verraten«, erklärte Keegan.

Cassandra öffnete den Mund, um zu antworten, aber dazu kam sie nicht, denn Rexol sprang plötzlich auf. Er bewegte sich mit geradezu übermenschlicher Geschwindigkeit und packte das linke Handgelenk der jungen Frau. Keegan glaubte zu sehen, wie ein winziger goldener Funke aufblitzte, als sein Meister seine Finger um Cassandras glatte Haut schlang. Sie schrie vor Überraschung auf und sprang zurück, wobei sie sich aus seinem Griff befreite.

»Wenn du das noch einmal tust, bezahlst du das mit deinem Leben!«, warnte sie ihn, während sie sich den Arm rieb. Die Laterne in ihrer Hand warf wild tanzende Schatten auf die Zellenwände.

Keegan bemerkte ein schwaches Mal auf ihrer Haut, das den Tätowierungen ähnelte, die Rexol oft auf seinem eigenen Körper angebracht hatte. Nach einer Sekunde schien es zu verblassen, sickerte in Cassandras Haut und verschwand unter der Oberfläche.

»Warum hilfst du ihnen dabei, mir so etwas anzutun?«, wollte der Hexer von der jungen Frau wissen, die einst seine Schülerin gewesen war. »Nach allem, was ich für dich getan habe, warum hasst du mich so?«

»Nach allem, was du für mich getan hast?« Ihre Stimme wurde kalt, und sie hörte auf, sich den Arm zu reiben, als hätte sie den plötzlichen Schmerz vergessen, den sie gerade gespürt hatte. »Was genau hast du denn jemals für mich getan, Rexol?«

»Ich habe mich um dich gekümmert, als kein anderer da war«, antwortete er. »Ich habe dich aufgenommen. Ich habe dich beschützt. Vielleicht warst du noch zu jung, um dich erinnern zu können.«

»Ich mag zu jung gewesen sein, um mich zu erinnern, aber der Pontiff hat mir die Wahrheit erzählt!«, zischte Cassandra. »Dir lag nur etwas an meinem Talent. Du wolltest nur meine Visionen ausbeuten! Deshalb hast du mich vor dem Orden versteckt! Deshalb hast du mich entführt, als meine Familie mich ins Monasterium geschickt hat, damit ich in den Orden eintrete!«

»Deine Eltern wollten nie, dass du in den Orden eintrittst«, widersprach Rexol. »Sie haben versucht, dich auf die Wester-Inseln zu schicken, um dich dort zu verbergen. Aber der Orden hat dich trotzdem gefunden. Der Pontiff war derjenige, der dich deiner Familie wegnehmen wollte. Ich habe nur versucht, dich zu retten.«

Cassandra schwieg lange, bevor sie schließlich wütend antwortete. »Wieso nimmst du an, dass ich dir glauben würde, Hexer?«

»Rexol sagt die Wahrheit«, mischte sich Jerrod leise ein. »Die Pilger haben dich verfolgt, Cassandra, aber ich war zuerst da. Wir beide sind über den Fluss geflüchtet und in die Wüste. Ich habe dich zu Rexol gebracht. Was er sagt, stimmt.«

»Ich vertraue dem Pontiff weit mehr als euch beiden.«

Keegan hatte den Eindruck, dass sich ein Hauch von Unsicherheit in ihre Stimme geschlichen hatte.

»Versuche dich zu erinnern, Cassandra. Du hast dich an meinem Rücken festgeklammert, und wir sind zusammen über den Fluss geschwommen. Das musst du doch in deinen Träumen gesehen haben.«

Ein Schatten des Zweifels zuckte über ihr Gesicht, aber sie überspielte ihn rasch mit fester Entschlossenheit.

»Meine Loyalität gehört dem Pontiff und dem Orden! Wäre ich nicht in das Monasterium gekommen, hätte ich niemals gelernt, die schreckliche Macht in mir zu kontrollieren. Sie hätte mich vernichtet!«

»Du kontrollierst deine Macht nicht, Cassandra«, widersprach Rexol. »Du verleugnest sie. Der Orden hat nichts anderes getan, als dich zu unterdrücken und dich davon abzuhalten, dein wahres Potenzial zu erkennen.«

»Genug!«, spie sie hervor und holte dann tief Luft, um sich zu sammeln.

Sie richtete ihre Aufmerksamkeit wieder auf Keegan.

»Ich hatte gehofft, du würdest Vernunft annehmen. Aber wenn du nicht gegen deinen Meister aussagst, wirst du sein Schicksal teilen.«

Mit einem bedauernden Seufzer und einem ernsten Kopfschütteln drehte sie sich um und klopfte einmal an die Zellentür. Sie wurde von der anderen Seite geöffnet, und Cassandra trat hinaus, wobei sie die Laterne mitnahm. Die Tür schlug hinter ihr zu, und die Zelle lag wieder in absoluter Dunkelheit.

30

Cassandra ging rasch durch die Gänge des Monasteriums und rieb sich den Arm an der Stelle, wo Rexol sie gepackt hatte. Er hatte sie nicht verletzt, sondern nur überrascht. Es waren keine blauen Flecken von seiner Berührung zurückgeblieben, kein Beweis, dass er sie überhaupt angefasst hatte. Und doch spürte sie immer noch das Kribbeln, wo seine Finger auf ihrer Haut gelegen hatten.

Sie hatte gehofft, dass der junge Mann ihr Angebot akzeptieren würde. Wie Rexol richtig vermutet hatte, erkannte sie etwas von sich selbst in ihm. Wäre sie nicht aus den Klauen des Hexers befreit worden, würde sie jetzt vielleicht ihrer eigenen Exekution entgegensehen. Aber Rexols Schüler weigerte sich, seinen Meister als das zu sehen, was er wirklich war. Cassandra dagegen wusste es besser. Sie hegte keinerlei Zweifel daran, dass Rexol sie nur aufgenommen hatte, weil er ihre Macht hatte ausbeuten wollen.

Trotzdem fiel es ihr schwer, ihn zu hassen. Sie erinnerte sich nicht an viele Einzelheiten aus den Jahren, die sie als kleines Kind bei ihm verbracht hatte, aber die Erinnerungen, die sie hatte, waren nicht alle schlecht.

Ihr Handgelenk begann zu jucken, und sie kratzte sich zerstreut.

Rexol war nie grausam zu ihr gewesen. Und er hatte sie nie belogen. Er hatte sie etliche Jahre lang aufgezogen und sich um sie gekümmert. Und trotz ihres Leugnens vorhin wusste sie, dass es noch ein Band zwischen ihnen gab. Sie hatte es gespürt, als Rexol ihr Handgelenk umklammert hatte.

Es hatte Magie in der Berührung des Hexers gelegen, davon war sie überzeugt. Irgendein Funke, ein kleiner Rest seiner früheren Macht über sie. Aber mit welchem Ergebnis? Es gab keins, soweit sie sagen konnte. Was bedeutete, es gab noch keinen Grund, dem Pontiff davon zu berichten.

Rexols Finger kribbelten, eine Reaktion auf die Magie, die er freigesetzt hatte. Das Gefühl war so schwach, dass er nicht sicher war, ob es wirklich real war oder ob sein Gehirn es einfach nur erfand, um ihm einen falschen Hoffnungsschimmer in einer ansonsten hoffnungslosen Situation zu verschaffen.

Es war über ein Jahrzehnt her, dass er Cassandra mit diesem Bindungszauber belegt hatte. Er hatte das Symbol unter ihrer Haut gespürt, aber würde dieser Zauber nach einer so langen Zeit der Untätigkeit noch Kraft besitzen? Würde er stark genug sein, ein Mitglied des Ordens dazu zu bringen, seine Brüder und Schwestern zu verraten?

Es war schon sehr lange her, dass Rexol Hexwurz zu sich genommen hatte. Und nur eine schwache Spur davon war noch in seinem Blut. Die Mönche hatten ihm seine Amulette abgenommen, bevor sie ihn in die Zelle geworfen hatten, also hatte der Hexer keine Möglichkeit, die Macht seines ursprünglichen Zaubers zu verstärken.

»Meister?« Keegans Stimme drang geisterhaft durch die absolute Schwärze der Zelle. »Was machen wir jetzt?«

Der junge Mann hatte vielleicht das kurze Aufblitzen der Magie bemerkt. Und er würde vermuten, dass sein Meister eine Art Plan hatte. Aber er selbst spielte darin keine Rolle. Also gab es keinen Grund, ihm etwas zu erzählen. Noch nicht.

»Wir warten.«

Er hatte den brennenden Stich des Chaos gespürt, als er die Runen aktiviert hatte. Er wusste, dass er den Samen gesät hatte. Aber würde der Zauber auch keimen und aufgehen?

Cassandra ging zielstrebig durch die Gänge, zurück zu ihrer Kammer. Trotz ihrer Bemühungen, sich auf etwas anderes zu konzentrieren, auf irgendetwas, kehrten ihre Gedanken immer wieder zu Rexol und den anderen in dem Verlies zurück.

Sie haben sich ihr Schicksal selbst zuzuschreiben, versicherte sie sich. *Sie haben ihren Weg selbst gewählt. So wie du dich entschieden hast, in den Orden einzutreten.*

Aber hatte sie sich wirklich für den Orden entschieden? Wenn man sie nicht von Rexol weggeholt hätte, stünde sie dann nicht genauso närrisch loyal zu dem Hexer wie sein dickköpfiger junger Schüler? Hätte sie die Laune des Schicksals nicht zum Monasterium gebracht, wäre sie dann vielleicht diejenige, die vor Gericht stehen würde?

Das Schicksal entscheidet sich nicht aus einer Laune heraus, rief sie sich ins Gedächtnis, als sie sich an die Weisheit der Lehren des Ordens erinnerte. *Wir dienen den Wahren Göttern; wir sind die Instrumente ihres Willens.*

Und dann war da plötzlich eine andere Stimme.

Die Alten Götter sind tot!

Die blasphemischen Worte kamen ihr ungerufen in den Sinn; sie konnte fast Rexols Stimme hören, so als würde er neben ihr stehen und sie ihr ins Ohr flüstern.

Sie überzeugte sich kurz mithilfe ihrer magischen *Sicht,* dass sie alleine war, und eilte dann rasch in ihre Kammer. Dort setzte sie sich mit verschränkten Beinen auf die Matte, die auf dem Boden lag. Dann holte sie langsam und tief Luft und suchte Trost in der Meditation.

Doch statt Frieden und Ruhe zu finden erfüllten Bilder von Feuer und Rauch ihre Gedanken. In ihrem Kopf sah sie, wie Jerrod, Rexol und der junge Schüler lebendig verbrannt wurden; sie kreischten vor Qual, als ihre Haut durch die schreckliche Hitze Blasen warf und ihr Blut kochte.

Cassandra sprang auf. Die Vision war so real, dass sie immer noch den widerlich süßen Gestank von brennendem Fleisch in der Nase hatte. Einen Moment lang kämpfte sie gegen den Brechreiz an, bis sie schließlich den Kampf verlor und sich übergab.

Häretiker verdienen keine Gnade!, rief sie sich ins Gedächtnis, aber aus irgendeinem Grund mangelte es den Worten an Überzeugung.

Niemand verdient es, so zu sterben. Wieder klang die Stimme in ihrem Kopf wie die von Rexol.

Cassandra schüttelte den Kopf, um seine unerwünschte Gegenwart loszuwerden, und taumelte zurück, als sie Schwindel überkam und die Welt sich um sie zu drehen schien.

Irgendetwas stimmt nicht. Ich muss den Pontiff warnen.

Immer noch wacklig auf den Beinen, drehte sie sich um und ging zur Tür ihrer Kammer. In diesem Moment registrierte sie das Jucken an ihrem Handgelenk. Es wurde schlimmer und machte sie fast wahnsinnig, fühlte sich fast so an, als würde sich etwas unter ihrer Haut winden, und sie grub die Finger in ihr Fleisch, in einem verzweifelten Versuch, es herauszureißen.

Ihre Nägel hinterließen tiefe rote Striemen auf ihrer blassen Haut. Kurz darauf trat ein Tropfen Blut aus, und Cassandras magische *Sicht* wurde für einen Moment von einem strahlenden Blitz geblendet.

In diesem Augenblick wurde ihr alles klar. Rexol hatte

recht. Alles, was er gesagt hatte, war die Wahrheit. Der Hexer hatte sie nicht von ihren Eltern geraubt. Es war der Orden, der versucht hatte, sie zu entführen! Der Pontiff hatte sie all die Jahre hindurch angelogen, hatte sie betrogen. Er war ein skrupelloser Mann, ein Mann ohne Gnade. Rexol, Jerrod und sogar der junge Schüler des Hexers würden auf dem Scheiterhaufen brennen. Es sei denn, sie rettete sie.

Cassandra öffnete die Tür ihrer Kammer und ging mit raschen, sicheren Schritten zurück in die Keller des Monasteriums, zu den Verliesen, wo die Gefangenen verwahrt wurden.

Sie wusste, dass die Wachen strikten Befehl hatten, jeden Zugang zu den Zellen mit den Gefangenen zu unterbinden. Aber die Männer wussten auch, dass der Pontiff ihr die Erlaubnis gegeben hatte, mit ihnen zu reden, damit sie dem Schüler von Rexol ein Angebot machen konnte. Sie hatten ihr bereits einmal erlaubt, die Gefangenen zu besuchen. Sie würden nicht zögern, sie auch ein zweites Mal zu ihnen zu lassen.

Auf ihr Verlangen hin entzündeten die beiden Wachposten an der Spitze der Treppe eine Laterne und begleiteten sie hinab in das Verlies, wie schon zuvor. Und auf ihre Anweisung hin öffneten sie auch die Zelle, ohne zu zögern.

Sobald die Zellentür offen war, hämmerte sie dem ersten Mann die Faust gegen die weiche Stelle hinter seinem Ohr. Das war ein einfacher Schlag, den alle Mönche kannten und den man leicht parieren konnte. Aber sie hatte das Überraschungsmoment auf ihrer Seite. Der Mann brach stumm auf dem Boden zusammen. Der zweite Wachposten jedoch ließ sich nicht mehr überraschen. Er blockierte ihren nächsten Angriff und ließ dabei die immer noch brennende Laterne zu Boden fallen.

Noch während er Luft holte, um Alarm zu schlagen, hatte Jerrod bereits die Zelle durchquert und griff ihn von hinten an. Mit einem scharfen Knacken brach das Genick des Mannes.

»Es war nicht nötig, ihn zu töten!«, ermahnte Cassandra ihn mit einem lauten Flüstern.

Jerrod ignorierte sie und brach dem bewusstlosen ersten Wachposten ebenfalls das Genick. Dann hob er die immer noch brennende Laterne vom Boden auf. Rexol sprang hoch und zog seinen Schüler auf die Füße.

Cassandra taumelte zurück, als die drei Männer sich an ihr vorbeischoben und in den Gang traten, in die Freiheit. Allmählich klärte sich ihr Verstand, denn der Schock, ihre beiden Brüder so gnadenlos getötet zu sehen, brach den Zauber, der sich in ihren Geist geschlichen hatte. Ihr Arm brannte immer noch, aber das Gefühl wurde rasch schwächer, nachdem der Zauber seinen Zweck erfüllt hatte.

»Was habe ich getan?«, murmelte sie, als sich der Nebel um sie herum langsam lichtete.

Sie hatte die Worte kaum ausgesprochen, als sich Jerrod schon wieder bewegte. Er packte ihr Handgelenk, wirbelte sie herum und schob sie in die Ecke der nun leeren Zelle. Die Tür fiel zu, und sie war eingesperrt.

Sie waren frei. Sozusagen. Keegan war klug genug zu begreifen, dass sie zwar ihre Zelle verlassen hatten, sich aber immer noch tief im Innern des Monasteriums befanden. Und weder er noch sein Meister hatten ihre Amulette bei sich. Deren Fehlen und die mangelnde Hexwurz in ihrem Blut machten selbst den einfachsten Zauber zu einer schwierigen Aufgabe. Wenn sie aus dieser Festung entkommen wollten, musste es ohne Magie gelingen.

»Wir müssen handeln, bevor der Pontiff bemerkt, dass

wir frei sind«, warnte Jerrod die beiden. »Folgt mir.« Mit dem Mönch an der Spitze eilten die drei Flüchtlinge durch den schwach erleuchteten Gang. Ihre geduckten Gestalten und die Laterne, die Jerrod in seiner Hand schwang, warfen unheimliche Schatten an die Steinwände.

Sie stiegen die Treppe aus dem Verlies hinauf. Am oberen Ende gelangten sie an eine schwere eiserne Tür. Jerrod drückte Rexol die Laterne die Hand, legte beide Hände auf das Metall und drückte dagegen. Die Tür öffnete sich widerwillig. Das laute Kreischen der rostigen Angeln klang in der Stille ringsum unnatürlich laut.

Auf der anderen Seite der Tür warteten drei Angehörige des Ordens. Zwei Männer und eine Frau.

Keegan erstarrte, als er sie sah; er war sicher, dass ihre Flucht zu Ende war. Unmittelbar vor ihm begann Rexol, einen Bann zu wirken, aber Keegan spürte nur ein schwaches Tröpfeln des Chaos. Es war viel zu wenig, um irgendeine Wirkung zu zeitigen.

Jerrod hob eine Hand, um den Bann zu unterbrechen, bevor Rexol seine schwache Magie loslassen konnte.

»Wie seid ihr aus eurer Zelle entkommen?« Die Stimme der Frau klang keineswegs wütend oder furchtsam, was Keegan eigentlich erwartet hatte.

»Cassandra hat uns befreit, aber ich glaube nicht, dass wir sie als Verbündete betrachten können«, meinte Jerrod. »Mir scheint, ich bin nicht der Einzige, der seine Gefangennahme inszeniert hat, um andere Pläne zu verfolgen.«

Keegan war schnell von Begriff. Er brauchte nur einen Moment, um die einzelnen Teile zu einem Ganzen zusammenzufügen. Diese Mönche waren Jerrods Verbündete. Sie mussten gekommen sein, um ihn aus seiner Zelle zu befreien. Aus irgendeinem Grund hatte er zugelassen, dass man ihn gefangen nahm, weil er wusste, dass seine geheimen Anhänger im Orden ihn noch vor seinem Prozess befreien würden. Nur dass Rexols Zauber über Cassandra sie zuerst befreit hatte.

Einer der Männer richtete seine blinden Augen auf Keegan. »Ist das der Erretter?«

»Ja«, antwortete Jerrod schlicht.

Die Mönche verbeugten sich respektvoll vor dem jungen Mann. Keegan wusste nicht, wie er sich verhalten sollte. Zum Glück warteten sie nicht auf eine Antwort von ihm.

»Wir haben nicht viel Zeit«, erinnerte die Frau Jerrod, während sie ihm ein Bündel mit Kleidung reichte, das sie sich unter den Arm geklemmt hatte. »Die anderen bereiten eure Pferde vor. Eure einzige Hoffnung besteht darin, dass ihr mehrere Meilen von hier weg seid, bevor der Pontiff bemerkt, dass ihr verschwunden seid.«

»Wir tun, was in unserer Macht steht, um sie an eurer Verfolgung zu hindern«, fuhr einer der Männer fort. »Aber wir sind ihnen zahlenmäßig eins zu zwanzig unterlegen. Selbst mit dem Überraschungsmoment auf unserer Seite dürfte es nicht lange dauern, bis Yasmins Inquisitoren uns überwältigt haben.«

Die Kleidungsstücke waren Kutten von der Art, wie alle, die dem Orden dienten, sie trugen. Mit übergezogenen Kapuzen und aus gebührendem Abstand würden die drei aussehen wie jeder andere Mönch innerhalb des Monasteriums. Zunächst fragte sich Keegan, ob die Verkleidung genügte, um diese seltsame magische *Sicht* zu täuschen, die die Mönche besaßen. Doch dann begriff er, dass sie noch irgendeinem anderen Zweck dienen musste. Wenn nicht, hätten sie sich gar nicht erst mit einer Verkleidung abzugeben brauchen.

Seine Gedanken überschlugen sich, als er den Umhang über den Kopf zog. Offenkundig war eine Art Rebellion oder Aufstand im Monasterium im Gange, und Jerrod schien im Mittelpunkt zu stehen. Anscheinend hatte er sich absichtlich ergreifen lassen, aber Keegan wusste nicht, warum.

Aber warum hatten sie ihn den »Erretter« genannt? Wovor sollte er sie erretten? Es gab zu viele Dinge, die er nicht begriff, aber er war klug genug zu wissen, dass das jetzt nicht der richtige Moment war, um komplizierte Fragen zu stellen. Die Antworten konnten warten, bis sie weit genug vom Monasterium entfernt waren … Vorausgesetzt, sie überlebten.

»Wenn wir vorsichtig sind, können wir die Stallungen erreichen, ohne gesehen zu werden«, erklärte Jerrod und richtete seine Aufmerksamkeit wieder auf seine Mitgefangenen. »Aber wir müssen jetzt sofort gehen.«

Rexol hatte kein Wort gesagt, seit sie aus der Zelle entkommen waren. Jetzt schüttelte er einfach nur den Kopf. »Nein. Ich verlasse das Monasterium nicht ohne die Krone.«

»Welche Krone?«, wollte Jerrod wissen. Keegan wusste, was Rexol meinte. Das Artefakt war irgendwo hier im Monasterium.

»Ich weiß, dass es hier ist«, erwiderte Rexol. »Ezra wusste es auch, hab ich recht? Irgendwie hat er das große Geheimnis des Pontiffs gelüftet. Aber er hat dich gewarnt, mir niemals etwas darüber zu verraten.«

Es verstrichen etliche Sekunden unbehaglichen Schweigens, bevor Jerrod wieder das Wort ergriff. Er machte sich nicht die Mühe, die Anschuldigung des Hexers von sich zu weisen.

»Ist dir klar, was hier auf dem Spiel steht, Rexol? Welchen Ehrgeiz du auch haben magst, du musst ihn zügeln, bis wir außerhalb der Reichweite des Pontiffs sind.«

»Nein. Ich bin nur aus einem einzigen Grund hierhergekommen, nämlich um die Krone in meinen Besitz zu bringen. Ich werde nicht zulassen, dass mein Vorhaben durch irgendeinen Plan oder eine Ränke von dir und deinen Anhängern vereitelt wird.«

»Selbst wenn die Krone hier ist«, zischte Jerrod, »ist sie an einem Ort versteckt, an dem niemand sie finden kann!«

»Ich kann sie finden«, erwiderte Rexol zuversichtlich. »Sie ruft mich. Ich spüre ihre Präsenz.«

»Dann geh und such sie«, erwiderte Jerrod achselzuckend. »Aber erwarte nicht, dass wir auf dich warten. Du bist ohnehin bedeutungslos.« Er deutete auf Keegan. »Wir sind seinetwegen gekommen. Er ist der Erretter.«

Arrogante Wut flammte auf dem Gesicht des Hexers auf, ein Ausdruck, den Keegan schon häufig gesehen hatte. »Deine Prophezeiungen sollen verdammt sein! Er ist nicht dein Erretter, er ist mein Schüler! Und mein Schüler wird mit mir kommen!«

»Du rennst in dein Verderben«, erwiderte Jerrod ohne eine Spur von Bösartigkeit oder Zorn. »Auf deinen Schüler wartet eine größere Bestimmung. Er muss mit uns gehen.«

Rexol grinste listig. »Ich glaube, dass er diese Entscheidung selbst zu treffen hat.«

Alle Blicke richteten sich auf Keegan, der das Gefühl hatte, als würden seine Knie weich.

»Ich … ich verstehe nicht, wovon du redest«, sagte er zu Jerrod. »Ich bin kein Erretter.«

»Wir haben keine Zeit für lange Erklärungen«, erwiderte Jerrod. »Es ist eine einfache Entscheidung: Wem vertraust du? Aber wie auch immer deine Entscheidung ausfällt, du musst sie schnell treffen.«

Keegan wusste nur wenig über den Orden und noch weniger über diesen abtrünnigen Mönch und seine Anhänger. Rexol dagegen war sein Meister. Er verstand den Hexer, und er wusste, warum er hier war und was er hier wollte. Er wollte die Krone; er wollte die Macht des Artefakts besitzen. Gewiss, er hatte Keegans Leben aufs Spiel gesetzt, um sein Ziel zu erreichen. Aber der junge Mann hätte auch nichts anderes von seinem Meister erwartet.

Die Mönche dagegen wollten ihm helfen. Jedenfalls schien es so. Aber was erwarteten sie von ihm als Gegenleistung? Und was konnten sie ihm bieten? Das Einzige, was er wollte, war die Macht, das Chaos seinem Willen zu unterwerfen und es zu formen, und das konnte er nur von seinem Meister lernen.

»Ich bleibe bei Rexol.«

Jerrod seufzte. »Dann muss ich ebenfalls mit euch beiden gehen.« Er drehte sich zu seinen Anhängern um. »Informiert die anderen über das, was hier passiert ist. Versucht, unsere Flucht so lange wie möglich geheim zu halten. Und sorgt dafür, dass die Pferde bereit sind.«

»Jemand soll unsere Amulette holen«, setzte Rexol hinzu. »Vor allem meinen Stab. Man hat uns alles abgenommen, als man uns in die Zelle geworfen hat.«

Jerrod nickte, und die drei andern rannten los, um ihre neuen Instruktionen auszuführen.

»Ich bin nur bereit, dir zu helfen, weil ich keine andere Möglichkeit sehe, die Sicherheit des Erretters zu garantieren«, warnte er den Hexer. »Aber sobald du diese Krone gefunden hast, müssen wir von hier flüchten, damit wir dem Zorn des Pontiffs entkommen.«

Rexol lachte einmal kurz und düster. »Sobald ich im Besitz der Krone bin, brauchen wir nicht mehr wegzulaufen.«

Der Hexer murmelte ein paar Worte, und Keegan spürte das schwache Flüstern des Chaos.

»Folgt mir«, befahl sein Meister.

Rexol übernahm die Spitze, gefolgt von Keegan und Jerrod. Sie gingen zügig und zielstrebig, um keine Aufmerksamkeit zu erregen. Die Bewohner des Monasteriums hatten immer noch nicht gemerkt, dass irgendetwas nicht stimmte, und die Gänge innerhalb des Gebäudes waren zum größten Teil verlassen. Die wenigen Mönche, die sie sahen, waren stets weit entfernt und achteten nicht auf die drei Gestalten in den Kutten.

Rexol sprach kein Wort, weil er sich vollkommen darauf konzentrierte, seinen Zauber zu kontrollieren. Aber er zögerte nie, was die Richtung anging.

Obwohl seine Macht durch das Fehlen von Hexwurz und der Amulette gedämpft war, war sein Zauber immer noch stark genug, um unbeirrt dem Ruf der Krone folgen zu können.

Er führte sie zu einer Treppe an der Rückseite des Gebäudes und dann hinab zu den unteren Ebenen des Monasteriums. Diesmal waren jedoch nicht die Verliese ihr Ziel; zunächst gelangten sie in die berühmten Bibliotheken des Ordens. Sie kamen an zahlreichen Räumen mit Regalen voller Bücher und Schriftrollen vorbei, die zum Teil noch aus der Zeit vor dem Kataklysmus stammten. Unter normalen Umständen hätte sich Rexol brennend interessiert für all diese Manuskripte, an denen sie jetzt einfach vorbeigingen, das wusste Keegan. Aber nicht einmal dieses gesammelte uralte Wissen konnte Rexol von seinem alles beherrschenden Ziel abbringen.

Die Bibliotheken des Monasteriums waren unvorstellbar groß. Keegan hatte gehört, dass sie angeblich das gesamte Wissen der Menschheit enthielten, und als sie an dieser scheinbar endlosen Reihe von Räumen voller Bücher vorbeimarschierten, glaubte er allmählich, dass diese

Behauptung der Wahrheit entsprechen könnte. Sie drangen immer tiefer und tiefer in die Archive vor, wanden sich auf verschlungenen Pfaden durch das Labyrinth der Regale, stiegen Treppe um Treppe hinab, bis Keegan überzeugt war, dass sie sich Hunderte von Metern unter der Erdoberfläche befinden mussten.

Je tiefer sie kamen, desto stickiger wurde die Luft. Auf den Büchern und Regalen in den unteren Ebenen hatte sich im Lauf der Jahrhunderte zentimeterdicker Staub angesammelt. Mit jedem Schritt wirbelten sie graue Staubwolken vom Boden auf, die ihnen das Atmen schwer machten. Selbst jene, die ihr Leben der Erhaltung des Wissens und der Anbetung der Wahren Götter gewidmet hatten, wagten sich nicht so weit in das Labyrinth der Dokumente hinab. Keegan fragte sich, wie lange es wohl her war, seit irgendjemand, selbst der Pontiff persönlich, hier durchgekommen war.

Aber seine Überlegungen wurden unterbrochen, als er das Flüstern der Macht der Krone spürte. Rexols Zauber war auf den Hexer selbst beschränkt gewesen und hatte seinen Schüler nicht mit eingeschlossen. Dass Keegan jetzt die Präsenz des Artefakts spüren konnte, musste bedeuten, dass sie ihm schon sehr nahe waren.

Zuerst war es schwach, ein Summen, das er fast für Einbildung hielt, ein Windhauch, der durch sein Bewusstsein glitt. Aber es wurde ständig stärker. Schon bald ließ das Chaos sein Blut prickeln. Es war das gleiche Gefühl, das er empfand, wenn er Hexwurz zu sich nahm oder die Energie aus einem seiner Amulette kanalisierte. Als sie ihr Ziel endlich erreicht hatten, hämmerte ein scharfer Schmerz in Keegans Kopf, und er schwitzte am ganzen Körper; das Chaos kochte in ihm. Er konnte sich nicht einmal annähernd die Intensität vorstellen, die

Rexol empfand, dessen Wahrnehmung durch die Magie ja noch verstärkt wurde.

Der Weg wurde von einer schweren eisernen Tür versperrt.

»Die Krone befindet sich dahinter«, flüsterte Rexol mit zusammengebissenen Zähnen. Er zitterte am ganzen Körper, die Adern auf seinem Kopf und am Hals traten hervor, und aus seinen weit aufgerissenen, wild blickenden Augen strömten die Tränen.

»Mach das nicht, Rexol«, bat Jerrod ihn erneut. »Wenn du recht hast und das Artefakt sich hier befindet, wird es dich zerstören. Vergiss nicht, ich habe deinen Tod in meinen Träumen gesehen.«

Rexol stieß einen Laut aus, halb Lachen und halb Schrei. »Du sagtest, der Pontiff würde mich auf dem Scheiterhaufen verbrennen! Du hast mich in Flammen und Feuer sterben sehen! Deine Träume sind nichts wert!«

Er schlug gegen die schwere Tür, aber sie gab nicht nach. Er taumelte zurück und packte mit zitternden Händen seinen Kopf, so als würde sein Schädel gleich in Stücke gesprengt.

»Rasch, Keegan. Öffne die Tür.«

Der Schüler tat wie befohlen, ohne zu fragen. Es war ein Kinderspiel, die Magie zu formen, selbst ohne die Hexwurz in seinem Blut. Die Luft vibrierte förmlich von der Macht der Krone, sodass er nichts weiter zu tun brauchte, als sie anzuzapfen. Er formte ein einfaches Muster, das die Tür weit genug öffnete, damit das Schloss brach. Er konzentrierte sich und wirkte den Bann.

Statt sich jedoch sanft zu öffnen, brachen die Angeln, als die Tür explodierte und in den Raum geschleudert wurde. Sie prallte mit einem ohrenbetäubenden Knall gegen die Wand, ein verbogenes und zerfetztes Stück Metall.

In dem Raum lag die Krone auf einem kleinen Podest. Sie glühte hell von innen heraus. Rexol taumelte nach vorn, als wäre er betrunken, und packte sie mit beiden Händen. Dann fiel er auf die Knie und setzte sich das Artefakt auf den Kopf.

Rexols Verstand schien zu explodieren, als er der Unendlichkeit teilhaftig wurde. Millionen Stimmen kreischten ihn an, die Gedanken jedes lebenden Wesens auf der ganzen Welt erhoben sich in einer einzigen, unerträglichen Kakophonie. Die gesamte Geschichte schien ihn zu überfluten, eine ungeheure Woge aus Bildern und Informationen, die sich bis zum Kataklysmus zurück erstreckte und darüberhinaus reichte, bis zur Morgenröte der Zeit selbst. Die unendliche Vielfalt aller möglichen Zukünfte fächerte sich vor ihm auf, veränderte sich ständig, löste sich auf und bildete sich neu.

Es überwältigte ihn. Das unfassbare Spektrum des reinen Chaos, das in die Leere strömte, die einst ein menschlicher Verstand gewesen war, zermalmte ihn. Sein sterbliches Selbst wurde von der Flut des Wissens überschwemmt, seine Identität wie eine flackernde Kerze ausgelöscht, über die alle Ozeane der Welt auf einmal hereinbrachen.

Ein winziger Rest von dem, was einst Rexol gewesen war, klammerte sich nur kurz an diese Identität, ein einzelner Stern, der dem Sog des unendlichen Universums widerstand. Und in diesem winzigen Körnchen seines Selbst wusste Rexol, dass er sterben würde, dass er vollkommen von der unbeherrschbaren Macht der Magie des Artefakts verschlungen werden würde.

Das letzte Gefühl, das Rexol durchzuckte, bevor er vom Meer des Chaos verschluckt wurde, war die sonderbare Erkenntnis, dass er nicht alleine war.

Daemron spürte es, als würde sich eine heiße Klinge in seinen Hinterkopf bohren; ein sengender Schmerz, der ihn darauf aufmerksam machte, dass eine Passage in die Welt der Sterblichen geöffnet worden war. Sein Körper brach zusammen, aber sein Bewusstsein griff danach, fest entschlossen, diese Chance nicht noch einmal zu verpassen.

Er sah das Flackern in dem unendlichen Abgrund wie ein Leuchtfeuer aus blauen Flammen. Er orientierte sich daran, packte es, damit er es nicht wieder verlor, während er sein Bewusstsein in seinen Körper zurückströmen ließ. Diesmal würde er nicht zulassen, dass seine Verbindung zu der Welt der Sterblichen unterbrochen wurde.

»Nein!« Keegan schrie, als die blauen Flammen des Chaos seinen Meister umhüllten. Instinktiv sprang er vor, um ihm zu helfen, aber Jerrod hielt ihn zurück.

»Misch dich nicht ein«, erklärte der Mönch ernst. »Das hier ist sein Schicksal.«

Rexols Haut schwoll an, riss auf, und eine brodelnde blaue Flüssigkeit sickerte aus tausend winzigen Rissen und Löchern in seiner Haut. Er bog den Rücken durch, während er vor Qual kreischte, dann explodierte sein Körper. Die Flammen loderten hoch, verzehrten die Gischt aus Blut und die Knochen augenblicklich. Im nächsten Moment war das Feuer erloschen. Die Krone fiel klappernd zu Boden, mitten auf einen kleinen Haufen schwarzer Asche. Das war alles, was von dem größten Hexer der Südlande übrig geblieben war.

Keegan stand da, wie gelähmt vor Entsetzen, und konnte nicht glauben, was er da gerade gesehen hatte. Wie betäubt widersetzte er sich nicht, als Jerrod ihn am Arm packte und wegzog.

»Jede Person im Monasterium wird dieses Aufflackern

des Chaos gespürt haben. Wir müssen sofort von hier verschwinden.«

Der Mönch rannte durch die Archive und fand ohne Probleme den Weg zurück nach draußen. Er zerrte den immer noch benommenen Keegan hinter sich her. Als sie aus der Bibliothek stürmten, wartete ein halbes Dutzend von Jerrods Gefolgsleuten auf sie. Drei andere Mönche, zweifellos Anhänger des Pontiffs, lagen tot am Boden.

»Hier entlang!«, schrien sie und führten Jerrod und Keegan durch die Gänge.

Laute Geräusche eines erbitterten Kampfes durchdrangen den Schleier der Verwirrung, der Keegans Verstand umwölkte. »Wir werden es nicht schaffen«, murmelte er.

»Wir sind zahlenmäßig unterlegen, aber besser organisiert«, versicherte ihm einer ihrer Begleiter. »Die anderen wissen immer noch nicht, was passiert ist, und sie können auch nicht Freund von Feind unterscheiden. Aber es wird nicht lange dauern, bis der Pontiff und Yasmin sie um sich geschart haben.«

Immer wieder begegneten sie kleinen Gruppen von loyalen Mönchen auf ihrer Flucht, aber es waren immer nur zwei oder drei Mönche gleichzeitig. Ihre Eskorte aus sechs Personen machte kurzen Prozess mit diesem unorganisierten Widerstand, während sie dafür sorgte, dass weder Jerrod noch Keegan jemals in Gefahr gerieten. Diejenigen Mönche, die dumm genug waren, sich ihnen in den Weg zu stellen, wurden brutal zu Boden geschlagen, wo sie bebend liegen blieben.

Dann hatten sie die weit geöffneten Portale des Monasteriums erreicht. Dort warteten weitere sechs Mönche auf sie. Und mindestens ein Dutzend mit Kutten bekleidete Leichen lagen auf dem Hof. Zwei Pferde standen gesattelt da, und zwei weitere Pferde waren mit Proviant beladen.

Keegan erkannte Rexols Gorgonenstab zwischen den Vorräten. Er war in eine Decke gewickelt und auf einem der Pferde befestigt.

»Das sind die vier schnellsten Pferde im Monasterium«, sagte die Frau, die die Zügel hielt, als Jerrod und Keegan aufstiegen.

»Sie werden uns folgen«, sagte Keegan dumpf und irgendwie abwesend.

Das war zwar ein alberner Kommentar, aber er versuchte immer noch das ganze Ausmaß dessen zu begreifen, was gerade geschehen war.

»Sie werden euch zu Fuß folgen müssen«, erwiderte die Frau grimmig. »Ich habe allen anderen Pferden in den Stallungen die Sehnen durchgeschnitten. Sie müssen sie erst einmal heilen, wenn sie das herausfinden.«

»Schließt die Tore hinter uns und haltet sie so lange auf, wie ihr könnt!«, schrie Jerrod und trieb sein Pferd an, hinaus in die Freiheit.

Die anderen Tiere einschließlich Keegans Pferd setzten sich instinktiv in Bewegung und folgten ihm. Der benommene junge Mann konnte sich gerade noch an seinem Sattel festhalten, als sie auch schon in die mondhelle Wüstennacht hinauspreschten und der kleine Haufen von verschlafenen und verwirrten Bittstellern draußen vor dem Tor auseinanderstieb.

31

Daemron überprüfte ein letztes Mal die blutigen Inschriften auf dem Fels. Alles schien richtig zu sein, also konnte das Ritual beginnen. Die Neun, die er auserwählt hatte, warteten ungeduldig in der Nähe, von der Menge abgesondert durch die uralten Symbole, die er auf den Boden gezeichnet hatte.

Diese Neun waren die Stärksten, die Rücksichtslosesten und die Verschlagensten seines Volkes. Er hatte sie als seine Knechte auserwählt, hatte ihnen bestimmt, in die Welt der Sterblichen zurückzukehren. Nach einer Ewigkeit der Verbannung würden nur diese neun zurückgeschickt werden. Sie waren seine Helden, seine Auserwählten und zugleich diejenigen, die er am meisten fürchtete.

Er regierte durch Härte und Brutalität, und allein dadurch. Seine Generäle beugten sich seiner Macht, nicht seiner persönlichen Autorität. Der Aufwand, die jüngst geschmiedete Verbindung zur Welt der Sterblichen aufrechtzuerhalten, hatte ihn viel von dieser Macht gekostet. Und eine Brücke über diesen Abgrund zu spannen würde den Rest seiner Macht erschöpfen. Nach dem Ritual war er vermutlich verletzlich und könnte Ziel einer Rebellion werden.

Und diesmal würde er vielleicht nicht nur von diesen wenigen Unzufriedenen angegriffen werden, die immer wieder aufbegehrten. Das waren nur lästige, rebellische Insekten, die er nach Belieben zertreten konnte. Nein, diesmal würde es eine echte Rebellion geben, die eine wirkliche Bedrohung seiner tausendjährigen Herrschaft darstellte. Ein Aufstand der Armeen der Sterblichen gegen ihren unsterblichen König. Armeen, die von einem Auserwählten angeführt wurden, der vorhatte, sich selbst zu einem Gott zu erheben. Daemron wusste nur zu gut, dass so etwas sehr gut möglich war. Aber wenn diese Neun erst einmal verschwunden waren, hatte er die größte Bedrohung für seine Herrschaft über die Kluft geschickt, durch die wogenden Nebel des Mahlstroms in dieses Paradies der Sterblichen, das friedlich im Meer des Chaos trieb. Und sollte alles so laufen wie geplant, würden seine Knechte den Weg für seine eigene Rückkehr ebnen.

Das *Vermächtnis* der Alten Götter wurde schwächer, und die Götter selbst waren tot. Der Schleier, der die Welt der Sterblichen beschützte, war dünner geworden und hatte sich von dem kurzen Aufflammen der Magie der Krone einen Augenblick beiseiteziehen lassen. Dadurch hatte er ihm einen Weg für seine Flucht aus dieser schrecklichen Welt gezeigt.

Allerdings konnte er selbst nicht in die Welt der Sterblichen zurückkehren. Noch nicht. Er hatte das *Vermächtnis* geprüft, hatte seine schwächsten Punkte gefunden. Aber selbst jetzt konnte er nicht entkommen. Nicht ohne die Macht seiner Artefakte, die ihm dabei halfen. Die Alten Götter hatten ihre Zauber mit besonderer Sorgfalt gewoben, um ihren abtrünnigen Auserwählten in der Schattenwelt gefangen zu halten, in die Daemron nach dem Kataklysmus geflüchtet war. Aber er war stark genug, um andere durch den Schleier zu schicken.

Das würde zwar schwierig werden, aber es konnte gelingen. Sie konnten die Artefakte suchen und sie zu ihm zurückbringen. War seine rechtmäßige Macht erst einmal wiederhergestellt, würde er aus diesem Gefängnis ausbrechen und wieder die Welt regieren, die ihm einmal gehört hatte. Und diesmal waren die Alten Götter nicht da, um sich ihm zu widersetzen.

Dennoch hielt die Furcht ihn zurück und ließ ihn zögern. Diese Neun über die Kluft zu schicken war ein kalkuliertes Risiko, aber es blieb trotzdem ein Risiko. Wenn er versagte, würde das Chaos ihn vernichten, würde seine Essenz verschlingen. Kein Sterblicher fürchtete den Tod so sehr wie er, denn kein Sterblicher konnte wirklich begreifen, was ein Gott zu verlieren hatte.

War sein Zögern bemerkt worden? Daemron betrachtete nervös die Menge. Hielten sich die Umstürzler, die ihn vom Thron stoßen wollten, in der Menge auf und lauerten, schmiedeten Ränke gegen sein Leben, weil sie wussten, dass er schon bald zu schwach und erschöpft sein würde, durch die Ehrfurcht einflößende Magie, die er gleich wirken wollte?

Seine Anhänger beobachteten ihn mit ihren missgestalteten Gesichtern; einige leckten sich ihre Reißzähne, andere verzogen ihre Schweineschnauzen zu einem Grinsen. Die geflügelten Kreaturen schlugen sacht mit ihren Schwingen. Früher einmal war sein Volk wunderschön gewesen, aber ein Jahrtausend auf dieser Gefängniswelt, die im Meer des Chaos trieb, hatte sie alle vollkommen entstellt. Daemron hatte diese Welt als eine Zufluchtsstätte geschaffen. Aber anders als die Welt der Sterblichen, die von den Alten Göttern geformt worden war, konnten die Grenzen seines Reiches die Wirkung des Chaos nicht abhalten.

Hier streifte die ChaosBrut ungehindert durch das Land, verwüstete die Einöden und die Wildnis und tötete jeden, der dumm genug war, sich außerhalb der hohen

Mauern der einen Stadt zu wagen, die Daemron errichtet hatte. Und mit jeder Generation, mit jeder neuen Geburt, wurden die Manifestationen des Chaos unter seinem Volk stärker. Es pervertierte und veränderte all jene, die einst seine menschlichen Jünger gewesen waren, zu unsäglichen Abscheulichkeiten.

Erleichtert erkannte er, dass niemand sein Zögern bemerkt hatte. Diese Mutanten, diese missgebildeten Dämonen, die sich vor ihm verbeugten, waren nicht auf ihren Anführer konzentriert. Im Augenblick interessierten sie sich nicht für den unsterblichen König, der einst ihren Vorfahren alles versprochen hatte, was die Welt der Sterblichen zu bieten hatte. Die Augen seines Volkes waren ausschließlich auf die Knechte gerichtet, auf jene Neun, die auserwählt waren zurückzukehren.

Dieses öde, verwunschene Land, in das Daemron und seine Anhänger geflüchtet waren, war eine Welt ohne jede Hoffnung, bis auf eine: die Chance, eines Tages diesem schrecklichen Reich entkommen zu können und in das Reich der Sterblichen zurückzukehren. Die neun Knechte verkörperten diese Hoffnung; vielleicht würden sie allen anderen ebenfalls die Möglichkeit zur Rückkehr eröffnen. Diejenigen, die hierbleiben mussten, blickten auf die neun Auserwählten. Ihre hellen Augen glühten vor Hass, Widerwillen und Neid … Und gleichzeitig beteten sie stumm für einen Erfolg ihrer Mission.

Beruhigt begann Daemron das Ritual. Von seinen schuppigen Lippen drangen die geflüsterten Worte der Macht. Mit seinen Klauen wob er Muster in die Luft. Seine schwarzen, ledernen Schwingen zuckten fast unmerklich.

Der Himmel verdüsterte sich langsam, und grollende Gewitterwolken ballten sich über ihren Köpfen zusammen. Ein kalter Wind kam auf, und all jene in der Menge, die keinen Pelz hatten, fingen an zu zittern. Die Symbole auf dem Boden pulsierten in einem unheimlichen Licht. Das Chaos begann sich zu sammeln.

Seine Stimme wurde lauter, und er bewegte seine Hände schneller. Die dicken Muskeln unter seiner roten Haut arbeiteten und traten hervor. Seine Flügel schlugen heftig und hoben seine behuften Füße ein Stück vom Boden hoch.

Ein glühender Bogen erschien in der Luft; er war zuerst blass, nahm dann jedoch an Helligkeit zu. Die Zuschauer stöhnten und knurrten furchtsam, als sie vorsichtig vor ihrem Gebieter zurückwichen.

Der schlug jetzt noch stärker mit den Flügeln und stieg fast sieben Meter in die Luft empor. Blitze zuckten vom Himmel herab, schlugen in ihn ein und umhüllten seine Gestalt mit blendend weißem Licht.

Hoch über der Menge warf er seinen gehörnten Schädel zurück, starrte in den gottlosen Himmel und schrie die heiligen Lästerungen heraus. Er wand und drehte sich in dem weißen Licht, während er einen Regen uralter Magie aus dem zerrissenen Himmel beschwor. Bei jedem krampfhaften Zucken fuhr ein glühender Blitz in die Menge und entzündete die Dämonen, die er traf, mit glühend heißen Flammen. Die Zuschauer flüchteten in Panik über das leere Feld vor diesem unheiligen Chaossturm.

Die Knechte jedoch standen da, erstarrt wie Statuen. Sie waren von den mystischen Runen geschützt, die in den blutigen Fels zu ihren Füßen geritzt waren, und brauchten den Zauber nicht zu fürchten, den ihr Meister beschwor. Der Gestank von verbranntem Fleisch drang ihnen in die Nüstern, und sie geiferten hungrig, richteten ihre Blicke jedoch nicht auf die Menge, sondern auf den glühenden Bogen.

Daemron kreischte magische Formeln der Anrufung, während weiße Hitze ihn durchströmte, sein Inneres mit einer schrecklichen und wundervollen Qual zerfetzte. Sein Verstand strömte hinaus, tastete, zuckte wild um sich und versuchte verzweifelt, die Kluft dieses unendlichen Raumes und der Zeit zu überbrücken, die ihn von der Welt der Sterblichen trennte. Der Schmerz wurde immer stärker, und sein gepeinigter Körper fiel vom Himmel herab. Er stürzte auf die Erde, landete donnernd auf dem Boden, immer noch in das glühend weiße Licht getaucht. Das Krachen der Knochen des Unsterblichen hallte über die fruchtlosen Ebenen, aber Daemron achtete nicht darauf, welch verheerende Wirkung die ChaosMagie auf seine körperliche Hülle hatte.

Der Wahnsinn lauerte unmittelbar vor ihm; sein sich auflösender Verstand taumelte am Rand des Abgrundes entlang. Ein letztes Mal schickte er ihn aus und ... Es gelang ihm, den Rand der Welt der Sterblichen zu packen. Er klammerte sich mit den zerfetzten Resten seines Verstandes daran fest und formte die Passage mit seinem Willen. Seine Klauen gruben sich krampfhaft in die Erde und hinterließen tiefe Furchen im Fels.

Seine Knechte beobachteten das Portal.

Sein Körper wurde von Krämpfen geschüttelt, und in einem Winkel seines zerstörten Verstandes begann Daemron, Stärke aus denen zu ziehen, die um ihn herumstanden. Nur seine Knechte wurden von seiner Gier verschont. Aus seiner zerschmetterten Gestalt schlängelten sich Tentakel aus rotem Rauch, die über die Ebene rasten und die flüchtende Menge verfolgten. Die Schnellsten und Stärksten entkamen, aber die Schwächeren wurden von den roten Tentakeln umschlungen, von den roten Wolken verschluckt, und ihre kreischenden Leiber schmolzen zu Pfützen brodelnder Flüssigkeit.

Daemron zehrte von ihrem Leiden und zog genug Kraft aus ihnen, um die Passage zu vollenden, das Portal zu öffnen. Der weiß glühende Bogen wurde blau, dann grün, dann schien sich in seiner Mitte eine Wolke zu bilden, wie beschlagenes Glas, bevor eine Landschaft aus endlos weitem Sand unter einem Sternenhimmel auftauchte.

Der erste Knecht sprang in das Portal hinein und verschwand darin. Die anderen folgten rasch, mit weniger als einer Sekunde Abstand zueinander. Der verkrüppelte Körper ihres Meisters zuckte und hüpfte und schüttelte sich auf dem Boden. All seine Muskeln waren angespannt durch die Anstrengung, das Portal offenzuhalten. Der siebte Knecht war gerade hinübergegangen, als das Licht, das Daemron umgab, erlosch und der Bogen zusammenbrach. Er durchtrennte den achten Knecht in der Mitte, als der gerade versuchte, es zu passieren.

Der neunte Knecht starrte die verstümmelten Reste seines Gefährten an, die auf dem Felsen lagen. Ein Arm und ein Bein, der halbe Oberkörper und der größte Teil des Kopfes. Schwarze Flüssigkeit sickerte aus dem Leichnam und drang in den Boden ein. Der letzte Knecht, eine Frau, drehte sich angewidert weg. Dann sah sie die Reste der Menge, von denen viele verwundet und sterbend auf dem Boden lagen, von den Gefährten auf ihrer wahnsinnigen Flucht niedergetrampelt, mit der sie der schrecklichen Macht des Chaos entkommen wollten, das ihr Meister beschworen hatte.

Daemron erhob sich langsam. Sein rußiger und qualmender Körper war vor Qual und Erschöpfung gekrümmt. Sein linkes Bein stand in einem seltsamen Winkel ab, aber er ignorierte seine Verletzung und richtete seine ganze Wut auf den weiblichen Knecht vor sich.

»Du hättest nicht so lange zögern sollen«, flüsterte er.

Sie warf sich vor ihrem Herrn auf den Boden. »Gebieter«, flehte sie, »ich hatte keine Chance. Das Portal ist zusammengebrochen, gerade als Aeschel versucht hat, es zu durchqueren.«

Daemron antwortete nicht, sondern hob eine einzelne Klaue, die ebenso verbrannt und rußig war wie der Rest seines Körpers. Rotes Feuer blitzte aus seinen Augen und umhüllte den weiblichen Knecht. Ihr Schrei brach ab, als ihre Gestalt in weniger als einer Sekunde von den roten Flammen verzehrt wurde.

Dann ging er zu den Verletzten und Hilflosen in der Menge. Jetzt stand er etwas gerader als zuvor, und die rote Flamme blitzte immer und immer wieder auf, als er von seinen Anhängern, die hilflos am Boden lagen, alles nahm, was von ihrer versehrten Essenz noch übrig war, bis seine zerbrochenen Knochen geheilt waren, ebenso wie seine verbrannte Haut. Keiner seiner verletzten Untertanen war noch am Leben.

Eine Unendlichkeit entfernt, jenseits des Meeres des Chaos, herrschte dunkelste Nacht in den weiten Dünen der Südwüste. Unsichtbar unter den nur schwach leuchtenden Sternen und dem mondlosen Himmel marschierten sieben missgestaltete Kreaturen über den Sand der Welt der Sterblichen.

32

Sie waren verschwunden, wie Flüchtlinge in der Nacht. Weggelaufen wie die Diebe, die sie ja auch waren. Rexol hatte für seine Verbrechen bezahlt; Cassandra hatte in ihrem Kopf die Schreie ihres früheren Meisters gehört, als das Chaos ihn verschlungen hatte. Die andern jedoch, Jerrod und der Schüler, waren entkommen.

Cassandra stand im Hof und starrte in den schwarzen Nachthimmel empor. Vor zwei Tagen hatten hier die Leichen ihrer gefallenen Brüder und Schwestern gelegen, die von Jerrod und den verräterischen Mönchen, die ihm folgten, abgeschlachtet worden waren. Die Taten von Rebellen wurden mit dem Tod bestraft; Verrat war ein Schwerverbrechen im Orden. Allerdings spielte das keine Rolle mehr. Denn keiner der Abtrünnigen hatte überlebt. Sie hatten ihr Leben geopfert, um Jerrod die Flucht zu ermöglichen, hatten sich freiwillig selbst geopfert, um ihm und seinem Gefährten ein wenig der kostbaren Zeit zu erkaufen, die er brauchte, um sich aus der Reichweite des Pontiffs zu entfernen.

Als jemand Cassandra in dieser Nacht endlich aus der Zelle des Verlieses befreit hatte, war die kurze Rebellion bereits vorbei gewesen. Yasmin und ihre Inquisitoren hatten ihr ein blutiges Ende bereitet. Sie waren jetzt ebenfalls fort, waren nur wenige Stunden nach dem Ende des Kampfes aufgebrochen, um Jerrod zu Fuß zu verfolgen. Und obwohl die Verräter einen respektablen Vorsprung hatten, wusste Cassandra, dass ihre Ergreifung unausweichlich war.

Botenvögel waren zu allen Pilgern und Dienern des Ordens geschickt worden, die sich in den Südlanden und den FreiStädten aufhielten. Sie wurden aufgefordert, nach Jerrod und dem jungen Mann Ausschau zu halten, der mit ihm reiste. Wohin auch immer sie flüchteten, Yasmin würde schon sehr bald Nachricht von ihrem Aufenthaltsort bekommen. Und am Ende würde sie die beiden finden. Und dann würde sie eine schnelle und gerechte Strafe ereilen.

Was ihre eigene Bestrafung anging, wusste Cassandra, dass sie keine Gnade verdiente. Sie hatte Rexol und Jerrod bei ihrer Flucht geholfen; sie war der Auslöser für den Tod und das Gemetzel innerhalb der Mauern des Monasteriums gewesen. Der Pontiff hatte keine Wahl, als sie der Ketzerei anzuklagen, und sie hatte nicht die Absicht, diese Anklage zurückzuweisen.

»Cassandra.«

Die Stimme hinter ihr ließ sie hochschrecken. Vor lauter Schuldgefühlen und Selbstkasteiung hatte sie nicht bemerkt, dass sich der Pontiff ihr genähert hatte. Sie drehte sich nicht zu dem Sprecher herum und wagte nicht einmal, ihre *Sicht* zu benutzen. Sie war blind und allein in der Finsternis. Eine gerechte Strafe.

Sie kamen, um sie wieder in die Verliese zu bringen, wo sie bis zu ihrem Prozess eingesperrt bleiben würde. Das hatte sie erwartet; es überraschte sie nur, dass sie so lange gebraucht hatten.

»Ich bedaure zutiefst meinen Anteil bei alldem«, flüsterte sie leise. Ihre Stimme klang erstickt von ungeweinten Tränen. Das war keine Entschuldigung oder eine Bitte um Gnade. Es war einfach nur die Wahrheit. Aber noch während sie die Worte aussprach, wusste sie, wie nichtssagend sie klangen. »Ich bedaure zutiefst, was ich getan habe.«

»Was getan wurde, kann nicht ungeschehen gemacht werden«, antwortete der Pontiff. Seine Stimme klang bitter. »Und die Konsequenzen sind wahrscheinlich erheblich schlimmer, als du es dir vorstellen kannst. Ein zweiter Kataklysmus zieht herauf, und ich bin nicht in der Lage, ihn aufzuhalten.«

Cassandra spürte, wie ihr heiße Tränen die Wangen hinabliefen. Ihre Augen konnten zwar Helligkeit und Dunkelheit nicht unterscheiden, aber sie war durchaus noch in der Lage, vor Gram zu weinen.

»Es war mein Fehler. Ich war schwach. Ich hätte gegen den Bann des Hexers ankämpfen sollen.«

Der Pontiff machte keinerlei Anstalten, sie zu trösten oder zu beruhigen. »Was du getan hast, das, woran du Anteil hattest, wird eine entsetzliche Strafe nach sich ziehen.«

»Ich … ich bin bereit, Pontiff.« Sie hasste sich, weil ihre Stimme zitterte, weil sie angesichts ihrer bevorstehenden Exekution so schwach war. Sie holte tief Luft und sprach weiter. »Ich kann die Last meiner Verbrechen tragen.«

»Ich hoffe, dass du das kannst, Cassandra. Um unser aller willen hoffe ich das wirklich.«

Etwas in seiner Stimme verwirrte sie. Sie ließ den schwarzen Schleier, der sich über ihre Sinne gelegt hatte, sinken und erlaubte es sich, mittels der *Sicht* ihrer Umgebung gewahr zu werden. Der Pontiff stand alleine hinter ihr. Mit seiner knotigen Hand umklammerte er die Zügel eines prachtvollen schwarzen Pferdes.

»Ist er verletzt?« Mit ihrer übernatürlichen Wahrnehmung spürte sie, dass etwas mit diesem Tier nicht stimmte.

»Die Ketzer haben allen Pferden in den Stallungen die Sehnen durchtrennt. Dieses Ross jedoch war schon immer sehr stark, und ich habe meine Macht benutzt, um es so gut zu heilen, wie ich konnte. Das ist das beste Reittier, das ich dir anbieten kann, also muss es genügen.«

»Reittier? Ich … ich verstehe nicht.«

»Der Hexer hat ein Portal zu einer anderen Welt geöffnet, Cassandra. Und ein großes Übel ist hindurchgekommen, widernatürliche Diener unseres uralten Feindes. Sie werden versuchen, das *Vermächtnis* niederzureißen, auf dass der *Schlächter* zurückkehren kann. Aber um das zu bewerkstelligen, brauchen sie die Macht der Alten Magie. Ich habe in meinen Visionen gesehen, wie sie die Wüste weit im Süden durchqueren, um hierherzukommen, ins Monasterium, und eins der uralten Artefakte zu erbeuten.«

»Die Krone!«, stieß Cassandra atemlos hervor. »Die, von der ich geträumt habe!«

Der Pontiff nickte. »Seit Jahrhunderten haben wir sie hier im Monasterium versteckt. Aber Rexol hat unser Geheimnis gelüftet. Die Knechte des *Schlächters* wissen, dass die Krone hier ist, und ich fürchte, wir sind nicht mehr stark genug, um sie zu verteidigen.«

»Dann lass mich an deiner Seite gegen sie kämpfen!«, stieß Cassandra hervor. Ihr Verrat an dem Orden war vergessen, als plötzlich die Leidenschaft in ihr emporbrandete. »Wir werden sie vernichten oder vertreiben oder sie wieder in die Welt verbannen, aus der sie gekommen sind!«

Der Pontiff schüttelte den Kopf.

»Die Knechte sind Kreaturen aus einer Welt, in der die Alte Magie noch regiert und die ChaosBrut frei umherstreift. Ihre Körper wurden aus dem Chaos selbst geschaffen, es verdickt ihr Blut und kräftigt ihre Knochen. Sie wirken eine Magie, die im Reich der Sterblichen seit dem Kataklysmus nicht mehr gesehen wurde. Der Kampf mit Jerrods Anhängern hat unsere Reihen geschwächt, und Yasmin und ihre Inquisitoren sind zu weit weg, um rechtzeitig zurückkehren und uns helfen zu können. Und selbst wenn sie hier wären, besäßen wir vermutlich trotzdem nicht die Stärke, der bevorstehenden Belagerung zu widerstehen.«

Cassandra bemerkte, dass der Pontiff eine Satteltasche über der Schulter trug. Mit ihrer *Sicht* blickte sie hinein und sah, dass sie Nahrung und Wasser enthielt und … noch etwas anderes. Etwas, dessen Macht so hell strahlte, dass sie zurückzuckte. Die Krone.

»Dann musst du fliehen!«, erklärte Cassandra nachdrücklich. »Nimm die Krone und bring sie irgendwohin, wo sie dich und das Artefakt niemals finden werden.«

»Nicht ich.« Der Pontiff reichte ihr die Satteltasche. »Ich bin zu alt für eine solche Reise. Meine Gliedmaßen sind schwach und kraftlos. Nein, Cassandra. Du musst diese Aufgabe übernehmen!«

»Aber … Ich bin dessen nicht würdig!«, protestierte sie. »Ich habe den Orden verraten! Ich habe geholfen, das Böse freizusetzen! Ich habe den Untergang des Monasteriums herbeigeführt!«

»Du bist mit der Krone verbunden«, widersprach er. »Ihre Macht wurde seit Jahrhunderten verborgen. Und in all dieser Zeit hat kein einziger Seher jemals ihre Präsenz auch nur gespürt. Bis du davon geträumt hast. Seitdem«, fuhr er fort, »hatte ich selbst Visionen. Ich habe deine Flucht gesehen, mit der Krone an deiner Seite. Aber jetzt erst begreife ich, was diese Visionen prophezeit haben. Dein Schicksal ist mit dem deines alten Meisters verknüpft. Ich glaubte, ich könnte dich von diesem Fluch befreien, das Band durchtrennen, das dein Schicksal an seines bindet. Doch ich bin gescheitert.

Rexol ist zwar tot, aber seine Handlung hat eine Reihe von Ereignissen ausgelöst, die uns alle möglicherweise vernichten können. Es liegt ganz allein an dir, das zu verhindern, Cassandra. Das ist deine Sühne für das, was du getan hast. Das war mir vorher nicht klar, aber jetzt begreife ich: Du allein kannst den Kataklysmus aufhalten.«

Sie nickte langsam, während sich ihre Gedanken überschlugen und unkontrolliert in ihrem Kopf herumwirbelten. Aber sie vertraute dem Pontiff und seiner Weisheit, akzeptierte seine Worte als absolute Wahrheit. »Was muss ich tun?«

»Die Knechte werden dich verfolgen, sobald sie feststellen, dass die Krone nicht mehr hier ist. Sie werden dich mit ihren Zaubersprüchen ausfindig machen und dich mit ihrer düsteren Magie jagen. Sie dürfen dich nicht finden, um der Zukunft des Reiches der Sterblichen willen.«

»Wohin soll ich gehen?«

»Ostwärts«, erwiderte der Pontiff. »Nach Osten bis ans Ende der Welt. Such den Wächter jenseits der Berge am Rande der Welt. Lass dich von deiner *Sicht* führen, Cassandra. Die Krone wird dich leiten, durch deine Träume, aber sei nicht so dumm, sie dir aufzusetzen. Sonst erleidest du dasselbe Schicksal wie der Hexer.«

Cassandra senkte demütig den Kopf, weil sie wusste, dass jeder weitere Widerspruch nur eine Verschwendung wertvoller Zeit war. Der Pontiff hatte seine Entscheidung getroffen. Sie befestigte die Tasche hinter dem Sattel ihres Hengstes und stieg auf.

»Ich reite sofort los«, sagte Cassandra. Die Mischung aus Schuldgefühlen, Furcht und wilder Entschlossenheit in ihrem Inneren drohte sie zu überwältigen. »Ich werde dich nicht im Stich lassen!«

»Wir werden so lange Widerstand leisten, wie wir können«, versprach der Pontiff. »Aber es gibt wohl keinen Zweifel daran, dass wir hier untergehen werden. Wir werden unser Leben opfern, um die Krone zu schützen. Lass unser Opfer nicht vergeblich sein!«

Es gab einen Knall wie von einem Donnerschlag, und die pechschwarzen, steinernen Portale des Monasteriums flogen auf. Cassandra trieb ihr Pferd an und galoppierte hindurch, stürmte hinaus in die Wüstennacht, die schrecklichen Worte des Pontiffs noch in den Ohren, während Tränen der Verzweiflung und der Scham aus ihren Augen strömten.

33

»Wir rasten hier«, erklärte Jerrod und zügelte sein müdes Pferd. »Dann haben wir wenigstens die Möglichkeit zu entscheiden, was wir als Nächstes tun wollen.«

Die Pferde waren dazu gezüchtet, lange Strecken zu bewältigen, und das unter widrigsten Bedingungen. Aber die lange Flucht hatte ihre Kraft erschöpft; sie waren jetzt kaum noch imstande, im Schritt zu gehen.

Keegan glitt aus seinem Sattel und wäre fast im weichen Wüstensand zusammengebrochen. Sie waren fast ohne Pause drei Tage nach Norden geritten. Das Monasterium lag mindestens einhundert Wegstunden hinter ihnen, aber trotzdem würden sie die Wüste erst irgendwann am morgigen Nachmittag verlassen.

Während ihrer verzweifelten Flucht hatte Jerrod kaum mit ihm gesprochen. Das lange Schweigen hatte Keegan die Chance geboten, sich die Lage zu vergegenwärtigen. Rexol, sein Meister, war tot. Er empfand keine Trauer, jedenfalls nicht wie damals, als sein Vater gestorben war. Aber er hatte eindeutig ein Gefühl von Verlust. Und jetzt war er ein Flüchtling, der vor dem Orden davonlief, ein Häretiker, der zusammen mit einem Mann floh, den er gerade erst getroffen hatte und von dem er so gut wie nichts wusste. Außer vielleicht, dass er verrückt war. Das wiederum war nicht überraschend. Die religiösen Fanatiker, die dem Orden dienten, waren alle ein bisschen verrückt. Aber Jerrod schien unter einer ganz besonderen und speziellen Wahnvorstellung zu leiden. Einer, in der Keegan offenbar die Rolle irgendeines Erlösers einnahm.

»Iss etwas und versuche dich auszuruhen. Wir können nur ein paar Stunden rasten, dann müssen wir wieder weiter.«

»Hast du Angst, dass die Inquisitoren uns einholen?« Keegan durchwühlte die Satteltaschen eines der Packpferde. Er fand Brot und Käse in einer Tasche und einen Krug mit Wein in der anderen.

»Nein, aber nicht alle Diener des Ordens befinden sich innerhalb des Monasteriums«, erwiderte Jerrod, während er zwei Reisedecken ausrollte. »Sobald wir die Grenze der Südlande erreicht haben, werden die Pilger ebenfalls nach uns suchen. Sie sind zwar nicht so gefährlich wie Yasmins ausgebildete Mörder, aber es sind dennoch beeindruckende Gegner.«

Keegan ging mit dem Proviant von den Satteltaschen zu den Decken und setzte sich auf eine davon. Er brach ein Stück Brot ab und reichte es dann dem Mönch, als der sich auf die Decke neben ihm setzte.

»Mir ist klar, dass dies alles für dich ziemlich verwirrend sein muss, Keegan. Du hast bestimmt viele Fragen. Stell sie mir nur; ich werde mein Bestes geben, sie zu beantworten.«

Eine Minute lang wusste der junge Mann nicht, mit welcher Frage er beginnen sollte. Er kaute nachdenklich das Brot und den Käse und spülte dann alles mit einem Schluck Wein herunter.

»Wie habt ihr – mein Meister und du – euch kennengelernt?«

»Wir waren in gewisser Weise Verbündete. Er suchte einen würdigen Schüler, ein Kind, das vom Chaos gezeichnet war. Und ich musste einen Paladin finden, jemanden, der stark genug ist, sich den Armeen des *Schlächters* entgegenzustellen, wenn das *Vermächtnis* zerbricht.«

»Dann war es nicht einfach Zufall, dass ich dich in dieser Zelle getroffen habe?«

»Nein. Ich hatte eine Vision. Ich wusste, dass der Pontiff Rexol vorladen würde. Und ich wusste auch, dass er dem Ruf folgen würde. Ich wusste, dass dein Meister dich mitbringen würde. Deshalb habe ich zugelassen, dass man mich fing.«

»Du hast dich von den Inquisitoren einsperren lassen, nur um mich zu treffen?«

»Du bist der Paladin, auf den wir gewartet haben, der Retter. In meinen Visionen sah ich, wie dein Meister von lodernden Flammen im Monasterium verzehrt wurde und starb. Ich dachte, die einzige Möglichkeit, dich vor einem ähnlichen Schicksal zu bewahren, wäre die, selbst dort anwesend zu sein.«

»Also hast du deine eigene Gefangennahme arrangiert, weil du wusstest, dass deine loyalen Anhänger dir zur Flucht verhelfen würden?«

Der Mönch nickte. »Es war ein gewagtes Spiel, aber ich hielt es für notwendig. Ich habe zu lange nach einem Retter gesucht, als dass ich hätte zulassen können, dass man dich als Ketzer verbrennt.«

»Und wen genau soll ich erretten? Und wovor?«

»Uns alle selbstverständlich.«

Keegan schnaubte verächtlich und biss von dem Stück Käse ab. Diesmal bot er seinem Gefährten nichts an.

»Eine Zeit großer Gefahr zieht herauf, Keegan. Das *Vermächtnis* wird schwächer, und eine Armee von Monstern wird schon bald über das Flammenmeer kommen, um unsere Welt zu überrennen.«

»Die ChaosBrut ist ausgemerzt«, erwiderte Keegan sachlich. Er hatte lange genug bei Rexol studiert, um zu wissen, wovon der Mönch sprach. »Sie sind schon vor langer Zeit ausgestorben. Es sind nur noch ihre Knochen übrig.«

»Sie sind nicht ausgestorben, sondern wurden nur durch die Macht der Wahren Götter verbannt. Schon sehr bald werden sie zurückkehren. Meine Anhänger und ich haben uns viele Jahre auf diesen Tag vorbereitet«, erklärte Jerrod. »Wir haben nach einem Paladin gesucht, einem Magus, der die Macht besitzt, es mit ihnen aufzunehmen. Rexol hat uns sehr lange bei unserer Suche geholfen, bis wir schließlich getrennte Wege gegangen sind.«

»Warum hast du nicht einfach Rexol gefragt, ob er dein Paladin sein wollte?«

»Der Hexer war sehr stark«, räumte der Mönch ein. »Aber ein großer Teil dieser Stärke entsprang dem Wissen, das er aus seinen Studien gewonnen hatte. Er hat seine Kunst gemeistert, aber seine *Gabe* hatte ihren Höhepunkt schon vor langer Zeit erreicht. Doch er besaß nicht die reine *Gabe*, daher mangelte es ihm an Macht, sich gegen unsere Feinde zu behaupten. Wir wussten, dass es noch andere gab. Als das *Vermächtnis* schwächer wurde, wurden Kinder geboren, die das Chaos in ihrem Blut hatten. Kinder mit der Fähigkeit, all das, was Rexol jemals zu erreichen gehofft hatte, bei Weitem zu übertreffen. Kinder wie du. Aber das konnte Rexol niemals akzeptieren. Wir wollten, dass er unseren Paladin ausbildete, einen Erretter für die ganze Welt. Aber Rexol hat nicht an unsere Sache geglaubt. Er wollte nur Macht für sich selbst. Er war sehr gefährlich, und sein egoistischer Ehrgeiz war eine Bedrohung für unseren Plan.«

»Hast du ihn deshalb sterben lassen?« Keegan stellte die Frage ohne Bitterkeit. Er war zu müde, um verbittert zu sein.

»Ich habe versucht, ihn zu warnen. Ich habe versucht, ihm zu sagen, dass ich seinen Tod in diesen lodernden Flammen vorhergesehen habe, aber er wollte nicht hören. Sein Stolz hat ihn zugrunde gerichtet. Es gab nicht viel, was ich hätte tun können, um das zu ändern. Und am Ende spielt es auch keine Rolle. Denn ich bin nicht seinetwegen dorthin gegangen. Ich kam deinetwegen. Ich kam wegen des Erretters, unseres Paladins.«

Der junge Mann schüttelte den Kopf. »Ich bin kein Paladin. Ich bin nur ein Schüler.«

»Das Chaos strömt stark durch deine Adern«, versicherte ihm Jerrod. »Du besitzt die *Sicht,* und du verfügst über die reine *Gabe.* Jetzt musst du nur noch lernen, dein Potenzial freizusetzen.«

»Und wie soll ich das tun, wo mein Meister jetzt tot ist?«

Der Mönch schwieg eine Weile, während er versuchte, eine Antwort zu finden. »Rexol hatte vor dir andere Studenten. Viele von ihnen haben ihre Ausbildung mittlerweile abgeschlossen und dienen an den Höfen der Adeligen. Vielleicht können sie helfen.«

»Sicher. Wir brauchen nichts weiter zu tun, als zur nächstgelegenen der Sieben Hauptstädte zu reiten und den dortigen LordMagus zu bitten, meine Ausbildung zu Ende zu führen, damit ich mal eben die Welt retten kann. Ich bin fest davon überzeugt, dass er nichts dagegen einzuwenden hat.«

Der Mönch reagierte, als hätte er Keegans sarkastischen Ton nicht bemerkt.

»Nein, der Orden hat zu viel Macht in den Südlanden. Dort können wir keine Hilfe erwarten.«

Keegan lachte müde. Das alles klang so lächerlich, so unglaubwürdig. Er war kein Erretter. Aber welche Möglichkeiten hatte er sonst? Er war nicht dumm genug, um auch nur zu erwägen, zu Rexols Anwesen zurückzukehren. Der Orden wartete dort wahrscheinlich bereits auf ihn. Er war jetzt ein Ketzer, ein Flüchtling ohne Heim und ohne jemanden, an den er sich hätte wenden können, außer diesem verrückten Fanatiker. Was auch immer er ansonsten von Jerrod halten mochte, der Mönch war seine einzige Überlebenschance.

»Wohin reiten wir dann? Ganz offensichtlich hast du hier ja das Sagen. Also gut, dann sag mir, wohin wir reiten.«

»In die FreiStädte. Dort mag man den Orden nicht. Ich habe mich da oft aufgehalten, während ich mich vor dem Pontiff und seinen Anhängern versteckte.«

»Das wird Wochen dauern«, protestierte er. »Wir müssen dafür quer durch die Südlande reiten!«

»Ja«, pflichtete Jerrod ihm bei. »Und der Orden wird uns außerdem den ganzen Weg auf den Fersen bleiben. Wir müssen die größeren Siedlungen meiden und auch die häufig benutzten Handelswege, damit Berichte über unseren Reiseweg nicht dem Pontiff gemeldet werden.«

»Wir sind ein ziemlich verdächtiges Paar.«

Die Kutten, die sie auf ihrer Flucht angelegt hatten und immer noch trugen, waren zwar schlicht, aber Rexols Stab machte jede Illusion zunichte, dass man sie für einfache Reisende hätte halten können. Er war auf eines der Packpferde gebunden; die leeren Augenhöhlen des Gorgonenschädels verrieten jedem, der diesen Stab sah, dass wenigstens einer von ihnen ein Hexer war.

»Wir können den Stab verstecken«, erklärte Jerrod, als hätte er Keegans Gedanken gelesen. »Und ich habe gelernt, mein Äußeres auf subtile Art und Weise zu verändern.« Seine unverkennbaren, milchig weißen Augen schimmerten und verwandelten sich langsam in ganz normale Augen mit brauner Iris. »Diese einfache Illusion hat mir in all den Jahren, die ich mich versteckt habe, geholfen, meine Identität zu verschleiern.«

»Magie?« Keegan war überrascht. »Ich dachte, der Orden würde solche Dinge missbilligen.«

»Du wirst bald feststellen, dass ich diesbezüglich erheblich toleranter bin als meine Brüder und Schwestern«, erwiderte Jerrod mit dem Anflug eines Lächelns. »Außerdem ist dieser Zauber nur eine einfache Veränderung meiner selbst. Die Macht dafür kommt von innen. Mein Talent ist erheblich begrenzter und beinhaltet nicht die Fähigkeit, das Chaos zu entfesseln.«

»Deshalb brauchst du einen Hexer wie mich als Paladin«, erklärte Keegan. Ganz allmählich wurde er aus Jerrods verrückten Argumenten schlau. »Selbst wenn du die Macht hättest, wüsstest du nicht, wie du sie freisetzen könntest.«

»Du musst schlafen«, erwiderte der Mönch. »Wir haben eine lange Reise vor uns.«

Keegan legte sich hin und presste seinen Körper in den weichen Sand, bis der sich seinen Umrissen anpasste. Dann schloss er die Augen und spürte, wie der Schlaf ihn überkam. Bevor er wegdämmerte, stellte er noch eine letzte Frage.

»Du hast mir immer noch nicht gesagt, wohin wir reiten«, murmelte er schläfrig. »In welche der FreiStädte?«

»Wir reiten nach Torian«, antwortete der Mönch. »Einer von Rexols früheren Schülern hat dort vor Kurzem eine wichtige Position angetreten. Ein Mann, den ich einmal vor langer Zeit getroffen habe, wenn auch nur kurz. Er heißt Khamin Ankha. Ich hoffe, dass er uns hilft.«

34

Stürme waren selten in der Wüste, aber das hier war kein gewöhnlicher Gewittersturm. Der Wind schmeckte nach Vernichtung. Widernatürliche Wolken krochen über den Wüstensand, bis sie wie eine dunkle Decke über dem Monasterium schwebten. Die Luft schien von einem fast fühlbaren Hass zu sieden, während der grüne Himmel über dem Bauwerk waberte. Es donnerte; ein blauer Blitz zuckte vom schwarzen Himmel herab und schlug in die ebenholzschwarzen Mauern ein. Er hinterließ einen Rußfleck auf dem unbezwingbaren Stein, erprobte seine Stärke und warnte vor dem, was da noch kommen sollte.

Die Mönche des Ordens standen furchtlos auf den Zinnen und blickten mit ihrer magischen *Sicht* in die unheimliche Dunkelheit hinaus. Sie suchten vergeblich nach einem Anzeichen ihres Feindes unterhalb der schwarzen Wolken. Ein Dutzend Mönche bemannte jeweils die Süd-, West- und Nordmauer. Die restlichen Angehörigen des Ordens, die sich noch im Monasterium aufhielten, eine Gruppe von nur zwei Dutzend Mönchen, hatte sich, angeführt vom Pontiff, im Hof versammelt, um die Ostmauer zu bewachen, falls der Feind irgendwie die gewaltigen Portale durchbrechen sollte.

Alle anderen Mönche und auch die Bittsteller, die sich für gewöhnlich vor den Mauern drängten, waren verschwunden. Der Pontiff hatte die Mönche weggeschickt; sie sollten als Pilger die Nachricht vom heraufziehenden

Kataklysmus verbreiten, den Verräter Jerrod jagen und einen neuen Pontiff wählen. Ihnen oblag es, den Orden am Leben zu erhalten, wenn das Monasterium fiel – was unausweichlich war.

In dem Krachen des Sturms hörte man eine endlose Litanei von rhythmischen Anrufungen, ein uraltes Ritual des Ordens. Es war dasselbe, mit dem das Chaos innerhalb der Mauern des Monasteriums gebunden wurde. Jetzt jedoch war der Gesang nach außen gerichtet, nach oben, und bildete einen unsichtbaren Schutzschild über ihren Köpfen, um das Böse dieses Sturms abzuwehren.

Die Mönche waren mit Stäben bewaffnet, auf die mystische Symbole und uralte Zeichen der Macht eingeritzt waren. Sie hatten sie aus Texten kopiert, die noch aus der Zeit vor dem Kataklysmus stammten. Statt einer Rüstung trugen sie schlichte Umhänge, auf die Schutzrunen gestickt waren, die das Chaos absorbieren und abwehren sollten, das ihre Feinde gegen sie beschwören würden.

In den letzten Tagen waren ganz ähnliche Symbole auf die Innenseiten der Mauern rund um das Monasterium gemeißelt worden, um die latente Energie im Stein zu stärken. Selbst der Boden war mit Symbolen bemalt, um die Zauber der Knechte abzuwehren. Der Pontiff hatte die gewaltigen Ressourcen der Ordensbibliothek genutzt, um dort das Wissen eines verlorenen Zeitalters aufzuspüren, das ihnen bei der Verteidigung der heiligen Festung helfen sollte. Aber das alles würde dennoch nicht genügen.

Die Knechte waren da draußen, verborgen in dem Sturm, den sie beschworen hatten. Und schon bald, das wusste der Pontiff, würden sie diese Ordensfestung belagern.

Der Donner des Chaos hallte vom Himmel, und aus den Wolken, die dunkel über dem Monasterium schwebten, lösten sich atemberaubende, leuchtend blaue Blitze. Diese sengenden elektrischen Schläge zischten wie Messer auf die Mönche herab, die die Mauern verteidigten. Aber sie wurden von der unsichtbaren Barriere abgewehrt. Der Wille der Mönche in der Festung wankte zwar, hielt jedoch, während ihre Anrufung in einem endlosen Chor weiterging.

Die tödlichen Blitze zuckten immer wieder herab, bis die Erde außerhalb des Monasteriums anfing zu qualmen und zu glühen von diesem ständigen Beschuss mit blauem Licht. Innerhalb des Monasteriums jedoch war alles ruhig. Das blaue Feuer vom Himmel konnte nicht in das Bauwerk eindringen. Der kollektive Wille des Ordens hielt diesem ersten Angriff stand.

Ebenso plötzlich, wie sie angefangen hatten, endeten die Blitze auch, und die Wolken rissen auf. Regen prasselte herab. Die Magie der Mönche schützte sie nur gegen das, was gefährlich war, deshalb konnte der Regen ungehindert durch die Barriere fallen. Innerhalb von Sekunden waren sie alle trotz ihrer Umhänge von diesem kalten Regenwasser bis auf die Knochen durchnässt.

Drei geflügelte Knechte stürzten sich aus den Wolken herab. Als sie die Deckung des Sturms verließen, wurden sie für die magische *Sicht* des Pontiffs erkennbar. Alle drei wirkten irgendwie menschlich, aber die Äonen des Exils in diesem entsetzlichen Reich des *Schlächters* hatten sie in grausige Monster verwandelt. Über Generationen von Vorfahren, die den schrecklichen Launen des Chaos ausgesetzt gewesen waren, wurden die drei in grauenvolle Kreaturen verwandelt, jede anders als die andere und allesamt vollkommen fremdartig in der Welt der Sterblichen.

Die erste Kreatur hatte den Kopf eines Alligators; grüne Schuppen bedeckten ihren Körper von ihren mit Klauen bewehrten Füßen bis hin zu den Spitzen ihrer krallenartigen Hände. Ihre ledernen Schwingen flatterten in einem langsamen Rhythmus und hielten ihren Reptilienkörper in der Luft. Der zweite Knecht hatte Flügel wie ein großer Adler, aber den Körper eines Mannes. Er mochte möglicherweise einmal menschlich gewesen sein, jetzt jedoch war er haarlos und runzlig, als trüge er die Last von tausend Jahren. Die Haut spannte sich wie Pergament über den Schädelknochen, und die Lippen waren zurückgezogen. Dahinter schimmerte ein Schlund mit scharfen Reißzähnen. Die Gelenke traten unter der trockenen, fleischlosen Haut scharf und deutlich hervor, und in der eingefallenen Brust konnte man alle Rippen erkennen. In seinem kahlen Schädel saßen zwei leere Augenhöhlen, die Nase war schon längst verfault. Die Haut der Kreatur hatte die teigige Farbe einer mumifizierten Leiche.

Die dritte Kreatur war kaum mehr als ein Schatten, selbst für die magische *Sicht* der Mönche, die sie von den Zinnen aus beobachteten. Sie war pechschwarz von Kopf bis Fuß und besaß den dunklen, nackten Körper einer wunderschönen Frau; der Kopf jedoch war der eines riesigen Vogels. Statt eines Mundes verfügte sie über einen scharf gebogenen Schnabel. Ihre Augen, die in der schwarzen Stirn der Bestie saßen, waren zwei flammend rote Punkte, in denen eine bedrohliche Macht pulsierte.

Dieses makabere Trio schwebte über den Mönchen, und das Schlagen ihrer Schwingen war selbst durch das Heulen des Sturms hindurch zu hören. Es waren Kreaturen des Chaos, dessen tödliche Macht durch ihre Adern floss. Aber eben deshalb konnten sie den Schild des Ordens ebenso wenig durchdringen wie die blauen Blitze. Im Chor heulten sie ihre Wut und Enttäuschung zum Himmel, durchdrangen den Wolkenbruch mit ihren

Schreien. Blut tropfte aus den Ohren der Mönche, aber ihr Wille blieb ungebrochen. Wie mit einer Stimme sang der Orden die mystischen Worte der Macht, die die Magie der Knechte bannte und abwehrte, sodass sie das Monasterium nicht betreten konnten.

Vier weitere Knechte näherten sich durch den regennassen Sand dem Portal. Der Pontiff sah sie mit seinem geistigen Auge, da seine magische *Sicht* die dunklen Mauern des Monasteriums durchdringen konnte. Sie marschierten zu zweit; die beiden ersten waren eineiige Zwillinge. Nur war der eine dunkelblau und der andere strahlend rot. Wie ihre fliegenden Brüder war auch dieses Paar menschlich, aber sie bewegten sich auf allen vieren fort, krochen auf merkwürdig langen Armen und Beinen über den Sand. Man konnte sehen, wie die Muskeln ihrer Glieder arbeiteten, als sie vorrückten. Sie hatten die Köpfe von Wildschweinen, jedoch ohne Haare und Ohren. Vor dem Tor blieben sie stehen, richteten sich auf, fuchtelten mit ihren Klauen durch die Luft und schnüffelten mit ihren Schnauzen im Wind.

Das Paar hinter ihnen ging aufrecht durch den Schlamm, der noch vor wenigen Minuten Wüstensand gewesen war. Der linke der beiden maß fast drei Meter. Sein Körper war eine bizarre Mischung aus einem Gorilla und einem Bären, und sein Fell hatte die bräunliche Röte von getrocknetem Blut. Zwei kurze Hörner wuchsen ihm aus der Stirn, und ein langer, peitschenartiger Schwanz glitt hinter ihm durch den Sand. Aus seinem Maul züngelte eine gegabelte Schlangenzunge, und bei jedem Schritt wischte sein Schwanz von einer Seite zur anderen.

Der andere Knecht war nur unbedeutend größer als ein normaler Mann. Seinen Körper bedeckte ein Umhang aus schwerem Tuch. Er hatte einen haarlosen Schädel, der viel zu lang und zu schmal war. Sein Gesicht wirkte wie das einer Fledermaus, seine Ohren waren spitz und lagen zurückgeklappt an seinem Kopf an, seine Nase war klein und eingesunken, und sein dünner, lippenloser Mund wies viel zu viele spitze Zähne auf. Aus seinem kreideweißen Gesicht blickten gelbe Katzenaugen gierig auf das Kloster. Dann streckte er eine lange dünne Hand aus dem Umhang, um den dreien über ihm in der Luft ein Zeichen zu geben. Mehrere Zentimeter lange Fingernägel schimmerten am Ende der schlanken Finger.

Die drei geflügelten Kreaturen sanken herab, um sich mit ihren Gefährten am Rand der Ostmauer zu vereinen. Der Pontiff konnte nicht spüren, ob sich noch mehr als diese sieben irgendwo in den Wolken versteckten. Der Knecht mit dem dunklen Umhang sprach kurz mit dem fliegenden Schatten und zeigte dabei zwei Reihen von gelben Zähnen. Ihr Gespräch war eine Mischung aus menschlicher Rede und tierischen Grunz- und Quieklauten. Schließlich näherten sich die beiden dem Tor. Die dunkle, vogelartige Schattengestalt hinterließ keinerlei Fußspuren, als sie über den nassen Sand glitt, einen halben Schritt hinter dem bleichen dünnen Mann. Nach einem Moment sprach der erste Knecht mit einer lauten, klaren und menschlichen Stimme.

»Ich bin Orath, die rechte Hand von Daemron. Die Dunkle hinter mir ist Raven, oberste Ratgeberin unseres Herrn. Gib uns die Krone, dann werden wir euer Leben verschonen. So lautet mein Versprechen.«

Der Pontiff antwortete nicht. Das war auch nicht nötig. Der Orden begriff die wahre Natur des *Schlächters.* Keiner von ihnen würde sich freiwillig diesen Dämonen ergeben, auch wenn keiner von ihnen hoffen durfte, die bevorstehende Schlacht zu überleben.

Einen Moment herrschte Ruhe, dann flüsterte die Raven genannte Gestalt Orath etwas ins Ohr. Wieder erhob er die Stimme und zeigte seine winzigen spitzen Zähne.

»Raven hat großen Einfluss auf unseren Meister. Ergebt euch, dann wird sie dafür sorgen, dass ihr belohnt werdet, wenn unser Meister zurückkehrt, um wieder über diese Welt zu herrschen.«

Die Knechte würden das Monasterium vernichten und jeden, der sich darin befand, töten. Der Pontiff wusste das ebenso gut wie die Mönche. Für sie ging es nicht darum, diesen Kampf zu gewinnen, sondern für Cassandra Zeit zu gewinnen. Wieder antwortete der Pontiff nicht, sondern streckte stattdessen eine Hand hoch in die Luft. Auf sein stummes Kommando hin konzentrierten sich die Mönche, fokussierten ihren Geist und verstärkten so den Schild, der das Monasterium schützte und von ihren unaufhörlichen Gesängen gespeist wurde.

Orath begriff, dass er keine Antwort bekommen würde. Er drehte sich wieder zu seinen Gefährten um und redete erneut in dieser seltsamen, halb menschlichen, halb animalischen Sprache. Raven blieb an seiner Seite, aber die beiden anderen geflügelten Kreaturen erhoben sich in die Luft und kreisten hoch über den Mauern des Monasteriums. Dabei flogen sie immer wieder durch die dunklen Sturmwolken.

Die Zwillinge krochen um das Monasterium herum auf die Westseite der Festung, wo sie am Fuß der Mauer geschäftig hin und her krabbelten. Sie wurden von der ChaosBarriere in Schach gehalten, die der dunkle Stein ausstrahlte. Der Gorillabär baute sich am Fuß der Südmauer auf. Sein Schweif fegte hin und her, und seine Schlangenzunge zuckte erwartungsvoll immer wieder aus seinem Maul.

Orath und Raven hatten sich an den Händen gefasst und hoben ihre Arme zum Himmel, während sie eine langsame Litanei aus mystischen Silben artikulierten. Über ihren Köpfen bildete sich ein kleiner Ball aus abscheulich grünem Licht – das Chaos sammelte sich. Während sie mit ihrem Gesang fortfuhren, wurde der Ball immer größer, und das Leuchten intensivierte sich. Der Wind heulte und peitschte den Regen, sodass Wasserschleier nahezu waagerecht durch die Luft zischten. Donnerschläge übertönten die widerlichen Worte böser Hexerei. Der Ball des heraufbeschworenen Chaos maß jetzt fast anderthalb Schritt im Durchmesser, und sie sangen immer noch.

Plötzlich begann sich der Boden unter den Füßen der Mönche, die das immer noch verschlossene Portal in der Ostwand bewachten, zu bewegen. Das schwache Rumpeln verstärkte sich rasch zu einem mächtigen Beben, die Erde schüttelte sich und schleuderte etliche Mönche zu Boden. Die Mauern des Monasteriums selbst begannen zu schwanken, als die Erdstöße immer stärker wurden und der Sand der Wüste wie in einer stürmischen See zu wogen anfing.

Der Pontiff konnte nichts tun, als seinen Willen zu fokussieren und zu versuchen, den Schutzschild rund um das Monasterium aufrechtzuerhalten. Er kanalisierte die Macht des gesamten Ordens in sich selbst, in einem fruchtlosen Versuch, sich der vereinten Magie der beiden Knechte jenseits des Tores zu widersetzen.

Raven und Orath standen da, bewegungslos bis auf ihre singenden Münder. Nicht einmal die Erdstöße, die das Fundament der Ordensfeste erschütterten, konnten ihnen etwas anhaben. Der Ball des Chaos über ihnen war mittlerweile auf fast sieben Meter Durchmesser angeschwollen und glühte mit der Intensität einer grünen Sonne. Die beiden Kreaturen bewegten sich vollkommen synchron, als sie ihre erhobenen Arme nach unten rissen und auf die Knie sanken. Der brennende Chaos-Ball bohrte sich in den Boden.

Der Himmel explodierte förmlich unter ohrenbetäubenden, unaufhörlichen Donnerschlägen; ein gewaltiger Riss tat sich im Boden auf und zuckte von den Füßen der beiden Knechte bis zu den Mauern des Monasteriums. Die Ostmauer wurde förmlich gesprengt; die steinernen Portale verbogen sich, schmolzen und zerbarsten mit einem widerlich kreischenden Krachen.

Der Schild war zerbrochen, der Schutzzauber überwunden, und das Kraftfeld um das Monasterium löste sich augenblicklich auf. Die Knechte, die am Boden standen, sprangen auf die Bastionen des Monasteriums, wobei sie sich beim Hinaufklettern mit ihren Krallen an der vollkommen glatten Oberfläche festhielten. Sie ließen sich auch von den grellen blauen und weißen Blitzen nicht irritieren. Feuerstrahlen schossen aus den Wolken herab und trafen die Mönche auf den Zinnen.

Die Stärksten von ihnen wurden nur von den Füßen gerissen; ihre Umhänge qualmten von der Hitze der Feuerstrahlen, aber sie widerstanden der schrecklichen Macht des Chaos. Diejenigen, die nicht stark genug waren, um zu widerstehen – mehr als die Hälfte der Mönche auf den Mauern –, wurden von den Strahlen verzehrt. Ihre Körper verbrannten augenblicklich zu Asche.

Das geflügelte Reptil schwebte aus den Wolken herab und ließ sich auf der Südmauer nieder, wo nur zwei Mönche den ersten Angriff überlebt hatten. Kurz darauf kletterte auch der unförmige Gorilla über den Rand der Zinnen. Sein unmenschliches Brüllen übertönte das ledrige Schlagen der fledermausartigen Flügel seines Gefährten.

Einer der überlebenden Mönche erhob sich auf die Knie und ließ seinen Stab in Erwartung des Kampfes über seinem Kopf wirbeln. Der reptilartige Knecht trat vor und stieß einige mystische Machtworte aus. Als der Mönch versuchte, sich aufzurichten, konnte er seine Beine nicht bewegen. Weitere Beschwörungen sprudelten über die schuppigen Lippen des Reptils, und augenblicklich war der Mönch zu weißem Marmor erstarrt … Eine Statue, auf deren Gesicht ein Schrei abgrundtiefen Entsetzens für alle Ewigkeit eingemeißelt schien.

Der zweite Knecht auf der Mauer, die Gorillabestie, schlug mit ihrem Schwanz zu und bohrte die giftige Spitze tief in die Kehle des zweiten Mönchs, einer Frau, bevor diese ihren mit Runen besetzten Stab benutzen konnte. Der Leichnam fiel schlaff von den Zinnen und zerschmetterte auf dem Steinboden des Hofs, fast zwanzig Meter tiefer. Die Kreatur sprang von der Bastion hinab und landete auf allen vieren im Innenhof des Monasteriums. Das Reptil folgte ihr und glitt sanft auf seinen Fledermausschwingen hinunter.

Auf der Nordmauer kämpften drei Mönche verzweifelt gegen den Knecht, der wie ein makaberer Engel aus dem Himmel herabgestiegen war, um sich ihnen zu stellen. Sein vertrockneter Körper stank nach Staub und Tod. Die Mönche griffen ihren ausgemergelten Feind an, und ihre Stäbe bildeten einen wirbelnden Schleier, als sie angriffen. Jedes Mal, wenn ein Stab aus Versehen gegen die Mauer schlug, löste sich ein Stück Stein in Staub auf, weil er von der vernichtenden Macht getroffen wurde, die durch die Runen auf den Stäben der Mönche kanalisiert wurde. Aber ihr Feind war sehr behände, duckte sich und sprang über einen Angreifer hinweg, während er gleichzeitig einem zweiten Schlag seitlich auswich. Es stank faulig nach den

Federn, die aus seinen verrottenden Flügeln fielen; sie flatterten wie verrückt im Wind, bevor sie sanft auf dem Steinboden landeten.

Der Knecht sang eine Anrufung und wob mit seinen verwelkten Händen Muster in die Luft, während er den tödlichen Schlägen der Mönche auswich. Der Steinboden der Bastion schmolz plötzlich und wurde zu Schlamm, in den die Mönche bis zu den Knöcheln eingesunken waren, bevor sie auch nur begriffen, was da passierte. Im nächsten Augenblick verhärtete sich der Stein wieder, und sie waren gefangen.

Dann stimmte ihr Feind eine neue Anrufung an und hob seine abgemagerten Arme zu dem dunklen Himmel hinauf, während er langsam zurückwich. Die Mönche versuchten verzweifelt, sich zu befreien, als sich ein dunkler Nebel aus den schwarzen Wolken über ihnen löste. Der Knecht sah stumm und zufrieden zu, wie sich der Nebel über die hilflosen Mönche legte. Die Kreatur blieb außerhalb der giftigen Wolke und lauschte den Schreien der Menschen, als der Nebel ihr Fleisch auflöste, Haut und Muskeln verzehrte und ihr Blut in kochenden roten Rauch verwandelte. Nur wenige Augenblicke später brachen drei Skelette auf den Zinnen zusammen. Die Knochen ihrer Füße und ihre Knöchel steckten immer noch im Steinboden fest.

Auf der westlichen Seite kletterten die beiden kriechenden Zwillinge über die Bastionen. Die vier überlebenden Mönche griffen sie an, aber im selben Moment materialisierte sich eine drei Meter hohe Eismauer vor ihnen und versperrte ihnen den Weg. Die Mönche griffen sie an, und sie schmolz, als sie das Chaos mit ihrem Willen auflösten. Aber die Zeit, die sie benötigt hatten, um die Magie ihres Feindes zu neutralisieren, hatte den Zwillingen Zeit gegeben, einen mächtigen Bann zu wirken, mit dem sie das Chaos kanalisierten. Noch während die Eismauer schmolz, fegte eine gewaltige magische Böe die Mönche von den Füßen und wirbelte sie wie trockene Blätter durch die Luft. Sie wurden von den Zinnen gefegt und durch den Hof geschleudert, bis sie am anderen Ende des Hofs gegen die Mauer prallten. Der Widerhall dieses Krachens übertönte selbst das Geräusch von brechenden Knochen und gespaltenen Schädeln.

Raven und Orath erhoben sich, immer noch Hand in Hand. Auf ein Zeichen des Pontiffs hin stürzten die Mönche, welche die Ostmauer bewachten, durch die Bresche, um anzugreifen. Aber Strahlen aus schwarzem Feuer zuckten aus Ravens Augen und trieben sie zurück. Es gelang den Mönchen, einen magischen Schild aufzurichten, der die dunklen, tödlichen Flammen ablenkte, eine Variation des Schildes, mit dem sie zuvor das Monasterium geschützt hatten. Aber einige Mönche waren zu schwach, um dem Bann der Zauberin zu widerstehen, und wurden von den magischen Flammen verzehrt, die durch ihre persönliche Schutzbarriere schlugen.

Orath warf den Kopf in den Nacken und brüllte zum Himmel empor. Die Mönche, die in seiner Nähe waren, stürzten zu Boden, als sie das grauenvolle Geräusch hörten. Ihre Körper wurden von Krämpfen gepackt und geschüttelt, während das Gehirn in ihren Schädeln zu grauem Brei zerschmolz.

Keiner der Mönche, der die Zinnen bewacht hatte, war noch am Leben, und von den zwei Dutzend Mönchen, welche die Portale schützen sollten, war fast die Hälfte tot oder lag im Sterben. Die Überlebenden wichen zurück und umringten den Pontiff in einem verzweifelten Versuch, ihren Anführer zu beschützen. Aber noch bevor sie einen Gegenangriff starten konnten, stürzten sich die Knechte auf sie.

Orath und Raven hielten sich zurück, während die anderen fünf Kreaturen die Mönche in einen kurzen, blutigen Kampf verwickelten. Die Angehörigen des Ordens waren zu langsam, als dass sie ihre Stäbe wirkungsvoll gegen die überirdisch schnellen Knechte hätten einsetzen können. Die Kreaturen fegten durch die Gruppe der hilflosen Sterblichen und zerfetzten sie mit ihren Krallen, Klauen und Zähnen. Innerhalb von Sekunden wälzten sich schwer verletzte Mönche am Boden, viele mit aufgeschlitzten Bäuchen, verstümmelt von der Wut ihrer unmenschlichen Feinde. Große Blutpfützen, die selbst der Wolkenbruch nicht wegwaschen konnte, bedeckten den Boden rings um die Mönche.

In kürzester Zeit war die gesamte Streitmacht des Ordens durch die Wildheit und Brutalität ihrer Feinde ausgelöscht worden. Allein der Pontiff lebte noch, aber er konnte nur machtlos zusehen. Sein Körper war von Orath mit einer magischen Starre belegt worden – er war schon seit dem Anfang des kurzen, brutalen Kampfes paralysiert und hatte so seinen sterbenden Brüdern und Schwestern nicht zu Hilfe kommen können. Der Knecht hatte die Bemühungen des Pontiffs, sich gegen die Macht des Chaos zu verteidigen, einfach beiseitegewischt und das mächtigste Mitglied des Ordens schutzlos der Wirkung seines Bannes ausgesetzt.

Jetzt näherte sich Orath dem Gemetzel und betrachtete die Stätte seines Sieges mit einem widerlichen Lächeln auf den dunkelblauen Lippen. »Ermus, Cerus, die Überlebenden gehören euch.« Die kriechenden Zwillinge suchten sich krabbelnd und systematisch den Weg über das Schlachtfeld. Mit ihren Schweineschnauzen zerfetzten sie die Kehle jedes Mönchs, der noch zuckte oder sonst ein Lebenszeichen von sich gab.

Während Ermus und Cerus ihren Feinden den Rest gaben, zerbrachen die anderen Knechte die verzauberten Stäbe der Mönche. Dabei blitzte jedes Mal ein strahlendes Licht auf, wenn das Chaos freigesetzt wurde. Die Knechte fingen die freigesetzte Energie auf, sogen sie in sich hinein und verzehrten die Magie, die in diesem mit Runen besetzten Holz gespeichert gewesen war. Der Pontiff wurde von dem mächtigen Bann ihres Anführers gehalten und konnte nichts anderes tun als zuzusehen. Oraths Zauber erlaubte ihm nicht einmal, die Augen vor dieser grauenvollen Szenerie zu verschließen.

»Genug!«, rief der Anführer der Knechte schließlich. »Die Zeit wird knapp. Gort, Draco, sucht die Krone.«

Draco, das Reptil, und Gort, der Gorillabär, verschwanden im Inneren des Monasteriums und machten sich auf die Suche nach dem uralten Artefakt. Ermus und Cerus, die kriechenden Zwillinge, führten derweil ihr blutiges Geschäft fort, während die anderen ungeduldig darauf warteten, dass Draco und Gort mit ihrer Beute zurückkehrten.

Der Pontiff empfand trotz der vollständigen Vernichtung des Ordens, und obwohl er ohnmächtig im Griff seiner Feinde gehalten wurde, so etwas wie Genugtuung. Die Knechte würden nicht finden, wonach sie suchten; alles, was geblieben war, war ein Haufen Asche in dem kleinen Raum ganz unten in der Bibliothek.

Es dauerte fast eine Stunde, bis sie schließlich mit leeren Händen zurückkehrten. »Sie ist verschwunden!«, zischte der Alligator. »Selbst die Bibliothek ist zerstört. Sie haben alle Manuskripte in Brand gesetzt. Alles ist verbrannt.«

Hätte er es vermocht, hätte der Pontiff laut gelacht.

Orath trat dichter an Nazir heran. Seine ausgemergelten Gesichtszüge verzogen sich zu einer finsteren Miene, während sich die Pupillen seiner gelben Augen verengten. »Dein Versuch, unsere Suche zu behindern, wird dir nichts nützen. Und die Rückkehr unseres Meisters wird nicht so leicht zu verhindern sein. Scirth wird in Erfahrung bringen, was wir wissen müssen.« Die letzten Worte stieß er in einem drohenden Flüstern hervor. Dann winkte Orath den ausgemergelten Knecht mit den Engelsflügeln zu sich.

Scirth trat zu ihnen und legte eine knochige Hand um die Kehle des Pontiffs. Nazir fühlte, wie durch diese eisige Berührung seine Lebenskraft, seine Essenz aus dem Körper gezogen wurde. Sein Geist wurde ihm genommen, wurde in den hageren, knochigen Arm von Scirth gesogen. Und mit seinem Geist verließen ihn auch seine Gedanken und seine Erinnerungen.

»Sie hatten die Krone einmal hier, aber sie ist verschwunden.« Scirths Stimme war leise und rau. »Sie wurde weggeschafft, als wir kamen … Sie wurde von einem Mitglied des Ordens nach Osten gebracht. Dieser Kampf diente nur dazu, uns aufzuhalten.«

Der Pontiff kämpfte gegen die Magie von Scirth an, beschwor seinen eigenen Willen, um sein Wissen bei sich zu behalten, die Geheimnisse vor den Knechten zu verbergen, die sie nicht erfahren durften.

Der Mumifizierte erbebte, und seine verrotteten Flügel zitterten leicht. Scirth lachte, ein grausames und böses Lachen. »Er versucht, gegen mich anzukämpfen, General. Er weiß sehr vieles, das er verborgen halten möchte.«

»Setz die Befragung fort!«, befahl Orath. »Er muss die Lage der anderen Artefakte kennen. Deshalb haben sie ja die Bibliothek verbrannt, damit wir nicht in Erfahrung bringen können, wo sie versteckt sind.«

Der Pontiff spürte, wie Scirth den Griff um seinen Hals verstärkte, spürte, wie die tastenden Gedanken des Knechts in seinen Geist eindrangen. Und er fühlte, wie sein Körper schwächer wurde, wie er unter der Berührung von Scirth welkte und alterte.

»Es gibt noch einen. Einen Mönch, aber der ist kein Freund des Ordens. Bei ihm ist ein junger Hexer von großer Macht. Sie haben demjenigen geholfen, der von der Krone vernichtet wurde.«

Orath nickte. »Wie Daemron es vorhersah. Ein Paladin ist unter den Sterblichen erschienen; ein Kind, berührt vom Chaos, der Auslöser für die Rückkehr des Meisters. Was noch? Wohin hat er die Krone geschickt?«

»Sein Verstand ist sehr stark«, gab Scirth zurück. »Vieles ist noch verborgen. Ich muss tiefer graben.«

Scirth setzte seine geistige Invasion fort. Der Pontiff spürte, wie seine Gedanken von dem Geist des Knechts grausam bezwungen wurden, selbst während er darum kämpfte, die wichtigsten Geheimnisse vor einer Entdeckung zu bewahren. Verzweifelt schlug der Pontiff mit seinem ganzen Willen zu, versuchte zu zerstören, was ihn zerstörte. Scirth keuchte und zuckte zurück, als wäre er gestochen worden. Er ließ die Kehle des Pontiffs los. Nazir brach auf dem Boden zusammen; sein Körper war jetzt der eines steinalten Mannes.

»Was ist los?«, wollte Orath wissen.

»Sein Verstand ist sehr stark«, wiederholte Scirth. »Er hat die Krone getragen. Er ist nicht mehr nur ein Sterblicher, sondern er wurde von der Magie der Alten Götter berührt. Diese Angelegenheit ist schwierig und wird ein wenig Zeit kosten. Hab Geduld, mein General.«

Orath runzelte die Stirn. »Je mehr Zeit wir benötigen, desto größer wird der Vorsprung der flüchtigen Mönche.«

»Ich darf nichts überstürzen«, warnte ihn Scirth. »Ich will seinen Verstand nicht beschädigen oder zerstören. Er muss sehr sorgfältig durchsucht werden. Er kennt die Lage aller Artefakte, das konnte ich spüren. Wir brauchen die Bibliothek nicht, sondern wir bekommen mit etwas Geduld alle Informationen, die wir benötigen, von diesem hier. Aber er schützt sich und seine Geheimnisse gut. Ich muss ausruhen, bevor ich es erneut versuche.«

Scirth legte sich auf den Boden, rollte seinen hageren Körper zu einem engen Ball zusammen und faltete seine verfaulten Schwingen über sich. Orath beobachtete ihn ungeduldig, während die anderen die Leichen der Mönche durchsuchten. Sie wollten alles erbeuten, was einen Wert hatte. Niemand achtete auf die gebrechliche Gestalt des Pontiffs auf dem Boden.

Langsam und behutsam, damit seine Feinde es nicht bemerkten, sammelte der Pontiff, was von seiner Kraft noch übrig war, und tauchte tief in den Brunnen der latenten Macht, die sich in ihm befand. Seine Feinde wussten, dass er eine sehr stark ausgeprägte *Sicht* besaß, aber sie vermuteten noch nicht, dass er ebenfalls über die *Gabe* verfügte. Sie war zwar nie sonderlich stark in ihm gewesen, und er hatte diese unheilige Fähigkeit auch nie weiterentwickelt. Er hatte sie nicht ein einziges Mal zu benutzen versucht, seit er vor fast vierzig Jahren in das Monasterium gekommen war. Aber die *Gabe* war ein Teil von ihm geblieben, wie klein dieser Teil auch sein mochte.

Er sammelte das Chaos in winzigen Mengen. Alles um ihn herum wurde dunkel, als der Pontiff seine magische Fähigkeit der *Sicht* verlor. Er leitete seine ganze Energie in eine andere, wichtigere Aufgabe.

Orath ging ungeduldig hin und her, weil er es kaum abwarten konnte, die Befragung fortzusetzen. Wütend trat er gegen die zusammengekauerte Gestalt von Scirth, sodass der hagere Körper rücklings im Dreck landete. Der Knecht warf dem mächtigen Anführer einen hasserfüllten Blick zu und stand dann langsam auf.

»Also gut, ich mache weiter.«

Dann näherte er sich der zitternden, am Boden liegenden Gestalt des Pontiffs, bereit, den Geist und die Seele seines Gefangenen bloßzulegen. Aber als er seine Hand ausstreckte, spürte er etwas und hielt inne. »General, er sammelt Chaos.«

Bevor Orath reagieren konnte, schlug der Pontiff zu. Er ließ das Chaos in einem einzigen konzentrierten Strahl tödlicher Energie frei. Allerdings richtete er den Angriff nicht gegen seine Feinde – ihre Macht war viel zu groß –, sondern gegen sich selbst. Das Herz in seiner Brust zerplatzte mit einem hörbaren Knall. Der Pontiff starb augenblicklich und nahm sein Wissen über die Artefakte mit sich in den Tod.

Orath sprang vor und packte den welken Leichnam des Pontiffs, hob ihn vom Boden hoch. Seine gelben Fingernägel gruben sich tief in das trockene Fleisch des abgemagerten Oberarms, und er durchflutete den Leichnam mit der Macht des Chaos, um die tödliche Verletzung rückgängig zu machen. Aber so groß seine Magie auch sein mochte, der Knecht konnte den Toten nicht wieder zum Leben erwecken. Nach kurzer Zeit begann der Leichnam des Pontiffs zu dampfen und zu qualmen; die Haut platzte auf und warf Blasen, und eine stinkende Flüssigkeit quoll aus seinen Wunden. Angewidert ließ Orath den leblosen Körper zu Boden fallen.

»Scirth«, sagte der Anführer der Knechte schlicht, »du hast versagt.«

Scirth fiel auf die Knie und hob bittend seine Hände.

»Bitte, mein General. Es war nicht meine Schuld.« Seine leise raue Stimme quiekte jetzt fast vor Entsetzen. »Gib mir eine zweite Chance, ich flehe dich …«

Scirths Bitten erstarben auf seinen Lippen, als Orath seine Hand auf den Kopf des vor ihm knienden Knechts legte. Eine Kugel aus weißem Licht hüllte sie kurz ein und blendete die anderen Knechte. Als das Licht verblasste, stand Orath alleine da. Seine Hand schwebte über einem Haufen Staub, der von dem heulenden Wind rasch verweht wurde.

Dann kehrte Orath dem Rest von dem, was einst der Knecht Scirth gewesen war, den Rücken zu und zog den Umhang fester um seinen nackten blauen Körper. »Raven, ich weiß, dass du nicht versagen wirst. Wende dich nach Osten. Finde den Mönch, der mit der Krone flieht.«

Raven antwortete nicht, sondern stieg einfach nur in die Luft empor. Ihre schattige Gestalt verschwand in den dunklen Sturmwolken, die immer noch drohend über dem Monasterium hingen.

»Vernichtet diesen Ort!«, befahl Orath den anderen. »Macht ihn dem Erdboden gleich. Nichts und niemand darf überleben, und nicht ein einziger Stein dieser Mauern darf ganz bleiben. Befreit das Chaos, das darin eingeschlossen ist, und verstreut den Staub dieses Platzes im Wind. Wir werden die Erinnerung an diesen Ort auslöschen, so wie wir alle vernichten werden, die sich der Rückkehr unseres Meisters widersetzen.

Und dann beginnen wir mit der Suche nach den anderen Artefakten!«

35

Cassandra hatte nicht geschlafen, seit der Pontiff sie weggeschickt hatte. Jedenfalls nicht richtig. Sie war ständig auf der Flucht. Sie machte nur dann eine Pause, wenn sie ein neues Pferd brauchte, weil dasjenige, das sie ritt, vor Erschöpfung zusammenzubrechen drohte, oder wenn sie für sich selbst Nahrung und Wasser benötigte.

Ansonsten hatte sie nicht gewagt, mit irgendjemandem zu sprechen; nicht einmal, als sie einen Pilger in unmittelbarer Nähe bemerkt hatte. Nach dem Verrat von Jerrods Anhängern konnte sie nicht mehr sicher sein, dass ein Angehöriger des Ordens auch unbedingt ein Verbündeter war.

Sie zügelte ihr Pferd und ließ es in einem langsamen Trott weitertraben, um seine Kraft zu schonen. In den Südlanden bekam sie leicht ein neues Pferd. Es genügte ein Blick auf ihre milchig weißen Augen, dass man sie als Angehörige des Ordens erkannte. Dadurch bekam sie immer, was sie wollte, und zwar ohne Fragen. Jetzt jedoch lagen die Südlande hinter ihr.

An diesem Morgen war sie über die Grenze der letzten Provinz geritten, die sich den Sieben Hauptstädten beugte, und hatte den Eisigen Osten betreten, das Land der Barbaren und Wilden. Die trostlose Tundra erstreckte sich endlose Meilen vor ihr, ohne dass Gebäude oder auch nur Spuren einer Besiedlung zu sehen gewesen wären. Die einzigen Menschen, denen sie hier draußen begegnen würde, waren Nomaden, Jäger, die niemandem Loyalität entgegenbrachten außer ihrem Häuptling. Und sie respektierten weder die Angehörigen des Ordens noch die Mission ihrer Abgesandten, sie hatten nicht sonderlich viel für sie übrig.

Hier war sie wirklich allein. Dieses Pferd musste also länger durchhalten.

Das langsame Dahintrotten lullte sie ein, und sie ließ sich in eine tiefe Meditation sinken, während sie ritt. Aber Meditation war kein Ersatz für das, wonach ihr erschöpfter Körper sich sehnte. Ihre Meditation wurde immer tiefer, und ihr tranceähnlicher Zustand glitt rasch in die warme Dunkelheit echten Schlafs hinüber.

Cassandra träumte.

Sie stand im Sand der Südwüste, während das Monasterium von einer Armee mutierter Dämonen belagert wurde. Das Firmament selbst war aufgerissen, und Tausende und Abertausende dieser widernatürlichen Kreaturen strömten durch den Spalt. Sie überwältigten ihre, Cassandras, Brüder und Schwestern, vernichteten sie und verschlangen selbst das Monasterium mit wilden Bissen, zermalmten den unzerstörbaren Stein Stück für Stück.

Dann schwärmte diese ChaosArmee vom Monasterium aus wie eine sich rasch verbreitende Seuche. Sie überzogen die Südlande, mordeten, vergewaltigten und vernichteten, wohin sie auch kamen. Der Schlächter *selbst wandelte unter ihnen; in ihrem Traum erschien er als Feuersäule, die mehr als dreißig Meter hoch war. Er schritt über das Land und ließ nur qualmende Ruinen hinter sich zurück. Städte brannten und zerfielen zu Asche, wenn er vorüberging. Das Chaos war auf die Welt der Sterblichen losgelassen worden. Der zweite Kataklysmus hatte begonnen.*

Die Wüste verschwand, und Cassandra stand alleine in einem brennenden Feld den vielen tausend Soldaten der

Armee des Schlächters *gegenüber. Die uralte Krone der Alten Götter saß auf ihrem Kopf. Mit ruhiger Zuversicht hob sie die Hand, und eine Welle aus gelbem Licht strömte aus ihrer Handfläche, fegte über die brennende Ebene und erstickte die Feuer des Chaos. Die Dämonen-Armee wurde von dieser magischen Flut hinweggespült, und ihre Schreie gingen in dem dröhnenden Brausen dieses orkanartigen Sturms unter.*

Selbst der Schlächter *konnte der Macht von Cassandras Traum nicht entrinnen. Die goldene Welle des Lichts spülte um seine Knöchel, und Tentakel dieser Helligkeit zuckten empor. Sie wanden sich um seine Beine und hielten ihren Feind in einer tödlichen Umklammerung, krochen an ihm empor und umschlangen all seine gewaltigen Gliedmaßen. Der* Gefallene *brüllte seinen Trotz heraus, aber er war nicht in der Lage zu entkommen. Die Macht der Krone, die Cassandra freigesetzt hatte, verdammte ihn zur Hilflosigkeit. Die gelben Tentakel des magischen Lichts wurden dicker und länger, schlangen sich über seinen Oberkörper und seine Brust. Sie banden seine Arme, wanden sich um seinen Hals und seinen Kopf, bis er unter diesen dicken goldenen Schnüren des lebendigen Chaos kaum noch zu erkennen war.*

Cassandra ballte ihre Faust. Die schlangengleichen Tentakel ihres Zaubers zogen sich langsam zusammen und quetschten das Leben aus der Flammensäule, die der Schlächter *war. Der Feind kreischte und stürzte zu Boden. Bei seinem Aufprall bebte die Erde.*

Triumphierend hob Cassandra beide Hände über ihren Kopf und beschwor die uralte Magie der Alten Götter, die dem Artefakt auf ihrem Kopf innewohnte. Sie spürte, wie das Chaos sich sammelte, wie es zu einem unvorstellbaren Crescendo anschwoll …

Sie erwachte aus ihrem Traum, weil ihr Pferd auf dem unebenen Boden gestolpert war. Und sie spürte das

Gewicht der Krone, die ihr der Pontiff in einem unauffälligen Beutel übergeben hatte, weil sie bei jedem Schritt ihres Pferdes gegen ihren Schenkel schlug. Sie spürte, wie das Artefakt sie rief, sie drängte, die Macht der Alten Magie für sich zu nutzen.

Der zweite Kataklysmus stand bevor, aber mit der Krone hatte sie die Macht, ihn aufzuhalten. Sie konnte sich gegen den *Schlächter* stellen und ihn ein für alle Mal vernichten. Sie konnte der Paladin werden, den Jerrod in seinen Visionen gesehen hatte; genau das wäre ihre Bestimmung gewesen, hätte man Rexol erlaubt, sie auszubilden, bis sie erwachsen geworden war!

Cassandra schüttelte den Kopf, um diese wahnsinnigen Gedanken zu vertreiben, die sie gerade gepackt hatten. Ihr Traum war nicht die Vision eines Sehers gewesen; dies hier waren die fieberhaften Fantasien eines Hexers. Sie glaubte fast, Rexols Gegenwart in ihrem Kopf spüren zu können, zu fühlen, wie er sie zu diesem Wahnsinn drängte. Es war fast so, als wäre sie immer noch von der Wirkung des Zaubers ihres alten Meisters vergiftet. Sie konnte die Magie der Krone unmöglich beherrschen. Das Chaos in dem Artefakt würde sie verschlingen und vernichten, so wie es jeden Sterblichen töten würde, der wagte, es zu benutzen.

Selbst Rexol war trotz all seines Wissens über Magie und uralte Macht nicht in der Lage gewesen, das Artefakt zu beherrschen. Stattdessen hatte er dem *Schlächter* eine Brücke in die Welt der Sterblichen gebaut. In seinem Wahn, ein Gott werden zu wollen, hatte Rexol erst die Ereignisse in Gang gesetzt, die den zweiten Kataklysmus ankündigten.

Der Pontiff hatte das begriffen. Er hatte gewusst, dass das Artefakt zu jemandem gebracht werden musste, der es niemals benutzen würde. Zu einer Person mit der Macht, es gegen die Knechte zu verteidigen. Diese Person war der Wächter. Sie hatte ihn während ihrer jüngsten Meditationen gesehen. Nicht während dieser Erschöpfungsfantasien, wie sie gerade eine erlebt hatte, sondern in echten Visionen. Der Wächter rief sie zu sich, sprach zu ihr durch ihre *Sicht* und führte sie, wie der Pontiff es versprochen hatte.

Nach Osten, sagten ihr die Visionen. Ostwärts über die gefrorene Einöde, die von wilden, barbarischen Stämmen beherrscht wurde, die sie auf der Stelle ermorden würden, wenn sie sie zu Gesicht bekämen. Ostwärts durch die tödliche Kälte von Eis und Schnee, die sie jenseits der Grenze zum endlosen Winter erwartete. Ostwärts über die unpassierbaren Berge, die sich am Rand der Welt erhoben. Dort würde der Wächter auf sie warten, der letzte der Alten, der einzige der ChaosBrut, der sich nicht dem *Schlächter* bei seinem Feldzug angeschlossen hatte, die Götter zu stürzen.

Cassandra hatte dem Pontiff geschworen, die Krone dem Wächter zu bringen. Sie würde ihr Gelübde erfüllen und sich von der ständig wachsenden Versuchung befreien, die allmächtige, aber unkontrollierbare Macht dieses Artefakts für sich zu nutzen. So lautete ihr Vorsatz … falls sie diese Reise überlebte.

36

Seit Rexols Tod waren drei Wochen vergangen. Drei Wochen einer nicht enden wollenden Flucht, mit nur wenigen, sehr kurzen Pausen. Jerrod hatte darauf bestanden, die Haupthandelswege zu meiden, und hatte in Siedlungen immer nur so lange Rast gemacht, wie nötig war, um ihre Vorräte aufzufrischen. Er weigerte sich, in einer Herberge zu übernachten. Stattdessen hatten sie ihre improvisierten Lager in den Wäldern aufgeschlagen.

Die Wege, denen sie folgten, konnte man nicht einmal Straßen nennen. Es waren zumeist überwucherte Pfade, die schon lange von ehrbaren Reisenden gemieden wurden. Einige, wie zum Beispiel der, auf dem sie sich jetzt befanden, schienen direkt durch den dichtesten Urwald zu führen. Ihre Pferde stolperten über den unebenen Boden und die Wurzeln, und Keegans Hände und Gesicht waren von den tief hängenden Zweigen und Sträuchern zerkratzt. Trotzdem kamen sie schnell voran. Bis jetzt hatten sie keine Anzeichen von irgendwelchen Verfolgern gesehen. Jerrod trieb sie dennoch unaufhörlich an, wie ein Besessener. Ein Fanatiker.

Was er schließlich auch war. Keiner der beiden Männer neigte zur Gesprächigkeit, aber trotzdem hatte Keegan auf ihrer langen Reise festgestellt, dass sein Reisegefährte eben das war, ein Fanatiker. Jerrod war vollkommen von der Idee besessen, dass Keegan der prophezeite Retter der Welt wäre. Und so verrückt es auch klingen mochte, Keegan konnte die unerschütterliche Überzeugung seines Gefährten nachvollziehen. Jerrod besaß die *Sicht,* und er hatte Keegans Zukunft in seinen Visionen gesehen.

Keegan war ebenfalls mit der *Sicht* gesegnet und konnte von daher abschätzen, wie lebhaft und mächtig sich eine Vision anfühlte. Bei Jerrod brannte sie mit einer Intensität, die die reale Welt verblassen ließ. Es war leicht nachzuvollziehen, dass diese Visionen den Mönch dazu getrieben haben konnten, trotz aller Widerstände sein ganzes Leben einer einzigen Sache zu widmen.

Aber Keegan selbst war schon von Visionen heimgesucht worden, die am Ende nicht eingetroffen waren. Er wusste, dass die Zukunft in vielerlei Hinsicht formbar war. Durch Rexol hatte er genug über das Chaos gelernt, um zu begreifen, dass alles, was so klar und real zu sein schien, oft nur ein verwirrendes Durcheinander von Symbolismus, verborgenen Bedeutungen und Verschleierungen war.

Trotz Jerrods Hartnäckigkeit sah Keegan sich nicht als den angekündigten Erretter. Dennoch kam ihm dieses Schicksal nicht mehr ganz so lächerlich vor, wie es noch vor drei Wochen der Fall gewesen war. Das Chaos strömte stark durch seine Adern. Selbst Rexol hatte zugegeben, dass er das Potenzial besäße, der größte Hexer zu werden, den die Südlande jemals gesehen hatten. Wenn die Barriere des *Vermächtnisses* tatsächlich zusammenbrechen würde, über wie viel mehr Macht würde Keegan dann verfügen? Vielleicht war er dann tatsächlich in der Lage, sich dem *Schlächter* und seiner Invasionshorde entgegenzustellen.

Er lachte leise, während er sich aus einem Reflex heraus duckte und den Kopf abwandte, um einem Zweig auszuweichen, der es offenbar darauf abgesehen hatte, ihm ein Auge auszustechen. Was er da dachte, waren Gedanken eines labilen Verstandes. Sie waren das Ergebnis von Reisemüdigkeit und der Wirkung der Hexwurz, die er während ihrer Flucht wieder regelmäßig zu sich nahm. Das Mittel war stärker, als er es gewohnt war; er hatte vier Phiolen von Rexols destilliertem Extrakt in den Habseligkeiten des Magus auf einem der Packpferde gefunden. Bei jeder Mahlzeit nahm er ein paar Tropfen. Das war zwar gefährlich, aber falls der Orden sie jemals überraschen sollte, wollte er in der Lage sein, seine ganze Macht einzusetzen. Er musste nur auf die möglichen Nebenwirkungen aufpassen: leichtsinnige Handlungen, Größenwahn und der Glaube, dass er wirklich der prophezeite Erretter wäre.

Er schob die Dornenzweige beiseite, die an seinen Beinen rissen, als sein Pferd sich tapfer durch ein Dickicht aus Stechginster kämpfte, der quer über den Weg gewachsen war. Dann spie er plötzlich aus. »Ich habe es satt!«

»Was hast du satt?«, erkundigte sich der Mönch gelassen.

»Mir den Weg durch Gestrüpp, Dornenbüsche und Unterholz freizuschlagen! Auf der kalten, harten Erde zu schlafen. Wochenlang durch die Gegend zu reiten, ohne Gelegenheit zu haben, ein Bad zu nehmen.«

»Wäre es dir lieber, deine Zeit angekettet an einer Mauer in einem der Verliese des Pontiffs zu verbringen?«

Keegan duckte sich, um einem weiteren Zweig auszuweichen, und fluchte, als der über seinen Nacken kratzte und einen brennenden Striemen hinterließ. »Dieses Risiko gehe ich gerne ein. Ich bin müde, hungrig und durstig und glaube, dass ich allmählich den Verstand verliere. Ich kann so nicht weitermachen!«

Der Mönch dachte nach.

»Vielleicht habe ich unterschätzt, welche Kraft dich das hier kostet. Ich kann meinen Geist und meinen Körper beim Reiten durch meine Meditationen frisch halten, aber du hast diese Ausbildung nicht genossen. Und wir haben keine Zeit, es dir beizubringen. Ich denke, wir könnten es für dein Wohlbefinden riskieren, eine Nacht in einer kleinen Siedlung zu verbringen.«

Es hat Vorteile, mit einem Gefährten unterwegs zu sein, der einen für den prophezeiten Erretter der Welt hält, dachte Keegan und rieb sich den Striemen auf seinem Nacken. Dann ist er eher bereit, auf meine Wünsche einzugehen.

»Wenn ich mich richtig entsinne, gibt es kaum vier Stunden von hier entfernt eine kleine Ortschaft«, erklärte Jerrod. »Wir könnten heute Abend dort übernachten.«

»Wie heißt sie?« Keegan riss den Arm hoch, um sich vor mehreren Zweigen und Kletterpflanzen zu schützen, die plötzlich vor ihm aufgetaucht waren.

»Ich glaube, der Ort heißt Praeton.«

»Kann ich dir noch etwas bringen, Scythe?«, erkundigte sich Julia.

Scythe blickte an dem jungen Serviermädchen vorbei zu der Gruppe von fünf Männern, die an der Bar lehnten. Sie konnte in dem Lärm der anderen Gäste nicht hören, was sie sagten, aber sie konnte durch den Rauch des Feuers eindeutig die Umrisse ihres Geliebten erkennen. Norrs hünenhafte Gestalt überragte die anderen Männer der Gruppe, als er lachte und seinen zotteligen Kopf in komischem Unglauben schüttelte. Ihre Erfahrung sagte ihr, dass wahrscheinlich Herrick die Gruppe mit einer weiteren lächerlichen Geschichte über seine letzte Reise nach Argot unterhielt, der nächstgelegenen der Sieben Hauptstädte. Entweder das, oder Gil gab wieder eine seiner zotigen Balladen mit seiner schrecklich unmusikalischen Stimme zum Besten.

Auf dem Tresen neben ihrem Geliebten stand ein dicker Humpen. Er war leer und auf den Kopf gestellt, eine Sitte der Ostländer, die Norr sich noch nicht abgewöhnt hatte.

»Ich glaube, wir gehen bald auf unser Zimmer«, antwortete Scythe.

Julia lächelte ihr zu. »Darauf würde ich nicht wetten.« Sie deutete mit ihrem Kinn auf das Tablett mit schäumenden Bierkrügen, das sie in der Hand hielt. »Einer davon ist seiner, und er hat bereits gesagt, dass er danach die nächste Runde spendiert.«

»Dann gehe ich kurz raus und schnappe etwas frische Luft«, erwiderte Scythe, wobei sie das Lächeln der jungen Frau erwiderte.

Julia nickte und verschwand zwischen den Gästen, wobei sie geschickt das Tablett über ihrem Kopf durch die Menge balancierte. Der *Singende Drache* war immer gut besucht und schien das unbestrittene Zentrum des sozialen Lebens in Praeton zu sein.

Es war fast ein Jahr her, seit Norr und sie auf diese verschlafene Kleinstadt gestoßen waren, und in den letzten Monaten war Norr Stammkunde in der Schenke geworden. Sie hatten im Obergeschoss ein Zimmer gemietet. Seit einiger Zeit war es üblich, dass der Barbar etliche Stunden nach Mitternacht die Treppe hochstampfte und Scythe weckte, wenn er in ihr Zimmer polterte, zu betrunken, zu ungeschickt und zu groß, um auch nur den Hauch einer Chance zu haben, sich unbemerkt ins gemeinsame Bett zu schleichen.

Verblüffenderweise konnte diese kleine Ortschaft, Praeton, Norr alles bieten, was er in Städten vergeblich gesucht hatte, die zwanzigmal größer waren. Hier hatte der große Mann Arbeit gefunden und die Chance bekommen, Geld zu verdienen. Während der Ernte war er ständig beschäftigt gewesen und hatte die Arbeit von drei Männern normaler Größe bewältigt. Wenn er nicht auf den Feldern arbeitete, übernahm er Aushilfstätigkeiten rund um die Herberge. Manchmal hatte er Herrick bei seiner Inventur geholfen. Und gelegentlich half er Yusef in der Schmiede. Norrs umgängliches Wesen, seine Bereitschaft, gern mal einen Humpen zu stemmen, sowie seine Fähigkeit, ohne Murren von Sonnenaufgang bis Sonnenuntergang schwer zu schuften, hatten ihm rasch viele Freunde unter den Männern der Stadt eingebracht.

Nein, nicht Stadt, verbesserte Scythe sich stumm. Praeton war kaum mehr als eine Ortschaft. In der kleinen Ansammlung von Gebäuden, welche die Bauern aus der Gegend »Stadt« nannten, lebten nicht einmal einhundert Menschen. Die Einwohnerzahl und die Größe von Praeton hatten sich seit fast einhundert Jahren nicht wesentlich verändert. Das hatten ihr die Bewohner stolz erzählt, als Scythe einmal unvorsichtigerweise danach gefragt hatte. Die meisten Einwohner lebten bereits seit vier oder fünf Generationen hier. Es waren Söhne, die den Bauernhof oder das Geschäft ihrer Eltern geerbt hatten, oder Mädchen aus der Ortschaft, die den Nachbarssohn geheiratet hatten. Fast jeder, der hier lebte, war auch hier geboren worden. Niemand zog freiwillig nach Praeton.

Seltsamerweise jedoch war diese Gemeinschaft alles andere als abweisend. Wie Scythe und Norr bereits an ihrem ersten Tag festgestellt hatten, hießen die Bewohner Fremde mit offenen Armen willkommen, ganz gleich, wer sie waren oder woher sie stammten. Ein paar Tage nach ihrer Ankunft hatte Scythe Norr gegenüber erwähnt, dass der Grund für diese Gastfreundschaft vermutlich der Überdruss der Bewohner war, jeden Tag dieselben Gesichter zu sehen. Ihr Geliebter hatte ihr einen enttäuschten

Blick zugeworfen und erwidert: »Vielleicht sind es einfach nur gute Menschen.«

Wie sich herausstellen sollte, hatte Norr recht. Praeton war tatsächlich von wirklich guten Menschen besiedelt. Norr hatte nicht nur Arbeit in der Ortschaft gefunden, sondern wurde auch toleriert und akzeptiert. Die Leute störten sich weder an seiner blassen Haut noch an seinem flammend roten Haar. Und sein starker Akzent interessierte sie sowieso nicht. Sie betrachteten ihn weder als einen Barbaren noch hielten sie ihn für einen Wilden. Sie sahen in ihm einen Freund, einen Teil ihrer Gemeinschaft. Scythe war genauso bereitwillig akzeptiert worden, trotz ihrer exotischen Erscheinung. Insulaner, Ostländer, alle schienen in dieser idyllischen kleinen Siedlung willkommen zu sein.

Als Scythe zusah, wie Norr mit den anderen an der Bar lachte und trank, begriff sie, dass er sich hier in Praeton ein Leben würde aufbauen können. Er konnte sich hier niederlassen, Kinder großziehen, zu den Feiern und Festlichkeiten gehen, seine Tage mit Arbeiten verbringen und nachts mit den Nachbarn in der Schänke trinken. Sie alle waren gute, ehrliche Leute, ohne Ausnahme.

Scythe hasste sie. Ohne Ausnahme.

Sie schob den Stuhl vom Tisch zurück und sprang auf. Sie brauchte unbedingt frische Luft. Eine Welle aus freundlichen Grüßen, liebevollem Winken und herzlichem Lächeln prasselte auf sie herab, als sie sich durch die Schar von Frauen und Männern drängte, die zwischen ihr und der Tür standen. Sie hatte das Gefühl, als wäre die ganze Siedlung heute Nacht hier versammelt, und alle schienen sie namentlich zu kennen. Obwohl sie es sich zur Aufgabe gemacht hatte, selbst so wenige Namen wie möglich zu behalten.

Sie nickte und winkte und lächelte, aber wenn sich einer die Mühe gemacht hätte, ihr wirklich in die Augen zu sehen, hätte er dort eine Leere entdeckt, die verriet, wie nichtssagend ihre Gesten waren. Die Menschen sahen jedoch nur das, was sie sehen wollten, und höfliches Verhalten und ein leeres Lächeln konnte den Hass verbergen, der unter der Oberfläche brodelte.

Scythe hatte die Kunst der Verstellung schon vor langer Zeit erlernt, damals, als sie sich auf den Straßen von Callastan verkauft hatte. Sie wusste, wie albern das klang, aber genauso fühlte sie sich hier in Praeton. Nur dass sie nicht ihren Körper verkaufte, sondern ihre Seele. Und jeden Tag, den sie länger in dieser winzigen Ortschaft blieb, starb ein kleiner Teil ihres Lebensmutes, das spürte sie.

Wo Norr Frieden sah, sah sie nur Langeweile. Wo Norr Bequemlichkeit empfand, spürte sie nur Selbstzufriedenheit. Wo Norr Sicherheit und eine mögliche Zukunft zu erkennen glaubte, witterte sie eine Falle für ihren Geist und lähmende Monotonie.

Überleben. Es ging nur um das Überleben. Scythe rühmte sich selbst, eine Kämpferin zu sein. Sie genoss den täglichen Kampf ums Überleben, das ständige Summen der tödlichen Gefahr im Hintergrund belebte sie. Das Leben war ein brutaler Kampf, bei dem die Schwachen sterbend auf der Straße liegen blieben, mit einer abgebrochenen Messerklinge im Leib, weil sie den Fehler gemacht hatten, ihre Finger um die Geldbörse eines Söldners zu legen. Die Tatsache, dass sie selbst auf einem Schiff aufgewachsen war, das zwischen den Wester-Inseln hin und her segelte, und ihre Zeit in Callastan hatten ihre Überlebensinstinkte rasiermesserscharf geschliffen.

Und jetzt waren sie dabei, ihre Schärfe zu verlieren. Praeton stumpfte ihre Sinne nach und nach ab, Stück um

Stück. Und mit dieser Schärfe verlor sie auch ihre Identität.

Die Nachtluft kühlte ihre Haut, und der Wind, der durch die Stadt wehte, roch süß nach Freiheit, Geheimnis und Verheißungen.

Sie hatte Norr nichts von ihren Gefühlen erzählt. Er war glücklich hier, glücklicher, als sie ihn jemals erlebt hatte. Obwohl er sich nicht ein einziges Mal beschwert hatte, als sie das Leben von heimatlosen Dieben führten, ein Leben, das er, wie sie wusste, sehr gehasst hatte. Sie war nur seinetwegen überhaupt so lange hiergeblieben. Aber sie glaubte nicht, dass sie diese Qualen noch sehr viel länger ertragen konnte.

Es gab nicht einmal jemanden, den sie hätte bestehlen können. Scythe hätte keinerlei Bedenken gehabt, Leute zu berauben, mit denen sie jeden Tag Banalitäten austauschte. Sie hegte nur Verachtung für sie. Aber sie wusste, dass Norr Einwände erheben würde, wenn sie ihre neuen Nachbarn bestahl, also hatte sie das Thema nicht einmal angesprochen. Außerdem gab es ohnehin niemanden in Praeton, der wohlhabend genug gewesen wäre, dass sich die Mühe überhaupt gelohnt hätte.

Reisenden, die durch die Ortschaft gekommen waren, hatte sie ein paar unbedeutende Gegenstände abgenommen, nur um in Übung zu bleiben. Es war eine kleine Abwechslung von der Langeweile gewesen, die Scythe unaufhörlich bedrückte und ihr schlechte Laune verursachte. Aber es kamen nur selten Reisende, und es fiel ihr zunehmend schwerer, nicht in Verzweiflung zu verfallen, weil das Leben hier so eintönig war.

Trotzdem gab sie sich Mühe, ihre Gefühle vor Norr zu verbergen, denn sie wollte, dass er glücklich war. Aber in letzter Zeit schien er allmählich zu spüren, dass irgendetwas nicht stimmte. Es würde nicht mehr lange dauern, bis ihr Elend ihm die gute Laune verdarb. Dann hatte sie zwei Möglichkeiten. Sie konnte ihn bitten, sein Leben in Praeton aufzugeben und mit ihr zu kommen; oder aber sie konnte alleine in der Nacht verschwinden. Sie wusste wirklich nicht, was schlimmer war.

Gedämpfter Hufschlag riss Scythe aus ihren düsteren Gedanken. Sie spähte auf die dunkle Straße hinaus, neugierig, wer um diese späte Stunde wohl noch unterwegs war. Wahrscheinlich war es einer der Bauern aus der Umgebung, der noch einen Trunk im *Singenden Drachen* nehmen wollte, nachdem er seine Scheune repariert hatte. Nichts Aufregendes.

Doch dann schlug ihr Herz schneller, als zwei Fremde aus der Nacht auf sie zukamen. Sie trat vor, um sie zu begrüßen und sich diese potenziellen Opfer genauer anzusehen.

»Wir brauchen eine Unterkunft für uns selbst und für unsere Pferde«, sagte Jerrod zu der exotischen jungen Frau, die aus dem Schatten unter dem Schild der Herberge zum *Singenden Drachen* trat. »Ich hoffe, ihr habt hier noch Zimmer für uns.«

Der Mönch hatte seinen Augen die Illusion eines vollkommen normalen Aussehens verliehen. Rexols Stab war, in ein Tuch eingewickelt, auf eins der Packpferde gebunden. Jetzt sah das Bündel aus wie eine große Schlafrolle, und die beiden Männer wirkten wie zwei einfache reisende Händler.

»Ich arbeite nicht hier!«, erwiderte die Frau vielleicht ein bisschen schärfer als nötig. Freundlicher fuhr sie dann fort: »Aber ich glaube, es gibt freie Zimmer. Und ich kann garantieren, dass die Betten sauber sind und das Essen schmackhaft. Bringt eure Pferde auf die Rückseite der Herberge und sagt dem Stallburschen, dass Scythe euch geschickt hat. Ich gehe hinein und informiere Gavid, dass zwei neue Gäste eingetroffen sind.«

Sie verschwand durch die Tür der Herberge, während Keegan und Jerrod aus ihren Sätteln glitten.

»Sie war aber ziemlich hilfsbereit für jemanden, der nicht hier arbeitet«, bemerkte der junge Mann.

»Ein bisschen zu hilfsbereit«, erwiderte Jerrod. »Ist dir aufgefallen, dass sie eine Insulanern ist?«

Das war Keegan tatsächlich aufgefallen.

»Insulaner wagen sich normalerweise nicht so weit von Callastan weg«, fuhr der Mönch fort. »Die Südländer sind Ausländern gegenüber normalerweise nicht sonderlich freundlich eingestellt.«

»Sie hatte keinen Akzent«, erwiderte Keegan. »Vielleicht war ihr Vater ein Händler aus diesem Ort, der eine Frau aus Callastan geheiratet hat und anschließend zurückgekommen ist, um sich hier niederzulassen.«

»Vielleicht«, räumte Jerrod ein. »Aber sie hat etwas Gefährliches an sich.«

Keegan lächelte. »Willst du damit andeuten, dass sie eine Spionin des Ordens ist?«

»Nein, das wohl kaum«, gab der Mönch zu. »Aber ich habe eine gewisse Gier in ihr gespürt. Möglicherweise ist sie der Männer dieser Ortschaft überdrüssig. Und vielleicht hätte sie nichts dagegen, heute Abend das Bett eines jungen Händlers zu teilen.«

Keegan wusste nicht genau, ob der Mönch scherzte. Und er musste zugeben, dass er sich auf seltsame Weise zu dieser jungen Frau mit der nussbraunen Haut und dem dunklen Haar hingezogen fühlte. In ihrem Blick hatte eine unausgesprochene Herausforderung gelegen, und ihre Haltung hatte irgendwie provozierend gewirkt, was ihn irgendwie zu einer Reaktion reizte. Das hatte ihn ebenso fasziniert wie die kantige Schönheit ihres sehnigen Körpers.

»Wir wollen uns hier ausruhen«, fuhr Jerrod fort, als hätte er Keegans Gedanken erraten. »Mach keine Dummheiten. Denk daran, was das letzte Mal passiert ist, als du deinen fleischlichen Gelüsten nachgegeben hast.«

Diesmal war es Jerrod ernst, das wusste der junge Mann. Er hatte sich vorgenommen, sich immer der Wirkung der Hexwurz in seinem Blut gewahr zu sein. Er wollte nichts tun, was er später bereuen musste.

Sie hatten den Stall erreicht. Ein junger Bursche von etwa fünfzehn Jahren trat heraus und kam ihnen entgegen.

»Guten Abend, M'lords«, sagte er und verbeugte sich feierlich und etwas ungelenk.

»Scythe sagte, du würdest dich um unsere Pferde kümmern«, meinte Jerrod.

»Selbstverständlich, M'lords. Nehmt mit, was ihr braucht, dann tränke, füttere und striegle ich sie.«

Keegan nahm ein paar notwendige Dinge aus den Satteltaschen. Er spielte kurz mit dem Gedanken, alles mitzunehmen, aber als er in die ehrlichen Augen dieses einfachen Stallburschen blickte, konnte er sich nicht vorstellen, dass irgendetwas verschwinden würde, was er bei den Pferden ließ. Er machte sich nicht einmal die Mühe, die Decke zu packen, in der sich Rexols Stab befand, aber aus reiner Gewohnheit nahm er eine Phiole mit Hexwurzextrakt und den kleinen Beutel mit ein paar Amuletten aus den Satteltaschen. Obwohl er nicht erwartete, dass er sie an diesem Ort benötigen würde.

»Ihr könnt auch durch den Hintereingang hineingehen. Geht einfach zum Tresen und sagt Gavid, er soll euch die Schlüssel für eure Zimmer geben.«

Genau das taten sie auch, und nach zehn Minuten standen sie vor den Türen ihrer Schlafzimmer.

»Wir können unten essen«, erklärte Jerrod. »Dann sparen wir unseren Proviant. Aber wir sollten nicht allzu lange in der Schenke sitzen. Ich will früh zu Bett gehen, weil ich morgen bei Tagesanbruch aufbrechen möchte.«

»Gib mir zwanzig Minuten, um mich zu reinigen, dann komme ich zu dir nach unten.«

Er nickte, öffnete die Tür seines Zimmers und ging hinein. Keegan folgte seinem Beispiel.

Wie die junge Frau versprochen hatte, war das Zimmer sauber, wenn auch recht klein. Ein Bett, ein Stuhl und ein winziger Tisch füllten den kleinen Raum fast vollständig aus. Auf dem Tisch standen eine kleine Schüssel und ein Krug mit Wasser. In der Ecke war ein Fenster, dessen Laden wegen der Kälte geschlossen waren.

Keegan spritzte sich Wasser ins Gesicht und wusch sich den Schmutz der Straße mit der kühlen Flüssigkeit ab. Dann zog er die kleine Phiole mit Hexwurz aus der Tasche an seinem Gürtel und ließ sich ein paar Tropfen auf die Zunge fallen. Er verzog das Gesicht bei dem bitteren Geschmack. Allerdings hoffte er, dass dieser Nachgeschmack verschwunden war, wenn er hinabging und sein Essen zu sich nahm.

Dann ging er zum Bett und ließ sich mit einem hörbaren Seufzer darauf fallen. Die Matratze war zwar fest, aber im Vergleich zu dem harten Boden, auf dem er die letzten Tage geschlafen hatte, hatte er das Gefühl, sie wäre mit Daunen von Gänsen der reichsten Lords aller Sieben Hauptstädte gestopft.

Er blieb einige Minuten lang auf dem Bett liegen und kämpfte gegen den Drang an, sich trotz seines knurrenden Magens die Wohltat eines Nickerchens zu gönnen.

Seine Lider flatterten, und plötzlich versank er in einen unruhigen Halbschlaf und träumte. Es war keine Vision, sondern ein gewöhnlicher Traum von der jungen Frau mit der nussbraunen Haut, die sie vor der Schänke getroffen hatten. Sie saß rittlings auf ihm. Nackt.

Ihre festen Muskeln arbeiteten im Rhythmus mit seinen eigenen, als sie ihn ritt; ihre Haut glänzte vor Schweiß, und sie stöhnte leise und leidenschaftlich. Sie bog den Rücken durch, ihr Stöhnen wurde lauter, während sie sich immer heftiger auf ihm bewegte, ihre Hüften klatschend auf seine presste …

Plötzlich war er wieder wach. Er lachte und zwang sich dazu, sich aufzusetzen, bevor er wieder eindöste. An diesem Traum war natürlich die Hexwurz schuld; sie verstärkte die Triebe. Aber obwohl die Droge diesen Traum ausgelöst hatte, hatte er keinerlei Bedeutung. Er war nichts weiter als eine lüsterne Fantasie … Und so nah wie in dieser Fantasie würde er heute Nacht keiner Frau kommen.

Er holte tief Luft und genoss ein letztes Mal das erotische Bild ihres nackten Körpers auf seinem. Dann stieg er aus dem Bett. Er konnte nicht lange geschlafen haben, höchstens ein paar Minuten. Sonst wäre Jerrod zweifellos bereits gekommen und hätte nach ihm gesehen. Aber wenn er sich nicht beeilte und hinunterging, würde der Mönch vielleicht tatsächlich hochkommen. Und Keegan hatte keine Lust, Jerrod heute Nacht zu verärgern.

Er überlegte kurz, ob er den Lederbeutel mit den Amuletten mitnehmen sollte, entschied sich dann jedoch dagegen. Rexol hatte ihn gelehrt, dass ein Hexer niemals ohne irgendein Amulett, das die Macht eines schnell gewirkten Banns verstärken konnte, irgendwohin gehen sollte. Aber Keegan trug unter seinem Hemd, an einem Lederband um den Hals, ein kleines Stück eines Gigantenknochens, für den unwahrscheinlichen Fall, dass er das Chaos beschwören musste. Er entschied sich ebenfalls dagegen, die Phiole mit Hexwurz mitzunehmen, die er aus der Satteltasche genommen hatte. Er legte sie in den Beutel mit den Amuletten, den er anschließend unter sein Kissen schob. Dann verließ er sein Zimmer und schloss es ab.

Der Mönch saß bereits an einem Tisch in der Ecke. Keegan brauchte einen Moment, bis er ihn in der Menge erkannte. Als er den Schankraum durchquerte, sah er einen riesenhaften Mann mit rötlicher, sonnenverbrannter Haut, leuchtend roten Haaren und einem dichten roten Bart. Aber er war zu müde, um darüber nachzudenken, was ausgerechnet hier in dieser kleinen Siedlung ein Barbar aus den Ostlanden zu suchen hatte.

Er setzte sich neben Jerrod. »Ich kann die junge Frau nicht sehen, die wir an der Tür getroffen haben«, sagte er beiläufig.

»Ich habe gesehen, wie sie vorhin mit diesem ziemlich großen Barbaren geredet hat«, informierte ihn Jerrod. »Ich glaube, die beiden sind mehr als nur Freunde. Noch ein Grund, misstrauisch zu sein.«

Jerrod war offenkundig nervös. Er mahlte mit den Kiefern, als würde er Ärger erwarten.

»Du machst dir zu viel Sorgen«, sagte Keegan in dem Versuch, ihn zu beruhigen.

Es schien nicht viel zu helfen. Wahrscheinlich war es unausweichlich, dass der Mönch überall Verschwörung und Verrat witterte. Das gehörte schließlich dazu, wenn man ein Fanatiker war. Aber es bedeutete nicht, dass sie sich beide deshalb den Kopf zerbrechen mussten.

Trotzdem warf Keegan unwillkürlich einen kurzen Blick zu dem hünenhaften Wilden. Dessen Arme waren so dick wie seine eigenen Oberschenkel. Die letzten Bilder seines erotischen Traumes verpufften, als er sich vorstellte, wie dieser Barbar ihn mit seiner Freundin in flagranti ertappte und vor Eifersucht dem jungen Magus Arme und Beine ausriss.

Selbst die Wirkung der Hexwurz genügte nicht, um den Zorn dieses lebenden Fleischbergs erregen zu wollen, der an der Bar lehnte. Er unterdrückte rasch alle Gedanken an das Mädchen von den Inseln und hob die Hand, um stattdessen das Serviermädchen zu sich zu rufen.

37

Scythe zappelte und wand sich, bis es ihr schließlich gelang, ihren schmalen Körper durch das winzige Fenster des Zimmers im ersten Stock zu zwängen. Sie wartete eine Minute, bis sich ihre Augen an die Dunkelheit gewöhnt hatten und sie wieder zu Atem gekommen war. Die Außenwand hinaufzuklettern war kein Problem gewesen, aber sich durch das enge Fenster zu quetschen war eine echte Herausforderung.

Wenigstens musste sie sich nicht beeilen. Die Händler saßen unten in der Schenke und verzehrten ihr Abendessen, was ihr genug Zeit gab, das Gepäck der Männer nach Wertsachen zu durchsuchen, die einen Diebstahl lohnten. Und sollten die beiden unerwartet früh in ihre Zimmer zurückkehren wollen, würde Norr sie mit überzeugenden Mitteln aufhalten. Diese Taktik hatten die beiden schon häufig in anderen Städten angewandt, und bis jetzt hatte sie nie versagt.

Es war fast wie in den alten Zeiten, bis auf Norrs enttäuschten Gesichtsausdruck, als sie ihm zugeflüstert hatte, was sie plante. Wären sie alleine gewesen, hätte er zweifellos versucht, ihr das Vorhaben auszureden, aber in der vollen Schenke des *Singenden Drachen* hatte er sie nur missbilligend ansehen können. Schließlich hatte er genickt.

Der ältere der beiden Männer war bereits im Schankraum gewesen, als sie mit Norr gesprochen hatte. Sie spürte, dass er sie und Norr scharf beobachtete, hatte es jedoch als einfache Neugier abgetan. Insulaner und Ausländer waren so tief in den Südlanden ein ungewöhnlicher Anblick. Als sie dann hörte, wie der jüngere Mann die Treppe herunterkam, um seinem Gefährten im Schankraum Gesellschaft zu leisten, war sie rasch hinausgeschlüpft und zur Rückseite der Herberge gegangen.

Mittlerweile hatten sich ihre Augen an die Dunkelheit gewöhnt, also machte sie sich daran, das erste Zimmer methodisch und gründlich zu durchsuchen. Es war kaum der Mühe wert. Die Männer hatten ihre Satteltaschen bei den Pferden gelassen, und was sie mit aufs Zimmer genommen hatten, lohnte sich nicht zu stehlen. Sie widmete ihre Aufmerksamkeit den Stellen, wo die Leute üblicherweise ihre Reichtümer versteckten. Unter der Matratze, unter den Kopfkissen, auf dem Rand über dem Türsturz. Aber ihre Suche förderte nicht viel mehr zutage als Staub und ein paar tote Insekten.

Schon als sie die Männer gesehen hatte, war ihr klar gewesen, dass sie wohl nicht besonders viele Wertsachen bei sich hatten. Aber die zusätzlichen Packpferde der beiden hatten in Scythe die Hoffnung geweckt, sie könnten vielleicht doch wohlhabender sein, als sie aussahen. Sie hatte vermutet, es wären reisende Händler, die irgendwelche Güter kaufen wollten, um sie dann zu Hause mit Gewinn weiterzuveräußern. Wenn das stimmte, hatten sie vielleicht irgendwelche kostbaren Dinge bei sich, mit deren Erlös sie genug Waren erwerben konnten, damit sich ihre Reise lohnte. Also, wo waren die Edelsteine, der Schmuck und die Goldmünzen, die sie zu finden gehofft hatte?

Scythe biss sich vor Enttäuschung auf die Lippen und lächelte, als sie plötzlich neue Hoffnung schöpfte. Es waren zwei Männer; vielleicht bewahrten sie ihre Wertsachen in dem zweiten Raum auf. Sie zwängte sich erneut durch das

Fenster, diesmal nach draußen, trat dann auf den schmalen Sims im ersten Stock und schob sich vorsichtig an der Wand entlang zum Fenster des Nachbarraumes.

Hier finde ich sicher etwas Interessanteres, sagte sie sich.

Norr lauschte nur mit einem Ohr Gils schrecklichem Katzengesang. Er musste die beiden Fremden im Auge behalten, damit sie nicht unbemerkt auf ihre Zimmer gingen, bevor Scythe fertig war. Er mochte sich nicht einmal ausmalen, was geschehen würde, wenn sie dabei erwischt würde, wie sie ihre Habseligkeiten durchsuchte.

Er machte sich keine Sorgen um Scythe; sie konnte schon auf sich aufpassen. Sie trug ja immer diese rasiermesserscharfen Messer irgendwo an ihrem Körper versteckt bei sich. Aber wenn sie überreagierte, und das kam bei seiner heißblütigen Geliebten häufiger vor, konnte es passieren, dass einer der Händler in einer Blutpfütze auf dem Boden endete. Und dann wäre es auch mit ihrem Leben hier in Praeton vorbei.

Norr wünschte sich, er hätte ihrem Plan nicht zugestimmt. Aber Scythe brauchte so etwas; das einfache Leben in Praeton war für sie beinahe unerträglich. Sie hatte zwar bislang nichts gesagt, aber Norr sah es in ihren Augen. Sie ertrug Praeton seinetwegen, und nur seinetwegen. Das Mindeste, was er tun konnte, war, ihr eine Chance zu geben, ab und zu den Einbrecher und Räuber zu spielen.

Außerdem waren diese Männer weder Freunde noch Bekannte. Diese Reisenden waren nicht wie die Leute von Praeton, die Norr trotz seiner fremdländischen Art und seines Aussehens willkommen geheißen hatten. Das hier waren Fremde, Menschen, die ihn wegen seiner östlichen Herkunft hassten und verachteten. Jedenfalls redete sich der Barbar das unaufhörlich ein.

Er behielt den Tisch der beiden im Auge, während er den Rest seiner Aufmerksamkeit zwischen Gil und der Tür aufteilte, durch die, wie er inständig hoffte, Scythe möglichst bald hereinschlendern würde. Er hoffte sehr, dass die Männer nicht aufstanden und nach oben gingen, bevor sie zurückgekommen war. Er hoffte, dass sie ihn nicht zu einer Konfrontation zwangen. Er hoffte wirklich sehr, dass es nicht dazu kam.

Natürlich kam es dazu.

Nicht einmal zwanzig Minuten nachdem sich die Fremden zum Essen an den Tisch gesetzt hatten, waren sie fertig. Sie ließen ein paar Münzen als Bezahlung für die Mahlzeit auf dem Tisch liegen, dann standen sie auf und machten sich auf den Weg durch den Schankraum. Glücklicherweise mussten sie dazu direkt am Tresen vorbei, an dem Norr und seine Freunde standen.

Der große Barbar kehrte den beiden Fremden den Rücken zu und hob seinen halbvollen Bierkrug hoch. Dann beobachtete er das Paar in dem spiegelnden Schmuckschild, das an der Wand hinter der Theke hing, und wartete, bis sie unmittelbar neben ihm waren.

Dann wirbelte er plötzlich herum, beschrieb eine übertriebene Drehung, wobei er den Arm, mit dessen Hand er den Bierkrug hielt, weit ausstreckte. »Wo steckt eigentlich Scythe?«, fragte er dabei dröhnend, damit es so aussah, als sähe er sich unter den Gästen nach seiner Geliebten um. Dabei krachte sein Arm gegen die Brust des jüngeren der beiden Männer. Norr sorgte dafür, dass der gesamte Inhalt seines Bierkrugs sich über das Hemd des Mannes ergoss.

Der stieß einen überraschten Schrei aus, als die kalte, schaumige Flüssigkeit ihn bis auf die Haut durchnässte. Sein Schrei zog sämtliche Blicke der Gäste im Schankraum auf sich, in dem plötzlich vollkommene Stille herrschte.

Herrick brach das Schweigen, indem er gutmütig brüllte: »Also wirklich, diese verdammten, ungeschickten Barbaren!« Die Gäste lachten, und die Anspannung verpuffte.

Norr verwünschte seinen Freund insgeheim. Es fiel ihm ohnehin schon schwer, eine Prügelei vom Zaun zu brechen, weil die Leute aus irgendeinem Grund zögerten, einen Mann anzugreifen, der einen Kopf größer war als sie und mehrere hundert Pfund wog. Wenn der gutmütige Herrick jetzt die Situation weiter entschärfte, war es fast unmöglich, diese Händler zu provozieren.

Aber es gab ja noch andere Möglichkeiten, sie davon abzuhalten, die Treppe hinaufzugehen.

»Das tut mir wirklich leid!«, rief Norr, streckte die Hand aus und begann, die nasse Kleidung des jüngeren Mannes abzuklopfen, in dem freilich vergeblichen, Versuch, die Nässe zu vertreiben.

Der junge Mann reagierte nicht, sondern starrte Norr einfach nur mit großen, ein wenig verängstigten Augen an. Es war ganz offenkundig, dass er nicht vorhatte, eine Schlägerei zu beginnen.

Zum Glück streckte sein Gefährte die Hand aus und schlug Norrs fleischige Faust zur Seite.

»Fass ihn nicht an!« Der ältere Mann sprach ruhig, aber die Drohung in seiner Stimme war unüberhörbar.

In seinen Augen glühte weder Wut noch Ärger, aber etwas in ihnen schimmerte sehr gefährlich. Dieser Mann wich vor niemandem zurück.

»Ich bin ja so ein Tölpel«, entschuldigte sich Norr und zwang sich zu einem verlegenen Grinsen.

Er konzentrierte sich jetzt auf den älteren Mann. Er legte ihm seine fleischige Hand auf den Kopf und zerzauste ihm das Haar. Das war nur scheinbar eine freundliche Geste, denn in Wirklichkeit demütigte er damit sein Gegenüber, und dann gerieten die Leute häufig erst recht in Wut.

»Ich möchte euch beide zu einem Bier einladen, um das wiedergutzumachen.«

»Lass uns einfach in Ruhe«, wiederholte der ältere Mann, riss seinen Kopf zurück und drängte sich an dem Barbaren vorbei, der ihm den Weg versperrte.

Der Händler hätte mit voller Wucht gegen Norrs hünenhafte Gestalt laufen können, ohne dass der sich auch nur einen Zentimeter von der Stelle bewegt hätte, aber jetzt stolperte der Ostländer nach einem nur leichten Schubs zurück und ruderte mit den Armen, als müsste er um sein Gleichgewicht kämpfen.

»He!«, rief Gil, der Norr sofort verteidigte. »Das war doch nur ein Versehen! Und er hat sich dafür entschuldigt!«

Er hätte vielleicht noch mehr gesagt, aber der Händler richtete seinen eiskalten Blick auf ihn, woraufhin dem Möchtegern-Barden jedes weitere Wort im Halse stecken blieb.

»Schon gut«, meinte Herrick, der erneut den Friedensstifter spielte. »Niemand will hier Ärger. Wenn ihr unsere Entschuldigung nicht akzeptieren wollt, könnt ihr natürlich jederzeit gehen.«

Aber genau das wollte Norr auf keinen Fall dulden. Er streckte seine große Faust aus und ließ sie hart auf die Schulter des jungen Mannes fallen.

»Genau, nichts für ungut, Kumpel!«, verkündete er lauthals, während die Knie des jungen Mannes unter dem enormen Gewicht der Riesenfaust nachgaben und er vor Schmerz die Luft ausstieß.

Wie Norr gehofft hatte, mischte sich der ältere der beiden Männer wieder ein. Er bewegte sich erheblich schneller, als der Ostländer erwartet hatte. Sogar schneller, als er es überhaupt für möglich gehalten hätte. Der Mann packte Norrs Handgelenk mit beiden Händen, verdrehte es und zog es von der Schulter seines jüngeren Gefährten weg. Und dann begann endlich die Prügelei, die der Barbar hatte vom Zaun brechen wollen.

Der Mann trat gegen Norrs Wade, woraufhin der Hüne das Gleichgewicht verlor. Ohne Norrs Handgelenk loszulassen, wirbelte der Mann einmal um seine Achse, trat dicht an den Barbaren heran und schleuderte ihn über seine Hüfte. Norr wurde von den Füßen gerissen, sein Körper flog durch die Luft, und er landete krachend auf dem Rücken. Unter der Wucht des Aufpralls zerbrachen die Bodenbretter unter ihm.

Norr starrte an die Decke, während ihm Sterne vor den Augen tanzten, rang nach Luft und versuchte verzweifelt, ein Lachen zu unterdrücken. Er hatte gesehen, wie Scythe einen Widersacher mit einem ähnlichen Trick zu Boden warf, aber sie hatte ihm versichert, dass er sich deswegen keine Sorgen machen müsste. »Trotz der Hebelkraft macht die Größe schon einen Unterschied«, hatte sie erklärt. »Du bist zu groß und zu schwer, als dass man dich durch die Luft schleudern könnte.« Er musste ihr unbedingt erzählen, wie sehr sie sich geirrt hatte.

Das Geräusch von Schreien und zerberstendem Mobiliar holte ihn wieder in die Gegenwart zurück. Er richtete sich mühsam in eine sitzende Position auf, um zu sehen, was da vor sich ging. Herrick lag benommen in den Resten eines der Schenkentische, offenbar das Opfer desselben Tricks, den der Mann gegenüber Norr angewendet hatte. Gil kauerte auf dem Boden und hielt sich seine Lenden; sein Gesicht war hässlich rot angelaufen. In der Mitte des Getümmels stand der ältere Händler in geduckter Kampfposition. Der andere Mann war zurückgewichen und versteckte sich in einer Ecke, während er es seinem Gefährten überließ, wahrscheinlich seinem bezahlten Leibwächter, mit den aufgebrachten Gästen fertigzuwerden.

Der Barbar richtete sich mühsam auf Hände und Knie auf, als Petr, einer der Männer, mit denen Norr zusammen in der Schmiede gearbeitet hatte, den Fremden angriff. Fäuste flogen, und nach ein paar Ellbogenschlägen taumelte der stämmige Arbeiter zurück. Ein Tritt mit dem Fuß gegen das Kinn gab ihm den Rest. Petr verdrehte die Augen und fiel bewusstlos zu Boden.

Norr wollte gerade den Mund öffnen, um seine Freunde davor zu warnen, sich einzumischen. Er wusste, dass er selbst nicht in Gefahr schwebte. Er war viel zu groß und zu erfahren, um bei einem Faustkampf ernste Schäden davonzutragen, selbst gegen einen so geschickten Gegner wie diesen Mann, aber noch bevor er etwas sagen konnte, machte der Händler zwei rasche Schritte rückwärts und trat Norr gegen die Gurgel. Irgendwie hatte er bemerkt, dass der große Mann sich auf die Knie aufgerichtet hatte, obwohl er in die andere Richtung blickte.

Norr stürzte nach vorn, würgte und rang keuchend nach Luft, während er mit beiden Händen seinen Hals umklammerte. Da er sich nicht abstützen konnte, krachte seine ungeschützte Nase auf die harten Bodenbretter, und er hörte das Knirschen des Knorpels, als sie brach. Er wollte den anderen eine Warnung zuschreien, aber er brachte nur ein schwaches Keuchen zustande; außerdem lief ihm das Blut aus seiner zerschmetterten Nase.

Das Gesicht auf dem Boden, würgte er, hustete und spuckte eine schleimige rote Flüssigkeit aus. Die Belohnung war, dass endlich wieder Luft in seine Lunge strömte. Er keuchte schwer und atmete mehrmals tief ein, bis er genug Kraft gesammelt hatte, sich wieder auf die Knie aufzurichten.

Dann blinzelte er und wischte sich die Tränen aus den Augen, die ihm durch den Schlag auf die Nase gekommen waren. Mittlerweile lagen sechs Dorfbewohner kampfunfähig auf dem Boden, Herrick, Petr und Gil eingeschlossen. Aber ein Dutzend weiterer umkreiste ihren gemeinsamen Gegner und sammelte gerade Mut, sich gemeinsam auf ihn zu stürzen. Ein paar von ihnen würden zweifellos unter den wilden Schlägen und Tritten zu Boden gehen, aber die anderen würden den Mann allein durch ihre Überzahl unter sich begraben.

Es war unmöglich, dass ein unbewaffneter Mann sich gegen eine derartige Übermacht zur Wehr setzen konnte, ganz gleich, wie geschickt er war. Norr zwang sich dazu aufzustehen. Wenn die Dorfbewohner sich auf ihn stürzten, wollte er dabei sein, um sich mit seinem riesigen Körper auf den Mann zu werfen und ihn zu Fall zu bringen. Sobald er am Boden lag, konnte er ihn vor den wütenden Schlägen der Dorfbewohner schützen. Er hatte den Kampf schließlich provoziert und wollte nicht, dass sein Widersacher ernsthaft Prügel bezog.

Der jüngere Mann stand immer noch in der Ecke; aus den Augenwinkeln sah Norr, wie er hastig die Lippen bewegte und ein merkwürdiges Muster mit den Händen in die Luft zeichnete.

Dann schrie einer der Dorfbewohner, und der Angriff begann. Norr kam nur dazu, einen einzigen Schritt vorwärts zu machen, als sich plötzlich ein faustgroßer Ball aus blauem Licht von der Hand des jüngeren Mannes löste und in das Gewühl aus Leibern flog.

Daraufhin explodierte der Schankraum.

Scythe biss sich auf die Lippen, weil sie nicht wusste, was sie vom Inhalt des Lederbeutels halten sollte, den sie unter dem Kissen im zweiten Raum gefunden hatte. Sie hatte ein kurzes Gefühl der Befriedigung empfunden, als sie auf ihn gestoßen war, aber ihr Triumph hatte sich rasch in Bestürzung verwandelt, als sie den Inhalt in ihre Handfläche kippte. Kein Gold, keine Edelsteine oder kostspieliger Schmuck, sondern nur eine kleine Phiole mit bräunlicher Flüssigkeit und ein paar Dutzend seltsame Amulette, die aus Knochen und Kristallen geschnitzt zu sein schienen.

Sie hatte solche Dinge schon einmal gesehen. So etwas konnte man in Callastan an jeder Ecke kaufen. Frauen und Männer, die sich selbst als Magi ausgaben, boten solche Amulette feil. Sie verhießen Liebe, Glück, Vermögen und Gesundheit für jeden, der sie erwarb. Scythe war klug genug, einen derartigen Schwindel zu durchschauen. Wenn diese Amulette wirklich gehalten hätten, was sie versprachen, dann hätten sie weit mehr gekostet als nur eine Silbermünze.

Aber vielleicht verhielt es sich mit diesen Amuletten hier ja anders? Vielleicht wollten die Händler zu den Frei-Städten oder noch weiter. Vielleicht hatten sie vor, über eine der Handelsrouten in den Nordforst zu reiten, um mit den Danaan Handel zu treiben. Angeblich verfügte das Volk dieser Waldleute über eine seltsame und uralte Magie, echte Magie aus der Zeit vor dem Kataklysmus. War es möglich, dass diese auf den ersten Blick wertlosen Amulette tatsächlich magische Eigenschaften besaßen?

Aber wenn das so war, wollte sie das Zeug dann wirklich stehlen? Scythe war eine Expertin in Sachen Tricks und Betrügereien der Zauberkünstler, aber über echte Magi und Hexer wusste sie so gut wie nichts. Wie viel mochte dieses Zeug wert sein? Und wenn sie es stahl, wo und an wen sollte sie es überhaupt verkaufen?

Außerdem gab es noch anderes zu bedenken. War es vielleicht gefährlich, diese Gegenstände zu entwenden? Was für eine Macht besaßen sie, und welche Wirkung könnte es auf sie selbst haben, wenn sie diese Amulette an sich nahm? Was wäre, wenn irgendwelche merkwürdigen Zauber sie gegen Diebstahl schützten? Sie hasste es zwar, mit leeren Händen wegzugehen, aber sie wollte sicher sein, dass der Lohn dieses Risiko wert war.

Ihre Überlegungen wurden durch einen Donnerschlag aus der Schänke im Erdgeschoss unterbrochen. Der Schlag erschütterte das Zimmer, und die Bodenbretter unter ihren Füßen hoben sich. Die Druckwelle schleuderte Scythe gegen die Wand über dem Bett, und sie brach betäubt auf der Matratze zusammen.

Während sie dort benommen lag, traf sie die Wahrheit mit fast ebenso viel Wucht wie der Schlag, der sie von den Füßen gerissen hatte. Diese Männer waren keine Händler, es waren Hexer! Und sie hatte Norr auf die beiden gehetzt!

Hastig stopfte sie sich den Lederbeutel mitsamt Inhalt in den Gürtel und rappelte sich auf. Sie sperrte die Tür zum Flur auf und rannte die Treppe hinab in die Schenke. Instinktiv hatte sie bereits die Wurfmesser gezogen, die sie immer in ihrem Stiefel mit sich trug. Sie würde bei diesen Hexern keine Sekunde zögern; falls sie die Gelegenheit dazu bekam, würde sie sie töten. Sie hoffte nur, dass es nicht schon zu spät war.

Unten bot sich ihr ein Bild der Verwüstung. Alle Tische in der Schänke waren umgestürzt, die meisten von ihnen waren zu Bruch gegangen. Die Stühle lagen, zersplittert und zerbrochen, in traurigen Haufen an den Wänden. Die Wucht der Explosion hatte sie an den Rand des Raumes geschleudert. Gabeln, Messer und zerbrochene Humpen lagen überall herum. Die Deckenbalken waren verbogen und teilweise sogar gerissen, obwohl es nicht so aussah, als bestünde unmittelbare Gefahr, dass die Decke herunterkrachte.

Die beiden Fremden waren nirgendwo zu sehen. Die Männer und Frauen von Praeton suchten sich benommen einen Weg durch das Trümmerfeld, während sie sich von den Nachwirkungen des Chaos erholten, das in ihrer Mitte freigesetzt worden war. Fast alle hatten Schnittwunden, Striemen und blaue Flecken davongetragen. Etliche Einwohner humpelten sichtlich, andere drückten sich die verletzten Arme gegen den Körper, als sie durch die Trümmer schlurften.

Norr hockte am Boden, fast in der Mitte des Schlachtfeldes, unmittelbar neben einem regungslosen Körper. Etliche andere Männer aus dem Dorf umringten ihn. Scythe ließ ihre Wurfmesser am Fuß der Treppe fallen und rannte zu ihm. Ihr drehte sich fast der Magen um, als sie die grimmigen Mienen der Dorfbewohner bemerkte.

Gil lag am Boden. Sein Gesicht war schweißüberströmt und zu einer qualvollen Maske verzogen, und er atmete keuchend und stoßweise. Ein spitzer weißer Knochen ragte aus dem Oberschenkel seines linken Beines heraus, und Scythe sah, dass sein rechtes Bein unterhalb des Knies an mindestens zwei Stellen gebrochen war. Seine aschfahle Haut und seine glasigen Augen kündeten davon, dass seine Verletzungen ihn in einen Schockzustand versetzt hatten.

Trotzdem unternahm niemand etwas. Die Leute scharten sich einfach um ihn, und auf ihren Gesichtern malte sich eine Mischung aus Verwirrung, Unglauben und lähmendem Entsetzen ab. Norr hielt Gils Hand, als wollte er ihm durch diese Verbindung einfach nur Kraft und Trost spenden. Scythe wusste, dass der Mann mehr brauchte als das.

»Bringt mir ein paar gerade Holzstücke, etwa einen halben bis einen Schritt lang!«, befahl sie. Als sich niemand rührte, hob sie die Stimme. »Herrick, los! Wir müssen uns beeilen, wenn wir seine Beine retten wollen.«

Herrick sprang auf und suchte in den Trümmern nach Brettern, um eine Schiene anzufertigen. Die anderen wurden ebenfalls von Scythes befehlendem Ton aus ihrer Betäubung gerissen.

Es gab keinen Heiler in Praeton, weil die Ortschaft zu klein war, um sich einen leisten zu können. Es kam überhaupt nicht infrage, Gil zu einer Kräuterhexe zu bringen. Er würde die Reise nicht überstehen, und außerdem bezweifelte Scythe, dass die Dorfbewohner in absehbarer Zeit einen anderen Chaoswirker in ihr Dorf lassen würden. Also hing alles von ihr ab.

Methodis hatte ihr während ihrer Zeit auf der *Delphin* beigebracht, wie man Wunden und Knochenbrüche behandelte, obwohl unter Seeleuten die Amputation die naheliegendste und verbreitetste Methode war. Gil jedoch hatte noch andere Möglichkeiten. Wenn sie die Knochen richten und schienen konnte, würde er vielleicht eines Tages wieder gehen können. Allerdings würde er wahrscheinlich für den Rest seines Lebens einen Gehstock benutzen müssen.

Sie brachte es nicht fertig, über den Verletzten hinweg Norr anzublicken, aus Angst davor, möglicherweise seinem anklagenden Blick zu begegnen.

»Du musst mir helfen«, sagte sie zu ihrem Geliebten, ohne die Augen von Gil zu nehmen. »Es wird wehtun, und er wird sich wehren. Du musst ihn festhalten, damit er sich nicht rühren kann, ganz gleich, was passiert. Hast du verstanden?«

»Ja.«

Seine Stimme verriet keinerlei Gefühle, nichts, was ihr einen Hinweis darauf hätte geben können, was er ihr gegenüber empfand.

Herrick kam mit den Schienen zurück. Scythe untersuchte sie kurz, um sich davon zu überzeugen, ob sie ihren Zweck erfüllten. Zufrieden zog sie ihr größtes Messer aus dem Versteck unter ihrem Gürtel. Herrick riss erstaunt die Augen auf, aber Scythe machte sich nicht einmal die Mühe, mit einer Lüge zu erklären, wieso sie diese Klinge bei sich trug.

»Herrick, du bleibst hier. Schnapp dir zwei kräftige Männer. Wir werden sie brauchen, um Gil ruhig zu halten, während ich ihn behandle. Und schick alle anderen raus. Das hier wird nicht gerade ein Vergnügen werden.«

Sobald die Schenke leer war, holte Scythe tief Luft, um sich für das Kommende zu stählen. »Fangen wir an«, sagte sie dann.

Vorsichtig betastete sie seinen zerschmetterten rechten Unterschenkel, bis sie in etwa wusste, auf welche Weise die Knochen unter der Haut gebrochen und verdreht waren. Schon bei der zartesten Berührung durch ihre Finger stöhnte Gil auf und zitterte. Als sie sich sicher war, dass sie das Bein so würde schienen können, dass es wieder einigermaßen gerade wurde, legte sie beide Hände auf die Stelle, wo einer der Knochen herausragte, und bereitete sich darauf vor, den Knochen zurückzudrücken.

»Er wird schreien«, warnte sie Norr und die anderen Männer, die ihn festhielten.

Und das tat er auch.

Das Trommeln der Pferdehufe klang wie Donner in Keegans Ohren. Er wunderte sich, dass er überhaupt noch etwas hörte, nach dem Knall der Explosion, die er in der Schänke ausgelöst hatte. Er hatte nur eine kleine Wand aus Magie erzeugen wollen, ein Energiefeld, um die Einwohner von Jerrod fernzuhalten, bevor der Mönch noch einen von ihnen umbrachte. Stattdessen hatte er fast die ganze Herberge zum Einsturz gebracht.

Das lag natürlich an der Hexwurz. Die höhere Dosis, die er seit einiger Zeit konsumierte, erleichterte es ihm, Macht aus dem Amulett um seinen Hals zu ziehen. Deshalb hatte er mehr Chaos beschworen, als er beherrschen konnte. Das war der eine Grund, und der andere war das Adrenalin, das durch die Aufregung des Kampfes in seinem Körper zirkulierte. Das alles hätte nicht passieren dürfen.

»Was hast du dir dabei gedacht?«, schrie Keegan dem Reiter vor ihm zu. »Warum hast du diese Leute angegriffen?«

»Ich musste dich beschützen«, erwiderte der Mönch gelassen.

Keegan fragte sich kurz, wieso Jerrod ihn überhaupt bei dem Trommeln der Pferdehufe und dem Schnauben der Tiere hören konnte, bis er begriff, dass das wahrscheinlich eine andere Manifestation der Macht des Ordens war.

»Aber warum musstest du so brutal reagieren?« Keegan fand, dass Jerrods Erwiderung keine richtige Antwort war. »Wir hätten uns auch aus dieser Situation herausreden können, ohne diese ganze unerwünschte Aufmerksamkeit auf uns zu lenken. Dann hätten wir diese Nacht in Betten schlafen können, statt ohne Pause bis zum Morgengrauen zu reiten!«

»Du hast nicht gerade den Eindruck gemacht, als würdest du auf eine friedliche Lösung Wert legen, als du diesen

Donnerschlag des Chaos mitten in der Schänke losgelassen hast«, erinnerte Jerrod ihn.

»Ich habe Panik bekommen«, gab Keegan zu. »Aber es wäre nie dazu gekommen, wenn du nicht zuerst überreagiert hättest«, setzte er dann zu seiner Verteidigung hinzu.

»Du gehst davon aus, dass der Barbar Vernunftgründen zugänglich gewesen wäre«, erwiderte Jerrod. »Aber wir leben in einer Zeit großer Unsicherheit. Ich nehme das Zusammentreffen vieler Prophezeiungen und Visionen wahr, und nicht alle davon werden auch in Erfüllung gehen. Viele Kräfte in der Welt sind am Werk, um dich zu vernichten und so das Schicksal zu vereiteln, das du verkörperst. Zum Beispiel der Orden. Und vielleicht gibt es noch andere, dunklere Feinde. Meine Brüder und Schwestern haben ihr Leben für dich geopfert, und ich habe einen Eid geleistet, dasselbe zu tun, wenn es nötig ist. Ich werde dich mit gnadenloser Wachsamkeit beschützen, damit das Opfer all jener, die für dich bereits den Tod gefunden haben, nicht vergeblich war.«

Jerrod machte eine kleine Pause, damit Keegan über die Bedeutung seiner Worte nachdenken konnte. Dann setzte er seine Erklärung fort.

»War es etwa nicht seltsam, eine Insulanerin und einen Barbaren aus den Ostländern dort vorzufinden, in der Schänke einer so kleinen Ortschaft? Ich kann nicht glauben, dass ein solch bemerkenswertes Vorkommnis bloßer Zufall ist. Etwas oder jemand hat den Lauf der Ereignisse manipuliert, sodass du und dieser Wilde sich am Tresen begegnen mussten.«

»Eine Nachwirkung«, stieß Keegan hervor, wusste aber nicht genau, ob Jerrod verstand, was er damit meinte.

»Eine Nachwirkung von Rexols Versuch, die Krone zu benutzen. Ja, das habe ich ebenfalls in Betracht gezogen.«

Offenbar war dem Mönch das Konzept bekannt. »Aber es könnte auch noch eine andere Erklärung dafür geben. Vielleicht hat uns ein Pilger entdeckt, der dem Orden dient, und den Barbaren angeheuert, um dich zur Strecke zu bringen. Hätte ich gezögert, hätte dieser Hüne dir mit einem einzigen harten Schlag das Genick brechen und dich töten können. Prophezeiungen werden häufig durch solche plötzlichen, unerwarteten Schläge zunichtegemacht.«

»Aber du konntest nicht wissen, ob dieser Barbar ein Meuchelmörder war«, gab Keegan zurück. »Du weißt nicht einmal genau, ob er mir überhaupt etwas Böses wollte.«

»Dieses Risiko konnte ich nicht eingehen«, erwiderte Jerrod.

»Und wenn ich mich nicht eingemischt hätte?«, wollte Keegan wissen. »Hättest du dann alle in der Schänke getötet?«

»Ich habe niemanden getötet«, erinnerte ihn der Mönch. »Ich habe die Leute nur außer Gefecht gesetzt und kampfunfähig gemacht. Nur das Chaos, das du freigesetzt hast, könnte Verluste an Menschenleben verursacht haben.«

Keegan war zerknirscht und wollte schon schuldbewusst schweigen. Aber er war verantwortungsbewusst genug, um noch einen wichtigen Punkt anzusprechen.

»Auch mein Zauber wird eine Nachwirkung auslösen«, warnte er den Mönch. »Es könnte damit enden, dass wir noch gegen mehr unschuldige Leute kämpfen müssen. Versprich mir, dass du ihnen keinen Schaden zufügen wirst.«

»Das kann ich dir nicht versprechen«, antwortete Jerrod. »Du bist der Erretter der Welt. Ich würde tausend unschuldige Männer, Frauen und Kinder opfern, wenn ich es für notwendig hielte, um dein Leben zu beschützen.«

Der Mönch sagte das so schlicht und sachlich, als spräche er über das Wetter. Bei seinen Worten durchfuhr es Keegan eiskalt. Auf eine derartig wahnsinnige Äußerung wusste er keine Antwort. Mit jemandem, der so blind und rücksichtslos einer Sache ergeben war, konnte man weder diskutieren noch streiten. Gewiss, der Mönch war auf seiner Seite, aber Keegan war sich nicht mehr sicher, ob das wirklich gut war.

Scythe vermutete, dass es ein paar Stunden dauern würde, bis Norr zurückkam. Nachdem sie Gils Knochen gerichtet und geschient hatte, hatten Norr und Herrick eine Liege improvisiert, auf der sie Gil zu seinem Haus brachten. Wahrscheinlich würden die beiden Männer eine Weile bleiben, um sich davon zu überzeugen, dass Gil es bequem hatte, und zu versuchen, seiner Frau Trost zu spenden.

Immerhin war Scythe nicht gezwungen gewesen, das Bein zu amputieren, und dafür war sie dankbar. Aber der Bruch war übel. Sehr übel. Es war fraglich, ob er wirklich ordentlich heilen würde. Und selbst wenn, würde Gil sein Bein nie wieder richtig benutzen können.

Und das war alles ihre Schuld.

Norr hatte seit der Operation nicht mehr mit ihr gesprochen. Teilweise, weil die anderen nicht erfahren sollten, dass diese Schlägerei zu Scythes Plan gehört hatte, um die Reisenden in aller Ruhe bestehlen zu können, teilweise aber auch – jedenfalls vermutete Scythe das –, weil er so gekränkt, angewidert und wütend auf sie war, dass er nicht wusste, was er hätte sagen sollen.

Wenn er von Gil zurückkam, würde das auch keine Rolle mehr spielen. Denn dann war sie verschwunden. Sie konnte nicht hierbleiben, nicht nach allem, was sie diesen Menschen angetan hatte. Aber Norr konnte sich hier ein Leben aufbauen, ohne sie. Sie verdiente es nicht, mit ihm zusammen zu sein. Nicht mehr. Sie würde verschwinden und niemals zurückkehren.

Und wenn sie noch heute Nacht wegging, konnte sie die Spur der beiden Männer aufnehmen, die hierhergekommen waren und sich als Händler ausgegeben hatten. Sie wusste jetzt, dass sie nichts dergleichen waren. Magi, Hexer, Zauberer; es spielte für Scythe keine Rolle, wie sie sich selbst nannten. Und es interessierte sie auch nicht, warum sie ausgerechnet durch Praeton geritten waren. Wichtig war nur, dass sie für das, was sie getan hatten, bezahlen würden.

Wenn sie die ganze Nacht durchritt, konnte sie die beiden vermutlich in ein oder zwei Tagen einholen. Wo auch immer sie sich dann aufhielten, ob es die nächste Stadt war oder nur ein Lager im Wald, sie würde bis zum Einbruch der Dunkelheit warten. Bis sie sich schlafen gelegt hatten. Und dann würde sie dafür sorgen, dass keiner von ihnen jemals wieder aufwachte.

Scythe packte rasch und nahm nur mit, was sie unbedingt brauchte. Dann schlich sie lautlos aus ihrem Zimmer, wie sie es schon so viele Male zuvor bei so vielen anderen Männern getan hatte, um ihren Geliebten zu verlassen.

Norr wartete draußen auf sie. Sie versuchte, ihm in die Augen zu blicken, aber sie konnte sie in der Dunkelheit nicht erkennen.

»Du gehst weg?«, flüsterte er traurig.

»Ich kann nicht hierbleiben«, erwiderte sie. Sie wünschte sich, sie wäre schnell genug gewesen, um diese Konfrontation zu vermeiden. »Was heute Nacht passiert ist, war meine Schuld. Du hast ja noch versucht, mich zu warnen, aber ich wollte nicht auf dich hören.«

Der Barbar seufzte, sagte aber nichts.

»Ich bin für dieses Leben nicht geschaffen, Norr. Wenn

ich bleibe, wird eines Tages etwas noch Schlimmeres passieren. Ich muss gehen. Noch heute Nacht.«

Norr sank auf ein Knie, sodass ihre Augen fast auf gleicher Höhe waren. In seinem Blick sah sie weder Hass noch Ärger oder Wut, sondern nur Trauer. Trauer und etwas anderes. Entschlossenheit? Entschiedenheit?

Er umschlang sie mit seinen riesigen Armen und zog sie fest an seine Brust.

»Dann gehen wir zusammen weg von hier«, flüsterte er. Mehr sagte er nicht.

Und zum ersten Mal, seit sie sich begegnet waren, weinte Scythe.

38

Die schwarze Silhouette glitt lautlos und in großen, langsamen Kreisen über den sternenlosen Nachthimmel, während sie aufmerksam den Erdboden unter sich musterte. Selbst aus mehreren hundert Metern Höhe konnte Raven mit ihren glühenden, dämonischen Augen jede Einzelheit der gefrorenen Einöde unter sich erkennen. Doch was sie suchte, war für das bloße Auge nicht zu erkennen.

Dann spürte sie es. Ein Band aus reinem Chaos, das seinen gewundenen Weg nach Osten nahm. Eine Spur, die die Person hinterlassen hatte, die mit der Krone geflüchtet war. Brennende Lust flammte in der kalten Dunkelheit von Ravens widernatürlicher Seele auf, und eine beinahe greifbare Gier, die Macht des Artefakts zu besitzen und davon zu zehren, durchströmte sie. Aber ihr war klar, dass sie vorsichtig sein musste. Sie würde die Macht ihrer Beute nicht unterschätzen, so wie Scirth die Macht des Pontiffs während seines Verhörs im Monasterium unterschätzt hatte. Diese Sterblichen waren keineswegs so schwach und hilflos, wie Daemron sie hatte glauben machen wollen. Einige – zum Beispiel der Pontiff und auch die Person, die sie gerade verfolgte – besaßen wahre Macht. Das Chaos strömte stark durch ihre Adern.

Wäre dem nicht so gewesen, hätte sie ihre Beute längst eingeholt. Aber auf ihrer Jagd war sie mehrmals durch falsche Spuren in die Irre geführt worden. Zahllose Male hatte sie Fäden des Chaos wahrgenommen, die in verschiedene Richtungen führten. Begierig darauf, ihre Beute zu erlegen, war sie ihnen überstürzt gefolgt, nur um dann in einer Sackgasse zu landen und zu begreifen, dass sie einer falschen Fährte aufgesessen war, die sie von der Krone hatte wegführen sollen.

Raven war es nicht möglich zu erkennen, ob diejenige, der sie folgte, sie absichtlich von ihrer Spur abgeschüttelt hatte, oder ob es eine Art Verteidigungsmechanismus gewesen war, den diese Sterbliche instinktiv in Gang gebracht hatte. In beiden Fällen jedoch war eines unbestreitbar: Die Person, die sie verfolgte, bediente sich der Macht der Krone.

Ravens Schwingen schmerzten vor Erschöpfung, als sie hinabsank, um ihren letzten Fund zu untersuchen. Hunderte von Wegstunden vergebens geflogen zu sein, weil sie einem Köder gefolgt war, forderten ihren Tribut. Sie war stark, sie war die stärkste der Knechte, abgesehen von Orath. Das Chaos brodelte und kochte unter ihrer schwarzen Haut und verlieh ihr eine körperliche Ausdauer, die diejenige sämtlicher Sterblicher weit überstieg, dieser Kreaturen, die in einer Welt lebten, in der das *Vermächtnis* dafür sorgte, dass das Chaos nahezu nicht mehr existierte. Die Macht des Chaos war über zahllose Generationen in den Knechten gezüchtet worden, aber selbst sie hatten ihre Grenzen. Und Raven näherte sich allmählich den ihren.

Sie landete lautlos im Schnee. Ihre nackte weibliche Gestalt kauerte sich dicht an die Erde, als sie ihre majestätischen Schwingen um sich legte, um sich vor der Kälte zu schützen. Ihr Vogelkopf war zur Seite geneigt, sodass sie eines ihrer glühenden Augen auf die Spur richten konnte. Mittlerweile gelang es ihr, die Täuschungen und Tricks zu erkennen. Dadurch ließ sie sich nicht länger narren. Sie musterte die Spur lange und sorgfältig, wob ihre eigenen

Zauber über die glühende Fährte, die die Krone hinterlassen hatte, erprobte, prüfte und prüfte erneut, bis sie sich sehr, sehr sicher war.

Diesmal hatte sie keinen Zweifel, dass sie ihre Beute gefunden hatte. Es war schon viele Tage her, seit die Krone hier vorbeigekommen war; der Geschmack ihrer Macht begann sich bereits abzuschwächen. Aber sie war hier gewesen. Das stand fest. Jetzt würde es endlich ernst werden mit der Jagd.

Raven legte den Kopf in den Nacken und kreischte ihren Sieg zum Himmel empor. Der schrille Ruf zerriss die Stille der Nacht.

Kalt. So ungeheuer kalt.

Wie alle Angehörigen des Ordens konnte Cassandra selbst unter den extremsten Umweltbedingungen überleben. Sie konnte tagelang in der glühenden Hitze der Wüstensonne wandern oder durch gefrorene Einöden. Sie konnte Wochen ohne Nahrung und Wasser auskommen, vorausgesetzt, sie konnte ihre Macht fokussieren, um das zu bewerkstelligen.

Hunger und Kälte waren jedoch im Augenblick ihre geringste Sorge. Sie wurde gejagt, das wusste sie. Also hatte sie ihre Energie vor allem darauf verwandt, falsche Fährten zu erzeugen, mächtige Illusionen, um ihre Verfolger von ihrer Spur abzubringen. Sie wusste nicht genau, wie sie das bewerkstelligte; die Idee dazu war ihr in einem Traum gekommen.

Die Krone hatte natürlich einen Anteil daran, das war ihr klar. Etwas in dem Artefakt schien auf irgendeiner Ebene lebendig zu sein. Vielleicht war es ein göttlicher Funke der Wahren Götter selbst. Dieser Funke war auf sie übergesprungen, als sie döste, und hatte ihr gezeigt, wie sie die falschen Fährten hinterlassen konnte. Aber indem sie das tat, hatte sie ihre Energie nach außen richten müssen, und das machte ihren Körper verletzlich gegenüber dem lebensfeindlichen Klima und auch empfänglich für körperliche Leiden.

So hatte sie den ihr bis dahin unbekannten Schmerz des Hungers auf ihrer Reise durch die Einöde des Eisigen Ostens kennengelernt. Sie hatte Erschöpfung erlebt und Müdigkeit, als ihr Pferd schließlich verendet war und sie zu Fuß hatte weitergehen müssen. Sie hatte Schmerz erlebt, als ihre Füße Blasen bekamen und bluteten. Und sie hatte Furcht kennengelernt, als sie sich in einen gefrorenen Graben geduckt hatte, um sich vor einem umherstreifenden Barbarenstamm zu verstecken. Als sie über diese öde, windgepeitschte Ebene marschiert war, hatte sie tausend verschiedene Schmerzen und Leiden durchlebt. Als sie jedoch die eisigen Ebenen am Fuß der Berge erreicht hatte, hatte die Kälte sämtliche anderen Empfindungen ausgelöscht.

Zwei Finger hatte sie in dieser alles betäubenden Kälte verloren. Die Haut dieser beiden jetzt nutzlosen Glieder war schwarz, aufgeplatzt und hart, und mit ihrer magischen *Sicht* nahm sie den Wundbrand unter der Oberfläche wahr. Ihre Zehen waren noch schlimmer dran. Ihre Stiefel waren so von gefrorenem Eis umhüllt, dass sie mit dem Fleisch ihrer abgestorbenen Füße verschmolzen waren. Ihre Ohrläppchen waren verschwunden, und sie würde auch bald ihre Nasenspitze verlieren. Sie hatte alles Gefühl in ihrem Körper verloren, und die Kälte drang ihr durch die Knochen bis ins Mark. Und doch hatte sie irgendwie überlebt.

Das war das Verdienst der Krone. Sie steckte in der Satteltasche, die sie über der Schulter trug, und ihre Magie stärkte sie irgendwie trotz all ihrer Leiden. Sie wäre schon vor langer Zeit zusammengebrochen, ihr gefrorener Leichnam würde schon längst irgendwo in den eisigen Weiten liegen, aber die Macht des Artefakts belebte ihre gefrorenen Gliedmaßen und ermöglichte ihr weiterzumarschieren.

Sie nahm nur drei Dinge wahr. Die Kälte. Ihr Ziel, das immer näher kam. Und das unaufhörliche, einschmeichelnde Flüstern, das ihr einzureden versuchte, sie könnte ihr Elend beenden, indem sie sich die Krone einfach auf den Kopf setzte. Das Chaos könnte die Kälte bannen, wisperte es, und ihr den verlorenen Körper in einem einzigen glorreichen Blitz von magischem Feuer zurückgeben. Wenn sie wollte, könnte sie sogar den endlosen Winter verbannen und den Eisigen Osten in ein fruchtbares Paradies verwandeln. Sie könnte die Welt der Sterblichen gegen den *Schlächter* und seine Knechte verteidigen. Sie könnte das Kommen des Kataklysmus verhindern.

Irgendwo in den Abgründen von Cassandras Geist existierte noch ein kleiner Teil von ihrem alten Selbst, das sich an eine einzige, unerschütterliche Gewissheit klammerte: Diese Vision war eine Lüge; die verführerische Verlockung einer verzweifelten und fehlerhaften *Sicht,* die von den Lehren ihres alten Meisters geprägt war. Sie war einmal von Rexol verhext worden, und das hatte den Untergang des Ordens herbeigeführt. Sie würde sich nicht noch einmal den Lügen beugen. Sie würde den Wächter finden und ihm die Krone übergeben.

Aus einer Entfernung von vielen, vielen Wegstunden hörte sie einen schrillen Schrei. Dieses unmenschliche Kreischen hallte weit über die verschneiten Ebenen. Es klang wie der durchdringende Schrei eines monströsen

Raubvogels, ein Schrei, der unmöglich menschlich sein konnte, ein Schrei des reinen Bösen.

Cassandra wusste, dass die Bestie, die diesen schrecklichen Schrei ausgestoßen hatte, sie jagte. Ihr blieb nichts anderes übrig, als weiterzugehen.

39

»Die Träume werden jetzt stärker«, verriet die Königin der Danaan ihrem Inneren Zirkel. »Und die Albträume werden schlimmer. Lebhafter. Ich sehe, wie die grauenvollen Feuer des Chaos unsere Stadt und ihre Bewohner vernichten. Ich sehe, wie der *Weltenzerstörer* unter uns wandelt. Ich kann nicht mehr schlafen aus Angst vor diesen Visionen. Die Zeit des Zweiten Kataklysmus rückt näher.«

Es herrschte Schweigen, während die Mitglieder des Inneren Zirkels ihre Worte zu verdauen versuchten und sich bemühten, irgendetwas Nützliches darin zu finden. Sie suchten nach irgendeinem Hinweis, einem Rat, der helfen könnte, das Volk der Danaan durch diese gefährliche Zeit zu führen. Sie alle hofften, dass die Königin mehr wusste als das, was sie ihnen sagte, aber sie alle hatten Angst, sie danach zu fragen.

Schließlich war es Andar, der das Schweigen brach. »Was müssen wir tun, meine Königin?«

Rianna Avareen, die stolze Herrscherin des Volkes der Danaan, schüttelte den Kopf, als sie zögernd ihre Niederlage eingestand. »Ich weiß es nicht. Meine Visionen haben mir nichts gezeigt außer Tod und Vernichtung. Ich habe nicht gesehen, wie der Kataklysmus abgewendet werden könnte.«

»Vielleicht kann man ihn ja gar nicht abwenden«, meinte Andar.

»Ich weigere mich, das zu glauben.« Drake ergriff jetzt

das Wort, auch um die Königin vor ihrer hoffnungslosen Verzweiflung und der Trauer über das Los ihres Volkes zu schützen. »Das Schicksal ist formbar und verändert sich ständig. Unsere Monarchen wurden immer von Prophezeiungen und Visionen geleitet. Wir haben auch in der Vergangenheit Katastrophen und Tragödien abgewendet. Die Geschichte unseres Königreiches ist der Beweis dafür, dass Visionen Blicke auf etwas sind, was geschehen kann, nicht auf etwas, was unbedingt geschehen wird. Wir alle wissen, dass die Zukunft nicht festgeschrieben ist.«

»Mit dem Kataklysmus verhält es sich anders«, widersprach Andar. »Vielleicht gibt es keine andere Zukunft.«

»Nein! Das werde ich nicht akzeptieren. Wenn die Vision der Königin nur zeigte, was unausweichlich eintreten wird, welchen Sinn hätte sie dann? Warum sollte sie etwas sehen, das nicht verändert werden kann? Darin liegt keinerlei Logik. Es ergibt keinen Sinn.«

Andar zuckte mit den Schultern. Der Zauberer der Königin war nicht erpicht darauf, sich mit dem einflussreichen Gefährten seiner Herrscherin zu streiten, aber er war auch nicht bereit, einfach klein beizugeben. »So funktioniert das Chaos eben. Es lässt sich nicht durch Logik oder Verstand binden oder dadurch, dass man es vorhersehen kann. Wir haben einen deutlichen Beweis dafür in der Unzulänglichkeit des Prinzen gesehen.«

Die Königin versteifte sich, als ihr Sohn so beleidigt wurde, doch erneut war es Drake, der sie verteidigte, sie und den jungen Mann, den er wie seinen eigenen Sohn erzogen hatte.

»Du bist ein Narr, Andar!«, schrie er, unfähig, sich zu beherrschen. »Vaaler ist ein fähiger, intelligenter junger Mann. Er wird von allen respektiert, die bei den Patrouillen dienen, sie würden ihr Leben für ihn geben! Er ist klug, hat einen starken Charakter und ist tapfer. Vaaler ist ein geborener Führer!«

Die Ratsmitglieder rutschten auf ihren Stühlen hin und her, weil Drakes gerechter Zorn ihnen Unbehagen bereitete. Aber Andar wollte immer noch nicht nachgeben.

»Trotzdem besitzt er nicht die Gabe der *Sicht*.«

Die Königin schwieg und beobachtete die Konfrontation ihrer beiden vertrauenswürdigsten Berater. Beide Männer hatten recht, und beide Männer sagten die Wahrheit. Vaaler war all das, was Drake gesagt hatte, und noch mehr, und doch brandmarkte ihn dieser eine, unverzeihliche Makel, den keines seiner anderen Talente aufwiegen konnte. Aus diesem Grund beachtete der Innere Zirkel die Warnung ihres Sohnes vor dem schleichenden Verfall der Danaan-Kultur und des Königreiches nicht. Und aus ebendiesem Grund wiesen sie seine Forderungen, ihre Grenzen und ihre Gesellschaft für die Menschen zu öffnen, als dumm und leichtsinnig zurück.

Wie sollten sie denn auch den Entscheidungen eines Königs vertrauen, der keine Visionen hatte? Genauso gut könnte man sich von einem blinden Mann über einen schmalen Grat führen lassen. Erneut fragte sich die Königin, ob man ihrem Sohn jemals erlauben würde, den Thron zu besteigen, auch wenn er ihm von Rechts wegen zustand.

»Es ist kein Wunder, dass Vaaler seine Zeit bei den Patrouillen verbringt«, sagte Drake gerade. »Du hast ihn bereits als unfähig gebrandmarkt, Andar. Du und die anderen auch. Da draußen jedoch wird sein Wert anerkannt.«

»Das liegt vielleicht daran, dass seine Tauglichkeit als Anführer der Patrouille größer ist denn als König.«

Jetzt musste die Königin einschreiten.

»Andar, deine Worte kommen einem Hochverrat gefährlich nahe«, warnte sie ihn kalt und hart. »Vaaler ist der rechtmäßige Thronfolger, der in einer ununterbrochenen Linie von Tremin Avareen selbst abstammt. Er wird eines Tages dieses Königreich regieren, und du wirst dich ihm eines Tages beugen … oder deinen Kopf verlieren.«

»Vergib mir, meine Königin«, sagte Andar und verbeugte sich bei diesen Worten. »Ich habe mich von unserem Disput mitreißen lassen. Ich habe dir und deinem Königshaus Loyalität geschworen und würde lieber mein Leben verlieren, als diesen Eid zu brechen.«

Loyalität für mich und mein Königshaus, dachte die Königin. Aber nicht für meinen Sohn.

»Ich akzeptiere deine Entschuldigung, Andar«, sagte sie laut. »Aber du solltest dergleichen lieber nicht außerhalb dieses Inneren Zirkels äußern.«

Sie hatte keine Wahl, als ihm zu vergeben. Er sprach nur das laut aus, was alle anderen dachten. Und wenn sie ihn dafür bestrafte, dass er so etwas sagte, würden die anderen anfangen, ihre Zungen zu hüten. Sie würden keine wertvollen Ratgeber mehr sein, sondern nur noch Heuchler und Speichellecker. Aber sie brauchte ihren ehrlichen und aufrichtigen Rat, heute mehr denn je.

»Der Kataklysmus kommt, die Königin hat es gesehen«, erklärte Drake. »Darauf müssen wir uns hier im Inneren Zirkel konzentrieren, auf den Kataklysmus und die mögliche Vernichtung unseres Volkes. Wir sollten das Gerede über den Prinzen beenden und wieder zu den drängenderen Themen zurückkehren.«

Alle Anwesenden stimmten seinen Worten pflichtschuldigst zu, aber auf ihren Gesichtern sah die Königin, dass sie alle glaubten, Vaalers Makel wäre eins dieser drängenden Themen.

Sie debattierten bis spät in die Nacht hinein, aber auch diese Diskussion verlief ebenso im Sande wie alle ihre Gespräche zuvor. Ihre Vision war sehr mächtig, aber vollkommen nutzlos. Sie zeigte ihr nur ein schreckliches Schicksal, aber nicht im Geringsten, wie sie es abwenden könnte. Man sagte, die uralten Monarchen hätten die Macht besessen, die *Sicht* für ihre Zwecke zu beugen, das Chaos im königlichen Blut zu zwingen, ihnen zu zeigen, was sie sehen wollten. Falls das tatsächlich stimmte, hatten die Monarchen diese Macht schon vor langer Zeit verloren.

Die Königin hatte keinerlei Kontrolle über ihre Träume. Sie war nur ein Kanal, durch den das Chaos sich selbst manifestierte. So wie ihr Ehemann es gewesen war und der Monarch vor ihm und der Monarch davor ebenfalls. Vielleicht war das ein Beleg dafür, dass die Gabe der *Sicht* in der Linie der Avareen ständig schwächer geworden war, und möglicherweise war Vaalers Makel keineswegs so unvorhersehbar gewesen, wie sie alle glauben wollten.

Allerdings spielte das alles schwerlich eine Rolle. Die Mitglieder des Zirkels würden sich weiter streiten, die Königin würde weiter zuhören, und es würde wieder nichts dabei herauskommen. Und in der Nacht würde sie schlafen und von Feuer träumen. Und schon bald würde der *Weltenzerstörer* erscheinen.

Unbewusst hob sie die Hand zu dem Ring, der an ihrem Hals hing, und hielt ihn fest mit ihren schlanken Fingern, so als könnte sie Zuversicht aus diesem schlichten goldenen Reif ziehen.

40

In den ersten vier Tagen nach ihrer hastigen Flucht aus Praeton steigerte Jerrod ihr bereits enorm hohes Tempo noch. Keegan hatte nicht vor, sich darüber zu beschweren. Sie fürchteten keine Rache vor den einfachen Dorfbewohnern, sondern eher, dass die Kunde von ihren Taten an das Ohr eines Pilgers drang, der zufällig in der Gegend war.

Denn in diesem Fall würde sich die Nachricht rasch weiterverbreiten. Die Pilger konnten die Botenvögel der Adelshäuser nutzen, denen sie dienten, und vermochten folglich weit schneller miteinander zu kommunizieren, als ein Pferd laufen konnte. Schon bald würde der Orden über ihren derzeitigen Aufenthaltsort informiert sein, und dann war es nicht mehr schwer zu erraten, dass sie nach Norden unterwegs waren, zu den FreiStädten. Sie mussten Torian erreichen, bevor der Pontiff Männer ausschicken konnte, um ihnen den Weg abzuschneiden.

Keegan war jetzt noch versessener darauf, eine Konfrontation mit dem Orden zu vermeiden als zuvor. Auf ihrer Flucht hatte er seine Amulette und die Phiole mit dem Hexwurz-Extrakt zurückgelassen. Das bedeutete, er war letztendlich wehrlos. Angreifbar. Falls etwas passierte, musste er sich vollkommen auf seinen Gefährten verlassen.

Er hasste es, seine Schwäche zuzugeben, aber er tröstete sich mit dem Wissen, dass sie nur vorübergehend war. Sobald sie die Stadt Torian erreicht hatten, würde er seinen Vorrat wieder auffrischen. Und in Zukunft würde er darauf achten, immer ein wenig Hexwurz und eine Sammlung von Amuletten bei sich zu haben.

Am fünften Tag ihrer Flucht überquerten sie den Larna an der nördlichen Grenze der Provinz, und jetzt endlich verlangsamte Jerrod das Tempo. Geographisch gesehen befanden sie sich mittlerweile in den Grenzlanden und damit außerhalb des Einflussbereichs des Pontiffs. Es würde zwar noch mindestens eine Woche dauern, nach Torian zu gelangen, aber der Orden schickte nur sehr wenig Pilger in dieses Gebiet und hatte nur wenig Macht über die örtlichen Herrscher. Also würden ihre Verfolger sich ihnen höchstwahrscheinlich von hinten nähern.

Sie hatten die Südlande erfolgreich verlassen. Blieb nur die Frage, ob Khamin Ankha, Rexols ehemaliger Schüler, ihnen helfen würde.

Irgendwie kam Keegan dieser Name bekannt vor, aber er wusste einfach nicht, woher. Hatte Rexol ihn einmal erwähnt? Vielleicht war es ja ein gutes Zeichen, dass er den Namen kannte. Sein Meister hatte nur selten die Namen seiner ehemaligen Schüler genannt. Möglicherweise war dieser Khamin Ankha ja einer gewesen, der eine solche Erwähnung verdient hatte.

Und wenn sie das, was sie benötigten, in Torian nicht fanden, gab es immer noch eine andere Option: Vaaler. Denn sie näherten sich auch immer mehr dem Nordforst, dem verbotenen Reich der Danaan. Und zufälligerweise kannte Keegan den Thronerben. Vaaler würde ihm sicherlich helfen, vorausgesetzt, sie wurden nicht bei dem Versuch, ihn zu erreichen, getötet, wenn sie durch den Wald ritten.

Keegan hatte Jerrod gegenüber den Danaan-Prinzen noch nicht erwähnt. Er hatte Angst davor. Denn wenn der Mönch von einem solch wertvollen möglichen Verbündeten erfuhr, bestand er vielleicht darauf, dass sie Kontakt mit ihm aufnahmen, koste es, was es wolle. Während ihrer Zeit bei Rexol hatte Vaaler ihm viele bemerkenswerte Geschichten von den Patrouillen der Danaan erzählt und was sie mit Menschen anstellten, die dumm genug waren, sich auf ihr Gebiet zu verirren. Angesichts der drastischen Natur dieser Geschichten wollte Keegan eine solche Reise nur dann riskieren, wenn es ihre letzte Hoffnung war.

Er beschloss, sein Geheimnis noch ein bisschen länger für sich zu behalten. Jedenfalls so lange, bis sie die Gastfreundschaft dieser Leute in Torian auf die Probe gestellt hatten.

Scythe war wie immer als Erste wach. Wenn Norr schlief, dann schlief er tief und fest. Statt ihn zu wecken, ließ sie ihn noch ein bisschen weiterschnarchen, während sie ein Stück vorausging, um die Fährte zu suchen.

Die falschen Händler, denen sie folgten, machten keinerlei Anstalten, ihre Spuren zu verwischen, aber Scythe war ein typisches Stadtkind. Sie brauchte ziemlich lange, bis sie auch nur das deutlichste Zeichen fand, dass ihre Beute hier vorbeigekommen war. Manchmal fand sie die Spur überhaupt nicht und musste zurückgehen und Norr wecken. Der Barbar war ein Jäger. Er fand die Fährte der Männer mit Leichtigkeit. Aber sie hasste es, ihn aus seinem Schlaf zu reißen. Und außerdem hasste sie es, ihr Versagen eingestehen zu müssen.

Wobei es eigentlich keine große Rolle spielte, ob sie der Spur folgten oder nicht. Denn die beiden Männer ritten beinah schnurgerade nach Norden und machten nur Umwege, um Städte und belebte Handelswege zu umgehen. Oft ritten sie direkt durch die hier in der Wildnis der oberen Südlande seltenen Birkenwälder und durchquerten

Flüsse und Felder, ohne sich um bereits existierende Wege zu kümmern. Zuerst hatte Scythe geglaubt, die Männer versuchten, ihre Verfolger abzuschütteln. Aber etwas später begriff sie, dass es den beiden einfach nur darum ging, den kürzesten und direktesten Weg zu nehmen. Die Hexer wollten einfach nur schnell vorankommen, und das gelang ihnen auch ganz ausgezeichnet.

Nach den ersten paar Tagen hätte Scythe beinahe aufgegeben. Die Fährte wurde immer kälter, da sie immer weiter zurückfielen, obwohl sie jede Nacht nur ein paar Stunden schliefen. Es war fast so, als würden die Männer, denen sie folgten, überhaupt keinen Schlaf brauchen. Scythe hatte sogar die Möglichkeit in Betracht gezogen, dass sie seltsame Magie benutzten, um sich selbst und ihren Pferden mehr Kraft zu verleihen. Nach dem, was sie in der Herberge des *Singenden Drachen* gesehen hatte, war das nicht gänzlich abwegig.

Sie hatte immer noch den Beutel bei sich, den sie aus dem Zimmer des Hexers gestohlen hatte. Er steckte sicher in ihrem Gürtel, obwohl sie selbst keine Verwendung für die magischen Amulette oder die Phiole mit dieser merkwürdigen Flüssigkeit hatte. Sie erinnerte sich an die Lektionen von Methodis und vermutete, dass es sich dabei um Hexwurz handelte. Das war eine mächtige Droge, die Hexer benutzten, um ihren Geist zu befreien. Und diese Knochen und dergleichen waren wahrscheinlich Amulette, Stücke von Zähnen oder Knochen längst ausgestorbener Kreaturen, in denen angeblich die Macht des Chaos selbst enthalten war.

Scythe hoffte sehr, dass dies die einzigen Quellen der Macht für diese Hexer waren. Ohne sie waren sie vielleicht wehrlos und angreifbar. Aber sie ahnte, dass die beiden sehr wahrscheinlich noch mehr von ihren uralten magischen Hilfsmitteln in den Satteltaschen ihrer Pferde versteckt hatten.

Trotzdem weigerte sie sich aufzugeben. Sowohl die Furcht, zu dem Leben in Praeton zurückzukehren, als auch ihr unstillbarer Rachedurst trieben Scythe weiter.

Nach der Überquerung des Larna hatten sie endlich angefangen aufzuholen. Natürlich hatte Norr es als Erster bemerkt. Aber jetzt konnte selbst Scythe die Anzeichen erkennen, dass sie den beiden näher kamen. Sie stießen auf verlassene Lager, etwas, das sie zuvor nicht gesehen hatten. Norr zeigte ihr, wo die Männer geschlafen hatten, Mulden, wo ihre Körper den weichen Untergrund verformt und Zweige zerbrochen hatten. Er war sogar in der Lage, ihr zu sagen, wie lange sie in jedem Lager verbracht hatten. Es erleichterte Scythe zu erfahren, dass selbst Hexer irgendwann nachts schlafen mussten, nachdem sie die erste Zeit auch in der Nacht ohne Pause durchgeritten waren.

Norr hatte ihr auch sagen können, in welcher Reihenfolge die Männer Wache gehalten hatten, indem er aus den schwachen Fußabdrücken in dem weichen Boden geschlossen hatte, wer wen wann geweckt hatte. Dass sie Wachen aufstellten, machte ihr keine Sorgen. Sie konnte leicht in der Dunkelheit an jeder Wache vorbeischlüpfen oder dem Mann die Kehle durchschneiden, ohne dass er auch nur ein Geräusch von sich geben würde. Wenigstens benutzten sie keine tödliche Chaosmagie, um ihre Lager zu bewachen. Scythe wusste nicht, ob sie in der Lage gewesen wäre, auch so etwas zu umgehen.

Wache zu halten stand für sie und Norr nicht zur Debatte. Erstens gab es niemanden, vor dem sie sich hätten fürchten müssen. Schließlich waren nicht sie es, die gejagt wurden, und die Chance, zufällig so weit von den

Hauptstraßen auf Wegelagerer zu treffen, war minimal. Zudem hatte Scythe einen sehr leichten Schlaf. Jeder, der versuchte, sich ihnen unbemerkt zu nähern, würde sehr wahrscheinlich auf Scythes Messerspitze starren, sobald er nahe genug herangeschlichen war, um irgendetwas Gefährliches versuchen zu können.

Also schliefen Norr und sie die ganze Nacht durch. Außer, wenn sie aufwachten, um sich zu lieben. Seit Scythe wusste, dass sich der Vorsprung der beiden Hexer verminderte, spürte sie eine ständige Erregung in ihrem Körper. Die Erwartung der bevorstehenden Jagd durchströmte sie heiß. Norr nahm sie ebenfalls wahr, diese lange vergessene Jagdleidenschaft. Angestachelt von dieser Erregung, die durch ihre Körper strömte, und der Wildheit der Umgebung, war auch ihr Sex primitiv und wild, fast animalisch. Scythe grub ihre Fingernägel in Norrs Brust und Rücken und hinterließ rote Striemen auf seiner blassen Haut. Er stieß sie wie verrückt, nahm sie hitzig, bis die Schreie ihrer Lust und ihrer Schmerzen die Nacht zerrissen. Danach lagen sie regungslos da, ineinander verschlungen, während die kalte Nachtluft eine Gänsehaut auf ihren Körpern verursachte und ihr Schweiß allmählich trocknete. Und Scythe hoffte auf die winzige Chance, dass Norr es vielleicht doch nicht bereute, Praeton verlassen zu haben.

Jetzt fiel ihr ein zerbrochener Zweig ins Auge. Sie hatte die Fährte wiedergefunden. Zufrieden brach sie einen größeren Zweig von einem Strauch ab und bohrte ihn neben der Spur ihrer Beute in den Boden, damit sie die Stelle leicht wiederfand, nachdem sie Norr geweckt hatte.

Scythe wusste zwar nicht, was passieren würde, wenn sie beide die Hexer eingeholt hatten, aber das bereitete ihr kein Kopfzerbrechen. Im Gegenteil, sie genoss es sogar.

Denn im Gegensatz zu ihrer Zeit in Praeton war ihre Zukunft jetzt wieder offen.

Scythe bemerkte nicht, dass sie lächelte, als sie mit beschwingten Schritten in ihr Lager zurückkehrte, um Norr zu wecken. Die Jagd ging weiter.

41

Torian war wie alle FreiStädte von einer massiven Mauer umgeben, die mehr als fünfzehn Meter hoch und sieben Meter dick war. Der rissige graue Stein kündete von dem Alter dieses beeindruckenden Bauwerks. Dass sie nach so vielen Jahrhunderten und zahllosen Angriffen auf die Stadt immer noch stand, gab Zeugnis von ihrer Stärke.

Durch seine Studien unter Rexol wusste Keegan, dass sich die FreiStädte, die man manchmal auch Grenzstädte nannte, ihren Status durch das Blut und die Leiden ihrer Bewohner erkämpft hatten. Nach dem Kataklysmus vor siebenhundert Jahren waren die gesamten Südlande ein buntes Sammelsurium aus hundert unabhängigen Stadtstaaten gewesen. Primitive Nomadenstämme hatten sich entschlossen, sesshaft zu werden und Siedlungen zu errichten, statt weiter fortgesetzt umherzuwandern. Diese Siedlungen waren von Nachfahren der Stammeshäuptlinge regiert worden und hatten sich in endlosen Scharmützeln und Auseinandersetzungen mit ihren Nachbarn gegenseitig aufgerieben.

Diese kriegerischen Auseinandersetzungen waren an der Tagesordnung gewesen. Kleine Armeen von Plünderern waren durch die Südlande gezogen und hatten alles verbrannt und ausgeraubt, was auf ihrem Weg lag. Diese Schlachten waren zwar mit primitiven Waffen geschlagen worden, aber sie waren dennoch nicht weniger tödlich und verlustreich verlaufen. Es wurde so lange um kostbares, fruchtbares Ackerland gekämpft, das fast jährlich den Besitzer wechselte, bis durch die endlosen Kämpfe nur noch verbrannte, unfruchtbare Landstriche übrig waren. Ganze Generationen junger Männer fielen diesen Kämpfen zum Opfer, und sowohl das Wachstum der Bevölkerung als auch die kulturelle Entwicklung kamen zum Erliegen, während die Südlande von diesen ständigen Kriegszügen heimgesucht wurden.

Dann, nach nahezu drei Jahrhunderten der Stagnation, kam die Vereinigung. Sieben der stärksten und mächtigsten Kriegsherren vereinten ihre Armeen und begannen einen Eroberungs- und Unterwerfungskrieg in den gesamten Südlanden. Die winzigen Möchtegern-Königreiche wurden einem immer größer werdenden Imperium eingegliedert, und sämtliche uralten Rivalitäten und Konflikte waren vergessen, nachdem die Allianz der Sieben die Anführer der kleineren Königreiche und Domänen gefangen genommen und hingerichtet hatte.

Die Banner der Allianz tauchten zuerst in den Mittlanden auf, doch innerhalb von nur zwei Jahrzehnten hatten sie die Grenzen des Imperiums so weit nach Süden ausgedehnt, dass sie die Südwüste erreichten. Im Osten stießen sie auf die Eisige Einöde, und im Westen gebot das Große Meer ihnen Einhalt. Das Fundament für die Südlande, wie sie heute existierten, wurde gelegt, als die Kriegsfürsten ihre Beute in Provinzen aufteilten, in die bekannten Sieben Königreiche. Jeder von ihnen erhob die größte und schönste Stadt innerhalb dieses Territoriums zu seiner Provinzhauptstadt.

Das große Imperium der Südlande hatte nach drei Himmelsrichtungen hin natürliche Grenzen, nach Süden, Osten und Westen. Also schickten die Kriegsherren ihre eroberungshungrigen Armeen nach Norden. Sie erwarteten, dass ihre gewaltigen Streitkräfte alles erobern würden, aber dann erreichten sie die Wälder der Danaan. Hier stießen sie zum ersten Mal auf ernsthaften Widerstand und auf einen Widersacher, den sie nicht nach Belieben durch die reine Masse ihrer Truppen hinwegfegen konnten.

Die FreiStädte.

Die Legenden von den Kriegen gegen die FreiStädte waren in den Südlanden sehr verbreitet, und an Orten wie Torian waren sie noch sehr lebendig. Es gab Geschichten von Belagerungen, die zwanzig Jahre dauerten, von großen, mit gewaltigen Mauern befestigten Städten, auf deren Zinnen wenige hundert Soldaten gegen Zehntausende bewaffneter Feinde ausharrten, die sich vor den Toren versammelt hatten. Es gab Geschichten von tapferen Stadtfürsten, die sich weigerten zu kapitulieren. Sie hielten gegen alle Wahrscheinlichkeit und eine überwältigende feindliche Übermacht mit aller Kraft an ihrer Unabhängigkeit fest und hatten am Ende irgendwie Erfolg. Es gab etliche Sagen über Generäle der Südlande, die ihre Streitkräfte mit der gnadenlosen Wut von Brechern, die gegen Klippen brandeten, gegen diese Mauern schickten. Doch ihre Angriffe scheiterten immer und immer wieder an der wachsamen Courage der Verteidiger auf der anderen Seite. Schließlich verloren sie den Mut und gaben auf.

Natürlich existierten nicht nur heroische Geschichten aus der Zeit der FreiStadt-Kriege. Aus Gemunkel wurden schließlich dunkle Gerüchte über Kannibalismus, weil jene, die in den ummauerten Städten eingeschlossen waren, nicht hätten überleben können, wenn sie nicht ihre eigenen Mitbürger verzehrt hätten. Aber Rexol hatte Keegan gelehrt, dass dies zum größten Teil Propaganda der Südlande war. Denn die Belagerer vermochten die Städte keineswegs vollständig zu umzingeln. Alle FreiStädte waren unmittelbar am Rand des Nordforsts errichtet. Ihre Mauern verliefen bis hinter die Baumgrenze. Als nun die Armeen der Südlande anrückten, war es ihnen unmöglich, die Mauern der Städte vollkommen einzuschließen. Die Nordtore innerhalb des Waldes waren also nicht blockiert, was den Bewohnern eine Fluchtmöglichkeit bot und zudem eine Hintertür, durch die Nachschub und Lebensmittel in die Stadt gelangten.

Selbstverständlich hatten die Generäle der Südlande versucht, diesen Nachschubweg zu kappen. Aber keiner der Soldaten, die sie in die verbotenen Wälder geschickt hatten, um die Umzingelung zu vollenden, war jemals zurückgekehrt. Es wurde weder bewiesen noch jemals zugegeben, aber die meisten Historiker hegten die starke Vermutung, dass die Danaan für das Verschwinden dieser Truppen verantwortlich waren. Sie hatten die Bemühungen der FreiStädte entweder offen oder verdeckt unterstützt, weil sie unbedingt einen Puffer zwischen ihrem eigenen Land und dem des expandierenden menschlichen Imperiums im Süden haben wollten.

Am Ende hatten die Südlande ihre Niederlage eingestanden und sich von der Kriegsführung auf die Diplomatie verlegt. Sie versuchten, die unbesiegbaren ummauerten Städte unter ihre Fittiche zu bringen. Das Ergebnis war eine Sammlung von halbautonomen Städten, die eine starke Allianz mit den Sieben Hauptstädten unterhielten, aber dennoch in der Lage waren, viele politische Kapitulationen und Kompromisse zu vermeiden, die der Rest der Südlande hatte eingehen müssen. Dazu gehörten auch die Dekrete des Ordens.

Während der *Säuberung* hatten die FreiStädte sich dem Orden widersetzt, so wie sie zuvor den Kriegsfürsten der Südlande Widerstand geleistet hatten, und das mit ähnlichem Erfolg. Hier besaß der Pontiff nur sehr wenig Einfluss und noch weit weniger Macht. Und hier konnten Keegan und Jerrod möglicherweise der Todesstrafe entgehen, zu der das Monasterium sie verurteilt hatte. Sie konnten Beethania, die Stadtfürstin von Torian, um Asyl bitten, und zwar durch Vermittlung ihres Hofmagus Khamin Ankha, Rexols ehemaligem Schüler.

Sie näherten sich jetzt auf der breiten Straße dem Südtor, Keegan, Jerrod und gut hundert andere Reisende. Die beiden hatten sich vor etwa einer Meile der Menschenmenge angeschlossen und damit ihren ursprünglichen Plan aufgegeben, sich immer auf den weniger belebten Pfaden zu halten. Es gab von dieser Seite aus nur einen Weg nach Torian, und der führte durch diese großen, schwer bewachten Tore.

Keegan wusste, dass sie trotz des Gedränges um sie herum auffallen würden. Jerrod hatte entschieden, dass sie nicht versuchen würden zu verbergen, wer oder was sie waren. Im Gegenteil, er hatte darauf bestanden, dass Keegan sich in voller Ausrüstung zeigte: mit nacktem Oberkörper, die Haut mit Symbolen und Schutzrunen bemalt und Rexols Gorgonenstab in der Hand.

Der Mönch wollte Eindruck machen. Er wollte die Aufmerksamkeit der Stadtverwaltung auf sich ziehen. Es sollte jeder wissen, dass ein wilder ChaosMagus in der Stadt war, denn er wollte, dass Rexols ehemaliger Schüler zu ihnen kam.

Keegan spürte die Blicke aller Umstehenden auf sich, als sie durch die gewaltigen Mauern und den Torweg in das Innere der Stadt schritten. Er verschmähte es, ihre Blicke zu erwidern, denn für einen ChaosMagus waren gewöhnliche Sterbliche ohne Belang. Doch aus den Augenwinkeln sah er, wie ein Läufer hastig aufbrach. Vermutlich sollte er die Stadtoberen von ihrer Gegenwart informieren. Jerrod hatte erreicht, was er wollte: Man hatte sie bemerkt.

Einst war Torian eine Bastion militärischer Macht gewesen, die sich der Allianz der Sieben Kriegsherren widersetzt hatte. Jetzt war die Stadt ein blühendes Handelszentrum, eine Brücke zwischen den Südlanden und dem geheimnisvollen Königreich von Danaan, das sich hinter den Bäumen jenseits des Nordtores verbarg. Der Einfluss der Danaan war auch in der Stadt offenkundig. Viele dieser Waldleute mit ihrer olivfarbenen Haut schlenderten durch die Menschenmenge, und in den Gesichtszügen und an der Hautfarbe der gemeinen Bevölkerung entdeckte Keegan unauffällige Hinweise auf nicht nur menschliche Vorfahren. Überall sonst wäre das Kind eines Danaan und eines Menschen als eine Missgeburt verstoßen worden, als ein Halbblut. Aus der Tatsache, dass sich solche Mischlinge hier in Torian aufhielten, schloss er, dass solche Nachkommen hier akzeptiert wurden, wenn auch vielleicht nur widerwillig.

Auch Kleidung und Mode unterschieden sich deutlich von der in den restlichen Südlanden. Natürlich veränderte sich der Stil von Stadt zu Stadt und von Region zu Region, aber selbst in den auffälligsten Trends innerhalb der Provinzen fand sich immer irgendetwas Vertrautes, etwas eindeutig Südlandisches. Zum Beispiel funktionelle, haltbare Kleidung und dezente Farben.

Hier jedoch trugen die Leute weite, fließende Gewänder. Sie schmückten sie mit langen, im Wind flatternden Schals oder trugen luftige Umhänge und Mäntel über ihrer Kleidung. Die Stiefel bestanden aus weich gegerbtem Leder statt aus den harten, gekochten Tierhäuten, die Keegan gewohnt war. Und wohin er auch blickte, sah er strahlende Farben; Rot, Orange und Grün waren eindeutig vorherrschend.

Die Architektur verriet ebenfalls den Einfluss der Kultur der Danaan. Hier fand man nur selten die flachen, viereckigen Gebäude, wie man sie überall in den Südlanden sah. Stattdessen wurde die Stadt von großen, eleganten Wohntürmen beherrscht, wie sie auf den Skizzen der Hauptstadt von Danaan zu sehen waren, die Keegan in Rexols Bibliothek gefunden hatte. Torian wirkte weniger wie eine Stadt, eher wie ein Wald aus Gebäuden.

Die Hauptstraße war belebt, aber es war nicht voller als in irgendeiner Handelsstadt in den Südlanden. Die gewaltigen Turmbauten hatte man in großen, gleichmäßigen Abständen errichtet, sodass sie ein Gitterwerk aus breiten, sich kreuzenden Straßen zuließen. Das machte es beinahe zu einem Vergnügen, sich in der Stadt zu bewegen. Außerdem waren die Straßen in Torian zu Keegans Überraschung verhältnismäßig sauber. Gestank und Schmutz, die man in allen größeren städtischen Zentren der Südlande fand, waren hier unbekannt, und es gab auch keine Überbevölkerung wie in allen Sieben Hauptstädten.

Keegan konnte sich die Stadt in aller Ruhe ansehen und ein Gefühl dafür entwickeln, weil Jerrod nur sehr langsam weiterging. Er wollte, dass Torians Stadtobere sie fanden. Mittlerweile musste Khamin Ankha wissen, dass ein anderer Hexer in der Stadt eingetroffen war. Sollte Rexols ehemaliger Schüler nichts mit ihnen zu tun haben wollen und sich weigern, die offiziellen Kanäle für sie zu öffnen, dann konnten sie einfach weiter in das Land der Danaan reisen. Dachte Keegan jedenfalls.

Sie gingen immer noch auf der Hauptstraße nach Norden, und irgendwann würden sie auf diesem Weg zu den weit kleineren Toren in der Nordmauer kommen. Dort, das wusste Keegan, mussten sie eine Maut zahlen, wenn sie das Land der Danaan betreten wollten. Und die Wachen würden ihnen außerdem einschärfen, nicht von der deutlich markierten Straße abzuweichen.

Wenn sie der Handelsroute folgten, würden sie irgendwann diesen Marktflecken der Danaan erreichen, der sich an der Schnittstelle aller Handelsrouten aus den FreiStädten gebildet hatte. Es war eine namenlose Gemeinschaft, deren einzige Funktion in dem Austausch von Gütern zwischen Menschen und Danaan bestand. Hier konnten Händler Waren verkaufen oder kaufen, bevor sie wieder über die Handelsrouten in die FreiStädte und von dort in die Südlande zurückkehrten.

Es war allgemein bekannt, dass die Danaan Händler und Besucher in ihrem Reich nur so lange duldeten, wie sie sich auf den Handelsrouten hielten. Jeder, der davon abwich, wurde sofort exekutiert, wenn diese Übertretung von einer Patrouille der Danaan entdeckt wurde. Und doch gab es immer wieder Menschen, die es wagten, diese Handelsrouten zu verlassen. Forscher, die versuchten, die versteckten Städte der Danaan aufzuspüren und zu kartographieren. Dumme oder tollkühne Abenteurer, die lang verschollene Schätze suchten, die angeblich unter den dichten Zweigen des Nordforsts verborgen waren. Botschafter, die entschlossen waren, die von der Danaan-Monarchie auferlegten Beschränkungen zu umgehen und zu versuchen, diplomatische Beziehungen mit dem Verbotenen Königreich zu knüpfen. Nur sehr wenige von denen, die diese Wege, aus welchen Gründen auch immer, verließen, kehrten lebend zurück.

Keegan und Jerrod hatten bereits die Mitte der Stadt durchquert, als sie endlich von den Stadtoberen begrüßt wurden. Eine Abteilung von Bannerträgern marschierte in enger Formation durch die Straßen auf sie zu. Die Menge bildete vor ihnen eine Gasse. Ihnen folgten etliche Berittene, an deren Lanzen die gleichen Fahnen flatterten, wie die Bannerträger sie trugen. Darauf prangte ein einzelner weißer Turm auf dunkelblauem Hintergrund, das Symbol von Lady Beethania, Torians derzeitiger Stadtfürstin. Hinter ihnen ritt ein Mann, von dem Keegan nur vermuten konnte, dass es sich um Khamin Ankha handelte, den wichtigsten LordMagus in Torian.

Im Allgemeinen hatte Keegan nur wenig Respekt vor Lordmagi. Rexol hatte ihm einmal erzählt, dass diese Zauberer weit geschickter in der Politik waren als in der Kunst, Zauber zu wirken. Ihre Position war hauptsächlich eine zeremonielle, und es kam nur sehr selten vor, dass einer von ihnen imstande war, eine Magie zu wirken, die auch nur annähernd so mächtig war wie die eines wahren ChaosMagus oder auch nur einer Dorfhexe.

Keegan hatte sich oft gefragt, warum man so selten Hexer in der Position eines LordMagus fand, die tatsächlich das Chaos beherrschten. Er vermutete, dass die Adligen fürchteten, Bannwirker an ihrem Hof könnten sie stürzen, wenn sie echte Macht besaßen. Eine andere Erklärung war, dass all jene mit der Fähigkeit, das Chaos zu formen und zu beherrschen, sich keinem anderen unterordnen wollten, nicht einmal einem Stadtfürsten oder einem König. Keegan wusste jedenfalls, dass Rexol niemals jemand anderem Loyalität geschworen hätte außer sich selbst.

Er hatte erwartet, dass Khamin Ankha die Ausnahme von dieser Regel wäre. Immerhin hatte der Hexer unter Rexol studiert. Aber sein erster Eindruck von diesem Mann passte eher zu seinen früheren Erfahrungen, als dass er ihnen widersprochen hätte. Er hatte hier einen Mann vor sich, der nur einen Hauch von Chaos in seiner Aura hatte.

Trotz der vielen kulturellen Unterschiede zwischen

Torian und den Sieben Hauptstädten ähnelte seine Amtstracht bemerkenswerterweise der jener LordMagi, die Keegan in den Südlanden gesehen hatte. Er trug eine schwere, purpurfarbene Robe, die seinen korpulenten Körper vollkommen bedeckte. Das Symbol von Lady Beethania, der weiße Turm, prangte deutlich auf seiner Brust. Sein Haar war ordentlich gekämmt, und sein Körper wies fast keinerlei Tätowierungen oder Talismane auf. Der einzige sichtbare Schmuck an ihm waren zwei kleine Ohrringe, ein paar Halsketten, die auf seiner Brust baumelten, und etliche Ringe an seinen dicken Fingern. Seine Haut war blass und glänzte seltsam. Allerdings konnte das auch an der Sonne liegen, die den Schweiß auf der Stirn des fetten Mannes schimmern ließ.

Dieser Mann kam Keegan irgendwie bekannt vor, obwohl er sich sicher war, dass sie sich niemals zuvor begegnet waren. Nachdem er einen Moment darüber nachgedacht hatte, tat er den Gedanken als unbedeutend ab. Dieser Zauberer hier sah aus wie jeder x-beliebige LordMagus an einem der Höfe in den Südlanden.

Als sie näher kamen, traten die Bannerträger zur Seite und bildeten zwei Reihen am Rand der Straße. Sie hoben gleichzeitig die Fahnen, während die Ritter durch die Gasse galoppierten und ihre Position neben den Fußsoldaten einnahmen. Dann ritt der LordMagus langsam auf sie zu, um sie zu begrüßen. Der Pomp und die Zeremonie, mit der er seine Ankunft inszenierte, hinterließen einen bitteren Geschmack in Keegans Mund.

»Ich bin Khamin Ankha!«, verkündete der Mann mit einer dröhnenden Stimme, die man ganz bestimmt mehrere Straßen weit hören konnte. »Ich heiße euch in der FreiStadt Torian willkommen. Ich fühle mich geehrt, dir und deinem Gefährten im Namen von Lady Beethania eine Einladung zu überbringen. Und ich bin gekommen, euch in ihren Palast zu eskortieren.«

»Ich bin Jerrod, und das hier ist Keegan, ein Schüler von Rexol, deinem früheren Meister«, erwiderte Jerrod erheblich leiser. »Wir hatten schon geglaubt, du würdest gar nicht mehr auftauchen, Khamin«, setzte er dann hinzu. »Wir haben jedenfalls alles getan, dich wissen zu lassen, dass wir kommen.«

»Ich musste sehr viel Überzeugungsarbeit leisten«, erklärte der Mann jetzt erheblich leiser, als er zuvor die beiden begrüßt hatte. »Lady Beethania zögerte, euch eine Audienz zu gewähren. Immerhin wurdet ihr vom Orden zu Ketzern erklärt.«

Also hatten die Neuigkeiten vom Monasterium bereits die äußersten Grenzen der Südlande erreicht. Keegan fragte sich, wie Jerrod auf diese Anschuldigung reagieren würde, aber der Mönch sagte gar nichts.

Khamin Ankha war das Schweigen offenbar unangenehm, denn er versuchte, seine Position weiter zu erklären.

»Obwohl der Orden hier keinerlei Einfluss hat, fürchtete sie, sich in ihm einen mächtigen Feind zu schaffen, wenn wir eure Anwesenheit akzeptieren. Aber mein Rat hat sich bei der Stadtfürstin durchgesetzt, und sie hat am Ende begriffen, wie vorteilhaft es für Torian ist, wenn wir euch formell begrüßen.«

Dann beugte sich der fette Mann eifrig vor, wie ein Fischweib auf dem Markt, das den neusten Klatsch hören will. »Sag, stimmen die Gerüchte? Ist Rexol tatsächlich tot?«

Jerrod nickte. »Aber das hier ist nicht der richtige Ort, um darüber zu sprechen, Khamin«, warnte er den Lord-Magus.

»Natürlich nicht, gewiss.« Der Mann richtete sich wieder auf. »Wo habe ich nur meine Manieren gelassen? Edle Herren, wenn ihr mir folgen wollt, bringe ich euch zu unserer Herrscherin, der höchst edlen Lady Beethania.«

»Mir gefällt das nicht«, wiederholte Norr. Er hatte sich unbehaglich gefühlt, als deutlich geworden war, dass die Hexer, die sie verfolgten, nach Torian wollten. Scythe konnte sich den Grund denken. Von allen FreiStädten lag Torian am weitesten östlich. Die Stadt war kaum einen Tagesritt von der Grenze zu Norrs alter Heimat entfernt. Und in der Vergangenheit war es recht häufig vorgekommen, dass einige der eher kriegerischen barbarischen Stämme kleinere Siedlungen an der Grenze überfielen. Sie plünderten Städte, verbrannten Höfe, ermordeten und vergewaltigten die hilflosen Bewohner und hinterließen eine Spur aus rauchenden Trümmern und verbrannten, qualmenden Leichen.

Als Vergeltungsmaßnahme schickte Torian schwer bewaffnete Patrouillen in den Eisigen Osten, um blutige Rache an den Invasoren zu nehmen. Ihre Vergeltung erfolgte schnell und brutal, und manchmal fanden sich Hunderte gekreuzigte Leichen von Ostländern auf den eisigen Steppen. Und oft waren diese Opfer von Torians Rache nicht einmal für den Überfall auf die Südländer verantwortlich gewesen. Die Patrouillen der FreiStädte wussten nur sehr wenig über die gewaltigen Unterschiede zwischen den vielen Barbarenstämmen, und selbst wenn sie es gewusst hätten, hätte es sie nicht gekümmert. Für all jene Menschen, die in Torian selbst lebten, waren die Völker des Ostens alle gleich: Wilde, Tiere in Menschengestalt, die einen schrecklichen, schmerzhaften Tod verdient hatten. Es war völlig gleichgültig, wen man tötete.

Und die Politik der Patrouillen von Torian bestand

darin, auf ihren Exkursionen so viele Ostländer zu töten, wie sie nur konnten. Die gefolterten, verstümmelten Leichen ließen sie unbestattet zurück, als Warnung vor weiteren Überfällen. Weder Männer noch Frauen und Kinder, niemand wurde von dieser rücksichtslosen, fehlgeleiteten Lynchjustiz verschont. Und Torians Patrouillen beendeten die Jagd erst, wenn sie mindestens zehn Ostländer für jedes einzelne Opfer auf ihrer Seite abgeschlachtet hatten.

Seit fast zwanzig Jahren hatte es keine Überfälle in der Gegend mehr gegeben. Allerdings lag das eher an den konzentrierten Bemühungen der Ostländer, die kriegerischen Stämme in ihrem Volk auszulöschen, und weniger an dem Blutvergießen der Patrouillen der FreiStädte; jedenfalls behauptete Norr das. Aber es war immer noch ein Kopfgeld in Torian für jeden Wilden ausgesetzt, der innerhalb von zwanzig Meilen im Umkreis der Stadt erwischt wurde.

Aber ihre Beute ging nun mal nach Torian, und Scythe hatte nicht vor, sie entwischen zu lassen. Nicht jetzt, wo diese kaum mehr als einen Tag Vorsprung vor Norr und ihr hatte. Scythe hatte erwartet, dass sie die beiden weit früher einholen würden. Vor drei Nächten hatten sie sich ihnen bis auf einen Tag genähert, aber dann war ein Fiasko passiert. Norrs Pferd war zusammengebrochen. Es hatte sich den Vorderlauf gebrochen, als es versucht hatte, einen kleinen Bach mit dem schweren Barbaren auf seinem Rücken zu überspringen. Sie hatten etliche Tage verloren, um ein Pferd zu finden, das groß und stark genug war, um achtzehn Stunden pro Tag Norrs Gewicht zu tragen. Und als sie das wunderbare Tier schließlich gefunden hatten, das Scythes Geliebter jetzt ritt, hatte er sich geweigert, ihr zu erlauben, es aus dem Stall des Besitzers zu stehlen. Scythe hatte dem Mann eine Menge für das Tier zahlen müssen und dafür den letzten Rest ihres Notvorrates ausgegeben.

Und Norr hatte auch noch einen ganzen Tag auf dem Feld des Bauern gearbeitet, bevor der der Meinung war, dass der Gegenwert des Pferdes nun beglichen wäre.

Sie hatten lange gebraucht, um den verlorenen Boden wiedergutzumachen. Sie hatten ihre Pferde und sich selbst bis an die Grenze ihrer Belastbarkeit angetrieben. Und jetzt waren sie doch einen Tag zu spät gekommen. Die Männer hatten hier letzte Nacht gelagert, nur ein paar Stunden von Torian entfernt. Der Pfad führte vom Lager direkt auf die Hauptstraße, die in der FreiStadt endete. Zweifellos marschierten die Hexer gerade in diesem Moment durch Torians mächtige Portale. Und es war für Norr unmöglich, ihnen zu folgen.

Scythe war jedoch nicht bereit, ihre Niederlage zu akzeptieren. Noch nicht. Deshalb würde sie alleine weitergehen.

»Mir gefällt das nicht«, wiederholte Norr erneut.

Scythe begriff, dass sie ihren Geliebten beruhigen musste, bevor sie weiterreiten konnte.

»Ich brauche nur ein paar Stunden, um die Stadt zu erreichen«, sagte sie und sattelte ihr Pferd. »Ich werde alles auskundschaften und versuchen herauszufinden, warum sie nach Torian gegangen sind und ob und wann sie in die Südlande zurückkehren wollen. Sobald wir das wissen, gehören sie uns. Dann können wir in aller Ruhe einen Hinterhalt legen und darauf warten, dass sie direkt in unsere Falle marschieren.«

»Und wenn sie dich sehen?«, fragte der Hüne.

»Torian ist eine sehr große Stadt. Ich mische mich unter die Leute. Sie werden nicht einmal merken, dass ich überhaupt da bin.«

»Und wenn du sie siehst?« Norrs Stimme klang jetzt noch besorgter.

Sie zögerte, weil sie nicht wusste, was sie ihm darauf

antworten sollte. Am Ende beschloss sie, sich an die Wahrheit zu halten. Norr kannte sie ohnehin zu gut, als dass sie ihn hätte belügen können. »Wenn ich sie sehe, bringe ich sie um.«

»Scythe …«, begann ihr Geliebter, aber sie schwang sich in den Sattel, bevor er weiterreden konnte.

»Mach dir keine Sorgen. Ich bin morgen wieder hier. Spätestens übermorgen. Bleib hier und in Deckung. Wenn ich zurückkomme, ist die ganze Sache vielleicht schon vorbei.«

»Ich will mitkommen.«

Sie trieb ihr Pferd behutsam zu Norr. Wenn sie auf ihrem Hengst saß, war sie tatsächlich größer als er. Ein bisschen jedenfalls. Sie beugte sich leicht aus dem Sattel und küsste ihn zärtlich auf seine bärtige Wange.

»Das darfst du nicht, Geliebter. Es ist zu gefährlich. Aber ich werde dich nicht verlassen. Ich werde zurückkommen, das verspreche ich dir.«

Norr nickte, wobei sein Haarschopf kurz wippte. Wie üblich verstand er sie. Es musste auf diese Weise geschehen. Er konnte nicht mit ihr gehen, und sie konnte nicht einfach die Männer, die ihr Leben in Praeton ruiniert hatten, davonkommen lassen … Selbst wenn sie dieses Leben gehasst hatte. So war sie eben. Norr wusste, dass er sie nicht ändern konnte, und sie war dankbar, dass er es auch nie versucht hatte. Deshalb liebte sie ihn und verabscheute es, ihn zu verlassen, auch wenn es nur für einen oder zwei Tage war.

Sie wendete ihr Pferd und ritt zur Hauptstraße. Je schneller sie Torian erreichte, desto früher konnte das alles enden. Und dann konnten sie und Norr erneut versuchen, ein Leben zu führen, das sie beide glücklich machte.

42

»Warum will der Orden euren Tod?«, erkundigte sich Lady Beethania zwischen zwei Bissen. Sie widmete sich gerade einem gefüllten Fasan und brachte das Thema beiläufig zur Sprache, so als erkundigte sie sich nach dem Wetter auf ihrer Reise.

Keegan überlegte, wie viel sie wohl tatsächlich wusste. In den Südlanden waren alle Propheten, die für den Adel arbeiteten, Angehörige des Ordens. Zweifellos hatten sie den strikten Befehl des Pontiffs, nicht zu verraten, was sie über Jerrods ketzerische Anhänger wussten, damit diese keine neuen Gefolgsleute unter der politischen Elite fanden. Aber in Torian hatte der Orden keinen Einfluss. Gab es hier ebenfalls Seher? Stand vielleicht ein Prophet in Lady Beethanias Diensten, der die Stadtfürstin vor ihrem Kommen gewarnt hatte?

»Wir sind sehr unterschiedlicher Ansicht über das Schicksal der Welt«, erwiderte Jerrod langsam. Offenbar teilte er die Unsicherheit seines Gefährten darüber, wie viel ihre Gastgeberin wusste. Er sprach umständlich und schwer, als wenn jedes einzelne Wort gründlicher Überlegung bedurfte. »In der Zukunft drohen große und schreckliche Ereignisse, Mylady. Und der Orden fürchtet sich zuzugeben, dass etwas Böses heraufziehen wird.«

Khamin lachte über diese zurückhaltende Antwort. »Komm schon, Jerrod. Hältst du uns für derart ahnungslos? Du bist nicht der Erste, der von einem zweiten Kataklysmus spricht, musst du wissen.«

»So wie ich die Geschichte verstanden habe«, meinte Lady Beethania listig, »seid ihr und eure Anhänger am Ende dafür verantwortlich, dass der zweite Kataklysmus über uns hereinbricht. Ich frage mich wirklich, wem ich glauben soll.«

»Propheten sehen nicht immer klar«, gab Jerrod zu. »Aber ich leiste dem Pontiff und dem Orden Widerstand, und ich weiß, dass sie keine Freunde von euch sind. Deshalb sind wir zu euch gekommen, um euch um Hilfe zu bitten.«

»Der Feind meines Feindes ist mein Freund«, erwiderte die Lady mit einem wissenden Zwinkern. »So sagt man jedenfalls.«

Wieder überlegte Keegan, wie viel sie wusste. Er trank einen Schluck Wein, und als er seinen Becher auf den Tisch stellte, sprang sofort ein Lakai vor, um ihn aufzufüllen. Wie viele Speisen von dem reichhaltigen Angebot vor ihm hatte auch der Wein einen seltsamen und unbekannten Beigeschmack. Aber nachdem er sich wochenlang nur von altbackenem Brot, Käse, gepökeltem Fleisch und Wasser ernährt hatte, war er mehr als bereit, sich auf alles zu stürzen, was ihm vorgesetzt wurde. Und Jerrod war ebenso begierig darauf, die exotischen Speisen zu verzehren, die Khamins Herrin ihnen aufgetischt hatte.

Das schwere Mahl, der starke Wein und die Wärme des Feuers machten Keegan schläfrig. Er musste sich anstrengen, um zu verhindern, dass seine Augen zufielen, und versuchte, sich auf das Gespräch zu konzentrieren. Sie waren nicht direkt feindselig empfangen worden, aber es war ganz offenkundig, dass sowohl Khamin als auch seine Herrin nicht übermäßig erpicht darauf waren, den Zorn des Pontiffs auf sich zu ziehen. Offensichtlich würde es schwierig werden, sich ihrer Hilfe zu versichern. Deshalb musste er jetzt aufpassen.

Doch trotz seiner Bemühungen war der einzige Gedanke, den sein Verstand fassen konnte, die Hoffnung, dass Lady Beethania ihnen nach dem Ende des Essens ein warmes weiches Bett für die Nacht anbieten würde.

»Ihr müsst uns helfen.« Jerrod sprach jetzt gedehnt und undeutlich. »Das *Vermächtnis* bricht zusammen. Der *Schlächter* und die ChaosBrut werden sich auf die Welt der Sterblichen stürzen, und Keegan wird unser Paladin sein, der sich gegen sie zur Wehr setzt.«

Wären Keegans Lider nicht so schwer wie Blei gewesen, hätte er vor Überraschung die Augen aufgerissen. Warum erzählte Jerrod ihnen das? Es war seltsam, dass der Mönch so bereitwillig jemandem, den sie gerade erst kennengelernt hatten, so viel verriet.

»Oh ja, ich weiß alles über die Macht dieses jungen Mannes«, erwiderte Khamin, während er aufstand und am Tisch entlang auf Keegan zuging. »Wir haben uns schon einmal getroffen. Oder erinnerst du dich nicht mehr daran, Keegan? Hast du so schnell vergessen, wie du meine Darbietung der ChaosMagie bei unserem letzten Treffen ruiniert hast?«

Durch den dichten Nebel, der den jungen Hexer einhüllte, blitzte plötzlich die Erinnerung in ihm auf. Er hatte den Mann in seinen roten Roben nicht erkannt, aber jetzt erinnerte er sich sehr deutlich an sein Gesicht und seinen Namen. Khamin Ankha, der reisende Zauberkünstler aus der Schänke in Endown, der behauptet hatte, ein Schüler von Rexol zu sein. Der Mann, den Keegan gedemütigt hatte, um die Zuneigung eines jungen Serviermädchens zu gewinnen.

Keegan versuchte aufzuspringen, aber sein Körper reagierte nicht. Er sah, wie Jerrod auf der anderen Seite des Tisches auf seinem Stuhl zusammensackte.

Khamin Ankha war jetzt neben ihm und beugte sich vor, um ihm etwas ins Ohr zu flüstern. »Wenn du das nächste Mal einen Mann demütigst, solltest du dir seinen Namen merken. Du magst unsere letzte Begegnung vergessen haben, aber sei versichert, ich habe sie nicht vergessen. Und jetzt werde ich mir meine Rache nehmen. Denk daran, wenn du wegen Ketzerei auf dem Scheiterhaufen brennst!«

»Mach diese Angelegenheit nicht so persönlich, Khamin«, ermahnte ihn die Stadtfürstin. Ihre Worte drangen gedämpft an Keegans Ohren. »Dies hier ist nichts anderes eine politisch kluge Entscheidung. Der Orden ist ein mächtiger Verbündeter, einer, den wir viel zu lange vernachlässigt haben. Und diese Exekution ist ein ausgezeichneter erster Schritt, Torian eine neue und wichtige Position bei dem Pontiff und seinen Gefolgsleuten zu sichern.«

»Selbstverständlich, Mylady«, erwiderte Khamin, packte mit seinen dicken Fingern einen Zopf von Keegan und zog den Kopf des jungen Mannes zurück. »Dies ist eine politisch sehr vorteilhafte Situation, die wir ausnutzen müssen. Meine persönliche Rache ist dabei nichts weiter als ein angenehmer Nebeneffekt.«

Der fette Mann holte mit seiner Faust aus und schlug sie seinem hilflosen Opfer auf die Nase. Als das Blut aus seinen Nasenlöchern strömte, hatte Keegans von Drogen betäubter Verstand gerade noch Zeit zu staunen, dass er den Schlag nicht gespürt hatte. Dann legte sich Dunkelheit über ihn.

Scythe wusste, dass sie nur wenig Schwierigkeiten haben würde, die Informationen zu bekommen, die sie haben wollte. Die Straßen von Torian glichen denen jeder anderen Stadt. Sie waren breiter und sauberer, das schon, aber auch hier wimmelte es von Leben, und die Neuigkeiten in der Stadt lagen förmlich in der Luft, vorausgesetzt, man wusste, wen man fragen musste. Als Scythe das bewachte Stadttor durchschritten hatte, war ihr klar, dass sie in ihrem Element war.

Sie spielte kurz mit dem Gedanken, einen der Torwächter nach den Dingen zu fragen, die sie wissen wollte, aber sie sah keinen Grund, ihre Nachforschungen zu überstürzen. Es wurde bereits dunkel, was bedeutete, sie würde auf jeden Fall die Nacht in der Stadt verbringen. Dann konnte sie all das auch genießen. Die Aussicht, die Gerüche, die Geräusche, die Menschenmenge. Außerdem brauchte sie vielleicht Geld, um die Informationen aus den Wachen herauszulocken, und sie hatte ihre letzten Mittel dafür verwendet, Norrs neues Pferd zu kaufen.

Natürlich gab es noch andere Möglichkeiten, den Wächtern die Zunge zu lockern. Früher einmal hätte sie es als Geldverschwendung betrachtet, für etwas zu bezahlen, das sie auch mit koketten Worten und aufreizendem Benehmen erreichen konnte, aber seit sie mit Norr zusammen war, sah sie die Sache anders.

Jetzt hatte ihr Sexualleben mehr Wert als das, was sie dafür eintauschen konnte. Es war etwas Besonderes, etwas, das es nur zwischen ihrem Geliebten und ihr geben sollte.

Nachdem sie einen kurzen Blick auf ihr Spiegelbild in der Scheibe eines Geschäftes geworfen hatte, bezweifelte Scythe, dass man ihren Charme unter der dicken Schicht von Straßenstaub überhaupt bemerkt hätte. Und auch dafür brauchte sie Geld, nämlich für eine Herberge, wo sie ein nettes heißes Bad nehmen konnte.

Nicht, dass es schwierig gewesen wäre, sich Geld zu beschaffen. Ihr gutes Aussehen hatte vielleicht ein wenig gelitten, aber ihre Fähigkeiten als Taschendiebin waren so gut wie eh und je. Innerhalb einer Stunde hatte sie einen Raubzug im Handelszentrum von Torian hinter sich gebracht und erfolgreich ein Dutzend Geldbörsen, Beutel und Brieftaschen erbeutet. Die Münzen würden genügen, um die Informationen zu erkaufen, die sie brauchte, dazu würden sie für ein Bad und eine Übernachtung in einem luxuriösen Zimmer reichen, und zudem konnte sie noch genug Proviant kaufen, um damit Norrs gewaltigen Appetit mindestens vierzehn Tage lang zu stillen.

Als Scythe sich an das schmutzige, schlammbedeckte Weib erinnerte, dessen Spiegelbild sie gesehen hatte, beschloss sie, sich zuerst einmal ein Zimmer zu nehmen und sich zu säubern. Vielleicht hatte sie ja Glück und konnte das, was sie wissen wollte, hinterher in der Schänke der Herberge erfahren und sich so den Weg zum Wachtturm des Südtores sparen.

Der Wirt betrachtete ihre schmutzige Kleidung und ihr noch schmutzigeres Gesicht argwöhnisch, aber sein Verhalten änderte sich schnell, als sie ihm einen Haufen Goldmünzen in den Schoß warf und das beste Zimmer im Haus verlangte. Sie hatte dem Besitzer mindestens das Dreifache von dem gegeben, was der Raum wert war. Aber das Geld war gut angelegt, weil es das Verhalten aller Angestellten ihr gegenüber veränderte. Als Scythe ihr Bad beendet hatte, fand sie ihre Kleidung gewaschen und am Feuer getrocknet. Eine der Dienstmägde hatte sie auf dem Bett für sie ausgelegt. Ein kleiner Zettel auf dem Kissen teilte ihr mit, dass die Köchin speziell für sie eine ganz besondere Mahlzeit zubereitete, die man ihr aufs Zimmer bringen würde, sobald das Essen fertig war.

Sie hatte keine Erklärung für ihren offensichtlichen Reichtum geliefert, aber angesichts ihres exotischen Äußeren und ihres mitgenommenen Zustandes bei ihrer Ankunft konnte sie sich die Gerüchte vorstellen, die die Bediensteten bereits über sie verbreiteten. Eine Inselprinzessin auf der Flucht vor einem Bruder oder einer Schwester, die versuchten, ihren Thron zu stehlen. Eine der berüchtigten Piratenköniginnen aus der Wester-See, die jetzt ihr Leben als Halsabschneiderin aufgeben und ihr erbeutetes Vermögen verprassen wollte. Die fremde Geliebte eines Adligen aus den Südlanden, die vor einer unglücklichen Beziehung geflüchtet war. Nichts oder alles davon konnte zutreffen. Aber für wen auch immer die Bediensteten sie hielten, von zwei Dingen waren sie offenbar felsenfest überzeugt: dass Scythe reich und mysteriös war.

Während Scythe ihre saubere Kleidung anzog, spielte sie kurz mit dem Gedanken, auf ihrem Zimmer zu essen, entschied sich dann jedoch dagegen. Sie wollte sich unter die Gäste im Schankraum mischen, um herauszufinden, ob sie etwas über die Hexer wussten. Und außerdem würde ihr Auftauchen weiterhin die wilden Spekulationen befeuern, die sie bereits umrankten.

Der Wirt kam ihr sofort entgegen, als sie die Treppe hinunterging. Er wirkte ernsthaft besorgt.

»Mylady«, schmeichelte er unterwürfig, »ich hoffe, es gibt nichts zu beanstanden. Habt Ihr meine Nachricht bekommen? Ich versichere Euch, die Mahlzeit wird in ein paar Minuten fertig sein. Ich entschuldige mich für die Verzögerung, aber die Zubereitung einer feinen Mahlzeit erfordert mehr Zeit als die einfachen Speisen, die wir hier normalerweise servieren.«

Er sprach mit der angeborenen Haltung des geübten, duckmäuserischen Schmeichlers und entschuldigte sich mit jedem Wort. In Callastan hatte sie oft gehört, wie man die wohlhabenden Kunden, die über den Marktplatz schlenderten, auf diese Weise ansprach. Das hatte in ihr immer Ekel und Verachtung sowohl für den Sprecher als auch denjenigen ausgelöst, der angesprochen wurde. Zu ihrer Überraschung jedoch genoss sie den schmeichelnden Ton geradezu, wenn sie selbst damit bedacht wurde.

»Es ist alles in Ordnung«, versicherte sie dem unterwürfigen Wirt und versuchte, das hochmütige, kultivierte Gehabe an den Tag zu legen, das sie bei reichen Leuten beobachtet hatte. »Aber ich glaube, ich werde mit den gewöhnlichen Leuten im Schankraum speisen. Auf meiner langen Reise habe ich kaum Gesellschaft gehabt, und ich bin neugierig darauf, die Neuigkeiten hier aus der Stadt zu erfahren.«

Der Mann verbeugte sich so tief, dass sein Kinn fast seine Knie berührte. »Wie Ihr wünscht, Mylady. Würdet Ihr mir die Ehre erweisen, Euch zu Eurem Tisch begleiten zu dürfen?«

Scythe erwies ihm diese Ehre, schob ihren schlanken Arm in die Armbeuge des Mannes und ließ sich von ihm die Treppe hinabführen.

Später in ihrem Zimmer war Scythe fast zu aufgeregt, um einschlafen zu können. Der Abend war besser verlaufen, als sie es sich selbst in ihren kühnsten Träumen erhofft hätte. Sie hatte eine lange Nacht erwartet, in der sie mühsam Informationen sammeln musste, um die Männer aufzuspüren, denen sie seit Praeton gefolgt war. Eine lange und teure Nacht. Zu ihrer Überraschung jedoch hatte der Mann hinter dem Tresen ihr all die Informationen gegeben, die sie brauchte, und das auch noch kostenlos.

Es hatte angefangen, als der Wirt, der unbedingt angenehme Konversation beim Essen betreiben wollte, sie gefragt hatte, ob sie denn morgen den Exekutionen beiwohnen würde. Die Verhaftung der fremden Reisenden war *das* Thema in der Stadt, und der Wirt war nur zu glücklich, ihre Fragen zu diesem Vorkommnis beantworten zu können. Scythe brauchte nicht lange, bis sie begriff, dass es tatsächlich ihre Opfer waren, die von der Stadtfürstin gefangen genommen und zum Tode verurteilt worden waren.

Einen Moment lang hatte sie das bedauert, weil sie jetzt nicht das Vergnügen haben würde, sie eigenhändig umzubringen. Aber als der Wirt erwähnte, dass man die verhafteten Männer morgen Mittag öffentlich als Ketzer verbrennen würde, tröstete sie die Aussicht ein wenig, ihren quälenden Tod mit ansehen zu können.

Nachdem sie der Mühe entledigt war, die Männer aufzuspüren, hatte sie den Rest der Nacht damit verbracht, die Rolle einer reichen, exotischen Fremden, die ein mysteriöses Geheimnis barg, voll auszukosten. Als sie sich schließlich in ihr Schlafgemach zurückzog, wusste sie, dass der Klatsch in der Taverne sich mindestens genauso um diese geheimnisvolle Insulanerin drehen würde, die in dieser Herberge abgestiegen war, wie um die bevorstehenden Hinrichtungen.

Als Scythe den Kopf auf das Kissen legte, spürte sie, wie der Schlaf sie auf der Stelle überwältigte. Sie hatte nicht bemerkt, wie erschöpft sie war. Sie kuschelte sich unter die warmen Decken und empfand leichte Gewissensbisse, als sie daran dachte, dass Norr wieder auf dem kalten, harten Boden schlafen musste.

Aber sie wusste, dass er froh sein würde zu erfahren, dass ihre Jagd vorbei war. Und noch glücklicher würde er sein, wenn Scythe ihm sagte, dass sie die beiden nicht selbst getötet hatte. Als sie sich schließlich bereitwillig der Dunkelheit eines tiefen Schlafes überließ, drehten sich Scythes letzte Gedanken darum, wie perfekt doch alles ausgegangen war.

43

Raven kreiste hoch oben in den Wolken und achtete nicht auf die stürmischen Winde und den Eisregen, der in ihre nackte Haut stach. Tief unter sich hatte sie mit ihren Adleraugen eine kleine, gebückte Gestalt entdeckt, die langsam über eine vereiste Klippe ging. Sie wusste, dass es diejenige war, die sie jagte; sie witterte ihre Furcht schon seit Tagen.

Raven spürte auch das Feuer der Krone, die die Gestalt bei sich hatte; ein schimmernder Funke in der Tasche, die sich die Sterbliche über die Schultern geschlungen hatte. Der Knecht widerstand dem Drang, sich hinabzustürzen und zu versuchen, die Krone zu packen, sie aus der Tasche zu reißen und die Frau von der schmalen Klippe in den Abgrund zu stürzen.

Aber etwas hielt sie zurück. Da lauerte noch eine andere Macht. Raven schmeckte ihre Gegenwart im Wind, aber am stärksten war sie in der Erde und den Felsen unter den Füßen der Sterblichen. Dies hier war das Reich des Wächters, eines von der uralten ChaosBrut. Raven war klar, dass sie gegen ihn nichts würde ausrichten können.

Hier oben, in den gefrorenen Wolken, war sie vor der Wahrnehmung durch den Wächter geschützt, aber sobald sie sich der Erde näherte, würde er ihr Kommen bemerken. War er nahe genug, um sie daran zu hindern, die Krone zu erbeuten?

Das Ganze würde nur ein paar Sekunden dauern. Sie würde sich aus dem Himmel stürzen, mit ihren Krallen die Tasche packen und triumphierend zu Orath zurückfliegen. Oder aber der Wächter würde auftauchen, sie aus dem Himmel fegen und ihre Existenz auslöschen.

Sie kreiste erneut über ihrem Opfer und kreischte dann vor Enttäuschung. Sie würde nicht hinabfliegen. Sie würde nicht riskieren, durch eine einzige verzweifelte Tat ihr Leben zu verlieren. Die Krone war außerhalb ihrer Reichweite. Sie kreiste weiter auf den Luftströmungen, drehte nach Westen ab und ließ das Land des endlosen Winters und ihres Scheiterns hinter sich.

Aber wohin sollte sie sich jetzt wenden? Sie wagte nicht, mit leeren Händen zu Orath zurückzukehren.

Sie ließ die Berge hinter sich und flog viele Wegstunden lang nach Westen, bis sie die Tundra erreichte, die von barbarischen Horden durchstreift wurde. Hier war sie in Sicherheit, außerhalb der Reichweite des Wächters. Sie sank hinab, landete auf dem Boden, legte den Kopf in den Nacken und schmeckte die Luft. Es gab Leben hier, Tiere, die sie jagen konnte, um zu fressen, und Sterbliche, die sie aus reinem Vergnügen töten konnte, während sie auf die Rückkehr der Krone wartete.

Sie rollte sich auf dem Boden zu einem Ball zusammen und schlug ihre schwarzen Schwingen um sich. Ihre dunkle Haut zitterte, als uralte Worte der Macht aus ihrem gekrümmten Schnabel zischten. Sekunden später war ihre zusammengekauerte, zitternde Gestalt von einer schwarzen Kugel aus undurchdringlichem Schatten umhüllt. In dieser Dunkelheit kreischte sie laut auf, als der Zauber an ihrem Körper und ihrer Haut riss und zerrte.

Nach einiger Zeit löste sich die Dunkelheit auf. Raven war verwandelt. Ihr Vogelkopf und ihre Schwingen waren verschwunden. Ihr nackter, ebenfalls schwarzer Körper hatte die Gestalt und die Gesichtszüge einer gewöhnlichen sterblichen Frau angenommen, die in die Häute und Felle der Nomadenstämme gekleidet war, die sie von hoch oben beobachtet hatte.

In ihrem bösartigen Geist hatte sich der Keim einer Idee zu einem Plan ausgewachsen. Die Krone konnte nicht zu lange bei dem Wächter bleiben. Ihre Macht war ein Gräuel für ihn. Wenn er sich zu lange in ihrer Gegenwart aufhielt, würde er dahinsiechen und schließlich sterben. Nach ein paar Wochen, vielleicht nach einem Monat, war der Wächter gezwungen, die Krone wieder aus der Hand zu geben, und die Sterbliche würde die Sicherheit seiner Höhle verlassen müssen.

Raven wusste, dass sie so lange hier ausharren musste. Sie würde als Sterbliche unter den Barbarenstämmen leben, die Samen des Chaos säen und auf ihre Chance warten zuzuschlagen.

Die Kälte spielte schon lange keine Rolle mehr. Der beißende Schmerz bedeutete nichts mehr, denn Cassandra wusste, dass sie sterben würde. Sie spürte die Gegenwart ihres Feindes hoch über ihr, als sie langsam über die eisbedeckte Klippe ging. Sie spürte, wie die Kreatur über ihr kreiste, fühlte ihren Hass, ihre Furcht. Sie hatte sie gefunden.

Cassandra hätte gerne geweint. Nicht um ihretwegen, sondern weil sie versagt hatte. Sie wollte für all jene weinen, die sich für sie geopfert hatten, für jene, die für sie gestorben waren, die ihr diese Mission zugetraut hatten. Sie wollte weinen, aber die Tränen gefroren in ihren Augenwinkeln, und in ihnen schienen ihre Trauer und ihr Gram zu erstarren.

Dann plötzlich war die Präsenz der Kreatur über ihr verschwunden.

Verwirrt hob sie ihr vom Frost entstelltes Gesicht, setzte es den wilden, eisigen Winden aus. Allmählich nahm sie eine andere Präsenz wahr. Aber diese Präsenz erfüllte sie nicht mit Trauer oder Entsetzen, versprach ihr keinen finsteren, grausamen Tod. Diese Präsenz hieß sie willkommen, rief sie sogar. Sie war jetzt dichter bei ihr, näher, als sie zu glauben gewagt hatte. Sie spürte durch den blendenden, endlosen Schneesturm die Öffnung einer Höhle. Sie wusste, dass die Präsenz in dieser Höhle war.

Dieses Wesen bot ihr Hoffnung, Erlösung und … vor allem Wärme.

Sie ging schneller, bis sie von der Klippe in die angenehme Wärme der geschützten Höhle treten konnte. Der Wächter wartete auf sie.

Freudentränen rollten ihr über die Wangen, als der Wächter seine starken Arme um sie schlang, sie in seine Höhle und aus der Kälte zog.

44

Als Scythe aufwachte, fühlte sie sich vollkommen erfrischt. Die Wochen ihrer anstrengenden Reise waren nach einem warmen Bad und sauberer Kleidung, einer guten Mahlzeit und einer Nacht in einem richtigen Bett wie weggefegt.

Die Exekution war für die Mittagszeit angesetzt. Wenn sie also einen guten Blick auf diese Festlichkeit haben wollte, sollte sie früh dort eintreffen. Zögernd stieg sie aus dem Bett und wusch sich, bevor sie die behagliche Herberge verließ.

Der Wirt wartete bereits auf sie, als sie die Treppe hinabstieg. Seine Augen leuchteten auf, als er sie sah. Scythe war klar, dass er sie begehrte, aber sie hoffte sehr, dass er ihr kein unanständiges Angebot machen würde. Sie wollte die Illusion einer wohlhabenden, kultivierten Lady aufrechterhalten, aber wenn er sie anfasste, würde sie ihm ihr Knie in die Lenden rammen, und dann war die Posse sehr wahrscheinlich vorbei.

Glücklicherweise hielt der Wirt sie tatsächlich für eine richtige Lady und behandelte sie zuvorkommend und höflich.

»Guten Morgen«, sagte er und verbeugte sich tief. »Ich hoffe, die letzte Nacht war zu Eurer Zufriedenheit.«

»Ich habe ausgezeichnet geschlafen«, antwortete sie. Als sie seinen fast schon verzweifelt erwartungsvollen Gesichtsausdruck bemerkte, setzte sie hinzu: »Ein gutes Mahl und eine angeregte Unterhaltung sind für mich immer so entspannend, dass ich friedlich schlafen kann. Ich danke Euch für beides, guter Mann.«

Der Wirt errötete, und Scythe kicherte kokett. Diese Reaktion war zweifellos passend für den Charakter, den sie hier verkörperte, aber sie war weder geplant gewesen noch war sie ihr willkommen. Galle stieg in ihr hoch, und plötzlich fand sie keinen Gefallen mehr an dem Spiel, das sie da spielte. Es weckte in ihr Erinnerungen an ihr Leben in den Bordellen von Callastan. Auch dort hatte sie Rollen angenommen, die ihr nicht behagten, hatte ihre wahre Identität diesen Rollen untergeordnet, die sie nach dem Willen ihrer Freier spielen sollte, hatte Neigungen vorgetäuscht, um den Männern und manchmal auch den Frauen zu gefallen, die dafür bezahlten, sie zu besitzen, selbst wenn es nur für eine Nacht war. Es war ihr nicht klar gewesen, wie leicht es sein würde, wieder in diese alten Praktiken zurückzufallen. Und diese Erkenntnis war ihr zuwider.

»Ich reise noch heute ab«, sagte sie, ohne sich die Mühe zu machen, ihren aristokratischen Akzent beizubehalten.

Aber der Wirt war viel zu fasziniert von ihr, um das zu bemerken. »Mylady hat doch sicher vor, der Exekution beizuwohnen?«, erkundigte er sich. Bevor sie etwas erwidern konnte, fügte er hinzu. »Es ist noch ein Dritter hinzugekommen.«

»Ein dritter Ketzer?« Scythe wurde plötzlich misstrauisch.

Sie war überzeugt gewesen, dass die beiden Hexer alleine reisten. War es möglich, dass sie nach Torian gekommen waren, um hier einen Verbündeten zu treffen?

»Oh nein, kein Ketzer«, erklärte der Wirt. »Letzte Nacht hat die Stadtfürstin zahlreiche Patrouillen ausgeschickt, um die Gegend zu sichern, damit die Hinrichtung ungestört durchgeführt werden kann. Eine der Patrouillen ist über einen Spion der Barbaren gestolpert, der sich im Wald ein paar Stunden außerhalb der Stadt versteckt hatte.«

Scythe musste alle Kraft zusammennehmen, um nicht zusammenzubrechen. Sie stützte sich schwer auf das Geländer, um sich auf den Beinen zu halten, damit der Wirt nicht auf die Idee kam, dass irgendetwas mit ihr nicht stimmte.

»Angeblich ist es ein wahrer Gigant von einem Wilden«, fuhr der Mann fort. »Er hat die Patrouille wie eine Bestie angegriffen, mit seinen bloßen Händen. Es hat ein ganzes Dutzend Männer gebraucht, ihn endlich zu bezwingen!«

Scythe nahm ihren ganzen Mut zusammen und zwang sich dazu, eine Frage zu stellen.

»Wo haben sie ihn eingesperrt?«

»Keine Angst, Mylady. Ihr werdet dieses Monster bei der Hinrichtung sehen. Die Stadtfürstin hat dafür gesorgt, dass alle drei zusammen verbrannt werden. Eigentlich eine ganz einfache Geschichte. Sie brauchen nur einen weiteren Pfahl auf dem Scheiterhaufen zu errichten.«

Scythe stolperte fast die Treppe hinunter, so eilig hatte sie es. Sie schob sich an dem Wirt vorbei, der die Hand ausstreckte, um sie zu stützen, und rannte dann auf die Straße hinaus. Sie lief durch mehrere Straßen, bis sie sich krümmte und die Reste des Abendessens von letzter Nacht erbrach. Sehr zum Ekel der anderen Passanten.

Aber ihr Magen würgte alles heraus, bis nichts mehr in ihm war. Sie wischte sich den Mund ab und richtete sich auf. Sie hatte immer noch das Gefühl, sich übergeben zu müssen … oder zu weinen. Oder zu schreien.

Stattdessen jedoch holte sie tief Luft und setzte sich in Richtung Stadtzentrum in Bewegung. Sie schob ihre Gefühle – Schuldbewusstsein, Wut und Trauer – einstweilen beiseite. Dafür war später immer noch Zeit. Nachdem sie Norr gerettet hatte.

Die Menge summte förmlich vor Erwartung. Die Leute hatten bereits begonnen, sich zu sammeln, bevor die Soldaten mit dem Aufbau des Scheiterhaufens fertig waren. Seit den frühen Morgenstunden hatte man das Hämmern und Sägen und die gebrüllten Befehle über das ständig anwachsende Stimmengemurmel der Zuschauer hinweg hören können. Jetzt war das Werk getan. In der Mitte des Platzes hatte man eine riesige Bühne aus großen Steinen errichtet, die gut drei Meter hoch war und sieben Meter im Quadrat maß. Drei große feste Pfähle ragten darauf empor, die von Haufen in Öl getränkter Reisigbündel umgeben waren.

Daneben hatte man eine große Tribüne gebaut, von der aus die Wohlhabenden und politisch bedeutsamen Persönlichkeiten von Torian die Exekution verfolgen konnten, weit weg von den ungewaschenen Massen, die sich an den äußeren Barrikaden drängten, die um den Rand der Bühne herum errichtet worden waren.

Scythe hatte sich die Umgebung sehr genau eingeprägt, damit sie ihren Plan, Norr zu befreien, besser ausführen konnte. Allerdings hatte sie noch keinen.

Ursprünglich hatte sie geglaubt, es wäre möglich, ihn zu entführen, bevor die Gefangenen auf den Exekutionsplatz gebracht würden. Aber diese Idee hatte sie aufgegeben. Das Verlies, in dem sie sich befanden, lag tief unter der Erde, direkt unter Lady Beethanias Palast. Das Gebäude wurde von einer ganzen Abteilung Wachsoldaten gesichert, und nur die Götter mochten wissen, wie viele Soldaten sich noch innerhalb des Palastes aufhielten.

Bestechung war eine andere Option gewesen, die sie

kurz erwogen und dann ebenfalls verworfen hatte. Hätte sie mehr Zeit gehabt, hätte sie vielleicht herausfinden können, welche Wachen zugänglich und der Vorstellung nicht abgeneigt waren, sich ein paar Münzen zu verdienen, um einem der Gefangenen zur Flucht zu verhelfen. Aber wenn sie jetzt zufällig auf einen pflichtbewussten Soldaten stieß, konnte es passieren, dass sie selbst ebenfalls im Gefängnis landete.

Ein Hornsignal ertönte, woraufhin die Menge in einen wilden, blutrünstigen Jubel ausbrach. Das Signal verkündete die Ankunft der Gefangenen; Scythe hatte keine Zeit mehr. Am anderen Ende des Platzes sah sie eine Kolonne bewaffneter Soldaten, die sich einen Weg durch die Menge bahnte. Es waren insgesamt fast dreißig Soldaten, und sie umringten einen großen, offenen Karren. Darauf waren die Gefangenen angekettet.

Während der Karren langsam durch die Zuschauer rumpelte, schleuderten die Menschen den Verurteilten Beleidigungen entgegen. Sie spuckten ihre hilflosen, gefesselten Opfer an, warfen Früchte, Dreck und Pferdekot auf sie und brüllten voller Hass. Die Wachen unternahmen keinen Versuch, die Leute daran zu hindern. Stattdessen rückten sie ein Stück von dem Karren ab, damit sie nicht selbst von einem der Geschosse getroffen wurden. Scythe bahnte sich rücksichtslos den Weg durch die Leute und versuchte, einen besseren Blick auf Norr zu erhaschen. Als sie schließlich nahe genug an dem Karren war, um Einzelheiten erkennen zu können, hätte sie sich fast wieder übergeben.

Man hatte ihn nackt ausgezogen und ihm die Hände auf den Rücken gefesselt. Seine Knöchel waren ebenfalls gefesselt, und er hatte einen Knebel im Mund. An dem schweren Eisenring um seinen Hals war eine dicke Kette angebracht, deren anderes Ende an einem eisernen Ring auf der Pritsche des Karrens befestigt war.

Norrs nackter Körper war von dunklen Prellungen überzogen. Die Striemen und die aufgeplatzte Haut auf seinem Rücken verrieten, dass man ihn ausgepeitscht hatte, und große Beulen und Blutergüsse auf Armen und Beinen zeigten, dass sie ihn auch mit Stöcken verprügelt hatten. Sein Gesicht war nur noch eine blutige, formlose Masse, seine Nase war gebrochen und stand in einem grotesken Winkel ab. Seine Lippen waren geschwollen und aufgeplatzt, seine Augen von schwarzen und blauen Ringen umgeben und so stark zugeschwollen, dass er wahrscheinlich gar nichts sehen konnte. Bei dem Gedanken, was man ihm angetan hatte, hätte Scythe am liebsten jeden einzelnen Wachsoldaten in der Stadt ermordet, und zwar langsam und schmerzhaft. Und ihre Wut steigerte sich noch, als sie die anderen Männer sah.

Sie waren ebenfalls nackt und genauso gefesselt wie Norr, aber sie waren weder ausgepeitscht noch verprügelt worden. Auf dem Körper des jüngeren sah sie die merkwürdigen Tätowierungen eines Hexers. Der andere hatte keinerlei Symbole auf seiner Haut, aber jetzt war sie nahe genug bei ihm, um seine Augen sehen zu können. Oder das, was er Augen nannte. Offenbar war er einmal ein Mitglied des Ordens gewesen und wurde jetzt wegen Ketzerei verbrannt.

Der Karren rollte langsam an Scythe vorbei, und sie musste sich anstrengen, um Schritt zu halten. Es gelang ihr, ihren zierlichen Körper durch jede noch so schmale Lücke in der Menge zu zwängen, wobei sie die rüden Kommentare, wütenden Rufe und auch derben Griffe ignorierte, die sie ertragen musste, als sie sich zur Bühne vorkämpfte.

Trotz ihrer verzweifelten Bemühungen, sich zu beeilen,

hielt allein die schiere Menge der Menschen sie auf. Als sie den Rand der hölzernen Barrikaden erreicht hatte, die den Pöbel zurückhielten, waren die Gefangenen bereits von dem Karren heruntergeschafft und mit Stricken an die Pfähle gefesselt worden. Man hatte ihnen die Knebel aus den Mündern genommen, damit die Menge ihre Todesschreie hören konnte.

Norrs Kopf war zur Seite gekippt, und seine Augen, soweit man sie sehen konnte, waren verdreht. Ein Wächter trat zu ihm und ohrfeigte ihn so lange, bis der Ostländer wieder zu sich kam. Durch die Schläge strömte ihm frisches Blut aus der gebrochenen Nase, und die Zuschauer brüllten begeistert. Scythe prägte sich den Wächter ein, einen großen, dunkelhaarigen jungen Mann.

Ein weiteres Hornsignal ließ die Schreie und Rufe der Menge verstummen, und Scythe entdeckte auf der Tribüne neben der Bühne eine kleine Plattform, die offenbar für einen Sprecher gedacht war, der von dort aus zu der Menge reden konnte. Darauf stand eine Frau, bei der es sich um Lady Beethania handeln musste. Ihr Gesicht war eine Maske sadistischen Triumphs. Neben ihr stand ein Mann in der Kleidung eines LordMagus, der in seiner Hand einen langen Stab mit dem Schädel irgendeiner fremdartigen Monstrosität auf der Spitze hielt.

Scythe wusste immer noch nicht genau, was sie tun würde, und zwängte sich durch die Menge bis zu den Leuten, die am Fuß dieser Plattformen standen.

»Willkommen, Volk von Torian!«, verkündete Lady Beethania. Ihre Stimme war von irgendeinem kleinen Zauber ihres Magus verstärkt worden, sodass sie bis in die entlegenste Ecke des Platzes drang. »Ihr seid gekommen, um die Exekution von drei Männern mitzuerleben. Der eine ist ein Spion aus den eisigen Steppen, ein Wilder aus den Ostländern, der erwischt wurde, als er über die Felder und Höfe rund um unsere wundervolle Stadt schlich. Die beiden anderen wurden vom Orden selbst zu Häretikern erklärt und zum Tode verurteilt. Aber der Orden besitzt hier in Torian keine Macht – wir sind eine FreiStadt und nur uns selbst Rechenschaft schuldig!«

Großer Jubel brandete auf, und die Stadtfürstin wartete, bis der Lärm verebbt war, bevor sie weitersprach.

»Bevor ich jetzt die Strafe für diese Männer verkünde, wende ich mich an euch, das Volk von Torian, die wahre Macht dieser FreiStadt. Was sagt ihr, meine Untertanen? Verdienen diese Männer den Tod, oder sollen sie begnadigt werden?«

Hoffnung flammte in Scythes Brust auf, die jedoch sofort wieder erlosch, als die Menge einen rhythmischen Gesang anstimmte: »Brennen! Brennen! Brennen!« Sie versuchte, diese hasserfüllten Worte aus ihrem Kopf zu verbannen, zwang sich dazu, sich auf eine Möglichkeit zu konzentrieren, Norr zu retten, koste es, was es wolle.

»Das Volk hat gesprochen!«, erklärte Lady Beethania und hob erneut die Arme, um Schweigen zu gebieten. »Die Gefangenen sollen brennen!«

Sie wandte den Kopf zu dem LordMagus an ihrer Seite. Scythe stand so dicht bei ihm, dass sie sehen konnte, wie er eine Phiole aus seinem Gürtel zog und einen Schluck daraus nahm. Er schwankte, dann lächelte er und schob die Phiole wieder zurück in seinen Gürtel. Er hob eine Faust, in der irgendetwas Kleines steckte, wahrscheinlich ein Amulett, und vollführte eine Reihe von schnellen, aber recht komplizierten Handbewegungen. Scythe sah, wie sich seine Lippen bewegten, als er irgendeine magische Litanei rezitierte.

Sie erinnerte sich an die Phiole mit Hexwurz, die sie aus

dem Zimmer in Praeton gestohlen hatte und die immer noch in dem Beutel in ihrem Gürtel steckte. Sie zog sie heraus, obwohl sie ihr jetzt nicht sonderlich viel helfen würde. Schließlich war sie keine Hexe.

Als sie zur Bühne blickte, sah sie, dass die Wachen alle heruntergestiegen waren. Die Gefangenen standen jetzt alleine an den Pfählen, und die mit Öl getränkten Reisigbündel türmten sich bis zu ihren Knien. Der LordMagus rammte gerade den Schaft seines mit einem Schädel gekrönten Stabs auf die hölzerne Plattform der Tribüne und zog damit Scythes Aufmerksamkeit wieder auf sich. Er schwitzte am ganzen Körper, und sein Atem ging langsam und stoßweise. Welchen Bann er auch immer beschwor, er schien anstrengend zu sein.

Er rammte erneut den Stab auf den Boden, und plötzlich fing eins der Reisigbündel Feuer. Die Flammen entzündeten das Öl und breiteten sich dann rasch aus. Ein Ausdruck der Erleichterung flog über das fette Gesicht des Magus, dann jedoch zeigte seine Miene sofort wieder nichts als Überheblichkeit und Verachtung, wie es seiner Position angemessen war.

Die Zuschauer schrien und jubelten entzückt, während der Pöbel vorwärtsdrängte und die Barrikaden niederriss. Scythe wurde mitgezerrt, konnte sich aber losreißen und rannte zur Tribüne. Die Blicke der Zuschauer, einschließlich der von Lady Beethania, ihres LordMagus und der Wachsoldaten, waren alle auf das Feuer gerichtet, das sich rasch ausbreitete.

Scythe hielt die Phiole mit der Hexwurz in ihrer Faust umklammert, drängte sich durch die ersten Reihen der Zuschauer und stürmte zur Bühne. Einer der Wachsoldaten trat vor, um sie aufzuhalten, aber sie duckte sich unter seinem plumpen Griff weg und lief weiter. Dann sprang sie hoch, bekam den Rand der Bühne mit ihrer freien Hand zu packen und zog sich hinauf, bevor einer der anderen Soldaten auch nur reagieren konnte.

Man hatte das ölgetränkte Holz so aufgeschichtet, dass das Feuer nur langsam brannte. Es sollte gerade heiß genug werden, um die Häretiker eine ganze Zeit lang zu braten und so der Menge die Möglichkeit zu geben, ihre Todesschreie zu genießen. Trotzdem wäre Scythe fast vor der Hitze der lodernden Flammen zurückgeschreckt. Eine Rauchwand versperrte ihr den Weg zu den Gefangenen, aber sie hielt sich ihren freien Arm vor das Gesicht, um ihre Augen zu schützen, als sie durch die Flammen sprang.

Sie leckten an ihren Beinen, versengten ihre Stiefel und ihre Haut. Sie ignorierte den Schmerz und sprang zu dem Gefangenen, der ihr am nächsten stand, dem jungen Hexer. Sie riss den Pfropfen aus der Phiole und rammte sie dem überraschten Mann in den Mund.

»Du solltest jetzt besser unsere Ärsche retten!«, kreischte sie, während sie den Inhalt der Phiole leerte und ihm die Flüssigkeit die Kehle hinunterlief.

Einen Moment lang zuckte ein Ausdruck blanken Entsetzens über das Gesicht des jungen Mannes, als wäre das, was sie ihm da angetan hatte, irgendwie noch schlimmer als die Exekution, die ihm bevorstand. Dann begann er, krampfhaft zu zucken, und Schaum trat ihm vor den Mund.

Scythe wich einen halben Schritt zurück und wäre fast auf die Knie gesunken, als die Hitze und der Rauch des Feuers sie zu überwältigen drohten. Sie hatte versagt. Norr würde hier sterben, genauso wie sie. Die Flammen loderten immer höher, und in Kürze würde die Haut all derer, die auf der Bühne standen, verschmoren und brennen, ihre Haare würden Feuer fangen, und sie würden allesamt qualvoll verrecken. Scythe ignorierte die Krämpfe, die den Körper des jungen Mannes schüttelten, und kehrte ihm den Rücken zu, um zu Norr zu laufen und ihn ein letztes Mal zu küssen, bevor das Feuer sie beide verzehrte.

Ein ungeheurer Windstoß hätte sie fast von der Bühne gefegt; er war wie aus dem Nichts aufgetaucht und hob sie kurz von den Füßen. Im selben Moment waren die Flammen erloschen, in den Himmel gesogen worden, von einer unheilvollen grünblauen Wolke verschluckt, die plötzlich über der Stadt aufgetaucht war.

Die Menge verstummte erstaunt, und die Wachen, die der Bühne am nächsten standen, traten furchtsam einen Schritt zurück. Scythe blickte zu dem jungen Hexer. Er hatte den Rücken durchgebogen und das Gesicht zum Himmel gerichtet. Sein gefesselter Leib schien sich in den Fängen eines schrecklichen Krampfs zu schütteln, obwohl er die Augen weit geöffnet hatte. Er kreischte eine endlose Reihe von unsinnigen Lauten hervor, während Blut und Speichel aus seinem Mund flogen.

Scythe drehte sich zu der Tribüne herum, um zu sehen, ob der Hexer, der das Feuer entzündet hatte, versuchte, es wieder anzufachen. Aber der Mann war auf dem Boden zusammengebrochen und zitterte vor Entsetzen. Er hatte seine linke Hand auf den Kopf gelegt, vor lauter Angst hinzusehen, und hielt mit der Rechten den Stab hoch, als könnte der ihn vor der Wut des wachsenden Sturms schützen. Der Stab glühte ebenfalls in einem grünlich blauen Licht, aber irgendwie wusste Scythe, dass das kein Werk des feige am Boden kauernden LordMagus war.

Plötzlich gab es einen ungeheuren Donnerschlag. Ein gegabelter Blitz zuckte vom Himmel herab und tauchte die gesamte Tribüne in ein unirdisches grünblaues Licht.

Die Zuschauer auf der hölzernen Tribüne schrien alle

gleichzeitig auf, als die ungeheure Elektrizität und Hitze ihre Innereien verbrannte; ihre Körper verkochten von innen nach außen. Die Tribüne brach donnernd zusammen, und Wolken aus fettigem Rauch stiegen von den verbrannten Leichen aus den Trümmern empor. Der seltsame Stab lag mitten in den Trümmern, immer noch glühend, aber offensichtlich unbeschädigt.

Dann rissen die Wolken auf, und Feuer fiel vom Himmel. Brennende Glut regnete wie Wassertropfen auf die ganze Stadt von Torian. Panik ergriff den Mob; die Leute drehten sich um und liefen schreiend davon. In ihrer Hast zu entkommen trampelten sie übereinander und traten sich gegenseitig tot. Als würde ihre Furcht das Feuer anstacheln, flammten die glühenden orangefarbenen Tropfen zu faustgroßen Bällen aus weiß glühenden Feuerzungen auf. Der tödliche Hagel entzündete alles, was er traf, und verbrannte die Menschen unverzüglich zu einem Haufen qualmender Asche. Blitze zerrissen den Himmel, der plötzlich dunkel geworden war, als wäre es Nacht, und schlugen in die gewaltigen Türme der Stadt ein. Was auch immer sie trafen, wurde von diesen unnatürlichen grünblauen Flammen in Brand gesetzt, selbst der Stein.

Innerhalb von Sekunden schien die ganze Stadt Torian zu brennen.

Überall, nur nicht dort, wo die Bühne stand, auf der vor wenigen Augenblicken noch ein erheblich natürlicheres Feuer gebrannt hatte. Hier war das Holz mittlerweile abgekühlt. Die Wachen waren mit dem Rest der Anwesenden geflüchtet, jedenfalls die wenigen Wachsoldaten, die den tödlichen brennenden Regen überlebt hatten. Rund um die Bühne lagen zahllose Aschehaufen, als wäre dieser Sturm von einem bewussten Willen geleitet worden, damit er seine fürchterlichste Wirkung unter den Leuten anrichten konnte, die seinen Urheber gefangen genommen hatten. Bis auf die vier Gestalten auf der Bühne war Torians Marktplatz jetzt menschenleer.

Scythe riss ihren Blick von der Katastrophe los, rannte zu ihrem Geliebten und schnitt mit dem Messer aus ihrem Gürtel die Stricke durch, die ihn an den Pfahl banden. Sobald er frei war, brach er auf dem Boden zusammen, und Scythe untersuchte rasch seine Wunden.

Seine Haut hatte aufgrund der Hitze der Flammen bereits Blasen geworfen, aber das Feuer hatte ihm den geringsten Schaden zugefügt. Es würde Wochen dauern, bis die Folgen von den Prügeln, die er bezogen hatte, geheilt waren. Er schien zwar keine gebrochenen Knochen zu haben, aber seitlich an seinem Schädel und auf dem Hinterkopf hatte Norr etliche große Beulen.

»Schnell!«, rief einer der anderen Männer, der Ältere der beiden, ihr zu. »Schneid mich los!«

Sie warf einen Blick auf den Sprecher. Er war immer noch an den Pfahl gebunden, so wie sein Gefährte. Die Krämpfe des jüngeren Mannes hatten aufgehört, und er hatte das Bewusstsein verloren. Aber Scythe ignorierte die Aufforderung des Mannes.

»Norr«, flüsterte sie. »Norr, kannst du mich hören? Norr, du musst aufstehen.«

Der Hüne reagierte auf ihre Stimme und kam auf die Knie.

»Uns bleibt nicht viel Zeit!«, schrie der Mann am Pfahl. »Beeil dich, bevor die Einwohner sich sammeln und sich auf uns stürzen.«

Scythe achtete nicht auf ihn. Sie war hier, um Norr zu retten. Wenn die Hexer sich mit ihrer Zauberei nicht selbst von den Pfählen befreien konnten, war das ihr Pech. Sie würde es ganz gewiss nicht tun.

»Wir müssen weg, Norr«, flüsterte sie und versuchte vergeblich, ihn auf die Füße zu ziehen. Schließlich gab sie auf und sank neben ihm auf die Bühne. »Du bist zu schwer; ich kann dich nicht stützen. Du musst alleine laufen.«

Der große Mann kniete immer noch und schüttelte jetzt seinen übel misshandelten Kopf. »Die anderen«, nuschelte er krächzend mit seinen aufgerissenen und geschwollenen Lippen. Scythe bemerkte, dass etliche seiner Zähne fehlten. »Schneid sie los.«

»Ja, und beeil dich!«, rief der Mönch. »Wir haben nicht viel Zeit!«

Scythe hob den Blick und bemerkte, dass die Wut des schrecklichen Feuersturms nachgelassen hatte. Die Blitze waren weniger geworden, aber die grünblauen Flammen wüteten immer noch in der Stadt und verbreiteten sich von Turm zu Turm wie ein Waldbrand, der von Baumwipfel zu Baumwipfel springt. Die Überlebenden der Stadtwache würden die ganze Nacht damit zu tun haben, die Flammen zu löschen.

»Wir brauchen sie nicht«, sagte Scythe zu Norr. Sie weigerte sich immer noch, dem anderen Mann auch nur zu antworten. »Wir können uns davonschleichen, bevor sie uns finden.«

»Sie haben mir das Leben gerettet«, flüsterte Norr. »Ich wäre verbrannt. Ich stehe in ihrer Schuld.«

Scythe begriff, dass dieser edelmütige Barbar sich hier nicht wegbewegen würde, bis auch die anderen Männer frei waren, und stand zögernd auf. Sie trat zu dem älteren Mann, dessen tote, milchig weiße Augen sie mit einem kalten Blick fixierten. Sie könnte ihn jetzt töten. Ein kurzer Schnitt mit ihrem Messer quer über seine Gurgel, und sein Leben wäre zu Ende. Das Gleiche könnte sie auch mit dem bewusstlosen Hexer machen.

Natürlich wäre Norr wütend. Aber sie konnte ihm später erklären, es wäre ihre Rache für das, was die beiden in Praeton angerichtet hatten. Sie konnte behaupten, der Magus hätte angefangen, einen Zauber zu wirken, und sie wäre in Panik geraten. Sie wusste, dass sie irgendwie ihren Geliebten dazu bringen konnte, ihr diese Taten zu verzeihen, wenn sie sie erst einmal begangen hatte. Also konnte sie die beiden jetzt auf der Stelle umbringen.

Stattdessen jedoch durchtrennte sie die Stricke, mit denen der Mönch an seinen Pfahl gefesselt war. Norr würde ihr verzeihen, wenn sie die beiden tötete. Aber Scythe wusste, dass dann auch etwas in ihm zerstört wäre, dass dies ein weiteres Opfer sein würde, das er für die Frau bringen musste, die er liebte. Und sie hatte bereits mehr als genug Opfer von ihm verlangt.

Ohne ein Wort zu sagen, durchtrennte sie auch die Stricke des jungen Hexers. Der Mönch fing den bewusstlosen Körper des jungen Mannes auf, als sich die Seile lösten.

»Was hast du mit ihm gemacht?«, fuhr er sie wütend an.

»Ich habe ihm diese Flasche mit Hexwurz in den Mund gesteckt!«, gab sie zurück.

»Wo ist sie? Zeig sie mir!«

Sein Tonfall gefiel ihr gar nicht, aber die unterschwellige Drohung in seinen milchig weißen Augen mochte sie noch weniger. Vielleicht hatte sie einen Fehler gemacht, als sie den Mönch befreit hatte, solange Norr so schwach und verletzlich war wie zurzeit.

»Hier.« Sie hob die Phiole auf, wo sie auf die Bühne gefallen war, und warf sie ihm zu. Der Mönch stützte immer noch seinen Freund mit einem Arm, fing jedoch die Phiole in der Luft, und zwar so schnell, dass seine Hand nur ein Schemen zu sein schien. Scythe kehrte ihnen den

Rücken zu und ging zu Norr. Sie tat, als hätte sie keine Angst vor dem, was als Nächstes passieren würde, und als wäre es ihr auch gleichgültig.

»Destillierte Hexwurz«, hörte sie den Mann murmeln. Sie sah zu ihm hinüber und begegnete seinen blicklosen Augen. »Damit hättest du ihn umbringen können!« Sein Ton war unverkennbar wütend.

Scythe wirbelte zu ihm herum. Sie konnte einfach nicht mehr ruhig bleiben.

»Wir wären alle verreckt, wenn ich ihm diese Phiole nicht in den Rachen geschoben hätte!«, fuhr sie ihn an. »Anstatt mir einen Vortrag zu halten, solltest du mir lieber danken, dass ich so schnell reagiert habe!«

»Danke, dass du den Erretter der Welt fast umgebracht hättest!«, knurrte er. »Die Götter alleine mögen wissen, welchen irreparablen Schaden du ihm dadurch vielleicht zugefügt hast.«

Jede weitere Erwiderung von Scythe wurde abgeschnitten, als Norr seine schwere Hand auf ihre Schulter legte. »Es fängt an zu regnen, Scythe.«

Alle außer dem immer noch bewusstlosen jungen Mann blickten zum Himmel hinauf. Es stimmte. Es war ein leichter, aber stetiger Regen, Wasser diesmal, kein Feuer. Er fiel auf die Stadt und löschte rasch das magische Feuer des schrecklichen Zaubers, der sie alle befreit hatte.

»Der Orden«, sagte der Mönch. »Sie besänftigen Keegans ChaosSturm. Es müssen Pilger hier in der Stadt sein. Vermutlich sind sie gekommen, um die Exekution zu verfolgen.«

»Wie viele?«, erkundigte sich Norr.

Der Mann legte den Kopf auf die Seite, als lausche er etwas, das nur er wahrnehmen konnte. »Sicher kann ich das nicht sagen. Ein Dutzend, vielleicht mehr. In der allgemeinen Panik wurden sie getrennt, und jeder Einzelne hat allein nicht genügend Macht, um sich Keegans Zauber zu widersetzen. Aber jetzt haben sie sich wieder vereint, um gegen seine Macht zu kämpfen. Sobald die Feuer gelöscht sind, werden sie anfangen, nach uns zu suchen.«

»Gib ihn mir«, sagte Norr. Er wollte dem anderen Mann den jungen Hexer aus den Armen nehmen. »Wir kommen schneller voran, wenn ich ihn trage.«

Als der Mann nicht reagierte, setzte Norr nach.

»Wir werden mit euch kommen, Scythe und ich. Wir werden euch helfen.«

»Warum?« Der Argwohn in diesem einen Wort war nicht zu überhören.

Norr deutete auf den bewusstlosen jungen Mann. »Er hat mir das Leben gerettet. Diese Schuld muss ich ihm zurückzahlen. Das ist Sitte bei meinem Volk.«

Der Mönch zögerte, bevor er schließlich nickte. »Gut, ihr könnt mit uns kommen. Aber du kannst selbst kaum stehen, ganz zu schweigen davon, dass du jemand anderen tragen könntest.«

Der Mönch hob den jungen Magus hoch und legte ihn sich behutsam über die Schulter, und das überraschend mühelos. Dann sprang er vom Rand der Bühne die mehr als drei Meter zum Boden hinab und ging zu den immer noch qualmenden Resten der Tribüne. Dabei bewegte er sich, als würde der Mann auf seiner Schulter nicht mehr als ein kleines Kind wiegen. Er bückte sich und hob den Stab mit dem Schädel auf. Als er ihn berührte, erlosch das grünliche Glühen.

»Schnell!«, rief er über die Schulter zurück. »Wir müssen sofort weg. Bevor die Pilger die Ordnung in der Stadt wiederherstellen!«

Norr kletterte ungeschickt von der Bühne herunter. Seine hünenhafte Gestalt und seine Verletzungen ließen ihn dabei ziemlich unbeholfen und unelegant aussehen.

»Hier entlang«, sagte der Mönch und lief rasch in eine leere Seitenstraße. Er benutzte den Stab als Gehstock, um das Gewicht des jungen Hexers auf seiner Schulter auszugleichen.

Scythe sah verblüfft zu, wie Norr ohne Frage oder Protest gehorchte. Erwartete er wirklich, dass sie seinem Beispiel folgte? Es gab hundert Einwände, die sie gern geäußert hätte, und sie kannte tausend Gründe, warum sie sich nicht diesem zum Untergang verurteilten Paar anschließen sollten. Sie hätte Norr am liebsten am Schlafittchen gepackt und ihm Verstand eingeprügelt. Oder wäre beleidigt davongestürmt und hätte sie alle einfach stehen lassen, drei nackte Männer, die durch die Straßen von Torian flüchteten. Aber schließlich wollte sie doch lieber bei ihrem Geliebten bleiben.

Also verkniff sich Scythe alle Beschimpfungen und Proteste, sprang geschickt von der Bühne und folgte den Männern.

45

Keegan wurde von den blauen Flammen des Chaos umschlossen. Das Feuer leckte an seiner Haut, hüllte ihn ein. Es bedeckte seine Augen und blendete ihn, sodass er nichts anderes sehen konnte. Es füllte seinen Mund und seine Nase, kroch seine Kehle hinab und drang in seine Lunge.

Er spürte die sengende Hitze, die ihn umgab, er fühlte sie in sich selbst. Aber er empfand keinerlei Schmerz. Er hieß die Hitze willkommen, umarmte die ewigen Flammen, als sie ihn umschlangen. Er schwebte in einem Ozean aus Feuer und nahm zunächst nichts anderes wahr als die endlose Wut der Flammen um ihn herum.

Langsam kamen die Erinnerungen wieder zurück. Eine Gefängniszelle. Er war gefesselt und geknebelt, an einen Pfahl gebunden. Der Gestank von Rauch, von dem brennenden Holz. Und dann das Insulaner-Mädchen, das vor ihm stand, eine letzte, wunderschöne Vision, bevor er starb.

Aber er war nicht gestorben. Das war ihm jetzt klar. Andere Erinnerungen stürzten auf ihn ein. Das Mädchen, das ihm etwas in den Mund schüttete, in seine Kehle. Das Aufwallen des Chaos, ein explodierender Sturm. Er war nicht tot, aber er war im Nebel der Hexwurz verloren; sein Geist hatte sich von seiner leiblichen Gestalt getrennt und schwebte jetzt frei in der Brennenden See, der Quelle aller Magie.

Plötzlich bemerkte Keegan, dass er nicht alleine war.

Obwohl er durch den Schleier des endlosen, brennenden Blaus nichts sehen konnte, registrierte er eine andere Präsenz in seiner Nähe, etwas Nichtmenschliches, Fremdartiges. Sein Bewusstsein stieß in das Chaos vor, versuchte aus einer großen Distanz eine Verbindung mit der Welt der Sterblichen herzustellen.

Der Schlächter. Der uralte Feind der Götter. Ein Paladin, der durch die Artefakte unsterblich wurde.

Ermutigt durch die berauschende Wirkung der Hexwurz und das Chaos um ihn herum versuchte Keegan, den Verstand des anderen zu berühren, vollendete die Brücke zwischen ihren beiden Welten. Im selben Augenblick wurde er unter einer Flutwelle von Bildern begraben. Es waren die Erinnerungen, Träume und Visionen einer siebenhundertjährigen Existenz.

Keegan fuhr entsetzt zurück, weil sein sterbliches Bewusstsein unfähig war, diese Sturzflut an Informationen zu bewältigen. Die Verbindung wurde unterbrochen, als Keegans Wahrnehmung sich in die Tiefen des ChaosMeeres flüchtete, um den Schrecken zu entgehen, die er im Verstand des anderen gesehen hatte. Einen Moment lang schlug die andere Präsenz um sich, in dem Versuch, diesen unerwarteten Eindringling zu packen. Dann war sie verschwunden, fortgerissen von den Strömungen des Chaos.

Keegans Psyche taumelte, als er tiefer und tiefer in dem ChaosMeer versank und unter dem Gewicht all dessen, was er gesehen hatte, zerquetscht zu werden drohte. Aber dann setzte sein Selbsterhaltungstrieb ein, und er begann, die Bilder zu vertreiben, brannte sie aus seinem Bewusstsein, bevor sie ihn so weit hinabgezogen hätten, dass seine eigene Identität für immer ausgelöscht worden wäre.

Kurz bevor er den Grund dieses unendlichen Chaos-Meeres erreichte, gelang es ihm, so etwas wie die Kontrolle wiederzuerlangen. Mit einem fast übermenschlichen Willen begann er, sich den Weg zurück an die Oberfläche zu erkämpfen, bis er sie schließlich erreichte; sein Verstand war zwar übel mitgenommen, aber noch intakt.

Das meiste von dem, was er im Geist des *Schlächters* gesehen hatte, war für ihn verloren, aber er hatte ein paar wenige kostbare Fetzen von dem, was er gesehen hatte, behalten. Der Pontiff war tot, das Monasterium nur noch eine Ruine. Dies war das Werk der mächtigen Knechte, die der *Schlächter* in die Welt der Sterblichen hatte entsenden können. Sie suchten die Artefakte, die Krone, den Ring und das Schwert, die Daemron einst in einen Gott verwandelt hatten.

Und es gab noch etwas, woran Keegan sich erinnerte, etwas, das er gespürt hatte, unmittelbar bevor die Verbindung unterbrochen worden war. Furcht. Der *Schlächter* hatte Angst vor ihm. In dem kurzen Moment ihrer Verbindung hatte der Gott Keegans Macht gespürt, und er wusste, dass dieser Sterbliche ihn vernichten konnte.

Keegan war sich bewusst, dass die Knechte nicht nur die Artefakte jagen würden, jetzt nicht mehr … Denn nunmehr würden sie auch Jagd auf ihn machen.

Gil starrte aus dem Fenster und lauschte. Sein Haus lag am Rand der Ortschaft, aber der Wind trug das Gelächter und die Stimmen bis zu seinem Fenster. Die Leute von Praeton feierten; der renovierte *Singende Drache* hatte endlich wieder geöffnet.

Viele Wochen lang war das Geheimnis dieser seltsamen Männer, die die Schänke in Trümmer gelegt hatten, sowie ihre Beziehung zu Scythe und Norr, die in der Nacht ihres Auftauchens spurlos verschwunden waren, das einzige Thema in den Gesprächen der Einwohner gewesen.

Freunde und Nachbarn hatten von nichts anderem geredet, während sie in einem nicht enden wollenden Strom von Besuchern zu Gil gekommen waren, um ihm Gesellschaft zu leisten, während er sich von seiner schrecklichen Beinverletzung erholte. Und da sie keine Antwort fanden, schossen die Spekulationen ins Kraut. Gil selbst war in diesen ersten Wochen zu so etwas wie einem lokalen Helden geworden, und man hatte ihm bei den Ereignissen dieser Nacht angesichts seiner schweren Verletzungen eine etwas übertriebene Rolle zugeschrieben.

Aber als die Tage verstrichen und sich zu Wochen dehnten, tauchten immer seltener Besucher in Gils Haus auf. Das Leben ging weiter, und die Leute mussten sich um ihre Angelegenheiten kümmern. Praeton war des Themas müde geworden. Die Gespräche drehten sich jetzt wieder um Ernten und andere Dinge. Man sammelte Geld, um den *Singenden Drachen* zu reparieren. Stück um Stück ließ Praeton die Tragödie hinter sich. Die Wunden der Ortschaft schlossen sich.

So wie auch die von Gil, obwohl die weit weniger schnell heilten. Er war immer noch Invalide, war nicht einmal in der Lage, sein Bett ohne Hilfe zu verlassen. Ja, er konnte sich kaum auf die Seite drehen, ohne dass der Schmerz, der von seinen Beinen durch seinen ganzen Körper schoss, ihm fast das Bewusstsein raubte. Seine Frau kümmerte sich rührend um ihn, auch wenn sie wegen seiner Verletzungen in ihrem eigenen Bett schlief. Aber Besucher kamen immer seltener und blieben auch immer kürzer, als wäre sein Anblick eine unerwünschte Erinnerung an Ereignisse, die man besser vergaß.

Gil konnte ihr Verhalten verstehen. Jenseits seines Schlafzimmerfensters existierte eine Welt, die nicht aufgehört hatte, sich zu drehen, eine Welt, zu der er nicht mehr gehörte. Seine Freunde und Nachbarn mussten ihr Leben fortsetzen. Aber auch wenn er das verstand, konnte er die Bitternis nicht unterdrücken, die in ihm hochstieg, als er die freudigen Schreie und das schallende Gelächter aus dem *Singenden Drachen* am Ende der Straße hörte.

Er starrte sehnsüchtig aus seinem Fenster in die Dunkelheit. Die Lampen, die auf den Fensterbrettern standen, damit die Leute sicher nach Hause fanden, warfen seltsame Schatten auf die verlassenen Straßen. Es würde noch viele Stunden dauern, bevor die Menschen in ihre Heime zurückkehrten. Vielleicht würden ein oder zwei heute Abend noch vorbeikommen, betrunken an die Tür klopfen, bis Gils Frau aufstand und sie hereinließ. Wahrscheinlicher war jedoch, dass sie erst morgen früh kamen, ziemlich spät und verkatert und erpicht darauf, ihn mit amüsanten Geschichten von den Ereignissen des Abends zu unterhalten.

Gil hatte sich damit abgefunden, dass er den heutigen Abend alleine verbrachte, und starrte weiter aus dem Fenster auf die Schatten, die die Laternen warfen.

Plötzlich bewegte sich einer der Schatten. Ganz kurz glaubte Gil, es handelte sich um den Schatten eines Mannes, eines Mannes, der zu betrunken war, um aufrecht zu stehen, und auf allen vieren über die Straße kroch. *Nein, er kriecht nicht.* Gil hatte das Gefühl, ein kalter Finger würde sein Herz berühren. *Er krabbelt, er huscht. Wie irgendeine schreckliche menschliche Spinne.*

Er blinzelte, und der Schatten verschwand in der Dunkelheit. Aber Gil spürte, dass die Kreatur immer noch da war. Er hatte Angst, auch nur zu atmen, als würde er sich damit verraten, und spähte in die Nacht hinaus, versuchte den schwarzen Schleier mit seinem Blick zu durchdringen. Der Schatten bewegte sich erneut, und dann waren es plötzlich zwei. Zwei geisterhafte, nichtmenschliche Silhouetten, die auf Gliedern mit Klauen an den Enden durch die Straßen von Praeton huschten, die Nasen dicht auf den Boden gedrückt und wie Hunde schnüffelnd, die Witterung einer Fährte aufnehmend.

Einer der Schatten blieb plötzlich stehen und hob den Kopf. Dann kreischte er einmal, böse, triumphierend. Der Schrei wurde vom Wind aufgenommen und in den Himmel getragen – und dann waren die Kreaturen wieder in der Nacht verschwunden. Gil hatte das Gefühl, als würde eine kalte Faust sich von seiner Seele lösen.

Sie waren nicht seinetwegen gekommen; diese Monster waren hinter einer anderen Beute her. Gil konnte nicht anders, als Mitleid für die Kreatur zu empfinden, die diese widernatürlichen kriechenden Zwillinge jagten.

46

Sie waren an einen Wahnsinnigen geraten. Scythe fiel einfach keine andere Erklärung ein. Aber was sonst hätte sie auch von einem Häretiker erwarten sollen? Sie wusste nicht viel über den Orden, aber ihr war klar, dass er schon seit Jahrhunderten eine große Macht in den Südlanden darstellte. Jeder, der verzweifelt genug war, sich diesem Orden öffentlich zu widersetzen, war ein gefährlich labiler Geselle. Nur ein Wahnsinniger oder ein Narr hätte sie in den Nordforst geführt, dann die Wege verlassen und das verbotene Territorium der Danaan betreten und schließlich auch noch angehalten, um ein Lager aufzuschlagen.

Genau das hatte der Mönch gemacht. Er nannte sich Jerrod. Der junge Hexer, der sie gerettet hatte, indem er Feuer auf die Stadt hatte herabregnen lassen, hieß Keegan. Mehr wusste sie nicht.

Jerrod richtete nur selten das Wort an sie oder Norr, und sie war auch nicht sonderlich scharf darauf, ihn in ein Gespräch zu verwickeln. Sie traute dem blinden Mönch nicht, und es missfiel ihr, dass er sich immer angespannt und wachsam zeigte, immer bereit zu sein schien, gewalttätig zu reagieren. Sie hatte solche Männer schon öfter erlebt, ausgebildete Leibwächter von bedeutenden Adligen, Männer, die bereit waren, ohne zu zögern ihr eigenes Leben für die Person zu opfern, die sie beschützen. Scythe konnte diesen Fanatismus nicht nachvollziehen. Aber so, wie Jerrod sich ständig in der Nähe des bewusstlosen Keegan aufhielt, konnten kaum Zweifel daran bestehen, wem seine Ergebenheit galt.

Und er beobachtete sie ständig. Nicht mit seinen nutzlosen Augen, sondern mit dieser verfluchten magischen *Sicht.* Sie hatte das Gefühl, überall beobachtet zu werden, wohin sie auch ging. Sie konnte seiner Wachsamkeit nicht entkommen. Selbst in der Dunkelheit spürte sie, wie sein unsichtbarer Blick sie verfolgte, argwöhnisch und misstrauisch. Scythe hasste es, unter ständiger Beobachtung zu stehen.

Sie hätte ihn gern gefragt, was er angestellt hatte, dass sein eigener Orden ihn ausgestoßen und zum Ketzer erklärt hatte, aber wenn sie ihn fragte, würde sie damit zeigen, dass sie sich mit ihm beschäftigte. Und sie wollte keinerlei Interesse für diese Männer entwickeln, nicht einmal für den immer noch bewusstlosen Hexer. Er dämmerte jetzt seit drei Tagen vor sich hin, wobei er sich manchmal auch herumwälzte oder schrie.

»Träume«, hatte Jerrod einmal erklärt, als Norr ihn nach dem Grund für diese Ausbrüche gefragt hatte. »Er hat Visionen. Keegan ist ein wahrer Prophet.« Sie wusste zwar nicht genau, was das bedeutete, bezweifelte aber, dass es sich um etwas Gutes handelte.

Im Unterschied zu ihr schien Norr sich wegen ihrer Gefährten kein bisschen den Kopf zu zerbrechen. Es kam ihr fast so vor, als wäre ihr Geliebter seinerseits einem seltsamen Wahn verfallen; er ließ sich von irgendeinem uralten Brauch eines Volkes und einer Kultur leiten, die er in den Südlanden schon lange aufgegeben hatte. Aus Gründen, die sie nicht begreifen konnte, war Norr fest entschlossen, an Keegans Seite zu bleiben, wohin er auch gehen mochte. Und Scythe konnte nichts tun, als ihn einfach zu begleiten.

Sie hätte die Männer in der ersten Nacht verlassen können, aber sie würde Norr niemals den Rücken kehren. Trotz seines merkwürdigen Verhaltens liebte sie ihn immer noch. Also waren sie beide den Männern gefolgt.

Sie waren von dem Marktplatz geflüchtet, und Jerrod hatte sie durch schmale Gassen geführt, während der Regen, den die Pilger heraufbeschworen hatten, die ganze Stadt tränkte und die grünblauen Flammen löschte, die an den Gebäuden und Türmen leckten. Sie waren auf direktem Weg zum Nordtor gegangen und hatten sich unterwegs nicht einmal die Zeit genommen, Kleidungsstücke zu organisieren, damit die Männer ihre nackten Körper bedecken konnten.

Nirgends waren sie auf Widerstand gestoßen. Die Stadtwachen waren entweder in Panik geflüchtet, als der Sturm begann, oder aber sie waren in die anderen Stadtteile geeilt, um die Brände zu bekämpfen, die ganz Torian in Schutt und Asche zu legen drohten. Sie hatten die unbewachten, weit offen stehenden Tore durchquert und waren über die Handelsroute weiter nach Norden gegangen. Sobald sie die Grenze zu Danaan erreicht hatten, war Jerrod von dem Pfad abgewichen.

Scythe hätte sich ihm spätestens in diesem Moment widersetzen sollen, aber zu diesem Zeitpunkt war ihr noch nicht klar gewesen, dass der Mann, der sie anführte, vollkommen verrückt war. Sie hatte erwartet, dass er wieder nach Süden abbiegen würde und sie sich innerhalb weniger Stunden erneut in der relativen Sicherheit der menschlichen Zivilisation befanden. Wenn auch selbst diese kurze Reise durch den Wald riskant war, lohnte sich diese Gefahr vielleicht, wenn sie Torian auf diese Weise entkamen.

Aber ihr Anführer war nicht umgekehrt. Er war immer tiefer in den Wald eingedrungen, bis sie schließlich auf eine kleine Lichtung gelangt waren. Dort hatte er den bewusstlosen Hexer sanft auf den Boden gelegt und den merkwürdigen Zauberstab neben ihn. Und dann hatte er angefangen, ein Lager aufzuschlagen.

Als Scythe schließlich begriffen hatte, dass er keineswegs beabsichtigte, den Wald zu verlassen, war es zu spät gewesen. Sie war ein Stadtkind und würde niemals alleine den Weg zurück durch den Wald finden. Und Norr hatte ebenfalls durch nichts erkennen lassen, dass er ihre neuen Gefährten verlassen und zurückkehren wollte.

Nachdem das Lager aufgeschlagen war, hatte sich Jerrod endlich um die Verletzungen ihres Geliebten gekümmert. Scythe hatte durch Methodis sehr viel über Medizin gelernt, aber die stinkenden Tinkturen, die der Mönch aus Wurzeln und Pflanzen zubereitete, die in der Nähe ihres Lagers wuchsen, kannte sie nicht. Er hatte Norrs Verletzungen damit bestrichen, und beinahe augenblicklich waren die Schwellungen abgeklungen und die Blutergüsse verschwunden. Scythe vermutete, dass er diese einfachen Hausmittel mit irgendeiner seltsamen Magie angereichert hatte.

Sie war zwar dankbar, dass der Mönch Norrs Schmerzen gelindert hatte, fragte sich aber unwillkürlich, ob Jerrods Behandlung möglicherweise Nebenwirkungen zeitigen würde. Norr schien sich zum Beispiel überhaupt keine Sorgen zu machen, dass sie hier bereits seit drei Tagen herumsaßen und darauf warteten, dass eine Patrouille der Danaan sie fand und wegen unerlaubten Betretens ihres Landes tötete. Scythe dagegen bereitete diese Vorstellung durchaus Kummer.

Drei Tage lang hatte sie gewartet, und drei Tage lang hatte Jerrod ihr nicht das Geringste verraten. Er hatte sich die meiste Zeit um Keegan gekümmert, obwohl offensichtlich war, dass er kaum mehr tun konnte, als es seinem bewusstlosen Patienten so bequem wie möglich zu machen.

Scythe versuchte, nicht allzu viel über Keegan nachzudenken. Sie wusste, dass sein Zauber Gils Bein gebrochen hatte, aber wenn sie ihn so ansah, konnte sie sich nur schwer vorstellen, dass dieser junge Mann dort auf dem Boden ein mächtiger Hexer war. Er wirkte so zerbrechlich und schwach, und tief in ihrem Innern tat er ihr sogar leid.

Sie vermutete, dass sie weitergehen würden, sobald der Hexer sein Bewusstsein wiedererlangt hatte, aber wer konnte schon wissen, wie lange das noch dauerte? Sie hatten schon viel zu lange an einem Ort gelagert, an dem sie bei einer Entdeckung sofort mit dem Tode bestraft werden würden. Sie hatte Jerrod und Keegan schon einmal gerettet, jetzt fühlte sie sich nicht mehr für sie verantwortlich. Schließlich fasste sie den Entschluss, nicht noch länger zu warten.

»Norr«, meinte sie und stand auf. »Wir müssen gehen. Wenn wir bleiben, werden die Danaan uns töten.«

»Ich werde Keegan nicht im Stich lassen«, erwiderte er und blickte von ihr auf den hilflosen Hexer. »Bitte, Scythe, zwing mich nicht dazu, zwischen meiner Schuld ihm gegenüber und meiner Liebe zu dir wählen zu müssen.«

Sie seufzte. Was hätte sie dem entgegenhalten können? Stattdessen richtete sie ihre Aufmerksamkeit auf Jerrod, in der Hoffnung, dass sie bei ihm vielleicht mehr Glück hatte.

»Hast du vielleicht einen Plan, den du uns noch nicht mitgeteilt hast? Gibt es einen bestimmten Grund, weswegen du uns hierhergeführt hast?«

»Die Pilger suchen immer noch nach uns«, erwiderte

er gelassen. »In diesen Wäldern gibt es Zauber, die meine *Sicht* behindern und verwirren, also auch die ihre. Außerdem werden die neuen Stadtoberen von Torian zögern, Truppen in den Wald zu schicken, weil sie genau wissen, welche harten Strafen jeden Eindringling erwarten.«

Das war zwar eine logische Erklärung, aber der Mönch übersah dabei die Tatsache, dass die Danaan sie ebenso töten würden wie die Pilger oder die Patrouillen der Torianer.

»Aber warum bleiben wir immer hier an dieser einen Stelle? Wäre es nicht sicherer, wenn wir wenigstens ständig unseren Aufenthaltsort wechselten?«

Der Mönch deutete mit einem Nicken auf Keegan. »Sein Zustand verschlechtert sich. Ich habe alles getan, was ich konnte, um die schädliche Wirkung der Hexwurz einzugrenzen, aber auch meinen Fähigkeiten sind Grenzen gesetzt. Er ist immer noch zu krank, als dass man ihn bewegen könnte, und das verdankt er dir.«

Scythe sah ihn giftig an, dachte jedoch nicht daran, nach dem Köder zu schnappen. Sie weigerte sich einfach, ein schlechtes Gewissen wegen des Zustandes des jungen Mannes zu haben. Hätte sie auf dem Scheiterhaufen anders gehandelt, wäre keiner von ihnen jetzt noch am Leben. Jedenfalls sagte sie sich das jedes Mal, wenn sie hörte, wie Keegan in der nächtlichen Dunkelheit schrie.

»Der Nordforst ist ein verbotenes Territorium«, erklärte sie, nur für den Fall, dass Jerrod das vielleicht entgangen war. Sie war keine Expertin, was die Danaan anging, aber diese Tatsache war allgemein bekannt in den menschlichen Ländern. »Wenn wir noch viel länger hier warten, werden sie uns finden. Und dann werden sie uns töten!«

»Ich werde ihn nicht weiter herumschleppen«, erwiderte Jerrod. »Nicht, bis er in diese Welt zurückgekehrt ist.«

»In diese Welt zurückkehrt?«, erkundigte sich Norr. »Was soll das heißen?«

»Sein Verstand treibt durch das Meer aus Feuer. Bei all jenen, die zu viel Hexwurz-Extrakt zu sich nehmen, kann es passieren, dass sich ihr Verstand im Chaos verliert. Allerdings ist Keegan nicht wie andere Menschen.« Der Mönch holte tief Luft, als müsste er sich selbst davon überzeugen, dass das, was er jetzt sagte, der Wahrheit entsprach. »Die *Gabe* ist sehr stark in ihm, vielleicht stärker als in jedem Hexer seit der Zeit des Kataklysmus. Möglicherweise findet sein Verstand bald einen Weg zurück in die Welt der Sterblichen.«

»Dann werden wir eben so lange warten, wie es nötig ist«, erklärte Norr und legte dem Mönch beruhigend die Hand auf die nackte Schulter.

Ganz offensichtlich würden sie nirgendwo anders hingehen. Zögernd setzte sich Scythe wieder hin und verfluchte insgeheim die Ereignisse, die Norr und sie hierhergeführt hatten.

»Ich habe die Pflanzen gefunden, die du haben wolltest.« Norr reichte Jerrod eine Handvoll Blätter, als dieser sich über die immer noch regungslose Gestalt des jungen Hexers beugte.

Jerrod nahm sie wortlos entgegen. Er öffnete vorsichtig den Mund des jungen Mannes und legte ihm ein einzelnes Blatt auf die Zunge. »Das hilft, das Fieber zu senken«, erklärte er. »Aber auch diese Pflanzen können seinen Verstand nicht zu uns zurückführen.«

»Dir liegt sehr viel an ihm«, bemerkte Norr.

»Er ist etwas Besonderes. Er ist der Erretter der Welt.«

Scythe, die am Rand des Lagers saß, schnaubte verächtlich. »Ich wette, das hast du nicht gewusst, als du ihm

Treue bis in den Tod geschworen hast«, sagte sie zu ihrem Geliebten. Es war nur halb scherzhaft gemeint.

»Ich verstehe das nicht«, sagte der Barbar zu Jerrod, ohne auf ihre bissige Bemerkung einzugehen. »Die Sitten deines Ordens sind mir fremd. Ich würde gern etwas über deine Geschichte erfahren … und über das, was uns bevorsteht.«

»Selbst in den Südlanden kennen nur wenige die wahre Geschichte«, räumte Jerrod ein. »Der Orden hat diese Wahrheit zwar innerhalb des Monasteriums gehütet, aber außerhalb seiner Mauern ist sie größtenteils vergessen. Legenden und Mythen mischen sich in die Geschichte, und es ist nicht leicht, Wahrheit und Fiktion voneinander zu trennen.«

»Du klingst ganz so, als wolltest du seiner Frage ausweichen«, beschuldigte ihn Scythe, die mittlerweile quer durch das Lager zu ihnen gekommen war. Sie schlang ihre Arme um Norrs Bauch. Jedenfalls versuchte sie es. Aber sie konnte nur drei Viertel seines Leibes umfassen. Ohne darüber nachzudenken, legte der große Mann beschützend seine Arme um sie und zog ihre kleine Gestalt dicht an sich heran.

»Norr hat geschworen, deinem sogenannten Erretter zu helfen«, fuhr sie fort. »Und wo er hingeht, gehe auch ich hin. Das Mindeste, was du tun könntest, ist also, uns zu sagen, worauf wir uns da eingelassen haben. Oder ist es dir verboten, dein Wissen mit einer Insulanerin und einem Wilden aus dem Osten zu teilen?«

»Die Wahrheit steht allen offen«, gab Jerrod ruhig zurück. »Die Geschichte der Wahren Götter ist die Geschichte aller Völker: die der Südlander, der Insulaner, der FreiStädte, der Nomaden des Ostens und sogar der Danaan.«

Er schwieg eine Weile, während er sich sammelte. Als

er dann wieder das Wort ergriff, klang seine Stimme tief und gewichtig, als würde in den Worten noch eine andere Macht mitschwingen.

»Die Welt der Sterblichen wurde wie alles, wie alles Leben, alle Magie, wie selbst die Götter, aus dem Chaos geboren. Die Götter, die Wahren Götter, formten und wirkten die Feuer des ChaosMeeres, um eine Oase innerhalb der lodernden Flammen zu schaffen. Sie begrenzten den Norden dieser Welt mit einem undurchdringlichen Wald, um die schreckliche Macht des Chaos daran zu hindern, die Gestade der Sterblichen unter sich zu ersticken. Im Osten errichteten sie ein unüberwindliches Gebirge und im Süden eine gewaltige Wüste mit unendlich viel Sand. Das westliche Ufer grenzte an einen Ozean, der unvorstellbar tief war, und seine kalten Wasser löschten die lodernden Flammen, die gegen dieses ruhige Eiland schlugen, das in diesem unendlichen Mahlstrom aus Raum und Zeit schwebte.

In das Firmament über dieser Insel fügten sie den Himmel, die Sterne, die Sonne und den Mond. Sie bedienten sich der Magie des Chaos und hauchten dem kalten Fundament der Erde Leben ein. Eine Vielzahl von Kreaturen tummelte sich daraufhin auf dem Land. Die Götter selbst mischten sich unter die Sterblichen, die sie für das Paradies lobpreisten, das sie geschaffen hatten. Währenddessen tobte rund um die Welt der Sterblichen das Chaos und versuchte zu verschlingen, was sie geschaffen hatten.

Denn auch wenn das Chaos die Essenz des Lebens und aller Schöpfung ist, besteht sein innerstes Wesen aus Zerstörung und Tod. Das ganze Universum rebellierte gegen das, was die Götter geschaffen hatten. Schreckliche Monster, Drachen, Riesen, die Gesamtheit der Chaos-Brut, sie alle stiegen aus den Tiefen des Feuers empor. Sie erklommen die Berge, sie durchschwammen den Ozean, sie durchquerten die Wüste, und sie stürmten durch den Wald. Sie hinterließen eine Spur aus Tod und Vernichtung. Die Götter brachten ihre göttliche Macht gegen die Eindringlinge zum Einsatz, wo immer sie auf sie trafen, aber die Zahl der Monster war ungeheuerlich, und selbst ein Unsterblicher kann eine Kreatur, die aus dem Meer des Feuers geboren wurde, nicht so leicht besiegen.

Die Magie, die in diesen schrecklichen Kriegen freigesetzt wurde, vernichtete das Land, und bei jeder Schlacht erzeugte das Echo der göttlichen Aktionen mehr ChaosBrut, die sich gegen sie wandte. Die Götter wussten, dass sie nicht länger auf der Welt der Sterblichen wandeln durften, denn sie selbst waren Wesen des Chaos, und es war ihre eigene Präsenz, welche diese monströsen Kreaturen gebar, die unaufhörlich aus der Brennenden See krochen.

Doch sie wollten ihre Kinder nicht wehrlos zurücklassen, und deshalb erwählten sie einen Streiter aus der Mitte der Sterblichen: Daemron, den großen Kriegerkönig, der sich der ChaosBrut entgegenstellte. Die Götter schufen Artefakte mit gewaltiger Macht und übergaben diese Daemron, auf dass sie ihm bei seinen Kämpfen halfen: eine Krone, die ihm Weisheit und Voraussicht verleihen sollte, ein Schwert, das ihm Stärke und Mut gab, und einen Ring, der ihn mit der Macht der Magie ausstattete, mit der Fähigkeit, das Chaos selbst zu kanalisieren und es nach seinem Gutdünken zu gestalten.

Mit diesen Artefakten ausgestattet führte Daemron die Armee seiner Anhänger gegen die Invasoren aus dem Meer des Chaos. Sie schlachteten den Feind ab und trieben ihn in die Flammen zurück. Trolle, Riesen und Drachen wurden von seinem verzauberten Schwert niedergestreckt, und zu Ehren seiner Siege verliehen die Menschen Daemron den Titel der *Schlächter.* Doch mit beispielloser Macht ging ungezügelter Ehrgeiz einher. Nachdem der Feind vernichtet war, erklärte der *Schlächter* sich zum Herrscher der gesamten Welt der Sterblichen, erhob sich zum König aller Könige. Wer sich ihm nicht beugte, bekam seinen Zorn zu spüren, und erneut herrschten Zerstörung und Tod im Land.

Solange der *Schlächter* die Artefakte besaß, besaß er die Macht der Unsterblichen, und niemand konnte sich ihm widersetzen. Niemand außer den Unsterblichen selbst. Also kehrten die Götter auf diese Welt zurück, um einen Krieg gegen den *Schlächter* zu führen. Aber dieser Feind stand nicht alleine da; viele scharten sich um sein Banner. Und in seiner Horde war auch eine neue Generation der ChaosBrut herangewachsen. Sie hatten sich mit ihm in ihrem Hass gegen die Götter vereinigt und folgten nun demjenigen, der einst die Geißel ihrer eigenen Art gewesen war.

In jener letzten Schlacht wurde die volle Wucht des Chaos in einem fürchterlichen Kataklysmus auf die Welt losgelassen. Brennende Meteore regneten vom Himmel, der Boden bebte, Vulkane spuckten brennenden Tod über die Erde. Städte verfielen zu Asche, Königreiche lagen in Trümmern, und die Erde selbst wurde verwüstet.

Am Ende wurde der *Schlächter* schließlich gestürzt, weil auch er dem vereinten Willen der Wahren Götter nicht standzuhalten vermochte. Seiner Artefakte beraubt flüchtete er aus der Welt der Sterblichen in ein unwirtliches Land, das er selbst geschaffen hat und das irgendwo im Meer des Feuers versteckt liegt.«

»Mein Volk kennt eine ganz ähnliche Geschichte«, unterbrach ihn Norr. »In ihr ist auch von Daemron die Rede, dem Kriegerkönig. Dort wird auch von einem großen Schwert gesprochen, mit dem er seine Feinde vernichtete. In unserer Legende jedoch wurde er stolz und prahlerisch und forderte die Götter selbst heraus. Angeblich fiel er in der Langen Schlacht, welche die Erde verwüstete, und das Schwert ging verloren. Man sagt, dass es irgendwann in den Händen eines auserwählten Kriegers wieder auftauchen wird«, schloss Norr nachdenklich. »Eines Kriegers, der unser Volk vereinigen und es zum Sieg führen wird, wenn die letzte Schlacht schließlich geschlagen wird.«

»Die Artefakte gingen verloren«, stimmte Jerrod ihm zu. »Die Götter haben sie nach der Schlacht überall auf der Welt verstreut, damit sich kein neuer *Schlächter* erheben konnte.«

»Warum haben sie sie denn nicht einfach zerstört?«, erkundigte sich Scythe in dem Versuch, so etwas wie Logik in diese Geschichte zu bringen.

»Sie wurden aus der Essenz der Unsterblichen selbst geschmiedet«, erwiderte Jerrod, ohne zu zögern. »Selbst die Götter hatten nicht die Macht, sie zu vernichten. Aber diese Artefakte waren gefährlich, und ihre Macht war viel zu groß, als dass irgendein Sterblicher sie hätte beherrschen können. Deshalb wurden sie versteckt.«

Der Mönch schwieg eine Weile, als versuchte er, den Faden dieser offenbar sehr gut einstudierten Geschichte wieder dort aufzunehmen, wo Norr ihn unterbrochen hatte. »Nach dieser letzten Schlacht weinten die Götter, und ihre Tränen löschten die Flammen des Kataklysmus. Aber obwohl der *Schlächter* von der Welt verbannt war, herrschte kein Frieden. Erneut zog die ChaosBrut durch die Welt, Flüchtlinge dieser Armee von Sterblichen, die es gewagt hatten, die Götter herauszufordern. Erneut vereinten die Unsterblichen ihre Kräfte und legten einen Zauber über die Welt. Dadurch fielen die Monster in einen tiefen Schlaf, der sie tief unter die Oberfläche der Erde verbannte. Doch selbst die Götter können eine solche Magie nicht wirken, ohne einen schrecklich hohen Preis dafür zu zahlen. Verwundet und geschwächt durch den Krieg gegen den *Schlächter*, begannen die Götter allmählich zu verblassen. Ihre Essenz war verbraucht, und alles, was sie waren, kehrte in das Chaos zurück, aus dem sie einmal geboren worden waren.

Ein Gott stirbt jedoch nur langsam, und bevor die Schöpfer verschieden, hatten sie noch ein letztes Geschenk für die Sterblichen; das *Vermächtnis,* das sie selbst überdauern sollte. Als letzten Akt opferten sich die Götter, um einen Schild zu schaffen, der über der Welt der Sterblichen lag, eine undurchdringliche Barriere, um die ChaosBrut fernzuhalten und den *Schlächter* daran zu hindern, jemals zurückzukehren. Durch dieses letzte Opfer wurde die Welt der Sterblichen gerettet. Ihre Völker verbreiteten sich auf der Erde, neue Städte wurden errichtet, neue Königreiche gegründet, und die Rassen, wie wir sie heute kennen, bildeten sich heraus. Einige unter den Sterblichen versuchten, die heiligen Ideale und die Erinnerung an die Wahren Götter aufrechtzuerhalten. Der Orden widmete sich dem Schutz ihres *Vermächtnisses.* Aber für die meisten Frauen und Männer überwog die Bedeutung ihres alltäglichen Lebens bei Weitem die der großen Ereignisse, die eine Generation zuvor geschehen waren, dann ein Jahrhundert, schließlich ein Jahrtausend vor ihrer Zeit. Die Schrecken des Kataklysmus verblassten zu Legenden, und der Name des *Schlächters* verschwand aus der Erinnerung des gemeinen Volkes. Im Laufe der Jahrhunderte wurden die Wahren Götter durch neue Gottheiten ersetzt, die geschaffen worden waren, um die Bedürfnisse und Wünsche der Leute zu erfüllen, die auf dieser Insel lebten, arbeiteten und herrschten, die in den Feuern des ChaosMeeres treibt. Die Völker verloren den Glauben an die Wahren Götter, und nur wir vom Orden erinnern uns noch an ihre Geschichte.«

Scythe hatte viele ähnliche Geschichten während ihrer Zeit in den Südlanden gehört. Sie unterschieden sich zwar in einigen Details, aber im Prinzip glich Jerrods Erzählung allen anderen Schöpfungsmythen, die sie gehört hatte. Aber sie wollte sich nicht mit dem Wiederkäuen einer einfachen Legende zufriedengeben.

»Du hast meine Frage noch nicht beantwortet«, setzte sie nach. »Was hat das alles mit deinem Freund zu tun?«

»Das *Vermächtnis* wird schwächer«, erklärte Jerrod. »Die Barriere, die den *Schlächter* fernhält, und die Nachkommen derer, die mit ihm geflüchtet sind, wird immer dünner. Diese Nachkommen sind in ihrem Exil zu scheußlichen Missgeburten herangewachsen, genau wie die Kreaturen der ChaosBrut, die einst diese Welt vernichtet haben. Und wenn das *Vermächtnis* irgendwann zusammenbricht, wird der *Schlächter* zurückkehren und seine unheilige Armee auf uns hetzen, damit er erneut über die Welt der Sterblichen herrschen kann. Nur ein Hexer mit der Macht des Wahren Chaos in seinem Blut kann diese Horden zurückschlagen, wenn sie kommen. Ich habe in meinen Visionen einen Paladin gesehen, der uns alle retten kann. Einer, der stark genug ist, um den *Schlächter* und seine Armee zu besiegen.«

»Du meinst ihn?« Scythe hob eine Braue und deutete auf den zerbrechlichen jungen Mann, der nackt und bewusstlos auf dem Boden lag.

»Du hast gesehen, was er in Torian bewerkstelligt hat«, rief ihr der Mönch in Erinnerung. »Nur die Hexer aus den alten Zeiten besaßen diese Art von Macht.«

»Zugegeben«, räumte sie ein. Sie musste ihm in diesem

Punkt zwar recht geben, war aber immer noch nicht bereit, Jerrods Geschichte so ganz zu akzeptieren. »Aber es gibt immer noch etwas, das ich nicht verstehe. In Torian hat man gesagt, ihr wärt Ketzer. Wenn Keegan der Retter der Welt ist, warum versucht der Orden dann, ihn zu töten?«

Jerrods Miene verfinsterte sich, aber Scythe war nicht sicher, ob sein Ärger wirklich ihr galt.

»Es gibt etliche, die nicht an seine Bestimmung glauben. Einige von ihnen, wie zum Beispiel der Pontiff, weigern sich zu akzeptieren, dass das *Vermächtnis* tatsächlich zusammenbricht. Sie wollen sich lieber so lange daran klammern, wie sie können, wollen das Unausweichliche nicht wahrhaben. Der Orden hat Angst vor Keegan. Sie sehen in ihm eine Bedrohung und fürchten die Macht, über die er verfügt. Sie glauben, seine Magie würde das *Vermächtnis* schwächen und seine Vernichtung noch beschleunigen. Der Pontiff und all jene, die ihm blindlings folgen, halten Keegan eher für einen Zerstörer als für einen Erretter.«

»Das verstehe ich nicht.« Norr schüttelte bedächtig den Kopf. »Ich dachte, der Orden würde aus Propheten bestehen. Wie können sie diese Visionen ignorieren, von denen du uns erzählt hast?«

»Das ist wohl das Problem mit Visionen.« Scythe gab sich Mühe, nicht zu selbstgefällig zu klingen. »Sie neigen dazu, offen für Interpretationen zu sein. Man kann sie so drehen und wenden, wie es einem in den Kram passt.«

Aber Jerrod ließ sich von ihrer Bemerkung nicht aus der Reserve locken, was Scythe ziemlich ärgerte. Offenbar war er daran gewöhnt, mit Skeptikern umzugehen.

»Du kannst glauben, was du willst«, antwortete der Mönch. »Ich habe euch alles erzählt, was ich weiß. Und das ist mehr, als der Orden jemals von sich behaupten könnte.

Der Pontiff hat viel von seinem Wissen sogar vor seinen eigenen Gefolgsleuten geheim gehalten. Er glaubt, der einzige Weg, das *Vermächtnis* zu schützen, wäre der, schon seine bloße Existenz vor der Öffentlichkeit zu verbergen. Er versucht, die Regierungen der Südlande durch seine Agenten zu manipulieren und zu kontrollieren, aber er würde es niemals wagen, sein ganzes Wissen mit ihnen zu teilen, aus Angst davor, wie sie darauf reagieren könnten.«

»Wenn der Pontiff das alles so geheim hält«, hakte Scythe nach, als sie einen weiteren logischen Widerspruch in seiner Geschichte witterte, »woher hast du das dann alles erfahren?«

»Vieles von dem, was ich weiß, ist im Orden allgemein bekannt«, erklärte Jerrod. »Einiges habe ich durch meine Visionen und die Visionen all jener erfahren, die meinen Glauben teilen. Vieles wurde von Ezra, meinem Vorgänger und der Person, die als erste begriff, dass wir unseren Paladin finden mussten, an mich weitergegeben. Den Rest habe ich durch jahrelange Studien und Forschung in Erfahrung gebracht. Der Orden hat versucht, seine Geheimnisse zu bewahren, indem er alle Texte sammelte, in denen irgendetwas davon erwähnt wurde, und sie in seiner Großen Bibliothek einschloss. In den Südlanden hatten sie im Großen und Ganzen auch Erfolg damit, aber in den FreiStädten existieren immer noch Manuskripte, in denen man die Wahrheit lesen kann. Ich habe mein Leben der Aufgabe gewidmet, Keegan zu finden und ihn auf seine Bestimmung vorzubereiten«, fuhr Jerrod fort. »Sollte er jedoch sterben oder sollte sein Verstand nicht zu uns zurückkehren, ist alle Hoffnung verloren.«

Der Mönch wandte sich wieder Keegan zu. Offenbar hatte er alles gesagt, was er im Augenblick zu sagen hatte. Scythe wartete schweigend auf Norrs Reaktion. Die bedauerlicherweise genauso ausfiel, wie sie es erwartet hatte.

»Wir werden dir dabei helfen, Jerrod«, gelobte der Barbar. »Ich habe geschworen, mein Leben in den Dienst von Keegan zu stellen, bis ich die Schuld ihm gegenüber zurückgezahlt habe. Ich werde mein Leben für deinen Paladin und seine Sache einsetzen.«

Jerrod machte sich nicht die Mühe, von dem jungen Hexer aufzublicken, den er besorgt untersuchte. »Deine Hilfe ist sehr willkommen, Bruder«, sagte er jedoch.

Scythe befreite sich aus Norrs Griff, weil beide Männer sie nervten.

47

Keegan schwebte in den blauen Flammen des Meeres aus Feuer und spürte die Welt der Sterblichen. Jemand auf der anderen Seite des *Vermächtnisses* griff nach ihm, wollte, dass er zurückkehrte.

Jerrod.

Keegan wusste jedoch, dass er sich den Knechten des *Schlächters* würde stellen müssen, wenn er in die Welt der Sterblichen zurückkehrte. Sie suchten ihn und würden ihn irgendwann auch finden. Und er besaß nicht die Kraft, um sich gegen sie zu behaupten. Noch nicht.

Die Artefakte haben aus Daemron einen Gott gemacht. Dasselbe können sie mit mir tun.

Er spürte immer noch die Krone, obwohl ihre Macht jetzt schwach und weit entfernt zu sein schien. Aber als sein Verstand über die lodernden Strömungen der Flammen glitt, nahm er ein anderes Artefakt wahr. Es war stärker, näher, brannte heller. Wie Jerrods Stimme rief es ihn ebenfalls. Seine Macht loderte wie ein Leuchtfeuer und zeigte ihm den Weg zur Rückkehr.

Wegen dieses Artefakts, nicht wegen Jerrod, machte er sich auf den langen Weg zurück. Und währenddessen schickte Keegan selbst einen Ruf aus.

Vaaler blieb so unvermittelt stehen, dass Naria, seine Stellvertreterin, fast gegen ihn geprallt wäre und ihn damit von dem dicken Ast gestoßen hätte, über den die Patrouille gerade ging, als sie diesen Abschnitt des Waldes kontrollierte.

»Was gibt es?« Instinktiv nahm sie ihren Bogen von der Schulter und legte mit einer fließenden Bewegung einen Pfeil auf. Die anderen sechs Bogenschützen unter Vaalers Kommando folgten ihrem Beispiel und suchten die Blätter über ihnen und den Boden sieben Meter unter ihnen nach einem Anzeichen von Gefahr ab.

»Hast du etwas gehört?«, fragte Vaaler sie.

»Ich habe nichts gehört. War da was?«

»Es klingt verrückt«, murmelte Vaaler fast wie zu sich selbst. »Aber ich glaube, ich habe gehört, wie jemand meinen Namen geflüstert hat.«

Er sah, wie Naria die anderen anblickte, die jedoch nur mit Verwirrung und verdutztem Schulterzucken reagierten.

»Wir haben nichts gehört, Hauptmann.«

»Vielleicht habe ich es mir auch nur eingebildet«, murmelte er und schüttelte den Kopf.

»Nur weil keiner von uns etwas gehört hat, muss das nicht heißen, dass es nicht da war«, erwiderte Naria.

Der Prinz lächelte sie schwach an, dankbar für ihre Unterstützung.

»Sehen wir einfach mal nach«, meinte er dann. »Hier entlang. Haltet eure Bögen schussbereit. Aber keiner schießt, bevor ich den Befehl dazu gegeben habe.«

Die Patrouille ging weiter und bog nach Südwesten ab, in Richtung Torian.

Drake stürmte ohne anzuklopfen in das Schlafgemach der Königin. Er war durch den ganzen Königspalast gerannt, nachdem er ihre Furcht einflößende Nachricht erhalten hatte: *Wir haben Vaaler verloren.*

»Sag mir, wo mein Sohn ist«, verlangte die Königin, sobald er die Tür hinter sich geschlossen hatte.

Sie sprach leise, flüsterte fast, und doch schwang in ihrer Stimme ein königlicher Befehlston mit. Drake zögerte, bevor er antwortete, erschüttert von dem geisterhaften Aussehen seiner Königin. Sie saß, gestützt von ihren Kissen, in ihrem Bett, weil sie zu schwach war, um stehen zu können. Die Diener hatten ihn vor ihrem Zustand gewarnt, aber auf diesen Anblick hatten sie ihn nicht vorbereiten können.

»Er ist auf Patrouille, meine Königin.«

Rianna Avareen hatte ihr Schlafgemach seit vierzehn Tagen nicht mehr verlassen. Nicht mehr, seit sie mit dem Fasten angefangen hatte. Das Konzil wartete darauf, von ihr zusammengerufen zu werden, aber sie hatte es seitdem nicht ein einziges Mal mit ihrer Gegenwart beehrt. Selbst Drake hatte sie in diesen letzten Wochen nicht zu Gesicht bekommen; er war aus ihren Gemächern verbannt worden, so wie sie auch allen weltlichen Genüssen entsagte. Trotz seiner Bedenken ihrem Plan gegenüber hatte sich Drake wortlos dem Willen seiner Königin gefügt.

Was hätte er auch einwenden sollen, wo er ihr schon nicht helfen konnte? Bevor die Königin ihn weggeschickt hatte, war sie jede Nacht kreischend und zitternd aufgewacht und unkontrolliert schluchzend in Drakes beschützende, aber machtlose Arme gesunken. Die Visionen jedoch kamen, ob er bei ihr war oder nicht, und nichts von dem, was er sagte oder tat, konnte das Entsetzen oder die Qual der Königin lindern. Schließlich hatte sie ihn aus ihrem Bett verbannt, und er hatte nicht widersprochen. Weil sie die Herrscherin war, aber auch, weil er nichts für sie tun konnte.

Sie war davon überzeugt, dass ihre Verbindungen mit

der äußeren Welt ihre *Sicht* behinderten, und nachdem sie Drake verbannt hatte, schwor sie, alles Nötige zu tun, um sich von ihren irdischen Banden zu lösen. Nach einer Woche hatten die Bediensteten ihn gebeten, an ihre Seite zurückzukehren. Sie waren überzeugt, dass er sie zur Vernunft bringen könnte. Sie baten ihn, sich den Befehlen ihrer eigenen Königin zu widersetzen. Sie fürchteten, sie würde sterben. Als Drake sie jetzt selbst sah, hatte er Angst, dass sie recht haben könnten.

Riannas Gesicht war eingefallen und hager, und ihre Schönheit war unter der grimmigen Maske der Erschöpfung und des Hungers kaum zu erkennen. Ihre Haut war bleich, ihre Augen blutunterlaufen und ihre Lippen trocken und spröde. Ihr langes, seidiges Haar war nur noch eine verknotete, zerzauste Mähne, die über ihre knochigen Schlüsselbeine fiel. Ihr Fasten hatte weit mehr Tribut von ihr gefordert, als es in dieser kurzen Zeit hätte möglich sein sollen. Da war noch irgendetwas anderes am Werke, etwas, das sie von innen heraus verzehrte, sie verschlang, bis nur noch diese kranke, hagere Hülle von der geliebten Frau übrig war.

Die Königin konnte nicht schlafen und weigerte sich, etwas zu essen. Auf diese Weise wollte sie ihren Körper reinigen, damit das Chaos in ihrem Blut an Kraft gewann. Dadurch, hoffte sie, würden ihre Visionen eine Bedeutung bekommen, irgendeinen Zweck oder einen Hinweis liefern, der ihr half, ihr Volk vor dem Kataklysmus zu bewahren, den sie vorhergesehen hatte. Und dass ihr verzweifelter Versuch nicht gefruchtet hatte, zerstörte sie sichtlich.

»Bring ihn mir«, flüsterte die Königin, die sich zurücklehnte, als würde selbst das aufrechte Sitzen sie zu sehr anstrengen. »Bring ihn schnell zu mir. Ich … ich muss meinen Sohn sehen.«

Drake schickte die Bediensteten mit einem Nicken hinaus. Als er alleine war, kniete er sich neben das Bett der Königin und nahm ihre abgemagerte Hand. Ihre Haut war trocken und dünn wie Papier, sodass er die Adern darunter sehen und den Umriss jedes ihrer zierlichen Knochen in den schlanken Fingern fühlen konnte.

»Rianna«, flüsterte er, »meine Geliebte, wir sind allein. Bitte sag mir, was passiert ist.«

Sie drehte den Kopf auf dem Kissen zu ihm, und in ihren Augen schimmerten Tränen.

»Eine weitere Vision«, flüsterte sie. »Von Vaaler. Er geht mit dem *Weltenzerstörer* durch unseren Wald. Sie lachen zusammen, nennen sich Freunde. Vaaler führt den *Zerstörer* hierher, und gemeinsam werden sie unsere Stadt vernichten.«

Drake schüttelte den Kopf. »Nein, meine Geliebte. Du bist schwach und müde. Deine *Sicht* ist durch die übermäßige Beanspruchung erschöpft. Du hast einen Fehler gemacht. Vaaler würde sein Volk niemals verraten. Er würde *dich* niemals verraten.«

Sie nickte unmerklich. Sie wollte glauben, was er sagte, wollte aus den Worten ihres Geliebten Zuversicht schöpfen. Aber Drake sah es in ihren Augen: Sie wusste, dass seine tröstenden Versicherungen nichts anderes waren als falsche Versprechungen angesichts der unleugbaren Wahrheit ihrer eigenen Vision.

»Wo ist er?« Die Worte drangen kaum lauter als ein Seufzer über ihre trockenen Lippen.

»Er ist auf Patrouille«, wiederholte Drake, streckte die Hand aus und streichelte ihre Wange. Sie zuckte zurück, als hätte seine Hand sie verbrannt. Aber Drake fühlte die Hitze, die aus ihrer Haut drang, als würde sie brennen.

»Ich werde ihn sofort benachrichtigen«, versicherte er

der Königin. »Ich werde ihm sagen, dass er zu dir kommen soll.«

Wieder nickte sie, getröstet von seinem Versprechen. Dann schloss sie ihre müden Augen und drehte den Kopf von ihm weg. Er hielt ihre glühende Hand, während ihre Atemzüge langsamer wurden und in das flache Atmen eines leichten Dämmerschlafs übergingen. Er wartete und wappnete sich, falls Rianna plötzlich schreiend aus ihren Träumen aufwachen sollte.

Aber sie rührte sich nicht. Als er spürte, wie sie allmählich in einen tiefen, erfrischenden Schlummer glitt, legte er sanft ihre Hand auf das Bett neben sie und verließ das Zimmer. Draußen sagte er den Bediensteten, dass sie sie nicht wecken sollten.

Zum ersten Mal seit vielen Wochen schlief sie friedlich. Drake versuchte sich einzureden, dass dies ein gutes Zeichen wäre. Entweder war es das, oder aber sie hatte einen so tiefen und verzweifelten Erschöpfungszustand erreicht, dass selbst die Schrecken ihrer Visionen sie nicht mehr erreichten.

48

Keegan schreckte keuchend hoch. Das Gefühl, in seine sterbliche Hülle zurückzukehren, war vergleichbar mit dem Schock, in einen eisigen Fluss zu springen. Als Erstes fiel ihm auf, wie schwach sein Körper sich anfühlte, erschöpft und ausgelaugt. Aber sein Geist war stark. Er kribbelte förmlich vor Energie und Macht. Die Hexwurz strömte immer noch durch seine Adern; es würde Wochen dauern, bis sein Körper die Droge ganz ausgeschieden hatte. Und da war noch etwas. Die Atmosphäre dieses Ortes vibrierte förmlich von Magie. Er konnte die uralten Zaubersprüche, die Banne förmlich sehen, die man vor vielen Jahrhunderten gewirkt hatte und die immer noch stark genug waren, um selbst die Luft um ihn herum zu durchdringen.

Er nahm seine Umgebung sehr deutlich wahr. Sie befanden sich in einem Wald, einem dichten, großen Wald, dessen Laubdach so üppig war, dass es jeden Blick auf den Himmel verwehrte. Er lag auf einer kleinen Lichtung von vielleicht sieben Schritt Durchmesser. Jerrod kauerte besorgt neben ihm, aufmerksam geworden von seinem plötzlichen Lebenszeichen. Aus irgendeinem Grund war der Mönch nackt.

Auf der anderen Seite des Lagers saßen zwei Fremde. Nein, verbesserte sich Keegan. Keine Fremden. Er erkannte die junge Frau aus der Herberge, in der sie auf ihrer Reise haltgemacht hatten. Den Mann kannte er auch, was allerdings auch nicht schwierig war. Jeder Mensch von seiner Größe hätte zweifellos einen bleibenden Eindruck hinterlassen. Es war der rothaarige Barbar aus der Schenke, dieser mehr als zwei Meter große und bestimmt zweihundert Kilogramm schwere Hüne von einem Mann, der so dumm gewesen war, sich mit Jerrod anzulegen. Wie der Mönch trug auch er keine Kleidung.

Keegan bemerkte, dass er selbst ebenfalls nackt war, aber er war zu müde, um sich deswegen zu schämen.

»Warum sind sie hier?« Keegan wollte sprechen, aber seine Stimme kam nur als gebrochenes Flüstern aus seiner trockenen Kehle.

Jerrod kniete sich neben ihn und hielt ihm sanft einen Wasserschlauch an die Lippen. Er kippte ihn ein wenig, damit ein paar Tropfen in Keegans Mund sickerten. Der junge Magus schluckte sie gierig herunter.

»Warum sind sie hier?«, wiederholte er, nachdem er etwas getrunken hatte. Seine Stimme war immer noch kaum lauter als ein Flüstern, während er gleichzeitig versuchte, seine Situation zu begreifen.

Er fühlte sich irgendwie orientierungslos. Er konnte sich noch undeutlich daran erinnern, dass der große Mann neben ihm auf den Boden geschleudert wurde, gebunden und nackt wie Keegan selbst. Aber er wusste nicht mehr, wo oder warum das passiert war. Er glaubte sich auch an die Frau erinnern zu können; eine Gestalt, die plötzlich aus einem Nebel von Hitze und Rauch und Flammen aufgetaucht war. Und dann hatte es noch andere Flammen gegeben. Die Feuer des Chaos. Und eine Wesenheit … Etwas Fremdartiges, unvorstellbar Altes.

»Sie reisen jetzt mit uns«, erklärte Jerrod, der immer noch neben ihm hockte. Offensichtlich war er erleichtert, dass Keegan wieder sprach. »Der Mann heißt Norr, und die Frau ist Scythe.«

Keegan versuchte sich aufzurichten, um die neuen Gefährten besser betrachten zu können.

Er hoffte, dass es ihm half, seine Gedanken zu ordnen. Jerrod schob hastig eine Hand hinter seinen Kopf und stützte ihn.

Der Mann hob grüßend seine mächtige Pranke und lächelte ihn an. Die Frau bedachte ihn mit einem Blick, den er nicht deuten konnte.

Er starrte beide an, während ihn Schwindel packte, als wilde Fragmente von unzusammenhängenden Gedanken und Gefühlen durch seinen Kopf wirbelten. Sein Verstand war ein Wirrwarr von sich überlagernden Bildern. Er wusste, dass da irgendetwas Wichtiges unter dem Gewühl verborgen lag, aber er konnte es noch nicht aus dem Durcheinander befreien.

»Ich hatte schon befürchtet, du wärest verloren«, sagte Jerrod. »Ich wusste nicht, ob du den Weg zu uns zurück finden würdest.«

Scythe und Norr waren von der anderen Seite des Lagers herübergekommen, um zu sehen, wie es ihm ging. Sie standen unmittelbar hinter dem Mönch, der immer noch auf dem Boden hockte, um Keegan in seiner halb sitzenden Position zu stützen.

»Ich bin froh, dass du wach bist«, meinte der Hüne. »Du hast mich vor dem Feuer gerettet … mich und Scythe. Dafür schulde ich dir mein Leben.«

Keegan wusste nicht genau, was er antworten sollte, und bevor sein chaotischer Verstand eine Antwort formulieren konnte, ergriff die Frau das Wort.

»Kannst du stehen?«, fragte sie. »Wir müssen von hier verschwinden, bevor die Danaan uns finden.«

»Bedränge ihn nicht!«, fuhr Jerrod sie wütend an. »Er kann kaum sitzen. Er muss ausruhen.«

»Nein, mir geht es gut«, widersprach der junge Hexer Seine Stimme klang kräftiger als zuvor.

Er setzte sich ein bisschen gerader auf und musste auch nicht mehr von dem Mönch gestützt werden. Langsam kehrten die Erinnerungen an das, was er gesehen hatte, zu ihm zurück.

»Der Pontiff ist tot«, erklärte Keegan sachlich. »Das Monasterium ist zerstört.«

Jerrod riss vor Überraschung den Kopf hoch. »Zerstört? Wie?«

»Die Knechte des *Schlächters* sind in diese Welt gekommen. Sie sind wegen der Krone hier. Sie haben das Monasterium belagert und alle abgeschlachtet, die sich darin befanden. Auch den Pontiff.«

»Und die Krone?«, erkundigte sich Jerrod.

Keegan schüttelte den Kopf. »Sie ist fort. Sie wurde weggeschickt, bevor die Knechte dort ankamen. Ich weiß nicht, wo sie sich befindet … es scheint fast, als würde irgendetwas oder irgendjemand sie vor mir verbergen.«

Es dauerte ein paar Sekunden, bevor Jerrod antwortete.

»Der Pontiff mag tot und das Monasterium zerstört sein. Aber der Orden lebt weiter. Der Tod von Nazir wird sie eine Weile verwirren, aber sie werden sich schon sehr bald neu sortieren. Vermutlich übernimmt Yasmin als Großinquisitorin das Amt des Pontiffs. Vielleicht hat sie das sogar schon getan. Und sie wird die Jagd nach uns fortsetzen.«

»Sie ist nicht die Einzige, die uns jagt«, flüsterte Keegan.

»Die Knechte?«

Keegan nickte.

»Hört mal.« Die junge Frau, Scythe, hatte bis jetzt

neben dem hünenhaften Barbaren gestanden und trat jetzt zu ihm. »Ich bin nicht sicher, worüber ihr beide da redet, aber es scheint ziemlich klar zu sein, dass ihr von einem ganzen Haufen Leute verfolgt werdet. Meiner Erfahrung nach«, fuhr sie fort, »ist es keine besonders gute Idee, herumzusitzen und darauf zu warten, dass man gefunden wird, wenn man auf der Flucht ist.«

»Sie hat recht«, gab Jerrod zu. »Wir müssen uns irgendwo ein Versteck suchen. Wir haben zu viele Feinde und zu wenig Verbündete.«

»Es gibt jemanden, der uns helfen kann«, versicherte ihm Keegan. »Jemand, dem ich vollkommen vertraue.«

»Na großartig«, warf Scythe sarkastisch ein. »Vielleicht sollten wir ihm eine Nachricht schicken und ihn davon in Kenntnis setzen, dass wir hier sind.«

»Das habe ich bereits getan. Die Danaan sind schon auf dem Weg zu uns.«

Scythe wusste, dass es sinnlos war zu streiten. Sie hatte es mit Männern zu tun, die nicht von Logik, sondern von Visionen, Träumen und Prophezeiungen beherrscht wurden. Aber wenn sie auch mit ihnen nicht vernünftig reden konnte, konnte sie wenigstens versuchen, Norr klarzumachen, wie verrückt sie waren.

»Wenn du wirklich glaubst, dass diese Wäldler uns helfen, dann weiß ich endgültig, dass du verrückt bist!«

Sie wirbelte zu ihrem Geliebten herum und kehrte den beiden anderen Männern den Rücken zu.

»Bitte, Norr!«, flehte sie und sah zu ihm hoch in seine Augen. »Begreifst du denn nicht, wie irrsinnig das alles ist?«

Er antwortete nicht, sondern blickte sie mit einer so großen Verzweiflung an, dass sie zusammenzuckte.

»Du schuldest ihm gar nichts«, flüsterte sie. »Er hat dein Leben gerettet, aber ich hab seines gerettet … Ich habe sogar euch allen das Leben gerettet! Wir sind quitt, also können wir gehen.«

Er schüttelte den Kopf, und Tränen traten ihm in die Augen.

»Das kann ich nicht, Scythe. Diese Schuld kann ich nicht so einfach von mir abstreifen.« Seine Stimme brach, und die Worte schienen ihm im Hals stecken zu bleiben. Es dauerte eine Weile, bis er endlich weitersprechen konnte. »Wenn du gehen willst, dann werde ich das verstehen.«

Beinahe hätte sie das auch getan. Etwas in ihr schrie sie förmlich an, endlich wegzugehen. Aber Norr und sie hatten einfach zu viel zusammen durchgemacht. Er hatte sein Leben in Praeton aufgegeben, damit sie ihre Rache nehmen konnte. Und das war der einzige Grund, weshalb sie hier waren. Es war ihre Schuld, dass sie in diese Sache verwickelt worden waren. Deshalb konnte sie ihn jetzt nicht im Stich lassen.

Sie seufzte resigniert und hob ihre kleine Hand, grub ihre Finger in seinen roten Bart, zog seinen Kopf zu sich herunter und küsste ihn auf die Wange. »Ich gehe nirgendwohin. Ich halte dich für einen Narren, weil du bleibst, aber du bist *mein* Narr. Also werde ich bei dir bleiben und dich im Auge behalten.«

Das erleichterte Lächeln auf dem Gesicht ihres Geliebten genügte fast, um sie für alles zu entschädigen, was sie erlebt hatte. Und ein kleiner Teil in ihr, ein Teil, den zu akzeptieren sie sich immer noch weigerte, wollte wirklich bleiben.

»Sie drehte sich zu den beiden anderen Männern herum.

»Also, wie lange dauert es denn, bis die Wäldler uns finden?«

In einem Schauer aus Blättern und Zweigen fiel ein Mann aus dem Blätterbaldachin sieben Meter über ihnen auf die Erde herab. Er landete mit katzenartiger Geschmeidigkeit auf dem Boden am Rand der Lichtung, kaum anderthalb Meter von Scythe entfernt.

»Nicht sehr lange«, antwortete der große Danaan.

Keegans Ruf war gehört worden, und Scythe vermutete, dass sie dafür dankbar sein sollte. Der Danaan hatte ihnen sogar Kleidung geben können. Einfache Kutten für Jerrod und Keegan, damit sie ihre nackten Leiber bedecken konnten. Natürlich hatten sie nichts, was Norr auch nur annähernd gepasst hätte. Am Ende hatten sie die Nähte von etlichen Umhängen aufgetrennt und sie zu einem zusammengenäht. Das neue Kleidungsstück sah aus wie ein weites Hemd, das ihm bis zu den Knien reichte. Ein Gürtel um seine Taille machte den Aufzug einigermaßen passabel.

Abgesehen von der Kleidung war Scythe auch erleichtert, weil man sie nicht auf der Stelle umgebracht hatte. Aus der Art und Weise, wie sich Keegan und der Anführer der Patrouille begrüßt hatten, schloss sie, dass sie sich kannten.

Nachdem der Danaan angekommen war, hatte er sich neben den jungen Hexer gekniet und seine Hand fest umklammert. Dann hatte Keegan ihn den anderen als Vaaler Tremin vorgestellt, den Thronfolger des Königreichs Danaan.

Das immerhin hatte Scythes Aufmerksamkeit geweckt. Sie neigte ohnehin dazu, jeden, den sie traf, genau zu mustern, aber dem Danaan-Prinzen hatte sie besondere Aufmerksamkeit geschenkt.

Vaaler schien jung zu sein, etwa so alt wie Keegan.

Ungefähr so alt wie sie selbst, obwohl sie natürlich davon ausging, dass sie weit reifer war als beide zusammen.

Der Danaan hatte die gleiche makellose olivfarbene Haut wie jener anonyme Reisende aus ebendiesem Königreich, mit dem Scythe vor all den Jahren eine Nacht in Callastan verbracht hatte. Sie fragte sich unwillkürlich, ob Vaalers Haut, Arme und Brust ebenso glatt und haarlos waren wie die des Mannes, mit dem sie damals geschlafen hatte. Sein Haupthaar jedenfalls war lang und fein und fiel ihm bis auf die Schultern. Er war größer, als ihr namenloser Liebhaber gewesen war, und schlanker. Aber seine Schultern waren breit und seine Arme sehnig und muskulös. Sie ging davon aus, dass er erheblich kräftiger war, als man auf den ersten Blick vermuten würde.

Seine Haltung wies diese natürliche Anmut einer Person auf, die aus dem Hochadel stammte, aber er strahlte nicht im Geringsten die Arroganz aus, die Scythe normalerweise mit den Angehörigen dieser Klasse verband. Menschen, die durch Geburt zu einer solch privilegierten Stellung gekommen waren, neigten oft zu einer unerträglichen Überheblichkeit, trotz der Tatsache, dass sie nichts dafür getan hatten, um sich ihre Position zu verdienen. Vielleicht war es bei den Danaan ja anders. So wie sich die anderen Mitglieder der Patrouille in seiner Nähe verhielten, war jedenfalls offenkundig, dass er sich ihren Respekt verdient hatte.

Dieser Respekt war wahrscheinlich auch der einzige Grund, warum Scythe und ihre Gefährten noch am Leben waren. Sie hatte die unverhüllte Verachtung in den Augen der Bogenschützen gesehen, die den Prinzen begleiteten. Sie spürte die Spannung des Hasses in jedem kurzen, knappen Wort, das sie in ihrem nahezu unverständlichen Akzent mit ihnen wechselte.

Vaaler musste es ebenfalls spüren. Warum sonst hätte er die ganze Patrouille in die Hauptstadt vorausgeschickt und wäre allein bei den Menschen geblieben?

Naria, die Danaan, die seine Stellvertreterin zu sein schien, hatte sich zunächst geweigert, seinem Befehl zu gehorchen. »Wir werden dich nicht mit diesen Ausländern alleine lassen, mein Prinz!«

»Keegan ist wie ein Bruder für mich«, hatte er ihr versichert. »Ich bin vollkommen in Sicherheit, während wir darauf warten, dass seine Kraft zurückkehrt. Und wenn er bereit ist, werde ich ihn und seine Gefährten in die Hauptstadt begleiten, damit er dort die Königin trifft.«

Seine Worte hatten nicht gerade dazu beigetragen, Naria zu beruhigen. »Seit den ersten Tagen unseres Königreiches hat kein Mensch jemals seinen Fuß in eine unserer Städte gesetzt, schon gar nicht in unserer Hauptstadt«, hatte sie hitzig widersprochen.

»Desto wichtiger ist es, dass du mit den anderen vorausgehst. Dies ist ein bedeutendes Ereignis in der Geschichte unseres Volkes. Die Königin muss über unser Kommen informiert werden, damit sie diesen hochgeehrten Gästen einen entsprechenden Empfang bereiten kann.«

Naria hatte ohne weiteren Protest gehorcht und war mit dem Rest der Patrouille im Wald verschwunden, um der Stadt und der Königin ihre Ankunft mitzuteilen. Aber Scythe hatte den Blick in ihren Augen wahrgenommen. Die Danaan hielt nicht sonderlich viel von Vaalers »hochgeehrten Gästen«. Scythe konnte es ihr nicht wirklich verdenken. Sie selbst sah aus wie eine gemeine Diebin. Ihre Kleidung war rußverschmiert und versengt von ihrer Flucht aus Torian, zudem von den Tagen hier auf der Lichtung zerknittert und schmutzig. Norr wirkte noch primitiver und barbarischer als gewöhnlich, dank der blauen Flecken und der Prellungen, Spuren der Prügel, die er bezogen hatte. Jerrod war unverkennbar einer vom Orden, und alle wussten, dass der Orden das Volk der Danaan nicht sonderlich liebte. Und Keegans Haut war immer noch mit den wilden Tätowierungen und den merkwürdigen Symbolen bedeckt, die ihn als Hexer kennzeichneten. Eine Diebin, ein Wilder, ein Mönch und ein Magus. Scythe hätte ihrer kleinen Gruppe auch nicht vertraut.

Sie beobachtete, wie die Danaan im Wald verschwanden, und konnte nicht leugnen, dass sie erleichtert war, als der Letzte von ihnen weg war. Sie überlegte kurz, ob sie vielleicht jemanden zurückließen, der sie aus der Deckung des Waldes heraus beobachtete, verwarf diese Idee jedoch. Vaaler würde das vermutlich merken, und selbst wenn nicht, konnte Scythe sich nicht vorstellen, dass die Danaan es wagten, dem Mann nachzuspionieren, der eines Tages ihr König sein würde.

»Es ist gut, dich wiederzusehen«, erklärte Vaaler und setzte sich auf den Boden neben den jungen Hexer. »Ich wünschte nur, es wäre unter günstigeren Vorzeichen geschehen.«

Keegan lächelte müde. »Ich habe dir immer gesagt, dass ich dich eines Tages besuchen würde.«

Der Danaan schüttelte den Kopf. »Aber ich habe es dir niemals wirklich geglaubt. Du hast Glück, dass ich es war, der dich gefunden hat, und nicht eine der anderen Patrouillen auf euch gestoßen ist. Du kennst die Strafe, die darauf steht, wenn man einfach in diesen Wald eindringt.«

»Wir hatten keine andere Wahl«, mischte sich Jerrod in das Gespräch.

Vaaler wusste nicht genau, mit wem er jetzt sprechen sollte, blickte von dem jungen Mann auf dem Boden zu dem blinden Mönch und sah dann wieder zu Keegan. »Warum genau seid ihr denn hier?« Die Frage war an niemanden direkt gerichtet.

Es herrschte lange Schweigen, bis Keegan schließlich das Wort ergriff. »Wir können ihm vertrauen, Jerrod. Er kann uns helfen.«

Zu Scythes großer Überraschung erzählte der Mönch ihm alles. Noch überraschender war es, dass der Prinz einen großen Teil der Geschichte bereits zu kennen schien. Offenbar sahen die Propheten der Danaan ebenso viel wie ihre Kollegen im Orden.

»Mein Volk weiß bereits seit vielen Jahren, dass das *Vermächtnis* schwächer wird«, sagte er, als Jerrod von der magischen Barriere sprach, die die Götter errichtet hatten, um die Welt vor ihrem uralten Feind zu schützen. »In den Wochen vor meiner Geburt ist einer von der ChaosBrut aufgewacht und hat unser Land verwüstet. Er hatte die Magie abgeschüttelt, die ihn für fast tausend Jahre hatte schlummern lassen. Es war eine ganze Armee nötig, um diese Bestie zu vernichten, und sehr viele Soldaten sind in diesem Kampf gefallen. Auch unser König … mein Vater.«

Jerrod berichtete über die Ereignisse seiner Gefangennahme und seines Zusammentreffens mit Keegan, und er erwähnte auch den Tod von Rexol.

»Ich habe dich gewarnt, dass Rexols Ehrgeiz eines Tages sein Untergang sein würde«, sagte Vaaler zu Keegan. Aber Scythe hörte an seinem Tonfall, dass ihn diese Nachricht zu bekümmern schien.

»Du hast kein Problem damit, das alles zu glauben?«, wollte Scythe wissen und schaltete sich in die Unterhaltung ein.

»Ich wusste schon immer, dass auf Keegan eine große

Bestimmung wartet«, sagte er leise. »Aber selbst ich hätte mir so etwas niemals vorgestellt.«

Scythe begann zu lachen. Sie konnte einfach nicht anders. Es war alles so lächerlich.

»Es gibt wirklich nicht viel Amüsantes an dieser Sache«, meinte Jerrod ernst.

»Entschuldigung!«, stieß sie keuchend hervor, als sie ihren Lachanfall endlich unter Kontrolle bekam. »Es ist nur so, dass das alles ein bisschen schwer zu verarbeiten ist.«

Sie bemerkte, dass die anderen sie seltsam anstarrten, sogar Norr. Sie blickten sie an, als wäre sie diejenige, die verrückt war.

»Ich …« Ein weiterer Lachanfall schnitt ihr das Wort ab. Sie kämpfte dagegen an, und es gelang ihr, sich zu beruhigen. Jerrod hatte recht. Das alles war eigentlich nicht komisch. Es war ganz und gar nicht komisch.

»Ich nehme an, ich habe nur eine andere Reaktion von dir erwartet«, sagte sie zu Vaaler. »Ich verstehe einfach nicht, wie du das so gefasst aufnehmen kannst.«

Der Danaan kratzte sich nachdenklich das Kinn. »Ich besitze zwar nicht die *Sicht,* aber ich kenne viele, die über diese Gabe verfügen. Meine Mutter, die Königin, hat in vielen Visionen das Heraufziehen des Kataklysmus gesehen. Sie hat die Rückkehr von Daemron gesehen. Allerdings nennt sie ihn den *Weltenzerstörer.* Auf unsere Art und Weise haben wir ebenfalls nach einem Retter gesucht. Jemanden, der die *Sicht* und die *Gabe* besitzt und uns in Zeiten größter Not anführen kann. Rexol war ein Magus von sehr großer Macht«, fuhr er fort. »Seine Magie hat die aller Zauberer am Hof meiner Mutter übertroffen, selbst die des Hohen Zauberers. Ich habe das sehr schnell festgestellt, als ich unter ihm studiert habe.«

»Großartig«, knurrte Scythe. »Noch ein Zauberer.«

»Nein«, flüsterte der Prinz. »Leider bin ich keiner.« Er holte tief Luft und sprach dann mit normaler Lautstärke weiter.

»Ich habe immer geglaubt, meine Zeit bei Rexol wäre Verschwendung gewesen. Aber vielleicht war es ja ein Teil meiner Bestimmung, dass ich dorthin geschickt wurde. Vielleicht diente es einem Zweck.«

Er warf einen Blick auf den zierlichen jungen Mann, der neben ihm saß, drehte sich dann wieder zu Scythe herum und sprach weiter.

»Als ich sein Schüler war, habe ich nur Andeutungen von Rexols Macht gesehen: in seiner Haltung, seiner Arroganz, seinem Stolz – alles an ihm sprach dafür. Er war eine Legende überall in den Südlanden und beugte sich keinem Menschen. Selbst der Orden hatte Angst vor ihm. Adlige, Könige und sogar andere Hexer behandelten Rexol mit Ehrfurcht. Und Rexol hatte Ehrfurcht vor Keegan. Warum also sollte er nicht unser Retter sein?«

Etwas in dem Ton des Prinzen ließ Scythe argwöhnen, dass er versuchte, gleichermaßen sich selbst und sie zu überzeugen. Sie wartete darauf, dass Vaaler fortfuhr, aber stattdessen war es Jerrod, der die Geschichte weiterspann.

»Rexol weigerte sich, Keegans Bestimmung zu akzeptieren, und das war sein Untergang. Selbst er konnte die Macht des Erretters nicht leugnen.«

»Also glaubt ihr alle das wirklich?«, setzte Scythe nach. »Selbst diesen Teil, dass der *Schlächter* seine Knechte hierhergeschickt hat, damit sie nach diesen magischen Artefakten suchen? Diese angeblich so mächtigen Artefakte, die angeblich seit Jahrhunderten verloren sind?«

»Sie sind nicht verloren«, korrigierte Jerrod. »Sie wurden versteckt.«

»Die Artefakte sind real«, erklärte Keegan nachdrücklich. »Ich habe die Macht der Krone gesehen. Und ich kann die Macht des Ringes spüren. Er ist nah.«

»Da hast du recht«, stimmte Vaaler ihm zu. »Er ist sogar sehr nah. Und ich weiß auch, wo er sich befindet.«

49

Drake sank neben dem Bett der Königin auf ein Knie. Erleichtert sah er, dass ihr Gesicht wieder etwas Farbe bekommen hatte, seit er vor vier Tagen das letzte Mal mit ihr gesprochen hatte. Die Bediensteten hatten ihm versichert, dass sie wieder aß und auch schlief. Aber nach seinem letzten Treffen mit Rianna hatte er fast Angst, diesen Berichten Glauben zu schenken. Doch als er sie jetzt selbst sah, wusste er, dass es stimmte. Ihre Kräfte kehrten zurück, wenn auch sehr langsam. Es war, als hätte etwas Schreckliches sie in seinen Klauen gehabt, und jetzt wäre sie plötzlich wieder frei.

Sie bewegte sich ein wenig, als sie seine Gegenwart bemerkte. Dann schlug sie langsam die Augen auf. Der glasige, entrückte Ausdruck war verschwunden, stattdessen lag jetzt eine tiefe Traurigkeit in ihrem Blick.

»Ich habe dich nicht gerufen, mein Liebster«, sagte sie leise. »Bist du gekommen, um nach mir zu sehen?«

Drake glaubte fast die Spur eines Lächelns zu erkennen. Es war schon so lange her, dass sie gelächelt hatte. Die Bürde ihrer Visionen hatte sie niedergedrückt und in eine tiefe Verzweiflung gestürzt, aus der sie sich erst jetzt langsam zu befreien schien.

Als Drake sich anschickte, ihr die Neuigkeiten zu übermitteln, betete er, dass diese Nachricht sie nicht wieder an diesen dunklen Ort treiben würde, der sie fast das Leben gekostet hatte.

»Ich habe Kunde von Vaaler, meine Königin. Die Patrouille deines Sohnes ist zurückgekehrt.«

»Mein Sohn ist nicht bei ihnen.« Es war keine Frage, sondern eine schlichte Feststellung.

»Er hat sie vorausgeschickt. Er kommt nach, und zwar mit einer Gruppe Menschen. Sie sind seine Gäste. Es handelt sich um eine junge Frau von den Inseln, einen Barbaren aus dem Osten …«

»… einen Mönch vom Orden und einen jungen Chaos-Magus«, beendete sie den Satz für ihn und senkte kurz den Kopf.

»Ja, meine Königin.«

»Genau, wie ich es vorhergesehen habe«, sagte sie ruhig, als wäre sie niemals voller Trauer und Gram gewesen. Oder als wären diese beiden Empfindungen ihr so vertraut, dass sie sie nicht mehr kümmerten.

Sie holte tief Luft, als müsste sie sich für irgendetwas stählen.

»Vaaler hat unsere uralten Gesetze gebrochen. Wegen dieses Vergehens ist es ihm verboten, jemals wieder einen Fuß nach Ferlhame zu setzen. Er muss den Rest seines Lebens im Exil verbringen.«

Drake riss vor Überraschung die Augen auf, protestierte jedoch nicht. Das wäre sinnlos gewesen. Sie hatte eine Entscheidung getroffen, das sah er an ihrer Miene und an ihrem Verhalten. Etwas war ihr in ihren Visionen enthüllt worden, und er war weder stolz noch dumm genug, um gegen das Stellung zu beziehen, was sie gesehen hatte.

»Ich werde tun, was du befiehlst.«

»Nimm dir eine Patrouille und fang sie ab, bevor sie die Stadt erreichen«, befahl sie. »Sag meinem Sohn, dass er durch meine Proklamation aus den Ländern der Danaan verbannt ist. Mach es selbst, Drake. Wenn er es aus deinem Mund hört, wird er begreifen, dass es die Wahrheit ist.«

»Ja meine Königin.« Er zögerte, bevor er die Frage stellte, auf die er, wie er fürchtete, bereits die Antwort wusste. »Und wenn er sich weigert, deinem Edikt zu gehorchen?«

»Mein Sohn und all jene, die mit ihm reisen, dürfen die Stadt nicht betreten. Notfalls musst du ihn töten.«

Auf dem Weg nach Ferlhame waren Vaaler und seine neuen Gefährten schon fünf Tage unterwegs. Die Patrouillen hätten für diese Reise nur drei Tage benötigt, aber die Menschen konnten sich nicht mit der Geschwindigkeit der Danaan durch den Wald bewegen, und Keegan war noch zu angegriffen, um schneller als in einem langsamen, stetigen Trott zu gehen. Und selbst bei diesem geringen Tempo musste sich der junge Magus stark auf Rexols Stab stützen.

Keiner von ihnen sprach viel auf dieser Reise, was dem Prinzen nur recht war. Ihm ging auch so schon genug durch den Kopf.

Mittlerweile war ihm alles klar geworden. Er hatte alles begriffen, als er zugehört hatte, wie der Mönch und Keegan ihre Geschichten erzählten. Vaaler war kein Hexer, aber er hatte in den Jahren seines Studiums bei Rexol viel über Magie gelernt. Er wusste mehr über das Chaos als jeder am Hof seiner Mutter, einschließlich des Hohen Zauberers Andar. Als die beiden die Artefakte erwähnt hatten, war die Wahrheit wie ein Blitz über ihn gekommen. Plötzlich wurden ihm die Zeichen nur allzu klar.

Rexol hatte Jahrzehnte darauf verwendet, seine Kunst zu erlernen und zu meistern. Seine Kollegen in Danaan bedurften solcher Studien nicht. Das Volk der Danaan war mit der Magie verbunden. Es gab allein in Ferlhame mehr Zauberer als in den gesamten Südlanden. Das Chaos zu beherrschen und zu formen war etwas ganz Natürliches für sie; sie nahmen es als selbstverständlich. Vaaler hatte niemals begriffen, warum das so war, bis jetzt.

Der Ring, den seine Mutter immer an ihrem Hals trug, das Symbol der Monarchen Danaans, war eines der Artefakte. Es war geschmiedet worden, um einem Sterblichen zu erlauben, die Feuer des Chaos beherrschen zu können, und die Macht des Ringes hatte die Nation und das Volk der Danaan geleitet und geformt. Er war ein Teil von ihnen geworden, und in ihrer Nation war es ganz selbstverständlich geworden, das Chaos zu nutzen.

Da jedoch jetzt das *Vermächtnis* schwächer wurde, wurde die ganze Kraft des Artefakts freigesetzt. Und deshalb zerstörte der Ring seine Mutter.

Deshalb träumte sie von Feuer und Vernichtung. Die wachsende Macht des Ringes vergiftete ihre Visionen und ihren Verstand. Sie hatte das Kommen des *Weltenzerstörers* gesehen und einen zweiten Kataklysmus für ihr Volk herannahen sehen, aber sie hatte nicht begriffen, dass die Mittel, um sich ihres Feindes zu erwehren, ganz nah waren. Keiner hatte es begriffen.

Aber er würde es ihnen sagen. Er würde das alles der Königin und ihrem Inneren Konzil erklären. Er würde seine Mutter von der schrecklichen Bürde befreien, indem er sie davon überzeugte, den Ring Keegan zu geben, auf dass der junge Hexer seine Bestimmung erfüllen konnte.

Er würde seinem Volk einen Retter bringen, und dann würde sein Volk ihn endlich als den Erben des Thrones der Danaan akzeptieren.

Die Strecke, die sie gingen, kannte er in- und auswendig, sodass er nicht auf seine Umgebung achtete, während er gedankenverloren voranschritt. Jedenfalls nicht so, wie er es hätte tun sollen.

»Wir haben Gesellschaft«, flüsterte Jerrod. Er war hinter ihn getreten und hatte ihm eine Hand auf die Schulter gelegt, um ihn aufzuhalten. »Sie beobachten uns aus den Bäumen.«

Keegans körperliche Kraft kehrte rasch zurück. Er fühlte sich jeden Morgen frischer und lebendiger, trotz der vielen Wegstunden, die sie tagsüber zurücklegten. Die Hexwurz in seinen Adern war so weit abgebaut, dass sie ihn nicht mehr vergiftete. Stattdessen verlieh sie ihm Energie, flößte ihm Zuversicht und Mut ein. Sie trieb ihn an.

Und er hatte auch das Gefühl, dass er Stärke aus dem Wald selbst zog. Der Wald war alt, und viele Bäume hatten sogar den Kataklysmus überlebt. Ihre Wurzeln reichten sehr tief. Sie gruben sich tief in die Erde und zapften den Brunnen des Lebens tief unter ihnen an, nährten sich von der Magie, welche die Götter benutzt hatten, um die Welt selbst zu erschaffen. Vor langer Zeit waren mächtige Zauber über den Wald gewirkt worden, und die Magie der uralten Zaubersprüche war immer noch lebendig. Jerrod hatte gesagt, dass diese Zauber seine *Sicht* blockierten und verwirrten, Keegan jedoch spürte, wie seine eigenen Fähigkeiten davon gestärkt wurden. Die Magie des Waldes heilte und regenerierte seinen vom Chaos übel mitgenommenen Körper.

Aber es war mehr als nur die Hexwurz oder die Bäume. Als Vaaler ihnen gesagt hatte, wo der Ring zu finden war, schien sich ein Funke in Keegan entzündet zu haben. Er spürte, wie die Macht des Ringes ihn selbst durch den Wald hindurch rief, so wie Rexol gefühlt haben musste, wie die Macht der Krone ihn zum Monasterium zog. Vaaler war es zwar, der sie zu der verborgenen Hauptstadt der Danaan führte, aber Keegan war sich ziemlich sicher, dass er den Weg auch alleine hätte finden können.

Jerrod, der vor ihm ging, legte die Hand auf Vaalers Schultern und hielt ihn an.

»Wir haben Gesellschaft«, hörte er den Mönch flüstern. »Sie beobachten uns aus den Bäumen.«

Jetzt, als man ihn darauf aufmerksam gemacht hatte, konnte auch Keegan sie mit seinem geistigen Auge klar erkennen. Sie waren mitten in einen Hinterhalt gelaufen. Es war mindestens ein Dutzend, und sie hatten sie umzingelt.

»Was ist los?«, erkundigte sich Scythe, die als Letzte in der Gruppe ging. Sie klang angespannt und nervös. »Warum sind wir stehen geblieben?«

Als wollten sie ihre Frage beantworten, sprang ein halbes Dutzend Danaan aus den Baumwipfeln herab. Zwei hinter ihnen und jeweils zwei rechts und links. Sie hielten ihre Bögen in den Händen, hatten die Pfeile aufgelegt und zielten auf sie. Wie Vaaler trugen auch sie lange dünne Rapiere an den Hüften, und ihre Uniformen ähnelten ebenfalls der von Vaaler. Nur trugen sie das Symbol ihrer eigenen Patrouille über ihren Herzen. Die anderen sechs blieben oben auf den Zweigen sitzen und zielten auf ihre Opfer unter ihnen.

Ein weiterer älterer Danaan, der eine andere Uniform trug, trat unmittelbar zwischen den Bäumen vor ihnen heraus.

»Drake!«, rief Vaaler überrascht. »Was hat das zu bedeuten?«

Keegan schätzte den Mann auf etwa Ende vierzig. Er erinnerte sich daran, dass Vaaler ihn einmal erwähnt hatte. Nach dem Tod des Königs hatte Drake viele Jahre lang die

Erziehung des jungen Prinzen übernommen. Im Unterschied zu den anderen Danaan trug er keinen Bogen, sondern hatte seine linke Hand auf den Griff eines Rapiers gelegt.

»Vaaler, auf Befehl von Rianna Avareen, der regierenden Monarchin des Volkes der Danaan, sind du und deine Gefährten hiermit aus dem Reich der Danaan verbannt. Diese Patrouille wird dich zu den Grenzen des Königreiches begleiten.«

Es war vollkommen offensichtlich für Keegan, dass Drake keinerlei Vergnügen an dieser Proklamation empfand.

»Wovon redest du da?« Keegan konnte nicht erkennen, ob Vaaler verwirrt, beleidigt oder verängstigt war. Wahrscheinlich alles zusammen. »Soll das ein Scherz sein?«

»Mir wurde befohlen, Gewalt anzuwenden, falls du nicht gehorchst. Und auch deinen Tod in Kauf zu nehmen.« Der Mann zögerte. »Bitte, Vaaler«, fuhr er dann fort. »Lass es nicht dazu kommen.«

»Das ist ungeheuerlich!« Der Danaan-Prinz richtete seinen Zorn gegen die Bogenschützen, die auf seine Gefährten zielten.

Wie Keegan blieben auch die anderen vollkommen regungslos stehen. Sie wussten, dass selbst die kleinste Bewegung einen tödlichen Pfeilhagel auslösen konnte. Vaaler jedoch schien nicht in der Lage zu sein, die Gefahr zu begreifen, in der sie alle schwebten. Er drehte sich unaufhörlich um seine eigene Achse, während er versuchte, alle seine Angreifer gleichzeitig anzusehen.

»Lasst augenblicklich eure Waffen sinken!«, schrie er. »Wie könnt ihr es wagen, den Thronerben zu bedrohen!«

Die Bogenschützen dachten gar nicht daran zu gehorchen. Aus den Augenwinkeln sah Keegan, wie Jerrod unmerklich mit dem Kopf nach oben deutete. Wie er selbst spürte auch der Mönch, dass noch mehr Danaan da waren als die auf der Lichtung. Der Wald um sie herum wimmelte von Feinden.

»Vaaler, du bist nicht mehr der Thronerbe«, antwortete Drake. »Auf Befehl der Königin bist du verbannt, und es ist dir verboten, jemals nach Danaan zurückzukehren.«

»Ich … ich verstehe das nicht«, stammelte Vaaler. »Was sagst du da? Meine Mutter hat mich verstoßen?«

Instinktiv begann Keegan, das Chaos zu sammeln.

»Die Königin kennt den Pfad, auf dem du wandelst«, erwiderte Drake. »Sie weiß, dass du uns alle vernichten wirst. Sie hat es in ihren Visionen gesehen.«

»Verdammt sollen ihre Visionen sein! Verdammt euer blinder Glaube an Prophezeiungen und Träume! Ich habe nichts Falsches getan!«

Keegans ganzer Körper kribbelte, als er seine Macht sammelte. Sein Herz hämmerte gegen seine Rippen, als wollte es seinen Brustkorb sprengen. Er musste all seine Kraft zusammennehmen, um still stehen zu bleiben, als plötzlich eine Welle des Chaos in ihm aufwallte. Sie war wie eine eingesperrte Bestie, die sich gegen die Gitter ihres Käfigs wirft, um ihre Wut auf die Welt loszulassen. Aber irgendwie gelang es ihm, sie zu beherrschen.

»Du hast die Menschen in unser Land geführt!«, stieß Drake aus. »Du bist dabei, sie direkt nach Ferlhame zu bringen! Du hast eins der ältesten Gesetze unseres Volkes verletzt! Und du hast dich dem Willen des Konzils und deiner Königin widersetzt!«

Die Chance, dass es ihm gelang, einen ordentlichen Zauberspruch zu formulieren, war nur sehr gering. Etliche der Bogenschützen zielten direkt auf ihn, bereit, auf der Stelle zu feuern. Bei der geringsten Bewegung von Keegan, bei dem Versuch, ein magisches Wort auszusprechen, beim geringsten Hinweis darauf, dass er die Magie durch Rexols Stab kanalisierte, würden sie schießen.

Aber, wie Rexol ihn immer wieder gelehrt hatte, war das wirksamste Werkzeug für all jene, die es wagten, die Feuer des Chaos anzuzapfen, die Stärke der *Gabe* des Hexers selbst. Letzten Endes war es die Fähigkeit des Individuums, die die Wirkung jedes Zaubers bestimmte. Theoretisch konnte ein Hexer, dessen *Gabe* stark genug war, die Magie durch reine Willenskraft freisetzen. Und Keegans *Gabe* war stärker als die jedes anderen Zauberers und Hexers in der Welt der Sterblichen.

»Bitte, Drake, du musst mir vertrauen«, verlegte Vaaler sich jetzt aufs Betteln. »Ich bringe unserem Volk die Rettung.«

»Du bist wie ein Sohn für mich«, erwiderte der ältere Danaan. Seine Stimme brach fast. »Wärst du König geworden, hätte ich mich nur zu gerne vor dir verbeugt. Aber du besitzt nicht die *Sicht,* du kannst nicht sehen, was vor uns liegt. Die Königin hat Vernichtung gesehen, die du auf uns herabbeschwörst, und sie hat mich geschickt, um das zu verhindern.«

»Meine Mutter ist krank«, flehte Vaaler ihn an. »Sie kann diese Macht, die sie besitzt, nicht mehr ertragen. Sie hat ihren Verstand zugrunde gerichtet. Du hast es genauso gesehen wie ich, irgendetwas zerstört sie. Lass mich zu ihr gehen. Ich kann sie retten!«

Drake senkte den Kopf, und einen Augenblick schien es, als hätten die Worte des jungen Mannes ihn erreicht. Doch als er aufblickte, waren seine Augen so hart und kalt wie Stahl.

»Ich muss dem Willen meiner Königin gehorchen!«, stieß er zwischen den Zähnen hervor. Er hob den Arm, und Keegan hörte das Knarren der Bogensehnen, als die Bogenschützen ihre Waffen spannten. Wenn sie eine Chance haben wollten, das hier zu überleben, mussten sie einen Weg finden, die Bogenschützen daran zu hindern, sie niederzumähen.

»Legt jetzt eure Waffen nieder, Vaaler, und ergebt euch mir, oder das hier wird in einem Blutvergießen enden.«

Keegan ließ das Chaos los, das er gesammelt hatte. Auf die Welt der Sterblichen freigesetzt, explodierte es. Es knallte, als eine Quelle der Macht über die Lichtung fegte, in alle Richtungen gleichzeitig und schneller als ein Gedanke. Der Boden bebte, die Stämme der Bäume bogen sich und schwankten, als die Druckwelle durch sie hindurchraste. Die Bögen und Pfeile der Bogenschützen brachen und splitterten, wurden in einem einzigen Wimpernschlag durch die Macht des Zaubers zerschmettert.

Ein Schauer von Blättern und kleinen Zweigen regnete aus dem Blätterdach herab. Die Danaan, die in den Bäumen über ihnen saßen, landeten krachend auf dem Boden, durch ebenden Zauberspruch von ihren luftigen Sitzen gefegt, der ihre Bögen vernichtet hatte, bevor sie auch nur einen einzigen Schuss hatten abgeben können.

Alle Personen auf der Lichtung taumelten, durch diese unsichtbare Welle aus dem Gleichgewicht gebracht. Keegan jedoch, der im Zentrum der Magie stand, stürzte zu Boden. Die Anstrengung, den Bann nur mit seiner Willenskraft zu wirken und zu kontrollieren, hatte ihm in einem einzigen Moment alle Kraft genommen, als wäre eine Kerze durch einen plötzlichen Windstoß zum Erlöschen gebracht worden. Er brach zusammen und lag keuchend da, vollkommen erschöpft und erledigt. Rexols Stab lag auf dem Boden neben ihm.

Im ersten Moment reagierte niemand. Die Bogenschützen starten einfach nur verwirrt auf ihre plötzlich nutzlosen Waffen. Dann hob Drake sein Rapier. »Für die Königin!«, schrie er, und die Schlacht begann.

Jerrod reagierte als Erster. Mit drei raschen Schritten überwand er die Distanz zwischen sich und dem nächsten Bogenschützen, der immer noch dastand und auf seinen zerbrochenen Bogen starrte. Ohne langsamer zu werden, schlug der Mönch einen Salto in der Luft, umschlang mit den Beinen den Hals des anderen Mannes, riss ihn durch seinen Schwung mit und brach seinem hilflosen Widersacher das Genick. Im nächsten Moment war er wieder auf den Beinen und wandte sich seinem nächsten Opfer zu.

Da die Danaan ihrer Bögen beraubt waren, zogen sie jetzt ihre Klingen und stürzten sich alle zusammen auf die kleine Gruppe der Eindringlinge. Keegan sah von seiner liegenden Position aus, wie sich einer aus der Patrouille bemühte, sein Rapier zu zücken, das sich in seinem Gürtel und der Sehne seines zerbrochenen Bogens verfangen hatte. Aber Scythe war schneller. Die fünfzehn Zentimeter langen Klingen in ihren beiden Händen funkelten, als sie gnadenlos auf ihren schreienden Gegner einstach. Der Danaan riss die Hände hoch, um sein Gesicht zu schützen, das bereits von den zuckenden Messern zerfetzt war. Scythe reagierte mit einer Serie von flüssigen, rhythmischen Schlägen, von denen jeder einzelne eine blutige Spur auf den Händen ihres Feindes hinterließ.

Die wilde Anmut ihrer Technik faszinierte Keegan. Die Hände und Finger des Danaan wurden bis auf die Knochen aufgeschlitzt, und bei jedem Hieb spritzte ein neuer Schwall Blut auf seine Kleidung. Die ganze Sache hatte kaum Sekunden gedauert, dann wirbelte Scythe davon. Ihr schlanker Körper wirkte wie ein Schemen, als sie sich auf den nächsten Gegner stürzte. Der Mann, den sie angegriffen hatte, stürzte vornüber und landete nur einen Schritt von Keegan entfernt auf dem Boden. Er war tot, bevor er aufschlug, tödlich verletzt durch den Schnitt, der seine Gurgel durchtrennt hatte.

Der Magus versuchte aufzustehen, stürzte jedoch hilflos wieder zu Boden, unfähig, auch nur sein eigenes Gewicht zu tragen. Ein tiefes Grunzen veranlasste ihn, sich auf die Seite zu rollen und nach rechts zu blicken.

Norr hatte einen großen schweren Ast gepackt und benutzte ihn als Keule, mit der er einen der Danaan in Schach hielt. Der Mann duckte sich unter dem Schlag des Prügels weg und versuchte, sich dem Hünen zu nähern, um ihn mit seinem Rapier anzugreifen. Aber die Reichweite des Barbaren war zu groß, und bevor der Danaan auch nur nahe genug herankam, um seine Waffe einsetzen zu können, wurde er gezwungen, sich wieder zurückzuziehen. Er entkam nur knapp einem Schlag dieses gewaltigen Astes, der ihn, wenn er ihn getroffen hätte, zweifellos den Kopf gekostet hätte.

Ein zweiter Angehöriger der Patrouille stürzte sich ins Getümmel, und sie griffen Norr zusammen an. Sie versuchten, ihre Bemühungen zu koordinieren, damit wenigstens einer von ihnen sich dem Hünen nähern konnte. Der erste Soldat sah eine Gelegenheit und sprang nach vorn, machte jedoch Bekanntschaft mit einem gewaltigen Fuß, der ihn mitten auf die Brust traf. Weder Keegan noch der unglückliche Danaan hatten ein solch wendiges Manöver von dem massigen Wilden erwartet, und die Wucht des Trittes schleuderte den Danaan zurück.

Als er stolperte und auf den Boden fiel, griff Norr an. Der zweite Soldat versuchte, zwischen den Barbaren und seine gefallenen Kameraden zu treten, aber der Hüne schleuderte ihn einfach zur Seite. Der Danaan landete ebenfalls auf dem Boden. Dann krachte der Ast herab und zertrümmerte dem ersten Soldaten den Schädel zu einer blutigen Masse. Keegan musste sich abwenden, aber ein widerliches Krachen sagte ihm, dass den zweiten Soldaten ein ähnliches Schicksal ereilt hatte.

Dann erregte das Klirren von Schwertern Keegans Aufmerksamkeit. Er rollte sich wieder herum und sah, wie Vaaler und Drake sich gegenseitig mit ihren Klingen bearbeiteten. Die Rapiere blitzten und tanzten in schnellen Schlägen und Paraden. Sie bewegten sich zu schnell, als dass das Auge ihnen hätte folgen können. Drake schien anzugreifen, und Vaaler verteidigte sich. Ein Stoß des älteren Mannes durchdrang die Verteidigung seines Gegners, aber Vaaler wirbelte zur Seite, und die Klinge zischte durch die Luft, ohne Schaden anzurichten. Dieser unerwartete Fehlschlag führte dazu, dass Drake ein wenig das Gleichgewicht verlor. Vaaler nutzte sofort den Augenblick und führte einen scharfen Konterschlag auf die plötzlich ungeschützte Flanke seines Widersachers.

Die Klinge grub sich tief in Drakes Seite und ließ den Mann vor Schmerz aufstöhnen. Vaalers nächster Schlag war tödlich. Er stieß die Spitze seines Schwertes durch Drakes Brustkorb und in sein Herz. Der ältere Mann war augenblicklich tot.

Im nächsten Augenblick war der Kampf vorbei. Kein einziger Angehöriger der Patrouille der Danaan hatte überlebt. Keegan betrachtete von seiner sicheren Position in der Mitte des Schlachtfeldes aus das Gemetzel. Drei Tote gingen offenbar auf das Konto von Scythe. Ihre Haut hing ihnen in Fetzen von den Schädeln. Vier Widersacher hatten ein gebrochenes Genick, was auf Jerrods Kampftechnik schließen ließ. Und den anderen vier schien Norr mit seinem Prügel den Schädel eingeschlagen zu haben.

Trotz des ganzen Kampfgetümmels hatte anscheinend keiner seiner Gefährten auch nur einen Kratzer davongetragen. Jerrod stand schützend vor Keegan, ohne jede Wunde, obwohl er vier hervorragend ausgebildete und bewaffnete Soldaten ohne Waffen oder Rüstung angegriffen hatte. Norr und Scythe standen zusammen am anderen Ende der Lichtung, überströmt von Blut, von dem aber kein einziger Tropfen von ihnen stammte.

Und ihnen gegenüber stand Vaaler zitternd neben dem Leichnam des toten Drake. Keegan hatte das Gefühl, seinem Freund irgendetwas sagen zu müssen, er wusste nur nicht, was. Doch noch bevor er sprechen konnte, sank Vaaler auf die Knie.

Und dann erbrach sich der enterbte Thronfolger auf den blutgetränkten Boden.

50

Nach diesem Kampf war Scythe erfüllt vom Adrenalinrausch des Sieges. Der Kampf war grausam gewesen, aber sie hatte weit Schlimmeres erlebt, als sie auf dem Schiff die Wester-Inseln befahren oder in den dunklen Gassen von Callastan gearbeitet hatte. Die Gewalt und das Blut hatten sie nicht im Geringsten gestört … Bis sie Vaalers Reaktion gesehen hatte.

Der junge Mann hatte sich zusammengekrümmt und übergab sich unkontrolliert. Jerrod stand neben Keegan, der am Boden lag, als erwartete er eine zweite Welle von Angreifern. Der junge Magus wirkte unverletzt, aber es war offensichtlich, dass der Mönch nicht vorhatte, ihm von der Seite zu weichen.

Sie sah zu Norr hoch, der einfach nur mit den Schultern zuckte, weil er nicht wusste, was er tun sollte. Falls man Vaaler helfen musste, blieb das wohl offenbar an ihr hängen.

Sie verfluchte die Männer insgeheim für ihre Unfähigkeit, ging über die Lichtung und hockte sich neben den Prinzen der Danaan. Sie rieb ihm den Rücken, bis seine Magenkrämpfe aufhörten. Dann half sie ihm hoch und führte ihn vorsichtig zu einem sauberen Flecken Erde.

»Setz dich«, befahl sie ihm.

Er gehorchte ohne Widerspruch. Seine Augen wirkten wie die eines kleinen Jungen.

»Hast du noch nie jemanden getötet?«, fragte sie mitfühlend.

»Ich habe mehr menschliche Eindringlinge in den Wäldern getötet, als ich zählen kann«, erwiderte der junge Danaan mit monotoner Stimme. »Jeder, der bei den Patrouillen arbeitet, ist mit dem Tod vertraut.«

»Aber du hast noch nie jemanden von deinem eigenen Volk töten müssen, stimmt's?«

Er schüttelte den Kopf. »Drake war mein Mentor«, flüsterte er. »Er war mein Lehrer. Er war wie ein Vater für mich.«

Noch vor einer Stunde war der Prinz ausgesprochen gut gelaunt gewesen, der verlorene Sohn, der sie in die Hauptstadt seines Volkes führte. Jetzt war er verbannt, ein Ausgestoßener, an dessen Händen das Blut seines Lehrers klebte.

Scythe wusste, wie es war, alles durch einen grausamen Schicksalsschlag zu verlieren. Sie wusste, wie es sich anfühlte, wenn man plötzlich begriff, dass man ganz allein in der Welt war.

»Du hattest keine Wahl«, versicherte sie ihm. Sie hoffte, dass sie wenigstens seine Gewissensbisse ein wenig lindern konnte. »Man hat dich dazu gezwungen. Es war nicht deine Schuld.«

»Er hat es nicht über sich gebracht, mich zu töten«, sagte der Prinz nach langem Schweigen. »Selbst als er mich angegriffen hat, hat er sich zurückgehalten.«

»Wie meinst du das?«, fragte sie sanft. Sie hoffte, sie konnte ihm helfen, das hier zu überstehen.

»Drake war der größte Schwertkämpfer des ganzen Königreichs. Seine Geschicklichkeit im Umgang mit der Klinge war legendär. Alles, was ich weiß, jeden Schlag, jede Finte und jeden Konter habe ich von ihm gelernt.« Er sprach langsam, bemühte sich sichtlich, einen zusammenhängenden Gedanken zu fassen. »Ich hätte ihn niemals schlagen können. Er hat mich gewinnen lassen. Er wollte lieber selbst sterben, als mich zu töten. Warum? Warum hat er das getan?«

»Schicksal!«, rief Jerrod, der immer noch neben dem am Boden liegenden Hexer stand. »Keegan soll unser Paladin sein, es ist ihm bestimmt, den Ring zu bekommen. Alle, die sich uns widersetzen, müssen fallen.«

Scythe warf dem Mönch einen giftigen Blick zu. Der Danaan war in einer ziemlich labilen Verfassung; gerade eben war seine Welt in Stücke gegangen. Das war jetzt wirklich nicht der richtige Moment für die albernen Prophezeiungen des Mönchs!

Glücklicherweise war der Danaan zäher, als sie gedacht hatte.

»Nein«, widersprach Vaaler und stand auf. Er drehte sich zu den anderen herum. »Hier ging es nicht um Schicksal. Hier ging es darum, dass ein guter Mann sich einer ausweglosen Situation gegenübersah.«

Er holte tief Luft und atmete langsam aus, sammelte sich, bevor er weitersprach.

»Drake wusste, dass der Befehl meiner Mutter ihrer Krankheit entsprungen war. Er wusste, dass er falsch war; ich habe es in seinen Augen gesehen. Aber er wurde so erzogen und hat sein ganzes Leben danach ausgerichtet, dem Willen der Königin zu gehorchen. Die Pflicht bedeutete ihm alles. Er konnte sich ihrem Befehl nicht widersetzen, obwohl er wusste, dass er falsch war. Und er konnte es auch nicht über sich bringen, mich zu töten. Für ihn war der Tod der einzig ehrenvolle Ausweg.«

»Pflicht und Ehre sind ja ganz schön«, bemerkte Scythe. »Aber ich kann mir keine Situation vorstellen, in der ich bereit wäre, deshalb zu sterben.«

»Ich schon«, mischte sich Norr unvermittelt ein.

Sie warf ihm einen fragenden Blick zu, aber er wandte sich ab, weil er ihr nicht in die Augen sehen konnte.

»Geht es Keegan gut?«, erkundigte sich Vaaler plötzlich. Er bemerkte erst jetzt, dass sein Freund auf dem Boden lag.

Scythe war erleichtert. Das beste Heilmittel für die eigene Trauer und den eigenen Schmerz war immer, sich um das Wohlergehen von jemand anderem zu kümmern.

»Mir geht's gut«, kam die zittrige Antwort. »Ich bin nur ein bisschen schwach. Das Chaos zu beschwören hat mich mehr gekostet, als ich erwartet hatte.«

»Du solltest es besser wissen und nicht versuchen, einen Bann zu wirken, ohne zuvor die entsprechenden Anrufungen durchgeführt zu haben«, erklärte Vaaler, ging über die Lichtung und hockte sich neben seinen Freund. Jerrod trat wortlos zur Seite. »Selbst ich habe das während meiner Ausbildung gelernt.«

»Ich habe vermutet, dass diese Bogenschützen uns alle umbringen würden, wenn ich anfinge, mit meinen Armen herumzufuchteln und unverständliche Worte zu rezitieren.«

»Daran besteht in der Tat nicht der geringste Zweifel«, erwiderte der Prinz grimmig.

Dann streckte er die Hand aus, und Keegan packte sie. Jerrod trat zu ihnen und nahm den anderen Arm des Magus. Gemeinsam halfen sie ihm auf die Füße. Er schwankte ein bisschen, blieb aber stehen und stützte sich auf seinen Stab.

»Das verändert die Lage«, erklärte Jerrod. »Die Danaan wissen, dass wir kommen. Wir können uns nicht den Weg durch eine ganze Armee freikämpfen, um ihre Hauptstadt zu erreichen.«

Vaaler runzelte die Stirn, als er nachdachte.

»Nein«, sagte er schließlich. »Ich glaube nicht, dass sie es wissen. Meine Mutter wird versucht haben, meine Verbannung geheim zu halten. Sie glaubt, dass unser Königreich am Rand des Abgrundes steht, kurz vor der Vernichtung, und ihr liegt zu viel an ihrem Volk, als dass sie alles noch dadurch verschlimmern würde, dass sie die Verbannung des einzigen Thronerben öffentlich machen würde.«

»Willst du damit sagen, dass niemand sonst davon weiß?«, hakte Jerrod nach.

»Sie hat Drake und seine Patrouille geschickt, weil sie wusste, dass sie ihm und seinen Männern trauen konnte. Sie würden niemandem etwas verraten. Sie hat es offenbar selbst vor Andar geheim halten wollen, dem Hohen Zauberer. Sonst hätte sie ihm befohlen, einige seiner Kriegszauberer mit hierherzuschicken. Es gibt vielleicht einige Mitglieder ihrer persönlichen Leibwache, die von ihrem Dekret wissen«, schloss Vaaler. »Aber ich bezweifle, dass meine Verbannung allgemein bekannt ist, nicht einmal unter den Bediensteten der Burg.«

»Dann gibt es noch Hoffnung für uns«, erklärte Jerrod.

Vaaler nickte. »Aber wenn wir gemeinsam die Stadt betreten, wird man meiner Mutter das zweifellos melden. Seit der Zeit vor dem Kataklysmus hat kein Mensch mehr Ferlhame betreten.«

»Aber du könntest alleine dorthin gehen. Wenn der Prinz in die Burg zurückkehrt, dürfte das keine große Aufmerksamkeit erregen«, drängte der Mönch. »Du könntest dich hereinschleichen, den Ring nehmen und ihn zu uns bringen!«

»Hat er nicht schon genug durchgemacht?«, widersprach Scythe, die sich in das Gespräch einmischte.

»Er hat recht.« Vaaler zuckte mit den Schultern und sah Scythe an. »Drakes Tod verändert nichts. Keegan braucht immer noch den Ring, und nur ich kann ihn beschaffen.«

»Tu das nicht!«, flehte Scythe ihn an. Sie war sich plötzlich sicher, dass dieser Plan in einem Desaster enden musste. »Lass nicht zu, dass all dieses Gerede von Träumen und Prophezeiungen dazu führt, dass du dich gegen dein eigenes Volk stellst!«

»Ich mache das für mein Volk … und für meine Königin«, antwortete er ruhig.

Irgendwie fand Scythe die plötzliche Gelassenheit des Prinzen beunruhigend.

»Ich habe gesehen, was der Ring meiner Mutter angetan hat«, erklärte er. »Er wird sie vollkommen zugrunde richten, es sei denn, ich unternehme etwas dagegen. Und es gibt für mich nur eine einzige Chance, sie zu retten.«

»Das hier ist erheblich bedeutender als das Schicksal deiner Mutter oder die Grenzen des Königreichs der Danaan«, erinnerte ihn Jerrod. »Wir sind dabei, einen Feldzug zu führen, um die ganze Welt zu retten.«

Scythe machte sich diesmal nicht die Mühe, den Mönch finster anzusehen. Vaaler hatte eine Möglichkeit gefunden, mit seiner Trauer fertigzuwerden; er hatte seine Entscheidung getroffen. Und wie bei allem, was geschehen war, seit sie und Norr in diese verrückte Geschichte hineingezogen worden waren, konnte sie nichts tun, um das zu ändern.

Keegan machte sich Sorgen um seinen Freund. In den Stunden seit dem Gemetzel hatte Vaaler nur wenig geredet, obwohl der Hexer ihn gut genug kannte, um seinen inneren Tumult wahrzunehmen. Aber was hätte er schon sagen können, um dem Prinzen zu helfen, mit alldem, was geschehen war, fertigzuwerden?

Außerdem hatte Keegan eigene Probleme. Er war immer noch schwach, nachdem er das Chaos beschworen hatte. Er war zwar in der Lage gewesen, die Macht von Rexols

Stab anstelle seiner Amulette zu benutzen, aber da er keine Anrufungen hatte einsetzen können, um die Macht seines Bannes zu steuern, hatte er sich selbst als Kanal benutzen müssen. Und auch wenn sein Wille stark genug war, um diese Strapaze zu überstehen, hatte sein Körper einen hohen Preis dafür bezahlen müssen.

Nachdem sie die Pferde gefunden hatten, die die Patrouille der Danaan etwa eine Meile vom Schauplatz des Hinterhalts entfernt angebunden hatte, war er imstande gewesen, mit den anderen zu reiten, ohne sie behindern. Er hatte sich Rexols Stab auf den Rücken geschnallt. Aber als sie anhielten, um ein Nachtlager aufzuschlagen, wäre er vor Erschöpfung fast aus seinem Sattel gefallen.

Dennoch war die Schwäche seines Körpers nicht seine größte Sorge. Während des Rittes hatte er gespürt, dass er durch diese Ereignisse zutiefst verändert worden war. Er hatte sich auf eine sehr subtile, aber bedeutungsvolle Art und Weise verwandelt.

Das Chaos war jetzt stärker in ihm. Das war unbestreitbar. Er hatte es gespürt, seit er aus dem Koma aufgewacht war. Die Wucht der Magie, die er während des Angriffs freigesetzt hatte, war eine weitere Bestätigung. Aber er hatte auch etwas verloren.

Die Hitze der Flammen strömte durch seine Adern, aber darüber hinaus empfand er kaum noch etwas. Gewiss, er hatte Mitleid mit Vaaler, aber er spürte weder Gram noch Trauer. Seine Sorge um den Prinzen war merkwürdig gedämpft, so als käme sie aus weiter Entfernung.

Als er über seinen veränderten Zustand nachdachte, wurde ihm klar, dass selbst seine Reaktion Scythe gegenüber davon betroffen war. Ihm war immer noch bewusst, dass diese Insulanerin von exotischer Schönheit war, aber ihr Anblick löste keinerlei Gefühle mehr in ihm aus. Keine

Lust, keine Leidenschaft, kein Verlangen. Nichts. Er fühlte sich innerlich wie tot, leer, hohl. Taub für alles, außer dem stets gegenwärtigen Chaos, das in ihm brannte.

»Wir sind nur noch eine Wegstunde von der Stadt entfernt, und die Königin könnte Patrouillen ausgeschickt haben, die die Umgebung kontrollieren«, sagte Vaaler, nachdem sie ihr Lager aufgeschlagen hatten. »Wir werden hier bis zum Einbruch der Nacht warten, dann gehe ich alleine weiter.«

Keegan schloss die Augen, um sich besser konzentrieren zu können, und richtete seine Aufmerksamkeit auf dieses seltsame, überwache Bewusstsein, das ihn durchströmte, seit er in diesem verzauberten Wald aufgewacht war. Auch das hatte sich verändert, obwohl Keegan vermutete, dass seine magische *Sicht* hauptsächlich eine Reaktion auf das Chaos war, das wie ein Nebel durch den Wald waberte.

Er warf seine Sinne aus wie ein Fischernetz, suchte nach Anzeichen für Patrouillen der Danaan. Er überprüfte das Gebiet um sie herum, inspizierte jeden Zweig und jedes Blatt eine ganze Wegstunde in jede Richtung. Dafür brauchte er weniger als eine Sekunde.

»Es ist niemand in der Nähe. Nicht in einem Umkreis von mehreren Meilen.«

»Dann bleiben wir bei dir, bis wir den Stadtrand erreicht haben«, erklärte Jerrod. »Dein Schicksal ist jetzt mit dem von Keegan verknüpft, Vaaler … so wie das von uns anderen. Ich will die Gruppe nicht länger trennen, als unbedingt notwendig ist.«

Scythe warf ihm einen sonderbaren Blick zu, sagte jedoch nichts. Der Prinz nickte einfach nur.

Sobald es dunkel war, brachen sie das Lager ab und ritten weiter, bis sie die Außenbezirke der Stadt sehen konnten. Keegan hatte ihr Ziel gespürt, lange bevor sie tatsächlich die Stadtgrenze erreicht hatten. Die Magie in den Danaan war sehr stark. Er spürte den Puls ihrer gemeinsamen Energie, die aus der Hauptstadt bis zu ihm drang. Und er spürte auch den Ring, der ihn rief. Trotzdem war er unwillkürlich beeindruckt von dem, was er sah, als er aus dem Wald heraustrat.

Ferlhame war in der Mitte einer großen Lichtung errichtet worden. Vielleicht war die Lichtung auch nur das Ergebnis des Baus dieser riesigen Stadt, weil man dafür hatte viele Bäume fällen müssen. Die Architektur ähnelte in vielerlei Hinsicht der von Torian: große, elegante Türme in langen ordentlichen Reihen. Aber die Hauptstadt der Danaan strahlte etwas Natürliches aus, so als wären ihre Ordnung und Symmetrie nicht durch Vorschriften und Baupläne erzeugt worden, sondern hätten sich im Laufe der Jahrhunderte organisch entwickelt.

Die gesamte Stadt war nur aus Holz erbaut, nichts, bis auf den Burgfried des Palastes, bestand aus Mörtel, Steinen oder Ziegeln, was die natürliche Ästhetik noch verstärkte. Der Hexer sah, dass man die Türme und Gebäude, die sich in den Nachthimmel reckten, ganz offenkundig mithilfe von Magie geschaffen hatte. Das Holz war von der Kraft des Chaos beim Bau geformt und verstärkt worden, damit diese Gebäude so stabil und sicher waren wie Bauwerke aus Stein oder Marmor. Aber trotz der Veränderungen, die diese Zauber in ihrer Oberfläche bewirkt hatten, waren die Gebäude eindeutig aus Holz.

»Kein Mensch hat diese Stadt gesehen, seit sie vor siebenhundert Jahren gegründet wurde«, sagte Vaaler. Seine Stimme war so leise, dass Keegan glaubte, er redete mit sich selbst. »Und jetzt wird diese Isolation durch eine kleine Gruppe durchbrochen, die sich wie Diebe in der Nacht heranschleicht.«

Keegan wusste nicht, ob sein Freund widerwillig oder traurig klang.

»Wir können nicht alle zusammen weitergehen«, fuhr er dann lauter fort. »Ich kann mich der Burg nähern, ohne Aufmerksamkeit zu erregen. Ihr Menschen könnt das nicht.«

»Wir warten hier mit den Pferden auf dich, bis du mit dem Ring zurückkommst«, stimmte Jerrod ihm zu.

Scythe lachte. »Das klingt so einfach. Als müsste er einfach nur in die Burg gehen, die Schmuckschatulle der Königin öffnen und den Ring herausnehmen.«

»Er befindet sich nicht in einer Schmuckschatulle«, erwiderte Vaaler gelassen. »Sie trägt ihn an einer Kette um den Hals, selbst im Schlaf. Sie trennt sich niemals davon.«

»Noch besser«, antwortete Scythe. »Glaubst du wirklich, dass sie ihn uns einfach gibt? Nach dem, was mit Drake passiert ist? Bin ich denn wirklich die Einzige, die begreift, wie verrückt das alles ist?«

»Ich habe keine Wahl. Das Artefakt hat die Kontrolle über den Verstand meiner Mutter übernommen; es benutzt ihre Visionen, um sie unter seinen Einfluss zu bringen. Wenn ich sie nicht davon befreien kann, ist sie verloren. Wir alle sind dann verloren.«

»Und wie willst du ihr den Ring abnehmen?«, erkundigte sich Scythe. »Ich habe selbst genug Ketten von Hälsen genommen, ohne erwischt zu werden, aber hier geht es ja nicht darum, bei einem ahnungslosen Opfer in der Menge ein Kettchen zu durchtrennen.«

Als Vaaler nicht sofort antwortete, fuhr sie fort: »Wie hast du überhaupt vor, dicht genug an sie heranzukommen, um den Ring zu stehlen? Du bist immerhin verbannt worden, schon vergessen?«

»Ich bezweifle, dass irgendjemand außer Drake und den

persönlichen Wachen meiner Mutter etwas davon weiß«, erwiderte er. »Also wird mich niemand aufhalten, wenn ich die Burg betrete.«

»Also gut, du kommst rein«, räumte Scythe ein. »Und was dann? Wie willst du dicht genug an die Königin herankommen, um den Ring zu stehlen?«

»Ich weiß einen Weg.« Mehr wollte er dazu nicht sagen.

Scythe spürte, dass es keinen Sinn mehr hatte, mit dem jungen Danaan weiterzudiskutieren, und wandte sich an Jerrod. »Selbst wenn er Erfolg hat, was wollen wir machen, wenn wir den Ring haben? Hast du dir darüber überhaupt Gedanken gemacht?«

»Wir folgen Keegans Bestimmung«, erwiderte der Mönch. »Keegans Visionen werden uns führen, wenn es so weit ist. Jetzt jedoch müssen wir uns auf das konzentrieren, was vor uns liegt. Sobald Keegan den Ring hat, wird sich alles Weitere finden.«

Scythe hob gereizt die Hände und wirbelte zu Vaaler herum. »Na schön, dann mach weiter. Wir warten hier auf dich. Aber wenn du bei Tagesanbruch nicht wieder da bist, bin ich weg.« Sie warf Norr einen kurzen Seitenblick zu. »Selbst wenn ich alleine gehen muss.«

»Ich werde viel früher wieder bei euch sein«, versicherte ihr Vaaler und verschwand im Schatten der Gebäude.

51

Vaaler brauchte weniger als eine Stunde, um die Tore der Burg zu erreichen. Während er durch die Straßen schlich, behielt er die Kapuze auf, um sein Gesicht zu verbergen. Er wollte keine überflüssige Aufmerksamkeit erregen. Keiner der Bürger, an denen er vorbeikam, erkannte den Thronerben. Aber als er die Tore des Burgfrieds erreichte, musste er anders vorgehen.

»Wer ist's, der Einlass begehrt zu dieser Stunde?«, rief ein Wachsoldat von innen.

Vaaler schlug die Kapuze zurück. »Öffne das Tor. Drake erwartet mich vor Morgengrauen bei seiner Patrouille zurück, und ich habe keine Zeit für Formalitäten.«

Das war eine plausible Lüge. Er hatte sich immer wieder eingeredet, dass die Wachsoldaten noch nichts von seiner Verbannung wussten. Sie würden nur wissen, dass Drake und seine Patrouille plötzlich aus einem wichtigen Grund abgerückt waren. Und es war durchaus logisch, dass der Sohn der Königin ebenfalls in diese geheimnisvolle Angelegenheit verwickelt war. Doch obwohl er sich ständig damit beruhigte, konnte er das aufgeregte Hämmern seines Herzens nicht verhindern. Denn wenn er sich irrte, wenn die Wachen die Wahrheit kannten, würden sie ihn packen und ihn in ein Verlies werfen, falls sie ihn nicht auf der Stelle töteten.

Er hörte das Knarren von Bogensehnen und zuckte zusammen. Dann begriff er, dass es nur das Knarren der

Angeln gewesen war, als einer der Wachsoldaten das Portal öffnete, um ihn hereinzulassen. Die Soldaten salutierten vor ihm, und er erwiderte den Gruß, ohne auch nur darüber nachzudenken.

»Ihre Majestät schläft«, informierte ihn einer der Soldaten. »Soll ich einen Boten vorausschicken, damit einer ihrer Bediensteten sie aufweckt, mein Prinz?«

»Dafür ist keine Zeit«, erwiderte er und schüttelte den Kopf. »Und es ist auch nicht nötig. Du kannst ihr morgen sagen, dass ich hier gewesen bin. Und sage ihr auch, dass ich mich mit Drake getroffen habe. Sie wird es verstehen.«

Der Wachsoldat salutierte erneut, und Vaaler wandte sich ab. Er verschwand in den Gängen der Burg, ging zum Ostflügel, wo die Verwaltungsbeamten der Stadtregierung untergebracht waren. Von den Räumen und Kammern dieses Flügels aus wurde das Königreich regiert, und am Tage wimmelte es hier von Beamten und Mitarbeitern, angefangen von einfachen Pagen und Schreibern bis hin zu Ministern und dem Hohen Zauberer. Um diese Nachtzeit jedoch war der Flügel vollkommen verlassen.

Er erreichte die Kammern des Konzils. Sie waren leer, wie er es gehofft hatte. Er blickte sich um, weil er sich davon überzeugen wollte, dass niemand in der Nähe war. Dann tastete er sich an den Rändern des großen Wandteppichs entlang, der an der Wand hinter dem Thron der Königin hing. Der Teppich war auf einen dicken hölzernen Rahmen gespannt, und dieser Rahmen war an der Wand befestigt.

Er arbeitete sich am Rand des Teppichs weiter, löste ihn vom Rahmen, bis er ein paar Fäden lockern und seine Finger hindurchstecken konnte. Dann packte er den Teppich und riss ihn herunter. Dahinter lag ein kleiner, dunkler Geheimgang.

In beinahe jedem Raum des Ostflügels hing ein solcher Wandteppich, und hinter jedem dieser Teppiche lag solch ein längst vergessener Gang. Vaaler vermutete, dass diese Geheimgänge einst dafür benutzt worden waren, die verschiedenen Abteilungen der Regierung im Auge zu behalten, die innerhalb der Mauern dieses Burgfrieds arbeiteten. Agenten des herrschenden Monarchen konnten so alle Minister und Beamten ausspionieren. Es gab sogar Gänge, die von den Privaträumen der königlichen Familie wegführten. Aber wer auch immer ihren Bau befohlen hatte, hatte es ebenfalls geschafft, ihre Existenz absolut geheim zu halten. Soweit der Prinz wusste, waren diese Geheimgänge niemandem mehr bekannt, nicht einmal der Königin selbst.

Vaaler konnte sich nicht mehr daran erinnern, wie er dieses Netzwerk aus geheimen Gängen innerhalb der Burg entdeckt hatte, aber er hatte sie als Kind sehr häufig benutzt. Manchmal war er sogar vorsichtig von seinem Schlafgemach aus durch die Gänge gekrochen und hatte hinter dem Teppich dieses Raumes haltgemacht. Dort hatte er unbemerkt gesessen und seine Mutter und ihren Zirkel belauscht. Dann wiederum war er zu dem Wandteppich im Zimmer seiner Mutter gekrochen, verängstigt, aber voller Neugier, angezogen von ihren Schreien, wenn sie eine ihrer schrecklichen Visionen erlitt.

Er hatte diese geheimen Gänge immer für etwas Besonderes und Privates gehalten, etwas, das seinen Makel ausglich, dass er blind für die *Sicht* war. Diese Gänge waren sein Geheimnis, und nur seins. Ein Geheimnis, das er stets sehr sorgfältig gehütet hatte.

Allerdings würde es nicht mehr lange geheim bleiben. Irgendwann morgen früh würde jemand ganz gewiss bemerken, dass der Teppich abgerissen war, und die gähnende Öffnung dahinter sehen. Aber Vaaler hatte vor, zu diesem Zeitpunkt bereits weit weg von der Burg zu sein.

Er holte tief Luft und trat in die Dunkelheit. Der wohlbekannte, staubige Geruch weckte Erinnerungen an all die Male, die er als kleiner Junge dieses dunkle Labyrinth erkundet hatte. Jetzt war er ein erwachsener Mann und musste sich ducken, weil die Decke so niedrig war. Als er etwa zehn Meter zurückgelegt hatte, wurde es absolut dunkel um ihn herum, und er sah sich gezwungen, langsam vorwärtszuschlurfen und sich mit der Hand an der Wand entlangzutasten. Zum Glück kannte er sich so gut aus, dass er sich auch in totaler Finsternis darin zurechtfand.

Er zählte die Gänge, die auf jeder Seite abgingen, und rief sich die Einzelheiten der Anlage in Erinnerung, die er sich eingeprägt hatte, als er diese Anlage in seiner Jugend erforscht hatte. Dann bog er in den Gang ab, der zu den Gemächern seiner Mutter führte. Er wusste, dass er fast da war, als er einen schwachen orangefarbenen Schein bemerkte. Es war das Licht der Flammen im königlichen Kamin, das durch das Gewebe des Wandteppichs drang.

Vorsichtig, um jedes Geräusch zu vermeiden, das ihn hätte verraten können, kroch er bis zum Ende des Gangs und hielt dort inne, um zu lauschen. Als er die schwachen, gleichmäßigen Atemzüge seiner Mutter hörte, löste er vorsichtig den Rand des Teppichs vom Rahmen, bis er eine Ecke anheben und in das Zimmer blicken konnte.

Seine Mutter lag schlafend im Bett. Es war erst ein paar Wochen her, dass er das letzte Mal mit ihr geredet hatte, aber er war schockiert, wie dünn und zerbrechlich sie aussah. Er hatte gehört, dass sie sich geweigert hatte zu essen, aber selbst das hätte in so kurzer Zeit keine so erschreckende Veränderung hervorrufen können.

Selbstverständlich war es der Ring. Früher einmal war

sie in der Lage gewesen, seine Macht zu beherrschen, aber seit das *Vermächtnis* schwächer wurde, war die Macht des Chaos in diesem Artefakt so stark geworden, dass ihr das nicht mehr gelang. Er hatte gewusst, dass das Chaos ihre Gedanken beeinflusste, aber jetzt sah er, dass es auch ihren Körper verzehrte.

Ganz gewiss hatte Drake das ebenfalls gesehen. Warum hatte er dann nicht auf Vaaler gehört? Warum war er so dumm und störrisch gewesen? War das auch ein Werk des Rings? Beeinflusste er nicht nur die Königin, sondern auch jene, die ihr dienten? Säte er Chaos unter den ahnungslosen Sterblichen? Konnte er vielleicht sogar Vaaler selbst manipulieren?

Er schüttelte den Kopf, um diese Gedanken zu vertreiben. Der Ring zerstörte seine Mutter, das war alles, was wichtig war. Er musste ihn ihr abnehmen, nicht nur um ihrer selbst willen, sondern zum Wohle des ganzen Königreiches.

Er glitt lautlos hinter dem Teppich hervor und schlich durch das Zimmer, bis er am Bett seiner Mutter stand. Aus der Nähe sah sie noch schlimmer aus. Ihre bleiche Haut war schweißbedeckt, und sie hatte die Stirn gerunzelt, als litte sie große Schmerzen. Er sah, wie ihre Augen unter den geschlossenen Lidern hin und her rollten, unter dem Eindruck der endlosen Visionen, die von der schrecklichen Macht des Rings beschworen wurden. Obwohl sie immer noch schlief, atmete sie jetzt plötzlich keuchend und stoßweise. Ihre eingefallene Brust hob und senkte sich merklich.

Der Prinz beugte sich vor, und der widerliche Gestank des Fieberschweißes stieg ihm in die Nase. Seine Mutter stöhnte und zuckte im Schlaf, wachte jedoch nicht auf. Er streckte die Hand aus, öffnete behutsam den Verschluss der Kette und nahm sie ihr mitsamt dem Ring vom Hals.

Sie bewegte sich wieder, und diesmal war Vaaler sich sicher, dass sie aufwachte. Stattdessen jedoch seufzte sie nur und ließ sich in die Kissen sinken, als würde sie plötzlich in einen tieferen Schlaf fallen. Vaaler umklammerte den Ring mit der Faust, beugte sich vor und küsste die Königin sanft auf die Stirn. Ihre gerunzelte Stirn entspannte sich, und ihre zuckenden Augen kamen zur Ruhe. Sie seufzte ein zweites Mal, rollte sich auf die Seite, kehrte ihm den Rücken zu, und ihre Atmung wurde jetzt langsamer und gleichmäßiger.

Vaaler verschwand ebenso leise in dem Geheimgang, wie er gekommen war. Den Ring hatte er sicher in einer Tasche an seinem Gürtel verstaut.

Rianna wachte langsam auf. Zum ersten Mal seit vielen Monaten wollte sie nicht aufwachen. Noch umfangen vom Schlaf, nahm sie wahr, dass sie nicht träumte. Sie befand sich nicht im Griff einer schrecklichen Vision. Der Schlaf war ein Trost, ein friedliches Refugium, das ihr gepeinigter Körper und ihr erschöpfter Verstand nur zögernd verlassen wollten.

Aber ein anderer Teil in ihr wusste, dass etwas nicht stimmte. Sie hatte sich so lange danach gesehnt, der Qual dieser Träume zu entkommen, dass sie sich nicht mehr daran erinnern konnte, wie sich echter Schlaf überhaupt anfühlte. Es kam ihr unnatürlich vor. Sie rollte sich auf die Seite, reckte sich, fühlte sich erfrischt, aber auch gleichzeitig ängstlich, als sie allmählich ihre Umgebung wahrnahm.

Instinktiv zuckte ihre rechte Hand hoch, um den Ring zu packen, den sie um den Hals trug. Zu ihrem Entsetzen griffen ihre Finger ins Leere.

Rianna Avareen, regierende Monarchin des Königreichs der Danaan, begann zu schreien.

Vaaler tauchte aus den Schatten am südlichen Ende der Stadt auf, als das erste Hornsignal ertönte. Der Danaan warf einen Blick zurück über seine Schulter und rannte dann auf seine Gefährten zu.

»Alarm!«, schrie er, als ein anderes Hornsignal seine Worte übertönte. Es kam von der entgegengesetzten Seite der Stadt.

»Was ist passiert?«, wollte Jerrod wissen. »Hast du den Ring?«

Der Prinz sprang in den Sattel seines Pferdes und nickte. »Sie müssen entdeckt haben, dass er verschwunden ist.«

Ein weiteres Horn nahm den Ruf der anderen auf. Er wurde von zwei unterschiedlichen Hornsignalen tief im Wald beantwortet.

»Sie alarmieren die Patrouillen«, erklärte Vaaler schnell. »Die ganze Armee wird mobilisiert, um uns zu jagen.«

Eine Kakophonie aus Hornsignalen ertönte plötzlich im Wald, als Dutzende Hörner den Ruf erwiderten. Eine ähnliche Welle schallte von der Stadt her und schien selbst die Gebäude vibrieren zu lassen.

»Steigt auf!«, schrie Vaaler. »Wir müssen von hier verschwinden!«

Sie konnten ihn in dem Lärm kaum hören, aber trotzdem brauchte er es nicht zweimal zu sagen. Sie rissen die Pferde herum und flüchteten mit Vaaler an der Spitze in den Wald. Sie nahmen Kurs auf die südliche Grenze, die den Übergang zwischen dem Wald der Danaan und den Ländereien der FreiStädte markierte.

Keegan klammerte sich an seinem Sattel fest, als sie zwischen den Bäumen hindurchstürmten. Die Hornsignale hallten von überall um sie herum. Mit der Linken umklammerte er Rexols Stab und drückte ihn fest an seinen Körper, um im Notfall von seiner Macht zu zehren. Es war in dem Lärm unmöglich zu erkennen, wo die Patrouillen sich befanden, aber es schien, als würden sie von allen Seiten auf sie zukommen. Während sie weiterritten, veränderte sich die wilde Kakophonie, wurde zu einem ständigen Rhythmus von Ruf und Antwort, erst hinter ihnen, dann vor ihnen. Es war offensichtlich, dass die Danaan sich gegenseitig Signale gaben und ihre Verfolgung koordinierten.

Der Hexer schloss die Augen und ließ seinen Verstand driften, dehnte seine magische *Sicht* so weit wie möglich aus. Die Schnelligkeit, mit der die Danaan reagierten, war erstaunlich. Hinter ihnen stürmte bereits eine Armee aus Reitern und Fußsoldaten aus den Stadttoren. Welle um Welle bewaffneter Soldaten ergoss sich in den Wald, und jede einzelne Schwadron wurde von zwei Zauberern der Danaan angeführt, die mit ihrer Magie die Spur der Eindringlinge rasch aufnahmen. Die Abteilungen verteilten sich in alle Richtungen und nahmen dann Kurs nach Süden. Sie machten ein Riesenspektakel, um ihre Beute vorwärtszutreiben.

Und im Süden, vor den Flüchtigen, warteten bereits die Patrouillen. Es mussten Hunderte von Danaan sein. Sie fächerten sich auf, reagierten auf die abgehackten Hornsignale und bildeten einen weiten Halbkreis, der den Flüchtigen jede Hoffnung auf Entkommen zu nehmen drohte.

Sogar der Wald schien auf den Ruf der Hörner zu antworten. Sie hatten die uralte Magie geweckt, die die Danaan und ihr Königreich schützte. Es waren Zauber in den Zweigen und Blättern, die lange geschlafen hatten und jetzt zum Leben erwachten. Die Bäume bewegten sich, veränderten unmerklich den Pfad vor ihnen und dirigierten sie auf das Herz der Armee ihres Feindes zu. Die Bäume selbst führten sie in einen Hinterhalt.

Keegan erkannte blitzschnell die Ausweglosigkeit ihrer Lage. Aber es kümmerte ihn nicht. Etwas anderes beherrschte sein Blickfeld: ein einziger glühender Lichtpunkt, der so hell war, dass er ihn für alles andere zu blenden schien: der Ring in Vaalers Gürtel.

»Halt!«, brüllte er, als sie auf eine kleine Lichtung kamen. Alle zügelten hastig ihre Pferde, als hätte dieser eine Befehl eine so zwingende Wirkung, dass sie nicht umhinkonnten, ihm Folge zu leisten. »Wir können ihnen nicht entkommen. Wir sind bereits umzingelt.«

Vaaler bestätigte seine Worte. »Das hier ist das Land meines Volkes. Wir Danaan können uns schneller zu Fuß oder durch die Baumwipfel fortbewegen, als ihr reiten könnt. Die Patrouillen werden uns nicht entkommen lassen.«

Die Wand aus Geräuschen, die sich ihnen näherte, ließ keinen Zweifel an der Wahrheit seiner Worte.

»Ich bin nicht den ganzen Weg hierhergekommen, um mich wie ein Tier im Wald jagen und töten zu lassen!«, fuhr Scythe ihn an. »Komm schon, Hexer«, wendete sie sich an Keegan. »Wirke einen Bann und zaubere uns hier weg!«

»Magie kann uns auch nicht retten«, erklärte Vaaler. »Unter denen, die uns verfolgen, sind auch Kriegszauberer. So stark Keegan auch sein mag, sie würden ihn einfach überwältigen, wenn er versuchte, das Chaos auf sie loszulassen.«

»Nicht, wenn ich den Ring benutze«, widersprach Keegan. »Der Macht der Alten Magie haben sie nichts entgegenzusetzen.«

»Nein!«, schrie Jerrod plötzlich zur Überraschung des Magus. »Das ist zu gefährlich. Die Krone hat Rexol zerstört, als er versuchte, sie zu benutzen; ihre Macht hat ihn vernichtet. Der Ring ist genauso gefährlich.«

»Was redest du da?«, fauchte Scythe. »Du bist es doch, der ständig behauptet, dass Keegan die Welt retten soll! Das dürfte ihm wohl kaum gelingen, wenn er hier stirbt. Lass ihn diesen verfluchten Ring benutzen!«

»Nein!«, wiederholte Jerrod. »Dazu braucht er mehr Übung. Er muss sich von seinen Visionen führen lassen, sie müssen ihn leiten. Wenn er jetzt den Ring benutzt, wird er das gleiche Schicksal erleiden wie sein Meister. Er braucht mehr Zeit, um zu lernen, wie man die Macht des Artefakts kontrolliert.«

»So wie ich das sehe, hat er aber nicht mehr allzu viel Zeit«, konterte sie schneidend.

»Vaaler kennt diese Wälder, und er weiß, wie die Patrouillen operieren«, erwiderte Jerrod. Er sprach mit Keegan und ignorierte die wütende junge Frau. »Benutze seine Magie, um dich und ihn zu verbergen. Wir anderen werden weiterreiten und die Aufmerksamkeit der Danaan auf uns lenken, während du umkehrst und entkommst.«

»Das ist Selbstmord!«, protestierte Keegan. »Die Patrouillen werden euch alle abschlachten!«

»Unser Leben ist bedeutungslos«, erklärte Jerrod.

»Sprich gefälligst nur für dich selbst!«, knurrte Scythe.

Der Mönch warf ihr einen strengen Blick zu. »Du magst nicht an Keegans Bestimmung glauben, aber er allein kann diese Welt retten. Sein Leben ist mehr wert als das jedes anderen Sterblichen, sei es deines oder meines. Das Schicksal der Welt der Sterblichen steht auf der Kippe. Keegan muss überleben, es muss ihm ermöglicht werden, sein Schicksal zu erfüllen.«

Scythe fehlten zum ersten Mal die Worte, und sie drehte sich hilfesuchend zu Norr herum. Der Barbar zuckte nur mit seinen mächtigen Schultern, weil er nicht wusste, was er sagen sollte. Keegan ergriff das Wort.

»Nein, ich werde euch nicht im Stich lassen. Keinen von euch. Das habt ihr nicht verdient.«

»Was wir verdient haben, spielt ...«

Der junge Hexer schnitt ihm das Wort ab. »Wenn ich die Welt retten soll, dann muss ich zunächst einmal in der Lage sein, jene zu retten, die zu mir halten.«

Er drehte sich zu Vaaler herum und streckte die Hand aus. »Den Ring. Schnell!«

Der Danaan zögerte nur kurz, bevor er das Artefakt aus dem Gürtel zog.

Keegan nahm es mit zitternden Fingern entgegen. Dann stieg er unbeholfen von seinem Pferd, den Ring fest mit der rechten Faust umklammert und Rexols Stab in der Linken. Er reichte Jerrod die Zügel seines Pferdes.

»Nimm das Pferd und geht zum Rand der Lichtung. Ich will nicht, dass ihr zu dicht bei mir seid, falls ... Na ja, sicherheitshalber eben.«

Für eine Diskussion hatten sie keine Zeit. Die Geräusche der Hörner kamen immer näher. Die anderen gehorchten ihm wortlos. Er wartete, bis sie sich so weit von ihm entfernt hatten, wie sie konnten, ohne zwischen den Bäumen zu verschwinden. Er hoffte, dass dieser Abstand groß genug war.

Und jetzt wurde es Zeit, sich seiner Bestimmung zu stellen. Keegan streifte sich den Ring auf den Finger.

52

Macht durchströmte den jungen Hexer. Eine Macht, wie er sie noch nie zuvor gefühlt hatte. Eine Macht, wie er sie sich nicht einmal in den kühnsten Träumen hätte ausmalen können. Der Ring hatte einen Spalt in der Welt der Sterblichen geöffnet, und Keegan war ein Ventil geworden, durch das die pure Energie des Chaos strömte. Keuchend sank er auf die Knie, weil er sich nicht mehr auf den Beinen halten konnte, als die Magie ihn durchströmte. Rexols Stab entglitt seiner Hand und fiel neben ihm auf den Boden.

Sein Verstand wurde vom Sturm des Chaos davongetragen. Alles, was er zuvor bewerkstelligt hatte, war nur ein Vorgeschmack auf das gewesen, was er jetzt freigesetzt hatte. Alles Frühere war nur ein armseliges Tröpfeln gewesen im Vergleich zu der Sturzflut, die ihn jetzt zu ertränken drohte. Sein Verstand wurde von der Wucht dieses Sturms überwältigt, sein Wille durch die unendliche Macht des Artefakts zerschmettert und weggefegt. Das Chaos kannte keine Grenzen oder Beschränkungen, sondern explodierte aus Keegan heraus in die Welt der Sterblichen.

Es flog hinauf zum Himmel und sammelte sich dort zu einer dunklen, bedrohlichen Wolke. Wind kam auf und heulte um ihn herum, ein Wirbelsturm, der an seinen Haaren und Kleidern riss, an ihm zerrte, als wollte er ihm die Haut vom Körper und das Fleisch von den Knochen reißen. Er wirbelte die Blätter und Zweige hoch, die auf der Lichtung lagen, und umhüllte ihn mit einem undurchdringlichen grün-braunen Strudel. Blitze zuckten aus den Wolken herab und schlugen in den Boden und in die Bäume um ihn herum ein, fegten die Zweige von den Bäumen und zersplitterten die Stämme.

Seine Gefährten wurden von dem Wirbelsturm, der ihn umtoste, weiter von der Lichtung weggetrieben. Sie wichen zwischen die Bäume zurück und suchten dort Schutz vor den widernatürlichen Blitzen und dem Sog des magischen Windes.

Die Macht schwoll derweil weiter in Keegan an, ergoss sich aus dem Meer des Chaos in ihn, und das weit schneller, als sie in die Welt der Sterblichen weiterfließen konnte. Er hatte das Gefühl, gleich zu platzen, aber der Druck in ihm wuchs, bis seine Haut sich dehnte und zu reißen begann. Kleine Rinnsale aus blauer Flüssigkeit sickerten aus den Rissen. Er warf den Kopf in den Nacken und kreischte vor Schmerz.

Jerrod reagierte auf diesen Schrei, sprang aus dem Wald heraus und rannte zu ihm. Aber die tosenden Winde auf der Lichtung schleuderten ihn zurück. Der Mönch wurde von den Füßen gerissen und gegen einen Baum geschleudert, so fest, dass seine Rippen brachen.

Er grunzte vor Schmerz, rappelte sich wieder hoch und versuchte es noch einmal. Diesmal warf ihn der Sturm zehn Meter durch die Luft, und Jerrod landete mit dem Gesicht nach unten und einem dumpfen Knall auf dem Boden außerhalb der Reichweite des tosenden Windes. Der Mönch rollte sich auf die Seite, versuchte vergeblich, sich zu erheben, sank dann zurück und blieb regungslos liegen.

Keegan spürte, wie das Chaos aus dem Ring und durch ihn strömte, wie ein gewaltiger Strom, der über seine Ufer getreten war, wild und ungezähmt, eine Kraft reiner Zerstörung. Ein Blitz traf ihn und hüllte ihn in blaues Feuer. Das hätte ihn verbrennen müssen, so wie Rexol, als er es gewagt hatte, die Krone zu benutzen. Nur passierte das nicht.

Der Schmerz war entsetzlich; die Hitze dieser bläulich glühenden Flammen war unerträglich. Seine Haut wurde versengt und warf Blasen. Aber irgendwie lebte er immer noch. Irgendwie hatte er das bislang überlebt, und daran klammerte er sich. Allein diese Tatsache bewies, dass er viel stärker war als sein Meister. Keegan sammelte seinen Willen und versuchte, ihn dem Chaos aufzuzwingen.

Er begann es zu beherrschen, errichtete einen Damm tief in sich selbst, der sich gegen den wilden Strom stemmte, und schloss die unendliche Macht des Chaos in dem Ring ein. Die Magie, die ihn durchströmte, verebbte. Das Chaos baute sich jetzt in dem Artefakt auf, nicht mehr in ihm, ein gewaltiges Becken, aus dem er schöpfen konnte, wenn es sein musste. Es war ein Teil von ihm, und doch von ihm getrennt.

Dann erlaubte er dem Chaos, das sich in seinem Körper aufgestaut hatte, langsam in den Wald zu sickern. Die Hitze und der Druck in ihm ließen langsam nach. Unter unsäglicher Mühe richtete Keegan sich langsam auf.

Der Sturm tobte immer noch über die Lichtung, und er konnte nichts sehen, weil Blätter und Zweige um ihn herumwirbelten. Er hob die linke Hand zum Himmel und ließ dann langsam den Arm sinken. Dabei schloss er seine Finger zur Faust. Auf seinen Befehl hin erstarb der Wind, die Blitze hörten auf, aber die dunklen Wolken brodelten immer noch über ihnen.

Jetzt war er der Herr des Chaos, er kontrollierte es, konnte ihm befehlen. Der Ring bot ihm einen grenzenlosen Vorrat an Energie, und er musste nichts weiter tun, als daraus zu schöpfen und sie seinem Willen unterzuordnen. Er begann mit leiser Stimme einen düsteren Zauber zu weben. Die Wolken über ihm grollten und wogten, dann lösten sie sich allmählich auf, wurden zu einem feinen schwarzen Dunst, der sich langsam auf die Bäume herabsenkte.

Keegan setzte seine Anrufung fort und schloss die Augen, um die Wirkung des Chaos sehen zu können. Mit seiner magischen *Sicht* nahm er eine einzelne Patrouille wahr, die sich rasch der Lichtung näherte; die Danaan kletterten auf Ästen hoch über dem Waldboden. Er richtete die Magie auf sie.

Der dunkle Dunst hatte sich zu einem schwarzen Nebel verdichtet. Er gehorchte seinem Willen und kroch durch den Wald auf die Patrouille zu. Er schlang sich um die Stämme und Zweige der Bäume, sickerte unter die Rinde und in die Blätter hinein, glitt hinab bis zu den Wurzeln. Die Bäume begannen sich zu verändern.

Einen kurzen Augenblick lang spürte er, wie die alten Zauber des Waldes gegen ihn kämpften. Mächtige Schutzzauber, welche die Bäume an das Volk der Danaan banden, widersetzten sich seiner Magie. Aber er wischte sie mühelos beiseite und wirkte weiter seinen Bann der Transformation.

Die Anführerin der Patrouille blieb stehen. Sie spürte, dass irgendetwas nicht stimmte, wusste aber nicht, was es war. Auf dem Ast, auf dem sie stand, ging sie in die Hocke und griff nach dem Bogen. Der Ast unter ihren Füßen begann zu schwanken. Nein, er schwankte nicht, er *wand* sich.

Sie blickte hinab und sah zu ihrem Entsetzen, dass die Blätter um ihre Füße sich bewegten wie große grüne

Maden. Ein dünner Zweig glitt auf sie zu und schlang sich um ihren Knöchel. Ein Schwarm von Blättern flatterte herab und legte sich auf ihr Gesicht. Die Blätter hinterließen eine klebrige, schimmernde Spur, als sie über ihre Haut krochen.

Sie versuchte, einen Warnruf auszustoßen, aber ein anderer Zweig peitschte vor und schlang sich um ihren Hals. Er zog sich so fest zu, dass ihr die Augen aus den Höhlen traten und sie den Mund weit aufriss. Sie bemühte sich, Luft zu holen, aber die Blätter drangen in ihren Mund ein, ihre Kehle, und erstickten alles Leben in ihr.

Nicht dass ihr Warnruf einen Unterschied gemacht hätte. Hinter ihr war der Wald ebenfalls zum Leben erwacht und hatte alle Angehörigen ihrer Patrouille verschlungen.

Der schattige Nebel breitete sich sehr rasch nach Süden aus und vollzog diese grauenvolle Metamorphose an jedem Baum, den er berührte. Keegan beobachtete fasziniert den vergeblichen Kampf seiner Feinde, die diesem unvorstellbaren Widersacher begegneten.

Diese Szene wiederholte sich immer und immer wieder. Die Danaan witterten oder sahen den Nebel, aber sie erkannten nicht, was es war, bis der Angriff begann. Dann schlugen sie auf die Zweige ein, die auf sie zuschlichen, hackten verzweifelt in das Holz. Aber die Zweige, die sie abgehackt hatten, glitten immer noch auf sie zu, als wären sie lebendig. Und während die Danaan betäubt vor Entsetzen nicht wussten, was sie tun sollten, sanken Kletterpflanzen aus dem Blätterdach über ihnen herab, umschlangen ihre Gliedmaßen und erwürgten sie.

Andere gerieten in Panik und schossen mit ihren Bögen in die Schwärme der Blätter, die von den Bäumen auf sie fielen und sie vollständig bedeckten. Vergeblich. Sie verschwanden unter einer Decke lebendiger Vegetation, die die erstickten Schreie der Danaan rasch und endgültig verstummen ließ.

Einige wenige vermochten in ihre Hörner zu stoßen, bevor sie starben, aber diesmal war das Signal ein anderes. Zurück! Rückzug! Die Umzingelung durch die Patrouillen war zusammengebrochen. All jene, die noch konnten, rannten jetzt um ihr Leben, flüchteten vor dem Schrecken dieses schattigen Nebels, weg von Keegan und seinen Freunden. Zufrieden richtete der Magus seine Aufmerksamkeit nach Norden und lenkte den Nebel auf die Soldaten, die sie von der Stadt aus verfolgten.

Die hatten jedoch, gewarnt von den Hornsignalen der Patrouillen, bereits ihren Rückzug in die relative Sicherheit der Stadt angetreten. Einige wenige tapfere Zauberer waren zurückgeblieben und vereinten ihre Macht in dem Bemühen, der Verbreitung dieses tödlichen Nebels Einhalt zu gebieten. Aber ihre Zaubersprüche konnten gegen Keegans Magie nichts ausrichten. Sie fielen kreischend zu Boden, als der Wald sie verschlang, ohne dass sie das gnadenlose Vorrücken des Nebels hätten aufhalten können.

Aber die meisten Soldaten schafften es bis zur Hauptstadt, bevor der Nebel sie erreichte. Als Keegan das klar wurde, löste er den Nebel mit einer einfachen Handbewegung auf, nahm den Bann von den Bäumen, der sie mit Leben und Bosheit erfüllt hatte, und erlaubte ihnen, zu ihrer natürlichen Gestalt zurückzukehren.

Er kontrollierte jetzt das Chaos vollkommen. Er fühlte sich stark, ja unbesiegbar. Eine Aura aus blauem Licht schimmerte knisternd um ihn. Er hatte seine Feinde mit seiner Magie besiegt, und er spürte immer noch einen unberührten Ozean der Macht, der in dem Ring pulsierte und nur darauf wartete, dass er sich seiner bediente. In seinen Ohren rauschte der Triumph des Sieges, sein Herz hämmerte in der Euphorie des Erfolgs. Die Schlacht war vorbei, aber er war bereit, den Kampf fortzusetzen.

Der Hexer verschränkte die Arme über dem Kopf, und die Aura um ihn herum flammte hoch auf. Er sammelte das Chaos zu einem leuchtenden Ball, der über ihm schwebte, und setzte es dann mit einem Machtwort frei. Keegans Körper begann zu wachsen.

Er schrie, als seine Knochen krachten und Hunderte Male in kürzester Zeit neu zusammengesetzt wurden, länger und dicker wurden. Seine Muskeln rissen und wurden neu gebildet. Dann rissen sie wieder. Dreimal platzte seine Haut auf und schälte sich ab, als er die nutzlose Hülle gegen eine neue eintauschte.

Nur wenige Augenblicke später war die Verwandlung vollendet. Keegan stand da, mehr als sieben Meter groß, ein Gigant zwischen den Bäumen auf der Lichtung. Ohne auf das Schicksal seiner Gefährten zu achten, setzte sich der Hexer in Richtung der Hauptstadt der Danaan in Bewegung, zielstrebig und rücksichtslos, und hinterließ einen Pfad der Verwüstung, auf dem er Bäume und Sträucher entwurzelte.

Diejenigen, die dem Wald entkommen waren, befanden sich zumindest einstweilen in Sicherheit. Aber das würde nicht von Dauer sein. Er würde die Hauptstadt der Danaan dem Erdboden gleichmachen. Und niemand konnte ihn daran hindern.

53

Schlaf. Der unsterbliche Schlaf von sieben Jahrhunderten jenseits des Todes. Wie der kalte Schlaf von Felsbrocken und Steinen in der Erde, gefangen durch einen Zauber von solcher Macht, dass er nicht gebrochen werden konnte. Macht. Die Macht des Chaos, die Magie der Götter. Der schlafende Berg unter der Erde rührt sich.

Weit nördlich von der Hauptstadt der Danaan, tief in einem Wald, in den seit dem ersten Kataklysmus weder Menschen noch Danaan einen Fuß gesetzt hatten, bebte der Boden. Vögel flüchteten kreischend, und das Klatschen ihrer Flügel drang durch die kalte Nacht. Hasen, Rehe und selbst Hirsche kauerten sich zitternd auf den Boden, erstarrt in einer ungeheuren Furcht, die selbst ihren Fluchtinstinkt lähmte.

Langsam wacht er auf. Und erinnert sich. Die Kriege. Kriege gegen die Götter, angeführt von demjenigen namens Daemron, dem Streiter der Unsterblichen, dem Verteidiger der Welt der Sterblichen und dem Schlächter *der ChaosBrut. Doch dann hat sich der* Schlächter *auf ihre Seite geschlagen und sie gegen die Götter geführt, um die Macht für sich zu beanspruchen, die ihnen rechtmäßig zusteht.*

Tief unter der Oberfläche kratzte die Bestie an der Erde des Grabes, aus dem sie niemals hätte auferstehen sollen. Ihr gehörnter, schuppiger Schädel auf dem schlangenartigen Hals bohrte sich durch den Erdboden. Mächtige Vorderklauen schaufelten tiefe Schächte durch den Felsen, die gewaltigen Hinterbeine traten aus, als sie sich aus diesem zähen Ozean aus Erde und Schlamm nach oben kämpfte. Ihr langer dicker Schwanz schlug hin und her, trieb sie immer weiter hinauf, in einer Flucht, die sie niemals hätte antreten dürfen.

Er regt sich und erinnert sich an die Kriege. Er erinnert sich an die bittere Niederlage. Erinnert sich an die unbesiegbare Macht der Unsterblichen. Erinnert sich an Äonen, die er erstarrt unter der Erde verbrachte, gebunden durch eine Macht, die zu groß war, als dass er sich ihr hätte widersetzen können. Jetzt jedoch ruft diese Macht ihn, erweckt ihn, und er muss gehorchen.

Der Boden explodierte in einer Fontäne aus Erde, Dreck, Steinen und entwurzelten Bäumen, als der Drache sich erhob. Er breitete seine großen ledernen Schwingen aus, stieg in den Himmel empor und brüllte dabei laut seine Wut und seinen Zorn über all die Jahrhunderte magischer Gefangenschaft hinaus. Er stieg empor, stürzte sich wieder hinab, wendete, dehnte und beugte Muskeln und Gliedmaßen, die er seit siebenhundert Jahren nicht mehr benutzt hatte. Weiter stieg er empor, immer und immer höher. Wolken aus Sedimenten fielen von ihm ab und sanken zur Erde zurück, als er die Rückstände von Jahrhunderten von seinen funkelnden grünen Schuppen schüttelte.

Auf dem Scheitelpunkt seines Anstiegs drehte der Drache seinen sehnigen Hals in alle Richtungen und betrachtete die Welt der Sterblichen von hoch oben mit seinen schwarzen Reptilienaugen. Dann stürzte er sich hinab und riss seine gewaltigen Kiefer auf, stieß einen Feuerstrahl aus, der die Bäume mit blauen Flammen verzehrte. Das Inferno verbreitete sich weit schneller, als die entsetzten Tiere unter ihm flüchten konnten. Die Flammen rasten in alle Richtungen durch den Wald und verbrannten alles zu Asche.

Der Drache schlug majestätisch mit seinen zwanzig Meter breiten Schwingen und stieg erneut empor, hoch über den Rauch und den süßlichen Gestank verbrannten Fleisches der Tiere, die vom Feuer eingeholt worden waren. Hier oben war die Luft rein und sauber. Der Geruch der Macht drang ihm in die schuppigen Nüstern, der Duft der ChaosMagie. Die Bestie änderte die Richtung, flog nach Süden, angezogen von der Macht eines uralten Artefakts.

Aus der sicheren Deckung der Bäume jenseits der Lichtung beobachteten Scythe, Norr und Vaaler Keegans verblüffende Metamorphose.

»Was macht er denn da?«, fragte Vaaler, als die Verwandlung beendet war, der gigantische Magus sich nach Norden wandte und jetzt durch die Bäume brach.

Keiner antwortete ihm.

»Keegan!«, rief er und machte einen Schritt auf die Lichtung. »Keegan, warte!«

Norr ließ seine fleischige Pranke schwer auf die Schulter des Danaan fallen und hielt ihn zurück. »Nein, folge ihm nicht. Das ist zu gefährlich.«

Vaaler drehte sich um und sah zu Norr hoch.

»Aber die Hörner haben zum Rückzug geblasen. Es ist vorbei. Wir haben gewonnen. Jemand muss es ihm sagen.«

»Ich glaube kaum, dass er auf dich hören würde«, wandte Scythe ein. Wie Norr hatte sie den mörderischen Blick in den Augen des gigantischen Hexers gesehen und wusste, was das bedeutete. »Du hast doch gesehen, was mit Jerrod passiert ist.«

»Das war nicht Keegans Schuld«, protestierte Vaaler.

»Er würde niemandem von uns ein Leid antun. Jedenfalls nicht absichtlich.«

»Da stimme ich dir zu«, meinte der Barbar. »Nur ist er im Augenblick nicht er selbst«, fuhr er dann fort. »Lass ihn gehen.«

Ein leises Stöhnen von der Stelle, wo Jerrod lag, erregte ihre Aufmerksamkeit. Norr eilte auf die Lichtung und hockte sich neben den Mönch.

»Er lebt noch«, sagte er, sichtlich überrascht. »Scythe, komm, hilf ihm.«

Scythe ging zögernd zu dem am Boden liegenden Mönch. Vaaler folgte ihr unsicher.

»Ich bezweifle, dass ich da noch etwas tun kann«, sagte sie, ohne den Mönch auch nur näher zu untersuchen.

Norr hockte immer noch neben ihrem verletzten Gefährten. Seine Augen waren mit den ihren auf einer Höhe.

»Bitte«, meinte er und sah sie an. »Versuch es wenigstens. Meinetwegen.«

Sie seufzte und bückte sich, um den Mann zu untersuchen.

»Hilf mir, ihm diesen Umhang auszuziehen.«

Jerrods Körper war übel zugerichtet, das sahen sie, als sie ihm das Kleidungsstück auszogen, das die Danaan ihm gegeben hatten. Überall auf seinem Oberkörper und seinen Gliedmaßen schimmerten dunkelblaue Blutergüsse. Scythe suchte nach gesplitterten Knochen, aber zu ihrer Überraschung schien er sich nur ein paar Rippen angebrochen zu haben. Er hatte einen Schlag gegen den Kopf bekommen, und der hatte ihm das Bewusstsein geraubt, aber seine Schädelknochen schienen nicht in Mitleidenschaft gezogen zu sein.

»Er wird es überleben«, stellte sie fest. »Aber wenn er aufwacht, dürfet er ziemlich starke Schmerzen haben.«

»Ich bin bereits wach«, flüsterte Jerrod heiser, als er ihre Stimme hörte. »Wo ist Keegan?«

Vaaler antwortete ihm. »Er … er ist weg. Er ist nach Norden gegangen.«

»Wir müssen ihm folgen.« Jerrod wollte aufstehen, aber Scythe hielt ihn mühelos am Boden fest.

»Du gehst nirgendwohin. Nicht nach den Prügeln, die du bezogen hast.«

Er ignorierte sie und wendete sich an Norr.

»Hilf mir hoch. Schnell.«

Der Hüne sah Scythe an, die die Augen verdrehte und zur Seite trat. Dann hob Norr Jerrod hoch und hielt sich bereit, den verletzten Mönch aufzufangen, falls er nicht alleine stehen konnte.

Jerrod schwankte zwar, hielt sich aber auf den Füßen, obwohl die Schmerzen aufgrund seiner angebrochenen Rippen ihm stark zu schaffen machten. Er senkte den Kopf, konzentrierte sich und atmete dann tief und langsam ein und aus.

Die blauen Flecken auf seiner Haut verblassten. Scythe hatte schon viele Geschichten über die übernatürliche Heilungsfähigkeit der Ordensmitglieder gehört, und sie hatte bereits vermutet, dass etwas Wahres daran sein könnte, als sie zugesehen hatte, wie Jerrod nach ihrer Flucht aus Torian Norrs Verletzungen behandelt hatte. Jetzt bestätigte sich ihr Verdacht. Trotzdem verblüffte sie diese wundersame Heilung direkt vor ihren Augen. Innerhalb weniger Sekunden konnte seine Heilmagie seine Knochen wieder zusammenfügen, sodass er sich gerade aufrichten konnte.

»Also …« Er keuchte ein wenig von der Anstrengung dieser Selbstheilung. »Jetzt sagt mir, wohin Keegan gegangen ist.«

»Nach Norden«, sagte Vaaler. »Ich glaube … Ich glaube, er wollte zurück nach Ferlhame.«

Ein Schatten huschte über das Gesicht des Mönchs.

»Bist du sicher?«

»Er geht wieder in die Stadt«, bestätigte Scythe. »Dessen bin ich mir sicher.«

»Ich verstehe immer noch nicht, warum«, gab Vaaler zu. »Wir sind in Sicherheit. Ich habe gehört, wie die Hörner zum Rückzug geblasen haben.«

Jerrod runzelte die Stirn, antwortete aber nicht. Scythe schüttelte angewidert den Kopf.

»Du kannst es immer noch nicht zugeben, hab ich recht?«

»Was soll er zugeben?«, erkundigte sich Vaaler. »Wovon redest du?«

»Jerrods kostbarer Erretter hat vor, Ferlhame zu vernichten.«

»Nein«, widersprach Jerrod trotzig. »Das würde er nicht tun. Er ist unser Paladin, er ist der Beschützer der Welt der Sterblichen.«

»Ich habe den Ausdruck in seinen Augen gesehen«, erwiderte Scythe. »Er sinnt auf Rache. Er will zerstören.«

»Nein«, wiederholte Jerrod. »Es muss eine andere Erklärung geben. Er muss aus irgendeinem anderen Grund nach Norden gegangen sein.«

»Er hat sich in einen sieben Meter großen Giganten verwandelt und ist losmarschiert, um die Stadt dem Erdboden gleichzumachen«, wiederholte Scythe hartnäckig. »Welche andere Erklärung sollte es geben?«

»Jerrod?«, fragte Vaaler. In seiner Stimme schwang unüberhörbar Furcht mit. »Was ist, wenn sie recht hat?«

»Wir müssen Vertrauen zu Keegan haben«, versicherte ihm der Mönch. »Er wird sich gegen die Mächte des Chaos und der Vernichtung stellen und sie nicht auf uns loslassen. Er ist unser Paladin.«

»Wie kannst du das immer noch behaupten?«, protestierte Scythe. »Du hast doch gesehen, was er in Torian angerichtet hat. Das Gleiche wird er mit Ferlhame machen.«

»In Torian … das war nicht seine Schuld«, murmelte Jerrod. »Es war ein … Unfall. Das Chaos ist schwer zu kontrollieren. Keegan braucht mehr Übung, um seine Macht zu beherrschen, damit er sein Schicksal erfüllen kann.«

»Du hältst ihn für einen mystischen Erretter, aber du irrst dich«, entgegnete Scythe. »Er ist nur ein Magus, dem der Ehrgeiz zu Kopf gestiegen ist, ein Hexer, der außer Kontrolle geraten ist. Warum kannst du das nicht einfach zugeben?«

Norr antwortete für den Mönch.

»Weil es niemand anderen gibt. Keegan ist seine letzte Hoffnung.«

Vaaler drehte sich zu dem Mönch herum.

»Stimmt das?«, fuhr er ihn wütend an. »Hast du wirklich vor, untätig hier herumzustehen und zuzulassen, dass mein Volk abgeschlachtet wird?«

»Ich glaube nicht, dass Keegan dein Volk abschlachten wird«, gab Jerrod ohne zu zögern zurück.

Scythe hob gereizt die Hände. »Mit einem Fanatiker kann man nicht diskutieren«, erklärte sie und wischte damit Jerrods Meinung einfach beiseite. »Aber du bist nicht wie er, Vaaler. Du hast gesehen, was wir gesehen haben. Und du weißt, dass ich recht habe. Keegan wird die Stadt vernichten.«

Vaaler wollte ihr nicht glauben. Er kannte Keegan, jedenfalls hatte er das geglaubt. Aber er hatte auch geglaubt, dass er Drake kannte. Und tatsächlich war der Mann, den er heute erlebt hatte, nicht mehr der junge Mann, den er während ihrer gemeinsamen Lehrzeit bei Rexol kennengelernt hatte. Keegan war jetzt ein Hexer, und Vaaler wusste aus seinen Studien, dass das Chaos allen, die es benutzten, seinen Stempel aufdrückte. Es hatte Keegan verändert, ihn in etwas verwandelt, das er, Vaaler, nicht mehr erkannte. Es konnte ihn sogar in eine Kreatur wie Rexol verwandelt haben.

»Ich kann nicht zulassen, dass er Ferlhame zerstört«, sagte er ernst. »Wir müssen ihn aufhalten.«

»Wie willst du das anstellen?«, erwiderte Scythe schlicht. »Wir haben gesehen, wie er eine Stadt mit seiner Magie in Flammen gesetzt und eine Armee in die Flucht geschlagen hat. Du hättest nicht die geringste Chance gegen ihn.«

»Ich bin derjenige, der ihn hierhergebracht hat, und ich war es, der ihm den Ring gegeben hat!«, schrie Vaaler. »Das alles ist allein meine Schuld, und in dieser Stadt lebt mein Volk!«

»Vergiss die Stadt!«, fauchte Scythe ihn an. »Wir sollten uns jetzt um uns selbst kümmern. Ich sage, wir holen die Pferde und reiten nach Süden, weit weg von Ferlhame.«

»Was ist mit Keegan?«, wollte Norr wissen. »Wir können ihn nicht einfach im Stich lassen.«

»Keegan kann auf sich selbst aufpassen. Aber wir müssen diesen Wald verlassen, bevor die Patrouillen sich neu formieren können.«

»Nein, wir müssen ihm folgen«, mischte sich Jerrod wieder in die Unterhaltung. »Aber nicht, um zu versuchen, ihn aufzuhalten. Die Macht des Ringes ist grenzenlos, aber Keegans Fähigkeit, sie zu beherrschen, nicht. Irgendwann wird seine Kraft nachlassen, und dann ist er angreifbar. Wir müssen da sein und ihm helfen, wenn dieser Moment eintritt.«

»Also gibt es eine Chance, ihn aufzuhalten, bevor er die Stadt erreicht hat«, erklärte Vaaler hoffnungsvoll.

»Im Moment verfügt er über die gesamte Macht des Ringes«, erwiderte der Mönch. »Solange sein Wille stark genug ist, kann kein Sterblicher es mit ihm aufnehmen. Ich glaube nicht, dass er vorhat, die Stadt zu vernichten, Vaaler. Aber wenn das seine Absicht ist, muss dir klar sein, dass wir ihn nicht aufhalten können. Und außerdem musst du begreifen, dass Keegan immer noch der Einzige ist, der die Rückkehr des *Schlächters* verhindern kann. Selbst wenn er Ferlhame zerstört, musst du akzeptieren, dass er unsere einzige Hoffnung ist. Indem du uns den Ring brachtest, hast du eine Entscheidung getroffen. Zu dieser Entscheidung musst du stehen. Deine Loyalität muss der Zukunft der ganzen Welt gehören, nicht nur deinem Volk.«

Vaaler öffnete den Mund, um etwas zu erwidern, ließ dann jedoch Kopf und Schultern hängen.

Jerrod hatte recht. Er hatte die schreckliche Macht des Chaos gespürt, das Keegan beschworen hatte. Er hatte die bemerkenswerte Verwandlung gesehen, die mit seinem Freund auf der Lichtung vorgegangen war. Solche Dinge wären selbst für jemanden wie Rexol unmöglich gewesen. Keegans Magie war stärker als die jedes anderen Sterblichen. Niemand außer ihm konnte die Macht eines Artefakts nutzen und diese Erfahrung überleben. Er nickte grimmig, um zu zeigen, dass er die Situation begriffen hatte.

Jerrod war zufrieden, dass er sich der Loyalität des Danaan-Prinzen versichert hatte, und drehte sich zu Norr herum. »Hol die Pferde. Wir müssen schnell handeln, sonst kommen wir zu spät.«

Als der große Barbar davonging, um dem Befehl des Mönches zu gehorchen, begriff Scythe, dass ihr Geliebter

Keegan auch jetzt nicht verlassen würde, trotz allem, was inzwischen passiert war. Was bedeutete, dass auch sie nirgendwo anders hinging.

Sie seufzte. »Und was passiert, wenn wir die Stadt erreicht haben?«

»Falls die Wahren Götter uns wohlgesinnt sind, werden wir rechtzeitig eintreffen, um Keegan helfen zu können, wenn seine Kraft nachlässt«, erwiderte Jerrod. »Und ich bete zu ihnen, dass deine Annahme über ihn falsch ist.«

Sie sagte nichts, sondern kletterte einfach in den Sattel, als Norr ihr Pferd brachte. Jerrod hob den Stab des Hexers vom Boden auf und befestigte ihn an seinem Pferd. Dann stieg er ebenfalls auf, und gemeinsam ritten sie zur Stadt, ohne ein Wort. Sie konnten ohne Probleme der Schneise der Vernichtung folgen, die Keegan durch den Wald geschlagen hatte.

54

In seiner neuen Gestalt kam Keegan rasch voran. Er eilte in großen, hüpfenden Sprüngen durch den Wald. Die Erde bebte unter seinen Füßen, Bäume bogen sich und barsten, als er achtlos durch den Wald trampelte, ohne auf seine Umgebung zu achten. Durch seinen Kopf tobten Gedanken des Chaos, das auf eine hilflose Stadt losgelassen wurde: Bilder von Feuer, Tod und Zerstörung. Aber als er zwischen den Bäumen am Rand der Stadt aus dem Wald heraustrat, sah er, dass Ferlhame bereits brannte.

Verwirrt blieb er stehen und betrachtete das Werk der Zerstörung. Die gesamte Nordseite der Hauptstadt stand in Flammen. Der Feuerschein erleuchtete den nächtlichen Himmel. Entsetzensschreie drangen durch die Luft, obwohl er sie kaum durch das tosende Chaos in seinem Kopf hören konnte. Der Geruch beißenden Rauchs und verbrannten Fleisches drang ihm scharf in die Nase, während er zusah, wie die Einwohner in Panik vor dem Inferno flüchteten. Winzige Gestalten, die durch die Straßen in die Viertel der Stadt rannten, die noch nicht von den Flammen erfasst worden waren.

Und dann hörte er etwas anderes, aus mehr als dreihundert Metern über sich. Ein Geräusch, das kein Sterblicher jemals hätte hören sollen. Ein schriller Schrei zerriss die Nacht, schien das Gefüge der Welt der Sterblichen selbst zu zerreißen. Die Danaan, die vor dem Gemetzel flüchteten, brachen zusammen und pressten sich die Hände auf die Ohren. Sie wanden sich vor Schmerz am Boden, während ihr Verstand von den schrecklichen Schreien gemartert wurde. Keegan dagegen richtete einfach nur seinen Blick zum Himmel.

Einen Augenblick lang gab er sich der Faszination der fürchterlichen Schönheit dieser Kreatur über ihm hin. Sie kreiste so hoch über ihm, dass man ihren mehr als fünfzehn Meter langen Körper mit einem Daumen vor dem Auge hätte verdecken können. Aber selbst aus dieser Entfernung erkannte Keegan die Gestalt eines Drachen, des größten Vertreters der ChaosBrut.

Der Lindwurm kreiste weiter durch die Luft, sank langsam tiefer, und seine scharfen Augen durchbohrten die Dunkelheit auf der Suche nach Beute. Sein gewaltiger Körper glühte in einem übernatürlich grünen Licht. Die smaragdgrünen Schuppen reflektierten nicht nur das Licht des Mondes, sondern schienen selbst von innen heraus zu leuchten.

Keegan wusste, dass dieses Geschöpf nach ihm suchte. Er wusste, dass es den Ring witterte. Diese Bestie wurde von dem Brunnen unendlicher Macht angezogen, der in diesem einfachen goldenen Reif eingeschlossen war. Aber er hatte keine Angst. Er verfügte über die Macht der Götter, und selbst ein Drache war ihm jetzt nicht mehr gewachsen.

Ohne den Blick von seinem ungeheuren Widersacher zu nehmen, stimmte der junge Magus eine neue Anrufung an. Daraufhin begann der Himmel über ihm in einem blauen Licht zu glühen. Wilde, surreal türkisfarbene Wolken entstanden und ballten sich um den immer noch schwebenden Drachen. Der Nebel wurde dichter und wogte, als Keegan das Chaos erst sammelte und es dann in einem tödlichen Sturm freisetzte.

Von unten auf der Erde beobachtete der Mann, der jetzt so viel mehr war als ein einfacher Mann, mit morbider Faszination, wie blaue Blitze den Drachen dort oben am Himmel von allen Seiten trafen. Die Wolken rissen auf, und giftiger Regen umhüllte seinen reptilienartigen Feind. Der gewaltige Leib der Bestie zitterte und bebte unter dem Angriff, aber sie weigerte sich, ihren kreisenden Abstieg zu unterbrechen.

Die Wut des Sturmes tobte weiter. Wo auch immer winzige Tropfen der konzentrierten Säure auf die Stadt hinabfielen, hinterließen sie kleine Löcher, bohrten sich durch Gebäude und Grundmauern bis tief in die Erde hinein. Hunderte fliehender Danaan fielen diesem tödlichen Schauer zum Opfer, als der giftige Regen sie in vertrocknete Hüllen verwandelte, nur wenige Augenblicke nachdem er sich durch ihre Kleidung gebrannt hatte und auf ihre nackte Haut traf. Der Drache jedoch fiel ihnen nicht zum Opfer.

Als sein Feind unerbittlich und erhaben weiter über ihm kreiste, geriet Keegans Wille kurz ins Wanken. In diesem Moment spürte er tief in sich selbst etwas Seltsames. Seine Verbindung zu der unendlichen Quelle des Chaos innerhalb des Rings wurde schwächer, wenn auch nur unmerklich. Ihm wurde klar, dass seine eigene Macht keineswegs unbegrenzt war.

Überrascht richtete der Hexer seinen Willen erneut auf den Sturm, zog Kraft aus der Magie des Artefakts, um seinem Bann mehr Macht zu verleihen, bevor seine Stärke nachließ. Er kanalisierte noch größere Mengen des Chaos durch seinen Geist und Körper. Die Blitze wurden intensiver, und der Himmel wurde pausenlos von leuchtend blauen Strahlen erhellt. Der Regen verdichtete sich zu einem Tuch aus brennender Flüssigkeit. Dieser Sturzbach aus Säure löste Türme und Gebäude des Zentrums von Ferlhame auf. Die Bauwerke schmolzen wie Statuen aus Salz, die man in einen kochenden Fluss wirft. Gewaltige Sturmböen rissen an den hölzernen Türmen. Etliche Gebäude brachen zusammen, nachdem ihre Grundmauern zuerst unter dem Feuer und dann unter dem schrecklichen Regen gelitten hatten. Dabei rissen sie andere Bauwerke mit sich.

Doch während sein Zauber immer stärker wurde, wurde Keegan selbst schwächer. Die Macht des Ringes ergoss sich in einem endlosen Strom auf das glühende grüne Monster hoch über seinem Kopf. Es schlug wie verrückt mit seinen gewaltigen Schwingen, und sein Körper wurde von den Blitzen und dem zersetzenden Regen gepeitscht. Keegan leitete immer und immer mehr Chaos in den Sturm, entschlossen, das Monster zur Strecke zu bringen, es zum Opfer seiner unbezwingbaren Macht zu machen. Aber mit jedem Angriff seines Bannes wurde seine Fähigkeit, die Reserve der magischen Energie in sich anzuzapfen, geringer.

Schließlich stürzte der Drache. Mit fest an die Seiten gelegten Schwingen schoss er zur Erde hinab. Aber Keegans triumphierendes Gefühl endete jäh, als er bemerkte, dass die Bestie nicht etwa abstürzte, sondern sich in einen kontrollierten Sturzflug begeben hatte. Und er selbst war das Ziel.

Hastig begann Keegan die Anrufung eines anderen Bannes, eines Zaubers, der ihn vor dem sicheren Tod schützen sollte, der da auf ihn zuraste. Der Drache wurde beim Näherkommen immer größer; er wurde groß, dann riesig, dann monströs. Er breitete die Schwingen weit aus und schien den Himmel zu verdecken. Er war so nah, dass Keegan die tiefen Narben und schrecklichen Verbrennungen auf seiner schuppigen Haut sehen konnte, die der ChaosSturm dort hinterlassen hatte. Aber alle diese Wunden hatten es nicht vermocht, den Drachen zu töten. Die Bestie brüllte erneut, und ihr Schrei ließ die Erde erzittern. Dann öffnete sie ihren gewaltigen, mit endlosen Zahnreihen gefüllten Schlund.

Der Drache brach den Sturzflug ab, als er etwa sieben Meter über dem jungen Magus war, und feuerte einen mächtigen Strom aus Flammen aus seinem weit geöffneten Maul auf ihn ab, als er abdrehte. Keegan hatte kaum Zeit, eine Schutzbarriere zu errichten, einen Schild aus reinem Chaos, der das Feuer ablenkte.

Die intensive Hitze des Feuerstrahls aus dem Drachenmaul zwang den Hexer auf die Knie, als der Strom aus magischen Flammen gegen seinen Schutzzauber schlug. Er versuchte, durch die ChaosBarriere zu dringen, um den Magus vollkommen zu vernichten. Keegan brachte die Flammen zum Erlöschen, überflutete sie durch reine Willenskraft mit einer Welle von Magie nach der anderen; er goss einen ganzen Ozean von Chaos auf die Feuersäule, bis sie vollkommen erstickt war.

Die ganze Angelegenheit hatte kaum eine Sekunde gedauert, aber Keegan war jetzt vollkommen ausgelaugt. Der scheinbar unendliche Vorrat an Chaos, das er aus dem Ring gezogen hatte, war erschöpft, war bei der Abwehr gegen einen einzigen Angriff des Drachen aufgebraucht worden. Plötzlich bemerkte er, dass er wieder auf normale Größe geschrumpft war, da sein Verwandlungszauber unterbrochen worden war, weil er all seine Energie darauf verwendet hatte, die tödlichen Flammen abzuwehren.

Die Bestie drehte ab, nahm dann erneut Kurs auf ihn und bereitete einen weiteren Angriff vor. Dabei beschrieb der Drache mit seinem gewaltigen Körper einen großen

Bogen, wodurch er Keegan genügend Zeit gab, seine Verteidigung vorzubereiten.

Er sammelte das Chaos erneut, wollte sich des Ringes bedienen, um seine schwächer werdende Macht aufzufüllen. Aber der Fluss der Macht, der ihn durchströmt hatte, war zu einem schwachen Tröpfeln geworden. Noch während er spürte, wie die Magie sich in ihm sammelte, wusste er, dass dies nicht genügen würde, um ihn vor einem weiteren tödlichen Feuerstoß zu schützen.

Er konzentrierte sich auf seine Studien, versuchte verzweifelt, irgendetwas in seiner Erinnerung zu finden, das er während seiner Studien und Forschungen unter Rexol über Drachen gelesen hatte. Aber die ChaosBrut war schon lange ausgestorben. Es war Jahrhunderte her, dass sich das letzte Mal ein großer Lindwurm in die Luft geschwungen hatte. Es gab nur wenig, worauf er sich stützen konnte.

Die Bestie hatte die Burg an Ferlhames südwestlichem Rand umkreist und flog jetzt im Tiefflug über die Stadt. Sie bereitete sich auf den nächsten Angriff vor, bog den Kopf weit zurück, als sie Anstalten machte, einen weiteren Flammenstoß auszuspeien. Die großen grünen Schwingen schlugen in einem mächtigen, majestätischen Rhythmus, als sie rasch auf ihn zujagte.

Da tauchte aus den tiefsten Abgründen seines Verstandes eine halb vergessene Erinnerung auf. Drachen waren Wesen des Feuers und der Flammen. Das war ihre größte Stärke, gleichzeitig jedoch auch eine Schwäche, die man ausnutzen konnte. Denn sie waren extrem empfindlich gegen Kälte.

Mit etlichen schnellen, komplizierten Handbewegungen und einer raschen Serie von magischen Worten setzte Keegan das wenige Chaos frei, über das er noch verfügte. Es war nur ein Bruchteil von dem, das ihn zuvor erfüllt hatte, und doch war es mehr, als jeder sterbliche Hexer hätte beschwören können.

Die Schwingen der Bestie wurden von festem blauem Eis überzogen, als Keegan seinen Bann wirkte. Der große Lindwurm war unfähig, mit gefrorenen Schwingen zu manövrieren, und kam von seinem Kurs ab. Die Flammen, die Keegan in Asche hätten verwandeln sollen, fegten über den Kopf des Magus hinweg, weil die Bestie den Strahl nicht mehr ausrichten konnte. Das Feuer schlug in einen der großen Türme ein Stück entfernt von ihm ein. Das gesamte Gebäude stand augenblicklich in Flammen.

Der Drache stürzte in die Stadt. Der Schwung seines Fluges trug ihn weiter und ließ ihn gegen Türme und Gebäude krachen. Unter ohrenbetäubendem Lärm ebnete er fast ein ganzes Viertel der Hauptstadt der Danaan ein, bis sein gewaltiger schuppiger Körper schließlich unter Tonnen von Holz und Splittern liegen blieb.

Sie waren noch eine Meile von der Stadt entfernt, als sie den Schrei des Drachen hörten. Ihre Pferde bäumten sich auf und schlugen mit ihren Hufen, während sie vor Entsetzen schrill wieherten. Vaaler und Scythe hielten sich im Sattel, Jerrod und Norr jedoch wurden zu Boden geschleudert. Der Mönch rollte sich geschickt ab und sprang rasch wieder auf die Füße. Der Barbar jedoch landete mit einem lauten Krachen auf dem Waldboden. Als er sich wieder aufgerappelt hatte, waren die beiden Pferde bereits voller Panik davongerannt.

»Was war das?«, schrie Scythe, die sich bemühte, die Kontrolle über ihr nervöses Pferd zu behalten.

Jerrod streckte die Hand aus und packte die Zügel. Sofort hörte das Tier auf, sich zu wehren.

»ChaosBrut«, erwiderte Jerrod nach einem kurzen Moment des Nachdenkens. »Eine Kreatur der reinen Zerstörung.«

»Der Schrei kam aus der Stadt«, sagte Vaaler leise, während er seinem Tier beruhigend den Hals rieb. Das Pferd verdrehte die weit aufgerissenen Augen vor Panik.

»Die Bestie muss durch die Macht des Ringes geweckt worden sein«, erklärte der Mönch. »Keegan muss es gespürt haben. Er muss gewusst haben, dass es die Stadt angreifen würde.«

»Deshalb ist er also losgezogen!«, rief Norr und lächelte strahlend. »Er wollte es aufhalten. Er ist wirklich der Paladin, der gegen die Brut ins Feld zieht!«

Scythe wollte irgendetwas Verächtliches sagen, aber die Worte erstarben ihr auf den Lippen, als Vaaler sein Pferd zu einem Galopp anspornte.

»Keegan braucht vielleicht unsere Hilfe!«, rief er noch über die Schulter zurück, dann war er weg.

Scythe überließ es Norr und Jerrod, zu ihnen aufzuschließen, sobald sie ihre Pferde wieder eingefangen hatten, und folgte ihm.

Kurze Zeit später brach sie zwischen den Bäumen hervor und zügelte ihr Pferd, sodass sie neben Vaaler zum Stehen kam. Der Prinz starrte entsetzt und wie betäubt auf die Szenerie, die sich ihnen bot.

Ferlhame war nur noch eine rauchende Ruine. Gebäude waren eingestürzt, und Hunderte, vielleicht sogar Tausende Leichen lagen auf den Straßen verstreut. Aber es war nicht das Ausmaß der Zerstörung, das Scythes Aufmerksamkeit erregte. Denn vom westlichen Rand der Stadt kam ein schimmerndes grünes Monster herangeflogen, eine gewaltige geflügelte Bestie, in der selbst Scythe einen Drachen erkannte.

Der Drache stürzte sich auf eine einzelne einsame

Gestalt: Keegan, der wieder zu seiner normalen Größe geschrumpft war. Magie blitzte auf, und die Bestie schwenkte ab, während ein Feuerstoß aus ihrem Maul zuckte, der aber sein Ziel verfehlte. Stattdessen krachte der Drache in vollem Flug in eine Gruppe von Gebäuden, und sein gewaltiger, schuppiger Körper verschwand unter den Trümmern.

Doch unversehens erhob sich die Bestie zu Scythes ungläubigem Entsetzen wieder aus den Ruinen.

Einen Augenblick lang blieb die Bestie unbeweglich liegen, dann jedoch befreite sie sich von den Trümmern. Sie drehte den Kopf erst zur einen, dann zur anderen Seite und hauchte kurze Feuerstöße auf ihre eisbedeckten Schwingen. Dann schüttelte sie die letzten Eisbrocken ab, die noch an den schimmernden Schuppen hafteten. Anschließend lief die Kreatur ein paar ungelenke Schritte weit auf ihren gewaltigen Beinen und machte Anstalten, sich erneut in den Himmel zu schwingen.

Keegan griff an, warf den letzten Rest seiner Energie in einen hastig beschworenen Zauber. Scharfe Eiszapfen zuckten aus seinen erhobenen Fäusten und zerfetzten die lederne Haut der ausgestreckten Drachenschwingen. Große Löcher bildeten sich in der Haut, zerstörten Fleisch und Sehnen, und der Drache kreischte, als dampfendes Blut aus seinen Wunden spritzte und in Flammen aufging, sobald es auf der Straße landete.

Der Magus brach zusammen und fiel mit dem Gesicht zu Boden, zu geschwächt, um auch nur zu versuchen, seinen Sturz abzufangen. Eine paar Augenblicke lag er einfach nur da, dann gelang es ihm mit viel Mühe, sich auf die Seite zu rollen, um seinen Feind beobachten zu können.

Die Bestie war verkrüppelt, aber noch nicht geschlagen. Sie konnte nicht mehr fliegen, aber sie näherte sich ihm jetzt mit ungeschickten trampelnden Schritten. Ihre gewaltigen, klauenbewehrten Füße zermalmten alles, was auf ihrem Weg lag, als sie sich durch die Trümmer der einstmals wundervollen hölzernen Türme dieser glorreichen Waldstadt vorarbeitete.

Keegan wusste, dass die Kreatur ihn verbrennen würde, wenn sie erst nahe genug war. Er versuchte das Chaos erneut zu beschwören, aber sein Wille war erschöpft. Er spürte immer noch die Macht der Alten Magie, die in dem Ring pulsierte, aber er konnte sich ihrer nicht mehr bedienen.

Das heißt, er konnte sie nicht langsam durch Anrufungen formen, aber er konnte sie mit einem Schlag freisetzen. Es war ihm gelungen, die Wut des Chaos im Artefakt zu bannen; hätte er das nicht getan, hätte die Magie ihn überwältigt, wie sie es mit Rexol gemacht hatte, als er versuchte, die Krone zu benutzen. Wenn er diese Magie jetzt freisetzte, würde sie ihn vollkommen verzehren ... Aber sie würde vielleicht auch seinen Feind vernichten.

Er rappelte sich auf und hob die linke Hand hoch über seinen Kopf, ballte sie zur Faust. Der Ring glühte hell, als er auf die Gegenwart dieser mystischen Bestie reagierte, die immer näher kam. Als die dampfenden Kiefer des Drachen sich öffneten, setzte Keegan in seinem letzten, bewussten Akt die gesamte Macht des Ringes frei.

Weder Scythe noch Vaaler hatten sich gerührt, seit sie aus dem Wald herausgekommen waren. Die Szenerie, die sich ihnen bot, hielt sie vollkommen in ihrem Bann, und sie verfolgten fasziniert und entsetzt, was dort vor ihnen geschah. Ihre Erstarrung wurde erst gebrochen, als Jerrod mit seinem Pferd hinter ihnen aus dem Wald stürmte. Der

Mönch hielt nicht an, sondern raste in vollem Galopp auf den jungen Hexer und den Drachen zu.

Jerrod duckte sich tief in den Sattel, als er auf die Stadt zudonnerte. Die Welt zuckte wie ein schattiger Schemen an ihm vorbei. Die Hufe seines Pferdes schleuderten große Erdklumpen hoch, während er es unaufhörlich anspornte. Das Tier raste mit widernatürlicher Geschwindigkeit und vollkommen trittsicher über die Brache, die Ferlhame von dem sie umgebenden Wald trennte, während der Mönch seine eigene Energie und magische *Sicht* auf das Tier übertrug, auf dem er ritt.

Jerrod war schon auf fünfhundert Meter heran, als Keegan einen Zauberspruch wirkte, mit dem er Eiszapfen durch die Schwingen des Drachen schleuderte; dann brach er auf dem Boden zusammen. Die Bestie kroch vorwärts, während der Hexer regungslos auf der Seite lag.

Plötzlich rappelte Keegan sich auf und streckte eine Hand hoch in die Luft, die Finger zu einer Faust geballt.

Als Jerrod noch einhundert Meter von dem jungen Hexer entfernt war, riss der Lindwurm sein Maul auf, um seinen Feind in Asche zu verwandeln. Im selben Moment schoss das Chaos in einem einzigen grandiosen Strahl reinen weißen Lichts aus dem Ring. Von Keegans Faust bildete es einen gleißenden Bogen, der direkt im Schlund der Bestie endete.

Jerrod war noch fünfzig Meter weg, als der Drache in tausend Stücke explodierte.

Die Gewalt der Explosion schleuderte Jerrod und sein Pferd durch die Luft. Der Mönch sprang noch in der Luft von seinem Tier herunter und rollte sich am Boden ab, während sein Pferd heftig auf die Erde krachte. Kochend heißes Blut spritzte über ihn, verbrannte seine Haut und schmolz den Stoff der Kutte.

Er ignorierte den Schmerz seiner verbrannten Haut und das schrille Wiehern des sterbenden Pferdes, sprang wieder auf die Füße und legte die letzten fünfzig Meter fast ebenso schnell zurück wie ein Pferd im Galopp.

Keegan stand immer noch da, die Faust zum Himmel erhoben, obwohl er nicht mehr bei Bewusstsein war. Sein Körper war so steif wie ein Stück Eisen und schien durch das Chaos, das durch ihn strömte und ihn von innen heraus verzehrte, in der Erde festgewurzelt. Gewaltige Strahlen aus weißem Licht schossen aus dem Ring und schlugen willkürlich in die Stadt ein. Sie vernichteten alles, worauf sie trafen.

Zehn Schritt von Keegan entfernt riss Jerrod im Laufen das Schwert eines gefallenen Soldaten vom Boden hoch. Qualm kräuselte sich bereits auf der Haut des jungen Magus.

Ein Strahl des tödlich weißen Lichtes zischte auf Jerrod zu. Er duckte sich darunter weg, schlug einen Salto, ohne langsamer zu werden, und kam kaum anderthalb Meter vor der erstarrten Gestalt des Hexers wieder hoch.

Er stieß sich vom Boden ab und machte einen weiteren Salto. Das Rapier des Danaan in seiner Faust blitzte auf, als er mit der Waffe nach Keegans erhobener Faust schlug. Jerrods Schwung trieb die dünne Klinge glatt durch Haut, Sehnen und Knochen.

Die weißen Strahlen erloschen, als die Verbindung zwischen Artefakt und Hexer unterbrochen wurde. Der Zauber verpuffte im selben Moment. Keegan brach schlaff und bewusstlos auf dem Boden zusammen, und seine sauber abgetrennte Hand, auf dessen Finger immer noch der Ring saß, landete einen Augenblick später neben ihm auf dem Feld.

EPILOG

Seit der Schlacht um Ferlhame waren drei Tage verstrichen, aber Scythe wusste, dass sie alle erheblich länger brauchen würden, um sich von dem, was dort geschehen war, zu erholen.

Jerrod war mit Keegans bewusstlosem Körper in den Armen aus den Trümmern der einstigen Hauptstadt der Danaan zurückgekehrt. Der linke Arm des jungen Hexers war in zerfetzte Lumpen gehüllt, um die Blutung an dem Stumpf zu stillen, wo einst seine Hand gesessen hatte. Scythe hatte ebenfalls bemerkt, dass der Ring jetzt an einer Kette um den Hals des Mönches hing.

Nachdem sich ihre kleine Gruppe wieder vereint hatte, waren sie in den Wald gegangen, wo der Mönch sein Bestes getan hatte, um Keegans Wunden zu versorgen. Innerhalb weniger Stunden hatte der junge Mann sein Bewusstsein wiedererlangt, obwohl er noch so schwach war, dass er kaum stehen konnte. Trotzdem hatte Jerrod darauf bestanden, dass sie weiterzogen. Er behauptete, es wäre nicht sicher, sich so dicht an der Stadt aufzuhalten.

Scythe hatte eigentlich erwartet, dass Vaaler sie an diesem Punkt verlassen würde. Sie dachte, er würde zurückgehen und versuchen, seinem Volk in den Wirren nach dieser Katastrophe zu helfen. Aber der Prinz hatte einfach sein Pferd gesattelt und war mit ihnen geritten. Offenbar hatte er das Gefühl, sein Platz wäre jetzt an der Seite von Keegan.

Jerrods Pferd war bei seinem verrückten Ritt umgekommen, was bedeutete, sie hatten nur vier Pferde für fünf Personen. Da Keegan ohnehin nicht alleine reiten konnte, spielte dass jedoch keine große Rolle. Sie hatten ihn und Scythe auf dasselbe Pferd gesetzt. Sie beide zusammen wogen immer noch weit weniger als Norr, dessen gewaltige Gestalt ein anderes, weit unglücklicheres Tier tragen musste. Der Hexer saß vorn im Sattel und Scythe hinter ihm, damit sie ihn halten konnte, wenn sein kraftloser Körper rechts oder links vom Pferd zu sinken drohte.

Seitdem waren sie langsam, aber in einem stetigen Tempo weitergeritten. Vaaler hatte ihnen versichert, dass sie sich keine Sorgen wegen der Patrouillen mehr zu machen brauchten: Alle Danaan waren zurückgerufen worden, um zu helfen, Ferlhame wieder aufzubauen und sich um die vielen Verwundeten in der Stadt zu kümmern. Ansonsten hatte er nur wenig gesprochen, während er an der Spitze der kleinen Gruppe ritt und sie durch den Wald führte.

Scythe konnte sein Schweigen verstehen. Er kämpfte darum, mit der Zerstörung seiner Stadt und seinen Schuldgefühlen fertigzuwerden, weil er um seine Rolle dabei wusste. Was die Sache für ihn noch schlimmer machte, war die ständige Mahnung durch all die toten Danaan, an denen sie vorbeiritten. In den ersten beiden Tagen waren sie an den gruseligen Überresten einer Patrouille vorbeigekommen, deren Leichen von Zweigen aufgespießt worden waren; andere hingen von den Ästen, und ihre Hälse waren mit braunen, verwelkten Blättern verstopft. Jetzt jedoch näherten sie sich dem östlichen Rand des Waldes und schienen die schlimmsten Szenen hinter sich gelassen zu haben.

Es war Norrs Idee gewesen, nach Osten zu reiten. Letztendlich konnten sie auch nirgendwo sonst mehr hin. In den Südlanden würden die Überlebenden des Ordens sie jagen. Mittlerweile dürfte die Kunde von Torians Schicksal alle FreiStädte alarmiert haben. Und die Vorstellung, noch weiter nach Norden durch das Gebiet der Danaan zu reiten, war undenkbar. Trotzdem war Scythe überrascht, als Norr vorschlug, sie sollten in das Land reiten, aus dem er stammte.

Ihr Geliebter hatte nie von seiner Heimat gesprochen oder den Grund erwähnt, warum er sie verlassen hatte. Sie vermutete schon lange, dass die Geschichte, die dahintersteckte, sehr schmerzhaft sein musste, und seine ernste Stimmung schien das zu bestätigen. Er hatte sich entschlossen, an der Spitze der Gruppe neben Vaaler zu reiten, und sie hatte den Hinweis verstanden. Sie ließ ihn mit seinen Gedanken allein.

Jerrod bildete die Nachhut der kleinen Gruppe. Der Mönch hatte nur wenig zu sagen, und Scythe überlegte, ob er möglicherweise eine Glaubenskrise durchlebte. Sein großer Paladin hatte es gewagt, die Macht des Ringes zu benutzen, und überlebt … Aber erst, nachdem er so schrecklich verstümmelt worden war, dass selbst die heilenden Kräfte des Mönches ihm seine Hand nicht hatten wiedergeben können.

Er hatte einen Drachen besiegt, aber bei diesem Kampf waren Tausende Unschuldiger gestorben. Sie fragte sich, ob die fürchterliche Zerstörung, die Keegan verursacht hatte, genügte, um selbst einen religiösen Fanatiker wie Jerrod dazu zu bringen, den Wert seines Glaubens zu hinterfragen.

Was den jungen Hexer selbst betraf … Der fiel beim Reiten von einer Ohnmacht in die nächste. Meistens schien er nicht einmal zu wissen, wo er war, obwohl er seine Augen geöffnet hatte. Was wiederum Scythe Sorgen machte.

Sie hatte seine Macht erlebt und konnte sich lebhaft vorstellen, wozu er in seinem labilen Zustand in der Lage sein mochte. Jerrod hatte allerdings versucht, sie zu beruhigen. Er schwor ihr, dass Keegan ohne den Ring für niemanden von ihnen eine Bedrohung wäre. Aber sie glaubte ihm nur bedingt.

Doch obwohl sie Angst vor Keegan hatte, spürte sie auch, wie hilflos und verletzlich der junge Magus war. Er war körperlich sehr geschwächt und von dem Kampf vollkommen ausgelaugt. Er konnte leicht krank werden oder sich eine Infektion in seinem Armstumpf zuziehen. Trotz ihrer Bedenken, was ihn und seine angebliche Bestimmung anging, wollte sie nicht, dass er starb.

Überraschenderweise schien sich Jerrod diesbezüglich keinerlei Sorgen zu machen. Er war davon überzeugt, dass Keegan nur ein bisschen Zeit zum Ausruhen brauchte, um seine Kraft wiederzugewinnen. Aber während des ersten Tages schien er ständig zwischen einem benommenen Wachzustand und einem unruhigen, rastlosen Schlummer hin und her zu schwanken. Erst in der letzten Nacht hatte er endlich richtig geschlafen. Er war kurz aufgewacht, als sie ihn in den Sattel gehoben hatte, aber nach kurzer Zeit schnarchte er wieder leise, eingelullt von dem regelmäßigen Rhythmus des trabenden Pferdes.

Plötzlich stolperte ihr Pferd, und ein Ruck ging durch den Körper des Tieres. Er übertrug sich auf die Reiter, und vor ihr im Sattel schreckte der junge Mann plötzlich aus dem Schlaf hoch. Verwirrt sah er sich um und versuchte, sich zu orientieren.

»Ganz ruhig«, flüsterte sie und legte ihm beruhigend die Hand auf die Schulter. »Du bist in Sicherheit. Wir reiten immer noch durch den Wald. Hier haben wir nichts zu befürchten.«

»Wie lange habe ich geschlafen?«, murmelte er. Es war das erste Mal, dass er einen zusammenhängenden Satz herausbrachte, seit der Ring ihn fast getötet hatte. Scythe nahm das als ein gutes Zeichen.

»Seit drei Tagen«, erwiderte sie vorsichtig. Sie wusste nicht, an wie viel er sich erinnern konnte.

»Drei Tage … seit dem Drachen.« Seine Stimme war kräftiger geworden, und er wirkte nicht sonderlich aufgeregt.

»Das stimmt.« Sie sprach so leise, dass die anderen ihr Gespräch nicht mithören konnten. Denn wenn ihre Gefährten bemerkten, dass Keegan wach war, würden sie wahrscheinlich alle gleichzeitig mit ihm reden wollen, und sie war sich nicht sicher, dass er das schon vertragen konnte. »Kannst du dich noch an etwas anderes erinnern?«

»Der Ring … Ich konnte ihn nicht mehr kontrollieren«, murmelte er. Er hob seinen versehrten Arm und starrte auf die Stelle, wo seine Hand hätte sein sollen.

»Jerrod … hat mich gerettet.«

»Ich nehme an, er hat sich gedacht, dass ein Erretter mit nur einer Hand besser wäre als ein toter Paladin«, erwiderte sie in dem Versuch, die Stimmung ein wenig aufzulockern.

Kaum hatte sie die Worte ausgesprochen, bereute sie sie auch schon. Der Scherz war wirklich geschmacklos.

Glücklicherweise schien Keegan aber ihre Bemühungen zu schätzen. Er warf einen Blick über die Schulter und grinste schwach.

»Ich dachte, du glaubst nicht an Erretter und Prophezeiungen.«

Sie antwortete nicht sofort. »Das tue ich auch nicht«,

meinte sie schließlich. »Aber nach allem, was wir gesehen haben, habe ich meine Meinung möglicherweise geändert.«

»Ich … ich verstehe dich nicht.«

»Ich war davon überzeugt, dass du nach Ferlhame zurückgegangen bist, um die Stadt zu vernichten«, gab sie zu. »Ich dachte, du wolltest dich rächen. Aber als ich dann gesehen habe, wie du gegen den Drachen gekämpft hast, ist mir klar geworden, dass ich mich in dir geirrt habe. Die Danaan haben versucht, dich zu töten, und doch hast du dein Leben riskiert, um zurückzugehen und sie zu retten. Offensichtlich habe ich dich falsch eingeschätzt.«

Keegan rutschte unbehaglich im Sattel hin und her und schwieg lange. »Ich bin tatsächlich zurückgegangen, um mich zu rächen«, flüsterte er dann. »Der Drache ist mir nur zufällig zuvorgekommen.«

Scythe wusste nicht genau, wie sie auf dieses Geständnis reagieren sollte. Einerseits bestätigte seine Beichte das, was sie zunächst befürchtet hatte, andererseits hätte er sie leicht über seinen wahren Beweggrund im Unklaren lassen können. Seine Ehrlichkeit musste schließlich auch irgendetwas zu bedeuten haben.

»Ich glaube, du hattest die ganze Zeit recht«, sagte er. Er klang so, als würde er sich jetzt selbst verachten. »Ich bin wohl doch nicht der Erretter.«

»Vielleicht bist du es, vielleicht auch nicht«, erwiderte Scythe. »Aus welchem Grund auch immer du zurückgegangen bist, letztlich hast du das Richtige getan. Du hast gegen einen von der ChaosBrut gekämpft und ihn besiegt.«

»Und dabei habe ich halb Ferlhame zerstört.«

»Der Drache hätte die ganze Stadt vernichtet, wenn du nicht gekommen wärst«, gab sie zurück und merkte plötzlich, dass sie fast wie Jerrod klang. Versuchte sie, Keegan zu überzeugen oder sich selbst?

»Warum stehst du eigentlich plötzlich auf meiner Seite?«, wollte er wissen.

Das wusste sie auch nicht genau.

»Ich habe Dinge gesehen, die ich vor einem Monat noch nicht für möglich gehalten hätte«, erwiderte sie. »Ich weiß nicht, ob du wirklich der Erretter bist, für den Jerrod dich hält, aber ich müsste schon ziemlich dumm sein, wenn mir nicht klar wäre, dass irgendetwas Besonderes an dir ist. Ich bin mir nicht sicher, in was ich da hineingeraten bin, aber es ist etwas Großes. Und ich bin ganz gern mitten im Geschehen.«

»Das hier ist nicht einfach nur ein großartiges Abenteuer«, mischte sich Jerrod plötzlich in das Gespräch.

Er war lautlos näher geritten, während sie mit Keegan geredet hatte. Scythe fragte sich, wie viel von ihrem Gespräch er wohl aufgeschnappt hatte.

»Das Schicksal der ganzen Welt steht auf dem Spiel«, fuhr der Mönch fort. »Keegan ist unsere einzige Hoffnung, und wir alle müssen bereit sein, dafür zu sorgen, dass er seine Bestimmung erfüllt.«

Scythe sagte nichts, sondern warf ihm einen hasserfüllten Blick zu. Sie war froh, dass sie die Chance gehabt hatte, alleine mit Keegan zu sprechen, bevor der Mönch sich eingemischt hatte. Ihre Gefühle für den jungen Magus mochten sich allmählich ändern, aber ihre Abneigung gegen den Mönch war so stark wie zuvor.

»Der Ring«, sagte Keegan, der plötzlich die Kette bemerkte, die um Jerrods Hals hing. Er streckte langsam seinen verstümmelten Arm aus und vergaß offenbar, dass er das Artefakt ohne seine fehlende Hand gar nicht hätte ergreifen können.

Jerrod lehnte sich zurück und schob den Ring unter seinen Umhang, außer Sichtweite.

»Ich werde ihn eine Weile aufbewahren, Keegan«, sagte er behutsam. »Du bist schwach; du könntest die Macht des Artefakts im Augenblick nicht ertragen.«

Der junge Mann riss seinen verstümmelten Arm zurück, als hätte die Phantomhand von alleine nach dem Ring gegriffen und er hätte es jetzt erst bemerkt.

»Ja, behalte ihn fürs Erste«, erwiderte er. Allerdings klangen seine Worte nicht sonderlich überzeugend. »Wir warten, bis meine Kraft zurückgekehrt ist.«

Der Mönch runzelte die Stirn. »Selbst dann ist es gefährlich, den Ring zu benutzen«, warnte er den jungen Magus. »Die Alte Magie ist die Macht der Wahren Götter. Wann immer du sie freisetzt, läufst du Gefahr, einen von der ChaosBrut aufzuwecken, der in der Nähe begraben liegt.«

Scythe musste unwillkürlich lachen.

»Nach allem, was wir durchgemacht haben, um diesen Ring zu bekommen, dürfen wir ihn jetzt nicht einmal benutzen?«

»Das Chaos ist gefährlich«, erwiderte Jerrod. »Wann immer es in der Welt der Sterblichen freigesetzt wird, löst es unvorhergesehene Konsequenzen aus.«

»Die Nachwirkungen«, flüsterte Keegan.

Der Mönch nickte. »Du hast genug Chaos freigesetzt, um einen Drachen zu töten und eine ganze Stadt in Schutt und Asche zu legen. Bei der Vorstellung, wie die Nachwirkungen aussehen könnten, schaudert es mich.«

Mit dieser Bemerkung spornte er sein Pferd an und trottete an die Spitze ihrer kleinen Gruppe, um den anderen zu sagen, dass sich Keegans Zustand verbessert hatte. Norr und Vaaler zügelten ihre Pferde und ließen sich zurückfallen, um den Hexer zu begrüßen und ihre Erleichterung über seine Genesung auszudrücken. Dann setzten sie ihre Reise schweigend fort, jeder in seine eigenen Gedanken vertieft, während sie zu den Steppen des Eisigen Ostens ritten.

»Ihr habt einen Besucher, meine Königin.«

Rianna Avareen riss den Blick von den Trümmerhaufen los, die einst ihre Stadt gewesen waren. Die Burg der Monarchin, die durch die Alte Magie der Erbauer, ihrer Vorfahren, geschützt war, hatte die Vernichtungsorgie trotz des Kampfes gegen den Drachen vor ihren Toren überstanden. Von dem Rest der Stadt jedoch war mehr als die Hälfte vollkommen zerstört worden. Seit Tagen starrte sie aus ihrem Fenster auf das Werk der Vernichtung und erinnerte sich an die Nacht, in der die unbezwingbaren Feuer ungehindert durch die Straßen getobt waren, trotz der Bemühungen ihrer Magie und der Zauberer. An diesem Morgen war die Zahl der Toten auf über fünftausend angewachsen. Und es waren noch längst nicht alle Leichen gefunden worden.

Der grimmige Atem des Todes lag über der Stadt wie ein Leichentuch, und kein einziger Bewohner war diesen Schrecken entkommen, ohne mindestens einen geliebten Verwandten verloren zu haben. Selbst die Königin hatte gelitten. Man hatte Drakes Leichnam aus dem Wald geborgen, zusammen mit den Leichen seiner Patrouille. Vaaler, der Sohn, der ihr Volk verraten hatte, war nirgendwo zu finden gewesen. Sie hatte sich noch nie so machtlos oder so allein gefühlt.

»Ihr habt einen Besucher, meine Königin. Er ersucht um eine Audienz.« Andar sprach jetzt lauter, verlangte eine Antwort von seiner stummen Herrin.

Der Hohe Zauberer hatte seine Frau bei dem Angriff des Drachen verloren. Sie war Hauptmann bei der Wache gewesen. Sein ältester Sohn, ein Magus wie sein Vater, war immer noch verschollen. Und doch erfüllte er seine Pflicht loyal und ehrenvoll. Das war der Mut, den ihr Volk im Moment brauchte, der Mut, einfach weiterzumachen.

»Ich kann niemandem eine Audienz geben, ganz gleich wie groß seine Tragödie auch sein mag«, erwiderte die Königin müde. »Wir alle haben mehr gelitten, als wir ertragen können, und ich bin nicht stark genug, um auch noch die Bürde von anderen auf meine Schultern zu laden.«

Die Wahrheit auszusprechen beschämte sie, aber sie wusste, dass es sein musste. Sie musste ihre Kräfte und ihre Energie schonen. Die Danaan würden Ferlhame neu aufbauen, und sie würden Rianna als Anführerin brauchen. Sie musste für diese Aufgabe bereit sein.

»Es ist kein Bürger, meine Königin. Und auch kein Botschafter von einer der anderen Städte unseres Königreiches. Es ist kein … Danaan.«

Rianna sog scharf die Luft ein. »Ein Mensch wagt es, zu uns zu kommen, jetzt, wo einer von seiner Rasse so großes Leid über uns gebracht hat?«

»Nein … nein, meine Königin«, stammelte Andar. »Es ist definitiv auch kein Mensch.«

Erst jetzt bemerkte Rianna, dass der Hohe Zauberer versuchte, sein Entsetzen in den Griff zu bekommen.

»Sein Name ist Orath«, fuhr Andar schließlich fort. »Es nennt sich selbst einen … einen Knecht. Angeblich bringt es uns ein Geschenk.«

»Was für ein Geschenk?«, erkundigte sie sich. Ihre Kehle war plötzlich trocken.

»Vergeltung.«

Danksagung

»Die Brut des Feuers« ist ein Meilenstein nach vielen, vielen Jahren voller Schweiß und Mühe. In der ein oder anderen Form habe ich über zwanzig Jahre an dem Stoff gearbeitet. Der Samen dazu wurde in meiner Jugend durch die Werke von Tolkien, Terry Brooks und David Eddings gepflanzt. Autoren, die ich dank meiner Eltern Ron und Viv entdeckt habe, weil sie mich stets zum Lesen ermuntert haben. Später ließen sie meine Freunde und mich stundenlang im Keller »Dungeons and Dragons« spielen. Während der Highschoolzeit kauften meine Eltern mir dann eine elektrische Schreibmaschine, damit ich all die Dinge zu Papier bringen konnte, die mir im Kopf herumschwirrten. Dinge, die sich im Lauf der Jahre entwickelten und schließlich zu meiner ganz eigenen Fantasywelt verschmolzen sind.

Als ich von der Uni abging, unterstützten die beiden mich, obwohl sie nicht verstanden, warum ich mich damals dazu entschloss. Zusammen mit meiner Frau Jennifer standen sie stets an meiner Seite, während ich bescheuerte Jobs annahm und abwegige Karrieren einschlug. Am Ende fand ich meine wahre Bestimmung. Keiner von beiden riet mir, meine Träume zu begraben. Meine Eltern waren immer da, wenn ich sie brauchte.

Ron und Viv, Mom und Dad, es ist eine Weile her, seit ich die ersten Schreibmaschinenseiten mitten in der Nacht verfasst habe. Aber jetzt bin ich angekommen, und das wäre nicht ohne euch passiert. Danke, ich liebe euch beide.